KB239518

한국 근대문학과 알레고리

홍순애

Publishing Company

▨▨▨ 머리말 ▋

우리가 일상에서 흔히 접할 수 있는 알레고리는 '이솝우화'이다. 동물들을 내세워 인간의 행태에 대해 비판하는 이솝우화는 연령이 낮은 아이들이 주로 보게 되는 것으로 알고 있지만 꼭 그렇지 만은 않다. 「어린왕자」나 「동물농장」, 「1984년」처럼 성인들을 대상으로 하는 작품에서도 우리는 종종 알레고리와 만난다. 어떤 이들은 '문학' 자체를 알레고리로 규정하여 알레고리가 아닌 것이 없을 정도로 알레고리의 성격을 너무 넓게 확장하기도 한다. 하지만 이러한 정의는 너무 포괄적이어서 자칫 알레고리의 성격 자체를 보편적인 것으로 환원하는 우를 범하게 된다.

우리는 문학의 특정 해석방법으로 알레고리를 자아성찰과 세계인식을 위한 기법으로 자주 원용하고 있다. 문학이 난해하고 복잡하다는 선입관에서 알레고리는 그렇지 않다고, 누구나 쉽게 접근 가능한 대상이 문학이라는 것을 알려주고 있고, 알레고리가 그것을 위해 존재하는 것이 아닐까 하는 생각마저 들게 한다.

필자가 알레고리에 관심을 가지게 된 것은 문학의 해석적 측면에 대한 연구를 진행하면서 부터이다. 발신자와 수신자 간의 어긋나는 지점들이 어떻게 생겨나고, 결정되는가에 대한 답을 찾는 과정에서 필자는 알레고리를 공부하게 되었고, 이에 알레고리는 필자에게 적절한 해석의 문을 열어주었다. 보통 알레고리는 A를 말하면서도 B가 해석되어지는, 그래서 표면에 노출된 의미보다는 그 이면에 잠재하고 있는 의미를 강조하는 서사방식으로 우리는 알고 있다. 그러나 이러한 정의는 극히 일부분에 해당하는 알레고리의 특성에 해당된다. 알레고리는 작가의 이데올로기를 반영하는 텍스트의 구성 원리이면서 공공의 상상력에 의해 집단적으로 독해 가능한 해석원리라고 할 수 있다. 프레드릭 제임스는 알레고리를 '강한 다시쓰기'로 규정하면서, 이것이 역사와 현실에 대한 집단적인 사고와 환상의 근본적인 차원을 반영한다고 언급하고 있다. 그레마스는 작가와 독자 간에 암묵적으로 맺게 되는 '진실계약'을 알레고리라고 정의한다. 이러한 알레고리의 '강한 다시쓰기'와 '진실계약'의 특성은 왜 문학에서 이러한 원리가 필요하며, 독자가 텍스트에 어떻게 접근해야 하는가에 대한 방법론을 제공하고 있다.

알레고리의 이 두 특성을 논의하는데 적절한 시기는 근대계몽기이다. 근대계몽기는 전통적인 인식과 개념들이 파괴되는 시기이면서 새로운 문물과 패러다임이 다양하게 제시되던 시대였다. 이러한 시대적 상황에서 민중들의 삶은 상당한 변화를 겪게 되었고, 이들이 경험하는 불안과 동요는 알레고리의 서사원리를 통해 문학에서 재현되었다고 할 수 있다. 또한 근대계몽기 지식인들이 시도했던 글쓰기의 양식으로서 알레고리는 문명의 전환과 국가적 위기 상황에 대응하기 위한 다양한 글쓰기 방식 중의 하나였다. 알레고리는 서사 이면에 감추어져 있는 계몽성을 중심으로 하여 국민을 계도하고 교육하는 역할을 담당했으며, 이것은 근대계몽기라는 시기에 국민적 통합을 위해 필연적으로 요청되었던 시대적 산물이라고도 볼 수 있다. 따라서 필자는 이 시기를 연구대상으로 확정하여 알레고리를 논의하였다.

이 책의 관심은 근대계몽기 소설이 내재하고 있는 우화적 상상력이 발현되는 양상과 이것이 당대 사람들에게 어떻게 읽혔으며, 그 독서의 결과가 어떠한 과정을 거쳐 정치적 또는 일상적으로 활용되었는가에 맞추어져 있다. 그리고 근대계몽기 담론들이 알레고리 방식에 의해 전유되는 과정과 이 시기의 소설들이 자임하고자 했던 사회·정치적 역할과 지향에 대해 논의함으로서 이 시기의 문학장에 대한 새로운 시각을 제공하고자 했다.

이 책의 1부에서는 근대계몽기의 전반적인 시대적 상황과 알레고리의 서사방식이 사용될 수밖에 없었던 현실적 문제와 기존의 서사 장르의 혼종, 이 시기의 연구시각에 대한 전반적인 내용을 시작으로 하여 논제를 제기하였다. 그리고 알레고리가 동양에서 '우의', '우의성' 으로 논의되는 과정에 대한 계보를 추적하였고, 근대계몽기 서사들을 대상으로 하여 알레고리의 의미화 과정과 구조방식에 대해 세 가지로 논의하였다. 첫째는 대상간의 유사성과 전이 가능성을 중심으로 알레고리가 상징과 차별화되는 지점들을 낭만주의자들과 플레처의 논의를 중심으로 고찰하였다. 둘째는 알레고리가 표현양식으로서 갖고 있는 세계를 사유하는 논리와 공공의 상상력에 의해 해석되는 과정을 가다머와 프렌첼, 그레마스의 이론을 통해 확인하였다. 셋째는 알레고리가 작가의 이데올로기를 투영하는 텍스트의 원리라는 점을 논의하면서 프레드릭 제임스의 '강한 다시쓰기'로의 알레고리 성격에 대해 논의하였고, 벤야민과 스콜즈가 언급한 알레고리의 저항과 전복의 성격에 대해 설명하였다. 이러한 방법론을 통해 본 책에서는 알레고리가 단순히 수사적 차원에 머무는 것이 아니라 세계인식의 과정까지도 아우를 수 있다는 것을 보여주고자 했다.

2부에서는 1부에서 논의한 알레고리의 서사원리에 근거하여 알레고리를 근대계몽기 서사의 특수성에 근거하여 네 가지로 분류하여 고찰하였다. 첫째는 비유적 알레고리로 일상적인 현실공간과 당대의 민중들이 알레고리의 대상이 되어 사실성에 의해 재현되는 과정을 분석하였다. 여기에서 알레고리는 일상의 세속적인 이야기를 차용하여 현실의 유사성에 의해 서술되며, 알레고리의 대상이 당대의 일상인이기 때문에 개인적 차원의 자각과 성찰이 이루어진다고 할 수 있다. 이 부분에서 논의할 작품으로는 「거부오해」, 「소경과 안즘방이 문답」, 이해조의 「자유종」 등이다.

두 번째는 우화적 알레고리로 의인법에 의해 동물이 인간의 행동을 재현함으로써 알레고리가 되는 경우이다. 여기에서는 진화론적인 종교윤리와 봉건적인 윤리가 충돌하기도 하고, 기독교에 대한 인식이 투영되어 사회윤리를 강조하기도 한다. 이것은 타자와의 관계에 대한 알레고리로서 사회적 차원에서 충고와 설득이 이루어진다. 여기에서 논의할 작품으로는 안국선의 「금수회의록」, 김필수의 「경세종」, 흠흠자의 「금수재판」 등이다.

세 번째는 역사적 알레고리로 첫 번째와 두 번째와는 달리 당대의 현실을 과거 역사의 프리즘을 통해 조망함으로서 역사적 실재사건과 구국영웅이 알레고리의 대상이 되어 자기 인식과 타자 인식이 형성되고 이것을 통해 미래에 대한 전망을 제시하게 된다. 서사를 통해 제국주의에 대한 직접적인 지향이 나타나기도 하고 여성의 국가적 참여를 강조하기도 한다. 이에 대해 논의할 작품은 신채호의 「이순신전」, 「을지문덕」, 박은식의 「서사건국지」, 장지연의 「애국부인전」 등이 있다.

네 번째는 환상적 알레고리이다. 이것은 역사를 대상으로 한다는 점에서 세 번째 알레고리와 유사하지만, 꿈을 통해 서사가 알레고리가 된다는 점에서 다르다. 소설은 환상을 통해 과거의 역사적 인물이 나타나고 이들과의 대화를 통해 새로운 대안세계와 이상세계가 염원된다. 이 서사들에 의해 영토 확장주의와 제국주의, 아시아 연대주의가 알레고리로 전달된다. 논의할 작품은 신채호의 「꿈하늘」, 박은식의 「몽배금태조」, 유원표의 「몽견제갈량」 등이 있다.

마지막 3부에서는 근대계몽기의 문학장에 대한 몇 가지 단상들을 구체화하여 논의하였다. 근대계몽기를 재해석할 수 있는 다양한 주제들을 가지고 다시 한번 근대계몽기를 종적·횡적으로 재구성하였다. 이 시기 신화담론의 재신화화와 탈신화화 되는 과정에 대한 연구, 지도와 지리의 상상력이 어떻게 이 시기 서사들을 직조하고 있는지에 대한 연구, 『경향신문』을 중심으로 한 근대계몽기의 법 의식과 이것에 대한 근대법과 전통법의 양가성에 대한 논의, 그리고 근대계몽기 장르의 문제와 관련된 연설의 미디어적 특성이 어떻게 교유되고 연관되어 장르의 창출에 기여하고 있는지에 대해 논의하였다. 이러한 논의들은 기존의 근대계몽기 문학이 근대문학의 이전형태로서만 규정되어 온 방식에 대한 반론이기도 하며, 또한 신소설 논의로만 국한되었던 이 시기 문학에 대한 좀 더 폭넓은 시야의 필요성에 대한 답론이기도 하다.

이 작은 결실을 맺기까지 주위의 많은 분들이 도움을 주셨다. 먼저 문학이 무엇인지도 모른 채 뛰어든 제자에게 아낌없는 관심과 지도를 해주신 홍성암 선생님과 채완 선생님께 감사의 말씀을 드린다. 그리고 연구자로서의 성실함을 몸소 보여주시며, 이 논문이 쓰여질 수 있도록 많은 선행연구를 기초해 놓으신 이재선 선생님과 문학을 공부하는 사람으로서 나아가야할 방향과 지향을 일깨워 주시고 항상 꼼꼼하게 지도해주신 김경수 선생님, 논문 심사 때 여러 가지 부족한 점에 대해 많은 조언을 해주셨던 박철희 선생님, 우찬제 선생님, 김영민 선생님께도 감사드린다. 또한 이 책을 엮기까지 대학원에서 또는 연구실에서 미흡한 필자를 격려해주고 힘을 주었던 동료와 선후배에게도 감사의 말을 전하고 싶다. 이들을 통해 공부도 사람의 일이라는 것을 깨닫게 되었다. 마지막으로 필자의 박사후 연수과정 지도를 맡아주고 계시는 우한용 선생님께도 깊이 감사를 드린다.

　또한 이 책이 나오기까지 애써주신, 고개숙여 감사할 분들이 또 있다. 자식들 공부시키기 위해 고향을 등지시고 지금도 시집간 딸의 뒷바라지 해주시느라 고생하시는 부모님, 이 책이 당신들의 헌신과 희생에 조금이나마 위안이 되었으면 한다. 두 아이를 낳고 공부하는 며느리를 위해 항상 마음써주시고 물심양면 도와주시는 시부모님께도 감사와 사랑을 드린다. 그리고 부족한 아내를 항상 따뜻한 눈길과 사랑으로 격려해주는 남편과 건강하게 잘 자라주고 있는 두 아들 후동과 후승에게 이 기쁨을 전하고 싶다.

　마지막으로 어려운 출판 사정에도 불구하고 선뜻 이 책의 출판을 허락해 주신 제이앤씨 출판사 사장님께도 감사드린다.

저자 씀

▨ 목차 ▌

2부.
근대계몽기 서사와 알레고리

3부.
근대계몽기 문학장의 재구성

1 근대계몽기
우화적 상상력

제 1 장

계몽의 기획과 서사적 재현

1: 서사 장르의 다양성과 혼종성

한국소설사에서 소설의 범주가 가장 넓었던 시기는 아마도 근대계몽
기[1]일 것이다. 근대문학을 기준으로 그 시발점에 해당하는 근대계몽기는
다양한 형태의 문학양식이 출현하고 변이했던 시기였다. 그리고 당시의
신문·잡지를 통해 발표된 글들은 서사와 논설은 물론 허구와 사실 사이
의 경계도 분명하지 않았다. 게다가 신문의 '쇼셜'란은 일화, 우화, 토론,
대화, 역사전기 소설 등의 다양한 글쓰기를 포함하면서 현재의 소설
(novel) 개념과는 상이한 좀 더 폭 넓은 글쓰기 형태를 아우르게 된다.[2]

---

1) 갑오개혁 이후 1900년대, 넓게는 3·1운동 전까지의 이 시기는 보통 '개화기', '계
   몽주의 시대', '근대문학으로의 이행기', '신문학 태동기', '애국계몽기', '근대계몽
   기', '세기 전환기' 등 여러 명칭으로 불리 운다. 본고에서는 이 시기를 근대에 대
   한 능동적인 사유와 자율적인 계몽 운동이 수반되었다는 의미에서 '근대계몽기'라
   는 명칭으로 논의 할 것이다.
2) 근대계몽기 소설의 개념은 현재 쓰이고 있는 서양의 근대 소설인 novel과는 다른
   개념이다. novel이 완성된 형태의 양식적 개념이라면 이 시기의 '소설/쇼셜'은 단
   순한 이야기적 차원의 재현에 불과하다. 또한 소설novel의 중요 요소인 허구
   fiction에 대한 개념 또한 불분명했다고 볼 수 있다. 서양의 근대 서사문학 양식
   인 'novel'과 비교하여 한국근대계몽기의 '소셜/쇼셜'의 특징은 서사체의 길이, 플

또한 작가 개념에 대한 인식이 정착되지 않은 탓에 무서명으로 쓰여지는 작품 또한 적지 않았던 것도 사실이다. 이렇게 근대계몽기는 새로운 장르의 진입과 전통의 장르들이 공존하는 동시에 이들 간의 혼종된 장르들이 탄생했던 시기였다. 1900년대라는 한정된 시기에 이러한 다양한 문학 양식들이 연속적으로 출현하고 공존했었다는 것은 근대계몽기만이 갖고 있는 현상이라 할 수 있다.

그동안 근대계몽기 문학 연구는 신소설 위주로 진행되어 이 시기 문학에 대한 다양성과 혼종성 그리고 역동성은 간과되어 왔다. 이러한 연구 경향은 근대계몽기의 역동적인 정치·사회·문화적 상황을 고려하지 않은 결과에 기인한 것으로, 이것은 근대계몽기 문학 연구에서 행할 수 있는 가장 큰 문제점으로 지적된다. 보편적인 것을 추구하는 것이 문학의 본질이라고 하더라도 시대적 상황을 감안하지 않는다는 것은 그만큼 문학에 대한 근원적인 접근을 불가능하게 하는 태도라 할 수 있다. 이러한 우를 범하지 않기 위해 근대계몽기 문학 연구는 이 시기를 지배하던 담론3)과 인식론·세계관이 어떤 형식으로 수용되고 반영되었는지에 대한

롯, 독서행위, 현실성 등으로 볼 수 있다.
　김영민, 「동서양 근대소설의 발생과 그 특질 비교」, 『한국근대소설의 형성과정』, 소명출판, 2005. pp.49-64. 참조.
3) 보통 '담론(discourse)'이라는 용어는 '담화', '언술', '언설' 등으로 다양하게 사용된다. 푸코에게 있어 담론은 특정한 대상이나 개념에 관한 '지식'을 생성시킴으로써 또한 그러한 존재들에 관해 무엇을 말할 수 있고 무엇을 인식할 수 있는가를 정하는 규칙들을 형성함으로써 현실에 관한 설명을 산출하는 언표들의 응집성 있고 자기지시적인 집합체이다. 그래서 푸코의 담론은 개인들 간의 교환에 의해 규정되지 않고 익명성의 층위에 존재한다고 주장한다. 다시 말해 푸코가 정의하는 담론은 "무엇인가를 주장하는 기호들의 집합"이며, "사회적으로 생산하는 언어적 실천"이며 "사회적 공동체가 생산하고 전유하는 언표들의 집합체"이다.
　미셸푸코, 이정우 역, 『담론의 질서』, 서강대학교 출판부, 1998. pp.158-159.
　양진오, 「근대계몽기의 역사 지향 담론」, 『한국문학과 계몽담론』, 새미, 1999. p.45.

고려가 전제되어야 한다.

또한 기존의 근대계몽기 문학연구는 현재의 소설적 개념으로 논의되었다. 근대계몽기 문학을 연구하기 위해서는 그 서사들에 접근하는 시선 속에 내재된 현재의 장르(소설)에 대한 개념을 배제해야 한다. 즉 근대적 소설 개념으로 근대계몽기를 재단하기 보다는 당대의 시대적 상황과 인식의 변화를 상정해야만 한다는 것이다. 기존연구에서 근대계몽기 소설을 단지 신소설만으로 한정하여 논의했던 것은 이에 대한 단적인 예라 하겠다. 이에 본고는 신소설과는 다른 상상력으로 근대계몽기의 문학장을 형성했던 소설들이 존재했었다는 가정 하에 논의를 시작하고자 한다.

근대계몽기는 전통적 인식과 개념들이 파괴되는 시기이면서 새로운 문물과 패러다임이 다양하게 제시되던 시대였고, 이런 점에서 많은 논자들은 근대계몽기를 '과도기'로 지칭하고 있다. 과도기는 사회의 사상과 제도가 확립되지 않고 불안정한 상태에 놓여 있을 때, 또는 이러한 과정을 거쳐 안정된 상태에 도달하는 것을 일컫는 말이다. 그러나 근대계몽기는 새로운 문명과 제도·인식이 전파되고 수용되는 역동적인 시기였기 때문에 '혼란'이나 '불안정'의 측면만을 강조하는 '과도기'라는 단어는 적당하지 않다. 그리고 봉건적 제도의 불합리성에 대한 인식과 이를 변화시키려는 움직임이 적극성을 띠고 나타났다는 점에서 이 시기는 '전환기'로 보아야 한다. 이때의 '전환'은 1900년이라는 '세기의 전환'인 동시에 새로운 종교와 사상에 대한 '문명의 전환'이다. 이것은 '과거의 것'과 '새 것'의 교체에 따라 인간이 경험해야 했던 물적·정신적 토대의 전환이었다고 볼 수 있다.

소설이 시대를 반영하는 거울과 같다고 하는 것은 한 시대가 온전히 평가되기 위해서 역사적으로 기록된 사건뿐 아니라 허구적인 사건에 대

한 개연성을 추적하는 것 또한 간과될 수 없다는 말로 해석된다. "무수
한 허구 가운데에서 유독 소설에만 장르의 위상이 부여된 것은 기존의
질서나 가치관, 그리고 윤리적 사고 등과 맺고 있는 역동적이면서도 상
보적인 의미가 남달리 분명하고 중요하기 때문일 것이다."[4] 특히 근대계
몽기 소설들이 자임했던 시대의 위기에 대처해야 하는 방식, 즉 민중을
어떤 식으로 계몽을 해야 하는지에 대한 고민이 글쓰기의 문제와 결부되
어 있었다는 점은 전 시대와는 다른 소설적 형식이 요청되고 있었음을
짐작하게 한다. 대중에게 신문명에 대한 지식을 전달하고 변화하는 시대
에 대처하기 위한 국민적 합의와 자각을 유도할 수 있을지에 대한 고민
은 이 시기의 지식인들의 공통된 문제였을 것이다.

　19세기와 20세기가 교차하는 이러한 세기의 전환기에 지식인들은 문
명의 전환과 국가적 위기 상황에 대응하기 위한 다양한 방식을 모색해야
했고, 그 대안 중의 하나가 계몽적 글쓰기였다. 근대계몽기의 문제적 상
황에서 문학은 계몽성을 우선으로 하여 국민을 통합하고 교육하는 역할
을 담당해야 했으며, 이에 따른 서사의 필요성이 제기되었다고 볼 수 있
다. 1905년 이후 소설들은 근본적으로 애국계몽의 중심에 있던 일련의
지식인 집단에 의해 생산되었고, 이들에 의해 쓰여진 소설은 국민적 통
합을 위한 필연적 요청에 의한 것이었다. 당시 글쓰기의 중심을 차지하
고 있었던 것은 대중성을 기반으로 하고 있는 소설이었으며, 이것은 애
국계몽을 위한 방법으로 사용되면서 정치적 이데올로기를 효과적으로 전
달하였다. 특히 당대의 사회적 모순과 비합리성을 계도하고 독립의 필요
성을 환기시키고 있는 소설의 우의성은 좀 더 적극적으로 애국계몽운동
을 추동했다고 할 수 있다.

---

4) 김경수, 『공공의 상상력』, 랜덤하우스중앙, 2005. p.5.

우의성은 속뜻을 감추고 다른 사물을 내세워 그 의미를 말하게 하는 언술방식이다. 한 이야기가 명백하고 지속적으로 역사적 사건이나 도덕·철학적 관념 또는 자연현상 등의 유사한 구조를 갖고 있는 다른 사건이나 관념을 지시5)할 때 우리는 여기에서 알레고리를 보게 되고, 이것은 우의성으로 정의된다. 보통 우리는 우언·우의·우화를 알레고리와 같은 개념으로 혼용하여 쓰고 있다. 그러나 전자가 장르나 양식의 개념이라면 후자의 서사원리라는 점에서 다르다고 할 수 있다. 즉, 우의성은 서사체의 양식적 개념에서 지향하고자 하는 성격을 의미한다면, 알레고리는 그것이 가능하게 되는 방식·원리·세계인식이다.

카아터 코웰은 알레고리를 기법적 혹은 장르적 개념으로 논의하면서 이것의 근거로써 알레고리의 특징을 네 가지로 들고 있다. 알레고리는 "첫째, 많은 의미 요소로 구성되어 있고 둘째, 각 요소는 오직 한 의미만을 가지고 있고 셋째, 요소 사이의 관계는 의미 사이의 관계와 평행을 이루고 있고 넷째, 추상적인 것을 구체적인 말로 표현하는 것"6)이다. 이 논의에 의거해 볼 때 근대계몽기의 우화소설은 시대적 상황을 반영·투영함으로써 위기에 대한 구체적인 실천이 논의될 가능성을 마련해 준다. 알레고리는 세계의 부정성을 극복하는 초월적 인식의 산물로서 자신의 위기 경험과 상반되지 않은 구체적이고 개별적인 경험을 전제로 하기 때문에 근대계몽기의 시대적 상황을 반영하고 투영하게 된다.

이에 여기에서는 세 가지 측면을 먼저 전제하고자 한다. 첫째, 우의성은 알레고리의 서사원리·형상화 원리를 따르고 있으며 둘째, 소설의 우

---

5) J. Hillis, Miller, The Two Allegory, Allegory, *Myth, and Symbol,* Morton W. Bloomfield ed. Harvard University Press, 1981, p.356.
6) 카아터 코웰, 이재호·이상섭 역, 『문학개론』, 을유문화사, 1992. pp.132-133.

의성은 근대계몽기의 신소설과는 다른 인식의 지평에서 쓰여졌으며 셋째, 소설의 우의성이 당대의 담론을 수용하는 동시에 생산하고 있었다는 것이다. 이러한 전제를 바탕으로 하여 본고는 왜 우의적인 소설이 이 시기에 성황을 이루면서 쓰여졌는지, 왜 이 시기의 지식인들이 그렇게 빈번하게 이러한 서술형식에 몰두할 수밖에 없었는지에 대한 물음으로 논의를 시작하려고 한다. 이에 대한 답을 찾기 위해서는 근대계몽기 문학을 재구하는 방향에서 우의성이 연구되는 것이 아닌, 근대 계몽기 문학장 내에서의 우의성의 성격에 초점을 맞추어 논의해야 할 것이다.

그동안 근대계몽기의 우의성 또는 우화소설은 이론적 검토 없이 신소설의 특이한 유형 가운데 하나로 분류되었고, 그나마 안국선의 「금수회의록」만이 연구대상이 되었다. 이것은 근대계몽기의 소설이 신소설에 한정된 연구경향 때문이기도 하지만 우화소설의 작품의 발굴 및 관심의 결여에서 비롯된 것이기도 하다. 따라서 본고에서는 우의성을 소설의 구조와 형상화 원리, 세계인식의 원리로 논의하고자 한다. 이것은 수사학적 차원뿐만 아니라 인식의 차원·작가의 세계관의 관점에서도 규명되어야 하므로 본고에서는 서사원리로서 알레고리를 원용하고자 한다.

공시적인 관점에서 근대계몽기의 소설의 우의성은 신소설의 리얼리즘 방식과 비교된다. 근대계몽기의 소설은 정치적 지향과 그 실천 양상에 따라 재현의 방식이 차별화된다. 정치적 경계를 중심으로 신소설과 우의성을 중심으로 하는 우화소설이 다른 위상으로 존재하고 있었고, 이것은 근대계몽기에 대한제국이 처한 위기에 대처하고 대응하는 수준 또한 달랐다고 볼 수 있다. 신소설은 이인직과 이해조 등의 작가들을 중심으로 남녀의 연애와 고부갈등, 처첩간의 갈등을 묘사했고 당시의 생활상을 사실적으로 표현했다. 그리고 이 작품들은 문명개화가 갖는 신기함이나 외래문화의 수용의 과정에서 겪게 되는 인간들의 삶의 변화를 묘사했다. 그리고 몇몇 작품에서는 부분적으로 일제에 대한 반항이나 봉건적인 제반 질서에 대한 저항 등을 표현하기도 했지만, 이것은 연애담류의 '흥미성'과 '음란성'에 가려져 제대로 전달되었다고 보기 어렵다. 이런 점에서 신소설의 리얼리즘과 우화소설의 알레고리는 차별화된 서술전략과 계몽의 개입정도, 그리고 미래의 비전제시에서 많은 차이를 보이고 있다.

다시 말해, 근대계몽기 문학에서 현실을 리얼리즘 차원에서 사실적으로 재현했던 것이 신소설이었다면, 그와는 달리 현실을 간접화하여 다른 대상을 내세우면서 그 이면에 작가의 의도를 표현한 것이 알레고리를 중심으로 한 우화소설이다. 문학이 계몽의 매개적 역할을 하면서 작가들은 당대의 저항담론과 대항담론을 반영하고 투영할 소설양식으로 우의성, 알레고리의 원리를 차용했고, 이것은 당대의 부유하는 담론을 담아낼 적당한 글쓰기 방식으로 전유되었다. 그리고 근대계몽기의 우화소설은 동물을 인유하거나 구국영웅을 "역사적 상상력에 의한 우의(寓意)"[7]로 재현해 냄으로써 독자들에게 전달되었다.

이 과정에서 당대의 다양한 담론들이 수용됨으로써 알레고리의 우화소설은 단순한 미풍양속의 개량을 강조하는 소박한 계몽의 성격을 벗어나게 된다. 즉, 소설의 우의성은 '국가'-'민족'-'국민'의 개념을 서사적 차원에서 구성함으로써 좀 더 비판적으로 현실을 조망하고 비전을 제시했다. 그러나 근대계몽기의 우화소설이 위기의 국가적 상황에서 순기능적 역할만을 했다고는 볼 수 없다. 때로는 우화소설의 대항적 측면이 현실의 차원을 벗어나 초월적 지향으로 수렴되어 역으로 현실을 모반하는 상황이 전개되기도 했다. 이것은 근대계몽기 소설의 우의성이 갖는 공

---

7) 이재선, 「개화기 우국소설」, 『개화기 우국문학』, 신구문화사, 1974. p.143.

(功)인 동시에 과오(過誤)이기도 하다.

근대계몽기 소설에 나타난 알레고리는 당대의 담론을 수용하는 한편, 그것을 거시적인 차원의 국가와 민족으로 확대 재생산함으로써 국가적 위기에 적극적으로 대처했다는데 의의가 있다. 명백하게 정치적인 의도에서 시도된 알레고리는 작가의 정치적 이념이나 역사관, 국가관을 내포하면서 성찰과 설득, 그리고 저항과 전복의 가능성을 보여줌으로써 문학에 대한 사회참여 수준을 충족시켰다고 볼 수 있다. 소설이 계몽의 언어로 전환되면서 서사의 내부를 주조하는 공적 담론은 독자에게 새로운 전망을 제시해야 했고, 이러한 의도로 제작된 우화소설들은 당대의 부유하는 담론을 담아낼 적당한 글쓰기의 방식이었다고 할 수 있다.

또한 근대계몽기 소설의 우의성은 정치적 이데올로기의 자장 안에서 비상식적이고 탈중심적인 경험의 차원을 극복하고 새로운 질서를 구축해내기 위한 시도였다는 점에서 주목을 요한다. '조선'이 '대한제국'으로 국호를 새로 부여받는 과정에서 본격적으로 담론의 공적 공간을 횡단하면서 민중과 민족, 역사와 국가를 알레고리의 차원으로 재해석한 것이 우의성이다. 즉, 존재론적인 위기의식의 발현이 담론의 층위에서 문학의 층위로 넘어가는 과정에서 그 매개적 역할을 담당했던 것이 소설의 우의성이라 할 수 있다. 우의성은 현재의 상황에 좌절하지 않고 어떠한 방식으로든 그것을 극복해야 한다는 인식을 일정하게 반영한 것으로, 알레고리의 서술원리로서 개인적 차원의 독서 경험을 공적 의식으로 담합시키는 문턱의 역할을 한 것으로 볼 수 있다.

2: 우언·우화·우의성의 계보

우리나라 문학연구는 보통 근대계몽기를 기준으로 그 이전과 이후로 나누어 연구되고 있다. 근대계몽기 이전 작품들에 대한 논의는 고전문학에서, 근대계몽기에서부터 그 이후는 현대문학에서 연구되고 있다. 사실 이런 이분법적인 구분은 양자 상호간의 이질적인 성격 내지 패러다임의 변이가 확실하게 존재하고 있었다는 비연속적 분기 개념에 의해 성립된 것으로 볼 수 있다. 그러나 이렇게 시대를 양극화하는 비연속성은 과거와 현재의 역사적 상호 관련성이나, 미적 경험의 변화 등을 배제하여 문학연구에서 역사성이 간과되는 원인이 되고 있다. "문학사의 전개는 역사적 시간의 흐름 속에서 변화에 의해 새로운 미적 가치를 산출하려는 욕망의 분화 원리와 기억의 지속을 재생하는 지속원리의 상호관계에 의해서 전개되어 나가는 것이다."[8] 분화원리와 지속원리라는 씨줄과 날줄의 얽힘 속에서 미적형태와 규범들은 전이-반복, 이질-동질의 과정을 거쳐 나름의 독창성을 갖게 되고, 이것이 하나의 양식으로 정착된다고 볼 수 있다. 특히 우의성을 중심으로 하고 있는 우화소설의 경우는 근대계몽기에 갑자기 나타난 장르가 아니기 때문에 연속성의 측면에서 고찰되어야 할 것이다. 따라서 우화소설의 연구는 이전 시대의 전통과 역사적 맥락이 함께 고려되어야 한다. 이에 본고는 우화소설의 우의적 특성이 근대계몽기 이전에 어떻게 형성되어 왔는지 먼저 살펴보기로 한다.

여기에서 논의할 우화·우화소설은 그 연원이 깊다고 할 수 있다. 중국고대 우언집인 『莊子』에서부터 용재 성현의 『부휴자 담론(浮休子談論)』,

---

8) 이재선, 『한국문학의 원근법』, 민음사, 1996. p.57.

이광정의 『망양록(亡羊錄)』 등은 우화와 우언으로 쓰여졌고, 조선시대의
동물을 의인화한 우화소설은 "향촌사회의 변동, 특히 새롭게 성장하는
민의 성장과 그 과정에서 그들이 향촌 사회 내 여러 세력과 겪던 경쟁・
갈등의 양상을 우의적으로 반영"[9]하였다. 이에 비해 근대계몽기의 소설
에 나타난 우화들은 국가의 총체적인 위기상황에 대처하는 방법으로 기
존의 질서에 대해 비판하고 계몽하고자 하는 의지를 드러낸다. 전자가
단순히 풍자와 희화를 위해 쓰여 졌다면, 후자는 계몽과 계도, 설득과 미
래에 대한 비전까지 제시했다는 점에서 다르다. 그리고 당대의 담론과
연설, 논평, 대화, 토론 등의 서술적 방식들을 동원하고 이전의 우언과
우화가 갖는 형식을 융합하여 새로운 형식의 소설을 창작했다고 볼 수
있다.

　근대계몽기 우화소설이 중국의 우언・우화의 전통과 관계하고 있
고,[10] 특히 중국의 우언전기는 본고에서 논의하고자 하는 역사적 우의성

---

9) 정출헌, 「조선후기 향촌사회 변동과 우화소설」, 『민족문학사 연구』, 민족문학사
　연구소, 창작과 비평사, 1991. p.183.
10) 중국의 우언은 일본에도 그 영향을 미쳤다고 볼 수 있다. 일본 우언의 시초는 『原
　氏物語』(겐지모노가타리)이라는 설이 가장 유력하다. 『原氏物語』의 주석서 중
　에 하나인 『河海抄』(가카이쇼)(四辻先成 著, 1367년)에 이것이 『장자』의 우언
　을 모방한 것이라는 설이 있다. 『河海抄』는 옛날의 說들을 집대성한 것으로 어
　구(語句)의 해석면에서 뛰어난 업적을 남긴 책이다. 일본의 학계에서는 『장자』
　의 우언이 『原氏物語』의 교회훈계성(敎誨訓戒性)을 지탱하는 문학적 방법으로
　쓰여졌다는 것이 통용화되어 있다. 장자의 우언론에 대해 두 가지 형태로 전개되
　는데 하나는 표현 속에 진리를 담는다고 하는 문예광언기어설(文藝狂言綺語說)
　과 결합한 겐지모노가타리 우언설이 그것이며, 다른 하나는 표현의 진기함에 역
　점을 두는 하이카이우언설(俳諧寓言說)이 그것이다. 일본에서도 우언의 전통은
　중국에서와 같이 간단한 이야기의 차원에서 비롯되었고, 이것이 또한 간접화의
　담화방식을 가지고 있었다는 것은 주목할 만하다. 현재 학계에서는 겐지모노가타
　리 학설이 유력하게 작용하고 있다.
　편무진, 「일본의 우언론」, 『동아시아 우언론과 한국의 우언문학』, 집문당, 2004.
　p.200. 참조.

의 방법론을 제공한다는 측면에서 이에 대한 논의가 필요하리라 본다. 우언의 전통은 고대 중국의 기원전 6세기로 추정된다. 중국의 우언은 시가와 함께 중국 문학사에 있어서 가장 오랜 원류를 지닌 문학 장르 가운데 하나로서 선진(先秦)시기에 이미 대량의 창작이 이루어졌다. "일종의 수사적 기법의 차원에서 출발한 중국의 우언은 오랜 세월을 거쳐 기존의 여러 장르들과의 융합을 통해 하나의 장르"11)로 정착되었다.

최초의 우언은 『좌전』12)(선공(宣公) 11년, BC 598)이지만, 보편적으로 알려진 것은 『장자(莊子)』의 〈우언(寓言)〉 편이다. 여기에서 장자는 '삼언(三言)'을 말하는데, 그것이 '우언(寓言)', '중언(重言)', '치언(卮言)'이다. "우언은 바깥 것을 빙자해서 논하는 것이고, 중언은 권위 있는 말을 인용해서 말하는 것이고, 치언은 날마다 일어나는 것으로 시비를 초월하는 것이다."13) 라고 말하며, "열에 아홉을 차지하는 우언은 다른 것을 빌려서 논하는 것이다14)"라고 언급한다. 즉 우언은 우회하여 다른 어떤 것에 가탁하여 말하는 방식이다. 의미를 충분히 전달하기 위해 보편적인 것을 통

---

11) 남철진, 「中唐 우언의 장르 분화 연구- 유종원 우언문을 중심으로」, 『중국어문학논집』20호, 중국 어문연구회, 2002. p.498.

12) 천푸칭(陳蒲淸), 오수형 역, 『중국우언문학사』, 소나무, 1994. p.20.
최초의 우언에 대해 기록하면 다음과 같다. "그해 (BC 598) 진나라에 내란이 일어나자 초나라 장왕이 내란 평정을 핑계로 진을 멸망시키고 이를 갈라 초나라의 현으로 만들었다. 진나라 대부인 신숙시가 초 장왕에게 말했다. '소를 끌고 남의 밭을 지나가니 소를 빼앗았습니다. 소를 끌고 지나간 사람에게 분명 죄가 있으나 그렇다고 소를 빼앗은 것은 과중한 벌입니다' 그는 이 비유로 진을 회복시켜 주어 제후의 비난을 면하도록 초나라 장왕에게 권유했고, 장왕은 신숙시의 말을 들었다." 천푸칭은 이 우언이 이야기의 줄거리가 빠져 있어 일반적인 비유에 가깝고, 우언의 형식만을 가진 것으로 평가한다.

13) "寓言十九, 重言十七, 卮言日出, 和以天倪" (『莊子』 〈寓言〉)
열중 아홉을 차지하고, 중언은 열중 일곱을 차지하며, 치언은 날로 말하여 天倪로써 세속의 衆論을 한결같이 조화시킨다.

14) "寓言十九, 籍外論之" (『莊子』 〈寓言〉)

해 특수한 사실을 알리는 것이 우언인 것이다. 이것은 오늘날 규정하는 문학 양식으로서 우언을 가리키는 것, 또는 단순히 장자의 철학적 담화 방식을 말하는 것이었든지 간에 서사의 간접화 방식은 소설의 개념과도 상통하는 면이 있다고 하겠다.

천푸칭은 우언의 기본요소로 두 가지를 제시한다.

> 첫째는 고사(故事)의 줄거리이다. 둘째는 비유의 기탁(寄託)으로서, 갑을 말하면서 그 뜻은 을에 두는 방식이다. 이 조건에 따를 경우 우언은 일반 비유와 구별되고, 하나의 줄거리를 가지고 있어야 하므로 영물시(詠物詩)와 구별되고 금언시(禽言詩) 및 기타 이상(理想)을 기탁한 시문과 구별된다. 두 번째 조건에 따를 경우는 일반고사와 구별된다. 일반고사의 경우는 간접화를 거치지 않는다.[15)

천푸칭은 우언을 규정하는 기준으로 '이야기'와 '기탁적 방법'을 제시한다. 이 두 요소는 우언을 규정하는데 매우 유용한 방법이다. 그동안 우언의 범주가 확대되어 짧은 금언도 우언의 범주로 인정되었지만, '이야기'의 개념이 우언의 조건이 됨으로써 좀 더 구체적인 범주가 확정된다. 그리고 우언을 이루는 조건으로 이야기의 '직접화'와 '간접화'를 구분한다. 여기에서 '간접화'는 '기탁(寄託)'을 의미하는 것으로 볼 수 있다. 일반고사가 이야기의 이중적 의미나 은폐된 의미를 의도하지도 않는 것에 비해 우언은 '간접화'를 거친다. 의미를 전달하기 위해 문자 그대로 전달하는 직접성이 아니라, 빗대어서 이야기하는 것이 '간접화'이다. '갑'의 의미를 '을'에 기탁하여 표현함으로써 의미를 우회적으로 전달하게 되는 것이다. 이것은 '비유'의 다른 표현이라고도 할 수 있다.

---

15) 천푸칭, 앞의 책. p.14.

중국의 우언은 여러 형태를 포섭하게 되는데, 그 중의 하나가 전기에 관련된 우언이다. 남철진은 중당(中唐)의 우언을 순수 우언류, 우언과 의론의 결합류, 탁전류(托傳類), 우의체 사부류(寓義體 辭賦類) 등으로 나누고 있다. 여기에서 주목할 것은 탁전류에 관한 것이다. 탁전은 허구적인 인물고사를 통해 풍자와 교훈의 의미를 전달하는데 목적을 두는 글이다. 후에 이것은 실제적 인물을 입전하는 우언전기로 발전한다. 전(傳)과 우언의 장점이 결합된 형식인 우언전기(寓言傳記)는 풍자와 교훈적인 문학이 요청되는 시대에 부응하기 위해 새로운 양식으로 발전한 것으로 볼 수 있다.

우언전기에 대해 안병설은 좀 더 자세하게 논의한다. 그는 전(傳)과 우언이 서사적 교술이라는 장르에 속하듯이 기술방식이나 창작 목적, 취지 등에서 서로 상통하는 바가 적지 않다고 논의한다. "작가의 의도에 따라 작위적인 창작이 가능한 우언의 장점과 우언에 비해 객관적이고 정확하게 작가의 의도가 전해질 수 있다는 전의 장점이 결합하여 탁전이라는 새로운 문학양식으로 발전된다."[16] 즉, 전의 소재는 보조적 수단일 뿐 작자의 의도는 행위나 사건 뒤에 기술되는 내용에 나타난다. 안병설은 이

---

16) 안병설, 『중국우언전기연구』, 대만정치대학 중문연구소 박사학위논문, 민국77년. p.520.
   이 논문에서 안병설은 우언전기를 네 가지로 나눈다. 1) 史傳 2) 家傳 3) 托傳 4) 暇傳. 1) 사전(史傳)은 인물 중심의 역사 기록으로서 역사인물을 평가하여 세인에게 처세의 지혜를 터득하게 하는 전이다. 정체와 변체로 쓰인다. 2) 가전(家傳)은 문인이 사사로운 입장에서 어떤 인물의 들어나지 않은 훌륭한 점 등을 기술하여 표창함으로써 세인에게 교훈을 주는 전이다. 3) 탁전(托傳)은 특수한 내용을 작자가 의도하는 목적에 따라 서술하고 작자의 의도를 서술하는 형식으로 전류의 특징인 평결이 없다. 계세성이 짙고 우언적인 것이 특징이다. 4) 가전(暇傳)은 생활주변의 사물을 의인화하여 의도적으로 창작 전을 써서 경세적 목적을 얻도록 하는 전기이다.

것을 우언전기[17]라고 칭한다. 우언전기는 가전(假傳)과 구분되는데[18] 가전은 생활주변의 사물을 의인화하여 의도적으로 전을 창작하는 것이지만 우언전기는 탁전 속에 우의와 풍자가 깃든 것이다. 안병설의 논의는 근대계몽기 역사전기소설의 우의적 성향을 이해하는데 많은 도움을 준다. 다시 말해 역사전기 소설에서 보이는 구국영웅의 전기적 성격은 탁전의 일종으로 볼 수 있다는 것이다. 그리고 우언전기는 우의를 더욱 강조하기 위해 서술자의 논평을 통해 작가의 의도를 분명히 한다는 것에서 근대계몽기의 우화소설에도 적용 가능하다.

우리나라의 경우 우언의 서사적 형상화의 측면에서 주목되는 것은 용재 성현의 『부휴자담론(浮休子談論)』[19]의 〈우언(寓言)〉편이다. 이 저서에서 우언의 특징은 작가의 관념을 대변하는 인물과 또 다른 인물이 문답을 통해 관념을 표현한다는 것이다. 기존의 우언이 어떤 상징성을 내재한 형상을 제시함으로써 우의를 읽어 낼 수 있도록 한 것과는 달리, 여기에서는 등장인물의 입에서 진술되는 의론을 통해 우의가 도출된다. 또한 이광정의 『망양록(亡羊錄)』은 근대계몽기의 단형 우화소설의 전형을 보여준다는 점에서 주목할 만하다. 이 책에는 21편의 우언이 짧은 이야기 형태로 제시된다. 그리고 내용적인 면에서는 조선의 봉건사회가 해체

---

17) 안병설, 앞의 책. pp.131-154. 참조.
18) 가전과 동물우언은 의인화라는 점에서만 같다고 할 수 있다. 안병렬은 이를 네 가지로 구분한다. 1) 가전은 사물자체가 원관념이고 의인화된 인간은 보조관념으로 사용된다. 우화는 의인화된 인간은 원관념이고 동식물은 보조관념이다. 2) 가전의 완전 의인이고 우화는 부분 의인이다. 3) 가전은 일대기이고, 우화는 단편이다. 4) 가전은 무생물을 의인화하고, 우화는 사물을 의인화한다.
안병렬, 「한국가전문학연구」, 고려대학교 박사학위논문, 1986. pp.166-168.
19) 『부휴자담론(浮休子談論)』의 〈寓言〉은 '雅言', '寓言', '補言'으로 구성되어 있다. '아언'은 부휴자의 말을 통해 전달되는 의론문이며, '보언'은 중국의 고사를 중심으로 이야기하고 있다.

되어 가는 과정에서의 변화와 혼란, 위기 등을 표현하고 있다. 표현주제
에서도 동물이 등장하는 우화, 일화, 몽유 등 다양한 서사 형태가 제시되
고 있다. 서술방식은 단순하게 이야기로만 전해주는 것이 있고, 꿈의 액
자구조를 통해, 또는 대화를 통해 우의를 전달하는 경우도 있다. 그 중에
는 장형의 서사로 이루어진 「노파의 다섯 가지 즐거움」은 "사회를 보는
안목과 인격수양에 도움이 될 만한 재미있는 우언을 통하여 삶의 올바른
길을 제시"[20]하려 했던 작가의 의도가 우언을 통해 명확히 드러나고 있다.

조선후기 우화소설은 「노섬상좌기」, 「두껍전」, 「서대주전」, 「서동지
전」, 「장끼전」, 「토끼전」 등은 두꺼비, 쥐, 장끼, 토끼 등의 동물들을 통
해 교훈과 흥미를 전해주고 있다. 이 시기의 우화소설은 중세에서 근대
로의 이행기에서 볼 수 있는 사회적 혼란상과 변혁기적인 상황을 동물을
등장시켜 우회적으로 표현하고 있다. 이 소설들은 "동물들 사이에 그들
이 지닌 힘의 논리를 기초로 한 상호우열 관계를 설정함으로써 세계상의
동태적 측면을 부각[21]"시키고, 이를 인간 세계와 등치시킴으로써 당대의
사회적 관계망을 다각적으로 고찰하고 있다.

그 중에서도 「두껍전」은 쟁년형(爭年型) 우화소설로 "축적된 경제적 힘
을 기반으로 영향력을 키워가던 평민 내부의 갈등과 나아가 향촌 사회에
서 점차 지배력을 상실해 가던 사족과의 갈등"을 주요하게 다루고 있다.
그리고 송사형(訟事型)인 「서대주전」은 "빈부의 양극화가 초래했던 새로
운 모순과 말단 통치체제의 일원인 수령, 아전들의 횡포와 그 이면에 감
추어진 탐욕"[22]을 형상화하고 있다. 이 우화소설들은 19세기 봉건제의

---

20) 김영, 『망양록 연구』, 집문당, 2003. p.17.
21) 민찬, 『조선후기 우화소설 연구』, 태학사, 1995. p.9.
22) 정출헌, 앞의 책. p.260.

붕괴와 신분질서의 파괴, 그리고 화폐제도에 의한 사회적 모순과 불합리성을 비판하고 있다.

그러나 조선후기의 우화소설과 근대계몽기의 우화소설은 동물들이 인물로 등장하는 것은 동일하지만 소설의 목적이나 지향성, 서술적인 측면에서는 다른 양상을 보인다. 조선후기 우화소설은 현실의 문제들을 "일정한 관습으로 굳어진 동물의 세계 속에서 발견해 내고 거기에 자신의 문제의식을 투영"[23] 할 뿐이지만, 근대계몽기 우화소설은 사회적 현실과 이러한 문제가 발생하게 된 원인에 천착하여 이를 비판하는 적극성을 보인다. 또한 전자가 "단지 경제적인 힘에 의거하여 변모되어 가는 당대 세태가 전편에 걸쳐 풍속화적 차원에서 그려질 뿐이고, 따라서 독자들은 거기에서 앞으로 도래할 시대의 향방을 희미하게 감지 할 수 있을 따름"[24]이지만, 후자는 경제적 문제뿐 아니라 사회·역사적인 측면에서 과거의 전통과 인습에 대한 반성과 현재의 새로운 문명에 대한 자각을 아울러 견지하고 있다. 그리고 현재의 모순에 대한 비판이 미래에 대한 기대와 확신을 추동하는 역할을 한다.

서술적인 측면에서도 조선후기 우화소설은 쟁년형과 송사형의 다툼을 소재로 고소설의 서술적 형태를 따르고 있지만, 근대계몽기 우화소설은 토론과 대화, 연설의 다양한 형태의 문체로 소설의 내용을 효과적으로 전달하고 있다. 이러한 서술의 형태는 당대의 글쓰기의 방식을 적극적으로 수용한 결과이다. 조선후기와 근대계몽기에 이러한 우화소설이 성행하게 된 것은 시대의 위기의식과 현실 비판을 통해 현재를 개조하고자 하는 의도에서 비롯되었다고 할 수 있다. 추상적인 것을 구체화하는 알

---

23) 조동일, 『한국문학통사 3』, 지식산업사, 1984. p.94.
24) 정출헌, 앞의 책. p.263.

레고리는 단순한 교의적 차원에서부터 이데올로기적인 차원까지 다양하게 제시됨으로써 당대의 독자들을 담론의 자장 안으로 견인하는 역할을 한 것이다.

우화소설은 중국에 그 기원을 두고 있지만 위에서 살펴본 바와 같이 우리나라의 시대적 배경과 환경, 현실에 근거해 변이되었다. 그리고 이 것은 조선시대 허구적 개념의 형성과 맞물려 소설적으로 변용되었고, 근대계몽기에 이르러 국가적 위기 상황을 극복하기 위한 다양한 형태의 작품들이 쓰여졌다고 볼 수 있다.

제 2 장
알레고리의 의미와 구조화 방식

알레고리는 예술에서 보편적인 것을 특수한 예를 통해 기술함으로써 추상적인 것을 구체화 시키는 문학의 테크닉을 의미한다. 알레고리는 비유로서 사용되는 것만이 아닌, "은밀하게 남아 있는 어떤 것을 공공연한 것으로 노출하는 것을 의미"[1]하기도 한다. 알레고리에 대한 정의 중에 우선 이상섭의 논의는 참고할 만한데, 그는 알레고리를 〈확장된 비유〉라고 정의한다. 알레고리는 "표면적으로는 인물과 행위와 배경 등 통상적인 이야기의 요소들을 다 갖추고 있는 이야기인 동시에 그 이야기 배후에 정신적, 도덕적, 또는 역사적 의미가 전개되는 뚜렷한 이중 구조를 가진 작품"이다. "따라서 구체적인 심상의 전개와 동시에 추상적 의미의 층이 그 배후에 동반되는 것이 의식되도록 쓰여진 작품이 알레고리"[2]라고 정의한다. 즉 알레고리는 A를 말하면서 B를 말하는 것으로, B의 의미가 작가가 의도하는 글의 목적이 된다.

---

1) J. Hillis Miller, Ibid. p.356.
2) 이상섭, 『문학비평용어사전』, 민음사, 1976. p.193.

알레고리의 어원은 "allegorein(다르게 말하다)으로 allos(other)(다르다) + agoreuein(to speak)(말하다)에서 온 말이다. 그리고 'agoreuein'(말하다)은 'agora'(시장, 광장)에서 유래되었고, 이것은 시장 또는 'assembly'(회합)의 관습적인 장소를 말한다."3) 알레고리의 어원에 회합의 장소를 포함하고 있는 것으로 보아 알레고리의 주요 목적은 대중들과의 소통이었다는 것을 짐작하게 한다. 알레고리는 아리스토텔레스의 『시학』에서 시적 표현에 대한 변호로서 이용되었고, 이후 기독교 성서에서 구약의 사건과 신약의 사건을 연결해서 해석하면서 저급의 수사적 방법으로 인식되었다.

우화(fable)와 중세 설교 등에서 쓰이는 예화(exemple), 비유이야기(parable) 등은 알레고리의 한 하위 장르로 분류된다.4) 알레고리가 문학적 형상화 방법으로 인정되기 시작한 것은 낭만주의 시대의 비평가들에 의해서지

---

3) J. Hillis Miller, Ibid. p.355.
4) 우화(fable)는 도덕적 명제나 인간 행동의 원리를 예증하는 짧은 이야기로서 대부분 그 결론 부분에서 화자나 작중 인물 중의 하나가 〈경구〉의 형식으로 도덕적 교훈을 진술한다. 대표적인 것이 동물우화beast fable이며 동물들이 의인화되어 스스로 자신을 대변하여 인간처럼 말하고 행동을 함으로써 인간을 희화하고 풍자한다. 일련의 동물우화는 기원전 6세기의 이솝이 지은 것이 많이 알려져 있다. 알레고리의 한 방법론으로 알려진 비유 이야기(parable)는 구성부분과 작가가 독자에게 알리려고 하는 명제 또는 교훈 사이의 암묵적이면서도 상세한 유사성을 강조할 수 있도록 제시되는 짧은 설화를 말한다. 또한 이것은 "이야기하는 사람이 독자를 깨닫게 하고자 하는 명제나 교훈사이에 있는 묵시적이면서도 상세한 유추에 역점을 두도록 제시한다. 예로는 선한 사마리아인과 탕자의 비유를 들 수 있고, 무화과나무에 대한 그리스도의 비유가 있다. 이에 비해 예화(exemplum)는 일상과 현실에 대한 인물들이 사람으로 등장한다는 점에서 비유와 다르다. 이것은 설교의 보편적 주제에 대한 특수한 예화로서 이야기되는 것으로 이 기법 또한 중세에 성행했다. 좀 더 의미를 확대시키면 이 용어는, 종교적인 것이 아니라 할지라도 어떤 형식을 갖춘 훈계에서 사용되는 이야기에도 적용될 수 있다. 즉 일상에서 일어나는 주변적인 이야기를 교훈적인 목적을 위해 사용할 경우가 이에 해당된다.
M.H. Abrams, 최상규 역 『문학용어사전』, 예림기획, 1997. pp.15-20.
김명섭 편, 『세계문학비평용어사전』, 을유문화사, 1985. p.329.

만, 이들은 알레고리를 소박한 수준의 비유로 평가하였다. 이러한 평가의 요인은 알레고리가 단순히 수사적인 차원에서 논의되었기 때문이기도 하고, 중세의 세계관이 알레고리적인 인식을 수용하지 못했기 때문이기도 하다. 이러한 부정적인 평가는 현대에 와서 구조주의와 해체주의자들에 의해 불식되었고 알레고리의 특성은 다시 조명된다.5) 토도로프는 알레고리를 'fable' 과 'fairy tale'로 분류하면서, 이것이 "도덕성과 윤리성을 자체적으로 포함하고 있다"6)고 언급한다. 그러나 그는 외면으로서의 알레고리와 내포로서의 비의미적인 것 사이를 구별하지 않았고, 표면적인 의미의 단순한 진술뿐만 아니라 문자에 있어서 소통과 지시에 관련된 분열까지 알레고리로 보고 있다.

해체주의에서 알레고리는 단순한 수사법이 아닌 해석의 결과에 대한 논의인 동시에 해체적 읽기에 대한 방법의 하나로 논의된다.7) 폴 드만은

---

5) 러시아 형식주의자들은 '우화', 즉 이야기story 혹은 이야기 재료라고 할 수 있는 시간적·인과적 계기를 주제와 구분하고 있다. 우화는 모든 모티프들의 총계인 반면에 주제는 모티프들을 예술적으로 순서 있게 재현한 것이다. 우화는 말하자면 소설의 원래 재료들(작가의 체험, 독서)로부터의 추상화이며, 주제는 우화로부터의 추상화이다. 노드롭 프라이는 서사문학이 주제중심으로 쓰여지거나 해석되어 질 때 서사문학은 비화 즉 설명적 우화가 된다고 말한다. 모든 공식적인 알레고리는 그 성질상 주제 쪽에 커다란 관심을 갖고 있으나 서사문학을 그 주제적 측면에서 비평한다고 해서 그 문학이 결과적으로 알레고리로 변하는 것은 아니라고 말한다. 시인은 그가 사용하는 이미지들이 전례나 교훈과 어떤 관계가 있는가를 분명하게 지시하려고 할 경우, 이것이 사실상의 알레고리라고 본다. 소박한 알레고리는 논술적인 문장의 위장된 형식이며, 교훈적인 이야기, 교육적인 문학에 속한다.
르네 웰렉 & 오스틴 웨렌, 이경수 역,『문학의 이론』, 문예출판사, 1987년. p.323-324.
노드롭 프라이, 임철규 역,『비평의 해부』, 한길사, 1982. pp.132-159.
6) L. Hunter, *Modern Allegory and Fantasy*, St. Martin's Press. 1989년. p.136.
7) 20세기 중반 이후 알레고리 연구는 물질적 세계와 인간들의 관계방식에 대한 주제로 논의된다. 스피박은 텍스트의 활동보다 이데올로기에서의 변화에 기초하여 중세 알레고리와 근대 알레고리의 차이를 구분하고 있다.

알레고리를 해석에 대한 표현방법과 대상 사이의 이질성으로 보고 있다. 그는 자질적인 것들을 생산적으로 병치하고 순환시키는 비결정적 읽기의 차원에서 알레고리를 논의한다. 그가 인식하고 있는 알레고리는 문학의 전통에 대한 허구성을 폭로하기 위해 필요한 도구이다. 기표와 기의 사이에 존재하는 통합성은 애초부터 상정될 수 없는 것이고 가능하지 않는 것이다. 알레고리는 이러한 단일한 의미 구성 자체가 불가능하도록 하는 원리이다. "알레고리는 일치하고자 하는 모든 향수와 욕망을 포기하는 작업이다."8) 폴 드만이 정의하고 있는 알레고리는 지시대상을 동일성으로 묶어내는 수사법이 아니다. 폴 드만은 이런 알레고리의 이질적인 것이 문학이 가지고 있는 본질이라고 이해하고 있다.

　기존의 이론가들에 의해 알레고리의 다양한 측면들이 연구되면서 이것은 메타적 글쓰기의 방식9)으로 까지 논의되고 있는 상황이다. 이에 본

　L. Hunter, Ibid. p.141.

8) De Man, The Rhetoric of Temporality, Blindness and Insight, Metheun Co. Ltd, 1983. p.207.
　폴드만은 알레고리를 단순한 수사법이 아닌 해석의 결과에 대한 논의인 동시에 해체적 읽기에 대한 방법의 하나로 정의한다. 그래서 그는 알레고리를 수사적 차원이나 비유의 차원 또는 서술의 차원으로 논의하지 않는다. 그는 해석의 차원으로 알레고리의 표현방법과 대상 사이의 이질성에 주목하고 있다. 알레고리는 자질적인 것들을 생산적으로 병치하고 순환시키는 비결정적 읽기의 차원에서 설명되며, 알레고리는 문학의 전통에 대한 허구성을 폭로하기 위해 필요한 수단이다. 상징이 동일성과 통합성을 강조한 것이라면 알레고리는 이질적인 원칙에 의해 구조화 된다. 폴 드만은 이런 알레고리의 이질적인 것이 문학이 가지고 있는 본질이라고 이해하고 있다. 기표와 기의 사이에 존재하는 통합성은 애초부터 상정될 수 없는 것이다. 알레고리는 일치하고자 하는 모든 향수와 욕망을 포기하는 작업이다. 따라서 폴드만은 알레고리가 지시대상을 동일성으로 묶어내는 수사법이 아니기 때문에 알레고리는 언어가 갖고 있는 동일성에 대한 환상을 깰 수 있다고 언급한다.
9) 페트리샤 워는 우화를 메타픽션의 유사한 양식으로 정의한다. 우화는 메타픽션처럼 동일한 과정에 모든 다른 시각을 갖고서, 언어처럼 자신의 구조에 자의식적으로 반영하는 픽션이라고 말한다. 즉 이 서사는 동일한 과정에 대해 또 다른 전망

장에서는 알레고리의 성격과 특성을 세 가지 측면에서 중점적으로 논의하고자 한다.

1: 대상간의 유사성과 의미의 전이 가능성

알레고리는 속뜻을 감추고 다른 사물을 내세워 그 의미를 말하게 하는 간접화의 표현기법이다. 즉, 속뜻과 다른 사물과의 간극이 알레고리이다. 알레고리는 낭만주의의 이론가들에 의해 상징과 비교되어 정의되었다.[10] 이러한 연유는 알레고리의 특성이나 형태가 상징과 유사하기 때문인데, 코울리지는 "상징이 특수와 보편의 유기적인 통일성을 드러내는 반면에 알레고리는 실체가 없는 추상화 작업에 불과하다"[11]고 말한다. 그는 알

을 제공한다고 언급한다. "명백하게 '메타픽션적'인 것과 보다 명백하게 '우화적'인 것, 이 두 자의식 소설에 대해 간략하게 살펴보면, 메타픽션이 환상의 구성과 파괴 사이의 대립을 통해 허구성의 개념을 탐색하는 것을 보여주고, 크리스턴 부룩로즈가 기법과 반기법 사이의 완화된 긴장이라고 말하듯이 우화는 목소리들 사이의 갈등을 보여준다기 보다는 오히려 서로 다른 목소리들을 동화시킬 수 있게 하는 하나의 양식화stylization이다."
페트리샤 워, 김상구 역, 『메타픽션』, 열음사, 1989. p.32.

10) 기존의 연구에 의해 제시된 상징과 알레고리의 특징은 다음과 같다.

상 징	알레고리
유기적	기계적
상상적	가공적
자발적	냉담적
계 시	여흥거리
단어, 문장	줄거리
보편적	자의적
체계적	우발적

11) Doborah L. Madsen, *Reading Allegory*, New York : St. Martin's Press, 1994. p.121.
코울리지는 알레고리를 재현 대상에 대한 유사성에 근거하는 것이 아니라 우연적

레고리를 규약이나 비유와 같이 변환에 관계된 것으로 제한하여 정의하고 있다. 코울리지의 이러한 언급은 현대의 알레고리 논의에서 은유의 확장으로서 알레고리를 보는 것과는 매우 다른 견해라고 할 수 있다.

낭만주의자들은 알레고리를 저평가하고 있는데, 그 이유 중의 하나는 자의성 때문이다. "알레고리의 대상은 작가의 자의적인 선택에 의해 구성되며, 이것은 '우발적'이고, '자의적'이고, '관습적'인 특징"[12]을 갖는다. 여기에서 알레고리가 '자의적'이고 '우발적'이라는 것은 보편적 사고를 바탕으로 하지 않는다는 의미이다. 다시 말해 보편적인 인식에 의한 것이 아닌 작가의 주관성에 의해 우연적 연상으로 의지되는 수사가 알레고리인 것이다.

알레고리의 자의성과 추상성에 대해 플레처는 알레고리가 단지 "추상적인 개념을 '그림-언어'로 옮겨놓은 것"[13]이라고 보고 있다. 재현수단과 재현대상 사이의 유기적 연결이 이루어지는 것은 상징이고, 기계적인 나

인 연결을 보여줄 뿐이라고 보고 있다. 즉 상징은 보편적인 사고의 구조를 바탕으로 하는 비유이지만 알레고리는 추상화된 어떤 것에 연관되는 것이다. 그래서 상징은 '상상력'과 관계되고, 알레고리는 '공상'에 연결된다고 보고 있다.

12) 쯔베탕 토도로프, 이기우 역, 『상징의 이론』, 한국문화사, 1995. p.269.
13) Angus Fletcher, *Allegory : the Theory of Symbolic Mode*, Ithaca, Conell University Press, 1974. p.16.
   플레처는 알레고리가 드러내는 이미지를 크게 여섯 가지로 나눈다. 1) 체계적인 부분/ 전체의 관계를 보여주는 이미지 2) 환유와 제유를 모두 포함하는 이미지 3) 의인법을 포함할 능력이 있는 이미지 4) 악마적인 본질을 보여주는 이미지 5) 시각적 양식을 강조하는 이미지 특히 상징적인 분리를 보여주는 이미지 6) 대규모의 이중적 의미를 드러내는 이미지. 플레처는 궁극적으로 알레고리란 이미지를 통해 다른 것을 의미하는 것으로 파악하고 있다. 플레처는 알레고리가 언제나 어느 정도 내적인 갈등을 드러낸다고 보았다. 따라서 플레처는 알레고리가 결코 단일한 의미나 현상으로 환원되지 않는다고 강조하고, 이런 이미지들은 양가적인 감정의 병존을 드러낸다고 보고 있다.
   이윤성, 「폴 드만의 알레고리론 연구」, 경희대학교 영어영문학과 박사학위논문, 1998. p.109. 참조.

열을 하는 것은 알레고리라는 것이다. 그래서 알레고리는 은유, 환유, 제유[14)를 모두 포함한 수사법이라고 정의한다. 플레처는 알레고리가 주제, 또는 재현 대상과 이미지의 결합이고, 그런 이미지들이 양가적인 감정을 드러낸다고 보고 있다. 그는 알레고리의 대상은 그 자체의 내재적 의미를 빼앗겼지만, 오히려 그 때문에 다른 많은 외재적 의미부여의 잠재적 가능성을 지니게 된다고 언급한다. 다시 말해 이것은 재현수단과 대상 사이가 단지 표상으로만 제시되지 않으며, 단일한 의미적인 차원으로 환원되지 않으면서 주제와 긴밀하게 연결된다는 것이다.

보편적인 것을 말하기 위해 특수한 것을 이야기하는 알레고리는 표면 서사와 이면의 의미가 갖는 두 간극은 전이[15) 가능성을 전제로 하기 때문에 성립된다. 전이 가능성이란 "주어진 관계의 맥락 속에서 무의식적 소원이 발현되는 과정"[16)의 가능성을 말한다. 이것은 현재의 상황에서

---

14) 알레고리를 확장된 비유로 보는 의견은 야콥슨이 있다. 야콥슨은 제유의 이론으로서 알레고리가 은유이면서 환유이고, 환유이면서 은유인 수사라고 말한다. 이 것은 일반적인 제유의 이론에 속한다. 그는 알레고리가 은유를 환유로 시적 투사를 한 것으로 보고 있다. 그리고 은유를 낭만주의와 연결시키고 환유를 리얼리즘에 연결시킨다.
Roman Jakobson, *Linguistics and Poetics, the Structuralist*, New York : Anchor Books, 1972. p.95.

15) 여기에서 전이는 A를 말하면서 B를 의미하는 것으로서, A와 B간의 의미의 자리바꿈으로 정의된다. 전이는 프로이드가 처음 언급하는데, 단지 정동이 하나의 생각에서 다른 생각으로 전치되는 것을 가리키는 용어였다. 어떤 관념에서 다른 관념으로의 감정적 대체를 말한다. 후에 전이는 분석가에 대한 환자의 관계를 가리키게 되었다. 이것이 곧 전이라는 용어의 중심 의미가 되었고, 오늘날 정신분석 이론에서도 대개 이런 의미로 이해되고 있다.
딜런 에반스, 김종주 외 역, 『라깡 정신분석 사전』, 인간사랑, 1998. pp.339-345.
박찬부, 「서사적 담론과 〈전이〉의 문제」, 『현대정신분석비평』, 민음사, 1996. pp.239-269.

16) 조셉 칠더스, 게리헨치, 황종연 역, 『현대문학·문화 비평 용어사전』, 문학동네, 1999. p.423.

대상이 의미하는 바에 대한 변화의 가능성을 기초로 하는 개념이다.

그리고 표층적 의미와 심층적 의미의 전이 과정에서 발생하는 인식의 간극은 유사한 사건이나 사물 등에 의해 구체적으로 제시된다. 예를 들어 "한 이야기가 명백하고 지속적으로 역사적 사건이든 도덕·철학적 관념이든 혹은 자연 현상이든 간에 그와 유사한 구조를 갖고 있는 다른 사건이나 관념을 지시하고 있을 때, 거기서 우리는 알레고리를 보게 된다."[17] 이에 대해 스콜즈는 "알레고리의 사실과 허구 사이의 연결고리는 일반적인 유사의 한 양상"[18]이 된다고 말한다. 이런 유사성의 구조는 해석의 과정에서 작가의 의도를 드러내기 위한 방법으로 작용한다. 알레고리는 특수한 것을 보편적인 것으로 치환하는 인식에 바탕을 두고 있기 때문에 독자는 이 과정을 이해하기 위해 텍스트의 작은 부분까지 해석하게 된다. 독자는 텍스트의 세부사항까지 이성적이고 합리적인 해석을 함으로써 알레고리를 이해하게 된다.

알레고리가 상징과 달리 동일성이나 통합의 측면을 무시하고 유사성에 의한 연결을 필요로 하는 것은 주제를 드러내기 위한 의도 때문이다. 즉 알레고리는 철저한 은유적 본질[19]에 근거하여 기표와 기의의 관계를 이룬다고 할 수 있다. 기표된 것과 의미되어지는 것 사이의 거리가 중요하기 때문에 알레고리 작가는 자신의 이데올로기[20]를 전면에 노출하지

---

17) 김영옥, 「벤야민의 문학이론과 알레고리 개념」, 서울대학교 석사학위논문, 1989. p.26.
18) 로버트 스콜즈·로버트 켈로그, 임병권 역, 『서사의 본질』, 예림기획, 2001. p.118.
19) Gay Clifford, The Possibilities of Allegory : freedom and Limitations, *The Transformation of Allegory*, Routledge & Kegan Paul, 1974. p.95.
20) 이데올로기는 1796년 데스튀트 드 트라시에 의해 만들어진 자신의 관념학을 지칭하는 용어이다. 현대비평에서 이데올로기는 네 가지 의미로 사용된다.
   1) 사회 현실을 왜곡하고 현실적으로 해결되지 않는 사회적 모순을 상징적으로

않으면서 의미를 전달할 수 있다. 즉 알레고리 작가는 허구와 현실간의 예시적 연결을 통해서 자신의 주제를 일반화시킨다. 두 간극 사이의 주제의 유사성이나 성격의 유사성, 상황의 유사성, 인물의 유사성 등의 요소들에 의해 알레고리는 구성된다. 알레고리가 계몽의 도식에 유효한 것은 이러한 유사성의 성격 때문이라 할 수 있다.

근대계몽기 우화소설에서 알레고리의 대상과 의미의 유사성은 인물과 공간성·시간성의 구성에 따라 차별화 된다. 「금수회의록」의 경우는 꿈의 공간에서 동물들이 회의를 하고, 이 동물들은 연설을 통해 인간의 행동을 비판한다. 여기에서 알레고리는 꿈이라는 은유를 통해, 그리고 인물의 의인화를 통해 확인된다. 「소경과 안즘방이 문답」의 경우는 현실적 인물인 '소경'과 '안즘방이'를 근대계몽기의 일상인들로 비유해서 그들이 처한 현실에 대한 불구적 상황을 보여준다. 전자는 꿈이라는 환상의 세계를 통해, 후자는 현실에 존재할 만한 이야기를 통해 우회적으로 현실을 비판하고, 이것에 대해 훈계한다. 또한 근대계몽기의 역사에 대한 관심은 알레고리의 대상이 되기도 하는데, 「이순신전」의 경우는 역사적 구국 영웅을 재현하여 근대계몽기의 개인과 등치시킴으로써 알레고리가 된

해소하려는 잘못된 표상 형식 2) 법률, 철학, 윤리, 예술 같은 사회의식의 모든 형태들의 결합 3) 부르주아 이데올로기처럼 단순히 어떤 사회계급 혹은 경제계급이 갖고 있는 것으로 생각된 정치적 관념 4) 모든 개인들의 삶의 가능성을 규정하는 표상 체계 혹은 이야기 체계라는 이론
여기에서 4)는 포스트구조주의자들에 의해 정의된 것으로 1), 2), 3)의 모든 정의의 요소를 이용하여 구성한 것이다. 프레드릭 제임슨은 『정치적 무의식』에서 이데올로기를 알튀세르의 개념을 차용하여 이야기한다. 이데올로기는 "하나의 재현 구조로 즉 개별주체로 하여금 사회구조 혹은 '역사'의 집단적 논리 같은 초개인적인 현실들에 대하여 그/그녀의 살아진 관계를 개념화하는 것 혹은 상상하는 것을 허용하는 구조이다"
윌리엄 도울링, 곽원석 역, 『『정치적 무의식』을 위한 서설』, 월인, 2000. pp.212-213.

다. 여기에서 알레고리의 대상은 국권상실의 위기에 처한 근대계몽기와 이런 위기에 대처하려는 근대계몽기 인물이며, 전이 대상은 과거의 전쟁과 전쟁에서 승리하는 영웅으로 설정된다.

물론 근대계몽기의 역사전기 소설들이 모두 알레고리가 될 수 있는 것은 아니다. 전기소설은 인유의 차원에서 입전인물의 생애 전부가 이야기되거나 일부만이 수록된다.[21] 그러나 알레고리가 되기 위한 전기는 작가의 이데올로기를 표현할 수 있는 논평이 제시되어 있어야만 한다. 보통 알레고리는 작가의 의도를 은폐하기 마련인데, 여기에서 알레고리는 서사 표면에 논평으로 작가의 의도와 이념이 직접적으로 서술된다. 논평을 통해 작가가 전달하고자 하는 교훈적 서사가 언급되고 이것은 작가의 해석에 의해 독자에게 전달된다. 위에서 살펴본 중국의 우언전기는 근대계몽기의 전기류 문학중의 일부를 우화소설로 분류하는데 많은 시사점을 준다.

---

21) 전기소설을 역사성과 허구성으로 분류하고 이것을 심리학으로 해석하고 있는 논의로는 도리트 콘의 연구가 있다.

담화 \ 주인공	역사적	허구적
역사적	역사적 전기 Mazart	역사화된 허구적 전기 Marbot
허구적	허구화된 역사적 전기 Lenz	허구적 전기 Death in Venice

도리트 콘은 허구적 전기에 대해 논하면서 허구적 전기 방식의 해체를 제안한다. 입전 인물에 대한 '내면 생활을 알 수 있는 열쇠'가 부족한 전기작가는 비합법적이고 허구적인 수단을 이용해서 인물을 재현한다. 이것은 오늘날 심리전기 작가들이 사용하는 방법이다. 그럼에도 심리 분석적 담화는 "우리는 모른다", "불확실한 상태다", "―의 여부는 결코 알지 못할 것이다"와 같은 무지를 단언하는 구절들로 되어 있다. 이것은 거의 모든 심리학적 해석을 양태화한 것으로 볼 수 있다. Dorrit Cohn, Breaking the Code of Fiction Biography, *The Distinction Of Fiction*, The Johns Hopkings U.P. 1999. pp.82-85.

2: 공공의 상상력과 세계에 대한 사유

알레고리는 본질적으로 표현의 양식이다. 그것은 "문학의 기능에 대해 표현한다는 의미에서 그리고 세계 인식에 대해 표현한다는 의미에서 사유의 양식이기도 하다."[22] 그래서 알레고리는 보통 역사적·시대적 삶을 효과적으로 표현하는데 사용되었고, 이것은 삶의 가치를 통찰하게 하는 세계 인식의 방법으로 정의되었다. 보통 알레고리는 원관념과 보조관념이 1:1 대응의 관계를 보여주고, 그 사이의 필연적인 동일성을 추구한다. 알레고리는 다의적이지 못하고 일의적이기 때문에 이 기호가 담아내는 메시지는 하나의 주제에 수렴되고 폐쇄적인 상징질서가 아닌, 즉 자신의 위기경험과 흡사한 세밀하고도 개별적인 전제를 필요로 한다. "알레고리는 총체적 의미화 과정의 부정으로서 제 2, 제 3의 상징 질서를 구축"[23]한다. 이렇게 되는 이유는 알레고리가 지시적 맥락을 형성하며 교훈성이나 목적성을 강조하기 때문이다. 따라서 알레고리는 절대적 대응 관계를 전제로 하기 때문에 주제적인 측면에서 작가의 목소리는 확실하게 전달된다.

알레고리는 지시적 측면, 문맥적 측면, 그리고 서술구조의 측면에서 의미가 전달되기 때문에 서술에 대한 구조적 특징을 논의해야한다. 가다머는 알레고리라는 말이 "본래 술화의 영역에서 '애초에 의도된 것과 다르게 말한다'는 것에서 유래되었고, 상징은 징표·인식표·증명서 등의 의미에서 유래"[24] 되었다고 언급한다. 상징은 단어나 어절로 표현되는

---

22) Gay Clifford, *The Transformations of Allegory*, Routledge & Kegan Paul, 1974. p.14.
23) 김응숙, 「문화연구와 일상경험의 세계 : 발터 벤야민의 매체개념과 수용에 관한 논의」, 『한국언론학보』 제42-43호, 1998. p.71.

반면 알레고리는 완전한 서술구조에 의해 완성된다. 그에게 알레고리는 추상적인 개념을 형상화하는 것이고 상징은 기호와 의미 사이의 형이상학적인 친화성을 전제하는 것이다. 즉 상징은 어떠한 전제나 서술 없이도 존재하지만, 알레고리는 그것이 없다면 성립자체가 불가능하다. 알레고리는 서술구조에 의해 생성되기 때문에 단어의 축어적인 의미와는 달리 세계에 대한 구조와 인식을 드러낼 수 있다는 것이다. 따라서 알레고리는 이미지의 차원에서 현시될 뿐만 아니라 주제적인 차원으로까지 확대된다고 할 수 있다.

프렌첼은 알레고리가 사회학적인 맥락에서 이해되고 인식된다고 언급한다. 이러한 프렌첼의 언급은 알레고리의 해석에 필요한 공시적인 측면을 논의했다는 점에서 주목된다.

알레고리는 결코 그 자체로서 가치와 기능을 지니지 않고, 언제나 다른 어떤 것을 지시한다. 형상과 의미는 갈라지고, 교체가 가능하다. 알레고리의 합리주의적 성격에 따라 형상의 자리에 관념이 들어온다. 다시 말해 그 의미

---

24) Hans-Georg Gadamer, *Wahrheit und Methode*, Grundzüge einer philosophischen Hermeneutik Tübingen, 1965. p.68. (김누리, 『알레고리와 역사』, 민음사, 2003. p.60. 재인용.)
가다머의 해석학은 텍스트에 대한 해석과 이해 그리고 의식, 언어에 대한 개념에 대한 자세한 정보를 제공한다. 텍스트를 이해하고 해석할 수 있도록 매개하는 것은 언어다. 언어는 도구가 아니라 우리의 세계 경험의 매개체이다. 가다머는 텍스트를 해석하는 것은 '나─너 구조'의 대화 관계를 통해 즉 텍스트에 물음을 제기하고 텍스트 또한 독자에게 묻고 답하는 것과 같다고 설명한다. 이러한 질문과 대답의 변증법을 통해 독자의 지평과 텍스트의 지평이 만나는 지평융합이 이루어진다. 가다머는 텍스트의 의미를 고정된 실체가 아니라 텍스트와 독자 사이에 일어나는 상호작용으로 파악한다. 따라서 해석과 이해가 조작이나 제어가 아니라 참여와 개방이고, 인식이 아니라 경험이며, 방법론이 아니라 변증법이라고 이해한다.
한스 게오르그 가다머, 이길우외 역, 『진리와 방법 1』, 문학동네, 2000. 참조.

는 지적으로 잡아낼 수 있다. 상징이 여러 가지 색체로 빛나며 그 끝을 알수 없는 것과는 달리, 알레고리는 개별적인 부분까지 규정되고, 해석될 수있다. 알레고리는 기호적 성격을 지니는 것이어서 주석이나 열쇠를 필요로한다. 따라서 알레고리는 그 뒤에 숨어 있는 사유 영역을 알지 못하는 사람에게는 이해되지 않는다. 알레고리는 저절로 열리는 법이 없다.[25]

프렌첼은 알레고리를 그 자체로서 기능과 가치를 지니지 않고, 언제나다른 어떤 것을 지시하는 것으로 정의한다. 그는 알레고리가 합리주의에의해 형상의 자리에 관념이 들어오며, 이것은 지적인 과정을 통해 개별적인 부분까지 해석할 수 있다고 말한다. 알레고리는 기호적 성격으로인해 주석이나 해석의 열쇠를 필요로 하고, 그 뒤에 숨어 있는 사유의영역이 전제되지 않고는 이해되지 않는다. 즉, 알레고리는 특정한 시대적 인식을 필요로 한다는 것이다.

하나의 서사체를 이해하기 위해 독자는 그 서사체가 내재하고 있는 시대적 상황과 역사적 맥락을 인식하고 있어야 한다. 독자는 진실과 사실에 대한 특별한 개념을 상정하면서 텍스트를 이해하기 위한 다양한 측면의 정보를 필요로 한다. 작가라고 하는 발신자와 수신자인 독자 사이의의사소통 과정에서 어긋날 수 있는 다양한 지점들은 독자의 경험과 지식에 의해 채워진다. 그러나 독자의 경험과 지식이라는 것은 개별적으로존재하는 특수한 것이 아닌 보편적인 경험과 지식이어야 한다는 전제가따른다. 모든 서사체가 이런 과정을 필요로 하겠지만 알레고리의 경우는이것이 필수적인 요건으로 요청된다. 텍스트가 내재하고 있는 이야기의의미가 기본적인 진실의 효과에 있는 경우는 더욱 그러하다. 다시 말해

---

25) 김누리, 앞의 책. p.58. 재인용.

일상인들이 보편적으로 인식할 수 있는 것을 알레고리로 구성해 놓아야
만 해석이 가능하다는 것이다.

　알레고리의 해석의 문제는 작가와 독자 간에 암묵적인 동의하에 맺게
되는 '진실계약'과 관계된다. 그레마스는 "의사소통 도식의 두 행위자(발신
자와 수신자) 사이의 암묵적인 동의에서 나오는 다소 고정적인 균형상태"[26)
가 존재한다고 보고 이것을 '진실계약'이라고 말한다. 하나의 이야기를
통해 알레고리를 구성해 놓은 작가는 알레고리가 해석되도록 이야기 안
에 여러 가지 장치들을 해 놓기 마련이고, 독자는 이러한 장치들을 하나
씩 찾으면서 '진실계약'에 의해 텍스트를 읽고 해석해 나가는 것이다. 이
러한 과정을 거쳐 작가가 의도하는 것과 독자의 해석의 코드가 동일할
때 알레고리는 제대로 전달되었다고 할 수 있다.

　근대계몽기 소설에서 알레고리가 국가의 위기상황이라는 역사적 배경
이 전제되어 있지 않은 상태에서 읽힐 경우 그 의미가 올바로 전달되었
다고 보기 어렵다. 왜냐하면 알레고리의 기표와 기의는 당연히 시대적
상황에 투영되어 해석될 수밖에 없기 때문이다. 또한 알레고리 텍스트에
대한 시대적 인식이 추상적인 경우 알레고리가 갖는 간극과 전이의 가능
성, 유사성의 범주는 이해되지 않기 때문이다. 한 예로 「꿈하늘」은 한놈
이 님나라를 탐색하는 환상소설로 단순하게 읽힐 수도 있지만 콘텍스트
적인 상황, 즉 국권을 상실한 역사학자의 글쓰기로 보게 될 경우에는 그
문면에 다른 의미들이 상존하게 됨으로써 알레고리가 된다. 따라서 이러
한 역사적 배경과 상황은 작가와 독자의 동일한 세계적 인식이 전제 될
때 알레고리로 해석될 수 있는 것이다.

---

26) 류샤오펑, 조미원·박계화·손수영 역, 『역사에서 허구로－중국의 서사학』, 도서
　　출판 길, 2001. p.155. 재인용.

알레고리는 당대의 담론과 무관하게 의미를 만들지 않는다. 프레드릭 제임슨은 알레고리가 현대인들의 사유를 주도하는 양식이라고 말한다. "현대인은 알레고리를 통해 서툴게나마 의미를 해독해내며, 이는 이질적이며 단절된 순간들에 연속성을 회복하려는 힘겨운 시도"[27]를 하고 있다고 그는 언급한다. 알레고리적인 기호와 이를 접하는 사람들 간의 관계는 새로운 창조과정이며 동시에 역사적 과정으로 정의된다. 알레고리는 어떤 것을 가리키는 암시, 즉 의미 제공의 뛰어난 형태이며, 그렇기 때문에 주체가 그것을 받아들이고 이해할 때에야 비로소 그것은 하나의 사실이 된다. 기호가 가리키는, 혹은 함축하는 의미는 주체가 그것을 받아들일 때, 즉 동일한 체험을 공유할 때만 같은 의미를 지닌다.

알레고리는 집단적으로 접근 가능한 어떤 공동체적인 가치들, 그리고 이미지들을 필요로 한다. "현대의 알레고리들은 개인적 의식을 표면적 체계들 속의 공유된 가치들과 신념으로 치환한다".[28] 이것은 알레고리가 수사학적 차원뿐만 아니라 세계 인식의 문제와 관련되어 있다는 것을 강조하는 말이다. 알레고리에서 중요한 것은 "작품을 통해 제시하고자 하는 '보편화된 관념'으로서의 작가의 의도"[29]이다. 보편화된 관념은 한 특정한 역사적 시기의 사회에 대한 비판과 대안을 표명하는 성찰의 행위로서 의미를 띤다. 이것은 공동체의 혹은 공공의 사회에 대한 인식을 대변하기 위해 사회적·역사적·제도적 구성체의 산물로서 담론과 교집합적인 측면을 갖는다.

---

27) 프레드릭 제임슨, 여홍상·김영희 공역, 『변증법적 문학이론의 전개』, 창작과 비평사, 1984. p.85.
28) L. Hunter, Ibid. p.122.
29) 크레이그 오웬스, 이삼출 역, 「알레고리적 충동-포스트모더니즘의 이론정립을 위해」, 『포스트모더니즘과 문화』, 문예출판사, 1991. p.252.

알레고리는 표면에 노출된 의미보다는 그 이면에 잠재하고 있는 의미를 강조하는 서사방식이다. 씌어진 텍스트에는 씌여지지 않는 또 다른 텍스트가 암시되어 있고 이것은 역동적인 해석과정을 통해 추론된다. "텍스트를 읽는다는 것은 텍스트가 제시하는 다양한 자료에 최대한의 적절성을 부여할 수 있는 가설이나 틀의 체계를 구성하는 과정이다."[30] 텍스트는 가설을 세우고 그것은 변형하고 수정하는 과정을 거쳐 구조화된다. 독자에 의해 구조화되기를 의도하는 씌여지지 않는 텍스트는 작가가 이야기하고자 하는 실질적 의미를 지니며, 이것은 공공의 상상력에 의해 해석된다. 알레고리는 "공적인 발화에 숨겨져 있는 억압된 메시지를 해독하는 공동작업"[31]으로 공공의 상상력은 개인의 사적인 인식과 집단의 공적 인식이 상이한 방향으로 유동하는 것이 아니라 공통적인 역사와 경험·기억으로 인해 동일한 해석적 결과를 공유하게 한다.

근대계몽기의 소설들 특히 동물우화, 환상적인 꿈을 의장으로 하고 있는 소설, 역사전기 소설들이 알레고리로 해석되는 것은 정치적·사회적 차원의 공공의 상상력 때문이다. 근대계몽기 소설의 알레고리는 이 시기에 존재하고 있던 급격한 변화에 대한 위기의식과 일제의 사상적 검열이라는 외부의 억압에 대응하기 위한 하나의 소설적 형상화의 결과로서 공공의 상상력을 기반으로 하고 있다고 할 수 있다.

---

30) 리몬 케넌, 최상규 역, 『소설의 시학』, 문학과 지성사, 1985. p.180.
   리몬 케넌은 텍스트가 성취해야 할 목표가 한 가지 있는데, 그것은 텍스트가 반드시 읽혀져야 한다는 것이다. 그리고 우선 텍스트가 읽히자면 이해 가능한 것이어야 하고, 독자에게 친숙한 규약이나 틀, 형태gestalt로 제시함으로써 가해성을 높여야 한다고 언급한다. 그는 페리의 의견을 인용해 독서의 역학적 작용을 논의하는데, 독서의 역학적 작용은 가설의 형성, 발전, 수정, 대체 뿐 만 아니라 그와 동시에 틀의 구성과 변형과 제거로서 이해될 수 있다고 말한다.
31) 폴 드만, 김욱동 역, 「대화와 대화주의」, 『바흐친과 대화주의』, 나남, 1990. p.98.

3: 이데올로기를 투영하는 텍스트의 매커니즘

알레고리는 속뜻을 감추고 다른 사물을 내세워 그 의미를 말하게 하는 방식이다. 즉 보편적인 것을 특수한 예를 통해 기술함으로써 추상적인 것을 구체화시키는 것이 알레고리이다. 직접적으로 현실을 비판하기 어려운 시대에 있어서는 간접적으로 사회를 야유하거나 우회적으로 비판하는 풍자문학이 성행하게 된다. 그리고 이때 소설은 리얼리즘처럼 현실을 구체화하기 위해 서술되는 것이 아니기 때문에 자연스럽게 작가의 이데올로기를 은폐하고 가장하는 방법을 취할 수밖에 없다. 따라서 현실과 작가의 이데올로기가 부조화, 불일치하면서 긴장과 갈등관계를 형성하고 이 과정에서 간접화의 서사원리인 알레고리가 차용된다.

문학텍스트는 새로운 것과 관습적인 것 사이의 충돌과 균형에 의해 유지되는 경향이 있다. "어떤 메시지이든 간에 기억되기 위해서는 약간의 잉여(redundancy)가 반드시 필요하기 때문"[32]에 이것은 의미의 전경화와 후경화의 층위를 이룬다. 현실에 대한 모방으로서의 과정이 하나의 스토리를 이루고 있다면 암시적인 유추의 과정을 통해 결합되는 스토리가 존재하게 되고, 이것은 알레고리로 정의된다. "알레고리는 모델과 개체적 특성화 사이의 모순을 하나의 생산적인 모순으로 발전시킬 수 있는 작품 유형"[33]이며, 이런 점에서 알레고리는 차별화되는 의미들을 생산적으로 나열하고 교환시키는 비결정적 읽기의 일환이다. 이것은 의미의 미끄러짐과 의미의 불확정성에 의한 읽기이기도 하고, 언어의 수사적 성격에 의해 의미가 끝없이 치환되어 결정적인 의미에 도달할 수 없는 독서 불

---

32) 페트리샤 워, 앞의 책. p.27.
33) 르네 윌렉·오스틴 웨렌, 앞의 책. p.98.

가능의 과정이기도 하다.

또한 알레고리는 '이데올로기의 거울(mirrors of ideologies)'[34]로 정의되기도 한다. 알레고리는 보편적 질서에 대한 새로운 해석의 차원에서 구성되고, 현실에 대한 명시적인 유추의 과정을 거친 결과물이기 때문에 이데올로기의 반영을 목적으로 한다. "하나의 텍스트를 알레고리로 읽는 것은 텍스트를 닫아버리고 우연적인 혹은 일탈적인 읽기로서 의미들을 삭제하는 기법이라기보다는, 이데올로기의 투영을 강화시켜줄 텍스트를 마련하려는 매커니즘으로 드러난다."[35] 독자들이 텍스트를 해독하기 위해서는 개인이 사회와 국가의 자장 안에서 흡수해왔던 이데올로기의 전면을 개방해야 한다. 이에 이데올로기가 투영된 변증법적 사고는 알레고리의 다층적, 다면적 의미를 드러나게 하는 방법으로 기능하게 된다.

프레드릭 제임슨은 이러한 변증법에 의한 해석을 '강한 다시쓰기'로 규정하면서, 윤리적 해석코드 만으로는 텍스트 자체에 억압되고 잠재되어 있는 의미들을 복원할 수 없기 때문에 이것을 초월하는 해석이 필요하다고 말한다.[36] 즉, 사회적 · 정치적 해석이 전제되어야 하는 것이 변증법

---

34) Gordon Teskey, *Allegory and Violence*, Cornell U.P. 1996. p.132.
35) Fredric Jameson, *The Political Unconscious*, Cornell U.P. 1981. p.30.
36) 프레드릭 제임슨은 『정치적 무의식』에서 서사의 해석이 '하나의 텍스트가 근본적인 지배코드나 궁극적 심급을 중심으로 '다시쓰기'하는 일종의 알레고리 작업'이라고 말한다. 그리고 이것을 두 가지로 구분한다. 1) 중심화된 개인 주체의 범주를 상정하고 이를 기반으로 하는 해석양식 2) 잠재적 의미를 찾아내거나 근본적인 해석적 코드의 강한 언어로 텍스트 표면적 범주를 다시 쓰는 해석양식. 제임슨은 1)을 윤리적 해석 혹은 '약한 다시쓰기'로 2)를 '강한 다시쓰기'로 규정한다. 그리고 2)에 대해 변증법적 비평을 통해서 윤리적인 것을 초월하거나 궁극적으로 정치적 무의식이라는 근본적 문제에 다다를 수 있을 것이라고 말한다. 이렇게 근본문제에 도달하기 위해 제임슨은 '강한 다시쓰기'로서의 정치적, 사회적 해석학을 도모한다.
Fredric Jameson, *Ibid.* pp.28-34.

적 읽기이고, 이 과정에서 정치적 무의식은 알레고리의 해석을 위해 요청된다. 알레고리가 '강한 다시 쓰기'로 규정되는 것은 텍스트가 기표된 그대로 읽히는 것이 아니라 변증법적 과정을 통해 억압되고 삭제된 것들을 복원하는 과정을 거치기 때문이다. 그리고 이것은 알레고리가 역사와 현실에 대한 집단적인 사고와 환상의 근본적인 차원을 반영하기 때문에 가능하다. 따라서 알레고리는 진실의 폭로뿐 만 아니라 변혁과 혁명의 새로운 가능성을 모색하게 한다.

알레고리는 어떤 총체적인 의미를 구성하기 보다는 그것에 비판하고 대항하고 전복하는 성격이 짙다. "총체성에 대한 환상을 깨버리고, 현실로부터의 초월을 문제 삼는 형식이 알레고리인 것이며, 여기에서 디스토피아와 유토피아의 대립·충돌을 통해 작가가 궁극적으로 지향하는 세계의 비전"37)을 읽어낼 수 있다. 정치적 발언을 대신하는 알레고리는 대안세계와 유토피아적 관념세계로까지 전이되는 것은 이러한 맥락에서 이해되며, 이것은 근대계몽기 우화소설에 중요한 시사점을 준다.

벤야민은 알레고리를 논의하면서 "이념은 언어이며, 이념은 '전달'이 아니라 언어적 '서술'이어야 한다"38)고 언급한다. 또한 벤야민은 알레고

---

37) 한민주, 「장용학 소설의 알레고리적 특성 연구」, 서강대학교 석사학위논문, 1997. p.21.
   한민주는 이 논문에서 장용학 소설에서 구현된 알레고리의 의미를 두 가지 차원으로 논의하고 있다. 하나는 알레고리라는 기법으로 표현되는 역사는 붕괴와 몰락의 파편과 잔해로 구성되어 있는 고통에 찬 인류역사의 기록이라는 것이다. 이러한 인식은 몽타쥬 형식과 같은 비유기적인 구성방식과 연결되며, 여기에서 세계를 바라보는 작가의 인식태도를 읽어 낼 수 있다고 한다. 두 번째는 유토피아 지향의 초월을 구성해 가는 변증법적인 구성 원리로서의 알레고리가 갖는 함의이다. 이 두 차원을 통해 한민주는 알레고리가 작가의 수사적 전략으로 어떻게 의미화되어 드러나고 있는지에 대해 천착하면서 시대적 상황과 관계하는 장용학 소설의 알레고리적 특성과 의의를 규명하고 있다.
38) 김영옥, 앞의 논문. p.25.

리를 "신학적 원리와 관련시키며 단순히 세계를 폐허로 보는 것이 아니라 그를 초월할 수 있는 지향과 의미를 담지하는 것"으로 보고 있다.[39] 알레고리는 "폐쇄적인 상징 질서가 아닌, 즉 자신의 위기 경험과 상반되지 않는 아주 구체적이고 개별적 경험을 전제"로 한다.[40] 그래서 알레고리는 현재의 부정적 상황을 초월할 수 있는 의미를 지향하며, 배후에 분명한 의미층이 존재한다. 따라서 과거로의 복귀에 대한 희망 속에서 현재의 비애를 긍정하는 인식이 알레고리이다.

알레고리가 계몽의 원리일 수 있는 이유는 해석을 하는 독자가 해석 결과에 자아를 반영하기 때문이다. 계몽을 목적으로 서술되는 문학의 경우, 작가는 독자가 자신의 이데올로기와 세계관을 수용할 수 있도록 여러 장치를 동원하게 마련이다. 그것이 서술자의 권위적인 목소리일 경우도 있고, 간접화의 방법으로 예증적인 서사구조를 갖는 경우도 있다. 전자의 경우 이것은 서술자와 독자의 위계질서를 구획하면서 직접적으로 전달되지만, 후자의 경우는 표면에 기표된 문자성 보다는 심층에 숨겨진 의미가 전달의 주목표가 된다. 이때 표면과 심층을 연결하는, 즉 개별적인 것을 보편적인 것으로 치환할 수 있는 능력이 요구되는데, 이것은 담론의 자장 안에 있는 주체들에게만 허용된 인식의 구조를 배경으로 한다.

이러한 간접화의 방식은 이질적 요소의 나열을 통해 말해진 것이 전부가 아니라는 생각을 유도하는 방식으로 독자에게 호소된다. 그래서 "독

---

39) 발터 벤야민, 반성완 역, 『벤야민의 문예이론』, 민음사, 1993. pp.375-376.
   벤야민은 알레고리가 세계의 부정성을 극복하는 초월적 인식의 산물이라고 본다. 총체성의 균열과 동일성의 상실 속에서 원관념과 보조관념이 1:1의 관계를 보여주며 그 사이의 필연적인 동일성을 추구하는 알레고리는 동일화를 추구하는 제유적 인식의 대표적인 기법이라 보고 있다.
40) 김응숙, 앞의 논문. p.77.

자는 개별과 보편의 구조에 따라 의미를 해석해 내며, 대상의 전이 가능성을 기반으로 하여 자신을 성찰의 주체로 정착시킨다."[41] 이러한 간접화의 서사는 특수한 것이 단지 그것으로만 인식되는 것이 아닌 그것을 전이시켜 자신의 상황과 결부시켜 생각함으로써 이중의 해석적 결과를 가져오고, 이러한 과정에서 자기 성찰의 계기를 마련하게 된다. 그럼으로써 알레고리의 계몽의 목적은 달성된다.

알레고리의 해석적 측면은 근대계몽기의 소설의 우의성을 논의하는데 중요한 논점 중의 하나이다. 왜냐하면 근대계몽기 작가들에 의해 제시된 소설은 애국계몽을 위한 목적과 수단으로 동원되었기 때문이기도 하고, 이것을 바탕으로 현 상황의 위기를 어떤 방법으로든 대응해야 했기 때문이다. 근대계몽기 소설의 알레고리는 당대의 위기를 어떤 식으로든 해결하고자 하는 의지에 대한 표명이었다고 볼 수 있다. "근대 알레고리는 회의적이고 사회 계급구조에 대항적이다."[42] 근대계몽기 민중들에게 근원적인 가치로서 여겨지던 것들에 대한 박탈감과 상실감은 알레고리적 통찰을 통해 저항의 당위성으로 변모되고, 그 결과 독자는 계몽의 주체로 서게 된다. 이때 비로소 알레고리는 서사적 차원의 인식의 문제로 확장된다. 스콜즈는 "알레고리는 명문화된 '다른'의미에서 특수한 화제와 역사적 관련 사항을 동반"[43]할 수 있다고 언급한다. 그리고 그는 현실의 허구적 일반화는 지적 충동과 미학적 충동에 의해 통제 받는다고 보고 있으며, 지적충동에 의한 교훈적 서사체로 알레고리와 풍자를 논한다. 그는 알레고리가 로망스와 민담 같은 미학적 형식들에 대한 지적인 통제

---

41) 김혜영, 「문학적 체험 형성의 수사적 조건 연구ㅡ알레고리를 중심으로」, 『국어교육연구』7집, 서울대학교 교육종합원 국어교육연구소, 2000. p.318.
42) L. Hunter, Ibid. p.144.
43) 로버트 숄즈·로버트 켈로그, 앞의 책. p.144.

를 행사하는 결과에서 나오는 경향이 있는 반면에, 풍자는 역사, 여행기 서사체, 그리고 노벨라 등과 같은 경험적 서사체에 대한 지적인 통제를 행사하는 결과에서 나오는 경향이 있다고 말한다. 그리고 뛰어난 알레고리와 풍자는 어느 한 요소를 강조하는 것이라기보다는 이미지의 세 가지 양상(재현적 양상, 예시적 양상, 미학적 양상)중에서 상대적으로 강조된 결과로 보고 있다. 근대계몽기 우화소설에서 역사와 구국 영웅, 위기의 상황들이 알레고리가 되는 것은 이런 사회적 맥락에서 이해된다.

근대계몽기 우화소설에서 현실비판을 통해 서사 내의 주체가 염원하는 세계는 대안 세계로 나타난다. 유원표의 「몽견제갈량」의 경우는 꿈이라는 알레고리를 통해 인물이 신화적 영웅을 만나고 이들 간의 대화를 통해 지향세계가 제시된다. 그러나 이것은 이상주의적인 세계인식으로 인해 근대계몽기가 당면한 위기적 상황을 간과함으로써 현실과 유리된 관념론에 빠지게 된다. 이것은 근대계몽기의 우화소설이 갖는 하나의 과오로 기록된다.

위에서 알레고리는 크게 세 가지 차원에서 논의되었다. 다시 정리하면 첫 번째는 알레고리 구조에서 대상이 갖는 전이 가능성과 유사성이다. 두 번째는 알레고리의 주제를 이루고 있는 담론의 차원이다. 작가의 이데올로기에 의해 담론이 알레고리에 수용되면서 의미를 생성하는 과정은 근대계몽기 우화소설의 특징과 연결된다. 세 번째는 알레고리가 현실을 비판하고 이에 대한 세계지향의 인식을 보여준다는 것이다. 이 세 층위는 알레고리의 분류에 있어 근거를 제시하는 동시에 틀이 된다.

근대계몽기 소설의 알레고리의 유형은 대상의 전이 가능성에 따라 분류되고, 담론의 반영, 세계지향의 수준에 따라 분류된다. 그리고 이것을

재현하는 세계가 공시성에 의한 현실이냐 아니면 통시성에 기반한 역사
와 관계되는지에 따라 분류된다. 이런 분류는 또한 사실적으로 모방하느
냐와 비사실적인 환상에 의해 재현되느냐에 따라 분류된다. 근대계몽기
라는 현실에서 이것을 재현하고 모방하는 방식에 따라 알레고리의 양상
이 다르게 나타난다고 볼 수 있다. 앞에서 논의한 이론에 의거하여 근대
계몽기 소설의 알레고리는 첫째, 비유적 알레고리 둘째, 우화적 알레고리
셋째, 역사적 알레고리 넷째, 환상적 알레고리로 분류된다.

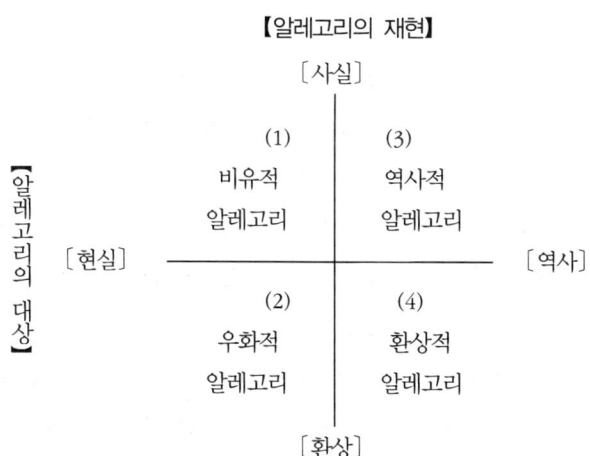

【알레고리의 재현】

이런 분류의 기준이 되는 첫 번째 축인 '알레고리의 대상'은 유사성을
기반으로 유형화된다. 알레고리의 대상이 되는 세계는 현실과 역사이다.
전자의 경우는 현실을 비판하기 위해 알레고리가 작동되지만 후자는 역
사를 통해 비전을 제시하기 위해 사용된다. 물론 전자에도 교훈을 위한
방법이 제시되기는 하기만 소극적 차원의 현실개량에 머물고 있고, 후자
의 경우는 과거의 역사를 근거로 해서 이를 극복하는 제국의 건설과 이

상국가의 건설이라는 비전을 제시한다. 또한 알레고리의 대상이 현실일
경우에는 공시적인 측면에서 공간의 유사성이 강조된다. 즉 현실과 비슷
한 공간에서 일어남직한 이야기를 끌어와 알레고리로 표현된다. 주변의
인물들과 일상의 이야기들이 대상화함으로써 알레고리가 된다. 현실을
대상으로 한 근대계몽기 소설의 우의성에 등장하는 '장님'이나 '앉은뱅이',
또는 '점쟁이'와 '망건장수'는 이 시대의 현실을 은유적으로 반영한 인물
들이고, '동물'을 의인화하는 방법 또한 알레고리를 잘 드러낼 수 있는 방
법으로 서술된다.

그리고 알레고리 대상이 역사일 경우는 통시적인 시간의 유사성에 의
해 서사가 구성된다. 앤더슨은 "민족의 상상에 핵심적인 역할을 하는 것
은 시간"[44]이라고 말한다. 상상적 공동체로서의 민족은 역사라는 시간을
통해 생성되는 것이다. 알레고리에서 시간은 근원적인 구성요소가 되는
카테고리이다. 기호와 기호 사이의 관계는 필연적으로 구성체로서의 시
간적 요소가 포함되어 있다. 왜냐하면 알레고리가 존재한다면 알레고리
적인 기호는 앞선 다른 기호를 언급하는 것이 전제되어 있기 때문이다.
역사는 한 공동체가 갖게 되는 신념과 관계되는 동시에 그 구성원들이
갖는 개별적인 지향성과도 연결된다. 소설에서 알레고리로 차용되는 역
사적 사건과 영웅은 통시적인 역사적 시간 안에서 찾아 질 수 있는 대상
인 것이다. 즉 역사가 갖는 시간성은 현재의 공간에서 계몽을 위한 시간
으로 변모되고, 역사의 개별적인 사건이 필연적으로 요구하는 현재의 재
해석 과정을 보여줌으로써 시간은 역사의 알레고리적 대상에서 가장 중
요한 요소가 된다.

---

44) 베네딕트 앤더슨, 윤형숙 역, 『민족주의의 기원과 전파』, 사회비평사, 1991.
   p.20.

두 번째 축은 알레고리의 재현으로 사실성과 비사실성에 의해 구분된
다. 현실에서 일어날 가능성이 있는 것이 사실성이라면 현실에서는 일어
날 수 없는 것이 비사실성의 환상이다. 현실을 모방하는 측면에서 사실
성은 불가시적인 세계와 불가능한 세계를 모방하지 않는다. 실재세계와
동등한 현상을 묘사하고, 이것이 알레고리의 대상이 된다. 그러나 알레
고리가 환상성에 의해 재현될 때는 불가시적인 세계가 가시적인 세계로
전치되고, 불가능한 세계가 가능한 세계로 전환된다. 토도로프는 알레고
리와 환상이 두 가지 의미가 항상 병존해 있으며, 이 이중의 의미는 작
품 안에 명시적인 방법으로 지시되고 있어 누구든지 해석할 수 있다고
말한다. 즉 알레고리와 환상은 "명시적인 지정성, 제 1 의미의 소실이라
는 두 가지 요인에 입각해서 단계적으로 성립"[45]된다고 보고 있다.

문학에서 초자연적인 이야기는 환상이지만 이것은 또한 알레고리로
읽힐 가능성을 전제한다. 서사체의 의미가 문면에 지시된 것인지, 아니
면 제 2의 의미를 찾아야 하는가에 대한 문제는 환상과 알레고리가 갖는
공통점이다. "문학에서 환상성의 주제는 보이지 않는 것un-seen을 보이
는 것으로 만드는 문제, 즉 말해질 수 없는 것un-said을 표현하는 문제
를 중심으로 삼는다."[46] 그래서 환상은 현실에서 일어날 수 없는 것을

---

45) 쯔베탕 토도로프, 이기우 역, 「시와 우의」, 『환상문학 서설』, 한국문화사, 1996.
p.171.
46) 로즈메리 잭슨, 서강여성문학연구회 역, 『환상성－전복의 문학』, 문학동네, 2001.
p.69.
잭슨은 환상이 '진실'이나 '리얼리티'에 명확한 해석을 제시하는 것에 대한 저항이
나 그렇게 할 수 없는 무능력 때문에 언어학적 체계로서의 고유한 관습에 관심을
기울이는 문학이 되었다고 말한다. "환상적인 것은 모순과 양가성을 토대로 구조
화되면서 말해질 수 없는 것, 명료하지 않은 것, 혹은 '진실하지 않고', '실재적이
지 않은' 것으로 재현된 것들 속에 그 흔적을 남긴다. 경험적으로 '실재적인' 세계
를 문제적으로 재현함으로써 환상성은 실재와 비실재의 본질에 문제를 제기하고

보여줌으로써 역설적으로 부재하는 상황들을 가시화한다. "알레고리의 대한 도덕적이고 지적인 관심사는 환상적인 힘을 더욱 강렬하게 한다."[47] 환상이 현실적인 것과 가능한 것에 대한 거부라고 할 때 알레고리는 환상의 이러한 특성을 재현방법으로 차용함으로써 효과적으로 주제를 전달할 수 있다. 근대계몽기 우화소설에서 인물로 등장하는 소경이나 앉은뱅이, 을지문덕이나 이순신은 현실에 대한 은유적 표현이지만, 꿈이라는 서사구조와 동물의 의인화, 그리고 신화적 인물이 현재적 인물과 만나는 설정은 환상성에 의한 재현이라고 볼 수 있다.

위에 도시한 그림을 좀 더 구체적으로 예를 들면 다음과 같다. (1)의 비유적 알레고리는 일상적인 현실공간이 알레고리기 됨으로써 사실성에 의해 재현된다. 일상의 세속적인 이야기를 차용하여 현실의 유사성에 의해 서술되며, 이 알레고리는 민중의 생활담론을 서사화함으로써 단형의 서사형식에서 많이 제시된다. 알레고리의 대상이 당대의 일상인이기 때문에 개인적 차원의 자각과 성찰이 이루어진다고 할 수 있다. 본고에서 논의할 작품으로는 「거부오해」, 「소경과 안즘방이 문답」, 이해조의 「자유종」 등이다.

(2)는 우화적 알레고리이다. 이 알레고리는 현실을 배경으로 하고 있지만 동물이 인간과 같이 행동함으로써 재현된다. 여기에서 꿈이라는 장치는 환상의 기제로서 현실의 유사성으로 제시된다. 소설에서는 진화론적인 종교 윤리와 봉건적인 윤리가 충돌되기도 하고, 기독교에 대한 인식이 투영되어 사회윤리를 강조하기도 한다. 이것은 타자와의 관계에 대한 알레고리로서 사회적 차원에서의 충고와 설득이 이루어진다. 본고에

그들 사이의 관계를 중심적인 관심사로 전경화한다."(p.54)
47) Gay Clifford, Ibid. p.4.

서 논의할 작품으로는 안국선의 「금수회의록」, 김필수의 「경세종」, 흠흠자의 「금수재판」 등이 이에 속한다.

(3)의 역사적 알레고리는 (1)과 (2)와는 달리 당대의 현실을 과거 역사의 프리즘을 통해 조망한다. 역사적 실재사건과 구국영웅을 제시하는 역사적 알레고리는 영웅이 알레고리의 대상이 되어 자기 인식과 타자 인식이 형성되고 이것을 통해 미래에 대한 전망을 제시하게 된다. 서사를 통해 제국주의에 대한 직접적인 지향이 나타나기도 하고 여성의 국가적 참여를 강조하기도 한다. 위에서도 잠깐 언급했지만 기존의 역사전기소설에서 알레고리를 고찰할 수 있는 것은 논평이라는 형식에 있다. 논평을 통해 역사적 사건과 인물을 알레고리의 대상으로 설정하고 이것은 현재의 작가가 처한 현재의 상황과 유사한 역사적 상황으로 전이된다. 이에 대해 본고에서 논의할 작품은 신채호의 「이순신전」, 「을지문덕」, 박은식의 「서사건국지」, 장지연의 「애국부인전」 등이 있다.

(4)는 환상적 알레고리이다. 이것은 역사를 대상으로 한다는 점에서 (3)과 유사하지만, 꿈을 통해 서사가 알레고리가 된다는 점에서 다르다. 소설은 환상을 통해 과거의 역사적 인물이 나타나고 이들과의 대화를 통해 새로운 대안세계와 이상세계가 염원된다. 이 서사들에 의해 영토 확장주의와 제국주의, 아시아 연대주의가 알레고리로 전달된다. 논의할 작품은 신채호의 「꿈하늘」, 박은식의 「몽배금태조」, 유원표의 「몽견제갈량」 등이 있다.

기존연구에서 우화소설은 우언의 모든 형태를 아우르는 개념의 총체적 표현으로 사용되기도 하고, 동물을 의인화하여 교훈을 전달하고자 하는 것만을 인정하기도 했다. 본고에서는 우화소설을 알레고리로 재현되는 소설 전반을 일컫는 넓은 의미로 설정하였다. 앞에서 언급했듯이 본고가 우화소설의 장르를 설정하는 것을 목적으로 하지 않기 때문에 우화소설의 범주는 논외로 하겠다. 그리고 여기에서 제시한 네 가지 유형으로 근대계몽기 소설의 알레고리를 모두 포괄 한다고는 말할 수 없다. 유형화가 다수성에 의해 분류되는 것이기 때문에 이러한 과정에서 배제되는 서사들 또한 존재하는 것이 사실이다. 본고는 이러한 사항을 보완하는 측면에서 이 네 가지 유형에서 제외된 서사들에 대해 각 장이나 절에서 짧게나마 논의하도록 하겠다.

2 근대계몽기 서사와 알레고리

제 1 장
비유적 알레고리

　본 장에서 살펴볼 비유적 알레고리는 일상인이 알레고리의 대상이 되는 경우이며 사회적인 약자들과 소외자들, 신체적으로 온전하지 못한 인간들이 알레고리의 대상으로 등장한다. 「자유종」에서 등장인물은 남성의 사회에서 배제된 여성들이고, 「소경과 안즘방이 문답」이나 「車거夫부誤오解히」에서는 '소경'이나 '안즘방이', '인력거꾼'이 발화자로 등장한다. 후자의 두 소설에서는 이들의 직업이 봉건적인 유품으로 인정되는 망건을 파는 사람이나 점을 쳐주는 '문수', '인력거꾼'이고, 이것은 비문명적이고 비개화적 것의 상징으로 차용되고 있다. 토론형식으로 서술되고 있는 이 소설들은 일상의 범위를 벗어나지 않는 주제들로 한정되어 있고, 개인의 체험을 바탕으로 하고 있어 관념적이기보다는 실질적인 차원에서 풍자와 비판이 이루어진다.

　이 장에서 논의할 대상은 「소경과 안즘방이 문답」, 「車거夫부誤오解히」, 이해조의 「자유종」 등이다.[1] 이 서사들은 신문의 '잡보(雜報)'란에 연재되기도 했고, 또는 '토론소설'이라는 제명으로 단행본으로 발행되었다. 당시의 신문의 논설란이나 잡보란에는 1회로 끝나는 단형으로 된 알레고리 형식을 띠는 이야기들이 실려 있지만, 본고에서는 연재의 형식으로 된 비교적 장형의 소설을 분석대상으로 삼았다. 그리고 이 장에서는 1절에서는 알레고리의 구조화 과정을 논의할 것이고, 2절은 「소경과 안즘방이 문답」, 「車거夫부誤오解히」의 알레고리의 재현방식을 논의하고, 3절에서는 이해조의 「자유종」에 대해 한 알레고리의 재현방식은 논의할 것이다. 4절에서는 이러한 분석을 통해 알레고리가 갖는 의미와 효과에 대해 논의할 것이다.

1: 일상인의 재규정과 대화·토론의 구조

1장에서 살펴보았듯이 비유적 알레고리는 유사성을 기반으로 한다. 다시 말해 빗대어 이야기하고 있는 대상과 그 실질적 의미는 유사성에 의해 전제된다고 할 수 있다. 이런 점에서 비유적 알레고리는 그 유사성이 일상의 현실과 주변의 공간으로 한정되는 특징을 갖는다. 지옥이나 이승

---

1) 이 장에서 논의할 작품은 다음과 같다.
　「소경과 안즘방이 문답」, 『대한매일신보』, 〈잡보란〉 21회 연재, 1905년 11월 17일 ~ 12월 13일.
　「車거夫부誤오解히)」, 『대한매일신보』, 소설란 1회, 〈잡보란〉 10회 연재, 1906년 2월 20일 ~ 3월 7일.
　이해조, 「자유종」, 광학서포, 1910.
　본 논문에서 인용문에 대한 출전은 인용문 뒤에 작품명과 연재 횟수 또는 페이지 등의 방식으로 표기하였다. 그리고 논의를 위한 신문의 인용이나 잡지의 인용은 별도로 각주를 달았다. 신문에 연재된 소설의 경우 원문에서는 띄어쓰기가 전혀 되어 있지 않은 상태이기 때문에 인용문에는 표준어 규정에 의해 띄어쓰기를 했음을 밝혀둔다.

의 이계(異界)라든지 현실에서 일어날 수 없는 환상적인 세계를 제시하는 것이 아닌 실재하는 현재를 재현함으로써 알레고리가 된다. 공간의 유사성으로 제시되는 알레고리의 주제들은 근대계몽기 당시의 일상인들이 겪던 문제들에 초점을 맞추고 있다. 특수한 것을 통해 보편적인 것을 추구하고, 보편적인 것을 의미하기 위해 특수한 것에 빗대는 기법인 알레고리는 여기에서 인물을 대상으로 한다.

이 인물들의 공통점은 "혁신적 사회개혁으로 인해서 생활의 기반을 상실당한 사람들"[2]이거나 남성의 가부장적 세계에서 배제된 '여성'들이다. 「소경과 안즘방이 문답」에서 점을 치는 '장님'과 망건을 파는 '안즘방이'는 신체적 불구자들이다. 그리고 소설에서 이들은 개화를 거부하는 유림이나, 정부 관리들의 부패, 돈으로 협잡질하는 사람들을 비판함으로써 그들을 정신적 불구자로 전치시킨다. 사회적 약자이고 육체적으로도 온전하지 못한 인간들이 당대의 사회를 비판함으로써 그 의미는 역설적인 효과를 불러온다. 그리고 자신들은 신체적 불구이지만 그들은 이 시대를 사는 정신적 불구라는 의미가 알레고리로 전달된다.

　　외국도 유름 ᄒᆞ다 무슴 사회도 창셜흔다 ᄒᆞᄂᆞᆫ듸 모다 발달이 못되야 유명

---

2) 이재선, 『한국개화기 소설연구』, 앞의 책. p.62.
이재선은 이 책에서 개화기 소설과 『대한매일신보』에 연재된 소설들의 특성을 네 가지로 요약한다.
　(1)『대한매일신보』에 게재된 소설은 '소설'이란 표제가 있는 것과 없는 것으로 분류 된다.
　(2)「청루의녀전」같은 종류의 제재의 과거형도 있긴 하나, 여타의 대부분은 현실성에 근거한다. 과거형도 현실비판을 위한 수단이다.
　(3) 현실성에 근거를 둔 작품들은 대부분은 서술체의 요소보다는 대화체의 형식에다 극적 구성요소가 농후하다.
　(4) 따라서 대부분의 작품이 현실 비판을 토대로 한 희문 풍자적 성격을 갖고 있는 데다 민족적 자각을 촉구하는 공리적인 소설관 위에 입각해 있다.

무실 허는 중에 오즉 황셩 데국 량 신문사가 경비가 부죡하되 동뒤셔취로 근근이 지팅하야 졍계 독실과 국가 리히와 인심 셰틴를 론란하야 인민의 지식을 기도흔다 허엿더니 그것도 국민의 복이 업셔 황셩신문사가 일죠에 폐텰이 되앗슨즉 사름의게 비유컨딘 두눈과 갓흔지라 눈 두리 잇슬 졔도 남과 갓치 못허엿거든 눈 하나를 쎄고 보니 갑갑허고 익다른 일 엇터타 말홀손가 여보게 그 말 말게 나는 두 눈이 다 업셔도 오십 여 년을 사라 잇네마는 신문을 허여 노은들 잘될 보아 쥬어야 하지 보는 사름업고 보면 휴지나 일반이오 두 눈이 발근 놈도 학문이 업고 보면 나와 갓흔 소경이오 사지빅히기 멀졍허다 하나 즈유 활동 못하고 보면 즈네와 갓흔 병신이라 (중략) 죠흔 말 듯지도 안코 죠흔 것 보려고도 아니하니 귀와 눈이 잇다 흔들 무어시 유죠흔가 귀먹어리 소경이라 홀 만하고 소위 학즈니 산림이니 허는 분네들은 공즈활 밍자왈 허며 시문을 구지 닷고 산고곡심유벽쳐에 초당을 지어 노코 두 무릅흘 쑤러인져 즈칭왈 도학군즈라 스문데즈라 하야 벌노 빅리 밧글 나가 보지 못허고 무졍셰월을 허숑하니 가위 써근 션빈라 홀만하야 안즘방이나 다름이 무엇인가

－(「소경과 안즘방이 문답」, 18회-20회)

위의 인용문에서 소경과 앉은뱅이는 "졍계독실과 국가 리히와 인심 셰틴를 론란하야 인물의 지식을 지도"하는 황셩신문이 폐간된 것에 대해 이야기한다.[3] 글을 읽을 줄 아는 식자층들이 신문을 사보지 않았기 때문에 신문사가 문을 닫을 수밖에 없었고, 따라서 두 눈이 있어도 읽지 않은 사람은 자신들과 같은 장님이며 정신적 불구로 취급하고 있다. 그리고 문명세계에 대해 관심을 두지 않으면 귀머거리와 소경이며, 도학군자

---

3) 『황셩신문』은 1905년 11월 20일 사설에 장지연의 〈시일야방성대곡(是日也放聲大哭)〉을 게재하여 일제에 의해 폐간당하게 된다. 이후 1906년 2월 28일에 다시 복간된다. 「소경과 안즘방이 문답」에서는 이 사건을 다루고 있는데, 신문이 폐간당한 것이 사람들이 신문을 사보지 않기 때문이며, 두 눈이 있는 사람이 글을 모르거나 읽지 않는 것은 장님과 같다고 비판한다.

라고 하여도 심산유곡에 초당을 지어 놓고 나오지 않으면 앉은뱅이와 같다고 언급한다. 소설에서 소경과 앉은뱅이는 신체적 불구자에 불과하지만 개화에 참여하지 못하고 구시대적 인습에 얽매여 있는 사람들은 정신적 불구자라는 인식을 전제하고 있다. 이들이 시대적 변화에 민감한 반응을 보이고 있는 것은 자신들이 처한 역설적 상황과 관계된다. 주변적인 삶을 사는 이들에게 새로운 문물의 도입과 기존의 전통적 인식에 대한 부정은 당연히 관심의 대상이 될 수밖에 없고, 그것들이 자신들에게 어떠한 영향을 미칠 것인가에 대한 기대와 불안감 또한 공존하고 있었다고 볼 수 있다.

이런 상황에서 그들의 삶의 장소가 되고 있는 '거리'는 무수한 소문과 허상 그리고 진실들이 모이고 흩어지는 장이 되고 통로가 됨으로써 현실을 적나라하게 보여주는 공간으로 설정된다. 이 공간에서 수집된 담론은 한 사람의 사적인 의견으로 결정되는 인식이 아니라 사회 공통의 인식을 종합적으로 반영하는 특징을 갖는다. 관념적으로 세계를 보는 것이 아니라 현장에서 보고 들은 실제적인 것을 대상으로 하기 때문에 이들이 나누는 대화 또한 문제적이 될 수밖에 없다.

「거부오해」는 일상의 경험을 기반으로 하여 현실을 비판하는 인물로 인력거꾼을 설정하고 있다. 이 소설 역시 대화로 이루어져 있고 '정부조직', '시정개선', '통감'의 단어에 대해 인력거꾼이 다르게 해석하는 과정을 보여준다. 소설은 이런 정치적인 언어에 대한 일상인들의 무지를 보여줌으로 교육에 대한 필요성을 우회적으로 제기한다. 그러나 여기에서 알레고리는 인력거꾼으로 제시되는 시각의 비판적 수위에 초점이 맞추어져 있고, 이것이 당대 근대계몽기 민중들의 현실적 감각과 연결된다는 점에서 중요하다. 소설은 인력거꾼이라는 대상을 조명함으로써 근대계몽기 민중들이 처한 현실과 그런 현실을 해석하지 못하는 일상인의 비애를 보여준다.

> 여러 스름들이 더욱 듸소허며 왈 우리가 모다 학식이 업셔 이 병문의셔 남의 삭짐이나 져 쥬고 구루마나 인력거나 교군질을 하야 혹여 젼관 젼량이 싱기면 비지 안쥬와 사발 막걸니에 낙을 부처허다 세월을 챠일 피일로 지내는 터인즉 정부이니 죠직이니 알 것도 업고 올 수도 업거니와 지금 그듸의 말을 듯고 보면 가위 쵸상상계가 요졀홀 말이로다   ─(「거부오해」, 3회)

위 인용문은 인력거꾼이 '정부죠집'이라는 말을 다른 뜻으로 알고 이야기를 하자 이 말을 듣던 사람들이 박장대소하며 자신들의 처지를 되돌아보는 부분이다. 이들은 자신들은 학식이 없어서 일상적으로 쓰이는 말의 의미조차 알 수 없는 지경에 이르렀다고 자조적인 어투로 이야기한다. 그리고 해석할 수 없는 이 단어를 자신들이 알 것도 없고, 알 수도 없는 문제로 남겨둔다. 자신들에게 삶의 낙은 돈이 생기면 비지 안주와 사발 막걸리로 세월을 보내는 것이고, 그렇게 때문에 삶의 희망이나 비전은 애초부터 기대할 수 없다는 것을 인정한다. 그래서 정부조직이 새롭게 구성돼도 자신들의 삶에 변화가 생기지 않을 것으로 단정한다. 또한 정부조직이 자신들과는 다른 층위의 사람들을 대상으로 구성되기 때문에 그 과정이 어떤 식으로 진행되는지에 대해서도 알 수 없다고 체념한다. 이러한 자조와 체념의 결과는 이들이 갖는 소외의식의 결과로 볼 수 있다. 이들이 사회적 변화에 무관심으로 일관하고 있는 것은 이들 나름의 시대에 대응하는 적절한 방법이며 삶의 태도인 것이다. 소외된 자신들의 삶에 대해 부정도 그렇다고 긍정도 할 수 없는 상황을 소설은 알레고리로 보여주고 있는 것이다.

근대계몽기의 우화소설에서 「자유종」은 당대의 타자였던 여성들을 인물로 설정하고 있다. 이 소설은 리민경씨의 생일에 초대된 신설헌, 홍국란, 강금운 등의 여성들이 여성교육의 필요성과 자녀교육의 중요성에 대해 토론을 한다는 내용이다. 여기에서 여성은 동물과 비견될 정도로 '압제'를 받고 있는 소외된 인물로 표현된다. 비록 네 명의 여성들이 토론을 하고 있지만, 이것은 당대의 대한제국의 여성들을 표상하고 있다는 점에서 알레고리라고 할 수 있다.

> 턴디간 만물 중에 동물되기 희한ㅎ고 천만가지 동물중에 사름되기 극난ㅎ다 그갓치 희한ㅎ고 그갓치 극난흔 동물중 사름이 되야 압졔를 밧아 ᄌ유를 일케되면 하늘이쥬신 사름의 직분을 직히지 못흠이어날 함을며 사름사이에 녀ᄌ되야 남ᄌ의 압졔를 밧아 ᄌ유를 쎅앗기면 엇지 희한코 극난흔 동물 중 사름의권리를 스스로 버림이안이라ᄒ리오   —(「자유종」, p.1.)

위의 인용문에서 서술자는 동물로 태어나지 않고 여성으로 태어난 남자에게 압제를 받아 자유와 "사람의 권리"를 상실한 채 살아가고 있음을 한탄한다. 여기에서 '자유'는 사람과 동물을 구분하는 기준이 된다. 여성은 자유를 얻지 못했기 때문에 동물과 같은 층위에 존재하고 있고, 여성으로서 인간의 권익은 애초부터 상정될 수 없었음을 언급하고 있다. 이러한 발화는 근대계몽기 여성의 현실 감각을 보여주는 것이기도 하고 여성의 인권에 대한 인식이 싹트고 있었다는 증거이기도 하다. 소설의 서두에 신설헌이 "이젼 갓흐면 오늘 이러흔 잔치에 취ᄒ고 빅불으면 무슨 걱정 잇스릿가마는 지금시되가 엇더흔 시ᄃ며 우리인족은 엇더흔 인족이오 닌말이 연셜례격과 흡ᄉ하나 우리 규중녀ᄌ도 결코 모를일아 안이올시다" 라고 언급함으로써 규중여자라고 하여 시대적 상황에 무지하지 않음을 보여준다. 또한 일본의 예를 들면서 일본이 전에는 "괴악한 사름이라 지목ᄒ고 인류로 치지 안터니" 지금은 "동양에 데일 데이되는 일딍 강국"이 되었음을 언급한다. 이 소설에서 여성화자는 당대의 상황에 민감하게 반응하고 주변국의 정세에 대해서도 관심을 가지고 있다. 그래서 이들은 현실에 대해 비판적인 시각을 가지고 있음으로 해서 이러한 난국을 어떻게 극복할 것인지에 대해서도 모색한다.

이 소설에서 여성 화자들은 여성이기 때문에 현실에서 소외되었다고 좌절하는 것이 아니라 어떤 식으로든 자신들의 영역에서 시도할 수 있는 가능성을 탐색한다. 이들은 지금까지 자신들을 둘러싸고 있던 가부장제에 대해 비판적으로 이야기한다. "하늘을 불으면 딍답이잇나 부모를 불으면 능력이 잇나 가장을 불으면 무삼 방칙이 잇나"라고 언급하는 것으로 보아 여성들은 더 이상 하늘의 운명과 부모, 가장에게 의지하려는 모습을 보이지 않는다. 이것은 여성의 모습으로 현재를 살아가고자 하는 의도를 피력한다는 점에서 여성적 정체성은 부정되지 않는다고 볼 수 있다. 소설은 소외된 여성들의 좌절보다는 그것을 타계하려는 노력을 형상화하고 있다는 점에서 눈여겨볼 필요가 있다. 이들은 자신들의 사적인 이익을 위해서가 아니라 국가와 민족이라는 틀에 의해 자신을 규정한다. 여성의 역할이 국가의 이데올로기에 포섭된 것으로 볼 수도 있지만, 그럼에도 불구하고 이 소설이 갖는 특성은 여성이 주체로서 자신들의 목소리를 낼 수 있고, 자아를 이야기 할 수 있다는데 의미가 있다. 비록 남성작가에 의해 쓰여지기는 했지만, 여성인물이 사회의 전반적인 내용을 비판하고 그것을 내면화하고 있다는 점과 기존의 여성적 시각이 배제된 소설들에서는 볼 수 없는 여성의 목소리를 반영하고 있다는 점은 이 소설이 지닌 특성이라 할 수 있다.

「소경과 안즘방이 문답」, 「거부오해」, 「자유종」은 근대 소설적 요소가 결여된 소설들이다. 플롯으로 서사가 진행되지도 않고, 인물의 성격화가 갈등의 구조로 나타나지도 않는다. 이 소설들은 알레고리의 주제적인 내용을 전달하는데 주력하고 있기 때문에 서술적 기법에 있어서도 이것을 효율적으로 전달할 수 있는 토론의 형식을 도입하고 있다. 근대계몽기 서사에서 대화와 토론의 형식은 근대계몽기의 담론을 주도했던 신문의 표기형식의 일반적 형태였다. 1896년 『독립신문』을 필두로 해서 많은 신문과 잡지들이 창간되었는데, 특히 1905년 이후 『대한매일신보』와 『황성신문』은 논설란을 통해 당대의 사회·정치·문화와 관련된 진보적 사상이나 이념을 전달하는데 주력하였다. 이 신문들은 담론 형성의 물적 토대를 제공하면서 근대적 개혁을 주장하는 지식인들의 공식적인 언로를 담당했다. 그리고 신문은 이들에 의해 새로운 사상과 문명을 전파하기 위한 통로로, 애국계몽을 위한 장으로 활용되었다.

이 두 신문은 문답형식 또는 연설형식의 소설, 전기 등을 연재하면서 국권회복을 위한 보다 거시적인 차원의 애국계몽운동에 참여하였고, 개인과 사회·국가에 대한 강도 높은 비판으로 현실을 진단하고 이를 위한 대안과 미래에 대한 희망적인 전망 등을 제시했다. 근대계몽기에 애국계몽운동을 실질적으로 이끌었던 이 두 신문에 게재되었던 소설들은 현실을 직접적으로 드러내기 보다는 문답과 토론 등을 통해 주제를 간접화하여 형상화함으로써 좀 더 현실을 적나라하게 비판하였고, 미래에 대한 대안까지 제시하였다고 할 수 있다.

토론은 일방적인 한 사람만의 발언이 아닌 쌍방이나 다수의 의견 대립을 거쳐 하나의 결론으로 수렴되는 특징을 갖는다. 토론이 갖는 '대화'의 기능은 발화되는 언어가 어느 한 사람만의 전유물이 아니라 타자를 고려한 발화라는 점에서 상대적이다. '나'와 '타자'의 끊임없는 의사소통의 관계는 대화로 지속된다. 대화는 개인과 타자의 상호이해를 위해 존재한다. 즉 "타자와의 관계는 정적으로 분리된 〈차이〉로서 존재하지 않고 동적으로 부딪치는 대화의 관계"[4]로 규정된다. '나'와 '타자'의 모든 사고는 대화의 형식으로 진행되고, 이 대화를 통해 '나'는 '타자'의 인식을 볼 수 있다. 그리고 '나'의 인식은 '타자'에게 전달된다. 새로운 사실에 대한 자각과 가치관의 변화 등은 대화를 통해 이루어지고 있다고 해도 과언이 아니다. 이러한 대화를 통해 타자와의 관계성은 성립되고 인식의 측면에서 '모름'은 '앎'으로 전환된다. 특히 근대계몽기에 대화를 위주로 한 소설의 경우는 타자의 지식이 '나'에게 전달되는 정보의 기능이 강하다고 볼 수 있다. 즉 '모름'에서 '앎'으로의 지향을 강하게 내포하고 있는 것이 대화의 형식인 것이다.

> 감안이 여러 사름의 말을 듯고 눈치로 싱각ㅎ야 보면 정부 조집이 된 다흠은 정부에셔 죠집을 구취흔다ᄂᆞᆫ 물이오
> 정부 죠집이 틀엿다 흠은 여슈히 구취가 되지 못ㅎ얏다ᄂᆞᆫ 말노 알거니와 그 죠집을 어듸 쓸 소용인지 알 슈 업셔 갑갑히 지ᄂᆞ노라 ᄒᆞ거늘 그 말을 듯고 일좌가 박쟝듸소ᄒᆞ여 왈 이 무식흔 놈아 정부 죠-집이란 말도 잇던가
> 정부 죠직이라 ᄒᆞᄂᆞᆫ 말이지 죠직이라 ᄒᆞᄂᆞᆫ말은 무론 무엇이던지 쓴다ᄂᆞᆫ 말이니 명부죠직은 정부를 쓴다ᄂᆞᆫ 말이라 흔듸 인력거군이 스례ᄒᆞ여 왈 그런 말을 나ᄂᆞᆫ 밧혜심으ᄂᆞᆫ 죠-집으로만 싱각ᄒᆞ엿슨즉 그ᄂᆞᆫ 무식한 타시어니와 지금 그듸의 말을 듯고야 황연이 ᄭᅵ다라도다   ─(「거부오해」, 2회)

「거부오해」에서 인력거꾼은 사람들이 언급하는 '정부조직'이란 말을

알아듣지 못한다. 나름대로 '조직'이라는 말을 밭에 심는 식물의 일종인 '죠집'으로 달리 해석한다. 인력거꾼은 '조직'에 대한 해석을 달리 함으로써 그 뒤에 오는 대화도 어긋나게 된다. 이것은 의사소통과정에서 발신자가 전달하는 내용을 수신자가 제대로 수용하지 못하는 것과 같은 양상으로 나타난다.

> 발신자(여러 사람들)   → '죠집'(밭에 심는 식물)
> 정부조직이 된다   → "정부에서 죠집을 구취흔다는 말"
> 정부조직이 틀렸다   → "정부에셔 여전히 구취가 되지 못하였다."
> (조직을) 짜다(組)   → "여러 사람이 위협으로 남을 졸나 쓴다"

위의 인용문에서 설명한 것과 같이 한 단어의 잘못된 해석으로 인해 이와 연결된 문장도 문맥에서 어긋나고 있다. 인력거꾼은 자신이 아는 대로 그 단어를 이해하려 하지만 문자의 의미는 여전히 해독되지 않는다. 조직을 '죠집'으로 잘못 인식하고 있기 때문에 '정부조직이 된다'라는 말을 '죠집을 구취한다'는 말로 이해하고, '정부조직이 틀렸다'라는 말은 죠집이 구취가 되지 못하는 것으로 해석한다. 그리고 조직을 짠다라는 말은 위협하여 '짜다'라는 말로 의미의 변화가 일어난다.

이렇게 되는 이유는 대화자 상호간의 신분과 직업으로 인한 언어적 분화가 일어났기 때문이다. "대화하는 두 인물간의 심리적 거리가 멀고 공감의 정도가 적을 때는 그렇지 않은 경우에 비해 의사소통이 어렵고 곡해"[5]가 일어난다. 대화자 간의 신분적 차이와 지적 수준, 또는 현실감각이나 세계인식의 차이로 인해 발생하는 이것은 어긋난 의사소통(miscommunication)

---

5) 원자경, 「현대 소설의 대화 양상 연구」, 서강대학교 석사학위논문, 2001. p.7.

의 일종이라 할 수 있다. 발화자와 청자간의 다양한 관계가 의사소통에 관여함으로써 의미의 맥락에 변화가 생기고 상호이해라는 대화의 목적에 어긋나게 되는 것이다.

근대계몽기라는 공동의 공간에서 다른 언어의식을 소유하고 있다는 것은 그만큼 언어가 갖는 수용의 이질적인 측면을 이야기하는 것이기도 하지만, 실질적으로는 계층간의 격차에 대한 언어의 지평문제를 강조한 것으로 볼 수 있다. 이것은 언어에 있어서도 소외될 수밖에 없는 하층민중의 모습을 역설적으로 보여주는 것인 동시에 하나의 언어가 갖고 있는 다양한 의미의 양상을 알레고리로써 보여주는 것이기도 하다.

2: 세속의 일화를 통한 일상인의 소외의식과 불구성

「소경과 안즘방이 문답」은 『대한매일신보』6)의 잡보(雜報)란에 1905년

---

6) 『대한매일신보』는 1904년 6월 29일 『코리아 타임즈』라는 이름으로 견본신문을 처음 발행했다. 이후 『대한매일신보』로 제호를 바꾸고 국문 2면, 영문 4면의 총 6면으로 7월 18일 창간호를 발행했다. 신문사 사장에는 영국인 베델(Ernest Thomas Bethell, 한국명 배설, 1872년 ~ 1909년), 총무에는 양기탁이 취임하였다. 1905년 3월까지 휴간 없이 간행됐으나, 1905년 3월 11일 이후 편집방향의 검토로 휴간하게 된다. 1905년 8월 11일 국한문혼용과 영문신문을 따로 간행하면서 독자층을 넓히게 된다. 이때부터 박은식과 신채호 같은 한학자가 논설위원으로 활동하게 된다. 당시 발행인 겸 편집인으로 있던 베델은 치외법권을 가진 외국인이었기 때문에 국내법이나 신문지법에도 적용되지 않았고 이것으로 인해 신문의 내용은 다른 신문에 비해 일제의 침략행위를 적극적으로 비판하였고, 이에따라 항일구국운동을 주도하기로 했다. 1907년 5월 23일에는 국문판 견본이 발행되었고, 5월 30일에는 국문판 첫 호가 발행되었다. 한글판이 간행되자 구독자가 증가하여 한글판이 나오기 전에는 4000부 정도였으나 이후 1만부까지 증가하였다. 그러나 신문사의 재정은 넉넉하지 않아 황실에서 여러 차례 기부를 받았고 그런 내용이 광고에도 실려 있다. 그러나 1908년 4월 29일 이완용 내각은 신문지법을 개정하

11월 17일부터 12월 13일 까지 21회에 걸쳐 연재된 소설로 대화로만 서사가 진행되는 서술적 특성을 갖는다. 「거부오해」 또한 1906년 2월 20일에서 3월 7일까지 『대한매일신보』에 연재된 소설로 1회는 소설란에 2회부터 11회까지는 잡보란에 수록되었다. 이 소설을 연재하던 『대한매일신보』의 당시 신문의 구성은 6단 구성으로 '논설(論說)', '관보(官報)', '외보(外報)' '사고(社告)', '기서(寄書)', '잡보(雜報)', '광고(廣告)' 등의 순서로 되어 있다. 그 중에 잡보란은 『한성신보』[7]에 처음 나타나기 시작했다.

여 국내에서 발행되는 외국인 명의의 신문과 해외교포가 발행하는 신문을 국내에서 발매 및 금지시키고 압수할 수 있는 조항을 포함시켰다. 이후 『대한매일신보』은 통감부에 의해 많은 규제를 받게 된다. 통감부는 베델을 추방하기 위해 1907년 10월 9일 고소하여 10월 14일 첫 공판이 열렸고, 1908년 5월 27일에는 치안을 방해 하였다는 죄목으로 베델을 고소하여 6월 21일 상해에서 호송하여 구속하였고, 7월 15일에 석방하였다. 이후 베델은 심장병이 악화되어 1908년 5월 1일 37세의 나이로 죽게 된다. 1908년 7월 12일에는 국채보상금을 횡령하였다는 죄목으로 양기탁이 구속되었고, 이후 무죄로 9월 29일에 석방된다. 1910년 6월 14일 베델에 이어 신문사의 발행인이었던 맨함(Alfred Weekley Marnham)이 신문사를 한국인 사원 이장훈에게 팔고 고국으로 귀국하면서 또 다른 전환기를 맞게 된다. 신문사가 외국인에서 한국인으로 완전히 넘어온 것에 대해 독자들은 전폭적인 지지를 보내왔으나, 2개월 후 신문은 1910년 8월 28일 한일합방(1910년 8월 29일)으로 폐간된다. 이 신문은 6년 동안 모두 2660호, (국한문판 약 1660호, 한글판 938호)를 간행하였다. 신문사의 지소로는 1909년에는 지방에 51개소가 있었다. 평안도 24개, 황해도9개, 함경도 8개, 전라도 2개, 경기도 3개, 충청도 1개, 경상도 2개, 강원도 2개소 였다.
이광린, 「『대한매일신보』간행에 대한 일고찰」, 『대한매일신보 연구』, 서강대학교 인문과학연구소, 1986. pp.1-50. 참조.
7) 『한성신보』는 1895년 2월 17일 일본 외무성의 후원을 받아 발행된 이 신문은 격일간으로 한국어 및 일본어로 발행되었다, 표면상 발행인은 민간인 이다치겐조(安達謙藏)로 되어 있었으나 일본 외무부의 기밀 보조비에 의해서 운영되었다. 1면 2면은 국문과 국한문기사를 실었고, 3면은 일문기사, 4면은 광고를 실었다. 1895년 하반기에 경성시내에서만 한국인 400부 일본인 174부로 부수를 확장하였다. 신문의 친일적 성격은 명성왕후 시해사건에 대한 보도이다. 1895년 10월 9일자 신문에는 국문과 일문으로 대원군과 훈련대가 사건을 주도한 것으로 보도하면서 친일적 성향을 뚜렷이 하였다. 1896년 7월 「신진사문답기」를 연재소설로 게재하기도 하였다. 1906년 7월 31일 폐간되었고 1906년 9월 1일 다른 군소 신문

이 신문의 발행 초기에는 한글기사로 1면에는 사설, 잡보, 기서란이 있었
고, 2면에는 관보초록, 사고란 등이 있었다. 그러나 이와 같은 "지면구성
에는 비교적 변동이 많아 편집체계가 안정적이었다고 볼 수는 없지만,
한글을 위주로 한 다양한 기사 양식이 등장했다는 것은 이후의 『독립신
문』등에 어느 정도 영향을 주었다고 볼 수 있을 것이다."8) 이후 『독립신
문』등의 '잡보란'은 '론셜'과 더불어 고정란으로 설정되어 보도기사와 해
설기사, 단순 공지, 서사 자료 등의 내용을 실었다. 이에 비해 『대한매일
신보』에 게재된 잡보란9)의 기사는 사회문제, 관의 비리나 폐해, 정부관
련 정보, 범죄, 재판관련, 정치문제, 사고, 흥밋거리, 국민계몽, 외국 소식
등 다양한 주제로 쓰여졌다. 신문의 다른 난과 마찬가지로 잡보란 또한
작가의 이름이 명기가 되지 않은 상태로 기사화 됐고, 국한문 혼용체로
쓰여졌다. 그러나 「소경과 안즘방이 문답」과 「거부오해」의 경우는 다른

들과 『경성일보』로 통폐합되었다.
박용규, 「구한말 일본의 침략적 언론활동-〈한성신보〉(1895년 ~ 1906년)을 중
심으로」, 『한국언론학보』, 43-1호, 1998.
8) 박용규, 앞의 책. p.163.
9) 채백은 『대한매일신보』〈잡보란〉의 특색을 네 가지로 요약하고 있다.
첫째, 기사의 건수가 『독립신문』에 비해 대폭 늘어났다는 점이다. 이는 지면의
판형이 커지고 단수가 늘어나는 등의 외형적 요인 외에도 신문이 정착기에 들어
가면서 취재 여건이 다소나마 좋아졌던 때문으로 해석된다.
둘째, 사실보도와 중립적 보도 태도가 늘어났다는 점을 지적할 수 있다. 이는 신
문이 지향해야 할 이념으로서 중립성과 객관성을 표방하는 객관 저널리즘에 좀
더 근접한 모습이라고 해석할 수 있다. 사실보도 위주로 가면서 단위 기사의 분
량도 점차 짧아지는 경향을 보여 주었다.
셋째, 기사의 관련 지역이나 주인공, 정보원 등에서 특정의 편향을 강하게 보였다
는 점이다. 지역 면에서는 한성, 주인공이나 정보원 측면에서는 정부나 관리에의
의존이 높은 것으로 나타났다.
넷째, 지면의 배치에서는 아직도 면별 편집은 이루어지지 않았지만 점차 잡보는
2면 중심 체제로 나아가고 있음을 알 수 있었다.
채백, 「『대한매일신보』 잡보의 내용분석 연구」, 『대한매일신보 연구』, 한국언론사
연구회 엮음, 커뮤니케이션북스, 2003. pp.288-289.

기사와는 달리 순한글로 표기되어 있다.10) 이것은 누구나 쉽게 소설을 읽기를 바라는 편집진들의 의도인 동시에 대화라는 문체에 따른 의미전달의 용이성을 고려한 결과라 할 수 있다.

「소경과 안즘방이 문답」은 장님과 앉은뱅이가 일상과 시국에 관련된 이야기를 나누는 대화체 형식으로 되어 있다. 연재가 시작된 날인 1905년 11월 17일은 을사조약이 체결된 날이며 통감정치가 시작된 날이다. 이 소설은 장님과 앉은뱅이를 인물로 내세워 이들이 일상에서 접했을 만한 소재와 내용들을 위주로 하고 있다. 이 소설에 등장하는 장님은 집집마다 점을 보러 다니는 문수이고, 앉은뱅이는 망건 장수이다. 이들은 신체적으로는 불구이며 경제적으로는 하층민의 삶을 살고 있는 소외된 인물들이고 개화와 새로운 문명의 혜택을 받는 사람들이라기보다는 오히려 그것 때문에 피해를 입는 인물로 설정된다. 장님의 직업으로 제시되고 있는 문수는 근대계몽기의 미풍양속의 개량에 있어서 없어져야 할 풍습과 직업 중의 하나이고, 앉은뱅이가 파는 물건인 망건은 구시대적인 의복의 일종으로 개량되어야 할 대상이다.

사름의 머리는 가히 졍신든 쥬먼이라 홀 터인데 그 졍신 쥬먼이를 잔득 졸나 미여 혈믹이 즈유 활동을 모허게 허니 졍신에 유히무익이오 아모리 밧분 일이 잇는 쟈라도 망건을 쓰즈 허면 몟 시간을 허비허니 스업에 유히무익이오 스치허는 쟈는 고혼인모라 곱솔이라 허는 것으로만 드리 쓰고 보면 그 망건의 체격맛쳐 갓과 의복이며 탕건까지 곱게 허니 경졔상에 유히무익

<hr />

10) 『대한매일신보』가 1907년 5월 30일 이후부터는 국한문혼용판과 국문판을 동시에 발행했지만, 그 이전에는 국한문혼용판으로 간행되었다. 「소경과 안즘방이 문답」과 「거부오해」는 국한문혼용판으로 간행되었을 때 연재된 것인데, 같은 날짜의 잡보란의 다른 기사들은 국한문혼용으로 표기되었지만 이 두 작품은 국문으로 표기되어 있다.

이오 간란흔 자는 구멍이 쑤러진 것을 깁지도 못허되 아니 쓸 슈 업셔 쓰고
보면 츄루가 막심허여 속담에 일은 바 망건이 히여지 셕슝이라도 간난허여
보인다 ᄒ니 외모에도 유히무익이라.　　—(「소경과 안즘방이 문답」, 7회)

장님이 망건의 폐단을 정신상, 사업상, 경제상, 외모상 유해무익한 것
으로 단정하고 이것을 "션황의 고풍이라 칭탁"치 말아야 "부국기명" 된다
고 말한다. "판슈" 또한 경무청에서 엄금할 정도로 제도적으로 배척되는
직업이지만, "경문과 복슐은 빈말리라도 츅슈나 허고 길흉이나 판단"하
면 그뿐인 것으로 보고 있다. 결과적으로 점쟁이와 망건 중에 좀 더 비
판의 대상이 되고 있는 것은 망건이다. 근대계몽기의 새로운 문물과 문
명 앞에서 망건은 없어져야 할 물건중의 하나이다. 망건은 과거의 허위
의식을 대표하는 물건이고 전통에 대한 폐해를 상징하는 물건인 것이다.
그럼에도 불구하고 이것을 수단으로 생계를 이어 갈 수밖에 없는 상황을
소설은 역설적으로 보여준다. 또한 가장 전근대적인 직업을 가지고 있는
이들이 현재의 문제적 상황들을 비판하고 좀 더 나은 미래를 전망함으로
써 소설은 아이러니적이다.

소경과 앉은뱅이의 대화는 이들이 인식하는 현실의 경제적인 상황들
에 초점을 맞추고 있다. 이야기의 시작도 '돈'을 구경할 수 없기 때문에
'술'도 먹을 수 없는 문제로 대화가 시작되고, 최종적으로는 회사를 차리
고 싶지만 그것도 '돈'이 없어서 할 수 없다고 한탄한다. 당시 1905년은
구화와 신화를 교체하는 화폐개혁이 단행되었고, 이에 따라 일상인들도
많은 혼란과 어려움을 겪게 되었다.[11] 소경과 앉은뱅이는 "구화는 한곳

---

11) 1905년 4월 8일 탁지부에서 '백동화 교환'에 관하여 각 도에 고시를 하고, 6월 24
　　일에는 '구백동화 교환'에 관한 사항을 공포하게 된다. 이에 7월에는 신구화 교환
　　으로 금융난이 심각해져서 종로의 상가들이 철시 상태에 빠지게 된다.

으로 물녀 들어나고 신화는 나오지 아니허는 쩍문"에 돈이 말라 있다고 한탄한다. 소설은 이 과정에서 장님과 안즘방이가 겪고 있는 경제적 어려움을 구체적으로 제시한다. 그리고 그 이유로는 관리들의 부패와 매관매직을 들고 있다.

① 이젼에는 빅셩들이 션졍 불망비를 셰우더니 지금은 악졍 불망비를 셔게 되얏슨즉 사람마다 불망비 한아식은 다 엇을 모양이지 참 근릭는 관찰군슈의 불망비는 거리거리 만히 셧데 션치를 허여도 비를 셰고 불치를 허여도 비를 셰며 션졍을 흔자도 원류약졍을 흔자도 원류허니 그 셈판을 참 알 슈 업셔 그 무엇이 알 슈 업나 션졍을 허던지 악졍을 허던지 빅셩들이 잇지못홀 일은 한 가진즉 이럿턴 져럿턴 불망비는 일반이오 불치를 허던지 션치를 허던지 원류흠은 이 사람이나 져 사람이나 일반인즉 무근 사람의게는 이왕 만히 먹혀슨즉 다시 더 먹힐 것 업거니와 식로 식 사람 오게 되면 쏘 먹으려고 혀를 둘너 가진 악졍 다 할 터이니 돈 몃 쳔량 씩앗기랴면 죽을 고싱다 흔다네. ―(「소경과 안즘방이 문답」, 3회)

② 그런지 져런지 관찰군슈 노릇도 졈졈 즈미업나 보데 탐학으로 늘근 슈단흐고는 심지마는 스면에 결니는 일 만하 못하나 보데 그 중에도 죠금 낫다 흐는 쟈도 잇지마는 언필칭 디방 관리 참학흔다흐니 가위 일불이슐륙 통일네 디방관더러만 잘못흔다 홀 것 아니지 대관결졍부 딕신네들이 돈을 밧고 파라먹는 까닭인즉 졍부 딕신이 식키는 것 아니가 가위 상탁하부졍일셰 관찰아니 군슈아니 디방에 보닉기는 쳣지는 치민이오 둘지는 보세인데 지금은 엇더케 된 셰판인지 빅셩을 두다려가며 돈 씩셔 먹는 거시 치민으로 아니 다스릴 치즈는 두다릴 치즈로 알고 셰탈을 독봉흐야 국고에는 상랍지 안코 즈긔네 빅속에 너허 발이니 봉셰라는 봉즈는 숨킬 봉즈로 아는 모양이니 당초에 글즈를 잘못 빈운 타신지 ―(「소경과 안즘방이 문답」, 4회)

①의 인용문은 관리들의 부패를 극단적으로 보여주는 것으로 '불망비'

를 들고 있다. 불망비는 선정을 한 관찰군수에게 백성들이 그 뜻을 기리기 위해 세웠던 비의 일종이다. 그러나 여기에서 불망비는 선정을 하던지, 아니면 악정을 하든지에 관계없이 백성들의 돈으로 비를 세우는 가렴주구(苛斂誅求)의 한 예가 되고 있다. 예전에는 불망비가 선정을 한 것에 대한 기억이었지만, 지금은 악정을 하면서도 비를 세움으로써 백성들에게는 악정을 기억하게 하는 상징이 된다. 이것은 관리들이 백성의 돈을 "쏘 먹으려고" 악정을 다하는 것에 대한 비판으로 불망비는 선정과 악정을 동시에 기표하는 기호로 기능하고 있다. ②의 인용문은 관리들이 매관매직을 하는 상황을 비판하는 부분이다. 지방 관리들이 탐학을 하는 것보다는 이것을 주도하고 있는 상부의 대신들을 비판함으로써 부패가 지방관리의 개인에 국한된 것이 아님을 암시한다. 매관매직이 상부와의 연결을 통해 조직적으로 이루어지고 있는 것에 대한 문제를 거론하는 것으로 이것이 관리들의 부패의 원인으로 제시되고 있다. 또한 관찰사나 군수가 하는 일은 치민(治民)과 보세(普世)이지만 현실에서는 '다스릴 치'의 치민(治民)이 '빼앗을 치'의 치민(褫民)으로 인식되고 있다.

이 소설에서 불망비에 대한 비판은 인물들의 경제적인 문제, 즉 돈과 연관되어 거론된다. 불망비는 장님과 앉은뱅이에게는 개인적인 생활을 위태롭게 하는 사안으로 거론되기 시작하지만 결국에는 문제가 사적인 차원에 머무르지 않고 사회적 차원으로까지 확대된다. 이것의 원인과 결과는 사회적 문제에서 비롯되었다는 것이다. 불망비를 세우도록 한 관리들이 양성된 것과 매관매직을 하는 관리들이 있을 수밖에 없는 원인은 그들이 교육을 잘못 받았기 때문이고, 그들이 중국의 책들을 가지고 공부했기 때문으로 단정한다. "교육을 잘못ᄒ면 부랑픽듀되고 교육을 잘ᄒ면 연인군ᄌ"가 되는 이치를 예를 들면서 교육의 문제를 거론한다. 따라서 교육기관을 설립해야 하고 그 재정을 조달하기 위해 '무역'을 해야 함을 주장한다. "외국 돈 쌔이셔"오는 것에 대한 개념은 당시에 외국과의 교역을 통해 돈을 번다는 무역의 의미인 것으로 보인다. 소설은 개인의 부정이 교육과 경제 문제로까지 확대됨으로써 하나의 문제가 단순히 그것으로 끝나는 것이 아니라 다양한 영역으로 파급되는 것을 보여준다. 역으로 소설은 전체적인 사회 부정이 백성들에게 파급되기까지의 과정에서 파생되는 부패와 모순이 어떤 식으로 확대되어 백성들에게 도달하게 되는 지를 알레고리로 재현하고 있다.

그리고 소설은 무역을 하기 위해서는 돈(자본)이 있어야 하고 교육받은 게 없어서 무엇을 어떻게 할 줄 몰라 그것도 안된다는 순환론적인 모순을 형상화하고 있다. 소설에서 장님과 앉은뱅이는 결국 "쟝사를 허즈하니 돈이 업셔 못허고 모군을 스즈허니 다리가 절너 못허고 훈학을 허즈하니 학문이 업셔 못"하는 상황에 다다른다. 그래서 그들은 "우리는 다 틀엿네 우리 즈식들이나 잘 길너 그 덕이나 볼 슈밧게 업지"라는 체념의 상태에 빠진다. 그러나 이들의 현실은 양육과 교육을 시킬 수 없는 상황으로 전개됨으로써 결국은 복술에 의지하는 모습을 보인다. 점을 치는 것은 당시에 전근대적인 속성으로 배척되는 것이었으나 현실을 타계할 방법이 없는 상황에서 이것은 오히려 하나의 방법으로 제시되고 있는 것이다. 소설은 이러한 악순환이 계속될 수밖에 없는 원인과 결과를 제시함으로써 당대의 상황을 적나라하게 보여주고 있다. 이것은 근대계몽기의 가장 소외된 인간들조차도 문물과 개화에 대한 열의를 보이고 있으나 그것마저도 차단되는 상황, 즉 구조적인 문제들을 제시함으로써 근대계몽기의 상황을 알레고리로 보여주고 있는 것이라 할 수 있다.

「거부오해」의 경우도 개인의 일상적 사건이 계기가 되어 확대 비판되는 양상으로 전개된다. 이 소설은 하나의 문자가 갖는 동음이의어(同音異議語)의 문제에 대해 거론하고 있다. 같은 문자라도 그것을 해석하는 사람에 따라 다른 의미로 전달될 수 있다는 가정으로 서사가 진행된다. 그래서 소설은 인력거꾼과 다수의 사람들이 주고받는 대화로 서술되어 있다. 「소경과 안즘방이 문답」의 경우는 서술자 없이 두 사람의 대화로만 이루어져 있지만, 이 소설은 서술자가 두 사람의 대화를 중재한다. 서술자는 "그말을 듯고 일좌가 박장딪소ᄒ여 왈"이라고 서술함으로써 누가 대화를 하는지, 어떻게 반응했는지 만을 알려준다. 텍스트에서 오해되는 언어는 세 가지이다. 소설은 '정부조직', '시정개선', '통감'의 단어를 인력거꾼이 동음이의어인 다른 것으로 해석함으로써 의사소통에 장애가 생긴다. 그리고 이런 장애로 인해 의미의 왜곡이 일어나고 이것은 또한 자신들의 현실을 돌아보게 하는 계기가 되고 있다. 그러나 소설에서는 이 단어의 왜곡에도 불구하고 결과적으로는 같은 대상을 비판하고 있는 것으로 판명됨으로써 현실의 난맥상을 드러낸다.

①정부조직 : 인력거꾼 － 밭에 심는 죠집으로 인식
                     → 위협하여 남을 쪼다라는 말로 인식
                     → 죠집을 일본군대로 보내려고 하는 것에 대한 비판
                     → 정부의 무능함에 대한 비판
        본래 의미 － 정부를 짠다는 말
                     → 국사를 도울만한 자에게 대신의 직임을 맡김
                     → 나라의 근본을 굳게 하는 일
                     → 일진회 회원들에 의한 정부 조직을 비판함

②시정개선 : 인력거꾼 － 시정의 개산이로 인식
                     → 시정 개산을 만드는 것에 대한 비판

           → 시정을 보호하고 상업이 흥왕케하여 이익을 추구하
              는 것 필요
           → 무능한 정부의 시책에 대한 비판
    본래 의미 - 시정개선(施政改善)
           → 시정을 개선하여 경제적 이익을 창출
           → 이익의 창출을 통한 국부의 증진 목적
           → 정부시책이 제대로 이행되지 않음

③통　감 : 인력거꾼 - 通鑑, 중국의 책으로 인식
           → 내 것은 흉하고 남의 것만 좋다고 하는 습성비판
           → 내 것을 소중히 여겨야 함을 강조
           → 자주성 강조
    본래 의미 - 統監, 벼슬이름, 이등박문을 지칭하는 말
           → 일본의 사람이 와서 통치를 한다는 것에 대한 비판
           → 자치권을 잃은 것에 대한 한탄
           → 자주성 강조

위의 인용문은 '정부조직', '시정개선', '통감'이 인력거꾼에 의해 다른 의미로 전달됨에도 불구하고 결국에는 같은 의미로 귀결되는 것을 도식화해 놓은 것이다. ①의 경우는 인력거꾼이 '정부조직'을 짠다는 것을 밭에서 기르는 '죠집'으로 잘못 알아듣는 과정을 설명한 것이다. 인력거꾼은 정부에서 소를 먹이려고 죠집을 구하는 것인지 아니면 집이나 담을 수리하기 위해 죠집을 필요로 하는지에 대해 궁금해 한다. 그리고 말먹이 곡초를 돈도 지급하지 않고 위협으로 '특달'하는 것과 일본 군대에 보내기위해 '죠집'을 구하려고 하는 의도를 비판한다. 그러나 실제적인 단어의 의미는 '정부조직'을 새롭게 구성한다는 것이다. 소설은 '정부조직'을 '죠집'으로 해석하고 있든지, 아니면 단어 그대로 올바르게 해석하고 있는가

의 여부에 관계없이 정부의 정치적 실책과 일본의 위협적인 행동을 비판하는 것으로 의미가 귀결된다. 따라서 소설은 을사조약 이후 친일파에 의해 정부가 조직되고 있는 것에 대해, 그리고 인력거꾼이 의사소통의 장애를 겪는 것을 통해 문제를 확대한다. 그리고 이것을 우회적으로 비난하고 있다.

②의 인용문은 '시정개선'에 대한 단어를 인력거꾼이 곡해하고 있는 상황을 보여준다. 정부는 시정을 보호하고 상업을 부흥시키기 위해 노력해야 함에도 그러지 못한 것에 대해 비판한다. 그리고 이러한 상황에 대한 결과로서 정부 대관이나 유지자들이 민중의 삶에는 관심이 없고 대신 자신들의 이익만을 챙기는 것을 언급한다. 관리들이 정부를 위해 일하는 것이 아닌 자신들의 이익을 위해 일하고 정부를 기만하고 있음을 비판한다. 기득권층인 이들은 "신화 일원에 구화 이원하는 것"을 다행으로 여기며 이러한 부패는 결국 정부를 조직하는 것 또한 의미가 없는 행동임을 언급한다. 따라서 결국에는 시정개선의 목적이 경제와 나라의 재정을 확보하기 위한 시책이었음이 확인되면서 곡해가 일어나기 전의 의미와 후의 의미가 동일한 것으로 귀결된다.

③의 인용문 또한 의사소통에 장애가 일어나고 있는 상황을 보여준다. 인력거꾼은 통감(統監)의 벼슬 이름을 책을 지칭하는 '통감'으로 오해한다. 그래서 "우리나라에 만일 통감이 업게 드면 수략이라도 무방ㅎ고 소학 듕학 밍즈 용이허다 ㅎ데 그것 져것 불게 ㅎ고 일본 통감이 젹당ㅎ단 말인가"하고 비판한다. 남의 것은 모두 좋다고 하는 습성에 대해 언급하면서 이것은 지금 현재 나라를 빼앗길 위기에 처한 원인으로도 제시된다. 결국은 우리 것을 잃은 것에 대한 한탄과 이로 극복하기 위해 자주성을 강조하는 문맥으로 종결된다. 단어를 이해하는 처음 단계는 '차

이'에 의해 시작되지만 결국은 동일한 의미로 귀결되는 것이다. 이것은 언어가 갖는 특질조차도 현실적 상황에 의해 같은 문맥으로 이해될 수밖에 없다는 것을 알레고리로 보여주고 있다.

이러한 의미의 차이는 인력거꾼의 인식이 '모름'에서 '앎'으로 전환되었다는 것을 기표하지만, 오히려 소설은 이것을 부정적으로 묘사한다.

> 인력거군이 듯기를 다 ᄒ고 길이 탄삭ᄒ여 왈 속담에 일은 말로 드르면 병이오 안들으면 약이라ᄂ 말이 올토다 나ᄂ 그러케 굉장한 통감인 쥴은 몰오고 다만 공ᄌ왈 맹ᄌ왈 ᄒᄂ 통감으로만 알앗더니 지금 ᄌ셔히 알고 본즉 비록 우쥰ᄒ 마음이라도 가슴이 무여지ᄂ 듯 피를 토ᄒ 듯ᄒ야 일단 병근이 될 듯ᄒ니 도로혀 듯지 아니ᄒ얏슬 썀만 갓지 못ᄒ도다 하고 인력거를 쓸고 가며 ᄌ탄가 노ᄅ하니   ─(「거부오해」, 10회)

여기에서 인력거꾼은 위의 세 단어에 대해 제대로 이해하고 있는 것이 자신이 단어를 잘못 이해하고 있는 것만 못하다고 언급한다. "말로 드르면 병이오 안들으면 약이라"는 속담을 인용하면서 인력거꾼은 무지의 상태를 옹호한다. 그리고 그러한 상황을 가슴이 무너지는 것과 피를 토할 듯한 것으로 비유하고 있다. 이것은 아는 것이 모르는 것보다 나은 것이 없다는 논리로서 현실에 존재하는 불합리성과 부조리를 알레고리로 표현하고 있다.

「소경과 안즘방이 문답」과 「거부오해」는 '아는 것'과 '모르는 것'에 대한 역설을 이야기하고 있다. 소설은 근대계몽기 현실에 대해 '아는 것(知)' 보다는 차라니 모르는 것이 낫다는 '무지(無知)'의 상황을 강조하고 있다. 을사조약으로 자치권과 외교권을 빼앗긴 현실에서 이것을 아는 것보다는 모르는 것이 더 낫다는 생각이 알레고리로써 묘사되고 있는 것이다. 근대계몽기 당대의 상황에서 인력거꾼과 장님, 앉은뱅이라는 소외된 개인의 현실인식을 보여줌으로써 서사는 좀 더 역설적인 상황을 전경화하고 있다. 가진 자가 아닌 가지지 못한 자의 '知'와 '無知'의 상황을 알레고리로 보여줌으로써 근대계몽기의 현실의 모순성은 강조되고 있는 것이다.

3: 가부장적 이데올로기 안에서의 계몽의지와 모성성

근대계몽기 소설에서 소외된 인물로 인력거꾼이나 신체적 불구인 장님, 앉은뱅이 등을 설정하고 있지만, 여성 또한 주체적 삶을 살지 못하는 타자로 제시된다. 대부분 신소설의 주인공 및 주요 등장인물은 여성이며, 이 여성들이 비판하는 현실의 문제는 소설의 주제가 된다. 신소설에서 여성 주인공이 자주 등장하고 있는 것은 근대계몽기에 변화 가능성이 가장 많았던 인물층이 여성이었기 때문으로 보인다. 이해조의 「자유종」 또한 여성을 등장인물로 설정하고 있고, 이들은 생일잔치에 초대되어 현실의 상황과 자신들의 역할들에 대해 토론한다. 그러나 당시 신문의 잡보란이나 사설란에 게재된 계몽을 위한 토론과 대화 형식의 글들 중에서 여성이 중심인물로 설정된 경우는 거의 없다.12) 이것은 당대의 여성이

---

12) 근대계몽기 신문의 논설은 문답과 토론으로 서술된 것들이 많이 있다. 이것은 신문명과 나라의 위기에 대한 지식의 전달이 목적이었기 때문으로 보인다. 그러나 신문의 논설에 여성이 대화자로 등장하는 경우는 극히 드물다. 『그리스도신문』의 「조곰 어그러지는 밋음」(1901년 5월 30일)은 '스고트란드 늙은 부인'이 '나'와 대화를 나누는 논설인데, 이 논설은 늙은 부인의 믿음에 '나'가 감복하는 내용으로 되어 있다. 『죠션크리스도인회보』에 실린 「부즈문답」(1898년 3월 30일), (1899년 11월 23일)은 아들과 아버지가 교육에 대해 문답을 하며, 『그리스도신문』의

계몽의 대상에서 소외되었다는 증거이기도 하며 또한 이들이 중심이 아닌 주변부에 존재하고 있었다는 것을 보여주는 예라 하겠다.

소설에서 이들이 대화를 나누는 공간은 리민경씨의 규방이다. 이 소설에서 공간은 「거부오해」, 「소경과 안즘방이 문답」과 같은 많은 부류의 사람들이 모이는 거리나 시전이 아닌 '방'으로 한정된다. 이것은 여성이 위치하고 있는 공간에 대한 폐쇄성을 상징한다. 소설에서 대화에 참여하는 인물들은 신셜헌, 리민경, 홍국란, 강금운의 네 여성이다. 이 여성들이 언급하는 내용은 자신들의 생활과 연계된 문제들이다. 그리고 이 문제들의 원인을 제시함으로써 사회구조를 비판하고 스스로 그에 대한 대안을 찾고 있다. 이 과정에서 원인이 된 문제들에 대해 구체적인 고사들을 예로 들기도 하고, 자신의 경험을 말하기도 하면서 실질적인 방안을 강구한다. 그리고 한 의견에 대해 단순히 언급되는 수준에서 그치는 것이 아니라 그에 대한 반론을 제기함으로써 합리적인 이해의 과정을 보여준다. 소설은 실제적인 결론으로 가기 위해 상충되는 두 의견이 대립하는 것을 보여주고 이것이 현실적으로 조정되는 과정을 보여준다. 이것으로 인해 텍스트는 하나의 결론으로 도달하기 위한 토론의 형식적 미학을

「늙은 흑인」(1901년 5월 16일)은 백인과 흑인이 대화를 하는 내용으로 되어 있다. 『독립신문』의 논설들은 거의가 문답이나 토론의 되어 있는데 그중에 「일전에 엇더흔 대한 신수 ㅎ나이」(1898년 1월 8일)는 대한신사와 외국 정치가가 문답을 하며, 「시수문답」(1898년 10월 28일 ~ 29일)은 '샹목직'와 '대신'이 등장하고, 「병명의리」(1898년 11월 23일)은 두 병정이 문답을 한다. 그 외에도 「샹목직 문답」(1898년 12월 2일), 「공동회에 딕흔 문답」(1898년 12월 28일), 「쳥국 형편문답」(1898년 1월 11일), 「힝셰문답」(1899년 1월 23), 「외국 사룸과 문답」(1899년 1월 31일), 「신구 문답」(1899년 3월 10일), 「지미잇는 문답」(1899년 4월 15일 ~ 17일), 「경향문답」(1899년 5월 10일) 등은 외국 사람과 이야기를 하거나 선비나 소년, 어떤 사람, 어떤 친구, 대한사람 등 다양한 인물들이 등장하여 토론을 하는 것으로 서술되어 있다.

형상화한다.

「자유종」은 앞에서 논의한 두 소설과는 달리 단행본으로 발행되었다. 소설은 제목에서처럼 "자유를 목메여 절규하는 종소리라는 암시와 같이 남자에게 비교되는 여자로서의 자유와 개명되고도 자주독립을 이룩한 나라에서 살 수 있는 자유를 주창"[13]하고 있다. 이 소설은 신문에 연재된 형태가 아니었기 때문에 하나의 사안에 대해 많은 분량을 할애하여 구체적인 비판을 하고 있다. 그리고 이들은 여성이기 때문에 여성들의 지위와 권리에 대해 비판한다. 이 네 여성들에 의해 비판되는 것은 봉건적인 제도 안에서 남성에게 억압받아온 것에 대한 폐해와 풍속개량, 교육제도 등이고 이에 따라 자신들이 해야 할 역할을 논의한다.

  1) 여성으로서 겪는 부당함과 모순지적
     −① 설헌 : 모임의 동기와 의미에 대한 언급
     −② 미경 : 여자의 운명 한탄, 여자도 교육을 받아야 함.
     −③ 설헌 : 남자처럼 교육 받고 대접받아야 함. 교육의 질 언급, 중국
               책을 교과서 삼는 것에 대한 비판
     −④ 금운 : 설헌의 언급에 대한 부가 설명, 구체적 실천 방법 제시 중국
               글(한문)의 폐해, 한문 폐지 주장
     −⑤ 국란 : 한문폐지반대 주장, 언문으로 된 책의 백해무익 주장
               학교 교육의 실효성 주장

  2) 비판에 의한 구체적인 실천방안 제시
     −⑥ 설헌 : 어머니로서의 자녀교육 강조
     −⑦ 국란 : 자식은 공물이라고 주장, 서얼의 차별 비판, 계모의 행동 비판
     −⑧ 미경 : 국란의 의견에 대한 부가설명, 부모의 교육의지에 대한 중요

---

13) 김교봉・설성경, 앞의 책. p.113.

성, 국가질서의 중요성

3) 미래의 희망적 이전 제시
  - ⑨ 금운 : 꿈 이야기 하자고 제안
  - ⑩ 설헌 : 꿈 이야기, 대한제국이 자주독립할 꿈
  - ⑪ 미경 : 꿈 이야기, 대한제국이 개명하는 꿈
  - ⑫ 금운 : 꿈 이야기, 대한제국이 독립하는 꿈
  - ⑬ 국란 : 꿈 이야기, 대한제국이 안녕하는 꿈

「자유종」의 서사를 정리하면 위와 같다. 서사의 전반적인 주제는 교육에 대한 것이다. 자신들이 교육을 받지 못했기 때문에 교육의 필요성에 대해 논의하고 있고, 이런 교육이 그동안 실효를 거두지 못한 것은 중국의 책에 대한 맹신 때문이며, 교육을 받아서 자녀를 훌륭히 키우는 것이 자신들의 역할이라고 보고 있다. 소설은 토론을 위주로 하고 있기 때문에 서술자 없이 대화만으로 서사가 진행된다. ①에서부터 ⑤까지는 여성이 처한 현실에 대한 비판이 먼저 네 여성들에 의해 각각 언급되고, 이런 모순과 비판에 대해서는 ⑥, ⑦, ⑧의 언급에 의해 구체적인 실천 방향이 또한 제시되며, 이것의 결과로서 미래에 대한 희망적인 메시지가 ⑨에서부터 ⑬까지 꿈을 통해 실현된다. 서사는 총 열 두 번의 발언으로 되어 있고 비판적인 사항들이 단순히 반복되거나 나열되는 것이 아닌 구체성을 띠고 대안이 제시되며 미래에 대한 비전까지 제시하는 구조를 갖는다. 이것은 기존의 토론체 소설에서는 찾아 볼 수 없는 구조이다. 특히 여성을 알레고리 대상으로 하는 우화소설이라는 점에서 이러한 서사 구조는 계몽의 의도와 목적에 가장 적합한 유형이라 할 수 있다.

이 소설에서 여성의 사회적 역할을 강조하면서 그 대안으로 제시하는 것은 모성성이다. 여성들이 교육받아야 하는 이유는 자녀교육의 필요성에 때문으로 귀결되며, 소설은 여성의 주체적 삶을 강조하는 대신 어머니로서의 역할에 초점을 두고 있다.

【셜헌】지금은 범빅권리가 다남ᄌ에게 잇다ᄒᄂ 영원한 권리ᄂ 우리녀ᄌ가 차지ᄒ옵시다. 미경씨말슴에 ᄌ녀를 교육ᄒ쟈홈이 진리를 알으시는일이오 우리녀ᄌ만 합심ᄒ고 ᄌ녀를 잘교육ᄒ면 뎨이셔에 문명은 우리ᄉ업이라 홀슈잇소 ᄌ식길으난 방법을 대강말ᄒ오리다.(중략) 우리녀자샤회에 큰 ᄉ업이 이에셔 더흔일이잇겠소 여려분 녀자들 지금남자와 지금 녀자를 조롱말고 이다음남자와 이다음녀자나 교육좀 잘ᄒ여보옵시다.

– (「자유종」, pp.22-25)

【국란】자식이라는 것이 ᄂᆡ몸만 위ᄒ야 난것안이오 실로 나라를 위ᄒ야 싱긴것이니 자식을 공물이라ᄒ야도 합당ᄒ오 (중략) 또 자식을 긔왕공물로 인명홀진ᄃᆡ ᄂᆡ소싱만 공물이오 젼취소싱은 공물이안이겟소(중략) 이 말슴을 우리녀자샤회에 공포ᄒ야 그소위셔자이니 젼취자식이니 ᄒᄂ악습을 다기량ᄒ야 륜리상 영원흔 힝복을 누리게 홉시다   – (「자유종」, pp.26-29)

【미경】비록 종의 자식이나 거지의자식이라도 우리나라 공물은 일반이어늘 소위량반이니 중인이니 상한이니 셔울이니 시골이니ᄒ야 셔로보기를 타국사름갓치ᄒ니 단톄가 셩립홀날이 엇지잇겟소(중략) 우리도 자식을 공물이라ᄒ면 그 소위 셔북이니 반상이니 셕고 셕은 말을 다고만두고 ᄂᆡ 나라 쳥년이면 아모조록 교육ᄒ야 우리어렵고 셜운 일을 그억기에 맛깁시다

– (「자유종」, pp.30-34)

위의 인용문에서처럼 세 여성들에 의해 제시되는 여성의 역할은 자녀를 교육하는 것만으로 한정되어 있다. 자녀교육은 어머니로서 수행해야할 당연한 역할이며 '진리'로 인정된다. 왜냐하면 자식은 '공물'이기 때문이다. 자식이 어머니 개인의 소유가 아닌 국가 소유라는 개념이 여기에

서 설정된다. 또한 자식을 교육시키기 위한 역할로서의 모성성은 여성성을 대표하는 기능으로 취급된다. 그리고 이 기능은 단순히 자신이 낳은 자식에 한정되지 않는다. 【국란】의 언설에 의하면 개인의 인권에 대한 자각에서 신분의 타파를 거론하는 것이 아닌 국가 차원에서 신분제도가 비판된다. 전처소생과 서자에 대한 사회적 처우에 대해 이들도 공물이기 때문에 똑같은 대우를 받아야 함을 강조한다. 이들을 양육하고 교육을 담당해야 하는 것은 여성들이고, 이들을 국가에서 필요로 하는 인재로 키워야 하는 책임이 여성에게 있는 것이다. 【미경】도 이 문제를 좀 더 확대하여 종의 자식과 거지의 자식도 국가의 공물이기 때문에 교육을 받아야 한다고 주장한다. 그리고 여성들이 할 수 있는 일은 교육하는 일밖에 없고 나머지 "셜운 일"은 자식들의 "억기"에 맡기자고 말한다. 여기에서 여성들은 국가를 건립하기 위한 하나의 기능을 담당하는 인간이고, 이 인간은 국민을 생산하고 훈육하는 모성으로서만 취급되고 있다.

국민국가 형성에 있어서 여성은 어머니로만 존재 가능하다. 근대계몽기 당시 여성들이 교육을 받아서 할 수 있는 일이 사회적으로 제한되어 있었다하더라도 여성의 역할이 모성에 국한되어 있는 것은 여성의 주체성에 대한 자각이 미진했다는 증거라고 볼 수 있다. 서사는 여성이라는 인간의 문제에서 여권신장을 논의한 것이라기보다는 국가적 차원에서 여성의 성역할을 강조하고 있다. 이것은 근대계몽기의 가족제도가 갖는 의미와도 연관된다. 이 시기의 가족은 국가개념 아래에 존재하는 영역이었다. "가족은 국가라는 위계질서 안에 포섭되면서 국가를 구성하는 하나의 개별적 단위"[14]가 된다. 국가적 차원에서 가족은 국가의 일원을 교육하는 장으로 기능하였고, 가족의 사적영역은 인정되지 않았다. 그래서

---

14) 전미경, 『근대계몽기 가족론과 국민생산 프로젝트』, 소명출판, 2005. p.21.

서자와 전처소생 등 기존의 가족제도 내에서 제외되었던 이들은 국가관
에 의한 새로운 가족의 일원으로 편입된다. 이러한 새로운 가족윤리 의
식이 생길 수밖에 없는 이유는 봉건적 가족제도인 축첩제나 조혼, 과부
의 개가금지 등이 계몽의 도식 안에서 비판받을 만큼 충분히 합리적이지
않았다는 증거이기도 하지만, 본질적으로는 근대계몽기의 모든 역량이
국가로 집중될 수밖에 없는 상황에서 비롯된 것으로 볼 수 있다.

　이 소설에서 여성의 역할이 모성으로 밖에 표출될 수 없었던 것은 이
소설의 작가인 이해조가 현실을 인식하는 수준과도 관계된다. 기존의 논
자들은 이해조가 "근본적으로 온건한 양반 계층의 관점에 놓여 있어 봉
건사회에 대한 비판이 전면적이지 못하고 상대적으로 소극적인 한계를
가지고 있다"15)고 비판한다. 물론 이해조가 1910년 이후에 총독부 기관
지인 『매일신보』의 기자로 활동한 것을 볼 때 이 논의가 설득력을 얻을
지는 모르지만, 1910년 이전의 이해조의 행보는 이와는 다르다. 이해조
는 한말의 명문 양반출신이고, 〈기호흥학회〉의 편집인으로 애국계몽운동
을 이끌던 지식인이었다. 그는 〈독립협회〉내의 가장 급진적인 경향을 계
승하고 있는 『뎨국신문』16)의 기자였다는 사실과 이 신문이 신문명의 보
급에 적극적이었다는 점에서 이해조는 개혁적 성향의 인물이었다고 볼
수 있다. 그러나 이 소설에는 모성성만을 강조하고 새로운 여성의 지위

---

15) 양문규, 「신소설을 통해 본 근대 전환기의 민족의식」, 『한국근대소설과 현실인식
　　의 역사』, 소명출판, 2002. p.19.
16) 『뎨국신문』은 1898년 8월 10일 창간되었다. 『뎨국신문』은 〈독립협회〉의 회원인
　　이승만, 이해조, 이인직, 주시경 등이 편집진과 기자진으로 참여하였다. 『황성신문』
　　과는 달리 근대식 학교 출신인 이들은 『독립신문』에서 취했던 전통에 대한 반발
　　의 태도를 더욱 강화시켰고, 이때 이들이 규정한 전통은 서양의 문명에 미달하는
　　야만 상태인 것으로, 이들에 의해 전통으로부터의 탈피가 가장 중요한 과제로 설
　　정되었다.

를 제안하지 않은 것은 그가 여성을 보는 관점이 지극히 '현실적'이었기 때문이다. 이러한 이해조의 현실감각이 당대의 진보적인 잡지와 신문들에서 보이는 여성관과 다르지 않다는 점은 주목된다.

　① 우리 나라아들 둔 동포여 여러분이 아들을 사랑ᄒ여 기를 ᄶ에 아들에 덕을 보고자 바라지 마시오 삭을 밧고자 바라지 마시오 아들 보기를 내 것으로 보지 마시고 이 셰샹에 일 ᄒ러온 일군으로 아시고 진실ᄒ고 용밍스러운 일군을 만들기를 힘 쓰시오 참 여러분의 아들이 이 셰샹을 위ᄒ여 피를 흘리며 큰 ᄉ업을 ᄒ면 이 셰샹에서 여러분에게 싹도 드리고 공도 표ᄒ리다 슯흐다 아들 둔 동포들은 아들은 ᄌ긔만 위ᄒ고 ᄌ긔만 깃부게 ᄒ고 ᄌ긔에게만 화초 노릇ᄒ러 싱긴줄 아니 엇지 졀통치 안으리오.[17]

---

17) 류일션, 〈논셜－자식은 부모만 위하려 난 줄 아는 병〉, 『가家뎡庭잡雜지誌』, 1906년 8월 25일 발행, 3호.
『가家뎡庭잡雜지誌』는 최초의 여성잡지로서 신민회 소속 상동청년학원 내 가정잡지사에서 1906년 6월부터 1907년 2월까지, 그리고 『가뎡잡지』로 제호를 바꾸어서 1907년 8월 1부터 1908년 7월 까지 1, 2차에 걸쳐 간행된 순한문 여성종합지이다. 가정부인을 대상으로 한 교육적이고 계몽적인 성격을 띠고 있으나, 여성의 인권이나 권리보다는 가정살림에 대한 정보에 많은 부분을 할애하고 있다. 그리고 새로운 문명에 대한 소개를 하고 있고 한글이나 기초적인 산술 방법도 싣고 있다. 1차 잡지 간행에는 사장이 유성준이었고 총무겸 편집에는 류일션, 교보원으로 주시경과 김병헌이 참여했다, 잡지의 거의 모든 기사는 주시경과 김병헌, 류일션이 필자로 되어 있다. 2차에는 발행인으로 신채호가 위임되었다고 하지만 확인되지 않는다.
잡지는 월간이었고, 잡지의 분량의 30면 안팎이었다. 잡지의 겉표지에는 "孟子無誑", "맹자의 어머니 속이지 안이한일" 등의 문구와 여자가 아이를 업고 있는 그림이 그려져 있다. 잡지의 목차로는 '논셜', '긔셔', '평론', '동셔양가뎡미담', '위생', '백과강화', '잡록', '현샹문뎨', '잡보' 등이다. '논셜'에는 여성의 문제에 대해 조혼이라던지, 자식 기르는 법 등이 실렸고, 계몽과 개화에 대한 일반적인 의견들이 수록되었다. '위생'에는 생선 두는 법, 채소 삶는 법 등의 식생활과 의생활 등에 대한 의견, 아이를 여름에 업지 말라는 것 등에 까지 세세하게 당부하고 있다. '산과강화'에서는 숫자 쓰는 법이라던지, 국문의 모음과 자음 쓰는 법 등을 가르치고 있다. '잡보'에는 당시의 신문에 보도된 사건 등을 소개하고 있다.

② 슯흐다 우리 한국 사름들은 녜와 이졔가 다른 것도 아지 못ㅎ고 신교육이 발달치 못흠으로 이 디경에 니르럿도다 그러나 지금이라도 쳥년의 교육을 급급히 홀진디 쟝촛 나라의 형셰를 지긔ㅎ고 인민의 힝복을 누릴 가망이 잇슬 터이나 그러나 쳥년 교육하기가 실히 어려우니 대범 교육은 가뎡에셔 교육을 잘밧은 연후에야 학교에 가셔도 교육을 잘 밧으며 학교에셔 교육을 잘 밧은 연후에야 샤회의 교육을 잘 밧을지어늘 이제 가뎡에셔 교육을 잘 밧은 쳥년이 몃 사름이나 되는가 그런즉 교육을 발달ㅎᄂ디 근본되ᄂ 가뎡 교육을 엇지 힘쓰지 아니리오 가뎡 교육을 잘 ㅎ고져 할진디 몬져 여자 교육을 힘슬지어늘 어졔 우리 한국 사름들은 드른 테도 아니ㅎ고 녀ᄌ교육이라하면 업쇼하고 쑴ㅅ결ᄀ치 들니니 엇지 ㅎ리오 ᄇ라건디 우리 한국동포들은 녀ᄌ 교육에 급급히 힘써셔 국가의 힝복을 환영홀지어다.[18]

①은 신민회가 발행한 우리나라 최초의 여성잡지인 『가家뎡庭잡雜지誌』에 실린 〈논셜〉이다. 〈자식은 부모만 위하려 난줄 아는 병〉에서 아들을 기르는 것에 대해서 덕을 바라지 말며, 세상의 일군, 큰 사업을 하기 위한 인재로 키워야 함을 강조한다. 그렇게 하면 "싹도 드리고 공도 표하리라"는 물질적 보상을 언급한다. ②는 『대한매일신보』의 〈논셜〉란에 실린 〈녀자교육에 대한 의견〉이다. 여기에서는 청년에 대한 가정교육의 필요성과 이를 위해서는 "녀자교육"이 필요하다는 것을 강조한다. 여기에서도 「자유종」에서와 마찬가지로 여성 자신을 위한 교육이 아니라 자녀를 교육하기 위한 수단으로 여자교육이 언급된다. 당대의 잡지와 대표적인 신문에서 형성된 여자교육의 이상은 단지 자녀의 훈육 차원에서만 논의됨으로써 여성은 모성으로만 대표되고 있다. 근대계몽기 당대의 봉건적인 가족제도 내에서 남성과 여성의 성역할은 확실히 구분되어 있었고, 여성은 가족의 구성원으로서 어머니 역할에 한정되어 있었다. 잡

---

18) 『대한매일신보』, 〈논셜—녀자교육에 대한 의견〉, 1909년 10월 28일.

지와 신문을 통해 본 바와 같이 여성의 사회적인 역할과 주체적인 삶에 대한 인식은 아직 미분화의 상태에 있었다고 볼 수 있다. '아들'과 '청년'만이 국가의 구성원이었고 여성은 가족의 구성원으로만 인정되었다고 보는 것이 옳을 것이다. 그러나 여성의 모성성에 대한 논의가 개인과 가족, 국가라는 범위로 확대되어 가는 양상은 역으로 모성의 역할에 대한 중요성이 공식적으로 인정됨으로써 여성의 사회참여의지를 교육의 차원에서 수용한 것으로도 볼 수 있다. 그것이 국가의 이데올로기에 포섭되었다고 하더라도 여성의 역할은 근대계몽기에 다시 강조되고 확인된 셈이다.

「자유종」에서 서사의 끝 부분은 네 여성의 꿈 이야기로 종결된다. 소설은 당대의 현실을 비판하고 거기에서 자신들의 역할을 확인함으로써 미래에 대한 희망이 꿈으로 표현되고 있다. 네 여성이 모인 날은 "뎨일 상원" 1월 15일 보름이 지난 다음날이다. 이들은 보름날에 꿈을 꾸면 이루어진다는 속설에 의해 꿈 이야기를 시작한다. 이들에 의해 제시되는 꿈, 즉 미래의 비전은 국가적 차원에서 거시적으로 거론된다.

> 【설헌】대한제국이 자주독립할 꿈 : 자활당/자멸당의 대립
>   → 자활주의로 가결됨으로 독립 성취
> 【미경】대한제국이 개명하는 꿈 : 전국 사람이 병이 듬
>   → 처방전 돌림 → 묵은 허물을 벗음 → 개명
> 【금운】대한제국이 독립하는 꿈 : '오쪽이'를 '오독립'으로 인식
>   → 사람들에게 팔아서 큰 이익 얻음
> 【국란】대한제국이 안녕하는 꿈 : 부처에게 가서 기원함
>   → 대한제국이 천만년 안녕함을 예언함.

이 네 여성의 꿈은 하나의 이야기형식으로 되어 있어 국가의 미래에 대한 희망을 표현하고 있다. 설헌과 미경의 경우는 봉건과 개화의 이항

대립을 은유적으로 표현하면서 자멸당과 자활당으로, 또는 기존의 인습에 연연해하는 것을 병이 든 것으로 또는 묵은 허물을 벗는 것으로 표현하며 개화의지와 개명의지를 알레고리로 표현하고 있다. 금운의 경우는 '오쪽이'이를 음이 같은 '오독립'으로 인식하면서 이것을 사람들에게 팔면서 독립의 의지를 다지고 있다. 국란의 꿈에서 부처에게 천만년 안녕하다는 예언을 듣는다. 이러한 꿈은 텍스트에서 지금까지의 논의된 이야기에 대한 주제적 결론과 미래에 대한 비전의 성격을 갖는다. 여성들의 현실 참여가 극히 제한되어 있는 상황에서 꿈의 기제는 이들의 희망과 미래에 대한 역동성을 표현하고자하는 작가의 의도라고 할 수 있다. 그리고 현실을 비판함으로써 더 나은 세계를 모색하는 알레고리의 성격으로 볼 때 이것은 당연한 귀결이라 할 수 있다. 즉 소설에서는 지난밤에 꿈 이야기를 하는 것으로 되어 있지만, 이것은 지금까지 논의한 현실을 개조했을 때에 기대할 수 있는 미래의 희망적인 대안을 투영한 것으로 보아야 할 것이다.

4: 자각과 성찰의 알레고리 효과

「소경과 안즘방이 문답」과 「거부오해」는 소설의 결말에 근대계몽기 시가의 일종인 4·4조의 가사형태와 시조형의 단가유형이 변형된 형태로 제시된다. 이 시가는 앞에서 제시했던 스토리의 의미를 다시 한번 부연설명 하는 것으로 알레고리 효과를 강조하는 역할을 한다. 근대계몽기에 시가는 보통 신문의 잡보란이나 '사조(詞藻)'란 등에서 단독으로 실렸던 양식이다.[19) 고전소설에서는 서사 중간에 시가 삽입되는 경우를 흔히

볼 수 있는데, 이 경우는 시가 인물의 감정을 전달하는 역할을 함으로
서사의 핍진성을 높이는데 기여하게 된다. 근대계몽기 우화소설에서도
마찬가지로 결론부분에 실린 이 두 시가는 문답을 통해 인물의 감정과
태도 등을 요약해서 보여준다. 당시 일상에서 불리던 시가를 소설의 텍
스트에 수록함으로써 주제를 강조하는 목적과 더불어 서정적인 요소로서
정감적인 효과를 불러온다. 비유적 알레고리에서 이러한 시가의 삽입은
특이한 형태라고 할 수 있다. 「소경과 안즘방이 문답」에서는 장님이 앉
은뱅이와 헤어지면서 부르고, 「거부오해」에서는 인력거꾼이 사람들과의
문답을 마치고 푸념조로 부른다. 서사체의 주제를 요약하는 듯한 이 시
가는 당시 신문에 고정란을 두어 게재될 정도로 민중들 사이에서 널리
불려진 'ᄌ탄가'의 일종이다.

> ① ᄉ천년 오랜 나라 어이흔들 망홀숀가
> 오빅년 놉흔 죵ᄉ 뉘라셔 바라볼가
> 셔산에 지는 ᄒᆡ는 다시 도라 올나오고
> 동ᄒᆡ로 가는 물은 궁진 흄이 업스리라
> 현인군ᄌ가 어느 썩에 업다 하며
> 란신격ᄌ가 민양득의 허단말가

---

19) 김학동은 『대한매일신보』에 실린 시가를 크게 (1) 4・4조 2행연의 시가유형 (2)
4・4조의 가사유형 (3) 시조유형의 단가유형으로 나눈다. 이 시가유형의 대부분
은 작자가 밝혀져 있지 않고 비전문적인 일반지식인과 논설진에 의해 쓰여진 것
으로 보여진다. 이들은 독자의 취향이나 상업성에 영합하지 않고 주제의식에 충
실 할 수 있었기 때문에 외세, 특히 일본의 식민정책에 대항하여 저항정신과 애
국충절을 보다 강조하고 있다. 시가의 내용은 일제의 침략야욕에 대한 저항과 친
일인사와 집단 등의 비판, 국권수호를 위한 구국충절과 자강력의 확충, 권학과 합
심단결 등 모두 애국사상으로 귀착된다.
김학동, 「『대한매일신보』의 시가유형에 관한 연구」, 『대한매일신보연구』, 서강대
학교 인문과학연구소, 1986. pp.139-207.

> 홍망성쇠는 ᄌ고로 무상ᄒ즉 사름의 알 바 아니로다
> 력산에 밧갈기와 위슈변에 고기 낙기는 고인의 힝젹이니
> 우리도 오호에 빅를 쎠여 ᄉ풍세유에 불슈귀 ᄒ여볼가
> — (「소경과 안즘방이 문답」, 21회)

② 산첩첩 슈중중이라 산이 놉파 만장이니 그 산을 넘쓰하면 ᄉ다리를 노올만 못ᄒ도다 만일에 ᄉ다리도 놋치 안코 한 거름도 것지 안코 다만 산이 놉다 ᄌ탄ᄒ면 명일이 금일이오 명념이 금연이라 하월 하일에 그 산을 넘어간다 긔필홀가. 산첩첩 수중중이라 물이 깁퍼 쳔쳑이니 그 물을 건너랴면 빅를 준비흠만 못ᄒ도다 만일에 빅도 쥰비치 안코 ᄉ공도 부으지 안코 다만 물이 깁다 ᄌ탄ᄒ면 하월 ᄒ일에 그 물을 건너간다 질언홀가 아마도 그 산 그 물을 넘고 건너 ᄌ면 ᄉ다리와 션쳑을 쥰비코져 미리미리 경영흠이 데일 상칙이라 이도 져도 아니 ᄒ고 무정세월 허송ᄒ면 그 산 그 물이 졀노졀노 평디되기 바랄손가 슬프고 슬프도다 우리나라 형편됨과 우리 동포 젼졍됨은 산첩첩 슈중중에 우심타 ᄒ리로다 바라고 바라나니 정부 딕관 유지인ᄉ ᄒ ᄉ 업다 ᄌ탄말고 ᄉ다리와 션쳑 등을 어셔 밧비 쥰비ᄒ오 우리ᄂ 무지ᄒ등의 인류라 일너 무엇 — (「거부오해」, 10회-11회)

①의 인용문은 「소경과 안즘방이 문답」에 수록된 시가이다. 이 시가는 한탄과 탄식의 어조로 현실을 비관적으로 바라보고 있다. 이 시가는 나라가 사천년의 오랜 역사를 가지고 있다하여도 지금은 망할 위기에 있음을 서산에 지는 해와 동해로 흘러가는 물로 비유한다. 또한 현인군자는 어느 시대에나 존재하고 있었지만 나라의 위기에는 아무 소용이 없음을 비판하고 있다. 그래서 국가의 홍망성쇠는 '나'와 같은 "무상한 사람"이 관심 둘 일이 아니며, 아는 바도 아니라고 푸념한다. 그래서 시가는 이러한 국가의 위기에 아랑곳 하지 않고 고인들처럼 밭을 갈며, 고기를 낚는 것이 유일한 행동임을 강조하고 있다. 이것은 어떤 식으로든 상황

에 간여하거나 적극적으로 참여하는 것이 아닌 상황에 대해 무관심으로 일관하겠다는 의지를 표현한 것으로 보인다. ②의 「거부오해」에 게재된 시가는 산을 넘고 물을 건너 새로운 미래를 준비하자는 내용으로 되어 있다. 사다리도 놓지 않고 한 걸음도 걷지 않은 채 산만 높다고 하는 것은 어리석은 일이며, 아무런 노력을 하지 않은 상태에서 자포자기하는 태도가 잘못되었음을 비판한다. 그리고 물을 건너가려면 배를 준비해야 함에도 불구하고 물만 깊다고 포기하며 허송세월을 보내는 것에 대해서도 비판한다. 현재의 어려운 상황에 굴하지 말고 준비하여 이 상황을 타계하자는 주제를 산과 물의 비유를 통해 전달하고 있다. 자탄하는 마음을 접고 사다리와 배를 준비하는 것이 오늘 우리의 자세임을 다시 한번 확인하고 있다.

근대계몽기 문학에서 이런 시가가 삽입된 소설은 많지 않다. 『대한매일신보』 잡보란에 1905년 12월 21일부터 1906년 2월 2일까지 26회에 걸쳐 연재된 「鄕향老노訪방問문醫의生싱이라」는 소설에는 3·4조, 4·4조의 시가가 실려 있다. 이 소설은 시골 사는 노인이 관광차 상경하여 모처 약국에서 신문물을 경험하고 있는 의생과 이야기를 나누는 내용으로 되어 있다. 시가는 소설의 끝부분에 등장하는데 노인의 이야기를 다 들은 의생이 시가로 답을 한다.

> 선흔 쟈는 흥왕흐고
> 약흔 쟈는 멸망흐니
> 흥망승쇠는 선악의 근인이라
> 흥망을 업게 드면
> 선악을 엇지 알며
> 셩흠이 업게 드면

쇠홈을 엇지 알니 (중략)

이쳔만 동포들은 하나님의 뜻을 밧아 구습을 졔발이고 신학문 신교육에 어셔 밧비 나갑셰다 (중략) 나라를 스랑ᄒ고 동포를 사랑ᄒᄂ 이국이민 열심히 기명 목뎍 나갑셰다 나가지 아이코셔 ᄎ일피일 지ᄂ다가 텬부샹뎨 하나님이 혁연이 진로하ᄉ 나라이 젼복되고 인죵이 멸케 되면 아모리 후회ᄒᆫ들 쓸 데가 무엇인가[20]

시가는 위의 인용문에서 보는 바와 같이 교훈적인 내용을 위주로 하고 있다. 특히 교육에 많은 부분을 할애하여 노래하고 있는데, 교육은 국태민안의 초석이 될 뿐 아니라 독립국으로 가기 위한 가장 중요한 것 중의 하나로 설정되어 있다. 이 소설도 위의 두 소설과 마찬가지로 앞의 이야기를 하나의 교훈적인 시가로 정리하고 있다. 이것이 당시의 평범한 소설의 결말은 아니었다 하더라도 한 번 더 주제를 강조하고자 하는 작가의 의도가 있었음을 짐작할 수 있다.

비유적 알레고리는 내용의 전개에 있어서 병렬적 구성보다는 문제의식이 확대되어 가는 방법으로 구성되어 있다. 그리고 이것은 개인의 일상에 대한 문제에서부터 그것에서 파생된 사회문제에까지 점진적으로 비판의 영역을 확대하고 있다. 특히 「소경과 안즘방이 문답」은 개인과 타자의 인격적인 것에서부터 사회의 현상 등을 비판하지만 「거부오해」는 이보다 더 일본의 통제와 간섭을 비판적으로 서술하고 있다.

---

20) 「鄕향老노訪방問문醫의生싱이라」, 『대한매일신보』, 1906년 1월 18일 ~ 20일 (18회-20회)

소설의 말미에 실린 시가는 신문에서 1월 17일(18회)에는 인용문에 기표한 대로 3·4조로 줄바꾸기를 하고 있다. 그러나 1월 19일 부터는 줄바꾸기 없이 한 줄로 계속 이어서 표기하고 있다. 자세한 내막을 알 수 없으나 줄바꾸기를 하지 않을 경우 지면의 낭비가 많아 내용의 양을 실을 수가 없어 한 줄로 이어쓰기를 한 것으로 보인다.

아마 일본 감부의셔 일인을 외군에 나려 보내여 각 면 각 동에 군중 시급
소용이라 허고 말먹이 곡초를 분졍ᄒ야 돈도 쥬지 아니 허고 위협으로 특달
흔다 ᄒ니 졍부의셔 민폐를 싱각허여 일본 군틴로 보내려고 허는 일인지
(중략) 그렇 미루혀 보게 드면 통감이라는 칭호와 직권이 우리 한국에는 굉
즁굉즁흔 칭호와 직권이 아닌가 져 스람네들은 운치가 잇게 알 만도 ᄒ고
즈미시럽게 여길 만도 하거니와 우리나라 일반 국민의게는 엇지 기막키고
한심흔 일이 아니리오. 즈네 말과 갓치 셔칙 일홈의 통감갓고 보면 무어시
관계잇다 하며 무엇이 원통하다 하기는가 흔갓 우스을 만흔 일이로다.
－(「거부오해」, 1회-9회)

인력거꾼이 '정부죠직'을 '정부 죠집'으로 오해하는 과정에서 단어의 원
래의 뜻을 풀이하기 위해 언급하는 부분이 위의 인용문이다. 정부가 '죠
집'을 구하는 것에 대해서 인력거꾼은 일본 군대에 보내기 위한 말먹이
곡초를 돈도 주지 않고 위협으로 갈취하는 상황을 비판한다. 또한 '통감'
을 오해하는 과정에서도 이런 비판은 이루어지는데, 한국에서는 '굉장굉
장'한 칭호와 직권임에도 일본사람은 운치 있게 지었다고 희화화하고 있
다. 소설에서는 '통감'이라는 단어를 무능력한 국가적 상황으로 전치시켜
상징화함으로써 일제에 대해 비판하고 있다.

소설에서 현실을 올바로 직시하는 가운데 형성된 옳음과 그름의 가치
판단은 소설이 제기하는 비판의 논리를 정당화한다. 개인과 사회전체를
통어하는 하나의 기표가 어떤 현상이나 상황들을 대신 설명하는 이것은
종종 상징이나 은유로 표현된다. 이러한 예로 들 수 있는 것이 현재의
상황을 '병'이라는 은유로 전치하는 것이다.[21] 일례로 당시의 신문에 게

---

21) 한 시대를 '병'의 시대로 진단하고 있는 근대계몽기 단형서사는 적지 않다. 특히
시골 노인이 약국에 들려 병을 진단하고 약을 조제하는 약사와 이야기를 나누고
있는 「鄕향老노訪방問문醫의生싱이라」는 서사는 직접적으로 이를 소설의 소재

재된 광고의 대부분이 '약에 관한 것이었다는 점은 흥미롭다.[22] 1920-30
년대 소설에서 '병'의 은유는 식민지 사회의 현실을 적나라하게 드러내는
하나의 기제가 되었다. 그리고 근대계몽기의 우의성을 위주로 한 소설에
서도 이러한 경향은 쉽게 접할 수 있다. 본고에서 논의하고 있는 「소경
과 안즘방이 문답」에서도 이런 '병'의 은유는 국가 전체의 문제로 치환되
어 표현되고 있다.

　각식으로 쑤며닉는 허다 폐단은 사람의게 비유컨딕 만신창 쥬마창 각종
의 악흔 종긔 시시로 발작허며 상한 병긔 부죡이 날마다 침중허여 일이년
슴사년에 시득부득 말으는 모양이니 그런 병에도 어진 의원을 만나 죠흔 약

──────────

로 다루고 있다. 노인은 정부대관들의 병은 이미 골수에 박혀있어 약을 써도 치
유가 되지 않으며, 일진회의 병은 외양으로는 크지만 안으로는 병근이 깊지 않아
그대로 두면 저절로 없어진다고 진단한다. 이에 의생은 다음과 같이 구체적으로
진단하고 처방한다.
"치중탕을 먹여 그 가운딕를 다ᄉ리고 다음에 졍긔샨을 먹여 그 몸을 발으게 하
고 그 다음에 쳥심환을 먹여 그 마암을 말케하면 이 젼 구십의 병징은 업셔지고
ᄉ로 ᄉ 졍신나셔 츙군 익국의 사상도 싱길 터이오 닉 직무 닉가 하여 쫓이 긔
명의 ᄉ상도 잇슬 터이오 관리를 틱ᄌ하야 참학 불법의 폐단도 업슬 터인즉 ᄌ
연 궁금이 슉졍하여질 터이어 농공상업을 권면하야 민싱을 무휼하며 학교를 확
장하야 교육을 발달하며 경용을 졀검하야 국지를 졍리하며 범빅 스위를 모다 열
심히 한게 드면 국틱민안 하오리니 그 안이 묘방이오"
22) 잡지의 광고란은 잡지의 성격에 따라 다르게 게재된다. 주필이 박은식이었던 서
우학회의『서우』광고란은 '동화서관'처럼 내외국 신서적을 구비하였다는 책 광
고를 하거나, 특별광고로 변호사의 수임광고, 학교의 학생모집을 주로 하고 있다.
그리고 일본 유학생 단체인 태극학회가 주관하여 발행한『태극학보』에는 '중앙서
관', '신민서관' 등의 서점 광고를 주로 싣고 있다. 최초의 여성잡지인『가정잡지』
에는 '공옥소학교'의 학생모집 광고를 게재하고 있다. 그리고 많은 층을 독자로
설정하고 있는 신문의 경우는 다양한 광고를 게재하게 되는데 담배, 책, 서점, 개
업인사, 그리고 약 선전이 주를 이룬다. 특히 담배와 책, 약의 광고는 글로만 전
달하는 것이 아니라 그림과 사진을 같이 제재함으로써 시선을 끌고 있다. 약 광
고는 약의 어느 병에 효능이 있는지에 대해 자세히 설명하고 있으나 거의가 자양
강장제, 보양제 또는 만병통치약의 수준으로 광고되고 있다.

으로 먼져 긔믹을 순테ㅎ고 시후를 싸라 가며 지죠를 가입하야 병근을 다사
리면 일이삭 일이년에 ㅊㅊ 완인되려니와 만일 악흔 의원을 만나 죽을 병
들어스니 편작이 란의라고 더져 발여 두게 드면 엇지 슬기를 바라리오 지금
우리나라의 병들미 일이삭 일이년이 아닌즉 그 병을 고치랴면 또흔 일이년
에 되지 못홀 터이나 어진 의원이 화계를 연구하며 침과 약을 덕당ㅎ도록
쓰게 드면 즁흥홀 도리 업슬손가 목금 형편 보게 드면 양의는 흔아업고 만
죠졍이 모다 용렬흔 의원 뿐이니 가위 장틱식홀 즈이로다
　　　　　　　　　　　　　- (「소경과 안즘방이 문답」, 17회-18회)

　현재를 '병'이 발작하며 창궐하고 있는 시대로 진단하고 있는 위의 인
용문은 병의 원인과 병의 완치를 위해 해야 할 것들에 대해 나열하고 있
다. 여기에서 중심이 되는 것은 어떻게 치유를 해야 하는가에 대한 문제
로 귀결된다. 소설에서는 '침'과 '약'을 적당하게 써야함에도 이를 처방해
줄 의원이 없다고 탄식한다. 여기에서 "'약'이란 개인·국가·신체·정
신에 동시에 관여하는 일종의 비유"이기도 하며 "새로운 상상력"[23]의 소
산이라 할 수 있다. 국가 전체를 병이 든 사물로 비유하고 이것을 약으
로 치료하겠다는 상상력은 결국 국가가 인간의 신체와 결부되어 인식되
고 있었다는 증거이다. 이것은 국가와 '나'를 구별 짓고 있지 않다는 것
으로 '나'가 확대된 것이 '국가'라는 인식이 배면에 존재하고 있었던 것이
다. '나'로 대변되는 개인과 그것의 확장인 국가가 별개가 아니고, 신체와
정신 또한 같은 연장선상에서 인식되었던 것이다. 이 소설은 장님과 앉
은뱅이를 알레고리로 설정하고 있으면서 '병'에 대한 논의 또한 알레고리
로 전치시키고 있다고 할 수 있다.
　「소경과 안즘방이 문답」, 「거부오해」, 「자유종」의 소설에서 '타자'와

---

23) 권보드래, 앞의 책. p.286.

'나'를 연결하는 것은 대화이고, 이것은 '나' 개인에 대한 사적인 문제로부터 시작되고 종결된다. 위의 세 소설들은 자신의 일상에 일어나고 있는 일에 대해 문답을 하면서 그것이 사회의 문제로 확대되고, 문제는 다시 자기의 입장에서 고찰됨으로써 순환적인 구조를 갖는다. 이러한 문제의식의 순환성은 자아의 반영이라는 과정을 수반하게 된다. 서사에서 인물들에게 자기 성찰의 계기를 마련해 주는 것은 문답을 통한 '앎'의 과정이다. '앎'은 현실을 왜곡됨이 없이 바라볼 수 있게 하는 지식을 갖게 한다. 이러한 올바른 현실에 대한 지각은 「소경과 안즘방이 문답」의 시가처럼 체념의 상태로 귀결 될 수도 있고, 「거부오해」에서 보듯이 적극적인 해결방안을 강구하는 것으로 서술되기도 하며, 또는 「자유종」에서처럼 꿈을 통해 간접적으로 미래에 대한 희망을 제시하기도 한다. '타자'의 이야기가 아닌 '나'의 이야기에 초점을 맞춤으로써 '나'에 대한 자각이 이루어지고, 그럼으로써 서사는 자아의 반영이라는 측면에서 비관과 낙관적인 견해를 밝히고 있는 것이다. '나'의 일상의 이야기를 통해 서사가 구성됨으로써 알레고리는 자아 성찰과 자아 인식을 강조하고 있다.

제 2 장
우화적 알레고리

우화적 알레고리는 동물을 의인화한 것으로 신문의 논설란이나 잡보
란에 많이 게재되었다.[1] 우화적 알레고리는 소설에서 동물이 의인화되어

---

1) 우화적 알레고리는 장형의 형태보다는 단형으로 제시된 작품이 많다. 신문의 논
   설이나 소설란에 단형으로 게재되어 있는 경우는 장형의 「금수회의록」처럼 여러
   동물들이 등장하는 것이 아닌 한 두 종류의 동물들이 등장한다. 우화적 알레고리
   는 대부분 국문으로 되어 있어 일반 민중들을 대상으로 한 것으로 보인다.
   단형으로 된 근대계몽기의 우화적 알레고리로 쓰여진 단형서사는 다음과 같다.
   「코기리와 원숭이의 니야기」(국문), 『그리스도 신문』, 1907년 5월 7일.
   「거미 니야기라」(국문), 『대한크리스도인회보』, 1897년 6월 23일.
   「녯적에 긔싱이라 ㅎ 는 사룸이」(국문), 『독립신문』, 1898년 2월 5일.
   「흔 스지가 잇는틱」(국문), 『협성회회보』, 1898년 2월 26일.
   「눔을 춤소하는 이는 제 몸이 몬져 망흠」(국문), 『죠선그리스도인회보』, 1898년
   5월 18일.
   「창희가 망망ㅎ야」(국문), 『매일신문』, 1898년 8월 15일.
   「호토상타 여우와 토끼가 셔르 싱키다」(국문), 『매일신문』, 1898년 9월 23일.
   「일전에 셔양 어느 친구가」(국문), 『독립신문』, 1898년 11월 24일.
   「北蟾과 南蟾」(국문), 『황성신문』, 1899년 2월 8일.
   「개고리도 잇쇼」(국문), 『독립신문』, 1899년 6월 12일.
   「근일 일긔는 틱한흔틱」(국문), 『제국신문』, 1900년 6월 28일.
   「犬馬忠義」(국문), 『제국신문』, 1906년 10월 19일 ~ 10월 20일.
   「정소의 불긴」(국문), 『경향신문』, 1906년 11월 30일 ~ 12월 7일.

인간의 행동을 구체적인 사례를 통해 비판함으로써 인간의 본질을 객관
적으로 조망하고 있다. 소설에서는 동물들이 인간을 비판함으로써 인간
은 웃음거리로 전락하고 희화의 대상으로 취급된다. 논의할 작품으로는
안국선의 「금수회의록」, 김필수의 「경세종」, 흠흠자의 「금수재판」 등이
다.[2] 그리고 이 장의 1절에서는 알레고리의 구조화 과정을 논의할 것이
고, 2절에서는 안국선의 「금수회의록」을, 3절에서는 김필수의 「경세종」,
4절에서는 흠흠자의 「금수재판」에 대한 알레고리의 재현방식을 논의한
것이다. 5절에서는 이러한 분석을 통해 알레고리가 갖는 의미와 효과에
대해 논의할 것이다.

「민얌이와 기얌이라」(국문), 『경향신문』, 1907년 2월 1일.
「승소밀봉」(국문), 민천식, 『장학월보』1권2호, 1908년 2월.
「여호와 고양이의 문답」(국문), 『대한매일신보』, 1908년 3월 27일. (국한문판의
경우는 1908년 3월 24일 기서란에 수록)
「과라의 자」(국문), 육정수, 『장학월보』, 1권4호, 1908년 4월.
「꿩과 톡기와 깃분 수작」(국문), 『경향신문』, 1908년 5월 1일 ~ 5월 8일.
「즘긔의 덕힝을 시험ᄒᆞ야 놉을 ᄀᆞ른침」(국문), 『대한매일신보』, 1908년 6월 5일
~ 6월 12일.
「어려운 일을 공론ᄒᆞ던 쟈는 만터니 셩ᄉᆞ홀 때에는 ᄒᆞ나도 업다」(국문), 『경향
신문』, 1908년 6월 25일.
「무마쟁공」(국문), 『제국신문』, 1908년 8월 8일.
「ᄃᆞ람뒤와 호랑이」(국문), 『경향신문』, 1909년 2월 19일.
「화기동에 엇던 개 ᄒᆞ나가」(국문), 『대한매일신보』, 1909년 7월 25일.
「인천항구 쥐무리들 제 지조을」(국문), 야속싱, 『대한매이신보』, 1909년 10월
23일.
「게와 원숭이」(국문), 『경향신문』, 1910년 12월 30일.
2) 이 장에서 논의할 작품은 다음과 같다.
안국선, 「금수회의록」, 황성서적업조합, 1908.
김필수, 「경세종」, 광학서포, 1908.
흠흠자, 「금수재판」, 『대한민보』, 1910년 6월 5일 ~ 8월 19일(49회 연재)
앞으로 본문을 인용할 때는 제목과 연재횟수, 페이지만을 표기하기로 하겠다.

1: 의인화의 기법과 연설적 구조

알레고리에서 전이의 구조가 가장 선명하게 제시되는 것은 의인화 (personification)에 의한 알레고리이다. 의인화된 사물이 동물일 경우는 인간의 행동에 대한 비판과 조소가 이루어지면서 알레고리가 된다. 의인화는 소설에서 언어의 가시적인 차원으로 논의된다. 의인화에 의한 알레고리는 먼저 동물이 소설의 인물로 등장하기 때문에 텍스트의 내용에 의한 알레고리와 변별된다. 동물들은 의인화로 인해 동물의 차원을 벗어나 인간의 속성으로 행동하고, 이로써 알레고리는 쉽게 전달된다. 또한 의인화는 새로운 인물 창안방식의 하나이고, 알레고리를 전달하는 가장 손쉬운 방법이기도 하다. 알레고리의 대상이 상황이나 인식이 아닌 인물로 한정됨으로써 전이의 구조는 단순해진다. 즉 인간과 동물 간의 이분법적인 구조가 전제되어 있기 때문에 텍스트의 의미도 용이하게 전달되는 것이다. 보카치오는 알레고리를 네 가지로 나누면서 "짐승이나 심지어 무생물들이 사람처럼 이야기 하는 것[3]"을 첫 번째로 제시한다. 이 유형의

---

3) 존 맥퀸, 앞의 책. p.57.
알레고리는 예표적 알레고리typological allegory(기독교의 성서에서 구약의 사건과 인물들이 신약 의 사건과 그리스도의 모형이며 예표라고 해석하는 알레고리) 예언적, 상황적 알레고리prophetic and situational allegory(신약에 있어서 많은 비유와 우화에서 볼 수 있는 알레고리)가 있다.
Bede의 알레고리는 비유적으로 네 가지 의미를 지닌다. 1) 역사적 의미 2) 예표적 의미 3) 비유적tropological의미(도덕적인 행동에 관한 것) 4) 비의적anagogical의미(우리를 천국으로 인도하는 의미) 그리고 맥퀸은 이 책에서 복카치오Boccaccio 가 말한 우화의 네 가지 종류를 예로 제시하고 있다. 1) 짐승이나 심지어 무생물들이 사람처럼 이야기하는 것 2) 가공적인 것과 진실을 뒤섞은 것 같은 겉보기를 띤 것 (인간이 박쥐로 둔갑한다든가, 물고기로 둔갑하는 이야기) 3) 우화보다는 오히려 역사적 사실을 닮은 것, 여러 종류의 인간들의 말과 태도를 묘사하고 동시에 독자에게 교훈을 주고 경고를 주는 것 4) 표면적인 것이건 숨겨진 것이건 아무 진실도 없는 것 등이다.

대표적인 예는 이솝(Aesop)의 동물우화인데, 여기에서 알레고리의 대상은 동물이며 이 소설은 교훈을 목적으로 한다. 우리나라에서도 의인화의 우화소설은 그 연원이 깊어 삼국시대의 「화왕계」에서부터 조선시대의 가전체(假傳)에 이르기까지 동물이나 사물을 의인화하여 교훈을 전달하였다.

팍슨은 의인화가 고대에서부터 전의(trope)의 일종이나 돈호법적 진술에서 사용된 것으로 보고 있다.

> 의인화는 부재하는 인물을 눈앞에 생생하게 존재하는 인물로 표현하는 것이고, 말할 수 없는 사물이나 형태를 결여한 어떤 것을 명확하게 표현하는 것이고, 인물에게 어울리는 어떤 행동의 언어와 명료한 형식을 부여하는 것이다. (중략) 의인화는 말할 수 없고 생명이 없는 다양한 사물에 적용될 수 있다. 그것은 상세한 설명을 분할하는데 용이하고 동정을 호소하는 데에도 유용하다.[4]

팍슨에 의하면 의인화는 여러 층위로 존재한다. 의인화는 부재하는 인물을 존재하는 것처럼 만들기도 하며 무형의 존재를 유형으로 표현하기도 한다. 또한 의인화는 공간성을 초월하는 장치로서 '이곳' 과 '그곳'에 대한 공간의 이분법적 개념에서 공간이 동질화되는 효과를 갖는다. 비록 실제적인 공간은 같지 않지만 발화자의 명명으로 인해 심리적인 거리는 단축되는 것이다. 그리고 극적인물을 표현할 때 그 인물에 맞는 명명법도 의인법의 기술이라 할 수 있다. 팍슨은 여기에서 의인화를 두 가지 의미로 구분한다. "하나는 추상적 인물에서 실제적 인물로 전치시키는 것이고, 또 하나는 동물과 고대 신앙을 기원으로 하는 경우이다"[5] 전자

---

4) James J. Paxson, *The Poetics of Personification*, Cambridge U.P. 1994. pp.13-14.

는 추상적인 허구적 인물에게 의식을 주는 경우를 지칭한다. 이것은 보통 '인격화impersonating'라 지칭되고, 인격에 대한 문학적 허상과 실제적 상황 사이의 구분에서 비롯된다. 후자의 경우는 현대 인류학자와 종교이론가들에게 통용되는 의인화로 동물의 내재적인 속성과 인물의 성격이 관련되는 경우에 사용된다. 동물이 인간의 속성으로 행동하는 경우가 여기에 속한다. 성경에서 동물이 인간으로 형상화되고 있는 것은 그 만

---

5) James J. Paxson, Ibid. p.271.
　인물의 창안방법으로 간주할 수 있는 의인법의 보편적인 관념은 그리스 드라마와 철학적인 대화에서 찾아볼 수 있다. 플라톤의 대화에서 프라소피prosopa(얼굴, 가면)라는 제목이 발견되는데, 이것은 극적 페르소나를 뜻한다. 이 용어는 모방적인 텍스트에서 모든 종류의 극적 인물을 창조하는 것을 뜻한다. 즉 '의인법'이라는 말은 수사학적 장식품의 양식으로 기술되기에 앞서 모방적인 인물 창안의 수단을 가리켰던 것으로 보인다.
　퀸틸리안은 의인법을 비유적 관계들에 대한 전의의 우연적이고 주기적인 유사성으로 보고 있다. 그리고 의인법을 다음과 같이 이해하고 있다. 1) 의인법을 대화 인식함 2) 의인법을 패러디의 일종인식 함 3) 관습적인 면에서 의인법을 추상적인 것의 구체화로 이해함 4) 의인법은 작가나 화자가 그의 담화 속에서 지명되지 않은 어떤 상상적 인물로 이해함 5) 의인법은 생략과 결부시켜 생각할 수 있는 혼성적 비유로 이해함 6) 의인법은 간접화법을 창조할 수 있는 서사적인 방법으로 간주함.
　폰타니에는 의인법을 1) 예를 들어 스파르타 시민들을 단 하나의 실체인 '스파르타'라고 말하는 것은 "환유를 통한 의인화"이다. 2) 겸손하고 정숙한 사람을 덕행의 겸손함이라고 부르는 것은 "제유를 통한 의인화"이고 3) 인간 감정을 산, 바다, 강으로 말하는 것은 "은유를 통한 의인화"라고 분류한다. 그의 분류법은 수사학과 시학의 역사에서 최초로 근대적이면서도 특수한 전의로 평가된다. 존 러스킨은 낭만주의자들처럼 전의를 강렬한 내적 상태의 언어적 외면화로 파악하면서 의인법을 비인간적인 존재에게 감성과 언어 능력을 부여하기 위해 "그로테스크 이상주의", "감상적 오류"로 보고 있다. 이런 의인화의 개념의 변화는 20세기에 에리히 아우얼바흐 등에 의해 의인화된 비유들을 포함한 예술과 문학작품들을 지칭하기 위해 '알레고리'라는 용어로 사용된다. 블룸필드Morton W. Bloomfield는 의인화를 논리적으로 형식화하면서 인물창안의 양식으로서 의인화를 논의하였고 스펜서는 의인화를 주제적인 문제로 다루었다. 폴 드만은 의인화의 형식적인 이론에 관해 논의하면서 전의와 "인격화onthropomorphism"를 분리하여 정의했다. 드만의 이러한 연구는 알레고리를 정의하기 위한 지속적인 계획의 예비적 작업으로 행해진 것이라 할 수 있다. (pp.11-34. 참조)

큼 인물이 갖는 상징성을 중요하게 여기기 때문이며, 인간의 개별적인 특성을 동물의 종족적 특성으로 전치시킴으로써 보다 선명하게 인간의 본질을 탐구하기 위해서이다.

동물을 의인화하기 위해서는 그 동물은 하나의 특성으로 단순화되거나 집약되어야 한다. 그리고 그것은 인간의 행동과 연관되어야 한다. 관념화된 인간의 성격이 하나의 동물로 대입됨으로써 관념은 구체적인 형상을 얻게 되는 것이다. 추상적인 개념이나 인식들이 동물들을 통해, 동물의 속성과 연관됨으로써 구체화되는 효과를 얻는 것이 의인화다. 따라서 추상적인 것을 구체화하는 알레고리는 단순한 교의적(敎義的)차원에서부터 이데올로기적인 차원까지 다양한 의미를 포함하게 된다. 근대계몽기에 동물을 의인화한 우화소설이 많이 쓰인 것도 이러한 맥락으로 이해된다.

근대계몽기에 동물을 의인화한 알레고리 중에 「금수회의록」, 「경세종」, 「금수재판」은 연설의 구조로 되어 있다. 그리고 동물의 발화가 연설의 형태이기 때문에 보다 직접적인 비판이 이루어진다. 연설은 근대계몽기 당대에 유행하던 언술의 형태였다. 텍스트에서 서술의 차원으로 제시되는 연설은 토론과는 다른 언술적 상황을 갖는다. 연설은 타자 앞에서 이야기한다는 차원에서는 토론과 같지만 그것이 소회를 피력하거나 토로의 형식으로 귀결된다는 점에서는 다르다고 할 수 있다. 연설은 한 인물의 발화에 대해 의견조정이 이루어지는 것이 아니라, 단지 말하고 듣는 차원에서 멈춘다. 그리고 연설은 화자와 청자의 관계에서 한 사람 대 다수의 관계로 이루어진다. 이에 비해 토론은 정해진 인원에서의 쌍방의 대화로 구성된다. 달리 말하면 연설이 평면적 서술이라면 토론은 입체적 서술이라고 할 수 있다. 그리고 연설은 독백과는 달리 언술의 사회성을 필요로 한다. "언술은 사회적으로 구성된 두 인물들 사이에서 축조되며, 현실적인 대화자가 없을 경우 발화자가 속해 있는 사회적 집단의 평균적인 대변적인 인물로서의 대화자를 향해 있다고 가정한다."[6] 개인의 의견을 타자에게 전달하는 목적으로 발화되는 경우, 이 언술은 사회적 차원으로 전치된다. "발화는 현실적인 조건들에 의해, 무엇보다도 가장 인접한 사회적 상황에 의해 결정"[7]된다. 발화자는 타자를 향해 언술하고 있기 때문에 발화자와 수화자의 관계는 필연적으로 규정될 수밖에 없다. 언술은 단지 발화자에게만 관계된 것이 아니라 수화자와 청자 간의 상호작용의 결과인 것이다. 청자와 화자 사이의 관계에서 청자가 개인적 존재일 수 있지만, 허구적인 상상에 의한 이상적 청자의 모습일 수도 있다. 이것은 연설의 연행에서뿐만 아니라, 알레고리의 해석의 경우에도 적용된다. 그 이유는 알레고리가 독자의 해석에 의해 새로운 의미를 얻기 때문이다. 연설적 발화와 알레고리의 서사는 허구적인 관객과 독자들을 향한 열린 의사소통의 일부라는 점에서 동일시된다.

「금수회의록」과 「경세종」이 연설의 형태로 서사구조가 이루어져 있다는 것은 당시의 사회적 상황과도 연관된다. 근대계몽기의 초기에 발행되던 『독립신문』(1896년 창간), 『뎨국신문』(1898년 창간), 『황성신문』(1898년 창간)에는 이미 연설이나 토론으로 된 단형의 서사 작품들이 많이 등장했

---

6) 쯔베탕 토도로프, 앞의 책. p.71.
   바흐친은 언술의 사회성을 도식으로 제시한다. 그는 언어적인 상호작용은 언어의 본질적인 현실이고 대화는 언어적 상호작용의 형식들 중의 하나라고 보고 담론에서의 의미작용과 랑그에서의 의미작용을 근본적으로 구분해야 하다고 적고 있다.
   1) 사회의 경제적인 조직 → 2) 사회적인 의사소통 → 3) 언어적인 상호작용 → 4) 언술들 → 5) 랑그의 문법적인 형식들
7) 쯔베탕 토도로프, 최현무 역, 『바흐친 : 문학사회학과 대화이론』, 까치글방, 1986. p.71.

다. 이것은 당시의 〈독립협회〉에서 주관하던 〈만민공동회〉8)나 〈관민공동회〉9)의 민중을 대상으로 한 연설의 대중적 측면이 수용된 것으로도 볼 수 있다.

니가 日前에 學校에 往ᄒ실ᄉ 鐘路에 過ᄒ다가 본즉 太極國旗ᄂ 日月갓치 놉피 달고 白雲遮日은 街路읍시 널리 쳣ᄂᄃ 木으로 柵을 ᄒ고 其中에 萬人이 會集ᄒ얏ᄂ지라. 내 人다려 問曰 여기서 무슴 事를 ᄒ려고 모혓소 하니싯 人이 答曰 政府大臣을 請ᄒ야 問ᄒ 事가 有ᄒ야 官民共同會를 設ᄒ얏노라 ᄒ옵데다. 翌日에 ᄯ 過ᄒ다가 본 즉 官民이 昨日갓치 會集 ᄒ얏ᄂᄃ 期中에 政府大臣도 參席ᄒ엿습더이다. 釋見 으로 무슴 事件인 줄은 모르거니와 人民이 此曰 가라 ᄒᄂᄃ 政府大臣도 一切로 名下에 可 字를 着ᄒ기에 自想ᄒ되 아마 一國의 好事를 講義ᄒ엿나 보다 ᄒ고 歸家 ᄒ엿더니 今日에 此事가 何故로 出ᄒ얏소. 古語네 覺今是而昨非란 말은

8) 〈만민공동회〉는 독립협회가 주체하여 1898년 3월 10일에 러시아의 침략간섭정책과 이권침탈반대운동의 일환으로 종로에서 열린 대규모 대중대회라고 할 수 있다. 〈독립협회〉가 1896년 7월 2일 창립되어 제 1단계로 독립문, 독립공원, 독립관 건립과 제2단계로 계몽 운동기를 거쳐서, 1898년 2월 21일부터 3단계인 자주민권 자강운동을 전개하자 제정 러시아의 침략간섭정책과 이권침탈반대운동을 민중의 힘으로 실현하기 위하여 〈만민공동회〉를 개최하였다. 이때 운집한 시민이 일만에 가까웠고, 3월 12일 시민들이 자발적으로 만민공동회를 개최하기도 했다. 이 대회는 대 성공을 거두어 러시아의 침략간섭정책이 저지되기도 했다. 〈만민공동회〉는 이후 여러 차례에 걸쳐 열렸는데 독립협회와는 별도로 민중들 스스로의 새로운 운동형태로 개최되기도 했다. 그리고 이것은 민중이 자신들의 주장을 행동화하는 새로운 운동형태로 발전하면서 민중의 성장은 시작되었다고 볼 수 있다. 신용하, 『독립협회 연구』, 일조각, 1976. pp.398-424 참조.

9) 〈관민공동회〉는 〈만민공동회〉이후 〈독립협회〉에서 주최한 대규모 시민대회였다. 1898년 10월 28일-11월 2일 까지 6일간 종로에서 개최되었다. 독립협회의 민족운동의 4단계에 해당하는 이 대회로 인해 '獻議 六條'와 '詔勅五條'를 의결했다. 이후 경무청에 의해 〈독립협회〉회원 17명이 경무청에 체포되었고, 이 과정에서 시민들은 11월 5일에 경무청 앞에서 관민공동회를 개최하여 해명을 요구하면서 대치하였다. 이 시위는 6일간 철야로 계속되었고 〈독립협회〉지도자 17명은 석방되었다.
신용하, 앞의 책. pp.398-440.

有ᄒᆞ거니와 前日可而今日不可란 말을 듯지 못ᄒᆞ엿소 此十餘囚의 捉囚
홈이 獨히 그 罪가 아니라 二千萬人口가 ᄀᆞ치 當ᄒᆞᆯ 罪니 우리가 ᄀᆞ치 捉
囚ᄒᆞ야 同罰一體之人을 作홈이 可합니다.10)

위의 인용문은 『황성신문』의 〈관민공동회〉에 관한 기사의 일부이다.
이것은 〈만민공동회〉의 성공이후 〈관민공동회〉가 열렸을 때 소학교 학
도 장용남(11세)이라는 소년이 한 연설내용이다. 당시 11세의 소년이 만
인 앞에서 연설을 했다는 것은 그만큼 연설의 행위가 보편화되었다는 증
거이기도 하다. 독립협회 회원 17명이 일제에 의해 구금을 당한 것에 대
해 소년은 그것에 대한 부당함을 호소하고 '우리가' 독립협회 지도자들과
함께 구금되어야 함을 성토한다. 연설을 마치고 나니 통곡하여 울지 않
은 이가 없었다고 『황성신문』은 기록한다. 그리고 뒤이어 울분을 토하면
서 여러 시민들이 연단에 올라 자진해서 연설을 했다고 한다. 6일간 연
속으로 열린 〈관민공동회〉는 이렇게 불특정 다수의 연설자들에 의해 행
해졌고, 그들은 자신들의 의견을 과감하게 개진하고 현 시국의 상황에
대해 비판했다. 신문에서는 당시의 〈만민공동회〉나 〈관민공동회〉의 운
집한 민중이 일만에 가깝다고 기록하고 있다. 연설회는 민중을 대상으로
했기 때문에 대규모의 교육적 효과를 거둘 수 있는 기회이기도 했고, 연
설이 대중화되는 계기가 됐다. 이 연설회는 수동적인 여론 수렴의 측면
보다는 좀 더 능동적인 비판의 장을 형성하였다고 볼 수 있다. 이런 사
회적인 분위기에서 연설은 대중화되었고 이것이 하나의 서술형식으로 정
착되었다고 볼 수 있다. 논자들에 따라 이러한 연설회나 토론회가 일제
에 의해 억압됨으로써 이것이 내면화되어 서사형식으로 정착되었다고 하

10) 『황성신문』, (제1권 제53호) 1898년 11월 7일자 〈別報〉

지만, 1890년대 『독립신문』의 지면에는 이미 많은 연설문이나 토론 형식 또는 문답형식의 서사형태들이 많이 게재되었던 것으로 보아 외부적인 강압에 의해 서술의 형태로 정착된 것이 아니라 연설회에 참여할 수 없었던 민중들을 위해 신문이 그 역할을 능동적으로 떠맡으면서 근대계몽기의 특이한 서사유형으로 형성되었다고 보는 것이 옳을 것이다.

연설의 대중화는 연설의 교본이 만들어질 정도로 근대계몽기 당시에 유행했던 담화방식이었다. 안국선은 『연설법방(演說法方)』을 저술하여 연설하는 법과 자신이 직접 연설했던 원고를 싣기도 했다. 「금수회의록」과 「경세종」은 연설이 갖는 대중적 호소력과 교육적 효과를 소설로 시도한 본격적인 소설이다. 안국선의 「금수회의록」은 소설의 인물을 동물로 설정하여 인간의 행태에 대해 비판한다. 그리고 꿈의 액자구조를 설정하여 입몽의 과정이 서술되고, 꿈 안의 '나'가 동물들의 연설을 듣는 것으로 되어 있다. 보통 몽자류 소설의 경우 입몽 전의 인물과 출몽 후의 인물이 심정 변화를 일으키는 것으로 되어 있지만, 이 소설에서는 출몽 없이 동물들의 연설을 듣고 깨닫는 형식으로 되어 있다. 꿈 안의 서사는 각각의 동물들이 나와서 연설을 하고 연설 내용은 문헌이나 고사를 인용하여 자신들의 속성에 대한 오해와 인식을 수정하는 식이다. 그러면서 인간을 동물보다 못한 야만적인 종족으로 평가하고 비판하게 된다.

「경세종」은 "흔 사름"이 "골짝이 수풀 속"을 지나다가 "풍슈"들을 만나 "수작"하다가 동물들의 연설회를 듣는 것으로 시작한다. 그리고 서사의 주 내용은 동물들이 인간을 비판하는 것이고, 서사는 동물들이 연설회를 마치고 "다 헤여져 가"는 것을 보는 것으로 종결된다. 소설은 "흔편에 숨어 안젓던 뎌 사름들의 귀가 열녓는지 ○○○○○" 로 종결된다. 그러나 이 서사는 「금수회의록」과는 달리 "ᄆ음이 교만ᄒ고 셩품이 패려ᄒ

야 흔치도 못 되는 ᄌᆞ귀거슨 슈천자 되는줄 알고 수천자 되는 놈의 거슨 흔치도 못 되는줄 아는쟈"[11]였던 "한 사름이" 연설 후에 어떤 변화를 겪는지에 대해서는 서술하지 않고 있다. 「금수재판」의 경우는 동물들을 대상으로 재판이 진행되는 구조로 되어 있다. 동물들이 피고와 원고로 대별되며 자신들이 당한 피해를 토로하는 형식이다. 그리고 소설은 이것을 들은 재판관이 동물들의 잘잘못에 대해 평가하고 판결을 내리는 내용으로 되어 있다. 많은 동물들 앞에서 자신의 의견을 말하고 있다는 측면에서 이 서사는 연설의 형태를 띠고 있다고 할 수 있다.

세 텍스트는 사건을 중심으로 서사가 구성되는 것이 아니라 연설의 진행방식을 그대로 따르고 있다. 「금수회의록」과 「경세종」의 소설 표지에서도 연설의 순서를 그대로 싣고 있다.

「금수회의록」
 : 목ᄎᆞ → 셔언(序言) → 개회취지(開會趣旨) → 【뎨일석/뎨이석/뎨삼석
　　　　　　　　　　　　　　　　　　　　　　　　/뎨ᄉᆞ석/뎨오석/뎨륙석/
　　　　　　　　　　　　　　　　　　　　　　　　뎨칠석/뎨팔석】

　　　→ 폐회(閉會)

「경세종」
 : 목록 → 1, 2,3,4쟝 → 【1차 사슴/2차 원숭이/3차 가마귀/4차 제비/
　　　　　　　　　　　　　　5차 올뱀이/6차 고슴돗치/7차 박쥐/8차 공쟉/
　　　　　　　　　　　　　　9차 나뷔/10차 개암이/11차 자벌네/12차 라귀/
　　　　　　　　　　　　　　13차 깅가루/14차 호랑이】

　　　→ 5쟝 폐회→ 6쟝 촬영

---

11) 「경세종」, p.1.

「금수재판」
　：(법률시행 알림)→【뎨일 작소구거/뎨이 토사구팽/
　　　　　　　　　　뎨삼 부셔양몽/뎨사 호위호가/
　　　　　　　　　　뎨오 지록위마/뎨륙 척알소붕/
　　　　　　　　　　뎨칠 봉의쟁공/뎨팔 승문상송】
　　　→ 재판장의 훈계와 판결

　　위의 도식에서 보는 바와 같이 서사의 중심을 이루는 것은 동물들의
연설적인 발화이다. 【 】의 표지 안에 있는 것은 동물들이 연설하는 순서
를 정리한 것이다. 동물들은 자신의 특성에 대해 이야기하고 이것과 비
교되는 인간의 본성을 비판한다. 순서상 각기 다른 동물들이 등장하고
이들에 의해 비판되는 인간의 행동은 다르지만, 연설은 동일한 패턴으로
진행된다. '동물의 등장 → 연설 → 퇴장'의 형식은 텍스트에서 「금수회
의록」은 "뎨팔석"으로 여덟 마리의 동물이 등장하고, 「경세종」은 "14차"
로 열네 마리의 동물이 연설하며, 「금수재판」은 "뎨팔"로 여덟 마리의 동
물이 등장하여 자신이 피해본 사례를 이야기 한다.
　　이 소설에서 동물들의 발언은 반복의 구조에 의해 서술된다. 인물의
행동이나 이미지, 상징들이 반복되는 것이 아니라 동물들이 차례로 자신
의 이야기를 하고 퇴장하는 스토리상의 반복이다. "독자가 반복에 의한
것은 일단 의미심장한 것으로 받아들이기 때문"12)에 스토리에 있어서 반
복의 효과는 중요하다. 여기에서 반복은 알레고리의 의미를 강조하기 위
한 서술적인 기법의 측면이 강하다. "반복은 곧 반복의 주체인 서술자(또
는 내포작가)의 의도나 무의식적 필요에 의해 스토리의 요소들을 재구성
하고 편집하는 것"으로 "서술과정에서 부분적으로 나타나는 파생물에 불

---

12) J. Hills Miller, *Fiction and Repetition*, Basei Blackwell: Oxford, 1982년. p.2.

과한 것이 아니라 서술 그 자체의 본질이기도 하다."[13] 「금수회의록」,
「경세종」, 「금수재판」은 이야기나 사건에 대한 진행에 목적을 두지 않기
때문에 인과적인 구성은 전제되지 않는다. 텍스트에서 중요한 것은 동물
들의 발언을 반복함으로써 얻어지는 의미의 강조다. 소설은 이러한 강조
를 좀 더 효과적이게 하기 위해 반복의 병렬적 구조를 취하고 있다. 이
러한 구조적 반복에 의해 인간은 동물들에 의해 해부되고 비판됨으로써
총체적인 문제성을 드러내게 된다. 따라서 반복에 의한 연설의 구조는
다각적인 비판을 가능하게 하는 동시에 계몽의 다양한 양상들을 제시함
으로써 계몽의 효과를 극대화하게 된다. 근대계몽기 우화소설이 계몽과
개화를 하기 위한 방법적 모색이라는 측면에서 보면 이러한 반복의 구조
는 알레고리의 서술 장치이면서 전략이었다고 할 수 있다.

---

13) 이호, 「한국 현대 심리소설의 반복 구조 연구」, 서강대학교 박사학위논문, 1998.
   p.167.
   이호는 이 논문에서 20-30년대 심리소설에 나타난 반복의 구조를 고찰하고 있는
   데, 그는 반복을 텍스트의 서술적 차원에서 규명될 문제로 보고 있다. 그는 서술
   이 시작되기 이전에 서술해야 할 스토리가 있어야 한다는 것은 곧 서술이 항상
   자기의 스토리를 이야기하는 행위임을 암시한다고 언급하며, 그런 점에서 서술은
   스토리의 결말, 즉 스토리의 모든 것에 대한 지식을 갖고 관점을 정립한 지점에
   서부터 스토리를 다시 이야기한다는 점에서 스토리의 반복이라고 보고 있다. 스
   토리의 요소들에 대한 이러한 조작이 텍스트의 구조와 의미생성에 영향을 미치
   고, 그런 영향의 정도가 부분적인가 전면적인가를 가늠하는 것이 텍스트에 나타
   나는 반복 양상을 검토할 때 유념해야 할 사항이다. 그러므로 중요한 것은 사건
   이나 행위, 낱말, 이미지, 장면의 개별적, 국지적 반복이 아니라 그것들이 스토리
   와 플롯, 초점화, 서술의 서사 층위들에 걸쳐 중대한 구조적 기능을 담당하게 되
   는 반복이라고 언급하고 있다.

2: 근대 · 전근대 이데올로기의 충돌과 교섭

「금수회의록」[14]은 근대계몽기에 가장 널리 알려진 우화소설 중의 하나이다. 1908년 3월 황성서적업조합에서 단행본으로 출판되어 초판을 낸지 3개월 만에 재판을 찍었다는 기록은 이 소설이 대중들에게 상당한 인기가 있었음을 짐작하게 한다. 전대의 우화소설과는 달리 「금수회의록」은 인간과 동물이라는 이분법, 연설형식의 서사구조, 그리고 동물들이 인간을 비판하는 형식적 특징을 갖는다. 소설은 먼저 '목차'를 제시하는데, 목차는 "셔언", "개회취지", "뎨일석"에서부터 "뎨팔석", 마지막으로 "폐회"로 되어 있어 연설회의 구성을 그대로 따르고 있다.[15] 동물들이 등장하는 부분은 소설에서 꿈으로 처리되어 있다. 현실에서는 일어날 수 없는 동물들의 의인화가 꿈을 통해 재현됨으로써 이중의 구조를 갖는다.

---

14) 세리까와(芹川哲世)는 「금수회의록」이 일본 작가 다지마(田島象二)의 「人類攻擊禽獸會議」(1885년)의 번안이라고 주장한다. 이에 대해 인권환은 조선 후기 동물우화소설과의 양식적 관련성의 측면에서 5가지 반론을 제기한다. 1) 동물 우화담이라는 것 2) 동물집회 모티프로 이루어져 있다는 점 3) 일정한 회의의 형식을 지니고 차례로 발언하고 있다는 것 4) 발언내용에서 성현이나 고금의 명구를 사용하고 있다는 점 5) 발언내용이 인간과 인세에 대한 우의적인 풍자비판이라는 것이다.
인권환, 「금수회의록」의 재래적 원천에 대하여」, 『어문논집』19 · 20 합집, 고려대학교 국문과, 1977.
15) 「금수회의록」의 구성은 다음과 같다.
　　뎨일석 반포의 효(가마귀) (反哺之孝) → 인간의 불효
　　뎨이석 호가호위 (여호) (狐假虎威) → 인간의 간사함
　　뎨삼석 정와어히(개구리) (井蛙語海) → 인간의 위선
　　뎨사석 구밀복검(벌) (口蜜腹劍) → 인간의 악독함
　　뎨오석 무장공ㅈ(게) (無腸公子)→ 인간의 무분별
　　뎨육석 영영지극(파리) (營營之極) → 인간의 '의' 없음.
　　뎨칠석 가정이닝어호(호랑이) (苛政猛於虎) → 인간의 탐욕
　　뎨팔석 쌍거쌍릭(원앙) (雙去雙來) → 인간의 음란함

알레고리가 의인화로 인해 한번 이루어 졌다면 꿈을 통해 다시 한번 확인됨으로써 그만큼 알레고리의 효과는 크다고 할 수 있다. 소설은 동물들의 연설을 중심으로 하고 있고, 이들에 의해 언급되는 것은 인간의 그릇된 행동과 윤리에 관한 내용들이다. 그래서 소설에서는 동물과 인간의 행동이 역전되어 동물이 인간보다 우월한 종족으로 이해된다. 즉 인간/동물, 상승/하강, 우월/열등의 구도는 이 소설에서 뒤바뀐다.

소설에서 서술자로 등장하는 '나'는 현재의 상황을 조망하는 인물이다. '나'가 인식하고 있는 "지금 셰샹은 인문이 결단나셔 도덕도 업셔지고 의리도 업셔지고 렴치도 업셔지고 절개도 업"는 상황이고, "왼 셰샹이 다악흐고로" 옳고 그름에 대한 분별이 없는 세상으로 규정된다. 서술자는 인간 세상을 "금슈만도 못한" 공간으로 인식함으로써, 보편적인 동물과 인간의 개념은 전복된다. 서술자의 설명에 의해 제시되는 서론의 부분은 '나'의 인식으로 그칠 뿐, 구체적인 사항을 보여주지는 않는다. 대신 꿈이 인간의 악한 세상을 구체화시킴으로써 소설은 알레고리가 된다. 꿈에서 동물들의 연설회는 같은 종족을 비판하는 것이 아니라 인간보다 열등한 종족이 인간을 비판함으로써 역설적 상황을 연출한다. 이 소설에서 연설하는 동물들은 인간이 숭상하는 종류이기 보다는 멸시와 천대를 받는 동물들이다. 맨 처음 연설하는 까마귀의 경우는 인간에 의해 '흉조'로 낙인찍힌 동물이지만, 소설에서는 이런 흉조가 다시 인간을 비판하게 되면서 인간의 지위는 강등된다. 인간의 시점에서 천시되었던 '동물성'은 여기에서 시점의 주체가 역전됨으로써 오히려 미덕으로 인정되고 있다. 그리고 동물들은 옛날 고사나 책에서 인용되었던 내용을 제시함으로써 자신들의 우월성을 증명한다. 이렇게 동물과 인간의 본성에 대한 위치 전도는 소설의 서두부분인 "개회취지"에서부터 명시되고 있다.

세계 만물을 창조ᄒ신 조화쥬를 곳 하나님이라 ᄒ나니 일만리치의 쥬인
되시ᄂ 하나미 씌셔 세계를 만드시고 쏘 만물을 만드러 각식물건이 셰상에
싱기게 ᄒ셧스니 이갓치 만드신 목뎍은 그 영황을 나타ᄂ여 모든 싱물로 ᄒ
여곰 인ᄌᄒ 은덕을 베프러 영원ᄒ 힝복을 밧게ᄒ랴 홈이라 그런고로 셰샹
에 잇ᄂ 모든 물건은 사롬이 던지 즘싱이 던지 초목이 던지 무삼물건이던지
다 귀하고 쳔ᄒ 분별이 업슨즉 엇던거슨 놉고 엇던거슨 얏다홀 리치가 잇르
리오 다 각각 텬디의 긔운을 타고 싱겨셔 이셰샹에 사ᄂ 거신즉

- (「금수회의록」, pp.4-5)

인용문에서는 인간과 동물이 평등한 조건 하에 조물주 '하나님'에 의해
창조되었음을 주장한다. 사회자에 의해 언급되는 이러한 주장은 애초부
터 이 두 종족 사이에 우월과 열등의 차이가 존재하지 않았다는 것으로
선험성을 전제한 것이다. 최상위 계층에 '하나님'이 존재하고 그 아래 층
위에 인간과 동물이 같이 존재하는 구조인 것이다. 소설은 위에서 인용
한 것과 같이 기독교의 천지창조를 인용하고 있지만 서사의 전체적인 내
용으로 볼 때 기독교적인 사상을 전달하고 있다고는 보기 어렵다. 다음
절에서 논의하게 될 「경세종」의 경우는 각 동물들이 성경의 구절을 인용
하고 "엘리이", "야리미가", "이스라엘 왕"등의 구체적인 인물을 거론하지
만 「금수회의록」은 "백락천", " 효무졔", "조조" 등의 중국고사를 주로 인
용하고 "쎄이루", " 프랑스 혁명"등 외국의 인물과 사건들을 주로 다루고
있다. 예를 들어 "반포의 효"에서는 부모에 대한 효를 강조하고 있고,
"졍와어잉"는 인간이 지켜야 하는 자연의 이치나 분수를 이야기하고 있
다. "가졍이맹어호"에서는 관리들의 청념, "쌍거쌍릭"에서는 음란함을 비
판하고 처첩의 문제를 거론함으로써 소설은 기본적인 인간의 윤리와 전
통적 가치관에 기초해 있다고 보는 것이 타당하다. 즉 텍스트의 주제는

"기독교적인 사상을 바탕으로 한 계시적인 진리에 속하는 것"[16]이라기보다는 인간존중의 차원에서 기존의 윤리관을 다시 상기시키는 측면이 강하다고 할 수 있다. 소설은 봉건제도 하에서 권력이나 돈에 의해 인간성이 말살 되어가고 윤리가 해이해져 가는 것에 대한 교정의 차원에서 종교를 인용하고 있는 것이라 하겠다.

텍스트의 서두부분인 "개회취지"에서는 동물들이 연설회를 개최하는 목적과 방법에 대해 이야기한다. 동물들의 연설회에서 결의할 안건은 세 가지로 제시된다. 첫째, "사름된쟈의 칙임을 의론ᄒ야 분명히홀일", 둘째, "샤름의 힝위를 들어셔 올코 그름을 의론홀일", 셋째, "지금 셰샹 사람중에 인류ᄌ격이 잇ᄂᆫ쟈와 업는쟈를 됴사홀일" 등이다. 첫째의 안건은 인간의 책임을 묻는 것으로 인간의 '의무'를 문제 삼는다. 둘째는 인간의 의무를 충실히 '실행'하고 있는지, 그렇지 않은지에 대한 분석이다. 셋째는 이런 의무에 대한 실행의 유무에 대하여 '평가'를 하자는 것이다. 이런 평가는 인간의 본분을 충실히 이행했을 때와 그렇지 않을 때의 결과에 대한 평가이다. 그래서 이것을 통해서 인간이 동물보다 우월한 종족인지, 아니면 열등한 종족인지가 결정된다.

> 반포의 효(가마귀)
> 의무 : "효도는 덕의 근본이라 효도는 일빅힝실의 근원이라 효도는 텬하의 다사린다하였고, (중략) 효도라 ᄒᆞᄂᆫ거슨 ᄌ식된자가 고연ᄒᆞᆫ 직분으로 당연히 힝홀일이올시다"
>
> 실행 : "사람들은 말ᄒᆞᄂᆫ거슬 보면 낫ᄉ치 효자 갓흐되 실향ᄒᆞᄂᆫ 힝실을 보

면 쥬식잡기에 참혹ᄒ야 부모의 뜻을 어긔며 형졔간에 늬물노 닷토아 부모의 마암을 샹케ᄒ며 녀편네는 힉식이라고 조곰 잇스면 쥬겨넘은 마암이 싱겨셔 온화유슌ᄒ 부덕을 늬져바리고 싀집 가셔는 싀부모 보기를 아모것도 모로는 어리석은 물건갓치 디졉ᄒ고 심ᄒ면 원수갓치 뮈워ᄒ기도 하니 인류 사회에 효도 업셔짐이 지금 셰상보다 더 심홈이 업도다 사람들이 일백힝실의 근본 되는 효도를 아지 못ᄒ니 다른거슨 더 말홀 것 무엇잇소"

평가 : "사름들은 겸심 썻쌔지 잡바져셔 잠을 자고 ᄒ번 집을 쎠나셔 나가면 혹은 협잡질 ᄒ기 혹은 술장보기 혹은 계집의 집뒤지기 혹은 노름ᄒ기 셰월이 가는줄을 모로고 져희 부모가 진지를 잡수엇는지 쳐ᄌ가 기다리는지 모로고 쏘단이는 사름들이 엇지 우리 가마귀의 족속만 ᄒ리오 (중략) 우리가 사름의게 업수히 녁임을 밧을 까닭이 업삼을 살피시오"

　　　　　　　　　　　　　　　　　　　　　　－(「금수회의록」. pp.9-14)

　소설에서 처음 등장하는 동물은 까마귀이다. 까마귀에 의해 비판되는 인간의 행동은 '효'에 대한 것이다. 그리고 자신들의 경우를 고사와 인물들을 통해 구체적으로 열거한다. "백락텬(백락천)"의 경우는 새 중에 "증자"라고 까마귀를 칭찬했고, 조류학자 "쎄이루(삐에르)"는 해부를 통해 까마귀가 곡식을 해하지 않음을 증명했다고 언급한다. 그 이외에도 "이솝", "후랑코린(프랭클린)" 등의 예를 들고 있다.

쌍거쌍리 (원앙)
의무 : "ᄒ남자에 ᄒ 녀인을 늬셧스니 ᄒ 사나희와 ᄒ 녀편네가 셔로 져바리지 아니홈은 텬하에 명ᄒ 인륜이라 "

실행 : "셰상 사름들은 괴악ᄒ고 음란ᄒ고 박졍ᄒ야 길가에 ᄒ가지 버들을 쌕기위ᄒ야 백년 히로ᄒ랴던 사름을 늬져바리고 동산에 ᄒ송이 꼿보기 위ᄒ야 조강기쳐를 늬쏫치며 남편이 병이 들어누엇는듸 의원과 간통ᄒ는 일

도잇고 복을 빌어 불공ᄒ다 가탁ᄒ고 즁셔방ᄒᄂᆞ는 일도 잇고 남편죽어 사흘
이 못되야 셔방ᄒᆡ갈 쥬션ᄒᄂᆞᆫ 일도 잇스니 사름들은 계집이나 사나희나 인
졍도 업고 의리도 업고 다만 음란ᄒᆞᆫ 싱각 ᄲᅮᆫ이라 홀수밧게 업소"

평가 : "뎌의들의 별별괴악ᄒᆞᆫ 일은 이루다 말홀 수 업소 세상에 뎨일 더럽고
괴악ᄒᆞᆫ거슨 사름이라 다 말ᄒᆞ려면 닉입이 더러워 질터이닛가 그만 두겠소"
— (「금수회의록」, pp.43-46)

　소설에서 원앙은 인간이 일부일처의 제도를 지키지 않으며, 음란한 행
동을 일삼는다고 비판한다. 그리고 자신들의 경우를 비교하여 열거한 다
음 인간 종족에 대해 평가를 내린다. 즉, 세상에서 제일 더럽고 괴악한
것이 인간이며 이것을 말하면 도리어 자신의 입이 더러워짐으로 더 이상
말을 하지 않겠다고 선언한다. 소설은 이렇게 인간의 윤리를 하나의 사
안과 항목에 따라 '의무'와 '의무에 대한 실행', '실행의 유무에 대한 평가'
등 세 단계로 나누어 살펴보고 있다. 소설은 인간의 패륜과 타락을 감정
에 의해 비판하는 것이 아니라 구체적인 사례를 들어 비판함으로써 객관
성을 유지한다. 그래서 개개인의 윤리뿐만 아니라 전체적인 인간의 삶이
구체적으로 비판되고 있다. 또한 이러한 객관적인 시각은 인간에 대한
신중한 천착의 결과라고 할 수 있다.
　「금수회의록」에서 처음으로 비판하는 것은 인간의 '효'이다. 여기에서
'효'는 전통적인 유교 사상으로 인간성의 덕목을 이루는 가장 기본적인
항목으로 설정된다. 새로운 문명과 개화에 관계없이 전통적인 가치관 아
래에서 '효'는 인간의 윤리를 대표하는 항목이고, 가치 변동에 무관한 항
목 중의 하나이다. 까마귀는 인간이 '효'를 해야 하는 '의무'가 있음에도
'효'하지 않음에 대해 비판한다. 기존의 질서와 새로운 문명 사이의 갈등

과 마찰은 근대계몽기에 혼란을 가중시키는 요소들 중의 하나였다. '효'
의 항목을 강조하는 것은 근대계몽기의 서구 문명에 대해 무분별하게 수
용하고자 하는 것에 대한 경계의 의미가 깊다. 기존의 관념과 인습이 부
정되고 세계인식이 전환되는 시점에서 '효'의 문제 또한 그 의미가 퇴색
되고 상실될 수밖에 없지만 그럼에도 불구하고 여전히 지켜져야 하는 것
으로 '효'를 제시한다. 이것은 전통에 대한 인계나 계승의 회귀적 성격을
강조하는 것이라기보다는 인간적 윤리의 기저로서 강조되는 것이라 할
수 있다. 이에 비해 "쌍거쌍래"의 원앙에 의해 제기되는 '일부일처제'의
논의는 전통적 유교 관념에서 묵과되어온 비윤리적인 사안을 공격하는
것을 볼 수 있다. 원앙은 일부일처제에 대한 인간의 의무가 지켜지지 않
음을 비판하면서 전통적인 유교적 관념을 공격한다. 특히 남자들의 행동
에 대해 좀 더 신랄하게 비판하는데 예를 들어 처첩제와 아내를 소박하
는 것 등은 비윤리적이고 비도덕적인 것으로 평가된다. 윤리적 측면에서
부도덕하거나 평등하지 않은 것은 개혁의 대상이며 과감히 버려야 할 구
습으로 취급되고 있는 것이다. 따라서 소설은 전통과 문명이 대치하는
국면에서 어느 한쪽의 일방적인 찬사와 무분별한 수용을 언급하기 보다
는 균형적인 시각에서 인간의 윤리적 측면을 기준으로 하여 그 가치를
판단하고자 하는 의지를 드러낸다.

　위에서 "반포의 효"와 "쌍거쌍래"에서 효와 일부일처제에 대한 개인과
개인간의 윤리에 대해 논의했다면 개인과 집단 또는 사회에 대해 언급하
는 것은 "정와어희", "가정이맹어호"이다. 소설은 개구리와 호랑이를 통
해 관리들의 부패를 논의함으로써 개인이 한 사회에 미치는 영향과 그
부작용에 대해 거론한다.

정와어희(개구리)

노고맛치 남보다 몬저 알엇다고 그 지식을 이용ᄒ야 남의 나라 쎼앗기와 남의 빅성 학디ᄒ기와 군함 대표를 만드러셔 악흔 일에 죵사ᄒ니 그런 ᄂ라 사ᄅᆷ들은 당초에 사ᄅᆷ되는 령혼을 주지아니 ᄒ얏더면 도로혀 조흘번 ᄒ얏소 또 더욱 도리에 어긔려지는 일이 잇스니 나의지식이 뎌 사ᄅᆷ보다 조곰 낫다 고ᄒ면 남을가라쳐 준다ᄒ고 실샹은 해롭게ᄒ며 남을 인도ᄒ야 준다ᄒ고 졔 욕심을 치우는 일만ᄒ며 엇던 사람은 졔 나라 형편도 모로면셔 타국 형편을 아노라고 외국사람을 부동ᄒ야 님군을 속이고 나라를 해치며 빅성을 위협ᄒ야 진물을 도젹질ᄒ고 벼살을 도득ᄒ며 기화ᄒ얏다 자칭하고 (중략) 졔나라 일을 변변이 아지도 못 ᄒᄂ거슬 가라쳐주며 여간 월급량이나 벼살낫치나 엇어 ᄒ노라고 남의 나라 졍탐군이 되여 익미흔 사람 모흠ᄒ기 어리셕은 사람 위협ᄒ기로 능사를 삼으니　　　　　-(「금수회의록」, pp.22-23)

인용문에서 개구리가 비판하는 것은 한 인간의 그릇된 윤리적 판단에서 초래되는 파장에 대한 것이다. 여기에서는 노골적으로 일본의 군국주의와 제국주의가 비판되면서 국가와 국가간의 윤리적 문제가 거론된다. 남의 나라를 빼앗는 것과 남의 나라 백성을 학대하는 것은 국가적 윤리에 어긋나는 것이고, 다른 사람을 인도한다는 미명하에 자신의 욕심을 채우는 것 또한 비윤리적인 행동으로 지적되고 있다. 그리고 소설은 정부관리의 부패로 인한 폐해를 예를 들고 있다. 나라를 관리하는 '벼슬흔 사ᄅᆷ'들이 저지르는 부패와 그로 인한 폐해는 국가적 위기를 불러올 만큼 위험한 것으로 제시된다. 이들의 행동은 '나라'와 '백성'을 기만하는 것이고, 이것으로 인해 소설은 국권을 상실하게 되는 과정을 보여줌으로써 관리의 역할에 대한 중요성을 언급하고 있다.

가졍이맹어호(호랑이)

사ᄅᆷ들은 디낫에 사ᄅᆷ을 죽이고 진물을 쎼아스며 죄업는 빅셩을 감옥셔

에 모라너허셔 돈밧치면 내여놋코 셰업스면 죽이는것과 님군은 아모리 인자
ᄒ야 샤젼을 ᄂ릐드릭도 법관이 용수하야 공평치못ᄒ게 죄인을 조종ᄒ고 돈
을 밧고 벼살을 내여셔 그벼살흔 사름이 그 미쳔을 쎕으려고 음흉한 슈단으
로 졍ᄉ를 까다롭게ᄒ야 빅셩을 못 견듸게하니 사람들의 악독흔 일을 우리
호랑이의게히ᄒ야보면 몃만빈가 될는지 알수업소 −(「금수회의록」, p.40)

"가정이맹어호"에서는 좀 더 구체적으로 법관의 타락과 관리들의 매관
매직의 현실을 보여준다. 이것은 인간의 윤리가 정치와 경제, 사법에 미
치는 영향에 대해 논의하는 것으로 근대계몽기의 부패와 타락의 정도를
여실히 보여주고 있다. 개인들 각각의 부도덕성에 대한 결과는 단순히
한 개인의 불행에 한정되지만, 이러한 정치와 경제에 관련된 윤리의 타
락은 국가적 차원의 문제로 확장된다. 이것은 한 개인의 인식적 오류라
기보다는 집단의 문제에서 비롯된 것이기 때문에 쉽게 계도되지 않는다.
개인의 윤리에서 집단의 윤리로 주제가 옮겨짐으로써 이것은 개인의 소
극적인 성찰이나 교정의 측면을 넘어선다. 관리라고 하는 직업이 가지고
있는 권력에 대한 남용과 탐욕으로 인한 비리는 근대계몽기에 국가의 위
기를 초래할 정도로 심각한 것이었고 구조적인 것이었다. 개인의 성품이
문제되는 것이 아니라 직업에 대한 윤리적 부분이 문제가 되기 때문에
그 설득의 대상 또한 불분명하다. 이것은 개인의 비윤리적 행동에 대한
파장의 영역을 보여주는 동시에 그에 대한 위험을 논의함으로써 좀 더
적극적인 계도를 의도하고 있음을 알 수 있다.

「금수회의록」은 근대계몽기 당대의 시대적 상황과 현실인식에 대해
'윤리'의 측면을 강조하고 있고, 개인간의 윤리와, 개인과 집단, 또는 국
가와 국가간의 윤리를 다룸으로써 궁극적으로 현재의 상황이 도래될 수
밖에 없는 문제들을 진단하고 있다. 따라서 소설은 이런 원인에 대한 개

인의 자각과 사회적 통찰이 필요함을 역설하고 있다. 안국선은 이 소설을 통해 현실의 위기적 상황을 대처할 수 있는 방법으로 급진적인 개화정책이나 과거의 보수성을 대안으로 제시하는 대신 인간의 윤리를 알레고리를 통해 재현하고 있다.

3: 기도교적 교리에 대한 신념과 도덕성의 검열

김필수의 「경세종」은 「금수회의록」과 마찬가지로 동물들이 연설을 하는 형식으로 되어 있다. 「금수회의록」이 현실을 개혁하고자 하는 인물이 꿈을 꾸는 것을 형상화 했다면, 「경세종」은 꿈의 구조 없이 "유산긱"이라는 인물이 직접 동물들의 연설을 듣는 것으로 구성되어 있다. 따라서 소설은 서술자와 인물이 분리되어 있기 때문에 객관적으로 인물을 조망할 수 있다. 주인물은 "ᄆᆞ음이 교만ᄒᆞ고 셩픔이 패려ᄒᆞ야 흔치도 못 되ᄂᆞᆫ ᄌᆞ긔거슨 수쳔자되ᄂᆞᆫ줄 알고 수쳔자되ᄂᆞᆫ 눔의 거슨 흔치도 못 되ᄂᆞᆫ 줄 아ᄂᆞᆫ쟈"이다. 주인물을 이렇게 부정적으로 서술하는 것은 동물들의 연설회를 통해 이 인물이 각성하는 것을 보여주기 위함이다. 소설은 교만하고 패려한 인간이 모범적인 인간으로 각성되는 것을 보여줌으로써 계몽의 효과를 기대하고 있다.

이 소설은 종교적 예배를 통한 친목회의 형식으로 구성되어 있다. 소설은 "양회장"이 개회 취지를 설명하고 다과를 먹기 위해 기도하고 각 동물이 인간의 비판하는 연설을 하며, 연설이 끝나면 폐회를 선언한다. 그리고 마지막으로 사진촬영을 하고 회장이 이 모임에 대한 의미를 규정짓는 기도를 한다. 소설에서 기도의 형식은 두 번 나타나는데, 한번은 연설이 시작되기 전이고 나머지 한번은 모든 회합이 끝난 후이다. 이런 기도의 형식은 단순히 기도의 행위만을 보여주는 것에 그치는 것이 아니라 성경의 구절을 인용하고 이것을 설명함으로써 기독교 사상을 구체적으로 전달하고 있다. 그리고 소설은 근대계몽기 일상인을 비판하는 것뿐만 아니라 "입으로는 예수를 부르고 힝실로는 마귀를 쓰라가는"사람들, 즉 기독교를 믿으면서도 이를 실천하지 않는 사람들을 비판의 대상으로 삼고 있다.

이 소설에서는 「금수회의록」 보다 더 많은 수의 동물들이 등장한다. 이들에 의해 비판되는 내용도 또한 다양하게 제시된다.

    1차 사슴 → 인간의 불효   / 2차 원숭이→ 재판의 공정성
    3차 가마귀 → 인간의 몰지각   / 4차 제비 → 인간의 부패
    5차 올뱀이 → 인간의 무분별   / 6차 고슴도치 → 인간의 외모 지상주의
    7차 박쥐 → 인간의 간사함   / 8차 공작 → 인간의 사치
    9차 나뷔 → 인간의 음란함   / 10차 개암이(개미) → 인간의 게으름
    11차 자벌네 → 인간의 무실천 / 12차 라귀 → 인간의 나태
    13차 캥가루 → 인간의 음탕함 / 14차 호랑이 → 인간의 탐욕

「금수회의록」은 각 동물의 특성과 이들에 의해 비판되는 인간의 모습이 서로 연관되어 있지만, 이 소설에서는 동물의 종류와 비판내용이 잘 들어맞지 않는다. "올뱀이"의 경우는 '보는 것'에 대해 논의하면서 큰 도둑은 아이러니하게 대낮에 나오고 있음을 설명한다. "자벌레"의 경우는 굽힐 줄 모르는 인간에 대해 언급하고 측량에 대한 논의로 넘어간다. 그리고 동물들에 의해 비판되는 내용은 서로 겹쳐지는 부분이 많이 등장함으로써 각 동물의 특징이 제대로 전달되지 않는다. 나비의 경우는 인간

의 음란함을 비판하는데 캥거루 또한 자식을 돌보지 않는 부모의 무책임
과 음란함을 비판한다. 개미와 나귀의 경우도 인간의 게으름과 나태에
대해 반복해서 비판하고 있다. 많은 동물들이 등장하고 있지만 이들에
의해 비판되는 수준은 구체적이지 않다. 이것은 소설의 목적이 인간성에
대한 반성을 촉구하기 보다는 성경에 의한 종교적 이념을 설파하기 위한
것이기 때문이다.

① 양회쟝의 취지와 셜명 : "오곡 빅과를 먹게ᄒ시ᄂ 하ᄂ님ᄭ만 경배ᄒ
고 그 외아들 예수를 밋고 죄를 회기ᄒᄋᆺ스면 텬하가 ᄒ 집이 되고 억죠가
ᄒ 식구가 되여 화평ᄒ 복락을 영원 무궁토록 누리거시니 그리ᄒ면 우리 신
지 화평ᄒ 셰듸가 될거시올세다 그런고로 예수 강싱견 칠빅ᄉ십년듸에 이사
야라 ᄒᄂ 션지쟈의게 하ᄂ님ᄭ셔 믁시로 ᄀ르치시기를 그 ᄹ에 일희가 어
린양으로 더브러 거ᄒ고 표범이 어린 염소로 더브러 누을거시오 송아지와
어린ᄉᄌ와 살진 즘싱이 다 흠ᄭ 잇스니 어린 ᄋ희라도 ᄭ을니라"
                                                    —(「경세종」, pp.9-10)

② 원숭이 : "이사야가 ᄀᆯᄋ듸 뎌 무리의 송ᄉᄒᆯ ᄹ에 무죄흔쟈를 죄인
으로 ᄆᆫ들고 셩문에서 판단흔쟈의게 올모를 놋코 헛된거스로 의인을 그릇되
게 흔다 ᄒᄋᆺ스니 이 말슴이 우리보ᄂ 셰듸 샤진을 보이셧도다."
                                                    —(「경세종」, pp.23-24)

③ 가마귀 : "녯적 이스라엘 왕 아합째에 엘니야는 션지쟈라 하ᄂ님 ᄭ셔
명ᄒ샤 그릿 시내 가에 숨어잇게 하시고 三년 六월을 비를 ᄂ리지 아니ᄒᆯ
동안에 하ᄂ님ᄭ셔 우리무리의게 명ᄒ샤 엘니야의게 식물을 진공ᄒ라 ᄒ심
으로 아츰과 져녁으로 썩과 고기를 물어다가 진공ᄒᄋᆺ스되 츄호라도 쎄여먹
지 아니ᄒᄋᆺ습ᄂ이다."   —(「경세종」, p.24)

④ 제비 : "야리미가 말슴ᄒ시기를 공중의 학은 왕리ᄒᄂ 긔약을 알고

반구와 졔비와 기러기는 다 졀후를 직히고 째를 알고 도라오되 오직 내 빅
셩은 하ᄂ님의 법도를 알지 못ᄒ다 ᄒ엿ᄉ오니. 우리가 이ᄀᆺ흔 미물이로되
하나님ᄭᅴ셔 우리들노 ᄒ여곰 이 셰샹에셔 넘치도 업시 제 법대로만 살고져
ᄒᄂ 쟈들을 경셩코져 ᄒᄋᆸᄂ이다." ― (「경셰종」, pp.26-27)

위의 인용문은 기독교적인 일화가 등장하는 예이다. ①에서 친목회의
회장인 양(羊)은 모임의 취지를 설명하면서 기독교의 천지창조를 예로 들
고 있으며 "아담"의 죄로 현재의 인간이 고통 받고 살아 갈 수밖에 없는
상황에 대해 이야기한다. 그리고 인간을 창조한 "하ᄂ님"께 경배를 올리
고 감사해야 함을 주장한다. ②의 경우는 원숭이가 직접적으로 자신과
연관된 성경의 구절을 언급한다.[17] 원숭이는 인간들이 공정하지 않은 재
판 등을 말할 때 자신들을 인용하는 것에 대해 반박한다. 자신은 고양이

---

[17] 「경셰종」에서 원숭이는 공평한 재판을 하지 않고 그들의 재물을 빼앗는 간사한
동물로 등장한다. 『경향신문』의 소설란에 실린 「졍소의 불긴」(1906년 11월 30일
~ 12월 7일)은 「경셰종」과 동일하게 원숭이의 재판 건에 대해 이야기를 하고 있
다. 다만 차이 나는 것은 「경셰종」의 경우는 고양이 두 마리가 고기를 가지고 분
쟁하는 것으로 되어 있고, 「졍소의 불긴」은 두부로 되어 있다.
두 고양이가 두부 한 덩어리를 얻어 서로 공평하게 나누려고 하지만 서로 많이
먹으려고 다투다가 결국에는 사또인 잔나비에게 공평하게 나누어줄 것을 부탁한
다. 그러나 잔나비는 두부를 잘라 저울에 올려놓으며 두 개의 두부 무게가 똑같
지 않다고 하면서 먹게 된다. 거의 두부가 없어질 때 쯤 해서 고양이는 잔나비의
속음수를 눈치 채지만, 잔나비는 남은 두부까지 다 먹는다. 두 고양이가 이에 대
해 항의하자 잔나비는 이들을 아내고, 두 고양이는 할 수 없이 억울함을 참고 울
면서 집으로 돌아가게 된다. 그리고 이 이야기를 앵무새에게 한다. 소설의 말미
에는 이 소설의 교훈을 대신하여 서술자의 논평을 싣고 있는데 이것을 인용하면
다음과 같다.
"이 리약이를 ᄀᆯ치기는 므릇 숑사라ᄂ 거슨 ᄂᆷ의 직물 쎅앗기로 위ᄒ야 ᄒ던
지 빗 준거슬 밧기로 위ᄒ야 ᄒ던지 무슴 물건을 겸양지심을 가지고 ᄒ던지 도
모지 의론치 말고 셰샹 숑졍에셔ᄂ 반ᄃ시 협잡ᄒᄂ 사름이 잇셔셔 필경에 숑사
를 그릇치게 ᄒᄂ 이도 잇고 혹 사름으로 ᄒ여곰 화목을 일케 ᄒ야 ᄆᆞ음을 샹해
오ᄂ 이도 잇ᄂ니 원컨ᄃᆡ 우리 벗들은 이를 보고 ᄆᆞ상ᄒ야 셰샹 숑졍에 들기를
힘써 피ᄒ고 맛당히 횡션피악ᄒᄂ 공부를 브즈런이 홀지니라"

의 것을 빼앗아 먹은 것이 아니라 그들이 도적질 해 온 것을 취하였을 뿐이라고 언급하며 이사야의 일화를 예로 든다. 이사야는 동정녀에게서 메시아가 탄생할 것을 예언한 선지자로 성경에서 유태인의 부패에 대해 언급하는 부분에서 등장하는 인물이다. 이사야와 원숭이가 직접적인 관련을 맺고 있지는 않지만 원숭이는 이사야처럼 자신들도 공정한 재판을 했다고 합리화한다. ③가마귀의 경우도 "옐니야"의 고사를 빌어서 자신들의 행위를 합리화한다. "가마귀는 검으니 속도 검으렸다"라고 인간들이 판단하는 것에 대해 옐니야의 예를 들어 자신들이 하나님의 심부름을 할 때의 정직함을 언급한다. ④제비는 "야리미"의 말을 빌어 자신들이 "하ᄂ님"의 법도를 잘 지키고 있다고 말한다.

이 소설은 기독교적 사상과 윤리를 계몽의 가치 기준으로 제시하고 있다. 소설의 서두부분에서 양회장은 모임의 취지를 언급하면서 인간이 "하ᄂ님"의 "말씀"을 어겼기 때문에 회개해야 한다고 주장한다. 이것은 인간이 현실에서 그릇되게 행동했기 때문에 인과적으로 주어지는 죄와 벌의 의미라기보다는 선험성에 의한 숙명으로 단정된다. 가치척도가 기독교의 사상을 기준으로 하기 때문에 "하ᄂ님"에 대한 "말씀" 여부에 따라 유죄와 무죄로 판명된다. "공작"의 경우 사람들이 공작을 화려함의 극치로 생각하여 사치한다고 비난하지만 이것은 "하ᄂ님께서 주신 것", 본래의 것이기 때문에 정당화된다. "나뷔"는 사람들에 의해 음탕하다고 비판되지만 이것 또한 "하ᄂ님"이 주신 것으로 나비의 운명에 속한 것으로 인정된다. 이렇게 모든 가치의 기준은 종교에 있고, 그래서 기독교적 가치관에서 어긋날 때에 만 문제가 되고 죄가 된다.

이전 장에서 보았던 「금수회의록」의 "하ᄂ님"은 기독교에 해당하는 신에 대한 이름이라기보다는 범종교적인 속성이 더 강한 기표이다. 「금수회의록」에서 나타난 이념은 전통적 유교에서나 불교에서도 찾아 볼 수 있는 보편적인 것이었으나, 「경세종」에서는 기독교에 의한 사상이 전경화되어 있다. 근대계몽기에 기독교는 개신교의 선교사들에 의해 전파되었고, 1890년 이후 서구 개화사상을 대표하게 된다. 기독교의 급작한 성장은 1907년 대부흥운동으로 연유되는데, 이 운동으로 인해 기독교는 종교로서 뿐만 아니라 문화와 사상에까지 영향을 미치게 된다. 「경세종」은 동물을 통한 우화소설로 근대계몽기의 상황을 비판적으로 고찰하고 이것을 종교적 윤리와 성찰을 통해 계몽하려고 하는 의지를 보인다. 이 소설의 작가인 김필수[18]는 미국선교사 레이놀즈의 한국어 선생으로 선교사업을 시작했던 인물이며 후에 목사로 기독교의 대중화에 힘썼던 인물이다. 이러한 그의 행보로 볼 때 이 소설이 김필수 자신의 종교적 신념과 이념을 반영하고 있다고 해도 무리가 아닐 것이다.

근대계몽기에 기독교는 봉건제도 속에서 인습으로 남아 있던 비합리적인 사항들에 대한 개혁을 요구하는 한편, 학교와 병원의 설립을 통한 본격적인 계몽운동을 펼침으로써 지식인과 민중들에게 많은 호응을 얻었다. 근대계몽기 당시 대표적 지식인이었던 윤치호는 기독교를 "이기적인

---

18) 김필수는 1872년 2월 출생으로 일찍이 신자가 되어 남장로교 선교사 레이놀즈 (W.D. Reynolds) 목사의 어학선생으로 있었고, 전주와 경성에서 선교활동을 했다. 1903년 YMCA 창립총회에서 이사로 선출되었고 1905년 이사직을 물러난 후 1907년에는 제7회 세계기독학생연맹(WSCF) 세계대회에 7인의 한국 대표로 참석하였다. 1918년에는 YMCA 회관에서 장로교와 감리교의 두 교파 지도자가 모여 결성한 〈조선예수교장감연합협의회〉에서 초대회장으로 추대되었다. 그리고 그는 서양선교사들의 인종차별, 교파분열, 교회행정에 대한 전제를 비판하고 1918년 김재호 목사가 창건한 〈조선기독교회〉에 이승훈, 함태영, 여운형 등과 함께 동조했다고 한다. 최원식은 김필수를 '기독교 민족주의자'로 평가하고 있다. 최원식, 「신소설과 기독교」, 『한국근대소설사론』, 창작과 비평, 1986. pp.250-251.

행복주의적 자기 합리화의 논리나, 제국주의 옹호의 핵심사상이 아니라 진보적 사회개혁의 핵심적인 세계관적 기반이자, 적실한 힘을 발휘할 수 있는 실제적 가치관"[19]으로 이해했다. 이처럼 근대계몽기에 기독교는 종교가 갖는 폐쇄성으로 배척되는 것이 아니라, 인간의 평등과 합리적인 사고를 전제로 한 문명으로 인식되었고, 그래서 많은 민중들이나 지식인들에게 지지를 받게 된다.

> 오늘날의 비샹혼 변괴와 극히 어려운 익회를 맛나 이곳치 참혹혼 디경에 젓스나 지극히 챡ᄒ시고 지극히 붉으신 하ᄂ님이 이 나라의 무죄혼 빅셩으로 ᄒ여 곰 종리 멸망ᄒᄂ 디경에 니르지 아니케 ᄒ실지라 그런 고로 만국교인들이 공분의 ᄆ움과 셔로 ᄉ랑ᄒᄂ 졍체 감동되야 대한의 국운을 다시 니여 주시기로 하ᄂ님ᄭ 긔도ᄒ니 디뎌 만국교인의 동졍은 셰계 사람의 곳혼 쑷이라 이제 대한을 위ᄒ야 긔도ᄒᄂ 쥬의ᄂ 반ᄃ시 나라의 독립과 빅셩의 ᄌ유를 회복ᄒ기를 원ᄒ야 비ᄂ 거시니 이거슨 ᄒᄂ님이 도으시고 ᄉ룸이 돕ᄂ 거시라 슯흐다 대한 동포ᄂ 이곳치 고금의 드문 일을 보고 싱각ᄒ야 ᄌ쥬홀 졍신을 가다듬어 독립홀 긔초를 세워 만국 교인의 긔도ᄒᄂ 셩의를 져ᄇ리지 말지어다.[20]

『대한매일신보』의 논설란에 실린 위의 인용문은 기독교에 우호적인

19) 류계무, 「윤치호 사회진화론 특징 연구」, 연세대학교 정치학과 석사학위논문, 2004. p.4.
윤치호는 미국유학을 통해 미국의 종교적, 정치적, 사회적 가치들과 실천들을 관찰하게 되는데, 이 과정에서 자신이 경험했던 발전된 미국문명의 핵심이 기독교에 있음을 발견한다. 무엇보다 미국 문명진보의 원동력이자 정신적 기반을 기독교정신(puritanism)으로 인식하고, 그것의 내용인 도덕성과 정직, 그리고 이러한 성장의 원리를 삶 속에 실용시킬 수 있는 실천성에 큰 의미를 두었다. 즉 그는 기독교를 인간개선의 윤리임과 더불어 동시에 사회변혁의 윤리로 인식했으며, 서양문명의 부강함과 자유민주주의를 창출시킨 종교로 인식했던 것이다. (p.64 참조)
20) 『대한매일신보』, 「논설─만국긔도」, 1907년 8년 22일(73호)

태도를 보이고 있다. 위에서 잠깐 언급했듯이 1907년 기독교는 대부흥회로 신도의 증가와 세의 확장을 꾀하게 되는데, 이것을 신문에서는 "만군 예수교인이 다 대한국운을 위ㅎ야 하ㄴ님씌 긔도" 했다고 말하면서 "하ㄴ님"의 힘으로 독립과 자유를 회복하기를 빌고 있다. 종교 재단에서 발행하는 신문이 아니었음에도 이 논설은 기도의 형식으로 되어 있다. 이러한 형식의 차용은 당시의 기독교가 계몽운동의 중심에서 종교적 합리성과 문명에 배반되는 사항들을 개혁하려는 의지를 보였기 때문이다. 궁극적으로는 계몽의 목적 아래에서 기독교 사상과 기도의 형식은 그리 중요한 문제가 아니었던 것이다. 국가적 위기를 타계할 방법적 수단으로 기독교는 '전통'과 '서구'의 대립을 '수구'와 '개혁'으로 전치시키면서 세를 확장할 수 있었고, 애국계몽운동의 일정부분을 담당하고 있었다. 이 시기에 지식인은 물론 일반 민중들도 기존의 봉건제도의 폐쇄성과 불합리성에 대한 자각을 하고 있었고, 어떤 식으로든 이것을 개혁하고자 하는 의지가 충만해 있었기 때문에 합리성에 근거한 기독교의 사상은 '문명'을 전파하는 첨병으로 인식되었던 것이다. 독립의 쟁취와 이것의 기초를 세우기 위한 수단으로 기독교는 문명의 다른 이름으로 계몽운동의 자장 안에 포섭되어 있었던 셈이다.

　근대계몽기에 쓰여진 기독교의 하나인 「다정다한」21), 「몽조(夢潮)」22), 최명헌의 「성산명경(聖山明鏡)」23) 등은 종교적 진리와 신앙의 중요성을

---

21) 「다정다한(多情多恨)」은 백악춘사에 의해 『태극학보』 통권 6호(1907년 1월24일)와 7호(1907년 2월 24일)에 발표된 소설이다. 주인공이 종교의 감화되어 종교를 통한 구원을 받는다는 것을 보여준다. 사회사업과 공공자선을 통해 전도를 함으로써 종교의 실천을 강조하고 있다.

22) 「몽조(夢潮)」는 『황성신문』 1907년 8월 12일에서 9월 17일 까지 24회에 걸쳐 연재된 소설이다. 순한글체로 실렸고, 종교적 구원을 얻는 여성을 형상화하고 있다.

문학적으로 형상화하였다. 이 소설들은 근대계몽기 기독교 소설의 특징을 잘 보여주는 것으로 기독교의 교리와 그에 대한 행동의 실천영역까지 제시해줌으로써 전범적인 기독교 소설로 정의된다. 근대계몽기 기독교 소설은 "정치·경제적 변화와 역사적 전환점이라는 배경 속에서 기독교 정신을 통한 삶의 변화 의지를 소설양식으로 형상화하여 당시의 상황을 재구성하며 믿음을 통한 구원과 회개를 통한 존재의 변화"[24]를 보여준다. 「경세종」 또한 이러한 기독교 정신에 따른 수양이라든지, 사회의 참여적 성격을 강조하고 있는데, 그 대표적인 것이 동물의 본성을 순화시키고 변화시키려고 하는 것이다.

> 호션싱을 쳥뎝홀 째에 육종을 마련ᄒ려ᄒ엿더니 곰곰 싱각ᄒ여본즉 금수 곤츙이 친목ᄒᄂ 연회에 뉘고기를 쓰오릿가, 만일 육종을 쓸 디경이면 골육 샹식ᄒᄂ 거시 되겟기로 육종은 페지ᄒ고 다만 실과로만 연슈를 예비ᄒ엿스오니 안심ᄒ시고 잡수실수 잇ᄂ대로 잡수시기를 ᄇ라ᄂ이다. ᄒ고 다과위원 ᄃ려 링슈 흔잔 가져오라ᄒ야 밀과 보리와 귀르를 틋셔 양회쟝이 호션싱 압헤 노흐면서 이런대로 흔잔 잡수시면 보기에는 별맛업슬듯ᄒ오나 장위에는 평안홀거시올세다 (중략) ᄒ니 호션싱이 듯고 싱각다 못ᄒ야 밀 보리 탄 링슈 흔잔에 비위가 열넌거시 아니라 양 회쟝의 말을 엇구슈ᄒ게 녁인 지라 밧아셔 흔숨에 울젹마시고 넙흐로 빗쓱 드러누으면서 '잇다가 뎌건너 골짝이에 가셔 가계라도 좀 잡아먹고 가야 견듸겟다ᄒ더라 뎌ᄀ흔 호랑이가 일개 양회쟝의게 감복 되ᄂ거슬 보니 온유가 강포홈을 감화식히ᄂ 능력이 잇ᄂ줄을 ᄭᆡᄃ겟더라. — (「경세종」, pp.16-17)

---

23) 「성산명경」은 대화체 소설로 유교, 불교, 선교 세 대표와 신천옹이 만나 이야기 하는 소설이다. 종교에서 기도의 힘이 중요하다는 것의 예로 세 사람이 서사의 마지막에는 토론 끝에 기독교로 개종을 함으로써 회개한다는 구조로 짜여 있다.
24) 김경완, 「한국 개화기 기독교소설 연구」, 류순하·한재현 교수 정년기념, 숭실대 논문집, 1999. p.18.

인용문은 연설회가 시작하기 전에 다과를 나누는 부분인데, 여기에서 양회장은 호랑이에게 "골육상잔"의 폐해를 말하고 곡식을 갈아서 냉수에 타서 마시게 한다. 그리고 호랑이는 이를 순순히 따르고 있다. 약육강식의 무분별한 포획에 길들여진 호랑이의 본질은 계도되어야 할 대상이고, 다수의 안정을 위해 개인의 탐욕은 제거되어야 할 요소로 지목된다. 호랑이의 야수성과 육식성이 양회장의 몇 마디의 말로 길들여지는 상황은 동물의 본성도 종교적인 이념에 의해 순화될 수 있다는 것을 보여준다. 관습에 의해 윤리가 통제되는 것을 묘사한 「금수회의록」과는 달리 이 소설이 구체적인 인물(神)의 계시와 그것들에 의해 구획되는 범위 안에서 문제들이 논의된다는 점에서 윤리는 강압적인 차원의 도덕률로 인식된다. 윤리의 위반은 개인의 도덕성에 의해 규율되지만, 이 소설에서 윤리는 종교라는 강제규범에 의해 판단된다.

이 소설이 「금수회의록」에서처럼 인간들을 구체적으로 비판하고 있지 않은 것은 종교적 차원에서 윤리를 문제 삼고 있기 때문이다. 여기에서 종교의 윤리는 자연법적 개념이라 할 수 있다. "막스베버가 지적한 바와 같이 실정법을 초월하면서 절대적 효력을 갖는 법원리로서의 자연법"[25]의 개념은 당시 근대계몽기에 선교사들에 의해 널리 알려졌다. 일명 '양심법'과 '마음법'으로 소개하고 있는 이러한 윤리에 대한 법적 개념은 이 시기에 애국계몽의 차원에서 수용되었고, 「경세종」은 이것을 우의성에 의해 형상화하고 있다.

「경세종」은 인간 자체의 도덕성에 근거한 윤리에 천착하기 보다는 윤리를 종교적 차원에서 재해석하는 과정을 보여주고 있다. 이 소설에서 문제 삼는 것은 인간이라는 종족이 갖고 있는 비윤리성이다. 종교적인

---

25) 최종고, 『한국법사상사』, 서울대학교 출판부, 1989. p.219.

시각과 기독교의 교리내에서 규정되는 형상에서 벗어날 때 인간은 비판의 대상이 된다. 소설은 종교의 제한된 영역에서 이야기되기 때문에 거시적으로 국가·민족 담론을 끌어오고 있지는 않다. 대신 소설은 보편적인 인간의 윤리를 종교적 이념으로 설명함으로써 알레고리의 설득력을 확보하고 있다.

4: 사적·공적 규범의 충돌과 법의식의 형성

「금수재판」은 재판의 형식을 띤 소설로 동물들의 분쟁과 그것을 판결하는 것으로 구성되어 있다. 동물들이 원고와 피고로 등장하여 자신들의 억울함을 호소하고 나중에 재판장이 훈계와 심판을 하는 알레고리적 구조이다. 앞에서 논의되었던 두 소설은 단행본으로 출판되었지만, 이 소설은 『대한민보』에 연재되었다.[26] 이 작품은 제목만으로 연구자들에게

---

26) 『대한민보』는 1909년 5월 28일에 창간되어 1910년 8월 30일까지 발행되고, 8월 31일에는 제호를 바꿔 『민보』로 발행했지만 한번 발행되고 폐간되었다. 이 신문의 필진들은 '문명자강론'을 주장하는 일본 유학파들이 대부분이었고, 이들은 '애국'보다는 '문명'에 초점을 두었다. 그리고 이 신문은 〈대한협회〉의 기관지 성격을 지니고 있는데, 1907년 결성된 〈대한협회〉는 〈독립협회〉에서 〈헌정연구회〉, 〈대한자강회〉로 이어지는 문명자강론 계열의 단체였다. 주도세력들은 독립협회의 배경을 지니고 있었고, 실무관료로서 정부기구에서 활동한 경력을 가지고 있었다. 창립발기인으로서는 권동진, 남궁진, 여병현, 류근, 이우영, 오세창, 윤효정, 장지연, 정운복, 홍필주 등이었고, 1908년 7월 회장 남궁억이 사임하고, 회장 김가진, 부회장 오세창, 총무 윤효정의 체제를 갖춤으로써 이 단체는 하나의 당파로 재편되기에 이른다. 〈대한협회〉 계열은 국가를 문명/야만, 실력의 유/무라는 추상적 기호로 구분하는 자강론의 극단을 계승했다. 이 계열에 있어서 국가는 바로 문명의 이미지를 그 자양으로 하여 성장하며 궁극적으로 완성되는 것으로, 국가란 야만에서 문명으로 향하는 과정 속에서 완성되는 어떤 것이며, 따라서 국가의 가능성은 언제나 실력, 즉 문명을 달성한 미래에 속하는 것이었다. 결국 이들에

알려져 있을 뿐, 구체적인 개별논의는 아직까지 없는 실정이다. 소설은 '흠흠자'라는 호로 연재되어 작가의 이름은 알 수 없고, 1910년 6월 5일에 연재가 시작되어 같은 해 8월 18일 49회까지 연재되었다.[27] 소설은 중간에 연재가 중단되어 완전한 결말을 보여주고 있지는 않다. 연재된 소설의 경우 「소경과 안즘방이 문답」처럼 서사의 끝에 "〈종〉"이라고 연재가 끝났음을 알리지만, 이 소설은 이런 표시되어 있지 않은 채 며칠후에 다른 소설이 동일란에 실리고 있다. 「경세종」에서 종결이 "흔 편에 숨어 안졋던 뎌 사름들의 귀가 열넛ᄂ지⋯⋯"로 말줄임표로 미완결의 느낌을 주었는데, 이 소설 또한 "그 근세에를 환영ᄒ다"로 끝을 맺고 있다.

앞의 「금수회의록」과 「경세종」은 서사가 시작하기 전에 '목차'를 제시함으로써 연설회의 구조를 직접적으로 보여주고 있지만, 「금수재판」은 이런 과정없이 바로 재판관의 언술이 서술되고 있다. 소설에서 동물들이 소회를 하는 공간은 재판정으로 설정되어 있다. 재판정은 근대적인 법의

게 보호국화는 국권의 상실이 아니었던 셈이다. 따라서 『대한민보』의 지면은 근대적 제도 유입에 적극적인 수용의 의지를 보이고 있고, 새롭게 형성되는 근대적 삶의 감각들을 반영하고 있다. 그리고 이 신문에 연재된 소설은 「화수」, 「현미경」, 「만인산」, 「오경원」, 「소금강」, 「박정화」 등으로 이 소설들은 개인의 욕망에 충실한 새로운 인물형을 재현하고 있다. 「병인간친회록」, 「절영신화」 등의 토론 대화체 소설은 병신, 동물, 상놈을 통해 계몽담론 뿐 아니라 당대의 삶의 방식과 문명의 새로운 삶의 변화가 충돌하는 모습을 반영하고 있다.
심보선, 「1905-1910년 소설의 담론적 구성과 그 성격에 대한 사회학적 연구」, 서울대학교 사회학과 석사학위논문, 1997. pp.63-69. 참조.
신지영, 「『대한민보』연재소설의 담론적 특성과 수사학적 배치」, 연세대학교 석사학위논문, 2003. pp.8-15. 참조.

27) 앞의 신지영 논문에서는 「금수재판」이 8월 13일까지 연재 되어 있다고 논의 되었는데, 이 소설은 8월 18일 49회까지 연재되어 있는 것으로 확인되었다. 그리고 소설은 '흠흠자'로 표기되어 있어 본명은 확인되지 않는다. 다만 이 소설이 법적인 인식과 지식을 근거로 하고 있어 대한협회 계열의 '헌정연구회'의 일원에 의해 쓰여진 것이 아닌가 추정해 볼 따름이다.

규칙성이 발휘되는 공간인 동시에 판사의 공적인 권위가 인정되는 공간이다. 또 재판의 담화가 지배되는 공간이며 죄에 대한 판결이 결정되는 물리적인 공간이기도 하다. 따라서 재판정에서의 언설들은 사실을 위주로 원고와 피고의 이해관계가 첨예하게 대립되는 양상을 보인다. 소설은 먼저 판사가 재판을 하게 된 이유에 대해 서술하고 있다.

> 틔고쎠 순박하던 풍속이 점점 인류의 복잡흠을 싸라 시비와 경쟁이 날로 이러나니 만일 상당한 법률로 재재치 안이ᄒ면 적은쟈의 피를 큰쟈가 마시고 약혼쟈의 고기를 강혼쟈가 먹기를 말지안이하야 필경은 싱물로ᄒ야 곰한 낫도 남아 부지하지 못하고 정당하도록 법률을 챵죠하야 안으로 도덕의 근기를(道德根基)를 찬셩ᄒ고 밧그로 음사혼 죄악(淫邪罪惡)을 치ᄒ나 슬푸다 텬리(天理)ᄂ 맑은 거울 갓하야 휘 쓸 안 ᄉ기가 용이ᄒ고 사욕(私慾)을 창일 ᄒ눌 갓ᄒ야 모레로 막기 극난하니 이럼으로 사긔(邪欺) 졀도(窃盜) 창탈(搶奪) 등 백 천가지 죄법이 날과시로 더욱만아지니 텬ᄒ만국 형사(刑事)소에 원고 피고가 닷토아 모여 들더라 이ᄂ인류의 사실이라 세계 만국력사가 자재하니 절음 지면에 장황히 말혼 필요가 업거니와 ― (「금수재판」, 1회)

이 부분은 재판이 필요하게 된 배경에 대한 언급이다. 법률이 필요한 것은 사회가 복잡해짐에 따라 경쟁이 치열해지고 이에 대한 약육강식의 논리가 무분별하게 이루어지기 때문이라고 설명한다. 그래서 소설은 약한 자가 강한 자에 의해 일방적으로 피해를 입는 것에 대해 도덕적인 판단을 법률적으로 해석하고자 하는 목적을 언급하고 있다. 소설은 사기와 절도, 창탈이 이루어지는 현재에 대한 반성을 촉구하기 위한 방편으로 "형사소" 설립의 필요성과 "백 천가지 죄법"을 바로잡고자 하는 의지를 피력하고 있다. 이런 목적을 서술하는 것은 재판을 하게 되는 배경에 대한 부연설명이면서, 당시의 독자들에게 법률의 필요성과 당위성을 이해시키기 위한 것으로 보아야 할 것이다. 「경세종」에서 윤리적 판단이 종교적 이념에 의해 이루어졌다면, 이 소설에서는 법률에 의한 '정의'를 우선시 하고 있다. 그리고 「금수재판」은 법률적 판단에 근거한 명령행위까지 포함하게 됨으로써 실천성이 전제되고 있다.

「금수재판」은 8개의 장으로 되어 각 장마다 제목을 사자성어로 표시하고 있다. 서사에서 원고와 피고의 역할은 정해져 있으며, 원고가 재판장에 나와서 "소지" 한 장을 내고 토로를 하는 방식으로 구성된다. 그리고 동물들의 이야기를 모두 들은 재판장은 피고뿐만 아니라 원고의 행위에 대해서도 판결한다.

제 목	원고/ 피고	사건 → 판결
뎨일 작소구거	까치 / 비둘기	비둘기에게 집을 빼앗긴 까치의 소송 → 비둘기는 까치의 집을 돌려주고, 까치는 자신의 것을 잘 지켜라
뎨이 토사구팽	토끼 / 사냥개	사냥개에게 무고하게 살해될 뻔한 토끼의 소송 → 토끼는 망령되게 동작하지 말고, 사냥개는 사냥꾼의 꼬임에 빠지지 말라
뎨삼 부셔하봉	솔개 / 봉황	봉황에게 먹이를 빼앗긴 솔개의 소송 → 봉황은 분수를 지키고, 솔개는 봉황을 시기하지 말라
뎨사 호위호가	호랑이 / 여우	여우에게 권위를 빼앗긴 호랑이의 소송 → 호랑이는 간신배에게 매혹되지 말고, 여우는 거짓된 행실을 하지 말라

뎨오 지록위마	사슴 / 말	자신을 말이라고 부르는 것에 대한 사슴의 소송 → 사슴은 관계없는 말을 원망치 말고, 말은 시비하지 말라
뎨륙 척알소붕	붕조 / 참새	크게 나는 것을 비웃는 참새에 대한 붕조의 소송 → 붕조는 교만하거나 남의 적음을 업신여기지 말고, 참새는 붕조를 시기하지 말라
뎨칠 봉의쟁공	개미 / 벌	공을 채간 벌에 대한 개미의 소송 → 서로 시기하지 말고 사랑하고 구조하여 공을 다투지 말라
뎨팔 승문상송	모기 / 파리	파리에게 성가심을 받는 모기의 소송 → 모기는 탐관오리와 같이 피 빨아 먹는 탐욕을 버려라.

위에 내용은 「금수재판」의 전체적인 내용을 정리한 것이다. 소설에서는 각 동물들 간의 이익다툼이 현실의 상황과 결부되어 알레고리가 되고 있다. 원고와 피고로 대비되는 동물은 사자성어에서 비롯된 것으로 이것 또한 알레고리로 제시된다. 이 중에서 "호가호위"는 여우의 간사함에 대한 경계를 말하는 것으로 「금수회의록」이나 「경세종」에서도 반복 인용되고 있다. 그리고 세 소설에서 공통적으로 등장하는 동물은 '토끼', '여우', '호랑이', '개미', '벌', '파리', '사슴' 등이다. 여기에서 주목해야 할 것은 판결내용에 대한 것이다. 피고가 일방적으로 유죄로 판결되는 것이 아닌, 피고의 잘못을 유발하게 된 배경에 대한 원고의 책임을 따지고 있

다. 범죄가 일어난 후의 결과에 따른 잘잘못은 당연히 판결의 대상이 된
다. 그러나 여기에서는 그것의 원인을 제공하게 되는 것 또한 판결의 대
상이 되고 있다. 단순히 시비의 공방에 그치는 것이 아니라 정확한 원인
과 결과를 추적함으로써 정당한 법적 질서가 유지되어야 함을 보여주고
있다.

이 소설에서 법은 윤리와 도덕의 무질서에 대한 경고이면서 법적 질서
의 필요성을 역설하는 것으로 볼 수 있다. "법은 인간의 행태를 단지 평
가하지만 않고 법에 적합한 인간의 행태를 유도하고, 그것에 반하는 인
간의 행태를 저지"[28]한다. 즉 인간의 행동은 법에 의해 금지 당하게 되
고, 이것으로 인해 인간의 행동은 규제할 대상으로 설정된다. 여기에서
법은 단순히 성문법만을 이야기하는 것이 아니라 관습법도 포함된다. 민
중의 의식 속에 관행으로 형성된 관습법은 공동체 구성원들의 법으로 지
켜지지 않으면 안 되는 당위성에 기인하는 것이다. 따라서 법은 그것이
언어로 표기된 성문법이든지, 공통된 인식을 바탕으로 하고 있는 관습법
이든지 인간의 공동체를 유지하기 위한 규범으로써 명령과 금지의 강제
성을 전제한다. 개인의 자유와 권리에 대한 규범이 법이고, 개인은 법의
구속력에 의해 통제될 수밖에 없다. 개인의 사적인 범위를 넘어서 사회
와 국가 차원의 질서를 위한 규범이 법인 것이다. 이런 법의 개념에서
동물들의 잘못을 판결하는 「금수재판」은 1900년대의 법의 개념을 이야
기하고 있다는 점에서 주목할 만하다.

근대적 법의 개념은 근대계몽기에 서양법의 수용과정에서 이루어진
것으로 보인다. "한국에 최초로 소개된 영미법학서는 중국에서 소개된
『만국공법(萬國公法)』이다."[29] 국제법을 다루고 있는 이 책은 법에 대한

---

28) 구모영, 『법과 인간 — 법철학과 형법학의 근본문제』, 도서출판 전망, 1994. p.146.

무지로 서양열강에 의해 일방적으로 피해를 받는 것에 대한 자각에서 번역되었다. 그리고 이 책은 근대계몽기에 법에 대한 관심과 법적 용어의 정착, 그리고 개념 등의 수립에 있어 직간접적으로 간여한 것으로 보인다. 근대계몽기에 헌법의 기초가 되는 것은 갑오개혁의 〈홍범14조〉이지만, 1899년 8월에 선포된 『대한국 국제(國制)』는 최초의 근대적 헌법이라 할 수 있다. 이후 1906년 4월 『형법대전』은 일본 형법전을 모방하지 않고 전통적인 『대전회통』과 『대명률』을 참작한 입법으로 인정받고 있다.[30] 근대계몽기 당시의 이러한 법의 정비는 근대적 법체계를 지향한

29) 최종고, 『한국법사상사』, 앞의 책. p.211.
　　『만국공법』은 미국의 국제법학자 헨리 휘이턴(Henry Wheaton)의 저서로 중국에 와서 활동하던 미국인 선교사 윌리엄 마틴(William A .P. Martin)이 1864년 한역하여 중국정부에서 출판한 책이다. 중국은 이 번역서를 통해 즉각 국제법 지식을 습득하여 적절하게 이용하였고, 이 책은 1868년 일본에도 전해져 일본어로 중역되었다. 이 책은 내용이 방대하고 세계 각국에 대하여 공정한 서술을 하고 있고, 마틴이 번역하면서 동양의 근대적 법률용어를 처음으로 기초해 놓았다는 점에서 법학사적 가치가 있다.
30) 1887년 10월 25일 고종은 국호를 '대한국(大韓國)'으로 선언하고 황제로 즉위하여 (중국으로부터의) 독립국임을 천명한다. 그리고 입헌군주국으로서의 면모를 갖추기 위하여 1899년 8월에 「대한국 국제(國制)」를 선포하는데, 이것은 한국 최초의 근대적 헌법으로 다음과 같은 9개조로 구성되었다.
　　제 1조. 대한국은 세계만방에 공인되온바 자주독립해 온 제국(帝國)이니라.
　　제 2조. 대한국의 정치는 유전즉 유백년 전래하시고 유후즉 오백년 불변하오실 전제정치이니라.
　　제 3조. 대한국 대황제께옵소는 무한하온 군권을 향유하옵시나니 공법에 위(謂)한바 자립정체(自立政體)이니라.
　　제 4조. 대한국 신민이 대황제의 향유하옵신 군권을 침손한 행위가 유(有)하면 기(其) 이행미행(已行未行)을 물론하고 신민의 도리를 실(失)한 자로 인(認)할지니라.
　　제 5조. 대한국 대황제께옵서는 국내 육해군을 통솔하옵셔 편제를 정하옵시고 계엄해엄을 명하시나니라.
　　제 6조. 대한국 대황제께옵서는 법률을 제정하옵셔 그 반포와 집행을 명하옵시고 만국의 공공(公共)한 법률을 효방(效倣) 하사 국내법률도 개정하옵시고 대사(大赦) 특사(特赦) 감형(減刑) 복권(復權)을 명하옵시나니 공법에 위한바 자정율례

결과이다. 물론 조선시대[31]에도 『경국대전(經國大典)』이 존재했으나 이것
은 행정법 성격을 강하게 지니고 있었기 때문에 유가적 정치이념 안에서

(自定律例)이니라.
제 7조. 대한국 대황제께옵서는 행정각부군의 관제와 문관의 봉급을 제정 혹 개
정하옵시고 행정상 필요한 각항칙령(各項勅令)을 발하옵시나니 공법에 위한바
자행치리(自行治理)이니라.
제 8조. 대한국 대황제께옵서는 문무관의 출척임면(黜陟任免)을 행하옵시고 작
위훈장 및 기타 영전의 수여 혹 체탈하옵시나니 공법에 위한바 자선신공(自選臣
工)이니라.
제 9조. 대한국 대황제께옵서는 각유약국(各有約國)에 사신을 파송주찰케 하옵
시고 선전강화 및 제반조약을 체결하옵시나니 공법에 위한바 자견사신(自遣使
臣)이니라
최종고, 『한국법입문』, 박영사, 1994. pp.17-21.
31) 막스 베버는 동양의 법이 교양 있는 문인계급이 지배했기 때문에 법률가 계급이
생성하지 못하였고 따라서 독립학문으로서의 법학이 거의 발전하지 못했다고 지
적한다. 이러한 막스 베버의 의견은 오리엔탈리즘의 한 단면이라고도 할 수 있다.
한국에서도 율학이라고 불리운 전통적 법학은 삼국시대, 고려시대, 조선시대를
거쳐 오는 동안 하나의 기술학 혹은 잡학(의학, 산학, 음양학과 같이)으로 유교적
경학에 비하여 열등한 위치를 차지하여 왔다. '율학'은 국자감과 성균관에도 강의
되지 않았고, 형조에서 형조관리를 양성하기 위한 특수 기술의 학문으로 전수되
어 왔다. 그러나 현실에서 율학 졸업자들은 '원님재판'의 재판과정을 도와주는 보
조자의 역할 밖에 하지 못했다. 법은 항상 치자(治者)와 양반계급의 지배도구였
고, 형법의 기술적인 발달은 있었지만 민법, 상법 분야는 학문화되지 못하고 일상
의 생활과 관습법에 머물러 있었다. 법이란 바로 조상이 행한 모본(模本), '조종
지성헌'이라 생각했기 때문에 구법이 신법을 규제하여 새로운 법 발전을 기대하
기 어려웠다. 이러한 침체된 법상태가 19세기 후반까지 계속되었다. 동양에 최초
로 소개된 법은 휴스턴의 저작(Henry Wheaton, Elements of International
Law, Philadelphia, 1836년)이었는데, 이것을 1864년 미국선교사 마틴(Whilliam
A.P. Martin)이 「만국공법」으로 한역함으로써 최초의 서구적 법의 경전이 출현
하게 되었다. 근대계몽기에 유길준은 「서유견문」을 통해 서양적인 국가, 법, 권
리, 자유의 개념을 처음 소개하였고, 이후 박영효와 서재필 등이 서구적 민주주의
와 합리적 법제도를 계몽하였다. 1894년 법부 안에 〈법률기초위원회〉를 설치를
규정하고 형법, 민법, 상법, 치죄법, 소송법 등의 법안을 기초하도록 했다. 그리고
1895년 〈재판소 구성법〉이 제정되어 사법이 행정에서 분리되었고, 1897년 법관
양성소인 〈교전소〉가 발족하였다. 이에 대한 결과로서 1899년에는 〈대한국 국
제〉를 제정하였다.
최종고, 『한국법입문』, 앞의 책. pp.8-22. 참조.

의 법은 백성들이 피부로 느끼기에는 너무 추상적인 것이었다. 성리학에서 법은 "덕치(德治)와 인정(仁情), 왕도정치와 민본주의 추구라는 지향성을 띠고 있었기 때문에 백성들에게는 유교적인 정신 및 정치(인정, 왕도정치)와 다소 거리가 없지 않았다. 그리고 사물의 이치와 인간의 도리가 이어져 있으며 자연 법칙이 도덕 규범에 종속되어 있는 특성상 도덕이 모든 것의 중심에 놓이게 되었다."[32] 그동안 법은 지배층의 질서를 정당화하고 합리화하는 수단과 신분질서를 공고화하기 위한 이념적 장치인 동시에 "일반백성들에 대해 작위와 부작위를 명령하는 강제법규라는 성격"[33]으로 존재했었다. 따라서 일반백성들의 법에 대한 개념은 무지에 가까웠다고 볼 수 있다. 그러나 근대계몽기에 신분질서가 파괴되고 기독교에 의한 평등사상이 전파됨으로써 법은 이전과는 다른 차원으로 인식되었다.

근대계몽기 『경향신문』은 다른 신문에 비해 법의 문제에 관심을 갖고 법계몽에 주력하였다. 이 신문은 「법률문답」이라는 고정란을 통해 서양법의 수용보다는 한국인의 법의식의 앙양에 목적을 두고 법의 개념을 전파하였다. 소설에서 법에 대한 관심은 공안소설이나, 송사소설 등으로 나타났지만, 근대적 법의 개념에서 접근하고 있는 것은 신소설이다. 이해조의 「구마검」, 「화세계」, 「구의산」, 「봉선화」 등은 살인이나 범죄 사건에 대해 범인을 추적하는 탐색담의 형식과 범인을 재판하여 형을 내리는 구조로 되어 있다. 이 소설들은 사실적인 재판과정을 서사에 그대로 반영함으로써 법에 대한 관심을 보이고 있다.

---

32) 김석근, 「조선시대의 법 규범과 제도에 관한 시론」, 『한국정치와 헌정사』, 한울아카데미, 2001. pp.67-70.
33) 김석근, 앞의 책. p.45.

「구의산」의 경우 결혼식 이후 일어난 살인사건에 대해 범인을 추적하는 미스테리 형식으로 되어 있다. 그리고 결론에 가서 살인자가 밝혀지고 이에 따른 죄가 재판에 의해 정당하게 판결된다. 재판과정을 통해 이전에 이미 밝혀진 의문이 다시 범인의 심문과정을 통해 다시 한번 폭로되고, 추측된 사실이 진실된 사실(fact)로 밝혀진다. "주관적인 의도가 추론의 과정을 통해 은폐되고 또 다시 재판이라는 가장 객관적이고 합리적인 공식화를 거치면서 진실이 되게 하는 것"34)이 재판의 형식이다. 개인들 간의 사적 분규들이 공적인 법질서 안에서 평가됨으로써 재판은 절대성을 지니게 된다. 신소설에서 재판은 소설의 결론에 가서 인물의 죄에 대한 판결을 위해 등장한다. 여기에서 재판은 소설이 완결되기 위한 장치적 측면이 강하다고 할 수 있다. 신소설은 재판과정을 통해 "사회의 현실적인 범죄와 폭력을 재현하면서 인간관계가 적대적인 정서와 복수의 원리로 얽혀 있을 가능성"35)을 보여주지만 우화적 알레고리에서는 그것을 전경화하기 보다는 오히려 메타적인 차원에서 비판하고 계도하려는 의지를 보인다. 즉 신소설이 폭력과 범죄를 핵 사건으로 중요하게 다루지만 여기에서는 사건 자체에 초점을 두기 보다는 갈등을 겪는 인물의 소회나 토로가 객관적으로 제시된다.

근대적 개인의 권익의 차원에서, 또는 기본질서의 유지를 위한 국가적 차원에서 법은 당대의 사회적 현실에 대한 반사경이나 다름없다. 근대계몽기의 사회적 변화와 인식의 전환이 시작되는 시점에서 '자유'와 '권리', '의무' 등에 대한 개념은 분별없이 사용되었고, 이에 대한 혼란은 개인들에게 귀속되었다. 이 소설에서 원고가 언급하는 내용들은 대부분이 이런

---

34) 최희정, 「이해조의 재판소설 연구」, 서강대학교 석사학위논문, 2001. p.97.
35) 이재선, 『한국소설사』, 앞의 책. pp.140-141.

혼란에 기인한다. 비둘기가 까치의 집을 빼앗는 것은 엄연한 범죄적 행위이고, 사냥개가 무고하게 토끼를 죽이는 것 또한 중범죄라고 할 수 있다. "당시의 신문의 잡보란을 통해 보도된 범죄나 폭력 등은 이전의 사회에서는 경험할 수 없는 새로운 국면"[36]으로 제시되었고, 이러한 일상의 사건사고에 대한 내용은 법에 대한 인식을 새롭게 했다고 볼 수 있다.

─ 까치의 소송

"평싱에 부즈런하야 남의게 의뢰를 안이ᄒ압고 해마다 제 힘으로 집을 건축도ᄒ고 즁슈도 ᄒ야 자녀를 기르입더니 쳔만 뜻밧게 소위 비둘이(鳩)라 ᄒᄂᆞᆫ 부랑패류가 불칙흔 마암을 감생ᄒ야 처엄에ᄂᆞᆫ 감언리셜로 친근히 지내자하더니 졈ᄽ 의신의 약흠을 업슈히 넉이어 무려히 집을 쌔아셔 제가 거쳐ᄒ오니 이런 억울흔 일이 다시 엇의 잇사오릿가" ─(「금수재판」, 7회-8회)

─ 원고(까치)에 대한 재판장의 판결

"분슈를 삼가 직히어 범위(範圍)밧 행동을 안이ᄒ여만 네 평싱이 안온 홀지어늘 무엇을 넉ᄽ히밋고 외남흔 뜻을 두어 남의 붕우를 무릅쓰고 작만홀 집을 쌔옴ᄽᄽᄒ야 쌔앗셔 엄연히 네 집을 삼으랴ᄒᄂᆞᆫ다. 남의 집을 쌔앗ᄂᆞᆫ 네 마암은 됴커니와 힘드려 작만ᄒ야 쌔앗긴 갓치ᄂᆞᆫ 얼마나 원통하겟ᄂᆞᆫ가 (중략) 엿흔 씨와 변ᄽ치 안인힘을 스사로 밋고 남의 집을 무단히 쌔앗셔 네 집을 삼우랴ᄒ야 그런 어리석은 소견이 엇의 쏘잇 스리오 이처럼 효유하ᄂᆞᆫ 것이니 허후히 듯지말고 이길로 나아가 그 집을 가치에게 돌오쥬고 사과를 ᄒ여야지 만일 명령을 거역ᄒ고 일향 고집흔다ᄂᆞᆫ 너의 무리 모다 몰아가다 대평양 넓은 물에다 더셰혈유(子遺)를 담기지 안이ᄒ리라"

─(「금수재판」, 28회)

---

36) 최현주, 「신소설의 범죄 서사 연구」, 서강대학교 국어국문학과 박사학위논문, 2003. p.22.

― 피고(비둘기)에 대한 재판장의 판결

"차후로는 네 정신을 네가 차려아 모죠록 너의 동포가 셔로 사랑ᄒ며 셔
로 단톄가 되야 남이 부단히 침노ᄒ거던 백의 마암과 천의 힘을 ᄒ대 합ᄒ
야 방어ᄒ게되면 오날날갓치 집을 쎼앗기고 호소ᄒ는 디경에 이르지 안이ᄒ
ᆯ 것이며 명심ᄒᆯ지어다 알기쉬운 싱거를 들이 마룰 것이녀 드러 보아라 벌이
라ᄒ는 곤츙을 몸이 쿨말밧게 못되고 힘은 파리보다 쒸어나지 못ᄒ나 능히
동포 단톄의 필요함을 쎼다가 누가지의 동포 하나를 침범ᄒ는 일이 잇스며
멋천 멋만명이 죽기를 쎼들시어 딤뷈으로 사오납고 악독ᄒ 무리들도 감히
범하지를 못ᄒ니 단톄의 효력이 그안이 됴흘소냐 너의는 벌의 적음을 우숩
게 녁이지말고 그 단톄ᄒ는 법을 효칙ᄒ야 네 집을 보죤ᄒ고 다시는 법정에
드러와 번거히 굴지말지어라   ―(「금수재판」, 29회-30회)

위의 인용문은 까치와 비둘기에 대한 재판장의 판결이다. 까치가 자신
의 집을 비둘기에게 **빼앗긴** 것에 대해 호소하고 이에 재판장은 비둘기의
잘못을 지적하여 까치에게 집을 돌려주라고 명령한다. 그리고 이런 사건
이 발생하게 된 원인을 까치의 무능함으로 보고 이를 꾸짖고 있다. 이
소설은 1910년 8월 한일합방이 체결되기 며칠 전까지 연재되었다는 것
에서도 암시하듯이 긴박한 현실적 상황을 배경으로 하고 있다. 여기에서
'집'은 국가를 이르는 것이고, 까치와 비둘기는 대한제국과 일본을 알레
고리화한 것으로 볼 수 있다. 소설은 현실적 상황을 알레고리로 간접화
함으로써 그 부당함을 알기 쉽게 설명하고 있다.

그리고 소설은 두 동물의 성격을 비교함으로써 사건에 대한 원인과 결
과를 보여준다. 까치는 자신들이 은하작교(銀河鵲橋)를 만들어 견우와 직
녀를 만나게 했기 때문에 비둘기에게 무시를 당할 만큼 천하지 않다고
반박한다. 그리고 비둘기에 대해 "륜리가 두상ᄒ고 졍이 멸졀ᄒ며 놈이
라셔 여름이 되야 장마가 질쯧ᄒ면 물이 드러셔 축ᄒ얏던 콩을 져혼자

먹을 욕심으로 그 계집을 본정 업시 구박ᄒ야 내여 쫏찾다가 구름이 것고 비가굿치 일긔가 청명ᄒ면 그 계집을 염치죳케 다시불으고 찾는 무리"라고 그들의 윤리적 행위까지 비판한다. 집을 빼앗긴 것이 우연이 아니라 비둘기의 그릇된 행동 중의 하나임을 강조함으로써 그 죄의 인과를 설명하고 있다. 까마귀는 사건이 발생할 수밖에 없는 피고의 성격을 비판함으로써 본질적인 원인을 밝히고 있는 것이다. 이 사건에 대한 재판장은 피고에게 빼앗은 집을 돌려주라고 판결한다. 그렇지 않을 때는 그 무리들을 태평양의 바닷물에 모두 몰살시킬 것임을 엄포한다. 여기에서 법이 갖고 있는 구속력은 그것이 지키지 않을 때를 대비한 강제적 성격이 강하다. 그래서 판결은 반드시 이행할 수밖에 없는 차원으로 선택의 문제를 벗어나게 된다. 이것은 또한 범죄에 대해 형벌을 가하는 대신에 원상태로 돌려놓는 교정의 측면이 강조된 판결이라 할 수 있다.

소설은 피고 비둘기에 대한 사항 뿐 아니라 까치에게도 문제가 있음을 지적한다. 일방적으로 피고나 원고 한쪽을 악과 선으로 규정하기 보다는 관계의 차원에서 인과를 따지고 있는 것이다. 재판장은 비둘기가 자신의 집을 지키지 못한 것과 집을 빼앗기지 않기 위해 해야 할 일을 언급한다. "동포단체"를 만들어 "딤뷤으로"해서 "악독한 무리"들이 "감히 범하지" 못하게 하라는 훈계는 단순히 까치에게만 해당되는 것이 아닌 근대계몽기 민중들에게 말하고 있는 것이라 할 수 있다. 알레고리적으로 까치의 집을 빗대어 말하고 있지만, 이것은 현재의 민중들이 어떻게 이 상황을 대처하고 저항해야 하는지에 대한 대안을 제시하고 있는 것으로 보아야 한다. 즉, 소설은 이러한 국가적 위기에 대처하기 위해서는 개인의 힘으로는 되지 않기 때문에 집단적인 존재로서 대항해야 함을 언급함으로써 알레고리가 된다.

　이 소설에서 법은 사회질서를 유지하기 위한 체계의 상징이란 존재의 미를 갖는다. 한 개인의 윤리와 도덕관에 의한 '정감적 판단'이 아닌 인과성에 의한 '법'의 '논리적 판결'이라는 근대적 법 해석이 여기에서 적용된다. 그리고 사적분규를 공적장소에서 해결함으로써 재판은 새로운 권위를 획득하고 평가된 가치는 '진실'로서 인식된다. "법은 원래 정의의 이념과 가치를 지향하는 것이며, 동시에 권력에 의하여 제도적으로 보장받지 않으면 유명무실한 것"[37]이 되고 만다. 재판에서 재판장의 발언이 강제성을 동반하는 것은 이것이 권력화되어 있기 때문이다. 여기에서 권력은 "일정한 장소에 존재하는 어떤 것이 아니라 장소의 체계들을 변화시키는 힘들의 운동이자 효과"[38]이다. 법의 강제적 구속력은 이런 권력의 힘에서 배출된다고 볼 수 있다. 이 권력은 규정된 정치적 장치이기도 하지만 정당성을 수립하는 절대적인 수단이기도 하다. 따라서 판결에 대한 내용은 번복되지 않고 '정의'로써 수립될 수 있는 것이다. 인간의 법에 대한 이해는 역사적 변천 속에서 그 시대의 법적 구속력에 의해 좌우

---

37) 최종고, 『한국법입문』, 앞의 책. p.19.
38) 미셸 푸코, 앞의 책. p.132.
　푸코가 논의하고 있는 고고학은 지식 - 권력에서 지식에 무게를 두고 있지만, 계보학은 권력에 무게 중심을 두고 있다. 그는 권력이 다른 것에 의해 생산되는 것이라기보다는 그 자체로 생산적인 역할을 하는 것으로 보았다. 푸코에게 권력이란 아리스토텔레스적 실체가 아니다. 권력은 '무엇'의 범주에 속하지 않으며 누군가에 의해 소유될 수 있는 것이 아니다. 권력이란 전략, 관계, 기능이다. 권력의 존재론적 지위는 사물이 아니라 사물들을 서로 관계 맺게 하는 어떤 힘의 기능이다. 그것은 전략적인 위치들의 집단적인 효과이다. 그것은 누군가에 의해 소유되는 것이 아니라 힘들이 사회적으로 행사되는 과정이다. 때문에 권력에서 중요한 것은 위치이다. 그 위치란 사회적 망 속에서 끊임없이 변환되는 위치이며, 권력이란 이 위치적 변환의 운동을 통해 기능하는 것이다. 그리고 권력은 집단적인 효과이다. 군력이란 어떤 개인이 소유할 수 있는 것이 아니라 사회 집단들 사이에서 발생하는 일종의 효과이다. 따라서 푸코는 권력이 전유되는 것이 아니라고 정의 내리고 있다.

된다. 「금수재판」에서 재판의 형식은 법적 정당성을 확인하려는 의도 하에 설정된 장치의 측면이 강하다. 이것은 다시 말해 근대계몽기의 근대적 '법'제도 안으로 개인의 편입을 고지하는 것으로 볼 수 있다. 즉 알레고리를 통해 제시되는 근대적 재판은 도덕적인 선악과 권징의 문제를 넘어 새로운 가치의 진실을 역설하고 있는 것이라 하겠다.

5: 훈계와 설득의 알레고리 효과

우화적 알레고리에서 알레고리의 대상이 되는 것은 동물이지만, 이 동물들은 사회적 관계 내의 인물로 한정된다. 이들에 의해 논의되는 언설들은 주로 인간의 윤리와 이와 연관된 사회적 문제를 포함하게 된다. 단순히 개인이 문제가 되는 것이 아니라 집단이나 사회적 차원이 문제시되는 것이다. 「금수회의록」이나 「경세종」, 「금수재판」 등을 통해 표면화되는 비판의 지점들은 사회적 위기를 초래한 원인들로 부패한 관리나 정부, 또는 제도에 초점이 맞추어져 있다. 그래서 알레고리는 사회를 관찰하는 시선으로 객관적으로 조망된다. 비유적 알레고리가 개인적 차원의 자각과 성찰이 이루어졌다면 우화적 알레고리는 연설이라는 공식적인 언로를 통해 사회적인 문제를 비판함으로써 훈계와 설득이 이루어지고 있다.

기존의 유교적 개념 안에서의 윤리적 판단과 근대계몽기의 새로운 인식은 어긋날 수밖에 없다. 신분제도에 의한 차별에서부터 처첩제, 과부재가 금지 등은 유교적 관념 아래에서는 문제될 것이 없었지만 근대계몽기에 이것은 개혁의 대상이 되었기 때문이다. 당시의 제도적인 측면과 이를 바로 잡지 않는 관리의 문제, 게다가 그것을 이용하여 일신의 편리

함을 추구하는 인간의 행태는 '윤리'적인 차원의 문제이지 종교적 문제는
아닌 것이다. 그리고 이것은 기독교에 의한 외부적 자극에 의해 촉발된
문제라기보다는 이미 내부에서 이러한 성찰이 진전되어 왔다는 점에서
중요하다.

우화적 알레고리에서 주제에 따른 이야기의 가탁성은 기본적인 요소
중의 하나로 규정된다. 그러나 여기에서 이야기는 완전한 서서구조를 가
지지 않는다. "그 이야기는 대개 등장인물의 한 가지 행동만을 다루고,
동물을 다루는 데에 있어서도 한 가지의 특징만을 다룬다."[39] 다시 말해
한 인물을 구성하고 있는 다양한 성격이나 특성들이 삭제되고 우화성에
서 필요로 하는 목적에 의해 하나의 단면만이 강조된다. 인물의 형상화
가 이렇게 압축되어 하나의 특성만을 강조하는 것은 우화소설이 모방을
위한 문학이 아니기 때문이기도 하지만, 하나의 기능만을 강조함으로써
계몽의 효과를 확실하게 거둘 수 있다는 장점에서 기인한 장르적 특징이
기도 하다.

우화적 알레고리에서 강조하고 있는 것은 개인과 사회의 모순과 이에
대한 불합리를 폭로하고 새롭게 변혁하고자 하는 의지이다. 이것은 소극
적인 자기 혁신에 그치는 것이 아니라 과거에서부터 전해져 오는 관습이
나 인습을 새로운 인식의 틀로 조정하려는 시도였다. 이러한 시도는 당
시의 근대계몽기에 본격적으로 전개되었던 애국계몽운동의 담론과도 연
관된다. 이 시기에 애국계몽운동은 두 가지 형태로 전개되었다. 하나는
지방 유림들이 주축이 되어 의병항쟁을 통해 독립을 쟁취하고자 하는 '무
장투쟁론'이었고, 다른 하나는 개화파를 주축으로 한 '실력양성론'이었다.
이 두 계몽운동은 국권회복이라는 최종적 목적에서는 공통된 의견을 보

---

39) 서경호, 『중국소설사』, 서울대학교출판부, 2004. p.87.

였지만 그것을 쟁취하기 위한 과정은 서로 많은 차이를 보인다.

　무장투쟁론은 주로 위정척사론자들에 의해 전개되었는데, 이들은 문명을 배척하고 과거의 봉건제도로 회귀하려는 의지를 보였다. 이들은 서양의 문물들이 인간의 욕망을 자극함으로써 쾌락으로 경도되게 하며 따라서 이것은 사회질서를 파괴하고 농업을 위주로 하는 경제적 기반을 붕괴시키는 것으로 인식하였다.[40] 이들은 서구적 문물의 무분별한 수용과 이로 인한 민족적 자주성과 정체성의 상실을 우려하였고, 이에 대한 논리로 주자학과 도덕적 정통의식 또는 의리론(義理論)으로 '기(器)'보다는 '도(道)'를 중심에 둔 사상을 기반으로 '수구(守舊)'의 이념을 표방하였다.[41] 그리고 유인석과 최익현은 위정척사파의 3가지 저항 양식으로 직접적인 무력투쟁과 간접적인 문화투쟁, 그리고 국민의 의기를 격분시키는 촉매작용을 하는 것 등을 제시하였다.[42] 특히 무력투쟁은 민비 시해 이후 전

----

40) 이상익, 『서구의 충격과 근대 한국사상』, 한울아카데미, 1997. p.91,
41) 위정척사파의 이념적 특징은 첫째, 당시의 조선이 도의문명의 유일한 보루라는 도덕적 정통의식이다. 둘째는 이해보다는 시비를 중시하는 의리론으로 의리는 인간이면 누구나 마땅히 지켜야 하는 도리로써 왕도와 패도, 의리와 공리의 구별을 준엄히 하여 패도와 공리주의를 배격하고 왕도와 의리정신을 고취하는 것이다. 셋째, 器보다는 道를 중신하는 본말론적 가치관이다. 덕은 근본이고 재물은 말단이라고 하는 성리학적 道器論을 계승한 것이다. 넷째, 개체보다는 전체를 중시하며 전체는 하나의 보편질서에 의하여 통합되어야 한다는 보편주의적 입장이다. 이것은 개체의 권리보다는 전체적인 질서를 중시하는 것으로 서구적 자유주의를 비판하였다,
　이상익, 『서구의 충격과 근대 한국사상』, 한울아카데미, 1997. pp.78-100.
42) 유인석은 을미년(1895년 단발령이 내리지자 국난을 당하여 선비들이 취해야 할 행동 원리로서 '의병을 일으켜 역당을 쓸어내는 것(擧義侵淸)', '떠나서 옛 문물을 지키는 것(去之守舊)', '죽음으로써 뜻을 이루는 것(致命遂志)' 등 세 가지를 제시하였다. 이에 최익현도 이와 같은 맥락에서 1906년 「창의토적소」에서 망국의 신하가 의롭게 택할 수 있는 길은 '은의 미자와 같이 버리고 떠나는 것', '명의 범경문과 같이 죽는 것', '한의 적의나 송의 문천상과 같이 나라를 되찾을 뜻을 품고 의병을 일으켜 토적하다가 뜻을 이루지 못하면 죽는 것'으로 제시하였다.
　한말 위정척사파에게 있어서 의병투쟁의 이념적 근거는 "난신적자는 누구든지 토

국적인 의병이 나타나는 계기가 되었으며, 일제와 친일정권에 대해 무력
항쟁으로 대응했다. 그러나 이들에 의해 전개된 의병운동 또한 동학운동
의 잔병으로 인식되면서 유길준이나 「대한매일신보」 등에 의해 비판받
게 되었다.

그리고 위정척사파가 제국의 침탈로부터 국권을 수호하는 방법으로
'내수외양(內修外攘)' 즉, 내적인 자각과 수양을 통해 악습과 폐습 등을 청
산하면 열강의 침략 또한 물리칠 수 있다는 논리를 전개했다. 이것은 천
지의 질서와 인간의 도덕적 본성에 기인한 논리로서 유교적 전통주의를
기반으로 하는 것이었다. 따라서 이들은 국권상실의 위기를 초래한 원인
중 하나로 인간의 윤리적 타락을 지목했고, 이에 따라 개인의 도덕적 책
임과 실천이 강조되었다. 이것은 개인이라는 개체보다는 공동체의 이익
과 실리를 중시함으로써 국가주의에 개인이 포섭되는 양상으로 전개되었
다. 위정척사파의 내수외양은 결과적으로 서양의 문물에 대한 부정적 시
각에 의한 것으로 개화파와 충돌을 빗기도 했지만, 근본적으로는 도덕성
을 우선으로 하여 부패를 근절하고 국민적 단결을 주장했다는 점에서 긍
정적인 함의를 지닌다고 할 수 있다.

위정척사파와는 달리 '선실력 후독립'을 지향하고 있던 개화파의 '실력
양성론'은 교육을 통한 실력양성과 산업의 발전을 통해 국력을 배양해야
하며 그런 연후에 국권을 회복해야 한다는 주장을 폈다. 을미조약에 의
해 개화운동이 국권회복 운동으로 전환되면서 이들은 헌정연구회(1905.
5), 대한자강회(1906. 3) 그리고 대한협회(1907. 11), 신민회(1907. 4) 등의 단

벌할 수 있다"는 춘추의리론이었다. 1895년 10월 을미사변이 일어나고 11월에는
김홍집, 유길준 등 친일내각이 단발령을 강행하자 거의 침청의 의병항쟁이 전개
되었는 바, 그 이념은 국모를 시해한 원수를 갚고 예의문물을 보전한다는 것이었다.
이상익, 앞의 책. p.175.

체를 설립하여 활동함으로써 '자강'운동을 전개하였다. 이 단체들은 〈교
육의 확장과 산업의 발달을 연구 실시함에 의하여 국가의 부강을 이루고
타일 독립의 기초를 만드는 것〉을 목표로 창립되었다."[43] 이들은 독립을
쟁취하기 위한 실천적 방법으로 '자강'을 논의하였고, 서구사회의 이념과
제도를 적극 수용하였다. 상공업의 발전과 자본제도에 의한 경제체제를
옹호하는 한편 이것을 실학의 이용후생(利用厚生)적 실용주의와 연계함으
로써 실업교육에 초점을 두었다.[44] 이들은 위정척사파와는 달리 시대적

---

43) 신용하,『한국근대사와 사회변동』, 문학과 지성사, 1980. pp.81-82.
　　개화파들은 을미조약에 의한 사회적 변동에 대처하기 위해 개화운동을 국권회복
　　운동으로 전환시키면서 먼저 합법단체인 헌정연구회(1905년 5월)를 설립하였다.
　　이후 이를 확대 개편하여 윤치호를 회장으로 장지연, 윤효정, 심선성, 임진수, 김
　　상범 등이 발기인이 되어 서울에 본부를 두고 전국적 규모로 '대한자강회'(1906년
　　3월)가 조직되었다. 1907년 7월 고종양위와 정미7조약에 대한 반대시위를 주도
　　하였다는 이유로 대한자강회는 1907년 8월 19일에 강제 해산되었다. 그리고
　　1907년 11월 대한협회가 창설되었고 남궁억을 회장으로 오세창, 장지연, 정운복,
　　권동진 등이 발기인으로 참석하였다. 이들은 교육의 보급, 산업의 개발, 생명 재
　　산의 보호, 행정제도의 개선, 관민폐습의 교정, 근면 저축의 실행, 권리, 의무, 책
　　임, 복종, 사상의 고취 등을 주장하였다. 1907년 4월에는 전국규모의 비밀결사로
　　'신민회'가 조직되었는데, 안창호를 발기인으로 양기탁, 이동휘, 이갑, 윤치호, 이
　　상재, 신채호, 김구 등이 중심이 되었다. 이 단체의 목적과 이념은 국권을 회복하
　　여 자주독립국을 세우고 그 정체를 공화정체로 하는 것이었다. 이들은 국권회복
　　조건으로 실력양성을 논의했고, 무력이나 비폭력의 각종 방법으로 자유문명국을
　　수립하고자 했다. (pp.79-84. 참조)
44) 실학파와 개화파의 사상적 연관성은 실학사상의 기본정신이 그대로 개화파에 의
　　해 계승 발전되고 있는데 그 특징은 다음과 같다. 첫째, 민족주의적 성격으로 후
　　진성을 자각하고 선진적 모델을 배우고자 하는 것이었다. 둘째, 근대적인 천부인
　　권 사상을 매개로 한 개인의 권리에 대한 자각이다. 셋째, 실사구시의 경험적 방
　　법론으로 경험의 축적에 의한 문명의 진보를 확신하여, 상고주의를 부정하고 역
　　사를 발전론적 관점에서 인식하였다. 넷째, 이념적 개방성으로 진리와 가치의 상
　　대성과 다원성에 대한 인식을 하고 있었다. 다섯째, 정덕에 앞서서 이용후생을
　　강조한 것이다. 여섯째, 통상개국론으로 새로운 문물을 수입해야 한다는 것이었
　　다. 일곱째, 상공업의 진흥을 주장하였고 백성들로 하여금 이윤의 추구를 권장하
　　였다. 여덟째, 인간의 욕망을 적극적으로 긍정하였다. 인간의 욕망은 억압의 대상
　　이 아니고 적극적으로 충족되어야 할 대상이었으며, 이들이 그리는 행복이란 전

변화를 통찰하고 근대적 사상과 방법으로 현재의 위기를 타계하고 국가
의 자주 독립을 쟁취하고자 했다. 개화파는 전근대적인 폐단을 개혁하고
근대적인 개혁을 시도했음에도 불구하고 이들이 논의하던 문명국가론은
일본의 지도와 보호아래 근대화를 이룩해야한다는 민족개조의 논리로 와
전되거나 일본의 식민통치를 불가피한 것으로 인정하는 근거가 되기도
했다.

근대계몽기에 전개되었던 '무장투쟁론'과 '실력양성론'은 모두 사회변동
의 불가피성을 인정하면서 새로운 질서를 향한 개혁을 시도했다는 점과
조선의 자주권과 독립을 목적으로 하고 있는 것은 동일하였지만, 그 실
천 과정과 양상은 많은 차이를 보이고 있다. 당대의 소설에서 이런 사회
적 담론의 수용은 매우 적극적인 형태로 이루어진다. 앞에서 살펴보았듯
이 「금수회의록」에 나타난 전통적 인식에 의한 개인의 윤리와 타자와의
윤리의 강조는 그 형태는 다르지만 위정척사파의 '道'의 개념에 기반 한
도덕적 윤리관과 흡사하다. '仁義'와 '禮'를 중심으로 하고 있는 효의 정
신과 관리들의 책임론은 이와 무관하지 않으며, 국가 간의 관계 또한 이
러한 시각의 연장이라 할 수 있다.

그리고 기독교적 사상과 윤리관은 근대적 문명과 동일시되면서 합리
적인 사고와 사상으로 인식되었고, 그래서 기독교는 모든 구성원들을 포
함하는 평등의 원리와 공동의 질서를 내포함으로써 부흥할 수 있었다.
이것은 당대의 민중들의 요청에 부합됨으로써 가능한 것이었다. 「금수재
판」에 나타나는 동물들의 재판은 신분과 계층을 배제하고 주체의 존엄성
에 의한 법률적 판단에 의거하고 있어 서양의 근대적 법 개념에 영향을

통적인 안빈낙도가 아니라 풍요를 만끽하는 것이었다.
이상익, 앞의 책. pp.181-185. 참조.

받은 것으로 볼 수 있다. 문명이 개인의 의식의 전환 뿐 만아니라 제도적 측면에서 수용되고 적용됨으로써 소설은 다양한 서술적 형식과 내용으로 이를 반영하고 있다. 당대의 담론적 실천과 무관하지 않은 주제와 소재를 차용하고 적용함으로써 독자들은 우의성의 이중적 의미를 파악할 수 있었고, 이것은 개인의 자각과 실천을 유도함으로써 훈계와 설득의 효과를 가져 올 수 있었다.

우화적 알레고리는 간접화를 통해 작가의 이념을 전달하고 있지만, 동물들의 입을 빌림으로써 좀 더 구제적인 비판을 하게 된다는 특성을 갖는다. 「금수회의록」에서 여우가 "대포와 총의 힘을 빌어셔 남의 나라를 위협ᄒ야 속국도 만들고 보호국도 만드니 불한당이 칼이나 륙혈포를 가지고 남의 집에 들어가서 진물을 탈취하고 부녀를 겁탈ᄒᄂ거시와 다를 거시 무엇잇소"라고 말하는 것이나, 「금수재판」에서 재판장은 "너의 동포가 셔로 사랑ᄒ며 셔로 단톄가 되야 남이 부단히 침노ᄒ거던 백의 마암과 쳔의 힘을 ᄒ대 합ᄒ야 방어ᄒ게 되면 오날날 갓치 집을 쎄앗기지" 않는다고 말하는 것에서 알 수 있듯이 당대의 상황이 비판의 대상이 되고 있다. 대포와 총으로 남의 나라를 위협하는 것에 대해 동포의 단체를 만들어 협심하여 힘을 합쳐서 저항하면 나라를 쎄앗기는 일이 없음을 직접적으로 언급하고 있다. 이러한 언급은 우화소설이었기 때문에 가능했다고 볼 수 있다.

『대한매일신보』에 수록된 「여호와 고양이의 문답」의 경우는 위의 소설들보다 높은 수위의 비판이 이루어지고 있다. 여우가 고양이를 다른 짐승들로부터 보호해주겠다고 하자 고양이는 여우의 감언이설을 비난하면서 엄숙히 꾸짖는다.

　　고양이가 뒤답ᄒ되 하ᄂ님이 만물 내시미 유만부동ᄒ야 그 종류도 부동
ᄒ며 셩질도 부동ᄒ며 셩질도 부동ᄒ며 직분도 굿지 아니ᄒ야 각 기져의 종
족을 보젼ᄒ며 각기 져의 셩질을 좃츠며 각기 져의 직분을 직힘이 텬리에
당연흔 일이어늘 엇지ᄒ야 강계로써 귀일케 ᄒ고져ᄒ며 억륵으로써 변혁코
져 ᄒᄂ뇨 녓글에 니르되 원리 내의 종류가 아니면 그 심장이 반ᄃ시 다트
다 ᄒ엿스니 지금 네가 나의 ᄌ손을 보호ᄒ고 ᄀ도ᄒ여 준다는 말은 불과시
감언리셜노 꾀이는 말이니 너의 간특흔 셩질과 잔악흔 심장은 우리 일반 즘
싱 동포의 다 아는 바이니 네가 비록 나를 속이며 위협ᄒ드릭도 나도 쏘흔
본셩과 본심을 일치 아니흔 쟈라 엇지 거연히 너의 간계에 쌘지리오 ᄒ고
얼골빗을 엄숙히 ᄒ고 쑤짓거늘45)

　　위의 인용문에서 보듯이 여우의 간계에 대한 고양이의 언급은 동물의
의인화를 통한 알레고리가 아니면 쉽게 논의될 사항이 아니다. 여우와
고양이는 일본과 대한제국을 표상하는 것으로 여우가 고양이를 보호하겠
다고 하는 것은 당시의 일본의 태도와 일치하고, 이를 '보호'하고 '지도'한
다는 명분을 내세우는 것 또한 흡사하다. 이 단형서사는 「금수회의록」이
나 「경세종」처럼 인간의 윤리를 통해 계몽의 메시지를 전하는 것이 아니

---

45) 「논설－여호와 고양이의 문답」, 『대한매일신보』, 1908년 3월 27일.
　　이 논설은 국한문판의 경우 3월 24일 〈기서란〉에 실렸다. 북한문학사에서는 이
　　작품을 「금수회의록」과 함께 근대계몽기의 대표적인 작품으로 분석하고 있다. 북
　　한문학사에서는 연구대상을 국한문판으로 정하고 있다. 안함광의 『조선문학사』
　　에서는 국한문판에 1908년 3월 24일에 실린 것을 분석하면서 정치사상적 입장이
　　더욱 뚜렷한 작품으로 평가하고 있다. "이 작품은 여우와 고양이와의 갈등을 통
　　하여 당대 사회의 기본적인 모순을 보여주고 있으며 조선 인민의 애국적 사상을
　　명확히 표현하고 있다. 여우가 고양이를 예속시키기 위하여 갖은 수단으로 회유
　　공갈 정책을 다 쓰다가 종내 뜻을 이룰 수 없음을 알게 되었을 때 인간 사회의
　　실정을 빌어 최후적으로 강요하는 장면에서의 문답은 특히 이채를 말한다." 이러
　　한 안함광의 연구는 이후의 「쥐이야기」와 연관해서 논의하고 있는데, 이러한 배
　　치는 우화소설에 대한 인식에서 비롯된 것이 아닌가 생각된다.
　　안함광, 『조선문학사』, 연변교육출판사, 1956. pp.30-32. 참조.

라, 직접적으로 대한제국이 처한 일본과의 관계를 노골적으로 표현하고 있다. 소설은 여우를 '간특한 성질'과 '잔악한 심장'으로 표현하면서 일본이 대한제국의 외교권을 침탈하고 보호국으로 전락시킨 것에 대해 우회적으로 비판한다.

또한 이 서사에서는 사회진화론의 적자생존 논리를 차용하고 있는데, 여우는 우등인종과 열등인종의 비교를 통해 보호의 필요성을 주장한다. 이 텍스트에서 여우가 자신의 논리를 위해 언급하는 것은 '대관모씨'와 '모회장'이다. 그는 "쏘 대관 모씨ᄂᆞᆫ ᄉᆞ심만명 회원을 모라셔 외국인의게 밧치고 그 공로를 발표ᄒᆞ며 모회쟝은 젼국 유림을 위협ᄒᆞ야 외국인에게 밧치고 ᄀᆡ도ᄒᆞ여 주기를 ᄀᆞ쳥"한다고 언급한다. 소설은 '대관모씨'와 '모회장'의 행동을 여우의 입장에서 칭찬하고 있지만, 이것은 역으로 나라의 주권을 이양하려고 하는 부류들에 대한 비판에 다름 아니다. 소설은 "여우와 고양이의 문답의 형식을 통하여 민족 자주권 옹호의 사상, 일본 침략자들에 대한 적개심, 민족 반역 도배들에 대한 폭로 규탄 등을 표현"[46] 하고 있는 것이다. 이 소설들이 다른 소설들에 비해 이렇게 비판의 수위가 높은 것은 동물들을 통해 우회적으로 표현했기 때문에 가능한 것이다.

우화적 알레고리는 기존의 질서에 대한 사회적 변혁의 필요성을 역설한다. 개인의 시선에 천착하기 보다는 사회적인 차원에서 조망함으로써 개개인의 윤리가 문제가 되고 이런 윤리는 법의 영역으로까지 확대됨으로써 좀 더 구체화된다. 이런 문제에 집중할 수 있었던 것은 기존의 관습에서 벗어나 문명에 대한 새로운 인식을 할 수 있었다는 것에서 그 원인을 찾을 수 있다. 기독교의 종교적 이념과 세계관은 분명 봉건적 유교 사회의 세계관과는 차별화되어 있었고, 현실의 상황에서 진단할 때 전자

---

46) 안함광, 앞의 책. p.32.

는 수용해야할 것이었고, 후자는 버려야 할 것이었다. 신분적 질서가 공고하게 자리 잡고 있던 유교적 사상에서 윤리와 법은 지배자의 권력을 유지하는 도구로 쓰였지만, 근대계몽기의 기독교의 종교적 사상은 평등의 이념에 의해 신분 대신 개인의 인권이 우선시됨으로써 합리적인 것으로 인식되었다.

그리고 위정척사파들에 의한 '道'와 '禮'는 도덕과 윤리의 점검, 개화파들에 의한 '실력양성론'은 현실의 위기를 반영함으로써 '자강'의 필요성을 환기시켰다고 볼 수 있다. 이런 기반에서 근대계몽기 우화소설은 동물들을 의인화함으로써 윤리의 교정과 법질서를 강조하게 되었고, 이것은 성찰의 차원을 넘어 훈계와 설득을 유도하고 있다. 그러나 국가적 위기를 초래한 원인으로 개인의 도덕과 윤리성을 문제 삼고 있는 것은 애국계몽운동이 갖고 있는 한계이기도 하다. 단순히 내부적인 문제로 이것을 국한함으로써 국가 간의 분쟁에 의한 국제정세를 도외시한 우를 범하고 있는 것이다. 좀 더 거시적으로 그것의 원인을 찾는 대신에 모든 혐의가 개인에게 있다고 화살표를 돌림으로써 좀 더 발전적인 모색을 등한시 했다고 하겠다. 따라서 이 소설들은 문제의 본질을 함구한 채 개인의 책임을 거론함으로써 소극적인 대응으로 일관했다고 볼 수 있다.

우화적 알레고리는 인간들의 사회적 관계를 문제 삼고 있다. 동물들에 의해 언급되는 것은 인간의 윤리의 연장인 집단이나 공동체 등 사회적 관계에서 파생되는 것들이다. 그래서 소설에서 비판되는 지점들을 부패한 관리와 정부, 또는 제도들이고 이것은 관찰하는 시선에 의해 객관적으로 조망된다. 소설은 소극적인 개인의 자각에 의한 성찰에 그치는 것이 아니라 관습이나 인습을 새로운 인식의 틀로 조정하려는 의도를 보인다. 위정척사파에 의해 주장된 '道'와 '仁義', '禮'는 의인적 우의성에서 기존의 도덕관과 윤리관을 옹호하는데 차용되고, '실력양성론'의 '자강'의 논리는 교육을 통한 미래적 비전을 제시하기 위해 수용된다. 당대의 담론적 실천과 무관하지 않은 주제와 소재를 차용하고 적용함으로써 소설은 우의성의 이중적 의미를 전달하고 있고, 이것은 개인의 자각과 실천을 유도함으로써 훈계와 설득의 효과를 갖는다. 그러나 의인적 우의성은 국가적 위기를 초래한 원인을 개인의 윤리에 초점을 둠으로써 문제의 본질을 희석하고 있다. 이 소설들은 국권상실의 모든 책임을 개인에게 전가함으로써 소극적인 대응으로 일관 하고 있는 한계를 드러내고 있다.

제 3 장
역사적 알레고리

이 장에서 살펴볼 역사적 알레고리는 구국영웅의 전기가 논평의 형식으로 제시된다. 우의성에서 논평의 서술은 작가-서술자의 목소리를 대신함으로써 알레고리적인 양상을 보인다. 이 장에서는 영웅담론이 '민족'과 '국가' 개념 안에서 어떠한 과정을 거쳐 알레고리의 서사원리로 포섭되는지에 대해 살펴보고 이에 따라 근대계몽기의 역사담론이 갖는 문학적 의미를 고찰하도록 하겠다.

역사적 알레고리는 민족의 구국영웅과 서양의 영웅들을 알레고리 대상으로 하고 있다. 이에 근대계몽기 민중은 전도된 주체로 구국영웅의 모습을 독서의 차원에서 내면화하는 이중적 대상의 역할을 한다. 역사적 알레고리는 논평의 구조로 되어 있기 때문에 서사성보다는 작가-서술자에 의해 제시되는 인물에 대한 가치평가가 중심을 이룬다. 그래서 해석주체와 알레고리의 대상이 서로 상호교섭하면서 하나의 주체로 설정된다. 역사의 시간성을 가져와 현재에 위치시키면서 과거의 영웅을 재현함으로써 소설은 '민족'과 '국가'의 개념을 설정하고 있고 할 수 있다.

역사적 알레고리에 재현된 영웅의 성격은 세 가지로 분류된다. 첫째가 을지문덕, 이순신, 강감찬 등 민족의 구국영웅을 재현한 것이고, 둘째는 마치니, 나폴레옹, 빌헬름 텔 등 서양의 건국영웅이나 독립의 공을 세운 영웅을 재현한 것이다. 셋째는 여성영웅으로 잔다르크나 라란부인 등을 재현한 것이다. 역사적 알레고리는 근대계몽기의 역사전기류[1] 문학을 통해 본격적으로 시도되는바, 근대계몽기 초기에는 미국, 영국, 프랑스, 베트남 등의 역사를 기록한 역사서[2]가 유행했고, 1905년을 계기로 나폴레옹, 피터 대제, 비스마르크[3] 또는 을지문덕, 강감찬, 최영, 이순신 등의 실존했던 인물을 소설로 형상화하는 작업들이 진행되었다. 그 중 신채호 · 박은식 · 장지연 등은 민족의 구국영웅이나 서양의 구국영웅들을 소설로 재현해 냈다. 신채호는 「을지문덕」을 단행본으로 발행했고, 「슈군뎨일 거룩흔인물 리슌진젼」을 『대한매일신보』에 발표하였다. 박은식[4]은

---

1) 1895년경부터 한일합방이 일어나는 1910년 사이에는 역사 · 전기류 문학이 존재했다. 역사 · 전기류 문학은 근대계몽기 전반에 걸쳐 번역되거나 창작된 역사물과 전기물을 함께 일컫는 용어이다. 역사 · 전기류 문학의 창작물은 주로 1905년 이후 나오게 되었다. 이러한 역사 · 전기류문학 속에 〈역사 전기 소설〉이 포함된다.

2) 이에 해당하는 작품으로는, 「萬國略史 (1, 2)」(학부편집국, 1895), 「法國革新戰史」(『황성신문사』, 1900. 6), 「美國獨立史」(현채 역, 『황성신문사』, 1899. 6), 「佛蘭西新史」(현채 역, 홍학사, 1903), 「淸國戊戌政變記」(양계초, 현채 역, 학부편집국, 1900. 9), 「日露戰記」(박영무 역, 박문사, 1904. 6) 등이 있다.

3) 여기에 해당하는 작품으로는 「의퇴리국아마치젼」(『대한매일신보』 1905. 10. 20 ~ 12. 21), 「라란부인젼」(양계초, 『대한매일신보』, 1908. 7), 「비스막 젼」(박용희 역, 『태극학보』5호-10호, 1906. 12 ~ 1907. 5), 「미국고태통령 까쒸일트젼」(현공염 역, 탑인사, 1908. 3), 「彼得大帝傳」(조종관 역, 『기수학보』2호, 1908. 5), 「나폴레온 大帝傳」(공육 역, 『소년』 1908. 11. 1 ~ 1909. 1. 1), 「까르발디」(『소년』, 1909. 4. 1 ~ 11. 1) 등이 있다.

4) 박은식의 번역, 창작한 작품은 다음과 같다. 「瑞士建國誌」(정철관, 박은식 역, 『대한매일신보사』, 1907. 7) 그리고 「金庾信傳」(박은식, 未刊手稿本, 1901), 「金忠善傳」(박은식, 未刊手稿本, 1901), 「乙支文德傳」, 「梁萬春傳」, 「溫達傳」, 「姜邯贊傳」, 「金富軾傳」, 「休靜大師傳」 등외 16편의 인물고 형식의 전기가 있다. 그리고 박은식은 「東明聖王實記」, 「明臨答夫傳」, 「淵蓋蘇文傳」 등을

스위스의 구국영웅인 빌헬름 텔을 소설화한 「서사건국지」을 번역하였다. 장지연5)은 프랑스의 구국영웅인 잔다르크의 일대기를 기록한 「신쇼셜, 익국부인젼」을 광학서포에서 1907년 단행본으로 발행하였다. 이에 본고 에서는 신채호의 「슈군데일 거룩흔인물 리슌신젼」, 「을지문덕」, 박은식 의 「서사건국지(瑞士建國誌)」, 장지연의 「익국부인젼」 등을 대상으로 역 사적 알레고리를 고찰하겠다.6) 이 장에서는 1절에서는 알레고리의 구조 화 과정을 논의할 것이고, 2절에서는 신채호의 「슈군데일 거룩흔인물 리 슌신젼」, 「을지문덕」을, 3절에서는 박은식의 「서사건국지(瑞士建國誌)」, 4절에서는 장지연의 「익국부인젼」에 대한 알레고리의 재현방식을 논의 하고, 5절에서는 이러한 분석을 통해 알레고리가 갖는 의미와 효과에 대 해 논의할 것이다.

서간도에서 저술했고, 상해에서도 「安重根傳」, 「李舜臣傳」을 저술했다.
5) 장지연이 번역, 번안한 작품은 다음과 같다. 「埃及近代史」(장지연 역, 『황성신 문사』, 1905. 9), 「中國魂」(양계초, 장지연 역, 석실포, 1908. 5), 「신쇼셜, 애국 부인젼」(장지연, 광학서포, 1907. 10. 3), 「閔忠正公泳煥傳」(장지연, 『대한자강 회월보』2권3호, 1907. 2. 25)
6) 이 장에서 논의할 작품은 다음과 같다.
신채호, 「슈군데일 거룩흔인물 리슌신젼」, 『대한매일신보』, 1908년 6월 11일 ~ 10월 24일.(국문판)
신채호, 「을지문덕」, 광학서포, 1908. (김윤창역/ 변영만 교열)
박은식 역, 「서사건국지(瑞士建國誌)」, 『대한매일신보사』, 1907. (원작자 정철 관(淸)).
장지연, 「익국부인젼」, 광학서포, 1907.
그리고 「슈군데일 거룩흔인물 리슌신젼」은 신채호기념사업회(형설출판사, 1977 년)에서 발행한 것을 인용하였고, 「서사건국지」의 경우는 한국학술정보(이재선 역, 『애국부인전/을지문덕/서사 건국지』, 한국학술정보, 2001. pp.97-154)에서 번역한 것을 참고로 삼았다.
본고에서는 이 작품들을 「이순신전」, 「을지문덕」, 「서사건국지」, 「애국부인전」 으로 줄여서 표기할 것이다.

1: 역사의 재구성과 논평적 구조

역사적 알레고리는 근대계몽기의 국가 상실이라는 시국적 난관을 극복할 수 있는 인물로 영웅을 알레고리화한다. 이것은 "위인전이나 역사물이 단순히 서구적인 지식을 받아들이는 데 만족하고 있는 것이 아니라 현실의 필연적인 변격을 의식하고 그것의 준거를 역사 속에서 찾으려 한 것으로, 말하자면 역사적 상상력에 의한 우의(愚意)의 방법"7)이라고 할 수 있다. 여기에서 알레고리의 시니피앙은 영웅이고 시니피에는 당대 민중이다. 언어로 기표된 이야기는 이순신이나 을지문덕, 빌헬름 텔, 잔다르크이지만 서사에서 이들을 통해 전이하고자 하는 대상은 근대계몽기 당대의 민중이다. 알레고리에서 이런 전이의 구조가 가능한 것은 소설에서 보편적인 인간의 의식과 필부필부(匹夫匹婦)가 존재하는 현실을 대상으로 했기 때문이다. 이들은 평범한 인간으로 태어나고 자라며 자신에게 닥친 시련을 극복하지만, 이 시련이라는 것은 개인의 사적인 시련이라기보다는 국가의 위기와 관련된다. 국권상실의 위기에 이들은 전쟁을 통해 국권회복에 기여하게 되고, 그 과정에서 영웅의 이름을 얻게 된다. 영웅으로 태어나는 것이 아니라 스스로 영웅이 되는 과정이 이야기의 초점이 됨으로써 알레고리는 설득력을 갖는다. 즉 이들이 영웅으로 이름을 다시 부여받게 되는 과정 자체가 근대계몽기 당대 민중에게 각인되고 있는 것이다. 이런 전이 구조가 가능한 것은 표층의 서사에 드러나고 있는 시대적 상황과 해석공간의 상황이 동일하기 때문이다. 알레고리는 "합리적·지적 성격을 지니기 때문에 알레고리적 텍스트를 해석하기 위해서는 그

---

7) 이재선, 『애국부인전/을지문덕/서사건국지』, 한국학술정보, 2001. p.159.

뒤에 숨어 있는 사유 영역에 대한 사전 지식이 필요[8]"하다. 하나의 서사체가 알레고리로 읽히기 위해서는 당대와 유사성의 관계를 가져야만 하는 것이다. 알레고리는 시대적 상황이나 인물 등 당대의 어떤 것을 지칭할 때 의미화되고, 공통된 시대적 인식이나 배경이 전제되어 있을 때 제기능을 발휘한다. 따라서 일본의 침략이 노골화되기 시작했던 근대계몽기 민중의 위기의식은 영웅의 출현을 가능하게 했다고 볼 수 있다.

「이순신전」, 「을지문덕」, 「서사건국지」, 「애국부인전」의 내용은 모두 다른 나라의 침입에 의해 위기를 겪는다는 공통점이 있다. 「이순신전」에서 적은 '일본'이고, 「을지문덕」에서는 '수'나라, 「서사건국지」에서는 '일이만(독일)', 「애국부인전」에서는 '영국'이 침입자로 설정된다.

> 우리나라는 인민은 노예가 되고 땅은 식민지가 되어, 하루아침에 천고의 슬픔이 되고 하루 저녁에 궁지에 빠진 눈물이며, 땅을 굽어보니 이이(離離)하고 고국의 일을 상심하니 가을바람만 소슬하고, 동포의 도탄을 슬퍼하니 어느 해에 회복함을 바라리오. 큰 도적의 무리가 임금을 위장하여, 학정의 가열함이 날로 다르고 달로 새로이 하여, 악독한 짓을 청천백일 가운데서 펼치고, 생령을 물불 속에 던져 겁탈과 황음을 함부로 하니, 하늘이 용납하지 못할 짓이요, 귀신이 함께 미워할 자이다.[9] ─ (「서사건국지」, p.112)

「서사건국지」의 일부분인 위의 인용문은 애국당(愛國黨)의 회복구국(恢復救國)의 격문 내용이다. 예사륵(헤르만 게슬러)의 압제에 대항하기 위해

---

8) 김누리, 앞의 책. p.58.
9) "我國은 人爲奴隷ᄒ고 地入版圖ᄒ야 一朝에 成千古之悲ᄒ고 日暮에 洒途窮之淚라 神州回首ᄒ니 彼黍離離ᄒ고 故國傷心ᄒ 秋風瑟瑟이라 悵同胞之炭ᄒ니 望恢復於何年고 且也巨盜僞君이 得隴望蜀ᄒ야 苛殘虐政이 日異月新이라 張爪牙於靑天白日之中ᄒ고 置生靈於水深火熱之下ᄒ야 橫行劫奪ᄒ고 縱意 荒淫ᄒ니 此正天地之所不容이오 神人之所同嫉者也라"(원문. p.15.)

쓴 이 격문은 식민지로 전락하여 인민이 노예로 사는 상황을 예시하고 있다. 소설에서 서술하고 있는 것은 서사국(스위스)이지만 이것은 알레고리로 대한제국을 표상한다. 또한 "범 같은 이웃이 우리를 삼킴을 잠깐 생각해 보니 무단히 침범하여 무기를 휘둘렀고, 오늘 나라는 망하고 성은 깨졌도다."라는 노래는 소설에서 유림척도가 부르는 것으로 되어 있지만, 대한제국의 상황에 비추어볼 때 그 노래를 부르는 주체는 근대계몽기 민중과 동일시된다. 역사적 알레고리는 전이의 대상이 영웅과 민중으로 설정되기도 하고, 서사적 인물과 독서행위자라는 이중의 고리로 연결되기도 한다. 알레고리 대상이 갖는 이런 중복은 텍스트가 단순히 서사 안의 차원에서만 한정되어 논의되지 않는다는 점에서 앞에서 논의한 비유적 알레고리, 우화적 알레고리와 차별화된다. 알레고리 대상과 독서행위자의 해석적 층위가 겹쳐짐으로 해서 텍스트와 독서행위자는 상호소통적 관계를 맺을 수밖에 없다. 독서행위자 스스로 알레고리의 대상이 됨으로써 역사적 알레고리는 좀 더 효율적인 구조를 가지게 되는 것이다.

역사적 알레고리의 서사적 패턴은 일정한 준거 틀(a frame of reference)을 필요로 한다. 즉 소설은 모두가 공감할 수 있는 공적인 정보와 고난과 역경, 시련의 서사, 그리고 그것을 평가하는 논평적 서술로 구성된다. 인물은 원래 플롯에 종속되지만, 여기서는 플롯 대신에 작가-서술자의 논평에 종속된다. 서술자는 단지 서사를 주도하는 내포작가의 개념이라기보다는 인물에 대해서 행적을 설명, 서술할 뿐만 아니라 그에 따른 논평까지도 주도하는 전지전능한 서술자의 개념에 포함된다. 신빙성 있는 화자에 의해 전달되는 역사적 서사, 민족적 영웅이라는 준거적 인물로 구성되는 소설은 독자에게 허구라기보다는 사실로 인지됨으로써, 이러한 사실효과는 작가의 이데올로기를 전달하는데 더욱 효과적인 것으로 기능한다. 역사적 알레고리의 논평형식은 근대계몽기에 새롭게 등장한 서술방식이라고는 보기 어렵다. 조선시대의 전(傳)의 양식과 이후의 영웅소설, 군담류 소설 등에 나타나는 인물의 유형이라든지, 논찬의 부분 등이 많은 부분에서 흡사하기 때문이다. 전은 실존했던 영웅적 인물의 일대기를 기술하고, 영웅소설은 인물과 사건들이 허구적으로 구성된다는 점에서 역사적 알레고리와 다르다. 허구성을 중심으로 하는 영웅 소설의 경우는 논평 지향적 서술이 축소되고, 서사 지향적 행적이 강조됨으로써 서사적 의미는 독자의 몫으로 할당된다. 그러나 역사적 알레고리의 경우는 작가-서술자가 모든 해석의 몫을 자임하게 된다. 애초에 계몽을 목적으로 서술된 것이기 때문에 이 우화소설은 작가-서술자의 목소리를 강조할 수밖에 없고, 그 과정에서 논평 지향적 서술에 많은 부분을 할애하게 되는 것이다.

「애국부인전」은 논평의 부분이 소설의 끝 부분에 집중되어 실려 있고, 「서사건국지」 또한 유림척도가 죽은 후에 제문이라는 형태로 서술자의 논평을 싣고 있다. 역사적 알레고리에서 논평의 서술이 가장 강조되고 있는 소설은 「을지문덕」이다. 신채호는 소설 「을지문덕」을 서술하기에 앞서 '凡例'를 통해 "東國通鑑에 載有혼 乙支文德의 歷史가 數十句에 不過"하다고 기록하면서 재구할 만한 자료가 그리 많지 않음을 언급한다. 이 말은 소설이 사실을 근거로 해서 쓰여지지 않고 논평의 형식으로 쓰여진 것에 대한 원인으로 이해된다. 「을지문덕」은 서론, 결론을 포함하여 총 16장으로 되어있다. 정작 서사의 중요한 사건이 되는 살수 대첩이나, 안시성 싸움에 대한 묘사는 9장과 10장 그리고 11장의 앞부분으로 한정된다. 그리고 나머지 부분은 주변국의 정세와 을지문덕에 대한 작가-서술자의 논평으로 '을지문덕 시뒤에 고구려와 슈ㅅ나라의 형세(2장)',

'을지문덕시틱의 렬국의 형셰(3쟝)', '을지문덕의 굿셴졍신(4쟝)' 등 항목을 정해 놓고 구체적으로 평가하고 있다.

> 무릇 동셔양 각국의 고금 스긔와 쇼셜을 볼진틱 그 중에 허다흔 싸홈이 잇스나 능히 적은 군스로 만흔 군스 치기를 을지문덕 ス흔쟈ー잇스며 약흔 나라로 강흔 나라 틱뎍ᄒ기를 을지문덕 ス흔쟈ー잇스며 일국대신으로 빅만 병 뎍진에 츌입ᄒ며 졍탐ᄒ기를 을지문덕 ス치 흔쟈ー잇스며 (중략) 셩은 좁고 스름은 젹은 나라로 군스를 여러번 니르켜셔 싸홈을 쉬이지 아니ᄒ틱 빅셩의 ᄆ음이 감복ᄒ야 ᄒ나도 원망ᄒᄂ쟈ー업고 일신골육을 우리샹공 씌 밧친다 ᄒ게ᄒ기를 을지문덕 ス흔쟈ー잇는가 그 훗사람 된쟈는 그 털ᄉ만 치만 방불ᄒ여도 그 나라의 독립을 가히 보젼홀것이오 그 흘닌 츰만 슈습ᄒ 여도 나라의 력스를 가히 빗낼지니 을지문덕은 우리 동국 스쳔년 동안에 뎨 일 유명한 사람만 될 뿐아니라 쏘흔 온 셰계에도 그 쫙이 듬을마ᄒ리로다 국의 스관도 오히려 흠션흠을 만지 아니코 특별히 찬숑ᄒ여 갈ᄋ틱 고구려 에 대신 을지문덕이라 ᄒᄂ쟈ー잇셔셔 침춤ᄒ고 밍렬ᄒ며 쏘 지혜가 잇다 ᄒ엿도다
>
> ―(「을지문덕」, pp.28-29)

위의 인용문에서 작가-서술자는 살수대첩과 안시성 전투를 묘사한 후에 을지문덕의 인간됨을 평가하고 있다. 위에 인용한 부분은 논평적 서술에 해당되지만, 객관성을 기반으로 하고 있는 역사가의 논평이라기보다는 격양된 감정으로 호소하는 소설의 작가-서술자의 논평으로 보는 것이 더 타당하다. 역사가의 객관적인 시야에서 조망된 것이 아닌, 작가-서술자의 감정의 차원으로 전이된 논평의 형식은 여기에서 보통의 작가-독자의 관계를 초월한다. '~ ス흔쟈 ―잇는가'라고 독자에게 물음을 던지면서 대답하는 이런 반복의 형식은 서사를 통해 독자들이 인물의 상을 구성하고 추론하게 한다. 즉 작가-서술자는 자신이 재현하고자 하는 인물의 형상을 설명의 방법을 통해 서술함으로써 알레고리의 대상을 직접

적으로 언급한다. 어휘의 선택에 있어서도 독자를 근거리로 끌어들이는 듯한 수사, 즉 '오호라', '슲흐다' 등은 이성의 차원보다는 격앙된 감정의 차원으로 호소된다. 이러한 수사를 통해 독자는 모든 난관을 극복하면서 외부의 적과 내부의 적을 향해 투쟁하는, 새로운 질서를 형성하는 영웅의 자신감과 능력에 공감하게 된다. "작가- 서술자의 논평은 영웅적인 인물의 존재론적 타당성 그리고 궁극적으로는 역사의 정당성과 정체성을 입증하는 내용"10)으로 채워짐으로써 독자는 알레고리의 표면의 서사와 이면의 의미를 추론하게 된다. 그리고 소설은 작가- 서술자의 해석된 사실 자체를 보여주는 방식을 취함으로써 알레고리의 기표와 기의가 분명해 지고 작가의 이데올로기는 효과적으로 전달된다. 이런 경험적 차원의 독서로 인해 독자는 영웅이 단지 허상에 불과한 존재가 아니라는 것을 재확인 하는 셈이며, 영웅의 알레고리는 이런 다양한 서술전략을 통해 서사화된다.

역사적 알레고리의 소설들은 회(回)나 장(章)으로 나뉘어져 있다. "서론과 결론을 갖추고 본론의 내용이 다시 세분되는 소 항목의 회장으로 나뉘어지는 것은 당시 일반화되었던 논설의 형식과 매우 유사하다."11) 이야기 자체보다는 이야기가 내포하고 있는 의미가 더 중요한 전달의 목표였기 때문에 이러한 구성은 필연적이었다고 볼 수 있다. 작가의 이러한 서사 전략은 연대기적 서술방식을 통해서 구체적으로 구현된다. 연대기적 서술방식은 역사적 전망, 즉 역사가 서술되는 방식과 맥을 같이 한다. "역사란 완결된 시간이되 그 완결적 형태를 마름질 하는 것은 바로 과거

---

10) 양진오, 「개화기 소설의 시점과 서술」, 『현대소설 시점의 시학』, 새문사, 1996년. p.129.
11) 김교봉·설성경, 앞의 책. p.95.

를 의미 있는 것으로 바라보는 현재의 시선이다."[12] 현재의 시선으로 역사를 재구하는 과정에서는 시간의 역전이나 생략은 있을 수 없다. 인과적인 원리가 전제되어 있는 것이 역사이며, 이것은 역사적 알레고리의 원리이기 때문이다. 「이순신전」은 '이순신의 탄생 → 유년시절 → 청년시절 → 관직의 진출 → 전라좌도 수군 절도사 부임 → 임진왜란의 행적 → 죽음'으로 스토리 시간이 구성된다. 「리순신젼」은 총 19장으로 1장에서부터 3장 까지는 42세까지의 행적이 서술되어 있고, 5장부터 16장까지는 임진왜란이 재현되며, 17장부터 19장까지는 이순신의 죽음에 대한 민중들의 평가, 이순신 제장들의 행적 그리고 넬슨과의 공통점이 서술되어 있다. 소설에서 임진왜란 7년 동안의 행적(5장에서 16장에 이르는 열두 장)은 스토리 시간이 짧고 담화시간은 길다. 소설에서 이순신의 탄생과 임진왜란 이전의 행적 보다는 임진왜란 당시의 영웅적 행적이 중요하기 때문에 이러한 구성은 필연적인 것이다.

이러한 연대기적 서술을 통해 서사내의 스토리 시간과 서사 밖의 역사적 시간이 동일하게 순차적으로 움직임으로써 서사는 선험성, 우연성의 요소를 상정하지 않게 된다. 역사적 알레고리에서 작가-서술자의 서술은 서사물의 목적에 따라 선택과 배제, 확대와 축소의 논리에 종속될 수밖에 없다. 소설의 목적이 국가-민족과 연결되는 영웅적 모습의 형상화에 있고, 이런 형상화는 곧 알레고리로서 독자를 설득하기 위한 것이기 때문이다. 전쟁에서의 승리가 영웅의 위대함을 담보하는 것처럼, 연대기적 서술은 일종의 서사적 정당화라 할 수 있다. 그리고 이것은 모든 역사적 사건들이 확실성의 논리에 의해 이루어지고, 필연적으로 그것을 대비하고 준비해야만 승리할 수 있다는 인과성을 각인시키고 있는 것으로 볼

---

12) 심보선, 앞의 책. p.102.

수 있다. 따라서 역사적 알레고리는 현재의 위기적 상황을 성찰하고 극복하고자 하는 역사의 재해석 과정으로 이해된다.

2: 민족을 대리하는 전쟁영웅의 탄생

본 절에서는 역사적 알레고리가 영웅을 통해 당대의 담론을 어떠한 방식으로 수용하고 있는지에 대해 살펴보겠다. 역사적 알레고리는 영웅들의 구국적 행동을 보여줌으로써 계몽의 목적과 함께 더 나아가 좀 더 적극적인 행동으로 시국적 난국을 헤쳐가야 함을 강조한다. 여기에서 영웅은 국민들이 따라야 할 역할모델로서 제시된다. 그래서 영웅은 신화적 인간이 아닌 '민족'이라는 개념 아래에 존재하는 보편적 인간의 모습으로 재구된다. 먼저 신채호가 재현한 영웅의 알레고리를 논의하기 위해서는 그의 역사인식을 살펴볼 필요가 있다. 신채호의 역사인식을 통해 민족담론의 내부에서 영웅이 구조화되는 과정을 살필 수 있기 때문이다.

근대계몽기에 역사담론을 구체화한 사람은 신채호이다. 신채호는 『朝鮮上古史』, 『朝鮮上古文化史』, 『讀史新論』 등을 통해 중국의 사대적 역사관을 벗어나 주체적인 역사관을 확립하였다. 특히 〈歷史와 愛國心의 關係〉라는 논설에서 "歷史는 愛國心의 源泉이라. 故 史筆이 强하여야 民族이 强하며 史筆이 武하여야 民族이 武"[13]하는 것이라고 언급하며, 역사의 중요성과 그것을 집필하는 역사가의 역할을 강조한다.

---

13) 『대한매일신보』, 〈논설－歷史와 愛國心의 關係〉, 1908년 8월 8일.
   이 글에서 신채호는 『삼국사기』를 저술한 김부식의 사대주의를 비판하고 신라 최치원의 '崇拜支那主義'를 비판한다. 그리고 조선의 시조인 단군과 광개토왕, 연개소문, 을지문덕, 최영, 이순신을 성군현신이라고 언급한다.

신채호는 이 글에서 역사를 국가존립의 필요조건으로 언급한다.

> 歷史가 何物이관대 其 功效의 神聖함이 若此한가, 曰 歷史者는 其國
> 國民의 變遷消長한 實跡이니, 歷史가 有하면 其國이 必興하나니라. 國이
> 有하매 歷史가 必有하리니, 强國뿐 아니라 弱國도 歷史가 有할지며, 旺國
> 뿐아니라 歷史가 有할지며, 文明國뿐 아니라 野蠻國도 歷史가 有할지어
> 늘, 今에 言하되, 曰 歷史가 有하면 其國이 必興이라 함은 何謂요. (중략)
> 我가 國을 愛하려거든 歷史를 讀지며, 人으로 하여금 國을 愛케 하려거든
> 歷史를 讀케할지어다. 歷史를 讀하되 幼時부터 讀할지며, 歷史를 讀하되
> 終老토록 讀할지며, 歷史를 讀케하되 男子뿐아니라 女子도 讀케 하며, 歷
> 史를 讀케하되 上等社會뿐 아니라 下等社會도 讀케할지어다.[14]

인용문에서 보듯이 신채호는 국가의 흥망에 대한 원인을 역사의 유무
에서 찾는다. 그리고 국가에 대한 애국심의 발로는 역사를 읽는 것에서
부터 시작되며 남녀노소를 불문하고 계층에 상관없이 읽혀져야 하는 것
이 역사라고 언급한다. 국권회복을 위한 가장 효과적인 방법으로 역사는
'애국심'과 '애국주의'를 배양하는 자양분으로 평가되고 있다. 신채호에게
역사는 단순히 과거 사건에 대한 재구성적 요소가 아니라 일반민족의 정
체성을 형성시키는 이념에 가깝다. 역사는 단순히 과거의 기록이 아닌
현재이면서 미래를 담보할 수 있는 것, 또는 민족 성원의 일체화된 공감
을 형성하는데 필요한 실직적인 방법론으로 제시된다. 그에게 "역사의
의미는 민족의 가치체계 그 자체"[15]였던 셈이다. 신채호는 을사조약으로

---

14) 신채호, 〈역사와 애국심의 관계〉, 『개정판 단재 신채호 전집 下』, 단재 신채호선
    생 기념사업회, 형설출판사, 1977. pp.72-77.
15) 진덕규, 「단재 신채호의 민중·민족주의 인식」, 『신채호』, 고려대학교 출판부,
    1990. p.36.

인해 대한제국의 권위가 박탈당하고, 실질적으로 일본의 침략이 노골화되기 시작했던 이 시기에 민중의 저항의식을 역사 속에서 발견하고 있는 것이다.

역사가 민중에게 갖는 호소력은 소설의 대중성과 결합되면서 역사적 알레고리는 새로운 소설의 형식으로 영웅을 소설의 인물로 끌어오게 된다. 그러나 이러한 과정은 당대의 문학장을 형성하고 있던 소설들에 대한 회의에서 비롯된 것으로 볼 수 있다. 신채호는 『대한매일신보』의 논설을 통해 당대의 소설에 대한 문제점을 거론하고 이에 대한 대안을 제시한다.

> 오호ㅣ라 영웅호걸을 도와셔 뎔하 ᄉ업을 일우는 쟈는 우부우부와 ᄋ동주졸이오 우부우부와 ᄋ동주졸의 하등 샤회로 시작ᄒ야 인심을 변화ᄒ는 능력을 ᄀᆺ촌 쟈는 소셜이니 그런즉 쇼셜을 엇지 쉽게 볼 거시리오 라약ᄒ고 음탕흔 쇼셜이 만흐면 그 국민도 이로써 감화를 밧을 것시오 호협ᄒ고 강개흔 쇼셜이 만흐면 그 국민이 쏘흔 이로써 감화를 밧을지니 셔양션비의 닐은 바 쇼셜은 국민의 혼이라 홈이 진실노 그러ᄒ도다. 한국에 젼릭ᄒ는 쇼셜은 태반이나 모다 음란ᄒ고 호탕흔 글이오 부쳐를 숭비ᄒ야 복을 비는 괴이흔 말이니 이도 쏘흔 인심과 풍쇽을 부패케 ᄒ는 거시라 각종 쇼셜은 져슐ᄒ여 내여서 이런 거슬 흔번 쓸어 브리는 거시 뎨일 급ᄒ다 홀지로다.16)

위의 인용문은 신채호가 『대한매일신보』에 발표한 논설 〈근일 국문 쇼셜을 져슐ᄒ는 쟈의 주의홀 일〉 중의 일부이다. 이 논설에서 신채호는 당시의 '쇼셜'들을 비판하고 있는데, 소설들이 음란하고, 부처를 숭배하면서 복을 비는 도구로서 인심과 풍습을 부패시킨다고 보고 있다. 그에게

---

16) 신채호, 〈론설－근일 국문 쇼셜을 져슐ᄒ는 쟈의 주의홀 일〉, 『대한매일신보』, 1908년 7월 8일.

소설이라는 개념은 교육적 측면을 강조한 글쓰기로, '국민'의 감화를 일
으킬 수 있는 수단으로 정의된다. 신채호는 '소설개량론'을 통해 소설의
효용적 측면에서 기존 소설의 악습을 대체할 새로운 소설의 필요성을 제
기한다. 이것에 대한 구체적 결과물로써 신채호는 「이순신전」과 「을지문
덕」 등 영웅을 소설로 재현하게 된다.

영웅적 인물의 재배치는 『독립신문』이 담지하고 있던 사회진화론에
근원을 두고 있다. 이 신문은 문명의 등급을 문명국, 개화국, 반개화국,
야만국으로 나눈다.17) 이러한 문명의 위계화를 바탕으로 반개화국에 속
해 있는 대한제국의 목표는 문명개화였고, 최종적으로는 독립이었다. 그
러나 일본에 의해 명성황후가 살해되고, 고종이 신변의 위협을 느껴 거
처를 러시아 공사관으로 옮기는 아관파천(1896년 2월 1일)이후, 일본에 이
어 러시아의 이권의 개입에 무력한 대한제국의 현실이 드러남으로써 사
회진화론의 '적자생존' 원칙은 더욱 힘을 받게 된다. 이것은 역으로 민
족·국가를 지켜내지 못했을 때 제국의 침략주의가 비판의 대상이 되는
것이 아닌 민족·국가의 내부로 그 비판의 화살이 향하게 되는 빌미가
되었다. 국가·민족의 나약함이 비판의 대상이 됨으로써 위기의 국가·
민족을 구원할 영웅이 필요해 졌던 것이며, 이것이 역사 안에서 찾아짐
으로써 민족영웅은 탄생된다. 이러한 "계몽의 기획은 인간을 형상화
(figuration) 할 수 있는 양식에 접근하지 않을 수 없었고"18), 이 지점에서

---

17) 정선태, 「『독립신문』의 조선, 조선인론－근대계몽기 '민족' 담론의 형성과 관련하
여」, 『근대계몽기 지식 개념의 수용과 그 변용』, 소명출판, 2004. p.171.
『독립신문』에서는 개화와 문명의 등급을 네 단계로 나누어서 제시한다. 첫 번째
는 '문명국'으로 영국, 미국, 프랑스, 독일, 오스트리아가 해당되고, 두 번째는 '개
화국'으로 일본, 이탈리아, 러시아, 네덜란드가 이에 해당된다. 그리고 세 번째는
'반개화국'으로 대한, 청국 태국, 페르시아, 터키, 이집트가 해당되며, 네 번째는
야만국이다.

검토의 대상이 되는 것이 영웅이었다.

사실 영웅의 개념은 반근대적인 속성이 강한 개념이다. "신으로서의 영웅, 예언자로서의 영웅은 고대의 산물로서 그 개념에는 어떤 사고의 소박성이라고 하는 것을 전제로 한다."[19] 한국문학사에서 영웅적 인물이 등장하지 않은 바는 아니지만, 신채호가 재현한 영웅은 조선후기 전기류에서 재현되었던 신탁된 인물로서의 영웅개념[20]과도 다른 것이다. 여기에서 영웅은 전근대적 인물이기보다는 주체화된 근대적 인물의 재현이라고 할 수 있다. 역사가 재서사화되는 과정에서 그것을 가능하게 하는 동력으로서의 인물은 이전의 신화화된 인물을 필요로 하지 않는다. 이 서사에 적당한 인물은 자의식이 강한 보편적 인간의 모습인 것이다.

   ① 우리나라는 영웅을 존숭ㅎㄴ 심셩이 엇지 그리 박졀혼지 고금에 짝이

---

18) 김동식, 「한국의 근대적 문학 개념 형성과정 연구」, 서울대학교 박사학위논문, 1999. p.69.

19) 카알라일은 영웅이 과학적인 지식의 진보가 덜 이루어진 사회에서 존재한다고 말한다. 그래서 현시대에서 영웅은 모든 시민으로 정의된다. "사람들이 감탄 동경하는 나머지 동포를 신이라든가 신의 목소리로 말하는 인간이라고 상상하기 위해서는 이른바 과학적인 것이 없는, 혹은 거의 과학적인 것이 결여되어 있는 세계가 필요하다. 신적 인간이나 예언자는 과거의 것이다. 이미 우리들은 영웅을 시민이라고 하는 그다지 야심이 없는, 그러나 또한 그다지 의혹도 느끼게 하지 않는 성격 속에서 보지 않으면 안 된다."
토마스 카알라일, 구인환 역, 『영웅숭배론』, 대양서적, 1972. p.81.

20) 역사·전기류에서 영웅은 조선시대의 영웅소설과도 연관이 된다. 전자가 실제인물을 주인공으로 한 반면 후자는 허구적 인물을 주인공으로 한다. 영웅소설은 실제의 제도적 차원의 구체적 사회가 조선후기 민중사회의 욕구를 충족시켜 주지 못하는 풍토 속에서 창출된 서사문학이며, 영웅소설에서 건설되는 제도적 차원의 구체적 사회는 조선후기 민중사회가 갖는 욕구를 성취시켜주는 제도가 되며, 그러한 제도적 차원의 구체적 사회를 건설하는 주체인 영웅소설의 주인공은 조선후기 민중사회를 대표하는 인물이 된다.
민긍기, 「영웅소설의 의미체계 연구」, 연세대학교 박사학위논문, 1986. p.112. 참조.

업는 진정 영웅은 용렬흔 스필삿헤 초초히 미몰흐고 그 혹 영웅이라 칭도
흐쟈는 샤슴을 가릭쳐 물이라 홈과 다름이 업스니 형뎨간에 불목흐는 악습
으로 동족이 셔로 잔해흐는 쟈도 영웅이라 칭흐엿스며 어진쟈는 적은 나라
이 큰 나라를 셤긴다는 쥬의로 외국 구적에게 아쳠흐는쟈도 영웅이라 칭흐
엿스며 심지어 뎍국의 창귀가 되여 본국을 도로혀 해흐는 쟈도 영웅이라 칭
흐야 인간에 격성권축으로 싸인 스적에 흔히 이런 사롬이 만흐니 내 이럼으
로 영웅이라흐는 두 글ㅅ 즈를 위흐야 흔번 통곡홀만 하도다.[21]

— (「을지문덕」, p.3.)

  ② 영웅의 명예는 흥샹 그 나라의 세력을 샌라셔 놉고 ㄴ즘이로다. 대뎌
수군의 뎨일 유명흔 사롬이 잇고 털갑션을 창조흔 나라으로 오늘날에 니릭
러 뎌희군의 ㄱ쟝 장흔 나라와 비교흐기는 고샤흐고, 필경 나라라는 명셕
좃ㅊ 업셔질 디경에 샌졋스니 나는 뎌 몇 빅년릭에 빅셩의 긔운을 썩그며
빅셩의 지식을 막고 문치의 스샹을 주던 비루흔 졍치긕의 여독을 싱각흐민
흔이 바다ㅅ물과 ㄹ치 깁도다. 이에 리슌신젼을 지어 고통에 샌진 우리 국
민에게 젼포흐노니, 무릇 우리 션남션녀는 이것을 모범홀지어다. 하ㄴ님씌
셔 이십셰긔 태평양에 둘재 리슌신을 기ㄷ리ㄴ니라.[22]

— (「이순신전」, p.49)

  위의 인용문에서 ①은 「을지문덕」의 서론 부분이고, ②는 「이순신전」
의 결론 부분이다. 두 글에서 공통적으로 지적하는 것은 조선의 역사에
서 영웅은 있었으나 그 영웅에 대한 업적은 아예 무시되거나 유실되었다
는 것이다. 그리고 그 영웅의 자질 중에 가장 중요한 것이 애국심임을

---

21) 신채호의 「을지문덕」은 광학서포에서 국한문체(정가 30전)와 국문체(역술자 김연
    창, 정가 15전) 두 종이 발행되었다. 책의 첫 페이지에는 을지문덕이 창을 들고
    갑옷을 입고 투구를 쓴 모습을 그린 전신상이 수록되어 있다.
22) 신채호의 「슈군뎨일 거룩흔 인물 리슌신젼」은 『대한매일신보』의 국한문판(1908년
    5월 2일 ~ 8월 18일)과 국문판(1908년 6월 11일 ~ 10월 24일)에 동시에 거재되
    는데, 국문판의 경우 역술자가 '패셔싱'이다.

강조한다. 소설에 재현된 영웅의 모습은 계몽의 기획에서 가장 바람직한 인간형으로 제시된 것이고, 이것을 매개로 실제의 영웅이 독자 자신일 수도 있음을 암시하고 있다. 기존의 연구에서는 "역사전기류 소설에 나타난 영웅에 대한 강조는 상대적으로 다수 민중의 역량에 대한 무시를 가져왔고 민중을 역사의 주체로 인식하는데 장애가 되었다"23)고 하지만, 신채호가 재현한 영웅은 이와는 상이한 양상으로 나타난다. 신채호는 역사학자로서 과거에 존재했던 인물들을 영웅의 모습으로 재현하면서 계몽의 담론에 이들을 위치시킨다. 신채호는 '영웅과 세계'24)라는 글에서 영웅을 "거룩흔 사름을 칭호ㅎ는 아름다은 일홈"이라고 언급하며 "입이 둘이라도 이 아름다온 일홈은 엇지 못홀 거시오 팔이 네히라도 이 아름다온 일홈은 엇지 못ㅎ고" 다만 "슈족이 ㅈ초잇는 신령흔 인물노 ㅎ여곰 일제히 그 슬하에 굴복ㅎ게 ㅎ는 능력"이 있으면 영웅이라 말한다. 신채호의 소설에서 영웅은 그것을 구성하고 있는 외형적인 성질이나 권력에서 찾아지는 것이라기보다는 인간의 내부적인 능력에서 발견되는 것으로 재현된다. 알레고리로서의 영웅을 서사의 전면에 배치하고 영웅의 행동을 독자-서술자가 해석해서 서술함으로써 신채호의 영웅의 서사는 독자

---

23) 이혜순, 「대한제국의 문학(1)-영웅테마문학을 중심으로」, 이화여자대학교 한국학 연구소, 1982.

24) 신채호, 〈논설-영웅과 세계〉, 『대한매일신보』, 1908년 1월 5일.
"영웅이라 홈은 엇던 명수인고 글ㅇ되 영웅이라 ㅎ는 두 글ㅈ는 비유ㅎ면 늘닌 즘승을 범이라 ㅎ고 긔이흔 새를 란됴라 홈과 ㅈ치 거룩흔 사름을 칭호ㅎ는 아름다은 일홈이라 이 아름다은 일홈은 엇던흔 사름이라야 맛당히 엇을고 ㅎ면 글ㅇ되 그 입이 둘이라도 이 아름다온 일홈은 엇지 못홀 거시오 팔이 네히라도 이 아름다온 일홈은 엇지 못ㅎ고 (중략) 넓은 뜻으로 영웅을 취ㅎ야 그 사름의 손에 총을 가졋던지 칼을 가졋던지 붓되를 잡엇던지 산가지를 잡엇던지 문부를 잡엇던지 이것은 다 뭇지말고 오직 그 쟝기로 바롬을 부르고 미를 쫏츠며 산을 문흐고 바다를 옴겨서 이목과 슈족이 ㅈ초잇는 신령흔 인물노 ㅎ여곰 일제히 그 슬하에 굴복ㅎ게 ㅎ는 능력이 넉넉ㅎ면 이것을 그 영웅이라 닐ㅇ는바니라."

에게 내면화되고, 이것으로 인해 독자는 자아 동일성에 의해 주체의 위치를 회복하게 된다. 따라서 영웅은 제국의 군주 모습으로 형상되는 것이 아닌, 필부필부(匹夫匹婦)의 민중적 개념과 더 친연성을 갖는다.

19세기 말에서 20세기 초기에 걸쳐 전 세계의 모든 국가는 민족이라는 이름으로 자신의 역할과 사회에 대한 지배력을 확장하기 시작했다. 민족이라는 이름으로 국가의 팽창을 정당화하는 국가권력에 관한 담론은 전 지구적인 현상이었고, 역사는 그 중심에 위치하게 된다. "역사는 근대성의 추구가 지니는 역동적 성격을 읽어내는 것과 관련이 있을 뿐만 아니라, 원초적 주체의 회복과 본질화 전략을 통해 현재를 과거와 재결합시키는 역방향의 프로젝트와도 관련"25)된다. 역사가 갖는 연속성은 미래의 불안감을 일시적으로 순화시키는 역할을 하며, 동시에 계몽의 양식으로써 민족적 주체를 창조하는 역할을 수행한다. 개인을 역사적 주체로 호명하여 과거와 현재의 간극을 메우려는 방식은 서사를 통해 가능해지는 것이며, 신채호 역시 동시대 세계에 대한 자신의 이념과 그것을 재현시켜줄 수 있는 서사 창출을 위해 역사를 채택하였고, 이것은 애국계몽의 슬로건이 되면서 알레고리의 대상으로 변형되었다고 볼 수 있다.

신채호가 재현한 영웅은 국가적 위기 상황에서 공공의 민족적 정신을 개인적 차원의 실천영역으로 끌어올 수 있는 가능성을 지닌 인물로 규정

---

25) 프라센지트 두아라, 문명기, 손승희 역, 『민족으로부터 역사를 구출하기 – 근대 중국의 새로운 해석』, 삼인, 2004. p.53.
두아라는 이 책에서 리꾀르의 역사적 시간의 개념을 빌어 온다. "리꾀르의 역사적 시간은 현재의 연속으로서 일시적 요동이 가져다주는 불안감을 완화시켜 주는 영속감을 우리에게 제공한다. 그러나 이러한 역사적 영속감은 결코 보편적이 아닌 이상적 통일체의 구축에 의해 가능하다. 실제로 반복성을 강조하는 전통적, 순환적 역사 개념은 영속성을 구축하는 대안적 방식일 뿐 아니라 반복 없는 미래를 향한 항해하는 불확실성을 드러내는 단선론적 역사보다는 불안감이 덜하다." (58쪽).

된다. 「이순신전」과 「을지문덕」에서 이들은 신탁된 인간으로서의 비범함과는 거리가 먼 보편적인 인간의 모습으로 재현된다. 소설에서는 이들의 좌절과 극복의 과정이 강조됨으로써 누구나 영웅이 될 수 있다는 가능성을 암시한다. 외부의 환경에 전적으로 지배받는 소극적인 인간이 아닌, 어려운 시대와 상황에 부딪쳐도 이것을 헤쳐나갈 수 있는 의지와 용기를 가진 인간의 모습이 영웅으로 재현되고 있는 것이다. 신채호가 형상화한 영웅은 피상적인 인식의 차원으로 존재하는 것이 아니라 새로운 대안세계를 가능하게 하는 주체이다. 신채호는 "확대재생산 된 영웅들이 사회적 차원에서 축적될 때 완전한 국가는 형성"[26]될 수 있음을 설파하면서 영웅의 이야기가 고통에 빠진 국민에게 희망의 메시지로 읽혀지기를 의도하고 있다. 그는 역사적 알레고리를 통해 역사 속의 영웅을 현재로 호출하여 알레고리로 재구성함으로써 사회전체가 망각하고 있던 독립의 실천성과 그 가능성을 강조하고 있다.

3: 타자의 출현에 따른 모방으로서의 영웅

앞 절에서는 신채호의 역사관과 영웅의 알레고리적 재현의 문제를 살펴보았다. 본 절에서는 박은식이 영웅을 알레고리적으로 재현하는 방식에 있어서 신채호와 어떻게 구별이 되는지에 대해 논의할 것이다. 신채호와 박은식은 전통 한문학의 교육을 받고 국권회복을 위한 계몽운동에 있어 지도자적 위상으로 존재했었다는 공통점이 있다. 신채호는 민족의 구국영웅을 알레고리화했다면 박은식은 「서사건국지」 등을 통해 외국의

---

26) 김동식, 앞의 책. p.70.

구국영웅을 알레고리화한다. 박은식은 역사서를 주로 번역하면서 소설이
나 교육에 관한 논설 등 다양한 번역 작업을 통해 당대의 애국계몽 운동
에 많은 영향을 끼쳤다. 일례로 그는 자신이 주필로 있던 『서우(西友)』[27]
에서 중국의 음영실주인(支那 飮永室主人)의 글인 〈학규총론(學校總論)〉을
번역하여 실었고, 애시객고(哀時客稿)의 〈애국론 일(愛國論 一)〉 등의 글을
역술하여 실었다. 그리고 그는 번역뿐만 아니라 잡지 『서우』의 〈인물고
(人物考)〉[28]에 역대 위인들인 「을지문덕전」, 「양만춘전」, 「강감찬」 등의
전기를 짧은 분량으로 연재하였다.

서양의 구국영웅을 대상으로 하는 소설은 근대계몽기 당시 많이 수입
또는 번역되었다. 그리고 번역되는 과정에서 우리나라 현실이나 일본,
중국의 현실에 맞게 수정되고 추가되었다.[29] 근대계몽기에 서양 책에 대
한 번역은 1800년 후반부터 시작되었고, 역사와 인물에 대한 전기는
1890년 중반 이후부터 번역되었다.[30] 「만국약사(萬國略史)」, 「미국독립사

---

27) 『서우』는 1906년 12월 1 일자로 창간된 〈서우학회〉 기관지로서 1908년 5월 통권
   17호까지 국한문혼용으로 발간되었다. 주필은 박은식이었고, 편집 겸 발행인은
   김명준이었다. 〈서우학회〉는 1906년 10월 서울에서 평안도, 황해도 출신의 지식
   인들이 중심이 되어 조직한 구국 계몽단체로서 우리나라 최초로 생긴 학회이다.
   1907년 1월에는 초등교육 구국의 시급함에 대처하여 수업연한 1년의 사범속성과
   교육을 했다. 교장에는 박은식이었고 교사에 주시경이 참여하였다.
   최덕교 편저, 『한국잡지백년 1』, 현암사, 2004. p.96.
28) 『서우』에 실린 〈인물고〉의 위인들은 다음과 같다.
   「을지문덕전」(『서우』2호) / 「양만춘전」(『서우』3호) / 「김유신전」(『서우』4호-8
   호) / 「강감찬」(『서우』11호) 등은 저자의 이름없이 기재되었다 되었으나, 박은식
   이 주필로 있었던 점으로 미루어 그의 작품으로 추측된다.
29) 「서사건국지」는 『대한매일신보』의 광고란에 자주 등장하는데 광고문은 다음과
   같다.
   "此 冊은 政治小說이니 志士의 救國 救民ᄒᆞᄂᆞᆫ 思想과 人民의 愛國心을 양성
   하ᄂᆞᆫ데 緊要ᄒᆞᆫ 冊子오"
30) 1890년 중반부터 역사와 전기물이 본격적으로 번역 연재되거나 출간 되었는데,
   이는 근대계몽기 당시 사람들의 관심이 어느 쪽에 집중되었는지 보여준다는 점에

(美國獨立史)」, 「파란말년전사(波瀾末年戰史)」, 「월남망국사(越南亡國史)」 등
의 역사서들은 그 나라의 독립의 과정이나 패망의 과정을 보여주고 있
고, 「나파륜전(拿破崙傳)」, 「이태리건국삼걸전(伊太利建國三傑傳)」, 「비사
맥전(比斯麥傳)」, 「피득대제전(彼得大帝傳)」 등은 구국영웅을 대상으로 하
고 있다. 그 중 「서사건국지」는 스위스의 구국영웅인 빌헬름 텔의 일대
기를 소설화한 것이다. 이 소설의 원전은 "중국인 정철관이 쉴러의 것을
개작한 것으로 추측된다. 정철관의 작품과 이 작품은 크게 개작된 것 같
지 않고 오히려 국문 토씨를 붙인 정도"31) 이다. 서사건국지의 원전이
되는 「빌헬름 텔Wilhelm Tell」은 쉴러가 1804년 희곡으로 집필한 것이다.
쉴러의 원작과 박은식의 「서사건국지」는 많은 부분에서 차이가 나는데,
그것은 정철관이 희곡을 소설로 번안하면서 내용에 있어 많은 부분을 삭
제하거나 추가한 때문으로 생각된다. 원작이 된 희곡은 1막 4장, 2막 2

서 주목할 만하다.
* 역사류
「萬國略史」(1, 2), 『한성신보』, 1895/ 「中東轉記」, 황성신문사, 1899. 3.
「俄國略史」, 일학부편집국, 1898. 4/ 「美國獨立史」, 황성신문사, 1899. (현채
역)/「波瀾末新戰史」, 탑인사, 1899. (어용선 역) / 「法國革新戰史」, 황성신문
사, 1900./ 「淸國戊政政變記」(상,하), 학부편집국, 1900. (현채 역)/ 「日露戰
記」, 박문사, 1904. (박영무 역)/ 「埃及近代史」, 황성신문, 1905. (장지연
역)/「萬國歷史」, 대한매일신보, 1905년 9월 1일 ~ 9월 3일.
「意大利獨立史」, 박문서관, 1907. (김덕균 역)/ 「월남망국사(越南亡國史)」, 박
문서관, 1907. (현채, 주시경, 리상익 역)/「比律賓戰史」, 보성관, 1907. (안국
선 역)/「世界植民史」, 광학서포, 1908. (이채우 역)
* 전기류
「拿破崙傳」, 한성신보, 1895년 11월 7일 ~ 1896년 1월 26일/「伊太利建國三
傑傳」, 광학서포, 1906. (신채호 역)/「比斯麥傳」, 보성관, 1907. (김덕균 역)/
「彼得大帝傳」, 공수학보, 1907년 4월 ~ 10월 (조종관 역)/「比斯麥傳」, 보성
관, 1907. (황윤덕 역)/「화성돈전」, (이해조 역)/「拿破崙戰史」, 의진사, 1908.
(류문상 역)/「比斯麥傳」, 보성관, (황윤덕 역)
31) 이재선, 「애국부인전/을지문덕/서사건국지」, 앞의 책. p.169.

장, 3막 3장, 4막 3장, 5막 3장으로 되어 있고, 희곡의 1막 1장은 목동의
노래로 시작되며 마지막 장인 5막 3장은 빌헬름 텔이 게슬러를 활로 쏘
아 죽이고(4막 3장) 난 후에 주민들이 해방이 된 것을 감격해 하는 장면으
로 끝이 난다. 그러나 「서사건국지」는 유림척도(빌헬름 텔)의 탄생으로 소
설이 시작되고, 그의 죽음으로 소설이 종결된다. 원작과 「서사건국지」는
각각 서사의 시작과 끝의 내용이 다르고, 사건의 순서 또한 다르게 진행
된다.

쉴러의 원작과 「서사건국지」는 많은 부분에서 차이가 나는데, 예사륵
(게슬러)의 부하들이 소를 빼앗고 소 주인의 눈을 빼는 장면과 그들이 모
자를 걸어놓고 경배하지 않는 자를 잡아들이는 것, 유림척도가 아들의
머리위에 올려진 사과를 화살로 쏘는 장면, 그리고 그가 도망하여 숲속
에서 예사륵을 활로 쏴서 죽이는 장면 등은 두 텍스트에 공통적으로 묘
사되어 있다. 그러나 유림척도가 예사륵의 부하들에게 잡히는 계기가 되
고 있는 시장에서 사냥한 동물들을 파는 장면이나 구국항쟁을 벌이기 위
해 준비하는 과정, 그 과정에서 중심인물이 되고 있는 아로나, 척리니,
옹덕화정, 사격와, 노다리 등의 인물들, 연설을 하거나 격문을 써서 뿌리
는 것, 민중들이 봉기하여 전쟁을 벌이는 장면, 빌헬름 텔의 제문 등은
원작에는 없는 내용이다. 원작의 경우 희곡이라는 특성으로 인해 장과
막으로 내용이 구성되고, 각 내용도 장면화되어 개별적으로 존재하기 때
문에 연속성의 측면은 약하다. 그러나 소설의 경우는 스토리의 연결과
사건의 발생에 대한 인과적 관계가 분명해야 하기 때문에 인물과 사건들
이 많이 추가되었다고 볼 수 있다.

소설 「서사건국지」는 희곡을 원전으로 하고 있지만 그 안의 핵심 사
건만을 차용한 수준이라고 할 수 있다. 소설적 서술을 통해 좀 더 사실

적인 교훈을 주고자 했던 의도로써 소설은 전기적 형태로 변형된 것이고 여러 가지 소설적 장치인 서술자의 등장이라든지, 내용을 회로 구분하여 각 회별로 내용을 요약하는 문장을 제목으로 삼는 것[32] 등은 근대계몽기 소설의 경향을 반영한 것이라 하겠다. 그리고 가장 중요한 것은 원작에서는 빌헬름 텔이 예사륵(게슬러)를 죽이고 독립을 쟁취하는 것으로 이야기가 진행되지만, 소설에서는 예사륵(게슬러)을 죽이고 난 후에 국민들이 독일의 군대와 전쟁을 벌이는 장면이 추가되어 있다. 이것은 한 사람만의 힘으로 독립을 쟁취했다는 것보다는 국민들이 단합하여 적을 무찌르고 식민지를 벗어났다는 점에서 소설은 희곡과 다른 의미를 지닌다. 소설에서는 서사국이 독립을 할 수 있었던 것은 영웅 한 사람만의 힘이 아

---

32) 「서사건국지」의 각 회의 제목은 이 회에 해당하는 내용을 정리하는 방식으로 되어 있다.

제일회 이국관헌의 해독이 아래로 인민에게 미치고 밭가는 늙은이가 애국심이 있다.(異國官毒下害　民手耕田佬大有愛國心)

제이회 아내와 한마음으로 나라 일을 말하고 친구와 더불어 민권의 회복을 다짐하다.(對妻兒同心談　國事與朋友失誓復民權)

제삼회 잔인한 병졸들이 권세를 믿어 소를 마음대로 빼앗고 애국의 지사는 격문을 뿌려 군사를 모으다.(殘忍兵恃劈奪耕牛愛國士傳檄招人馬)

제사회 편주를 몰아 바람을 타고 큰 물결을 헤치고 노래를 불러 무리의 마음을 격려하다.(駕扁舟乘　風破巨浪唱歌曲苦厲群心)

제오회 아로나가 모병을 위해 두 강을 건너고 화록타가 아비를 따라 평진을 지나다.(亞魯拿募兵二河華祿他隨父過市鎭)

제육회 모자를 걸어 인민에게 절 시키니 기둥을 꺾어 부자가 잡히다.(懸冠冕人民頂下拜折木柱父子被擒拿)

제칠회 과일을 쏘게 하는 척하며 영웅을 죽이려 하고 노를 젓게 하여 천심이 호한을 구하다.(命射果假手殺英雄求棹舟天心救好漢)

제팔회 위험을 벗어나 기회를 타 적신을 죽이고 시기를 맞추어 의를 세워 옛 나라를 회복하다.(脫危險乘勢誅賊臣　趂時機擧義恢舊國)

제구회 큰 일을 이루어 공화국을 세우고 중흥과 평등권을 이루다.(成大事共和立國政　奠中興上下得平權)

제십회 위인의 덕을 제(祭)하고 노래하며 동상을 세워 천고에 꽃다운 이름을 남기다.（祭偉人萬民歌大德建遺像千古留芳名）

니라 국민 모두의 결집된 힘이었다는 것을 강조하고 있는 것이라 할 수
있다. 그래서 개인 혼자서 영웅이 되는 것보다는 모두가 영웅이 되어야
함을 역설하고 있다.

「서사건국지」에서는 원전 희곡과는 달리 서술자의 격앙된 감정을 설
득력 있게 전달하고자 설정된 것이 연설과 격문 그리고 제문이다. 소설
의 목적이 구국의 일념으로 애국하는 영웅을 재현하는 것이기 때문에 이
런 극적인 장치는 서술자 또는 작가의 논평을 대신하게 된다.

① 〈회복서사격(恢復瑞士檄)〉 격문
　동포들은 학교에서 글을 읽고, 혹은 푸른 들판을 갈며, 혹은 수레를 몰고
장사하며 혹은 노동하니, 모두 옛 임금의 자손이요, 서사의 종족으로 한마음
으로 맹세하고 중지로 성을 이루었도다. 독립의 깃발은 혁혁하게 높이 올라
해를 가리웠고, 자유의 종소리는 꽹꽹하게 우뢰같이 떨치도다. 괴로움의 멍
에를 벗으려 함에 어떤 괴로움을 벗지 못하겠으며, 공을 세우려 함에 무슨
공을 세우지 못하리오. 원수의 짓밟힌 슬픔에 함께 분노하며 애국심을 펼쳐
볼지어다. 뒷날 공화정체는 필경 동포의 행복이니, 여러분은 일어서라[33]
　　　　　　　　　　　　　　　　　　　　　　　－(「서사건국지」, p.113)

② 투쟁 격려문
　머리는 아직 안잘렸으니 그 값을 어찌 알리
　나라가 망하려 하는데 어찌 자기 몸을 돌보리오
　지향 없는 이 세상, 동굴 속에 머물러

---

[33] "同胞等은 或讀學堂ᄒ며 或 耕緣野ᄒ며 或牽車而腹買ᄒ며 或戴笠而從工
ᄒ니 皆先王之子孫이오 瑞士之種族으로 同心誓水ᄒ고 衆志成城이라 獨立
旗旌는 赫赫高張蔽日ᄒ고 自由鍾鼓는 轟轟振起如雷리 以此脫阨에 何阨不
消며 以此建功에 何攻不立이라오 公憤同仇之慨ᄒ야 母衰愛國之心이러라
他日政体之共和는 畢竟同胞之幸福이니 百爾君子는 盍興平來리오" (원문,
p.16.)

나를 구하고 도적놈들을 죽여 이 백성들을 구하리[34]

- (「서사건국지」, p.142)

③ 유림척도의 제문

오호 통재라, 약육강식이여, 자벌레가 굽었다 펴려 하고 난세가 충심을 앎
이여, 하늘이 내리사 위인이로다. 다만 이 위인이여, 가난과 고생을 겪으셨
고 노심고골함이여, 강한 이웃에서 벗어나게 했도다. 큰 일을 근근히 이루시
었도다. 위인이 입지하심을 생각함이여, 살신성인을 다짐하셨도다. 이제 장
한 뜻으로 옛 나라를 회복하고 이 백성을 건지셨도다 (중략) 공의 책임을 다
이루심이여, 공에 있어 어찌 성함이 있으리오. 한 다발 계주를 정함이여, 숙
장의 혼이 나오심이여, 풍우가 티끌을 씻음이여, 모두 고향으로 돌아왔도다.
대지는 망망하고 신주는 창창하고 독립의 깃발은 양양히 나부끼고 있도다.
자유의 종은 울리고 서사의 국민은 잠을 깨었도다. 공은 이같이 아오니 이
향불을 감하소서, 오호 통재 상향[35]   - (「서사건국지」, pp.151-152)

위의 인용문들은 이 소설의 주제적인 측면이 잘 드러나는 부분이다.
①은 일이만(독일)의 폭정에 대항하여 잃었던 나라를 되찾고자 하는 구국
일념을 담은 격문이다. 유림척도와 아로나가 애국당을 결성하고 민중들
의 결집하기 위해 작성된 〈회복서사격(恢復瑞士檄)〉은 서사국이 식민지가
된 것에 대한 비통함과 독립 쟁취의 필요성을 언급하고 "분노하여 애국
심을 펼쳐"보자고 호소하고 있다. ②는 유림척도가 예사륵(게슬러)을 죽이

---

34) "頭今未斷安知價 國就淪亡尙計身 莽莽乾坤留洞穴 救予殺賊拯斯民"(원문,
p.43)

35) "嗚呼 痛哉 弱肉强食兮 蠖屈求伸亂世識忠兮 天降偉人惟此偉人兮歷盡艱辛
勞心苦骨兮 隄脫强隣大事僅成兮郞 鄕萎厭身憶偉人之立志兮誓殺身以成仁
今壯志之已酬兮恢復舊國而斯民 (중략) 古留芳公之責任其已盡畢兮干公胡
傷具生芻兮蒼蒼獨立旗兮揚揚 自由鍾兮鏘鏘瑞士國民兮今睡醒公如有知兮
鑒此馨香嗚呼痛哉尙饗" (원문, pp.52-53)

고 나서 바위에 새긴 글귀이다. 예사륵은 일이만의 통치자 나덕복(루돌프)의 신하로서 실질적인 폭정을 감행했던 인물이다. 그를 죽이고 나서 유림척도는 바위에 이 글귀를 세기면서 독립투쟁의 의지를 확인하게 된다. ③은 유림척도의 제문(祭文)이다. "모든 사람들이 함께 큰 소리로 제문"을 읽는데, 제문은 유림척도의 일생을 종합적으로 평가한 것으로 그의 위대함을 설명한다.

①, ②, ③의 인용문은 서사의 진행에 따라 주제를 핵심적으로 내포하고 있다고 볼 수 있다. ①에서는 일이만(독일)의 식민지가 되어 비참한 생활을 하는 것에서 독립의 필요성을 인식하고 ②에서는 ①의 인식을 바탕으로 독립을 쟁취하는 과정을 그리고 있다, ③은 서사국의 독립 후의 모습과 빌헬름 텔의 죽음과 관련하여 그의 업적을 총체적으로 평가하고 있다. 이 세 인용문은 소설이 스토리적으로 진행되는 것 이외에 격문이나, 제문들을 통해 서사 전체를 알레고리로 제시할 수 있다는 것을 보여준다. "독립의 각오 결의 → 독립투쟁의 과정 → 독립 후의 평화로움"의 도식은 논평의 형식을 통해 좀 더 구체적으로 소설의 의도를 설명한다. 독립의 방향과 방법 그리고 결과는 인용문에서 보는 바와 같이 스토리 외적으로도 제시될 수 있는 것이고, 그래서 스토리만을 해석하는 것이 아니라 그 이면의 빗대어진 현실을 조망할 수 있게 되는 것이다.

신채호의 「을지문덕」, 「이순신전」은 민족의 구국영웅을 대상으로 하고 있지만, 「서사건국지」는 외국의 인물을 통해 독립의 쟁취과정을 보여준다. 전자가 통시적인 역사성에 기인하고 있다면 후자는 공시적인 역사의 사례를 인용하고 있다. 이 소설은 다른 나라의 역사를 통해서 그리고 그 나라의 영웅들의 이야기를 차용함으로써 독립의 당위성뿐만 아니라 독립한 후의 모습까지를 제시하고 있다. 소설은 "스위스를 독립시키는데 있어서 커다란 노동자일 뿐 아니라 자유민권의 한 우상으로서의 '텔'을 보여줌으로써 외세에 대한 저항의 정치적인 우의 내지는 그러한 정치적 의식을 다분히 장치"[36]하고 있는 것이다. 이런 작가의 의지는 소설의 〈序〉에서 자세히 설명된다.

저 서양 나라에서 우주를 뒤흔든 나파륜과 화성돈의 공업이 실로 유림척 도의 아름다운 궤적을 따른 것이다. 지금 태서의 문명 제도가 모두 서사에서 기점을 하여 적십자회의와 만국공회와 교통우정회 등에서 하찮은 서사가 그 주도권을 잡으니 그 끼친 은택의 드리운 바가 어찌 장구하지 않는가? 천하 후세에 이 「서사건국지」를 읽는 사람은 누군들 애국 사상과 백성을 구제하 려는 혈심이 분발하지 않겠는가? (중략) 훗날 우리 대한도 저 서사와 같이 열 강들 사이에 위치하여 독립자주를 공고히 한다면, 우리 동포의 생활이 곧바 로 지옥을 벗어나 천국에 오를 것이니 어찌 즐겁지 않겠는가? 이 목적을 달 성코자 한다면 오직 애국의 뜨거운 마음이 한 덩어리로 뭉치는 데 있다 하겠 다.[37]

박은식은 자신이 쓴 「서사건국지」의 〈序〉에서 왜 이 소설을 번역했 는가에 대한 이유와 이 소설이 주는 의미에 대해 설명하고 있다. 그는

---

36) 이재선, 「실러Schiller와 개화기의 저항적 역사전기문학」, 『한독문학비교연구 1』, 삼영사, 1976. p.224.

37) 민족문학사 연구소 편역, 「서사건국지 서」, 『근대계몽기의 학술·문예사상』, 소 명출판, 2000. pp.96-97.
　"彼西國에 轟赫宇宙ᄒ 拿破倫과 華盛頓의 功業이 實로 維霖惕露의 芳軌를 襲ᄒ者라 至今 泰西의 文明制度가 皆瑞士에 起點ᄒ야 赤十字會와 萬國公 會와 交通郵政會等에 區區한 瑞士가 其牛耳를 執ᄒ니 其遺澤의 垂世가 豈 不遠哉아 天下後世에 玆瑞士建國誌를 讀ᄒᄂ 者는 誰가 愛國思想과 救民 血心이 奮發치 아니ᄒ리오 (중략) 異日我韓도 彼瑞士와 如히 屹然히 列强之 間에 標直ᄒ야 獨立自主를 鞏固히 ᄒ면 我同胞의 生活이 便是地獄을 離ᄒ 고 天國에 躋ᄒ이니 豈不樂哉아 此目的을 達코저ᄒ면 惟是愛國熱心이 打成 一團에 在ᄒ다ᄒ노라" (원문, p.3)

먼저 우리나라에서 유행하는 소설 종류를 보면 그 나라의 풍속과 정교(政 敎)를 알 수 있다고 하면서 현재 우리나라 소설은 "황탄무계하고 음란불 경"하여 풍속에 해가 되고 있다고 말한다. 그리고 소설이 선본(善本)으로 서 필부필부의 경종이 되고 독립자유를 표방해야 함을 언급한다. 박은식 이 이 소설에서 주목하고 있는 것은 유림척도(빌헬름 텔)가 "나파륜(나폴레 옹)"이나 "화성돈(워싱턴)"의 모범이 되고 있다는 점이다. 그리고 그가 주목 하고 있는 것은 서사국이 '적십자회의', '만국공회', '교통우정회' 등에서 보이는 강대국으로서의 일면에 대한 것이다. 결과론적으로 빌헬름 텔과 같은 영웅이 있기 때문에 현재와 같은 서사국의 위상이 있었던 것이고, 따라서 "우리 대한"도 "독립자주를 공고히"한다면 서사국처럼 될 수 있다 는 가능성을 제시하고 있다.

신채호가 국가적 위기의 극복을 민족의 내부에서 찾았다면, 박은식은 이것을 외부에서 모색했다고 볼 수 있다. 소설은 역사의 과거적 지평인 수직적 관점이 아닌 동시대의 수평적 관점을 조망함으로써 국가 밖에서 국가를 투시하게 된다. 그럼으로써 민족 내부의 문제는 더 잘 드러나게 되고, 지향해야 할 목적도 확실해진다. 내부의 시선이 외부를 통해 다시 내부로 향하게 되는 자기회귀는 이 소설에서 외국영웅의 이름으로 간접 화하고 있다. 박은식은 타국의 영웅들을 알레고리화하면서 그들처럼 국 민 모두가 영웅적 행동을 보임으로써 독립을 쟁취할 수 있다는 가능성을 보여줌으로써 국가의 미래적 비전을 확실하게 보여주고 있는 것이다.

4: 현실이 거세된 신탁적 인간으로서의 여성영웅

장지연의 「신쇼셜, 이국부인젼」은 여성영웅을 알레고리의 대상으로
설정하고 있는 소설이다. 이 소설은 장지연의 유일한 소설로 프랑스의
구국영웅인 쟌다르크의 일생을 형상화하고 있다. 거의 모든 영웅소설이
나 전기들이 남성 영웅을 다루고 있지만, 「애국부인전」과 「라란부인전」
은 유일하게 여성을 대상으로 하고 있다. 그리고 「서사건국지」가 "정치
소설"이라는 부제를 달았지만 「애국부인전」은 "신소설"이라는 부제를 달
고 있다. 「애국부인전」이 장지연의 창작품인지, 아니면 원작이 따고 있
고 이것을 번역한 것인지는 확실하지 않다.[38] 『대한매일신보』의 국한문
판 1907년 10월 9일의 광고란에는 「애국부인전」을 광고하는 문구가 실
려있는데, "右冊은 純國文으로 世界에 有名ᄒ 法國婦人 若安氏의 愛
國事蹟을 譯出 하얏ᄉ오니"[39]라고 하여 책을 번역한 것으로 소개하고

---

38) 이재선은 「애국부인전」의 원작에 대해 논의하는데, 그는 이 소설이 번안인지 번
역인지 확실하지 않지만 금남임서의 작품을 매개로 한 것이 아닌지 추측하고 있
다. 그리고 서구의 쟌 다르크에 작품 중에서는 쉴러의 「오를레앙의 소녀」가 가장
유사하지만, 이것이 중국에서 번역되었는지는 알 수 없기 때문에 단정할 수도 없
다고 말한다. 또 하나의 가능성은 프랑스 역사서에 대한 중국의 번역을 참고해서
장지연이 소설화 했을 것이라는 것이다. 「애국부인전」에서 잔다르크의 탄생과 죽
음은 년도, 또는 전쟁이 시작되고 끝난 년도가 정확하게 기재 되어 있는 것으로
보아 이런 가능성을 뒷받침해주고 있다고 언급하고 있다. 김영민은 이 소설이 서
양 소설의 번역 혹은 번안일 가능성이 높다고 보면서, 이 작품 곳곳에서 강감찬,
을지문덕, 양만춘등 우리나라 장수의 이름이 등장하는 것으로 보아 이 부분들은
작가 장지연의 창작의 결과임이 분명하다고 언급하고 있다.
이재선, 『애국부인전/을지문덕/서사건국지』, 앞의 책. pp.162-166.
김영민, 「서구문화의 수용과 한국 근대문학」, 『서구문화의 수용과 근대개혁』, 연
세대학교 국학연구원 편, 태학사, 2004. p.252.
39) 「애국부인전」은 『대한매일신보』에 1907년 10월 9일과 1907년 10월 19일에 광고
가 실린다. 광고문의 전문은 다음과 같다.
"右冊은 純國文으로 世界에 有名ᄒ 法國婦人 若安氏의 愛國事蹟을 譯出 하

있다. 그러나 『대한매일신보』국한문판 1908년 11월 8일의 〈演劇界之
李人稙〉이라는 논설란에는 "羅賓孫漂流記의 如을 奇*을 譯ㅎ야 國民
의 冒險心을 皷發홈도 加ㅎ며 若安貞德救國傳 과 如한 壹小史를 箸
야"라고 적고 있다. 이인직이 '나빈손 표류기'를 번역했고, 약안정덕구국
전은 저술(箸) 했다는 것인데, 이 신문의 국문판 11월 8일 426호에는 "라
빈손의 표류긔ᄀᆞᆺ흔 긔이흔 쇼셜을 져술ᄒᆞ여"로 표기되어 있고, "안졍덕
의 나라를 구언ᄒᆞ던 것과 ᄀᆞᆺ흔 쇼셜을 번역ᄒᆞ여"라고 하여, 국문판과 국
한문판의 내용을 달리하고 있다. 이 소설이 번역인지 저술인지 뚜렷하게
규정할 수는 없지만, 다만 소설에서 "조선에 분묘도 나에게 파냄이 될 것
이요" 라든지 "슬프다 우리 나라도 약은 ᄀᆞ튼 영웅호걸과 이국충의의 녀
ᄌᆞ가 혹 잇는가"라고 서술하는 것으로 보아 장지연이 단순한 번역작업만
행했다고 보기는 어렵다.

이 소설이 앞의 세 소설과 차별화되는 것은 당연히 여성을 대상으로
삼고 있다는 것이고, 또 하나는 이 소설이 신의 계시를 받은 인간이 영
웅이 되는 것을 묘사하고 있다는 것이다. 여성 여웅을 알레고리의 대상
으로 하고 있는 이 소설은 국민의 한 사람으로서 여성의 역할을 강조한
다. 남성만이 위기에 처한 나라를 위해 헌신하는 것이 아니라 여성도 남
성처럼 구국을 위해 행동해야 할 필요성을 잔다르크라는 프랑스 여성영
웅을 통해 알레고리화하고 있다.

나는 본릭 궁항벽촌에 일긱 외롭고 잔약흔 여자로서 직됴와 학식도 업스
나 다만 나라의 위퇴함을 통분히여겨 국민된 한 분자의 의무를 다ᄒᆞ고자홈
─────────────
얏스오니 無論 男女ᄒᆞ고 愛國性이 有ᄒᆞ신 同胞ᄂᆞ 맛당이 보실 書冊이오니 陸
續*覽ᄅ심을 望홈"

이요 참아 우리 국민이 남의 우마와 노예됨을 볼 수 업서 이ㄱ티군즁에 몸을 던졋ᄂ니 다힝이 라비도 장군의 은덕으로 나의 고심혈셜을 살피시고 날로 ᄒ여곰 군ᄉ의 참예케하시니 오날々 제군으로 더불어 이쎡에서 서로 보매 나는 결단코 밍셰ᄒ기를 몸으로 나라일에 죽어 우리 국민을 보젼코자하노니 제군々々 이여 임의 익국심이 잇슬진딕 과연 엇지ᄒ면 조흘고 긔묘ᄒ 빙칙으로 가ᄅ침을 바라고 바라노라   ─(「애국부인젼」, p.26)

위의 인용문은 약안아이격이 군사를 모으기 위해 많은 사람들 앞에서 연설을 하는 대목이다. 여기에서 약안아이격은 자신이 여자이지만 나라의 위태로움에 국민의 한사람으로 의무를 다하고자 전쟁에 참여했다는 자신의 경험을 이야기한다. 이 인용문에서 여성과 남성은 동일하게 '국민'의 이름을 부여받는 인간으로 묘사된다. 이 소설에서는 남녀 구분에 의한 이데올로기는 삭제되고, 대신 성에 관계없이 '국민'의 역할이 우선시 되고 있다. 여성이 '국민'의 이름으로 호명됨으로써 계급과 성별에서 평등해지는 것은 근대계몽기의 여성영웅소설이 갖는 공통점이다. 이것은 기존의 유교와 봉건제도하에서의 여성 역할에 대한 인식의 변화에 따른 것이 아니라 국가의 위기라는 사항에서 전제된 전환이라 볼 수 있다.

이러한 인식의 전환은 당대의 애국계몽운동과 밀접한 관계가 있다. 「애국부인전」은 여성이 자신의 능력을 확인하기 위해 또는 자아실현을 위해 사회적 문제에 참여하기보다는 국가적 위기에 국민의 한 사람으로서 나라를 지킬 의무에 충실하기 위해서 전쟁에 참여한다. 여성이라는 개인의 사적영역에서 벗어나 공적영역으로의 진입에 매개가 되고 있는 것은 국가의 위기이다. 봉건질서에 있어서 권리와 의무는 남성에게만 국한된 것이었으나, 계몽의 시기에 권리와 의무는 여성에게도 할당되고 있다. 근대적 '국민'의 개념은 성별에 차별을 두지 않고 적용되고 있는 것이다.

그러나 여기에서 문제가 되는 것은 여성영웅이 보편적인 인간의 시련과 극복을 통해 영웅적 자질을 갖는 것이 아니라 신탁된 여성으로 등장한다는 것이다.

「을지문덕」, 「이순신적」, 「서사건국지」 등은 인간의 능력을 초과하는 비범함이나 시련을 당함에 있어서 스스로 극복하고 역경을 이겨내는 보편적 인간들이었다면, 「애국부인전」의 인물은 태어날 때부터 신에게 나라를 구해야 하는 사명감을 받고 태어난 것으로 설정되어 있다.

> ① 홀연 어듸서 약안을 불러 가리듸 약안아 네가 넘어한훙을 타 방탕이 놀지마라 ᄒ거늘 약안이 깜작 놀라 ᄉ면을 살펴 보아나 사람의 그림ᄌ도 업는 지라 졍히 의심ᄒ여 머리를 들어 보니 홀연 공중에 황금 빗이 찬란ᄒ며 치ᄉᆨ 긔운이 령롱ᄒ듸 구름 속에 무수ᄒ 텬신이 공중에 둘러 서고 그중에 세 분 텬신이 서ᄉ 옥관 홍포로 긔상이 엄숙ᄒ이 약안을 크게불러 가르듸 법국에 장ᄎ 큰 란이 잇슬지라 네가 맛당히 구원ᄒ라 (중략) 너는 금심치말라 이 다음 ᄌ연 알날이 잇슬것이니 그 ᄶᅥ 되거던 라비로 장군의 휘하로 들어가면 조흔 긔회가 싱기리라하고 말을 맛치미 별안간에 금광이 얼른ᄒ며 곳보이지 안이ᄒ는지라 대뎌 법국이 영국과 해마다 싸홈을 쉬지 안이홈으로 궁촌 농부라도 영국의 원슈됨을 다아는지라 약안이 어려서부터 부모의 흥상 일ᄏᆞᆺ는 말을 듯고 싱 으로 또한 나라의 붓그림을 씻고자 ᄒ여 날마다 상뎨게 가만 이원ᄒ기를 장ᄅᆞᆯ 나라를 위ᄒ여 원슈를 설치ᄒ고 빅셩을 규졔ᄒ게 ᄒ옵소서 하여 칠칠년을 일심으로 비는고로 그 졍셩이 맺쳐 하늘이 감동ᄒ여 약안의 눈에 텬신이 나타내심이라 약안이 황홀ᄒ여 마음 속에 싱각ᄒ되 이것이 혹 꿈인가 ᄒ더니 그후에도 구ᄎ 텬신이 눈에 완연이 보이고 기 가티 부탁이 졍녕한지라 약안이 싱각ᄒ되 텬신게서 져러케 루ᄉ히 분부ᄒ시니 필연 나라에 큰 란이 잇슬지니 내 맛당히 구ᄒ리라하고
>
> — (「애국부인전」, pp.2-4)

② 왕이 그 녀즈가 텬신의 칭착혼다는 말을 듯고 혹 요괴혼 슐법으로 셰
상을 속이는가 의심호여 그 진위를 알고자호여 의복을 버서 다른 신하를 입
히고 왕의 상좌에 안처 거즛 왕을 쑤미고 왕은 신하의 복장을 입고 제신의
반렬에 들어와 참 국왕을 보고 직빅호거늘 왕이 거즛 놀라 늘체호여 랑즈가
그릇 왓도다 호며 당상을 가르쳐 저 에 용포를 입고 안즈신 국왕폐하게 뵈
오라 하는 아니로다 흔되 약안이 업되여 엿즈오되 쳔혼 녀즈가감이 텬신의
명을 밧즈와 왓스오니 아모리 폐하게서 의복을 변호엿슬지라도 엇지 모를
리치가 잇스오리가 왕이 그게서야 약안의 셩명과 거쥬를 무르시고 그 뜻을
알고자 호거늘   - (「애국부인전」, p.16)

인용문 ①에서는 "텬신"이 나타나는 부분이다. 약안아이격이 영국의
군병을 피해 절 뒤에 숨어 화원을 구경하는 중에 천신이 나타나면서 그
녀는 나라를 구할 인물로 지목된다. 그리고 천신이 자주 나타남으로써
약안아이격은 자신이 나라를 구할 영웅임을 확신하게 된다. ②는 약안아
이격이 구국의 일념으로 군사를 받기 위해 왕을 찾아가서 시험을 받는
장면이다. 왕은 그녀가 "요괴한 술법"을 쓰는 사람으로 의심하여 신하와
옷을 바꾸어 입고, 이것을 구별할 수 있는지 시험한다. 약안아이격은 왕
과 신하를 구별해냄으로써 신탁된 인간임을 확인 받는다. 소설에서 이처
럼 신탁된 인간으로서의 비범한 행동은 자주 묘사된다. 이것은 소설이
약안아이격의 행동이 천신의 계시로 추동되고 있음을 강조하는 것으로
볼 수 있다. 전쟁 중에 적병과의 싸움에서도 약안아이격은 "원수는 귀신
이요 사람이 안이라"하는 등의 비범함으로 각인된다. 그래서 약안아이격
의 능력은 신탁 받은 인간만이 누릴 수 있는 전능함으로 일관된다.

물론 텍스트에서 약안아이격의 능력은 초월적이지만 구국 일념을 강
조함으로써 그녀가 전적으로 신탁에 의해 행동하는 것만이 아님을 전제
한다. 약안아이격이 어려서부터 위험에 처한 나라와 백성을 구제해달라

고 기도함으로써 본래적으로 구국에 대한 신념이 있었다는 것을 보여준
다. 누구나 신탁을 받는 것이 아니라 약안아이격이 주권 회복에 대한 일
념을 소유한 사람이었기 때문이라는 것을 강조하는 것이다. 이 소설이
근대계몽기에 쓰여진 작품의 특징을 드러내는 것은 이 부분이다. 소설이
알레고리가 되기 위해서, 그리고 교훈과 계몽을 하기 위해서는 일방적인
신의 계시는 설득력을 잃게 된다. 알레고리의 대상이 자신이 되어야만
계몽의 효과가 집중되는 것이기 때문에 이 장치는 필연적이라 할 수 있다.

영웅이 초월적 능력을 부여받아 중대한 사건을 처리하고 운명적인 죽
음을 맞이하는 스토리는 근대계몽기 이전의 영웅소설의 형식이다. 「애국
부인전」은 "군담소설의 전통을 이어받고"[40] 있다고 할 수 있는데, 신탁에
의한 영웅의 탄생은 조선후기의 영웅소설에서 흔히 쓰이던 방식이었다.
신이한 탄생과 성장기의 고난과 시련, 탁월한 능력을 통한 활약, 죽음 등
은 영웅소설의 전형적인 스토리이다. 영웅은 건국을 위해 초월적 능력과
비범함을 가지고 있어야 하며, 최고의 자리까지 등극해야 한다. 이러한
구조는 영웅소설이 신화나 설화를 모태로 하기 때문이다. 그러나 조선후
기 집중적으로 나타난 여성영웅소설은 현실에서 일어날 수 없는 꿈의 형
상화라는 점에서 남성영웅소설과 다르다. 여성영웅소설의 주인공은 대체
로 자신의 영웅성을 확인시키고 다시 사회가 요구하는 가정으로 돌아간
다. 이 소설들에서 드러내고자 하는 것은 여성이 취하는 영웅적 행위가
여성의 사적 욕망을 분출하는 하나의 장치라는 사실이다. 조선시대에는
여성의 역할이 가정으로 한정되어 공적영역의 참여 기회가 없었기 때문
에 여성영웅소설은 대리만족의 측면을 강조한다. 그래서 여성영웅소설은
"여성의 본원적인 능력이나 잠재된 능력을 드러내기 위하여 남성의 전유

---

40) 김영민, 「서구문화의 수용과 한국 근대문학」, 앞의 책. p.252.

물, 또는 남성의 이상으로 정착한 영웅적 장치"[41]를 끌어들였던 것이다. 그러나 여성영웅소설이 여성성을 남성성으로 대체했다고는 볼 수 없다. 대부분의 여성영웅은 다시 가정으로 돌아감으로써 여성성은 중요하게 취급된다. 「박씨부인전」의 경우 박씨부인이 자신을 숨기고 남편을 조종하는 것을 볼 때 여기에서 여성성은 배제되지 않는다. 그래서 여성성에 대한 배타적인 시선은 전제되어 있지 않다.

그러나 「애국부인전」에서 여성성은 능동적인 자질로 인정되지 않는다.

> 셔력 일쳔ᄉ빅십이년 졍월에 맛츰 한 ᄯ알을 나흐니 용모가 단아ᄒ고 텬셩이 총명ᄒ여 영민홈이 비홀ᄃᆡ 업스니 부모가 사랑ᄒ여 일홈을 약안아이격이라 ᄒ더니 약안이 졈々 자라매 부모게 효순ᄒ며 한번 가르치면 모를 것이 업스며 상녜를 미더 셩경을 흥샹 읽으며 학문에 능통한지라 나이 십삼셰에 이를어 능히 부모읫 양치는 싱업을 도으니 부모가 이 녀ᄋ의 극히 령리홈을 보고 십분 깃버ᄒ더라 졍덕이라 부르며 ᄀ르ᄃᆡ 앗갑도다 졍덕이 만약 남ᄌ로 싱겻드면 반둣이 나라를 위ᄒ여 큰 ᄉ업을일울것 이어늘 불힝이 녀ᄌ가 되엿다ᄒ매 약안이 이럿틋이 칭찬함을 듯고 마음에 불평이 역여 ᄒ는 말이 엇지 남ᄌ만 나라를 위ᄒ여 ᄉ업하고 녀ᄌ는 능히 나라를 위ᄒ여 ᄉ업ᄒ지 못홀가 하늘이 남녀를 내시매 이목구비와 ᄉ지빅톄는 다 일반이니 남녀가 평등이여늘 엇지 이가티 등분이 다를진ᄃᆡ 녀ᄌ는 무엇ᄒ려 내리리오ᄒ니 이럼날로만 보아도 약안이 타일에 능히 법국을 회복ᄒ고 일홈이 쳔츄력ᄉ상에 혁々 히 빗날 녀장부가 안일손가 　　　　－(「애국부인전」, pp.1-2)

위의 인용문은 약안 아이격이 여성도 남성과 똑 같이 나라를 지킬 의무와 책임이 있음을 인식하고 있는 부분이다. 그것이 나라를 위한 "큰

---

41) 정병헌·이유경 엮음, 「여성영웅소설의 이야기 전개방식」, 『한국의 여성영웅소설』, 태학사, 2000. p.269.

사업"일 경우는 더욱 남녀를 구분할 필요가 없는 것으로 인식하고 있다. 고미숙은 "남성이 자신을 민족을 대표하는 주체로 바라볼 때, 여성이라는 타자가 민족주체에 편입될 수 있는 방법은 오직 관리당하는 생식력－민족의 자궁－과 자식을 교육하는 어머니라는 두 가지 방식 뿐"[42]이라고 보고 있지만, 이 소설에서는 다른 양상으로 전개되고 있다. 여기에서는 명분에 의한 남녀의 구별보다는 실질적인 능력과 애국심이 우선 되어야 함을 말함으로써 남녀평등에 대한 개념을 전파한다. 그러나 이것은 심각한 국가적 위기가 있을 경우만을 고려한 것으로 볼 수 있다. 소설에서는 약안아이격이 전쟁을 하기 위해 출정하는 부분에서나 군사를 모으는 과정에서 여성이라는 것이 장애가 되지만, 이것은 스스로 극복되는 것이 아니라 천제의 신탁이라는 이유로 모든 문제가 해결된다. 약안아이격 자신의 능력보다는 신탁된 여성이라는 것에 초점이 맞추어짐으로써 소설에서 여성성은 삭제되고, 이것은 남성성과 똑 같은 입장으로 고정되고 있다.

「애국부인전」은 신탁이라는 장치를 도입함으로써 여성의 능동적인 면을 거세하고 있다. 여성의 자발적인 사회적·국가적 역할의 성취에 집중되었다기보다는 국가에 의해 호출되는 여성의 역할에 충실하고 있다고 볼 수 있다. 그래서 소설은 여성의 사적 욕망이 아닌 국민으로서 갖는 의무에 종속되는 경향이 강하다. 즉 「애국부인전」이 여성을 모성성으로만 규정하지 않고 남녀가 평등한 근대적인 여성관을 논의하고 있는 것처럼 보이지만, 사실은 신탁된 여성이라는 감투를 씌움으로써 여성성은 폄하되고 있다. 따라서 이 소설에서 알로고리로써 여성영웅을 재현하고 있지만 이것은 왜곡되고 있다고 하겠다.

---

42) 고미숙, 『한국의 근대성, 그 기원을 찾아서』, 책세상, 2001. 참조

5: 반항과 저항의 알레고리 효과

역사적 알레고리에서 재현하고 있는 인물로서의 영웅은 근대계몽기의 영웅담론을 차용한 결과에서 비롯된다. 나라의 위기에 대처하는 방식 중의 하나가 영웅의 출현이었고, 이것은 애국계몽운동의 핵심으로 소설에서 수용하게 된 것이다. 여기에서 영웅은 이전 시대의 사적인 성공담에 관계된 것이 아니라 국가와 모종의 관계를 맺는다는 점에서 차별화 된다. 보편적인 인간이 스스로 영웅이 되는 성공담을 통해 역사에 있어서 개인 주체의 중요성을 부각시키고 있는 것이고, 누구나 영웅이 될 수 있다는 것을 보여줌으로써 소설은 알레고리가 된다. 자신의 의지와 목적에 의해 불우한 환경과 사회적 어려움, 국가적 위기를 극복한다는 점은 근대계몽기 역사적 알레고리에 재현된 영웅의 특징이라 할 수 있다.

이러한 영웅의 출현배경이 되었던 것은 당대의 '소설개량론'에 의해서이다. 당시의 여러 논자들은 신소설이 미치는 사회적 영향에 대해 부정적으로 평가하면서 '새로운 소설'의 필요성을 제기했다. 신채호는 『대한매일신보』, 〈소설가의 추세(趨勢)〉라는 논설에서 소설가의 행태에 대해 비판하면서 소설의 사회적 역할을 강조한다.

近日 小說家의 趨勢를 觀하건대, 인으로 하여금 大驚을 喫 할 者−不一이로다. 此 小說도 회음소설誨淫小說이요, 彼 小說도 誨淫이라. 美人의 冶游容態를 描出하며 男子의 花柳分身을 寫來하여 일독一讀하매 淫心이 萌하며, 再讀하매 誨淫이 蕩하니, 嗚呼라. 小說은 國民의 羅針盤이라. 其說이 俚하고 其筆이 攻하여 目不識丁의 勞動者라도 小說을 能讀치 못할 者−無하며 又 嗜讀치 아니할 者−無하므로, 小說이 國民을 强한 데로 導하면 國民이 强하며, 小說이 國民을 弱한 데로 導하면 國民이

弱하며, 正한 데로 導하면 正하며 邪한 데로 導하면 邪하나니, 小說家된 자−마땅히 자신自愼할 바어늘, 近日 小說家들은 誨淫으로 主旨를 삼으니 이 社會가 장차 어찌되리오.43)

위의 인용문에서 보는 바와 같이 신채호는 소설이 "사회의 나침반"이기 때문에 소설가의 역할 또한 중요하다고 역설하면서 소설이 지닌 공공성의 문제를 거론한다. 이것은 근대계몽기 당시 양계초의 소설론44)에 대한 영향에 의한 것으로도 볼 수 있지만, 우선은 신채호가 당대의 신소설의 폐해에 대한 각성이 있었다는 것으로 보아야 한다. 신채호와 박은식, 장지연 등에 의해 이끌어진 소설개혁론은 신소설에 대응하여 좀 더 혁신적인 계몽의 글쓰기 방법으로 제시된 것이고, 이것으로 인해 근대계몽기 소설은 다양한 방식으로 형식과 내용에 변화를 겪게 된다. 여기에서 '새로운 소설'은 보통 이인직과 이해조의 소설들을 지칭하는 '신소설'과는 다

---

43) 신채호, 〈논설−소설가의 趨勢〉, 『대한매일신보』, 1909년 12월 2일.
44) 양계초는 지식계급의 사회적 역할, 즉 민족적 자각을 구현시키는데 소설의 영향력이 크다는 것을 언급하면서, 서구의 정치가 또는 혁명가의 전기나 흥망사를 번역 소개함으로써 국가의 위기에 대처하고 민족적 에너지를 고양하자고 언급한다. 이러한 양계초의 논의는 우리나라 근대계몽기 당대의 지식들의 인식과 다르지 않다는 점에서 주목된다.
양계초의 소설관 내지 소설의 효용가치론은 그가 1898년 『淸議報』에 발표한 「譯印政治小說 序」와 『新小說』에 발표한 「論小說與羣治之關係」란 두 편의 논문에 압착되어 있다. 전자에서는 번역의 중요성에 대해 언급하고 소설을 통한 정치적, 사회적 사상의 계몽을 들어 소설의 지위를 끌어 올린 소설 및 정치소설에 대한 견해를 피력하고 있다. 그리고 후자는 정치, 사회에 대한 소설의 관계로서 국민을 혁신시키는데 있어서 소설의 불가사의한 위력을 밝힌 소설 중시관이다. 이러한 원인으로는 첫째로는 소설이 언제나 사람을 지경계에 놀게 하여 일상적으로 느끼고 받는 공기를 변환시킬 수 있는 까닭이라 했다. 둘째는 감동적 효력으로 어떤 사람의 감정을 철저히 표현하거나 노출 시켰을 때 이에 공감하고 감동하게 되는데, 소설은 바로 이러한 감동의 깊이를 갖고 있다는 것이다."
이재선, 『한국 개화기 소설연구』, 앞의 책. pp.159-164. 참조

른 개념에서 사용된 것이다. 신채호가 말하는 새로운 소설은 '신소설'의 문제점을 극복한 새로운 개념의 소설이다. 이것은 '신소설'에 대한 양식적 개념을 말하는 것이 아니라 '새로운' 차원의 글쓰기를 지칭하는 것이다.

이러한 새로운 소설의 필요성에 기인하여 『대한매일신보』는 논설을 통해 이인직의 글쓰기 방식을 비판한다.

> 리씨가 이왕에 일본가셔 류학가에 딕ᄒ여 일분이라도 공익상에 싱각이 잇슬진딕 라빈손의 표류기ᄀᆺ흔 긔이한 쇼셜을 져슐ᄒ여 국민의 겁업는 ᄆᆞ음을 고동홈도 가하고 안젼덕의 나라를 구원ᄒ던 것과 ᄀᆺ흔 쇼셜을 번역ᄒ여 국민의 익국셩을 굿게홈도 가ᄒᆯ거ᄂᆞᆯ 이제 리씨가 그러치 아니ᄒ야 뎌것도 아니ᄒ며 이것도 아니ᄒ고 다만 모리ᄒᄂᆞ 소견으로 쳡을 위ᄒ여 변호ᄒᄂᆞ 귀신의 소릭라ᄂᆞ 쇼셜등을 져슐ᄒ여 샤회상에 도덕을 해롭게 ᄒ며 보ᄂᆞ 사룸으로 ᄒ여 곰 졍신을 혼미케ᄒ여 칙갑몃빅환으로 식미를 치왓도다.45)

위의 논설은 이인직이 "쳡을 위ᄒ여 변호ᄒᄂᆞ 귀신의 소릭"라는 소설을 지어 도덕을 해롭게 하고 있다고 비판하고 있다. 그리고 심지어 "마귀의 슐업이 더욱 자라셔 졈졈 그 긔괴 허탄한 연희로 국민의 심지를 방탕"케 하여 그 폐해가 적지 않음을 지적한다. 이인직의 이러한 저작들과 대조적으로 제시되는 것은 '안젼덕'(쟌다르크)을 대상으로 하고 있는 「애국부인전」이다. 이 논설에서 사회와 국가를 위하여 저술해야 할 모범으로 인용되고 있는 것이 영웅의 전기인 것이다. 일반국민의 애국사상을 배양할 책임이 소설에 있었던 것이고, 그 실천적 차원에서 '새로운 소설'은 「애국부인전」과 같은 영웅 서사였던 것이다.

또한 영웅의 출현은 역사에 대한 재해석 과정에서 탄생되었다고 볼 수

---

45) 〈론셜 – 연극쟝에 독갑이〉, 『대한매일신보』, 1908년 11월 8일.

있다. 근대계몽기에 역사에 대한 관심은 사회진화론의 유입과 관련된다. 개화파의 '실력양성론'이 개혁과 변혁을 통한 자기 혁신을 '자강'으로 집약할 수 있었던 것은 사회진화론적 사고가 당대의 담론으로 존재했었기 때문에 가능한 것이었다. 사회진화론은 원래의 이론에 관계없이 근대계몽기의 현실적 입장에서 해석되면서 '자강론'의 근거를 이루게 된다. 1890년대 말부터 20세기 초반에 수용된 사회진화론은 기존의 서구적 맥락과는 다르게 이해되었다. 동아시아 3국(중국, 일본, 대한제국)46)의 지식인들에게 사회진화론은 국가적 위기의식의 반영이자 제국을 극복할 방법으로 인식되었다. 물론 사회진화론이 제국의 지배를 용인하는 기제로 쓰이기도 했지만, 근대계몽기 초기에는 이것보다는 국가 생존을 위한 변혁과 개혁의 근거로 유도되었다고 할 수 있다. 근대계몽기 당시 사회진화론은 국가 생존을 위한 대외적 저항의 필요성에 의해 내부적 결집의 논리로

---

46) 동아시아 3국의 사회진화론 수용사는 사상의 출처를 떠나 전파되는 과정에서 정치환경(객관적 조건)과 기호(주관적조건)에 따라 굴절되어, 본질은 외면되고 형식만이 수용되었다. 적자생존과 자연도태, 적자생존의 원리를 중심으로 생물의 형성과 변화 방식을 설명하던 생물학적 진화론이 사회진화론자들에 의해 부분적으로 그리고 선택적으로 흡수되어 재조립된다. 스펜서의 자유주의적 사회진화론 또한 대중의 민족주의적 성향의 고양, 서구 제국의 제국주의적 팽창, 집단주의의 대두를 계기로 대내적 국민통합과 대외적 경쟁을 강조하는 유사 사회진화론으로 대치된다. 대내적으로 사회유기체론을, 대외적으로 경쟁적 국제정치상을 합리화하는 사회제국주의론이 사회진화론 계열의 주류로 부상하게 된다. 동아시아 3국의 경우 加藤弘之, 양계초, 신채호는 제반 서구사상과 전통사상을 절충시켜 정치환경의 변화에 대응한 결과로 초래된 국가사상의 중첩성을 고려하여 사상의 역사적 변화과정을 추적한 기존의 연구 동향과는 달리 분해, 재조립하는 방식을 택함으로써 이들의 국가사상에 융해된 제반 특수성을 고려하게 된다. 신채호는 사회진화론으로 보강된 점진주의와 절충주의에 근거하여 자강개혁을 요구했으나 1910년 이후 무력투쟁노선으로 전환함으로써 관념론적 시민민족주의의 한계를 극복하고 저항민족주의의 실효적 기반을 확보하게 된다.
신연재, 「동아시아 3국의 사회진화론 수용에 관한 연구」, 서울대학교 박사학위논문, 1991. pp.190-200.

사용되었고, '자강'에 대한 민중적 합의를 돌출하기 위한 근거가 되었다. 국민통합을 위한 기초로서 사회진화론은 생존경쟁의 법칙에 구속되는 개인과 국가의 모습을 투영함으로써 '자주'와 '자강'의 필연성을 강조하게 된다. 그래서 『독립신문』이나 『대한매일신보』 등의 신문은 '자강'의 논리를 애국계몽운동의 핵심으로 삼게 되었다. 이것은 이후 동양의 도(道)와 서양의 문명이 결합해야한다는 '동도서기론(東道西器論)'을 배격하고 '서도서기론(西道西器論)'을 옹호하게 되는 논리가 된다. 서양의 정신과 문명은 근대계몽기의 전환기적 시점에서 필연적인 선택이었던 셈이고, 역사적 알레고리에서는 이것을 좀 더 극명하게 보여주고 있다. 이항대립적인 문명과 야만의 논리는 우화소설의 경우 도식화되어 구체적으로 형상화되었고, 그럼으로써 계몽의 실천적 영역은 다양하게 제시된다.

사회진화론은 종족·민족·역사로 구성된다. 여기에서 역사는 우수한 인종을 표시하는 기록이며, 역으로 역사·민족이 없는 인종은 열등하다는 논리를 갖는다. 역사의 연속성이 단절되었다는 것은 민족의 정체성을 상실한 것이고, 이것을 설명하기 위해 역사는 근대계몽기에 애국계몽을 위한 담론으로 부상하게 된다. 역사적 시간은 현재의 연속으로서 일시적 요동이 가져다주는 불안감을 완화시켜주는 일종의 영속감을 제공한다. 역사에 숨겨져 있던 사건들이 현재에 재현됨으로써 새로운 의미를 얻게 되고, 이것은 미래의 비전을 제시하는 역할을 담당하게 되는 것이다. 근대 초기에 영웅에 대한 개념은 전근대적이고 반민중적인 것으로 인식되었다. 그러나 이러한 영웅은 근대계몽기에 신채호의 역사주체 인식에 의해 '민족'의 다른 이름으로 등장하였다.[47] 지배자가 역사의 주체가 되는

---

47) 우리나라가 '민족'과 '국가'의 개념을 결합하여 '민족국가'를 상정했다면 중국은 '국민'과 '국가'의 결합으로 '국민국가'를 상정했다고 할 수 있다. 중국의 국민국가 형

것이 아니라 다수의 민중이 역사 주체로 인정되면서 영웅은 민중과 동일한 어휘로 쓰였다고 볼 수 있다. 따라서 신채호가 재현하고자 했던 영웅은 역사라는 토대를 바탕으로 했을 때만 가능했던 것이다. 이런 맥락에서 그가 역사의 영속감을 강조하면서 이상적 통일체로서 구축했던 것이 민족이었다. 역사와 민족 그리고 영웅은 서로 상보적이고 순환하는 개념들이다. 역사를 통한 영웅의 재발견은 민족의 토대를 위해 필요한 개념이었던 셈이다.

역사적 알레고리에서 영웅은 민족적 주체를 상징하는 의미로 쓰인다. 「을지문덕」, 「이순신전」, 「서사건국지」, 「애국부인전」 등은 민족의 구국 영웅이나 스위스, 프랑스의 영웅들이다. 이들이 갖추고 있는 자질들은 애국심이며, 이것은 구국항쟁의 발로가 된다. 비범한 능력이 이들에게 영웅의 이름을 주는 것이 아니라 애국적 행동이 이들을 영웅으로 불리게 하는 것이다. 따라서 이들의 영웅적 자질은 애국심으로 평가된다. 역사적 알레고리가 영웅들을 통해 이끌어내려고 했던 것도 애국심이다. 국민적 단합과 통일된 힘이 있을 때에 비로소 식민지가 될 위험에서 벗어나게 된다는 것이고, 이런 애국심을 실천적 측면으로 승화할 수 있는 방법으로 고안된 것이 역사적 알레고리이었다고 볼 수 있다. 특히 「서사건국지」의 경우는 그 실천적 방법까지 모색하고 있다는 데 주목할 만하다.

성을 살펴보면, 근대적 국민국가 체계에 편입되기 위해 중국이 움직이기 시작한 것은 신정기간(1902 ~ 1908)이었다. 이 중심에 량치차오(양계초)가 위치하는데, 그는 미국을 방문한 1903년 즈음 이미 이전의 자유민주주의적 사고방식을 포기하고 국민국가에 가장 적절한 정치형태로 개명전제(開明專制)를 옹호하기 시작했다. 량치차오는 국민국가 체제의 발전을 이미 인식했을 뿐만 아니라 국민국가 체제의 진화론적, 제국주의적 측면을 알고 있었다. 국민국가 간의 대외적 경쟁이 대내적 경쟁보다 중요해졌고 그는 중국을 구원하고 통합할 수 있는 강력한 국가를 요구하기 시작했고 이것이 국가주의 사상이다.
프리센디트 두아라, 앞의 책. p.243. 참조.

일이만 군병이 하던 일을 그만두고 즉시 기병하여 수륙으로 진격하니 이
때는 바로 애국당이 의거하는 때였다. 연도의 서사 사람들은 늙은이, 어린이
등 종군이 불능한 사람도 이 〈동맹회복가〉를 듣고 분발해 일어나, 목숨을
아끼지 않고 군인들에게 떡과 빵을 나르는 자, 차와 술을 바치는 자, 옷을
바치는 자, 집물을 대신 메는 사람 등 모두가 앞을 다투어 나섰다.

ㅡ (「서사건국지」, p.146)

위의 인용된 부분은 일반 민중들이 '애국당'을 결성하여 전쟁에 나서는
것을 묘사한 것이다. '애국당'은 국민들 스스로 연합하여 조직된 무장단
체이다. 그리고 이것은 박은식이 결성했던 구국단체의 이름과 동일하다.
이들은 근대계몽기의 의병과 흡사한 성격을 갖는다. 국가에 의해 조직된
것이 아니라 민중들이 봉기하여 일어났다고 하는 점에서 더욱 그러하다.
근대계몽기 당시 애국계몽운동에서 우선시 되던 것이 실력양성론이었고,
위정척사파에 의한 무장투쟁론은 비판되었었다. 신소설에서도 마찬가지
로 의병운동에 대해 노골적으로 비판하면서 국력을 소모하는 원흉으로까
지 서술되었다. 그러나 박은식은 "애국계몽운동과 의병운동을 상호대립
적인 것이 아니라 상호보완적인 것"[48]으로 인식하였다. 이것의 연장으로
써 박은식은 일반 민중 스스로 자국을 침탈하는 이민족과의 전쟁에 참여
해야 함을 소설을 통해 제시하고 있는 것이다.

---

48) 신용하, 『박은식의 사회사상연구』, 서울대학교 출판부, 1982. p.66.
　　박은식이 의병투쟁을 강조한 것은 그의 상무교육론(尙武敎育論)에서 비롯되었다
　　고 할 수 있다. 그에 의하면 천하의 대업에는 〈文事〉와 〈武備〉가 있는데, 우리
　　나라는 삼국시대나 고려시대, 조선 초기까지 문무가 완비되어 있었으나 이후 '崇
　　文賤武'의 사상과 관습이 교육되어 와서 나라를 해치는 지경에 이르렀다고 보고
　　있다. 그래서 이것을 극복하는 방법으로 상무교육을 주장한다. 일례로 일본의 역
　　사를 비교하면서 일본의 무사도라고 칭하는 상무적 국풍이 있어서 국민의 용감한
　　성질을 갖게 하였고, 그 용감성으로 인해 애국정신과 단체력이 타국보다 뛰어나
　　게 되었다고 보고 상무교육의 중요성을 강조한다.

역사적 알레고리의 소설들은 당대의 단형으로 제시되는 위인전과 주
제적인 측면에서는 공통점이 있었지만 그 재현 양상에 있어서는 차별화
된다.

　① 然ᄒ나 國會는 猶然未決ᄒ야 至是ᄒ야 國民이 漸次國會를 依憑치
못ᄒᆯ줄노 知得ᄒ고 王의 專制政治를 欲脫 ᄒ믹 自然 一人의 首領을 廣
求함에 至ᄒᆫ 지라 嗚呼라 彼等의 渴望ᄒ는 首領은 果是如何ᄒ 人物이뇨
크롬웰 以外에ᄂ 他人이 無ᄒᆯ 터히믹 (중략) 敵兵三千餘騎를 윙스쎄地에
相遇하야 一大激戰 舞臺幕을 半空에 高開ᄒ니 長途에 久勞ᄒ 크롬웰兵
이 一度敵軍은 及見ᄒ고 俄然히 勇氣를 倍加ᄒ야 直時敵軍의 中堅을
衝突ᄒ야 三十分時間에 敵軍을 粉碎ᄒ니 此役에 크웰의 名勇이 一國에
震動ᄒ지라 49)

　② 乙支文德은 平壤石多山의 人이니 沉毅有智畧 ᄒ야 高句麗 嬰陽
王朝의 大臣이라 支那隋煬帝大業八年에 高句麗를 伐할식 二十四軍을
左右道로 分ᄒ야 出ᄒ니 (중략) 又平壤城固ᄒ야 度難猝拔이라 遂班師ᄒᆯ
식 爲方陣而行이어늘 文德이 出軍鈔擊ᄒ야 至薩水에 隋兵이 半渡라 麗
軍이 尾擊ᄒ야 將軍辛世雄이 戰死ᄒ니 諸軍이 俱潰ᄒ고 將士奔還ᄒ야
一日一夜에 至鴨水ᄒ니 行四百 五十里라 來護兒도 亦爲麗軍所誘引 ᄒ
야 大敗ᄒ니 僅以身免이라.50)

---

49) 〈歷史譚－크롬웰 傳〉, 『태극학보』제 20호, 1908년 5월 20일.
　　『태극학보』는 〈태극학회〉에서 발행한 것으로 매월 1회 발행하였다. "논단", "강
　　단", "학원", "문예", "잡록"등으로 구성되어있고, 〈역사담〉은 "강단"의 부분에 수
　　록되어 있다. 20호의 경우 "문예"란에는 소설 형식의 「無何鄉」, 창가형식의 「愁
　　心歌」2수, 「漢詩」2수, 소설형식의 「海底紀行」 등이 있다.
50) 〈인물고－乙支文德傳〉, 『서우』제 2호, 1907.
　　『서우』의 〈인물고〉는 역사적 위인의 업적이나 일생을 2페이지 분량으로 요약해
　　서 매 호마다 수록했다. 박은식이 잡지의 주필을 역임하고 있었기 때문에 많은
　　글이 그의 손에 의해 쓰여졌다. 그러나 〈인물고〉의 경우 작가의 이름이 적혀있지
　　않기 때문에 그의 저작이라고 단정할 수는 없다. 그리고 이 잡지는 국한문혼용체

위에 인용문은 전기의 형식으로 외국의 영웅을 서사화하거나 민족의 영웅을 재현한 것이다. ①은 1908년 『태극학보』에 실린 〈歷史譚－크롬웰 傳〉이고, ②는 〈인물고－乙支文德傳〉으로 1907년 『서우』에 실린 것이다. 서양의 건국영웅이나 민족의 구국영웅의 전기 등은 당시의 잡지와 신문들을 통해 단형의 위인전기 형식으로 쓰여졌다. 두 서사는 적은 분량으로 이들의 업적을 이야기해야 했기 때문에 사건을 중심으로 서술되지 않고 요약 제시되고 있다. 그래서 허구적 개념의 소설이라기보다는 전통의 전 양식에 기반하고 있다고 보는 편이 옳다. 이러한 단형의 서사들은 당대의 역사지향 담론의 한 부분을 차지하고 있었다는 것과 영웅들을 통해 애국계몽에 참여하고 있다는 점에서 역사적 알레고리와 그 성격이 흡사하다. 이렇게 제시된 영웅전기들은 역사적 알레고리의 영웅들과 마찬가지로 일반적 국민의 형상에 새로운 역할을 부여하는 주체로 표현된다.

역사적 알레고리나 단형의 영웅전기에서 영웅이라는 인물이 호명 가능했던 것은 그것을 싸고 있는 역사라는 외피의 고유성 때문이다. 이것은 역사적 알레고리가 신소설처럼 미풍양속의 소극적인 측면을 계도하는 것이 아닌, 알레고리로서 좀 더 적극적으로 현실을 비판하고 스스로 성찰할 수 있는 계기를 만들어 줌으로써 가능한 것이다. 특히 영웅의 모습이 보편적인 일반 민중들로 초점이 맞추어짐으로써 계몽과 계도의 측면은 한층 더 강조되었다. 그리고 전쟁서사가 중심을 이루면서 이민족에 대한 저항의 필연성이 요청되었다고 볼 수 있다. 민중의 저항으로 독립을 쟁취하는 과정이 확대되고 전쟁 후의 승리의 모습이 구체적으로 제시

로 쓰여져 민중보다는 한문해독이 가능한 개화된 지식인이나 유림들이 실질적 독자였을 것으로 보인다.

됨으로써 미래의 비전에 대한 제시까지 담당했다고 하겠다. 역사적 알레
고리의 소설들은 또한 국가적 차원의 계몽이라는 특질을 내포하고 있지
만, 역으로 이것은 영웅이 자신일 수 있다는 가능성의 논리를 심어줌으
로써 자아 개념이 발아되었다고도 볼 수 있다. 알레고리의 원리에 의해
욕망의 투영이 구체화된 형상으로 조합되는 과정에서 내면화된 영웅이
제시되고 있는 것이고, 이것은 근대적 주체[51]의 개념이라 해도 과언이
아니다.

신채호와 박은식, 장지연이 알레고리의 원리로 역사의 주체인 영웅이
라는 개인을 끌어와 재현했지만, 이것이 적극적인 실천으로 연결되지 못
한 이유는 과거와 현재의 다양한 균열을 해결할 수 없었다는 데에 있다.
성찰과 저항의 동기는 제공했지만 이것을 구체적인 실천의 영역으로 끌
고 갈 수 없었던 것은 이것이 허구성이 전제된 소설이었기 때문이기도
하고 알레고리의 간접화의 원리에 의한 것일 수도 있다. 이것은 문학이
담당할 수 있는 영역이 아니었다는 한계도 있지만, 여기에서 제시하고
있는 영웅이라는 "역사의 주체는 단선적인 시간 경험에서의 아포리아,

---

51) 주체subject는 보통 행위의 주체이자(특히 철학에서는) 사고하는 주체의 의미이
다. 정치 이론이나 정치적 상황에서 주체는 국가와 법에 '종속된' 존재로서의 신
민 혹은 시민이라는 최소한 두 가지 의미를 지닌다. 현대 이론에서는 주체가 언
어를 말하는 존재라는 개념에 정신분석학적 통찰이 덧붙여져 한층 더 복잡한 용
어가 된다. 라깡은 주체의 세 가지 유형을 구분한다. 1) 비인격적인 주체로서 타
자로부터 독립적이고 순수하게 문법적인 주체, 2) 익명적이고 상호적인 주체로서
다른 어떤 타자에 대해서도 등등하게 인식하는 주체, 3) 개인적 주체로 자기 확
인적 행위로 구성되는 주체이다. 페미니즘에서 주체성은 구성되는 주체보다 구성
하는 주체, 즉 주체가 구성되는 조건들에 대한 이해를 바탕으로 사회 변화를 일
구어 내는 정치적 행위자로서 주체로 설정된다.
가야트리 스피박, 태혜숙, 박미선 역, 『포스트식민 이성비판』, 갈무리, 2005.
p.28.
딜런 에반스, 김종주 외 역, 앞의 책. p.370.

즉 유동하는 시간과 영원한 시간 사이의 부조리, 과거와 현재 사이의 불
일치를 극복하도록 고안된 형이상학적 통일체"[52]였기 때문이다. 과거와
현재 동시에 귀속되는 영웅은 관념적인 표상에 불과했던 것이며, 그래서
역사적 알레고리가 행동을 추동하는 서사가 아닌 단지 반항과 저항에 그
친 것도 이 때문이라 할 수 있다. 비록 당시로서는 많은 독자들에 의해
읽혀졌다고 하더라도 그 독서의 효과(대항의 몸짓이나 시도)가 미진했던 것이
다. 영웅의 알레고리에 대한 기획 자체가 저항담론의 형성에는 크게 기
여했지만, 이것이 운동의 차원으로까지 나아가지 못했다는 데에 주목할
필요가 있다. 신채호와 박은식, 장지연의 이러한 역사적 기획은 일시적
인 균열을 아물게 하는 위안의 효과는 있었지만 그 영향력이 지속되기에
는 여러 가지 한계가 있었던 셈이다.

　역사적 알레고리에 의해 재현된 영웅은 1910년 한일합방이 되고 나서
그 영향력을 상실하게 된다. 물론 독립의 가능성을 체현하기 위한 의도
로 탄생된 것이 영웅이었기 때문에 국권을 완전히 빼앗긴 상태에서의 영
웅은 영향력을 상실하게 되는 것은 수순이었을지도 모른다. 그러나 역사
적 알레고리를 재현하고 있는 소설이 더 이상 쓰여지지 않은 것은 한일
합방으로 인한 출판계의 검열의 문제의 요인도 무시할 수 없다. 1905년
을사조약으로 인해 일본의 통제는 본격화되는데, 신문지법(1907)과 출판
법(1909)의 개정은 신문계와 출판계, 서점계에 충격과 지각변동을 가져오
게 된다. "출판법에는 '국제교의(國際交誼)를 저해하고 정체(政體)를 변형
시켜 붕괴케 하거나 국헌을 문란시키는 문서 및 도화(圖畵)를 출판했을
때는 3년 이하의 역형(役刑)'에 처하고 내무대신은 이 법을 위반한 출판
물의 판매금지와 압수를 명령할 수 있는 조항이 들어있었다."[53] 이것은

52) 프리센지트 두아라, 앞의 책. pp.57-58.

언론을 통한 식민지 현실에 대한 인식과 투쟁을 거세하기 위한 방법이었고, 법적인 구속력으로 억압하려는 것이었다.[54] 일제의 이러한 출판 정책은 출판계와 서점계의 몰락과 방향전환으로 이어졌다. 근대계몽기에 대표적인 서점이었던 광학서포는 「이태리건국삼걸전」, 「애국부인전」, 「혈의 누」, 「을지문덕」 등의 서적을 출판하였으나 이 도서 중 상당부분은 발매금지를 당하게 된다. 광학서포는 1910년 이후에는 근대적 계몽서적은 출판하지 못했고, 대신 유림들이나 지식인들을 대상으로 하여 한문서적을 출판, 판매하였다. 그리고 이 시기 출판계는 위기의 타개책으로 법에 저촉이 되지 않는 신소설을 포함하여 구소설까지 발간하게 되었고, 이것은 당시의 출판계의 관행으로 이어졌다. 따라서 역사적 우의성의 소

---

53) 한기형, 「1910년대 신소설에 미친 출판·유통 환경의 영향」, 『한국 근대소설사의 시각』, 소명출판, 1999. p.225.

54) 일제의 검열의 구체적인 예는 교과서 검정을 들 수 있다. 1909년 3월 13일 『대한매일신보』별보에 실린 〈교과서 검명의 묘사(속)〉라는 글은 교과서를 심사하는 방침을 보여주고 있다. 이것은 수신과 국어, 한문, 역사 교과서에 나타난 정치사항을 열거한 것으로 교과서 검정의 주요사항이 된다. 교과서에 이러한 사항이 들어가면 일제에 의해 판매금지를 당하고 저작자와 출판업자가 징계를 받게 되는 것이다.

례 일종은 우리나라의 지금 형편을 졀통ᄒ게 의론ᄒ는 쟈

례 이종은 과격ᄒ 문ᄌ를 쓰고 독립을 말ᄒ여 나라의 시국형편을 파괴ᄒ려ᄂᄂ 졍신을 고동ᄒᄂ 쟈

례 삼종은 외국일과 젼례를 인증ᄒ여 본국의 시국졍칙을 비평ᄒᄂ 쟈

례 ᄉ종은 말을 공교하게 ᄒ여 국가의 시국졍형을 비평ᄒᄂ 쟈

례 오종은 국가의 의론과 의무의 의론을 계ᄌᄒ여 분울ᄒ 언ᄉ를 쓰ᄂ 쟈

례 륙종은 편협ᄒ 인국심을 말ᄒᄂ 쟈

례 칠종은 일본과 다른 외국에 관계가 잇ᄂ 력ᄉ나 소설 즁에 쟝렬ᄒ 인물을 과쟝ᄒ고 이거슬 인ᄒ여 은연즁에 일본과 다른 외국에 권ᄒ여 ᄃᄒ덕ᄒᄂ ᄆᄋ음을 고동ᄒᄂ 쟈

례 팔종은 본국에 잇ᄂ 언어와 풍속과 습관을 유지ᄒ쟈ᄒ고 외국을 본밧ᄂ 거시 불가ᄒ다고 말ᄒ여 외국 비쳑ᄒᄂ ᄉ샹을 고동ᄒᄂ 쟈

례 구종은 셜ᄭ 분ᄒ 문ᄌ로 근일 ᄉ긔를 져술ᄒᄂ 쟈.

멸은 소설 자체의 내적인 문제 이외에도 일제의 출판법에 의한 강압과 출판계의 자구책에 대한 결과라고도 볼 수 있다.

우화소설에서 정치적 이데올로기가 가장 섬세하고 격렬하게 묘사된 것이 역사적 알레고리이다. 역사적 인식을 근간으로 하고 있는 이 소설들은 역사를 끌어와 현재에 위치시키고 그러면서 자연스럽게 민중을 '국민'의 이름으로 호명하고, '국가'와 '민족' 개념을 애국계몽운동의 핵심에 위치시켰다. 〈대한협회〉 계열의 "문명국가론"과 대치되는 『황성신문』과 『대한매일신보』의 "역사적 국가론"[55]은 민족의 정체성을 역사에서 발견하려는 시도였기에 역사는 근대계몽기에 국가와 민족을 융합시키는 기호로 기능했다. 특히 역사를 현재의 상황과 결부시켜 재해석하는 소설은 일상화된 신변잡기적인 내용의 신소설과는 다른 서사성으로 문학장을 형

---

55) "문명 국가론"은 〈대한협회〉 계열에 의해, 그리고 "역사적 국가론"은 『황성신문』, 『대한매일신보』에 의해 각각 주장되었다. 1870년에서 1904년 사이의 『황성신문』, 『뎨국신문』의 경우는 1905년 이후 신문에서 보이던 정치성의 전범을 보여주고 있다. 일례로 『뎨국신문』의 이야기 논설은 새로운 담론의 창출이나 기존담론의 전면적인 변형이라기보다는 전대 담론을 지극히 단편적이고 반복적인 형태로 활용한 것에 그쳤다. 사실상 이 시기까지만 해도 소설은 여전히 전통적 인식 속에 머물러 있었으며 유림이나 집권관료와 같은 전통적 정치세력은 물론이거니와 신진 정치 세력인 개화론자들 역시 소설 담론을 공공적으로 활용하지 않았다. 『황성신문』은 역사라는 지평을 설정하고 이에 근거하여 국가의 지리적 경계와 국민의 권리 등을 재구성함으로써 조선의 당대적 과제를 제시하였는데, 이처럼 이들의 세계이해는 어디까지나 '개념'에 근거하고 있었고, 소설담론 또한 미진했었다. 1905년 이후 〈황성, 대한매일〉 계열과 〈대한협회〉 계열의 분화와 대립으로 새롭게 전개된다.

『황성신문』과 『대한매일신보』의 국가 개념은 "역사적 국가론"안에 위치한다. 국가의 자양은 무엇보다도 역사 속에서 누적되어온 민족국가만의 고유한 경험과 정신이다. 이것은 민족국가가 세계 질서 속에서 하나의 독립국으로서 인정되고 생존하는 근본적인 토대로 기능한다. 〈대한협회〉 계열의 "문명국가론"에 있어 국가가 사실상 서양이라는 타자에 대한 모방의 기호인 것과 달리 이 신문들은 국가란 하나의 불가침 단위로서 타국과의 구별의 기호로 기능하였다. 심보선, 앞의 논문. pp.59-79. 참조.

성했다고 볼 수 있다.

　역사적 알레고리는 정치적 이데올로기가 가장 선명하게 제시되는 우화소설로 근대계몽기의 영웅담론을 수용하고 내면화한 결과 탄생된 소설이라 할 수 있다. 신소설과 차별화되는 계몽의 이념을 좀 더 적극적으로 실현하려고 했던 것이 역사적 알레고리였고, 이것은 개인과 사회, 국가에 대해 새로운 청사진을 제시하기 위해 비판·훈계·설득의 수사를 동원했다고 할 수 있다. 또한 소설은 영웅을 통한 국가적 차원의 대항과 저항의 알레고리 효과를 강조하고 있다. 그러나 이러한 영웅의 기획은 한일합방이 이루어지는 시기를 전후로 해서 그 영향력이 감소되면서 더 이상 쓰여지지 않게 되었다. 이러한 결과가 있게 된 것은 일제의 검열이라는 외부적인 요인, 내면화된 위안의 서사라는 성격적 한계 탓이기도 하다.

제 4 장

환상적 알레고리

이 장에서는 알레고리가 꿈과 환상의 구조에 의해 재현되는 것을 살펴볼 것이다. 여기에서 논의할 소설들은 꿈이라는 액자구조에 의해 이차세계가 알레고리의 대상이 되고 그럼으로써 불가능의 세계가 염원된다. 앞에서 논의한 알레고리가 실제적인 삶의 방식들을 비판하고 계몽하는 측면에서 작동되었다면, 여기에서는 꿈을 매개로 한 신화적 인물이 등장하고 그들에 의해 유토피아적 이상세계가 제시된다. 따라서 현실보다는 이상세계가 중심이 되고 초현실적 관념론이 지배적으로 서술된다. 그리고 근대계몽기의 대한제국이 대상이 되는 것이 아니라, 금나라가 중심이 되거나 제갈량이 현재화되어 등장하고 있다.

환상적 알레고리는 현재를 알레고리 대상으로 하지 않기 때문에 알레고리의 효과 또한 현실적이지 않다. 제국의 열망이라든지 동양주의, 아시아 연대주의라는 자기모순에 빠진 대안은 실현가능성을 염두해 두지 않은 관념적 대안일 뿐이고, 따라서 소설은 이상주의에 함몰되는 오류를 범하고 있다. 몽환적 우의성의 소설들은 현실을 전복적으로 상상하고 있

기 때문에 계몽의 측면을 도외시하고 있다. 이것은 역으로 환상으로 구
조화되는 허구성의 강화라는 측면에서는 미학성을 견지한 것으로도 평가
될 수 있다. 우의성이 현실을 기반한 알레고리적 통찰을 통해 사유지평
의 확대와 현재의 위기의식을 감지하고, 미래적인 대안을 제시한다는 특
징을 내포하고 있지만, 몽환적 우의성은 '소설개혁론'의 주장과는 대치되
는 지점에 위치하고 있다. 영토의 확장과 이로 인한 제국의 건설은 실현
가능하지만 국권상실의 현재적 대안으로는 적합하지 않은 것이고, 유토
피아와 동아시아 연대론 등은 국외정세를 제대로 간파하지 못한 왜곡된
시선을 내재하고 있는 한계를 수반하게 되는 것이다. 이것은 다른 알레
고리 소설들 보다 환상적 알레고리 소설이 근대계몽기의 말기나 한일합
방이 체결된 이후 쓰여진 것과 관계되는데, 실천 가능한 대안이 수용될
수 있는 시기가 아니었기 때문에 과도한 관념론으로 흐를 수밖에 없었던
것도 환상적 알레고리의 특징이라 할 수 있다.

이 장에서 분석할 작품들은 신채호의 「꿈하늘」, 박은식의 「몽배금태
조」, 유원표의 「몽견제갈량」 등이다.[1] 그리고 이 장에서는 1절에서는
알레고리의 구조화 과정을 논의할 것이고, 2절에서는 신채호의 「꿈하늘」
을, 3절에서는 박은식의 「몽배금태조」, 4절에서는 유원표의 「몽견제갈량」
에 대한 알레고리의 재현방식을 논의하고, 5절에서는 이러한 분석을 통
해 알레고리가 갖는 의미와 효과에 대해 논의할 것이다.

---

1) 이 장에서 분석할 소설은 다음과 같다.
　신채호, 「쏨하늘」, 『신채호문학유고선집』, 김병민 편, 한국문화사(연변대학 출판
　부), 1994. pp.18-66.
　박은식, 「몽배금태조」, 1911. (백암 박은식전집 제 IV권, pp.39-163)
　유원표, 「몽견제갈량」, 광학서포, 1908.
　「몽배금태조」의 번역은 장석홍이 번역한 것(『천개소문전/몽배금태조』, 독립기념
　관 한국독립 운동사연구소, 1989. pp.49-135)을 참고로 하였다.

1: 욕망·환상을 재현하는 꿈의 구조

환상적 알레고리는 꿈과 환상을 통해 알레고리가 형상화된다. 몽류소설이 모두 알레고리가 되는 것은 아니지만, 환상적 알레고리는 꿈 안의 이차세계가 알레고리의 대상이 된다. 꿈을 통해 알레고리의 전이 대상과 실제 대상 사이가 구별되고, 그럼으로써 꿈의 환상적 기제는 현실에서 설득 가능한 요소로 취급된다. 환상적인 것은 그 존재에 대해 이름을 부여할 수도 없거니와 논리적인 설명이 불가능한 부분이다. 현실에서 일어날 수 없는 사건들이 꿈을 통해 초자연적이고 비자연적인 가설로 설정됨으로써 이중의 세계가 설정된다. 현실세계의 일차세계와는 달리 꿈 공간의 이차세계는 환상성이 재현되는 세계이고, 비일상적이고 비사실적인 일들이 자연스럽게 전개되는 세계이다. 이성의 한계들을 뛰어넘는 상상적 경험에 의해 이차세계는 알레고리의 대상으로서 일차세계를 반영하고 투영하는 기능을 한다.

알레고리가 선명하게 제시되는 것은 앞에서 살펴보았듯이 의인화에 의한 알레고리와 여기에서 살펴볼 꿈에 의한 알레고리이다. 알레고리의 대상이 동물과 꿈 안의 이야기로 제시되기 때문에 쉽게 이해된다. 동물의 의인화를 통해, 또는 꿈이 가지고 있는 환상적 방식에 의해 소설의 내용은 좀 더 과격한 표현과 비실제적인 경험들이 서사화될 수 있다. 근대계몽기에 몽유소설이 많이 쓰인 것도 당대에 표현의 자유가 제한된 상황에서 비롯된 것으로 보인다. "꿈을 통해 현실적 모순을 보다 자유롭게 비판·풍자할 수 있고, 동시에 현실적 모순을 뛰어넘어 소망스런 미래를 제시할 수 있기 때문에[2]" 이런 서사 장치를 택한 것이라 할 수 있다.

박은식의 「몽배금태조」와 유원표의 「몽견제갈량」은 꿈의 형식이 단적

으로 드러나는 소설이다. 소설은 입몽 과정과 출몽 과정을 선명하게 서
술하고 있고, 꿈을 통해 현실에서 존재할 수 없는 인물인 금태조와 제갈
공명이 서술자인 '나'와 대화를 나눈다. 서사가 의도하는 꿈의 장치는 신
화적 인물을 현재에 위치시키기 위한 의장으로 이용된다.

① 입몽 : 일반 동지와 학생과 함께 기념식을 행한 후 객지에서 전전하며
대종교의 신령한 이치를 고요히 생각하다가 홀연히 장자의 나비로 변화하여
바람을 부리어 구름을 타고 백두산의 최고 정상에 내려 큰 호수에 이르니 하
늘과 바다가 서로 이어져 천상의 맑은 기운이 깊고 넓게 퍼지고 성월이 어울
려 빛남이 영롱하다[3]   ─(「몽배금태조」, p.58)

출몽 : 무치생은 머리를 조아려 하해와 같은 은혜에 감사를 드리고 물러
나 대전 문밖으로 돌아 나오니 때마침 금계가 세 번 울고 바다 저 넘어서 해
가 떠오르는지라 큰 꿈을 생각하면서 장래를 내 스스로 알게 되었다. (중략)
꿈이라고 하기에는 구절구절 이야기가 너무 진정한 것이고, 진실이라고 하기
에는 그 거닐었던 바가 너무 꿈 같은 경지였다.[4] ─(「몽배금태조」, p.134)

② 입몽 : 책상 앞에서 덕국사(독일역사-인용자)한편을 꺼내어 읽다가 근
세 일등 영걸 스테인 비사막전을 열람하다가 피곤이 스스로 일어 북쪽 창가
의 맑은 바람 아래서 책을 안고 누었으니 창 밖에 태양은 더디 지고 뜰 앞에
오동나무 그늘은 고요하다. 바야흐로 낮잠이 깊어서 유유한 꿈속에 표표히

---

2) 정선태, 「'국민정신' 형성의 정치적 상상력」, 『심연을 탐사하는 고래의 눈』, 소명
   출판, 2003. p.57.
3) "一般同志와 學生諸君으로부터 紀念式을 行ᄒ고 客榻에 輾轉ᄒ야 大倧敎의
   神理를 靜念ᄒ다가 是夕에 栩栩히 前生의 蝴蝶을 化ᄒ야 風을 御ᄒ고 雲을
   乘ᄒ야 白頭山最高頂에 陟ᄒ야 大澤畔에 至ᄒ니 天海가 相連ᄒ야 灝氣滉瀁
   ᄒ고 星月이 交輝ᄒ야 異彩玲瓏ᄒ 中에"(원문, pp.5-6)
4) "無恥生이 稽首謝恩ᄒ고 殿門外에 移出ᄒ니 時에 金鷄가 三唱ᄒ고 海天에
   一乘이라 大夢을 誰아覺고 將來를 我自知니(중략) 夢이라 謂ᄒ진더 節言이
   皆眞情이오 眞이라 謂ᄒ진저 來遊ᄂᄂ 乃夢境이라." (원문, p.61.)

떠나갈 세 천수만산을 지나서 한곳에 도달하니5) - (「몽견제갈량」, pp.1-2)

출몽 : 하늘은 이미 밤이 됐고, 달빛은 산 정상에 떠오르니 이제 이별하고
자 하나이다. 선생이 그리워하는 것을 이기지 못하야 손을 붙들고 서서히 걷
다가 동구 밖을 나와서 이별을 할 때, 긴 장탄식을 하니 홀연히 선생의 몸이
뒤집히니 베개 맡의 한 꿈이도다.6)   - (「몽견제갈량」, p.158)

①의 인용문은 「몽배금태조」의 입몽과 출몽 과정을 서술한 것이다.
무치생은 "민족 성질에 대해 좋은 것은 이용하고 나쁜 것은 개량하여 문
명의 정도에 이끌어 나갈 수 있나하고 궁리"하던 끝에 "10월 3일 단군
대황조가 강림하신 기념"행사를 마친 후에 잠이 든다. 여기에서 입몽하
는 과정은 장자의 나비를 비유하여 서술된다. 무치생이 장자의 나비가
되어 "개천홍성제전"에 도착하는 것으로 입몽이 이루어진다. 그리고 출몽
은 금태조와 토론을 하고 문밖으로 나오면서 이루어진다. 그러나 꿈을
깬 후에도 아직 꿈을 꾸고 있다는 착각을 하고 있다. ②는 「몽견제갈량」
의 입몽 과정인데 밀아자는 덕국(독일)의 역사서를 읽다가 잠이 든 것으
로 서술된다. 꿈 안의 세계는 구체적인 제시 없이 '일처'로 단순화되어
있다. 이 소설의 출몽은 제갈량과 작별을 하면서 자연스럽게 이루어진
다. 「몽배금태조」에서 꿈은 새벽이라는 시간을 표현하고 있어 하루 밤이
라는 시간성으로 진행되고 있고 「몽견제갈량」은 낮에 잠이 들어 달이 뜨
는 시간까지가 스토리 시간으로 설정되어 있다. 그리고 "천수만산", "몸

5) "案頭에 德國史一篇을 抽出ᄒ야 近世一等英傑 須泰仁佛斯麥傳을 閱覽타가
  困崇가 自生ᄒ야 北窓淸風下에 抱書而臥ᄒ니 窓外에 白日은 遲遲ᄒ고 庭前
  에 桐陰은 寂寂이라 忽然午睡가 方濃ᄒ야 悠悠一夢에 飄飄而去ᄒᆞᆯ식 千水萬
  山을 經過하야 一處에 抵到ᄒᆞᆫ則"
6) "天已夜半ᄒ고 月光山頭ᄒ니 玆以告別ᄒ나이다 先生이 不勝戀戀ᄒ야 握手
  聯步ᄒ고 出洞敍別ᄒᆞᆯ식一聲長歎에 忽然 翻身ᄒ니 枕上一夢이러라"

이 날으니"의 표현은 꿈의 공간이 실제세계와 원거리에 위치하고 있음을
보여준다.

　근대계몽기의 몽유록 소설들의 입몽 과정은 특별한 계기 없이 이루어
진다. 일차세계에 대한 서술이 요약되거나 삭제되어 있어 일차세계에 대
한 서술보다는 이차세계에 대한 내용이 텍스트의 목표라는 의도를 분명
히 한다. 이 두 소설에서 꿈은 인물의 각성과 성찰이 이루어지는 공간이
다. 그렇다고 꿈을 통해 인물이 완전히 다른 인물로 탈바꿈하는 것도 아
니다. 민족의 문제에 대해 고민하거나, 나라의 미래에 대해 걱정하는 지
식인이 꿈을 통해 좀 더 구체적인 방법과 방향을 인식하는 정도에서 그
친다. 금태조와 무치생, 또는 제갈량과 밀아자가 이차세계에서 비판한
현실은 근대계몽기의 상황에 대한 알레고리이고, 무치생과 밀아자는 전
이된 대상으로서 근대계몽기 민중으로 제시된다고 볼 수 있다.

　「꿈하늘」은 위의 두 소설에 비해 입몽과 출몽 과정이 삭제되어 있다.
소설은 액자라는 틀의 간접화 없이 바로 꿈의 환상적인 세계를 묘사하고
있다. 그래서 소설의 시작은 한놈이 무궁화 꽃송이에 앉아 있는 것으로
대신한다.

　　한 놈은 원래 쑴만흔 놈으로 近日에는 더욱 쑴이 만허 긴밤에 긴잠이 들
　면 쑴도 그와 갓이 길어 잠과 쑴이 서로 終始하며 또 그 쑨만 안이라 곳 멀
　건 대낮에 안저 두눈을 멀둥멀둥히 쓰고도 쑴갓흔 디경이 만허 남나라에 들
　어가 檀君께 절도 하며 번개로 칼을 치며 平生 미워하는 놈의 목도 쓴어보
　며 비행기도 안이타도 한몸이 헐헐 날너 萬里天空에 돌아도 단이며 놀앙이
　검덕이 신동이 불근 동이를 한집에 모아 노코 노래도 하여보니 한놈은 발서
　부터 쑴나라의 백성이니 讀者 여러분이녀 이 글을 쑴꾸고 지은 줄 아시지
　말으시고 곳 쑴이 지은줄로 아시압소서[7]　　　　　－(「꿈하늘」, p.18)

위의 인용문은 「꿈하늘」의 〈서(序)〉의 일부분이다. 〈서〉에서는 작가가 독자에게 당부하는 말을 세 가지로 제시하는데, 그 첫 번째가 위의 인용문이다. "꿈꾸고 지은 줄 아시지 말으시고"라는 말은 몽유록 소설과 다른 지향으로 소설이 집필되었음을 의미한다. 이 소설이 현실에서 이야기할 수 없는 것을 꿈을 통해 이야기하는 기존의 소설과는 차별화된 것이라는 작가의 의도를 말하고 있다. "꿈이 지은줄로 아시압소서"라고 말하는 것은 꿈이 간접화를 통해 상상되는 것이 아닌, 꿈이 바로 상상의 세계 그 자체라는 것을 강조하는 것이다. 이것은 초현실적 세계가 전면으로 드러나는 것으로 시작과 끝이 전제되지 않는 세계를 형상화하고자 하는 의도라 하겠다. 그래서 꿈이 입몽과 출몽 과정을 거치는 것과는 달리 무한의 시간성과 공간성이 세계를 통어하는 것을 이 소설에서는 목표하고 있다. 환상성이 서사의 일부분에만 적용되는 것이라기보다는 서사 전체가 환상성의 구조 안에 들어있다는 것을 서문에서 전제하고 있는 것이다. 소설은 꿈의 이중구조가 아닌 단일한 환상의 구조를 표방함으로써 이차세계의 연속성을 강조한다. 그래서 환상으로 제시되는 이차세계를 통해 현실세계는 알레고리화되고, 알레고리의 대상은 '한놈'과 '민중'으로 전이된다.

환상적 알레고리에서 시간성과 공간성의 변형은 환상성이 발현되는 조건이다. 이것을 토도로프는 환상성의 테마 중에 〈나의 테마thèmes de

---

7) 인용문은 맨 마지막 줄의 "꿈이 지은줄로 아시압소서"의 경우 『룡과 룡의 대격전』(조선문학예술동맹출판사, 1966)에 실린 부분은 "꿈에 지은줄로 아시압소서"로 표기되어 있다. 즉 조선문학예술동맹출판사에는 "꿈이"로 표기되어 있는 것이고 김병민이 간행한 유공에는 "꿈에"로 표기되어 있는 것이다. 이런 두 판본의 다른 표기에 대해 김영민은 『신채호문학유고선집』을 낼 때 김병민이 실수로 글자를 잘못 찍은 것으로 보고 있다. 본고에서는 이런 오자에 대해 확인할 수 없고, 임의로 오자라고 단정할 수도 없는 문제이기 때문에 원문에 실린 그대로 해석하였다.

je)로 지정하고 있는데, 그에 의하면 환상은 물질세계와 정신세계가 서로 침투하는 테마, 인격의 복수화 테마, 주체와 객체 사이의 파괴 테마, 시간과 공간의 변형 테마 등으로 나타난다.[8] 환상적 알레고리에서 알레고리는 이차세계의 환상을 통해 전이된다. 「몽배금태조」는 무치생과 신화적 인물인 금태조가 꿈이라는 이차세계에서 토론을 하는 것을 내용으로 하고 있다. 꿈이라는 환상성은 공간과 시간이 다른 차원으로 조합되는 과정에서 발현된다. 이 서사에서 환상성의 테마가 되는 것은 시간성이다. 물론 이차세계라는 공간은 전제되지만, 그 공간은 고정된 것으로 변형되지 않는다. 대신 시간의 어긋남에 의해 서사는 과거의 인물이 현재에 위치하게 된다. 그럼으로써 꿈 안의 서사는 과거·현재·미래의 순서적 개념은 사라진다. 이것이 가능한 것은 이 소설의 주제가 역사와 교육에 대한 반성, 미래에 대한 방향 모색에 있기 때문이다. 토론을 통해 과거의 것을 비판하고 새로운 방향을 설정하는 것이 서사의 목적이기 때문에 무치생과 금태조간의 대화가 주를 이루게 되고 이들은 하나의 공간 안에만 머무르게 된다. 그래서 소설에서 공간에 대한 묘사나 서술은 전혀 이루어지지 않고 있다.

「몽견제갈량」은 구조와 내용에 있어서 「몽배금태조」와 동일한 성격을 갖는다. 두 소설의 차이점은 과거의 인물이 다르다는 것과 후자가 금태조의 의견을 듣고 성찰한다면, 전자는 밀아자가 제갈량을 꾸짖고 과거의

---

8) 토도로프는 시간과 공간의 변형 테마 등을 〈나의 테마〉 군으로 보고 있다. 이 테마의 특징은 그것들이 본질적으로 인간과 세계의 관계 구조화에 관련이 있다는 점이다. 프로이트 용어로 말하면, 지각=의식 시스템의 문제인데, 이 관계는 무슨 특별한 행동을 유발한다기 보다도 오히려 하나의 위치를 전제로 하는 것이고, 비교적 정적인 관계라고 보고 있다.
   쯔베탕 토도로프, 『환상문학 서설』, 앞의 책. p.236.

잘못에 대해 비판한다는 것이다. 「몽견제갈량」에서도 꿈에서 밀아자가 제갈량을 만남으로써 공간성보다는 시간성에 대한 환상이 우위를 차지한다. 그러나 「꿈하늘」의 경우는 님나라를 찾아가는 한놈의 탐색담이기 때문에 공간의 변화가 수반된다.

무궁화 꽃잎 → 무지개 → 싸움터 →고됨ㅅ벌 → 황금산 →새암 → 지옥 → 님나라

소설은 한놈이 무궁화 꽃잎에 있는 것으로 시작하여 여러 공간을 경유하여 님나라에 도착하고 그곳에서 '도령군'으로 들어가기 위해 눈물을 흘리는 것으로 끝이 난다. 위에서 표시한 이러한 공간의 이동은 실제세계에서는 일어날 수 없는 것으로 환상의 기제가 작동이 되어야만 가능한 구조이다. 소설의 전개도 환상적인 공간의 이동에 의해 진행되고, 공간에 의해 발생되는 사건도 각기 다르게 전개된다. 또한 「꿈하늘」은 을지문덕과 대화를 하거나, 강감찬을 만나고, 동명성제나 백제의 초고대왕, 발해의 선왕, 세종대왕 등 역사적 인물이 한꺼번에 등장함으로써 시간의 테마가 환상성으로 발현된다. 또한 무지개를 타고 공간을 이동하는 것과 갑자기 지옥에 떨어지는 것, 지옥에서 쇠사슬이 풀려 님나라에 도착하는 것 등은 인과성이 전제되지 않은 상태의 환상성이다. 실재세계에서는 원인과 결과가 선명하게 드러나지만 환상성에서는 인과성의 연쇄가 파괴되는 상황에서 발현된다. 원인 없이 사건이 발생될 수도 있고 느닷없이 어떤 결과에 도달하기도 하는 것이다.

그리고 환상성은 기본적인 감각인 시각에 의해 확인되는 특징이 있다. 초자연적인 요소가 등장할 때 마다 소설은 시각에 의한 환상성이 문제가

된다. 모든 상황이 눈으로 확인됨으로 해서 환상성은 경이로움을 동반하게 되고 이것은 거울의 모티프로 작용된다.[9]

> 乙支文德이 그말은 대답지 안고 품을 더듬더니 눌은 金으로 맨든 순궤를 내는대 궤 등에는 震壇四千二百四拾年거울이라 썻더라. 궤를 여니 거울 몃백개가 그속에 들엇스며 거울등에 모다 朝名地名을 썻더라. 乙支文德이 그 가온대서 高麗松京이라 쓴 거울을 들더니 「한놈아 이속을 듸려다 보라」한놈이 고개를 숙이며 자셔히 듸려다 보니 피흔적이 얼은얼은하는 善竹橋이며 草家집이 드문드문한 杜門洞이며(중략) 한놈이 그 거울 몃낫흘 모다 들여볼새 高句麗平壤 서술의 거울을 드니 大同江沿岸의 쌀내소라만 쌍쌍나며 百濟夫餘서술의 거울을 드니 쏀족 쏀족한 洋制집이 보이며 激海서울하던 寧古塔을 드니 감옷감옷한 淸人들만 다니더라[10]
> — (「꿈하늘」, pp.35-36)

이 소설에서 거울은 인물의 극적인 행동을 유발하기 위한 전도된 시선의 역할을 한다. 한놈이 을지문덕에게 역사에 관한 문제를 열 가지로 요약하여 묻는데, 을지문덕은 이에 대답하지 않고 거울을 보여준다. 거울에 비친 형상은 거울의 이름에 해당되는 시대의 비극적인 모습이었다. 그러나 한놈이 질문에 답을 하지 못하자 을지문덕은 "너 어대가서 고대 역사를 차지랴 하느냐"고 호통을 치고 남나라로 가려던 계획을 수정하게

9) 토도로프는 이것을 〈시선의 테마thèmes du regard〉라고 부르는데, 이야기의 작중인물이 초자연 쪽으로 결정적인 일보를 내딛지 않으면 안 될 때가 오면, 그 자리에는 반드시 거울이 있다고 말한다. 우물을 통해 자신의 모습을 비추어본다는 것도 이에 속하며, 환상소설에서 거울에 대한 적의를 나타내는 것은 이것이 세계 아닌 세계의 이미지를, 비물질화된 물질을, 비모순법칙에 관한 모순을 주는 것이기 때문이라고 언급한다.
쯔베탕 토도로프, 『환상문학 서설』, 앞의 책. pp.236-237. 참조.
10) 이 부분은 신채호 전집에서도 탈락된 부분으로, 김병민이 발굴한 유고선집에만 있는 부분이다.

된다. 그래서 소설은 을지문덕과 한놈이 역사에 대해 토론하는 부분으로 이어진다. 여기에서 거울은 자기 반영성이 강한 것으로 초자연적인 현상을 재현하는데 이용된다. 세계와 자아를 되돌아보게 하는 거울의 자기 회귀성은 한놈이 과거의 역사에 대해 무지한 것을 깨닫는 동시에 역사를 알고자 하는 의지를 심어주는 계기가 되기도 한다. 시간과 공간의 변형, 인과성의 파괴, 거울의 테마가 「꿈하늘」의 환상성을 주조하고 있기 때문에 소설이 하나의 테마로 한정될 때보다 이차세계는 구체적으로 재현된다.

「몽배금태조」에서는 금태조와 무치생이 대화를 하면서 추상적인 미래의 국가가 구체화되고, 「몽견제갈량」에서는 황인종에 의한 아시아 연대를 새로운 국가 형태로 제시하고 있다. 「꿈하늘」에서는 한놈이 찾아가는 님나라가 알레고리의 대상이 되고 있다. "알레고리는 주제의 진실을 확신하는 독자에게 만족감을 채워주는 위안의 형식이다. 이런 점은 소망충족으로서의 환상의 목적과 불가피하게 일치한다."[11] 소설에서 인물들은 '국가' 건립을 염원하고 이것은 환상을 통해 제시됨으로써 소망 충족은 이루어진다. 그러나 환상이라는 비사실성과 비인과성으로 인해 정상적인 비전은 뒤틀리게 된다. 환상적 서사는 경이로운 것과 모방적인 것의 두 요소를 혼합한다.[12] 이것은 경이로움이라는 과장된 것과 모방이라는 일

---

11) L. Hunter, Ibid. p.147.
12) 로즈메리 잭슨, 앞의 책. p.50.
    환상적인 서사는 그것이 이야기하는 것이 사실이라고 단언하면서도 — 이를 위해 사실주의적 소설의 모든 관습에 의존한다 — 명백하게 비사실적인 것을 도입함으로써 사실주의의 전제들을 파괴하는 방향으로 나아간다. 그것은 독자를 잘 알려진 일상세계의 친숙성과 안정성으로부터 끌어내어, 보다 낯선 어떤 것, 일반적으로 경이로운 것과 관련된 영역에 더 가까운 비개연성의 세계로 이동시킨다. 서술자는 무슨 일이 일어나고 있는지 그리고 그것을 어떻게 해석해야 할지에 대해서 주인공보다 더 명료하게 알고 있지 못하다. '실재적인' 것으로 보이는 것과 기록된 것의 지위는 끊임없이 문제시된다. 이러한 서사의 불안정성은 하나의 양식으로서

상적인 것을 빌어옴으로써 일원론적인 것이 지배하는 세계를 전복하고 새로운 대안을 구축하게 된다. 환상적 알레고리의 경우에 환상적으로 구축되는 국가의 개념은 실재세계를 대상으로 했다기보다는 유토피아적인 대안세계의 측면이 강하게 드러난다. 역사와 교육이라는 구체적인 주제들을 내세우고 있음에도 불구하고 이 소설들은 현실 너머의 세계를 구현하고 있기 때문에 교훈성과 계몽성은 약화된다.

2: 신화적 세계관의 차용과 유토피아의 지향

연변대학에서 발행한 『신채호문학유고선집』에 수록되어 있는 「꿈하늘」[13]은 『신채호 전집』과 많은 부분에서 내용적 차이를 보인다. 대부분 「꿈하늘」의 텍스트는 2장과 3장의 뒷부분이 삭제된 『전집』의 내용을 선본으로 삼고 있으나 연변대학에서 발행한 『신채호문학유고선집』에는 2

___

환상적인 것의 핵심을 이룬다.(pp.50-51 참조)

13) 「꿈하늘」은 1910년과 1916년에 쓰여 졌다는 두 가지 의견이 있는데, 신채호가 1910년에 중국으로 망명할 당시 쓴 것이 아닌 중국에 채류하고 있을 당시 썼을 것이라는 1916년 설이 더 우세하다. 신채호의 유고는 1928년 그가 체포되고 나서 천진에 있는 어떤 사람에게 전해졌고, 1936년 옥사한 후 원고들이 발표되었다. 그 후 1960년 초 평양의 국립중앙도서관에서 유고들이 발견되면서 이것을 1966년 2월 국립중앙도서관 민족고전부에서 유고들을 선택하여 윤색, 삭제, 편집을 거쳐 『용과 용의대격전』으로 펴냈다. 이 책은 평양에 갔던 일본인에 의해 '단재 신채호선생 기념사업회'로 전해졌고 『단재 신채호 전집』의 하권, 별집 등에 수록되었다.
「꿈하늘」의 경우 『전집』의 유고는 원본 유고와는 달리 많은 부분이 삭제되어 있다. 2장에서 4,000자 정도가 삭제되었고, 3장에서도 10,000자 정도가 삭제되어 있다. 따라서 김병민이 연변대학에서 발행한 원본 유고 (신채호, 「꿈하늘」, 『신채호문학유고선집』, 김병민 편, 한국문화사(연변대학 출판부), 1994)를 선본으로 선택하였다.

장과 3장이 삭제되지 않은 채로 수록되어 있다. 이 부분은 14,000자 정
도로 을지문덕과 한놈이 역사의 기원에 대해 토론을 하는 내용으로 되어
있다. 이 부분은 한놈이 왜 남나라로 향하는지에 대한 구체적인 이유가
되고 있다는 점에서 중요한 부분이라 하겠다. 그리고 어휘표현에 있어서
도 원본에는 '진단(眞檀)14)'으로 되어 있는 것이 『전집』판에는 '조선'으로
바뀌어 표기되어 있고, '지나(支那)15)'를 '중국'으로 다르게 표기하고 있다.
이러한 삭제와 윤색이 왜 일어났는지는 알 수 없으나 이것은 곧 내용과
연결되어 차별화된 해석을 가져올 수 있다는 점에서 눈여겨볼 필요가
있다.

　신채호의 「꿈하늘」은 영웅을 주제로 한 역사적 알레고리와는 달리 환
상의 이차세계를 형상화하고 있다. 1916년에 쓰여진 이 소설은 이전의
소설들과는 달리 논평이나 실제의 인물을 대상으로 하기보다는 구체적인
시공간이 제시되어 '한놈'이 남나라를 찾아 가는 탐색담의 구조로 되어

---

14) 이 소설에서 '진단(震壇)'의 용어는 〈신수두〉로 대단군이라는 뜻이다. 또한 '진단'
　은 '고구려', '발해', '고려', '조선'의 국가적 명칭 개념을 총칭하는 것으로 역사적
　시간성을 전제한 용어라고 할 수 있다. '진단'에 대한 용어는 『조선상고사』에서
　자세히 설명하고 있다.
　"〈震壇九變局圖〉에 보인 〈震壇〉의 〈震〉은 〈신〉의 音譯이며 〈壇〉은 〈수두〉
　의 意譯이요, 〈檀君〉은 곧 〈수두하느님〉의 意譯이니라. 〈수두〉는 小壇이요,
　〈신수두〉는 大壇이니, 一〈수두〉에 一壇君이 있었은즉 〈수두〉의 檀君은 小檀
　君이요, 〈신수두〉의 檀君은 大檀君이니라."
　신채호, 「조선상고사」, 『단재신채호전집 上』, 앞의 책. pp.77-78.
15) 이 소설에서는 중국을 지나로 기표하고 있다. 이것의 차이는 근대계몽기 중국인
　들의 문헌에서는 자신들을 표현할 때 '중화민족'의 '中'을 강조함으로써 세계의 중
　심이라는 것을 천명하고 있지만, 대한제국에서나 일본에서는 이것을 인정하지 않
　는 측면에서 '지나'라고 폄하하여 기표하고 있다. 그리고 '동도서기'에서 보듯이
　우리는 동양의 전체를 '東'으로 기표하고 동양/서양으로 나누어 개념화하고 있지
　만 중국의 경우는 중화/서양으로 동양의 개념을 사용하고 있지 않다. 이 시기에
　중국, 일본, 대한제국의 '동양'의 인식은 모두 달랐던 셈이다.

있다. 여기에서 넘나라는 한놈이 추구하는 유토피아적 이상향이다. 소설은 연약한 한놈이 을지문덕과 만나서 진단(震檀)의 역사에 대해 토론하는 가운데 역사적 인식을 갖춘 인간으로 변모하는 것을 보여준다. 그리고 소설은 넘나라로 향하는 과정에서 겪게 되는 고난과 이것을 이겨낸 인간만이 도달할 수 있는 것으로 유토피아를 제시한다. 여기에서 넘나라는 현실에 대한 알레고리이다. 소설은 한놈이 무궁화 꽃송이에 앉아 동편과 서편의 싸움을 구경하는 공간으로 시작된다. 싸움은 "칼과 칼이 싸우며 활이 활과 싸우며 불과 물이 서로 치다가 내종에는 사람을 맞추니 그 맞는 사람은 목이 떨어지면 팔로 싸우고 팔이 떨어지면 쏘 다리로 싸우다가 낫낫내 살이 다 떨어지고 뼈가 한아도 업시 부서져야 고만두는 싸흠"으로 한놈은 이 처참한 광경을 보지 못하고 눈을 감는다. 그러나 꽃송이는 한놈의 이러한 연약함을 꾸짖고 이 싸움에 참가해야 함을 말한다. 그러나 동편의 을지문덕이 서편의 수나라와의 전쟁에서 승리함으로써 한놈은 그와 고구려의 역사의 문제점에 대해 토론하게 된다. 이들은 역사를 단순히 과거의 사건으로 받아들이고 수용하는 것이 아니라 과거로 인해 현재의 상황이 도래할 수밖에 없었던 원인을 찾음으로써 역사를 반성적으로 고찰한다. 이 소설에서 중국의 사대주의적인 역사관을 배제하고 '진단'이라는 연호를 쓰는 것도 역사를 다시 정립하고자 하는 의지의 표명으로 볼 수 있다.

　소설에서는 한놈이 을지문덕을 만났을 때 그의 몸에 이상한 작용이 일어나는 것을 보여준다. 한놈의 손가락들이 서로 분열을 일으키고 싸움을 하는 광경이 묘사되는데, 이것은 소설에서 타자가 아닌 자아의 내부적 갈등으로 의미화된다.

올흔손이 졀잇졀잇 하더니 차차 거저 어대쩌지 쎄첫는지 그곳흘 볼수 업
고 손가락 다석이 모다 손 한아식 되여 길길히 길어지고 그 손가락 곳헤 다
시 손가락이 나며 그 손가락 곳헤 다시 손이 되여 아들이 손자를 나며 손자
가 증손을 나니 한손이 몟萬손이 되고 왼손도 여보라드시 올흔손대로 되여
쏘 몟萬손이 되더니 올흔손에 쌀닌 손들이 낫낫히 풀은 긔를 들며 왼손에
쌀닌 손들은 낫낫히 불근긔를 들고 두편을 갈너 싸움을 시쟉하는대 풀은 긔
밋헤 모힌 손이 일져히 범이 되여 아가리를 싹싹 버리며 달녀들더니 불근긔
밋헤 모인 손들은 노루가 되여 달어나더라(중략) 이 싸움이 한놈의 손곳에서
난 싸움이지만 한놈의 손곳흐로 말니울 도리는 아조 업다. 구경이나 하자 눈
을 부비더니 안진밋헤 無窮花송이가 혀를 차며 하는 말이 「대달다 무삼 일
이냐 쇠가 쇠를 먹고 살이 살을 먹는단말이냐,(중략) 「싸우거던 내가 남하고
싸워야 싸움이지 내가 나하고 싸우면 이는 自殺이오 싸움이 안이니라,

— (「꿈하늘」, pp.26-27)

위의 인용문은 한놈이 을지문덕을 만나고 나서 몸에 이상한 "작용"이
일어나는 것을 묘사한 것이다. 한놈의 의지와는 상관없이 손가락들이 변
신하여 싸움을 벌이고 이것을 지켜보기만 하는 한놈을 무궁화 송이가 비
판한다. 그리고 손가락끼리 싸움하는 행위에 대해 무궁화 송이는 이것을
자살행위라고 말한다. 싸움은 다른 타자와의 겨룸에서 기인하는 것이고
나 자신과의 싸움은 서로 죽이는 자살이라는 것이다. 그리고 '나'라는 범
위는 시대에 따라 다르다고 말하면서 시대에 맞게 '나'를 정의하는 것이
중요함을 말한다. 그렇지 않으면 망국의 화를 얻게 되는 것을 예로 들고
있다. 여기에서 제시되는 '나'는 신채호의 '아(我)'와 '비아(非我)'의 개념이
다. 신채호는 『조선 상고사』의 〈총론(總論)〉에서 '아'는 "무릇 주관적(主觀
的) 위치(位置)에 선 자(者)를 '아(我)'라 하며, 그 외에는 '비아(非我)'라 하
나니, 이를테면 조선인(朝鮮人)은 조선(朝鮮)을 아(我)라하고, 영(英)·미

(美)·법(法)·로(露) 등을 비아(非我)"[16]라고 정의한다. 이것은 '아'와 '비아'의 개념에 역사적 주체의 인식이 상정되어 있는 것으로 볼 수 있다. '아'가 되기 위해서는 주관적 위치로서 시간과 공간이 구획되고 이때 '아'의 개념이 설정된다는 것이다. 상속성(相續性)이라는 시간의 개념과 보편성(普遍性)이라는 공간의 경향이 복합적으로 결합될 때에 비로소 '아'는 획득되는 것이다.

여기에서 '아'는 국가관으로 결속된 '아'이고 손가락끼리의 싸움은 국가 안의 구성원에 의한 싸움을 의미하게 된다. '아'와 '비아'의 싸움이 아니라 '아'와 '아'의 싸움으로 결국은 '아'가 자신을 죽이는 자살의 행위로 귀결되는 것이다. 이것은 소설에서 망국의 원인이 되는 것으로 제시된다. 대한제국이 망국을 한 것이 '비아'와의 대결에서 패했기 때문이 아니라 '아'라는 자신과의 싸움에서 비롯된 것이라는 사실이 비판되고 있다. 소설이 현실을 이차세계, 즉 이상향으로 제시하여 보여주는 것으로 알레고리가 되지만, 세부적으로는 여기에서처럼 손가락끼리의 '아'와의 싸움 또한 알레고리로 제시된다. 이것을 통해 한놈은 '나'와 '비아'의 존재에 대해 자각하게 되고 이러한 과정을 통해 한놈은 님나라로 향하게 된다. 님나라로의 진입은 이러한 자각을 필요조건으로 요청하고 있는 것이며, '나'의 존재성은 소설에서 중요하게 취급된다.

---

16) 신채호, 『단재 신채호 전집 上』, 단재 신채호선생 기념사업회, 형설출판사, 1972. p.31.
　　신채호는 역사의 개념을 '아'와 '비아'로 비유하여 설명한다. 그에 의하면 "역사는 '아'와 '비아'의 투쟁의 기록"이다. 이에 대한 원문을 인용하면 다음과 같다.
　　"歷史란 무엇이뇨. 人類社會의 「我」와 「非我」의 鬪爭이 時間부터 發展하며 空間부터 擴大하는 心的 活動의 狀態의 記錄이다. 世界史라 하면 世界人類의 그리 되어 온 狀態의 記錄이며, 朝鮮史라면 朝鮮民族의 그리 되어 온 狀態의 記錄이니라."(p.31)

그리고 '나'의 존재에 대한 자각은 '나'를 구성하고 있는 공동체의 역사로 확장되는 계기를 제공한다. 소설에서 한놈과 을지문덕에 의해 비판되는 것은 '인후(仁厚)'의 폐습이다. 여기에서 인후는 동족(同族)이 흥하는 원인이 되기도 하고, 나라를 망하게 하는 원인이 되기도 한다. 『전집』판에서 2장 이후에 삭제된 부분은 이 '인후'에 대한 역사적 실책에 대해 비판하는 내용이다.

① 우리 種族은 원래 인후로 근본을 삼어 徐偃王의 德으로 二十六國을 朝貢밧어 氣勢가 누리에 덥힐만하다가 남도 戰爭함이 어진쟈의 일이 안이라하야 王位써지 바린일도 잇스며, 北夫餘盛時에 漢高祖 劉邦이 項籍을 垓下에서 처랴고 구안을 청하거늘 北夫餘가 梟騎로 도와 勝戰케하고 그 報酬로 주는 것을 밧지안엇스며, 本朝는 더욱 仁厚를 主張하야 國祖大王 美川大王의 英武로 남의 나라를 먹으랴만 아조 쉬운 일이지만 남의 것을 가진 임이 不義 인줄 아심으로 오직 거만한쟈를 征服할쑨이니 이제 隋의 土地에 침을 흘님은 妄發이라 하야 百方으로 님금과 백성의 마음을 蠱惑케하니
— (「꿈하늘」, p.30)

② 싸움이 곳 檀君三千三百年에 北엔 渤海帝國이 망하고 南엔 高麗 成宗이 나자 씃첫나니 이 一千二百年동안은 두 번째 變한 半順半逆의 局이오. (중략) 째가 위로 하늘서 비롯하야 알로 쌍에 일으히 그 새이에 變치안이것이 업도록 國粹가 문어지니 所謂 朝鮮사람은 일홈쑨이오 그 실상은 모다 朝鮮에 써난 사람이라 이와갓히 朝鮮사람 업는 朝鮮으로 오다가 마참내 半萬年神器를 하나안은 島醜에게 내여주니 대개 一千三百餘年부터 차차 변한 無順唯逆局 이니라. 震壇九變局에 三變은 이러케 지나갓고 五變은 아직 올 째가 아니나 一變은 現在에 그대와의 幷世한 國民이 當한 바니라.
— (「꿈하늘」, pp.42-43)

①은 한놈이 살수대첩에서 을지문덕이 행한 실수를 세 가지로 지적하

자 이에 대해 을지문덕이 변명을 하는 부분이다. 그 변명의 첫 번째는 고구려의 오부신족들이 의견일치가 되지 않아서 수나라를 침범하지 못한 것이며, 두 번째는 을지문덕이 수를 물리쳐 큰 공을 세우면 그 '성세'(聲勢)가 위협이 될 수 있을 것이라는 의심에서였고, 세 번째는 인용문에서 보는 바와 같이 인후하여 내 나라를 침범한 수를 참아내기만 했다는 것이다. 을지문덕은 국가간의 전쟁에서 '인후'(仁厚)했기 때문에 오늘과 같은 결과를 가져왔다고 비판하면서 '인후'는 지향해야 할 덕목이 아님을 강조한다. 그는 '인후'를 주장할 때와 버려야 할 때를 선택하지 못한 잘못으로 지금의 상황이 전개될 수밖에 없었다는 원인과 결과를 제시하고 있다. 이것은 고구려의 제국에 대한 야심이 '인후'로 인해 이루어지지 못한 것에 대한 비판인 동시에 나라를 망하게 한 정신적 나태함으로 지적되고 있다. 그리고 이것이 고구려 시대에만 해당하는 것이 아니라 현재의 대한제국이 국가를 상실한 상태에 대한 원인으로도 작용된다고 말한다. 서언왕과 26 조공국, 북부여와 한고조 유방, 미천대왕의 예는 현재의 대한제국과 일본의 알레고리로 읽힌다. 소극적인 저항보다는 적극적인 대응 방식의 필요성과 제국이 되지 않으면 제국에 의해 망할 수밖에 없는 현시대의 정세를 '인후'의 폐단을 통해 보여주고 있는 것이다.

②에서도 마찬가지로 나라가 망한 것에 대한 원인을 찾고 있다. 그러나 여기에서는 〈진단구변국도(震壇九變局圖)〉의 내용을 예시함으로써 국가가 망한 이유를 제시한다. 〈진단구변국도〉는 '진단(震亶)'이 역사상으로 아홉번 변화를 겪는다는 것으로, 세 번은 이미 지나갔고, 한 번은 지금이며, 다섯 번은 아직 오지 않았다는 것이다. 이미 지나간 세 번의 변화 중에 첫 째는 발해가 망한 것이 그것이고, 둘 째는 고구려가 망한 것이고, 셋 째는 조선이 망한 것이다. 그리고 현재의 변은 지금 국민이 당하는

것이라고 설명한다. 대한제국이 일본에게 패망하고 국가를 상실한 상태에서 그것은 이미 정해진 운명인 것으로 치부된다. 그러나 이렇게 국가를 상실한 원인은 "공자와 석가의 교가 들어와 단군과 대치"하는 것으로 "신앙의 변(變)", "지나식의 관제가 채용"된 것으로 "정법(政法)의 변", "국수(國粹)"가 "외화(外化)와 싸우는 변" 등으로 예를 든다. 역사의 대변(大變)이 있게 된 것은 '아'를 '아'로 인식하지 못하고 '비아'가 '아'를 대신했기 때문이다. 소설에서는 내 것을 잃어버리고 '지나'식의 정치를 따르고 산이나 마을 이름, 심지어 사람 이름도 지나 식으로 했기 때문에 오늘과 같이 역사의 주체성과 자아의 정체성을 상실한 것으로 보고 있다.

여기에서 주목할 것은 '국수(國粹)'라는 단어이다. 신채호는 『대한매일신보』의 〈나라ㅅ정신을 보젼ᄒᆞᄂᆞᆫ 말〉이라는 논설을 통해 국수를 나라정신으로 정의하고 있다. 국수는 "그 나라에 력ᄉ상으로 젼ᄅᆡ하ᄂᆞᆫ 풍쇽과 습관과 법률과 졔도들 중에 션량ᄒᆞ고 아름다온 쟈"[17]라고 정의한다. 그는 외국문명에 의해 우리의 것이 모두 벽파 당하는 것이 아니라 선한 정신을 국가의 기초가 되기 때문에 보존해야 한다고 언급한다. 국수로 하여 나라성품을 발달하게 해야 하며, 원효나 의상, 정암이나 퇴계 선생이

---

17) 신채호, 〈논설-나라ㅅ졍신을 보젼ᄒᆞᄂᆞᆫ 말〉, 『대한매일신보』, 1908년 8월 12일. 논설에서 국수에 대한 정의와 필요성에 대한 내용을 인용하면 다음과 같다.
"그 중에 악ᄒᆞᆫ 쟈도 잇고 츄한 쟈도 잇셔셔 부득이ᄒᆞ야 벽파ᄒᆞᄂᆞᆫ 슈단을 쓸지라도 손으로ᄂᆞᆫ 쾌ᄒᆞᆫ 칼을 놀려도 눈으로ᄂᆞᆫ 눈물을 흘니며 참아 못ᄒᆞᄂᆞᆫ ᄆᆞ음을 품어야 바야흐로 어진 사ᄅᆞᆷ의 용심이라 홀 거시오 또ᄒᆞᆫ 국가 젼도에 위틱ᄒᆞᆫ 일이 업슬지니 만일 혹 벽파ㅣ라 ᄒᆞᄂᆞᆫ 두 글ᄌᆞ를 잘못 알고 력ᄉ상 습관의 션ᄒᆞ고 악ᄒᆞᆫ 것을 분변치 못ᄒᆞ고 일병 쓰러 ᄇᆞ리면 쟝ᄅᆡ에 무엇으로 긔초를 솜아 국민의 졍신을 유지ᄒᆞ며 무엇으로 근거를 솜아 국민의 ᄋᆡ국심을 니러나게 ᄒᆞ리오 외국문명은 불가불 슈입홀 거시나 다만 이것만 밋다가ᄂᆞᆫ 날달머라 ᄒᆞᄂᆞᆫ 교육이 됨을 면치 못홀 거시며 시셰형편을 불가불 슈용홀 거시나 다만 이것만 츄향ᄒᆞ다가ᄂᆞᆫ 마귀의 시험에 ᄲᅢ질 거시니 나라ㅅ 졍신을 보젼홈이 이ᄀᆞᆺ치 즁ᄒᆞ고 급ᄒᆞ도다."

누구인지도 모르는 것은 나라정신이 희미해졌기 때문이라고 보고 시세를 추앙하는 것이 중요한 것이 아니라 그 근원을 보존해야 함을 피력한다. 그에게 있어 국수를 잃는 것은 '아'를 잃는 것과 같고, '비아'를 추종하는 어리석음을 범하는 것으로 인식되었던 것이다. 이 소설에서 '나라정신'으로 정의되는 국수는 애국을 위한 방법론의 기초가 되고 있다. 이러한 국수의 자주성에 대한 인식은 한놈이 깨달음을 얻는 계기가 되고 있다.

소설에서 2장, 3장이 역사에 대한 인식을 새롭게 하는 부분이었다면 4장에서부터 6장까지는 본격적인 '님나라'에 대한 탐색이 이루어지는 부분이다. 을지문덕이 "가비(魔)"와 싸움하기 위해 떠난 것에 대해 한놈은 자신도 가기를 희망한다. 이에 꽃송이는 한놈의 청을 들어주면서 동·서·남·북·하늘·땅에서 한놈을 불러온다. 한놈과 동행하기 위한 이들은 둣놈, 셋놈, 넷놈 등으로 명명되고 이들은 싸움터로 향하게 된다. 이들은 자아의 분신으로써 '아'의 복수성에 의한 존재들이다. '비아'적 존재인 타자가 아니라 '아'의 분열적 존재로 설정됨으로써 이 일곱놈은 하나의 '아'이고 개별적인 '아'이다. 이들이 향하여 가는 길은 고통의 길로 제시된다. 이들을 시험하는 장소는 싸움터로 가는 '길'이다. 이것은 하나의 상징적 행위로서 현실적인 역경과 모순을 견딜 수 있을 것인가에 대한 시험으로 상징된다.

소설에서 한놈에게 가해지는 고행은 인간의 숨겨진 욕망을 상징적으로 드러내는 역할을 한다. 육체적인 고통을 시험하는 "도됨ㅅ벌", 재물과 안락함으로 유혹하는 "황금산", 미움과 질투의 "새암", 미인의 유혹 등은 인간이 일상에서 추구하는 보편적인 욕심과 욕망으로서 이것을 이겨내는 자만이 싸움터로 갈 수 있고, 님나라의 이상세계에 도착할 수 있음을 고지한다. 그러나 이러한 욕망은 개인의 사적인 욕망에서 발현된 것이라기보다는 인간세계의 구조적인 모순의 결과에 의한 것이다. 역사적인 인과성에 의해 중층으로 집적된 욕망이기 때문에 이것을 극복하는 것은 매우 어려운 것이다. 그만큼 님나라로 간다는 것은 쉽지 않은 과제로 설정되고 있다. '님나라'라는 이상향은 인간의 신체적 고통과 정신적으로 인내하는 자만이 도달할 수 있는 공간인 것이다.

일곱놈들 모두 이러한 시험에 통과하지 못하고 한놈은 결국 지옥에 떨어지게 된다. 여기에서는 구체적인 '아'의 죄를 묻는 과정이 수반되는데, 지옥사자로 나오는 강감찬에 의해 한놈은 자신의 죄를 인정하게 된다.

> 姜邯贊이 「功은 功 대로 가며 죄는 죄대로 간다」하고 부채로 썩 가리우니 모든 獄因가 어대 잇는지 보지는 못하나 마음에 그 慘刑당할 일에 애닯어 姜邯贊의 압해 나아가 賣國敵 갓흔 큰 죄는 할수 업건이와 그 나머지는 다 노아 보냄을 청하니 姜邯贊이 한놈의 등을 만지며「그대가 이런 마음으로 님나라에 갈만하지만 다만 두사랑이 잇슴으로 이곳 쩌지 옴이로다」하거늘 한놈이 그제야 「美人의 홀님으로 豊臣秀吉을 놋치던 일」일 생각하고 뭇자워 갈오대 「나라 사랑하는 마음은 美人을 사랑하지 못하오릿가」(중략) 「忠臣이 일에 당하면 열두번 죽어도 사양치 안하며 뉘가 妻子를 안여엽버하리오만 烈士가 나라를 위함에는 家族쩌지 犧牲하나니 이와갓치 나라박게는 짠 사랑이 업서야 愛國이어늘 이제 나라도 사랑하며 술도 사랑하면 술로 나라 니즐적이 잇슬지며 나라도 사랑하며 美人도 사랑하면 美人으로 나라 니즐 째가 잇슬지니라」 —(「꿈하늘」, pp.57-58)

위의 인용문은 지옥에 떨어진 한놈에게 강감찬이 그 이유를 설명하는 부분이다. 강감찬은 한놈이 이곳에 올 수 밖에 없는 이유는 애국심 이외에 다른 마음을 가졌기 때문이라고 지적한다. 그는 미인을 사랑하는 마음이 있게 되면 그만큼 애국심이 적어질 수밖에 없음을 설명한다. 그리고 인간의 가장 큰 죄를 "매국적(賣國敵)"으로 제시한다. 애국심이 결여된 매국적은 지옥에서 자신의 죄에 맞는 형벌을 받게 되는 것이고, 애국심이 있는 자는 넘나라에 갈 수 있다는 것이다. 지옥과 넘나라는 여기에서 매우 차별화된 공간으로 상정되고 있지만 "쌍도 한 쌍이오 째도 한 째인데 재치면 넘나라며 업지면 지옥(地獄)이오 날면 넘나라며 갈우쒸면 지옥(地獄)이오 날면 넘나라며 기면 지옥(地獄)"일 만큼 매우 가까우면서도 동전의 양면과 같은 거리를 두고 있다.

시간과 공간성이 무화된 이 두 공간은 현실을 비유하는 이차세계로 설정된다. 일차세계에서의 '애국심'은 지옥과 넘나라라는 이분법적 세계로 향하는 준거점이 된다. 이것은 현실의 법칙이 지배하는 일차세계에서는 효력이 없는 것이지만, 초자연적인 환상의 공간에서 이것은 절대적인 기준이 되는 것이다. 결국은 넘나라를 찾아 떠났던 탐색담은 지옥을 거치면서 '애국심'을 확인하는 과정의 서사로 귀결된다. 이차세계의 현시를 통해 전달하고자 하는 목적은 '애국심'에 대한 요구와 요청이었던 셈이다. 역사 인식이 없는 무지한 일차세계를 대상으로 이차세계가 구획되고 이것은 넘나라로 상정됨으로써 소설은 알레고리가 된다. 넘나라와 지옥을 체험하고 경험함으로써 획득되는 애국심은 결국 소설에서 탐색의 주제가 되고 있다.

3: 근대적 지리의 발견과 제국적 야망의 재현

「몽배금태조」는 무치생이 금태조를 꿈에서 만나 현재 대한제국이 처한 상황에 대한 원인과 이에 대한 해결을 논의하는 것으로 구성되어 있다. 앞에서 논의한 「꿈하늘」과는 달리 이야기성이 약화되어 스토리 없이 대화의 문답으로만 되어 있다. 소설은 꿈의 구조를 통해 무치생이 금태조와 대한제국의 현실에 대해 이야기를 나누는 것으로 시간의 환상성이 개입된다. 여기에서 꿈은 단지 시간과 공간의 경계를 넘나드는 것으로 이용된다.[18] 앞에서 살펴보았듯이 환상성에서 시간은 과거의 인물을 현재로 불러오게 하는 방법으로 사용되고, 이것으로 인해 현재의 인물과 과거의 인물이 한 공간에 위치하게 되는 것이다. 우화소설에서 꿈의 형식을 취하는 것은 이것을 통해 현실을 좀 더 구체적으로 비판하기 위해서이다. 소설이 환상에 의해 발현되기 때문에 현실에 대한 모순을 강도 높게 지적하고 이에 대한 새로운 대안세계를 모색할 수 있는 것이다. 그리고 이 소설이 문답식 구성이 주를 이루고 있기는 하지만 꿈이라는 의장을 통해 미래를 모색하고 있다는 점에서 여타의 몽유소설과는 다르다고 할 수 있다.

이 소설은 4386년(서기 1911년) 무치생이 친구와 자녀를 버리고 압록강을 건너 만주 대륙의 홍경 남계를 지나가는 것으로 시작된다. 이 소설은 박은식이 1911년 5월에 서간도의 선인현으로 망명을 했을 때 쓴 것이다. 소설의 공간적 배경이 되고 있는 서간도는 고구려 건국전설이 전해지는 곳이면서도 발해의 서경(西京)인 압록부(鴨綠府)의 고지였다. 박은식은 그곳에서 고구려와 발해의 유적을 조사하고 이에 관련된 사서를 저술하고 이 소설을 쓴 것으로 보인다. 그래서 발해와 고구려의 역사에 대한 언급과 광활했던 영토에 대해 회고하는 장면이 소설의 서두를 이루고 있다.

---

18) 이 소설에서 쓰이는 년도 표시는 대황조강세(大皇祖降世), 즉 단군대황조가 세상에 내려온 해를 기준으로 하고 있다. 단기보다 124년 빠른 것으로 4368년(서기 1911년)으로 표기하고 있다.

　무릇 이 땅은 우리 선조의 옛 영토이다. 지금 그 여도의 전부를 살펴 고
대의 유적을 찾은 즉, 백두산은 단군대황조께서 발상하는 땅이요, 현도 이북
의 천여리에 걸치는 고부여국은 오늘의 개원현으로 단조 후예의 땅이고, 요
동 서쪽의 이천리에 걸친 영평부는 기씨조선의 경계이고 서쪽으로 금주 해
안을 경계로 하여 동쪽으로 흑룡강을 끼고 북으로 개원현에 이르기까지는
모두 고구려와 발해의 강역으로서 우리 선조대에 이처럼 광대한 영토를 개
척하시던 정황을 추상해 볼 때, 혹독한 추위와 혹심한 더위와 싸우며 질풍폭
우와 싸우며 또는 독충 맹수의 위험을 무릅쓰고 사방의 강적과 싸워 수천만
인의 땀을 뿌리고 수천만인의 피를 흘리면서 자손에게 산업을 물려 주신게
아닌가?　　　　　　　　　　　　　　　　　－(「몽배금태조」, pp.53-54)

　이 부분은 꿈 바깥의 서사로 무치생이 만주대륙에 도착하여 옛 역사를
회고하는 부분이다. 무치생은 선조들의 영토였던 고부여국과 기씨 조선,
고구려와 발해의 땅을 보고 선조들의 업적을 후손들이 지키지 못한 것에
대한 회한을 토로하고 있다. 이 소설이 만주를 공간으로 설정한 것은 만
주[19]에 대한 중요성을 인식한 것으로도 볼 수 있지만, 과거적 영토에 대
한 영광을 재현하고자 하는 욕망에서 비롯되었다고 할 수 있다. 그리고
이것은 지도로 구획된 영토의 근대적 공간 개념에 기인한 것으로 볼 수

---

19) 근대계몽기에 '만주'에 대한 논의는 그 이전에도 제기되었지만 러일전쟁 이후 본
　격화되었다고 볼 수 있다. 『대한매일신보』는 이러한 만주에 대한 중요성을 일본
　과 연결해서 논의하고 있다. 논설을 통해 1910년 1월 12일부터 1월 21일까지 5
　회에 걸쳐 연재된 〈만주와 일본〉, 〈만주문뎨를 인ᄒ여 다시 의론홈〉의 논설은
　일본의 발전에 만주는 필요하고, 심지고 일본의 죽고 사는 문제에까지 만주가 결
　부되어 있다고 논의한다. 만주를 둘러싼 제국의 치열한 쟁탈을 논의하고 있고,
　나라의 흥하고 망하는 것은 유럽에서는 발칸반도라면 동양에서는 만주라고 언급
　한다. 만주는 장래에 한국 사람이 집합할 땅으로 보고 있고, 그래서 그곳으로 이
　주한 사람들에게 본국정신과 단체정신을 잃지 말라고 당부하고 있다. 이 논설에
　서는 국권 상실에 대한 대안으로써 만주를 국토의 개념으로 인식하고 있는 듯
　하다.

있다.

근대적 공간으로서의 영토는 관념적인 공간으로서의 '강산'의 개념이 아니라 근대적 지도에 의해 표상적으로 등장하는 '국토' 개념이다. 국가의 상실이 가시적으로 드러나는 것이 영토성이었기 때문에 이에 대한 인식이 시작된 것이고, "이전에는 모호했던 국경이 하나의 선으로 그어지고 구별될 수 있는 '명료하고 뚜렷한'것으로 전환"[20]됨으로써 영토에 대한 인식은 시작되었다고 볼 수 있다. 한일합방 이후 쓰여진 이 소설이 영토성을 주목하고 있는 것은 국가의 상실이 물리적인 영토와 땅으로 확인되기 때문이다. 그리고 이것은 국권에 대한 추상적인 개념이 아니라 '강산', '국토'의 시각화로 규정되는 것이기 때문에 실질적인 상실의 표상이었다고 볼 수 있다. 이러한 지도의 영토구획으로 인해 국가상실의 위기의식은 좀 더 구체적으로 형상화된다. 『대한매일신보』의 논설란에서는 지도에 나타난 이러한 영토성을 인식하고 있다.

단군 ᄉ쳔여년 후 텬디에 세계디도를 펼쳐 노코 흔번 시험ᄒ여 보니 남극에셔 북극에 ᄭ지 북극에셔 남극에 ᄭ지 동셔 몃만리에 허다흔 나라이 별ᄀᆺ치 버러잇고 바둑ᄀᆺ치 널니여 잇셔셔 혹 크기도 ᄒ고 혹 젹기도 ᄒ여 혹

---

20) 박태호, 「근대계몽기 신문에서 영토적 공간 개념의 형성」, 『근대계몽기 지식의 발견과 사유 지평의 확대』, 소명출판, 2006. p.148.
박태호는 '강토', '강산', '산천' 등을 중심으로 한 영토적 개념들과 '백성', '인민', '국민'등 그에 대응하는 '주체적' 개념들이 근대계몽기에 어떤 식으로 사용되었는가를 『독립신문』과 1903년까지의 『황성신문』그리고 『대한매일신보』를 통해서 살펴보고 있다. 그는『대한매일신보』가 근대적 영토적 공간개념을 전형적인 형태를 보여주고 있다고 논의한다. "『대한매일신보』에서는 임금이나 종묘사직과 단절된 외연적인 영토 개념과 대지적 수사학을 동반하는 '조국'이라는 내포적인 영토 개념이, '나라혼'을 통해서 통합된 유기적 전체로서 '국민'이란 개념과 결합되어 근대 민족주의(국민주의)운동의 자장을 형성하는 영토적 공간을 전형적인 형태로 보여준다. 아마도 이것이 근대적인 형태의 영토적 공간개념이 확고하게 자리 잡은 지점이었다고 해도 좋을 것이다."(p.187)

강호기도 호고 혹 약호기도 흔듸 각각 그 디위를 쫘라 그 국긔를 표양호거
늘 유독 아셰아 동편 흔 모퉁이에 한반도는 격적히 그 광치를 감초고 풍운
이 암미호여 젼이가 미만홀 쑨이로다. 오호ㅣ라 한반도ㅣ여 너는 무슴 연
고로 이곳흔 비춤흔 운슈를 홀노 당호엿는고 (중략) 너의 면목이 참담호고
너의 위엄이 타락호여 세계에 혈긔가 잇는쟈로 호여곰 너를 듸호민 즈연
흔 눈물이 옷깃을 젹시우니 오호ㅣ라 한반도ㅣ여[21]

이 인용문에서 서술자는 세계지도를 펴놓고 한반도를 확인하는 가운
데 국권과 영토의 상실을 애통해 하고 있다. 그리고 미국과 독일의 예를
들어 비교하고 있다. 이러한 자각을 좀 더 심도 있게 하고 있는 것은 구
체적으로 구획된 지도를 보고 있기 때문이다. "륙대강국"이 추상적으로
상상되는 것이 아니라 가시적으로 영역을 통해 인지됨으로써 "비춤흔 운
슈"는 좀 더 사실적으로 인식된다. 지도에서 국가의 영토는 하나의 선과
공간으로 표시되고 그 공간은 투시되어 나타난다. 이렇게 투시된 공간은
균질성에 의해 국가의 힘을 직접적으로 도시하는 역할을 하게 된다. "특
히 19세기 후반 '역사 지도'의 출현은 새로운 지형적 담론에서 특정한 단
단히 경계 지어진 영토 단위들의 고대성을 증명해 보이도록 고안되었다
."[22] 영토의 입체성이 지도를 통해 평면화됨으로써 국제관계는 거시적으
로 조망된다. 지도를 통해 균질화된 영토는 경계성으로 말미암아 국가의
형태가 배치되고 또는 삭제된 것을 확연히 드러낸다. 따라서 근대계몽기
에 지도는 영토의 개념을 국가의 표상으로 전치시키면서 지형적 담론의
조감도로 해석된다. 지도를 통해 드러난 영토는 근대계몽기의 지식인들
에게 과거에 점유했었던 국토와 이미 상실된 국토의 회복 필요성을 환기

---

21) 〈논설-디도를 보다가 감회를 긔록홈〉,『대한매일신보』, 1909년 3월 27일.
22) 베네딕트 앤더슨, 윤형숙 역,『상상의 공동체』, 나남출판, 1991. p.224.

시켰다고 볼 수 있다. 또한 이것은 제국주의에 대한 염원을 이상화하는 도구로 활용되고 있다.

한일합방이 된 이듬해에 쓰여진 이 소설은 국가와 영토를 상실한 것에 대한 일종의 정치적 알레고리라 할 수 있다. 금태조는 대금국의 태조 황조로서 "우리나라의 평주사람 김준의 9세손이요, 그 발상지는 지금의 함경북도 회령군"이다. 금국(金國)은 "두만강변의 한 작은 부락으로 흥기하여 단숨에 요나라를 멸하고 다시금 북송을 취하여 중국 천지의 주권을 장악"한 나라이다. 소설에서 금태조를 인물로 끌어온 것은 그가 천도(天道)로써 역사상 가장 넓은 영토를 개척하고 확장했던 선조이기 때문이다. 금태조는 단순히 과거에 존재했던 인물이 아니라 현재의 상황에서 국가와 민족을 지도할 선지자로 요청되는 것이고, 그래서 소설에서는 무치생과 금태조가 대등한 위치에서 문답을 하는 것이 아니라 일방적인 금태조의 훈계에 의한 구조로 서술된다.

이 소설에서 박은식이 금태조를 통해 강조하고 있는 것은 영토의 회복이다. 그는 제국의 건설에 대한 염원을 영토의 확장으로 인식하고 있고, 이것은 상무정신(尚武情神)으로 제시된다.

슬프구나. 너희 민족이 이르기를 2천만이라고는 하나 칼을 잡고 총을 들어 몸바쳐 적을 방어하는 자는 매우 적으니 이는 무슨 까닭이냐? 세계 여러 나라에는 국민이 되어 병역의 의무를 짊어지지 않은 자가 없는지라 동방의 고대사를 통해 보더라도 삼국시대와 고려 시대에는 다른 나라와 전쟁이 일어나면 창을 쥐고 기를 멘 선비가 출전하여 한 사람도 병역을 피하지 않았었다. (중략) 조선은 벼슬하는 족속, 이서의 족속이 모두 병역을 짊어지지 않고 또한 귀족집의 아랫 사람들과 노예는 국가의 병역보다는 집주인의 사역을 맡고 있을 뿐이다. 이로써 보건대 벼슬하는 족속도 국민이 아니요, 유

생·향반 그리고 이서의 족속, 귀족가의 아랫 사람들과 노예가 모두 국민이
아닌즉 2천만 인구 중에 국민의 의무를 짊어진 자는 몇 사람이겠는가?[23]

　　　　　　　　　　　　　　　　　　－(「몽배금태조」, pp.85-86)

이 인용문은 조선이 패망한 이유를 국민이 병역의 의무에 있어서 평등
하지 않았기 때문으로 보고 있다. 병역 의무에 있어서 유생과 향반, 귀족
과 노예들이 제외됨으로써 소수의 양민만이 의무를 짊어지고 있다고 비
판한다. 이러한 불평등으로 인해 '국민정신'이 썩고, 나라가 패망한 원인
이 됐다고 지적한다. 그리고 소중화 정신, 학문의 폐습, 병역의 불평등,
납세의 불평등, 교육의 폐쇄성, 지도층의 무사안일 등이 비판되고, 이에
대한 대안으로 '국민정신' 과 '상무정신'이 강조된다. 이것은 국가가 영위
되기 위해서는 사상과 그것을 존속시키는 무력이 요청된다는 논리이다.
소설에서 '부국강병'을 위해 상무정신에 근거한 병역 의무는 필연적인 것
으로 제시된다. 이것은 앞에서 논의한 비유적 알레고리나 우화적 알레고
리에서 윤리를 대안으로 제시한 것과 차별된다. 국권상실의 원인이 내부
의 문제뿐만 아니라 외부의 국제정세와 국가의 힘, 즉 병력에 의한 국가
의 존속이 실질적인 차원에서 논의되는 것으로 볼 수 있다.

또한 이 소설에서 영토의 확장을 통한 제국의 염원이 상무정신으로 논
의되고 있다면, 또 하나의 구체적인 사례로 거론되는 것은 교육을 통한

---

23) "帝-日 噫라 其民은 日二千萬이나 持釖荷銃ㅎ야 衝*侮者ᄂ 其小 ㅎ니 奈何
오 世界萬國에 國民이 되야 兵役의 義務를 擔치아니ᄒ 者ᄂ 無ᄒ지라 東方
古代史로 觀ᄒ지라도 三國時代와 高麗時代에 他國과 戰爭이 有ᄒ면 荷弋負
羽의 士가 滾滾히 忙意從ᄒ야 出晉과 如ᄒ얏스니 (중략) 朝鮮은 仕官族 儒
生族과 鄕班族과 吏胥族이 皆兵役은 無ᄒ고 貴家의 의 廊屬과 奴隷가 皆國
家의 兵役은 無ᄒ고 其家의 使役을 服ᄒ 쑨이라 此로써 觀ᄒ면 仕官族도 國
民이 아니오 儒生族과 鄕班族과 吏胥족과 貴家의 廊屬과 奴隷가 皆國民이
아닌 즉 二千萬中에 國民의 義務를 帶ᄒ 者-幾個人인가" (원문, pp.24-25)

실력양성이다. 소설은 부국강병과 독립을 쟁취하기 위한 방법으로 교육을 통한 각성을 제시한다. 박은식의 교육사상은 1904년 『학규신론(學規新論)』[24]을 통해 구체화되는데, 이 저서는 교육의 체계와 방법 등에 대한 개론적인 내용을 적은 것으로 그의 체계적인 교육사상으로 인정된다. 이 책에서 "국가의 운명과 교육에 관한 논의"는 서방의 여러 나라를 통해 국가의 흥망성쇠가 교육에 의해 좌우됨을 보여준다. 이러한 그의 교육사상은 「몽배금태조」를 통해 근대적 제도로서의 학교 교육을 제시한다.

> 단군대황조께서 세우신 학교의 위치는 백두산 아래에 있었는데, 서쪽으로는 황해와 면하고, 북으로는 만주를 베개로 삼았으며, 동으로는 벽해를 끼고, 남으로는 현해를 경계로 삼고 있었다. 단목 아래에 한가닥의 대로가 탄탄평평하게 뻗어 있어 학교에 바로 이르고 있었으며 무궁화와 불노로가 풍만한 빛을 발하며 피어 있었고 주위 풍경도 수려하여 학도들이 생활하고 심신을 단련하는 데에도 극히 좋은 곳이었다. 그 학교안에는 무수한 소학교가 기라성처럼 즐비하였으나 일일이 시찰할 겨를이 없어 그 중 제일 저명한 대동중학교를 방문했다. 학교 교문 앞에 학교를 건설한 역사를 금강석에 새겨 세워 놓았는데 개교일은 지금으로부터 사천이백오십년전 무진 시월 삼일이었다.
> ― (「몽배금태조」, pp.124-126)

---

24) 『학규신론』은 박은식이 1901년 학부에 올린 "興學說"을 기초로 하여 13항목에 걸쳐 신교육에 관한 내용을 저술한 것이다. 자금이 없어 간행하지 못하다가 1904년 일본인 가토오 사다오의 재정적인 도움을 받아 박문사에서 출간하였다. 내용은 다음과 같다.
1. 활동적인 교육 방법에 관한 논의/ 2. 배우는 자세와 태도에 관한 논의/ 3. 발분의 효과에 대한 논의/ 4. 외국 유학에 관한 논의/ 5. 보통교육과 전문교육에 대한 논의/ 6. 한글과 국민교화에 관한 논의/ 7. 학교설립에 관한 논의/ 8. 서적출판에 관한 논의/ 9. 상벌 규칙에 관한 논의/ 10. 시험제도에 관한 논의/ 11. 관료들의 재교육에 관한 논의/ 12. 국가의 운명과 교육에 관한 논의/ 13. 종교의 유지에 관한 논의
김효선, 『백암 박은식의 교육사상과 민족주의』, 대왕사, 1989. pp.163-204.

무치생은 금태조와의 대화를 통해 교육의 필요성을 절실하게 체감한다. 무치생은 금태조에게 "우리 조신(祖神)께서 건설하신 학교"를 보여 달라고 하고, 금태조는 백두산 아래에 있는 학교를 보여준다. 이 학교는 지리적 위치와 환경에 있어서 매우 이상적인 형태로 제시된다. 소학교와 중학교가 있고 육군·해군·정치·법률대학교와 농업·공업·의학전문학교 그리고 철학·문학·종교학과 등 모든 학문과 분야의 학교들이 있었고 그 분야에서 뛰어난 업적을 남긴 선조들이 학교의 교장과 선생을 맡고 있었다. 그러나 상업교육에 대한 언급이 없는 것에 대해 금태조는 조선이 해상무역에 주의하지 않았기 때문이라고 말하고 수치를 알고 원통함을 아는 것이 이것을 극복하는 원동력임을 가르치고 있다. 여기에서 제시되는 학교는 기본적으로 〈소학교 → 중학교 → 대학교〉의 3단계의 학제를 택하고 있고, 대학교는 상무정신을 기초로 하고 있는 육군과 해군대학교, 그리고 전문학교, 사범학교, 전문학과로 구성된다. 박은식에 의해 제시된 교육제도는 근대적 학교를 모방한 것으로 구체성을 띤다. 그러나 이러한 근대적 학교제도는 이것은 망국이 된 현실에서는 존재할 수 없는 것이기 때문에 꿈을 통해 간접화하여 알레고리적으로 표현되고 있다. 이것은 실현 가능성을 전제했지만 현재에는 도달할 수 없는 미래에 대한 전망으로서 이상적인 대안을 추구한 것으로 볼 수 있다.

소설에서는 망국의 현실을 타계할 수 있는 것으로 제시되는 이상적 대안은 제국주의이다. 일례로 무치생은 학교를 다 둘러보고 금태조에게 "대동민족이 제국주의를 정복하고 세계 인권의 평등주의를 실행하는데 있어 선창자가 되고 또 주맹자가 되어"야 함을 주장한다. 그리고 그는 이런 평등주의를 이행하기 위해서는 일개의 '아골타'(금태조의 이름)로만 이루어질 수 없고, 다수의 알골타에 의해 가능하다는 논리를 편다. "우리민족 가운데 수천만명의 아골타가 출현되어 그러한 주의를 주창하는 것이 더욱 유력할 것이다"라고 언급하는 것은 박은식의 소설 「서사건국지」에서 보았다시피 그의 다수 영웅론, 내면화된 영웅론을 다시 확인하게 한다. 빌헬름 텔이 국민들과 같이 의병을 일으켜 나라를 다시 되찾았듯이, 여기에서도 제국의 야망을 달성하기 위해서는 영웅으로 치환되는 민족의 결집된 힘이 필요함을 강조한다. "일반 청년들"과 "개개인이 모두 영웅의 자격"을 갖추고 스스로 영웅의 위임을 맡아 제국주의와 더 나아가 평등주의의 선봉에 서야 하는 것이다. 이 소설에서 박은식이 금태조를 인물로 설정한 것은 위에서 살펴보았듯이 제국주의적 야망을 실현했기 때문이고, 작은 국가에서 출발하여 전쟁을 통해 수많은 국가를 정복했기 때문이다. 이러한 금태조의 업적이 과거의 영광에 그치는 것이 아니라 현재에 다시 재현되어 국권을 회복하고 더 나아가 제국주의를 실현할 수 있는 가능성으로 제시되고 있는 것이다. 그러나 이것은 제국주의가 평등주의를 실현하기 위한 것으로 논의됨으로써 이상적 관념주의에 함몰되어 있다고 할 수 있다.

「몽배금태조」는 꿈을 통해 현실에 대한 총체적인 문제를 점검하고 교육을 통한 실력양성과 독립의 쟁취를 염원한다. 소설은 자본주의와 교육의 정신으로 무장된 서방국가와 일본 등의 제국들에 대응하기 위해서는 금태조와 같은 영토 확장의 이념과 제국적 기질이 필요함을 보여준다. 근대적 공간 개념을 확립하게 한 지도는 여기에서 영토의 확장에 대한 당위성을 부여하면서 상무정신에 의한 국권 회복의 필요성을 환기시키고 있다. 또한 소설은 '국민정신'을 강조함으로써 제국에 대한 야망을 재현하고 있다. 기존의 실력양성론에 의한 애국계몽운동과 독립운동이 한일합방이라는 실패에 직면한 것에 대한 반성과 무력투쟁의 요청에서 기인한 것이 금태조의 제국주의적 정신인 것이다. 박은식은 현재 상황에서 중요한 것은 제국주의와 같은 침략의 논리이고 이것을 그는 발해와 고구려의 역사에서 찾음으로써 합리적이고 합법적인 대안으로 제시되고 있는 것이다. 이것이 꿈이라는 장치를 통해 알레고리로 전달됨으로써 좀 더 현실을 비판적으로 해부하고 이상적인 대안을 추구할 수 있었던 것이다.

4: 인종주의의 차용과 동양주의의 왜곡

환상적 알레고리의 공통성은 환상이나 꿈을 통해 현실을 비판하고 이상적 세계를 염원한다는 것이다. 「꿈하늘」에서는 '님나라'라는 이상향이 추구되었다면, 「몽배금태조」에서는 '제국'이라는 대안세계를 창출하고 있다. 그리고 이 절에서 논의할 「몽견제갈량」에서는 황인종에 의한 '아시아 연대주의'를 모색한다. 다른 소설들과 마찬가지로 「몽견제갈량」도 꿈 안의 서사가 소설의 전부를 차지하고 있고, 꿈 밖의 서사는 꿈안의 서사가 주조되기 위한 장치의 역할밖에 하지 않는다. 그리고 꿈의 의장은 제갈량을 현재에 불러오기 위한 환상성으로 시간성을 무화시키고 있다. 꿈 안에서 밀아자는 제갈량을 만나 그의 치적에 대해 비판하고 그로 말미암은 대한제국에 끼친 부정적인 영향을 지적한다. 「몽배금태조」에서 금태조는 무치생에게 있어 영웅적인 존재로 인식되었지만, 이 소설에서 제갈량은 권모술수에 능한 침략자이고 전제 정치가로 비영웅적인 인물로 격하된다. 소설에서 문제가 되고 있는 것은 과거 지나의 역사적 행위에 대한 것이고, 서양 열강에 의해 침략을 당하게 된 현금의 상황에서 지나의 책임론은 중요한 것으로 거론된다. 이런 정황에서 볼 때 제갈량은 지나

2부 근대계몽기 서사와 알레고리 243

를 대리하는 표상으로 설정된 것이고, 개인의 업적에 대한 비난과 지나라는 국가적 차원의 정치적 오류에 대해서도 비판하게 된다.

「몽견제갈량」은 유원표에 의해 1906년 쓰여졌고 1908년 광학서포에서 발행되었다. 신채호는 이 소설의 〈서(序)〉에서 제갈공명을 천 번, 백번 꿈꾸는 것보다 소학교 어린아이를 한 번 꿈꾸는 것이 낫다고 말한다.

> 어리석은 자들은 제갈공명의 윤건(輪巾)을 꿈꾸고 우선(羽扇)을 꿈꾸며 사륜거(四輪車)를 꿈꾸고, 기산(祁山)과 오장원(五丈原)을 꿈꿀 뿐이다. 나의 꿈을 그렇지 않으니 곧 20세기 동양의 혁명이다. 나는 확실히 제갈공명를 꿈꾸지만 실은 제갈공명이 나를 꿈꾸는 것이다. 아! 이 책을 읽는 사람은 아직도 제갈공명을 꿈꾸고 있겠는가?25)

신채호는 제갈공명을 꿈꾸는 것보다는 나파옹(나폴레옹)과 화성돈(워싱턴), 비사맥(비스마르크)을 꿈꾸는 것이 현명한 것이고, 제갈공명이 현재에 조선에 온다면 4~5년은 머리를 쓴 후에야 감당할 수 있을 것이라고 말한다. 신채호가 인식하고 있는 제갈량은 꿈 꿀만한 가치를 상실한 존재이고, "20세기 동양의 혁명"에서 제거되어야할 존재이다. 제갈공명은 중국을 대표하는 인물로 기표되면서 그의 실책과 오류로 인해 지나뿐 아니라 조선과 동양 전체의 운명이 지금과 같은 위기에 처할 수밖에 없었다는 것을 비판하고, 그의 세계정세와 대외 인식에 대한 무지를 비판하고 있다. 이것은 역으로 제갈량을 민족의 영웅으로 인식하던 과거 조선의 태도와 그것으로 말미암아 국권을 상실할 위기에 처한 현실에 대한 비판이기도 하다. 이것은 근대계몽기 당대의 지식인들을 우회적으로 제갈량에게 빗대어 이야기함으로써 알레고리의 대상으로 제갈량이 설정되고 있다.

---

25) 신채호, 「몽견제갈량－序」, 『근대계몽기의 학술·문예 사상』, 앞의 책. p.126.

소설은 밀아자가 '병오년 봄' "덕국사(독일역사) 일편을 빼어들고 근세
일등 영걸 스태인 비사막전"을 읽다가 입몽하는 것으로 시작된다. 소설
은 6장으로 되어 있는데 1장 '의자위위비계(議者謂爲非計)'에서는 제갈량
의 계책에 대해 밀아자가 그 오류를 지적하고 있다. 제갈량이 동오의 사
람들과의 약속을 배신하고 '형주'의 땅을 돌려주지 않는 것과 화용도에서
조조를 놓아준 것, 관우와 모종의 뇌물을 주고 받은 것 등에 대해 '논하
던 자들이 선생의 계책이 틀린 것(議者爲爲非計之設)'이라고 평가한 것에
대해 오히려 헐후(歇后)한 평가이며, 이것이 가히 '용혹무괴(容或無怪)'에
가까운 것으로 비난한다. 1장과 2장은 제갈량의 사적인 치적에 대한 오
류를 후대의 밀아자가 평가한 것이라면, 3장과 4장은 지나의 역사와 정
책의 허실에 대해 조선이 사대적 습성에 의해 반성 없이 차용한 것에 대
해 비판한다. 여기에서는 제갈량과 밀아자가 동등한 입장에서 조선의 현
실에 대해 비판한다.

> 오늘 지나가 이와 같이 비참함은 그 원인이 확실한 것이라, 그 원인을 뿌
> 리 채 뽑아내지 않으면 이백 세기가 지나더라도 반드시 바라볼 바가 없는 것
> 이다. 성현의 교훈에 사물에는 근본과 끝이 있고, 일은 시작과 끝이 있다고
> 했으니 만약 이처럼 지나가 발달하기를 기약하기로 했을 땐, 그 원인된 세
> 가지 악성을 확실히 뽑아낸 후에야 희망이 있을 것이니라. 그 세 가지 악성
> 이 무엇인가 하면, 첫째는 불욕위(不慾爲)라. 즉 무엇인가 하고자 하는 마음
> 이 없는 것이다. 두 번째는 불욕지(不慾知), 알고자 하지 않는 것이다. 셋째
> 는 불지자지(不知自知)라, 스스로 알지 못하는 것이니라. 이 세가지 악성은
> 어떤 사람을 막론하고 나라를 스스로 멸망하게 하는 원인이 되는지라.[26]
>
> ─(「몽견제갈량」, pp.53-54)

---

26) "今日 支那가 如此悲慘을 當흐者는 其原因이 確有흐지라 其原因을 拔本去
　　根치 아니면 二百世杞라도 必無可望이외다 聖訓에 云物有本末흐고 事有終

이 인용문은 4장의 〈동토문학허실(東土文學虛實)〉의 일부분이다. 여기에서 동토(東土)는 지나의 위치에서 본 조선의 땅을 이르는 말이다. 주체가 조선이 되고 있는 것이 아니라 지나가 중심이 되어 시각화한 것이다. 이것은 통상적인 사대주의적 인식에 대한 반성 없이 쓰여진 것으로 볼 수 있다. 여기에서 밀아자는 지나의 패망의 원인을 세 가지로 들고 있다. 그러나 이것은 지나의 경우에만 해당하는 것이 아니라 조선의 패망과 대한제국이 처한 현재의 위기에 대한 문제로 지적된다. 패망의 원인이 국가의 내부적인 문제로 지적되고 있는 것은 외부적 현실을 도외시한 결과라고도 볼 수 있으나, 소설에서는 내부적 문제를 먼저 점검하고 대외적 문제로 확장함으로써 설득력을 얻는다. 패망의 원인이 순전히 서양 열강에 의한 것으로 치부하기 보다는 자기반성을 거칠 필요가 있음을 보여주고 있다.

이 소설에서 외부, 즉 서양으로 개념화되는 대외적 문제는 〈황백관계진장(黃白關係眞壯)〉에서 논의되는데, 이 부분은 소설에서 가장 많은 부분을 차지하고 있다. 밀아자는 러일전쟁 이후 동양의 세력이 일본에 의해 확인되었고, 황인종과 백인종의 인종 경쟁이 시작됐다고 보고 있다. 이것은 중국과 조선의 세력이 약하기 때문에 일본이 중심이 되어 아시아가 연대하면 백인종에 의한 서양 열강의 야욕을 물리칠 수 있다는 논리로 귀결된다. 근대계몽기에 '아시아 연대론'이 거론되기 시작한 것은 갑신정변이 일어나기 직전으로 김옥균에 의해서이다. 이후 급진 개화론자들에 의해 전파되었고, 윤치호 또한 "근대적 변혁의 방법을 논하면서 불가피

始라 ᄒᆞ얏스니 若以支那로 期欲發達인딘 先次其原因된 三種惡性을 確然拔
去後에야 就緖之望이 有ᄒᆞᆯ者-니 此三種惡性은 謂何오 一은 不欲爲也-오
二는 不欲知也-오 三은 不知自知也-니 此三惡性은 無論何人ᄒᆞ고 家國을
自滅ᄒᆞᄂᆞᆫ 原素가 될 者-라."

할 경우 보호개화를 감수해야 한다고 주장"[27]하면서 동양 3국의 공영론
을 거론하였다. '정한론'의 연장인 '아시아 연대론'은 1904년 러일전쟁 당
시 일본에 의해 본격적으로 거론되기 시작했는데, 일본은 동양의 평화를
지키기 위해 황인종의 연대가 필요함을 설파하게 된다.[28] 이것은 동양 3
국이 인종경쟁의 시대에 살아남기 위해 결집을 해야 한다는 논리로 추진
되었다. 모리야마 도키치(森本藤吉)의 '대동합방론(大東合邦論)에 의한 이
논리는 동아시아 3국의 합방론으로 "서구 열강을 적으로 간주하기 때문
에 이들과 맞서기 위해서 동아시아는 병력이나 압제를 쓰지 않고 평화적
방식을 통해 합방을 해야 한다."[29]는 것이었다. 이 소설에서 밀아자는

27) 김민환, 『개화기 민족지의 사회사상』, 도서출판 나남, 1988. p.76. 참조.
28) 일본에 의해 주장된 황인종의 연대론의 1881년 자유당의 일부 당원들에 의해 '아
  시아 연대론'이 제창된 것의 연장이라 할 수 있다. 그들의 발상은 구미열강에 비
  해 일본이 약소국임을 느껴 아시아와의 연대를 이룩함으로써 그 약함을 보충하겠
  다는 것이었으나 이후 흥아회(興亞會)에 의해 논의가 확장된다. 한국인이 아시
  아 제국과 연대를 해야 된다는 의식을 갖게 된 것은 1880년대의 흥아회에 참석
  하면서부터이다. 1890년대 한국인들은 아시아 연대론에 매력을 느꼈고, 김옥균은
  이 문제를 논의하기 위해 1894년 3월 상해에까지 가게 된다. 이후 1904년 러일
  전쟁이 일어나고 나서 이 전쟁을 황색인종의 멸절로 파악하고 동양 3국이 단결해
  야 된다고 강조하는 사람들이 생겨났는데 『황성신문』(1905년 5월 6일)이나 『대
  한매일신보』(1905년 10월 7일) 등에서는 일본은 신의를 지키고 선린에 마음을
  두어 정책을 실시한다면 한국인뿐만 아니라 천하의 모든 사람으로부터 칭찬을 받
  을 것이고 언급한다. 그러나 을사보호조약의 체결로 인해 한국인의 반항이 드세
  게 일어났고 이것은 동양 3국의 분열을 조장하는 징조라고 비난하게 된다. 이러
  한 내용은 안중근의 〈동양평화론〉에서도 확인된다.
  이광린, 「개화기 한국인의 아시아 연대론」, 『개화파와 개화사상 연구』, 일조각,
  1989년. pp.138-154.
29) 정환국, 「애국계몽기 한문소설에 나타난 대외인식의 단상」, 『근대전환기 동아시
  아 속의 한국』, 동아시아 학술원총서, 성균관대학교 출판부, 2004년. p.41.
  모리야마 도키치의 『대동합방론』에서는 그 일차적인 작업으로 지리적으로 인접
  한 일본과 조선이 합방을 하고, 그런 이후에 중국과 합종을 이루어야 한다고 주
  장한다. 대동합방론은 일본에서 명치 초기 '정한론'이 퇴조한 후, 무력이 아닌 동
  등하고 평화적인 한·일 나아가 한·중·일의 연대를 꾀한다는 것으로 동양3국
  에 적극적으로 수용된 이론이었다. 그러나 자유민권파 좌파계열에 속했던 모리야

모리야마 도키치의 이 논리를 그대로 수용하여 현실에 대한 대안으로 제
시하고 있다.

> 일본이 참으로 이와 같이 성적과 물망이 충만할 양이면, 우선 청나라와
> 조선 안남, 면전(緬甸-버마), 섬라 등의 여러 나라에 서로 사랑을 심는 사회가
> 이루어져 일본으로 하여금 사회의 우두머리로 정하여 한 무리의 황인종이
> 한결같은 감정으로 동, 서의 경계를 긋고 황백이 나누어서 독립할 것이니,
> 구주 백인종이 설혹 증기선과 대포와 마병육군을 수없이 사용한다고 하더라
> 도 황인종은 조금도 두려워 할 것이 없느니라. 면전, 안남, 조선 삼국은 병
> 비가 많이 부족한 즉 마음과 정신만 단합할 것이오, 청나라와 태국은 수륙병
> 력이 충분하므로 이를 담당할 만할 것이오. 하여 일본은 지금으로 십수년으
> 로 병력을 조직할 량이면 군함이 대소를 병탄하고 150톤은 족히 넉넉할 것
> 이오. 육군으로 말하면 현역 군대와 포병과 공병, 예비군, 위생병과 헌병대
> 를 합하여 계산하면 80-90만은 족히 출장할 것인 즉, 무슨 두려움이 있으리
> 오. 혹 황백인종이 우애가 찢어져서 동서로 나누어 서고 영국, 덕국, 아국,
> 법국 등이 연합하여 크게 일어나서 천척의 군함과 백만 육군이 일시에 출병
> 한다 하야도 족히 두려울 것이 없느니라.[30] ―(「몽견제갈량」, pp.99-100)

마의 이 주장은 '정한론 → 아세아연대론(대아시아주의) → 대동아공영권'으로 이
어지는 일본 침략주의의 논리적 근거에 다름 아니었다. 『대동합방론』은 특히 두
가지에 초점을 맞추고 있다, 즉 일본이 '동양'의 대표라는 점을 확인하는 것과 동
양에서 당장 처리해야 할 현안이 중국이 아닌 조선을 일본으로 종속시키는 것이
었다. 이 책의 내용 안에는 상당한 부분이 중국의 현재와 중국과의 관계 문제를
개진하고 있지만, 그것은 불가피하게 합종해야 할 대상 정도로 인식할 뿐 정작
중요 처리 대상은 조선이었다. (pp.44-45)

30) "日本이 眞有是擧ᄒ야 聲蹟과 物望이 東半球에 充滿ᄒ량이면 爲先 淸國, 朝
鮮, 安南, 緬甸, 暹羅等 列國에 愛種社會가 成立ᄒ야 日本으로 社長을 薦定
ᄒ고 一團 黃鐘이 一致同情으로 東西를 劃界ᄒ야 黃白이 分立ᄒ리니 歐洲
百種이 設或 輪船大砲와 馬步陸軍을 無數使用ᄒ다드리도 黃鐘은 小無 懼
怯ᄒ것시 緬甸, 安南, 朝鮮 三國은 兵備가 不多ᄒ즉 心神力만 團合ᄒ것시오
淸國과 暹羅ᄂ 其水陸兵力이 足히 一 隅를 抵當홀者-오 至於 日本은 今後
數年으로 兵備를 組織ᄒ량이면 軍艦이 大小幷ᄒ야 一百五十隻 四十萬噸은
自足홀터이오 陸軍으로 言之ᄒ면 現役隊에 步騎砲工과 後備預備와 衛生隊

이 인용문에서 밀아자는 '애종사회'를 이루기 위하여 청국, 조선, 안남, 면전, 인도 등의 황인종 국가의 연합이 필요함을 언급한다. 그리고 이러한 논리를 가능하게 하는 것으로 백인종의 다섯 가지 결점을 들고 있다. 그러나 이 결점은 가능성을 진단하는 추측의 수준에 그치고 있어 극히 피상적이다. 면전과 안남 조선은 군사력이 없으므로 심적인 호응으로, 청국과 태국은 병력이 충분하므로 이를 보충해 주는 역할을 분담해야 하며, 일본은 이러한 황인종의 군사력으로 백인종을 격파해야 함을 주장한다.

밀아자는 여기에서 '아시아 연대론'이 당대의 문제를 해결할 수 있는 적당한 해결책이라고 언급한다. 밀아자의 이러한 언급은 단순히 인물의 층위에서 거론할 문제라기보다는 내포작가나 작가의 층위로 보아야 할 것이다. 유원표로 대표되는 유림은 '아시아 연대론'적인 인식으로 당대를 이해하고 있었고, 또한 이것을 해결책으로 제시하고 있다고도 볼 수 있다.

러일전쟁 후 일본이 1905년 을사보호조약을 체결함으로써 '아시아 연대론'은 그 본질이 드러나게 된다. 동아시아 연대론은 동양 3국의 연대를 통해 발전적인 공존은 모색한다는 것을 목적으로 하고 있었지만, 실제적으로는 일본의 침략을 위장하기 위한 논리로 이용되었던 것이다. 일본이 아시아 국가들의 지도자가 되어 아시아를 문명개화시키고 서양의 열강으로부터 보호하겠다는 것은 침략을 위한 명목에 불과한 것이었다. 장지연이 『황성신문』에 「시일야방성대곡」을 실었던 것도 일본이 이러한 약속을 어기고 동양 3국의 평화를 깨뜨린 것에 대한 비난이었다. '아시아 연

與憲兵隊를 合而計之ᄒᆞ면 八九十萬이라도 自足出張일터인즉 何懼之有哉리오 若 或黃白人種이 交誼가 裂缺ᄒᆞ야 東西에 分立ᄒᆞ고 英德俄法이 聯合大擧ᄒᆞ야 千隻軍艦과 百萬陸軍이 一時出來흔다ᄒᆞ야도 無足可畏훌者ㅡ라"

대론'에 지나와 조선이 동조하고 이후 일본이 러일전쟁 후 약속을 져버린 것에 대한 언급은 본문에도 짧게 언급되지만 비판되지는 않는다.

신채호는 『대한매일신보』의 〈동양주의에 디흔 평론〉의 논설(1909. 8. 8-8. 10)에서 아시아 연대론을 "국가쥬의를 니져보리고 동양쥬의에 취ㅎ게"하여 "이천만 형데를 몰어다가 죵으로 호젹을 ㅎ엿스미", 동양주의라는 것은 "말을 억지로 꾸며내여 후흐로 하늘을 속이고 아릭로 사룸을 속이는"것이라고 비판한다. 여기에서 동양주의는 아시아 연대론과 같은 의미로 쓰인다. 당대의 많은 개화론자들이나 유림들은 이것을 근대적 국가의 대안으로 염두해 두고 있는 것이 현실이었다. 본질을 간파하지 못하고 이상적으로 제시되는 '모형'에 경도되어 있는 것을 비판함으로써 여기에서 신채호는 '동양주의'에 대한 위험성을 논의하고 있다. 그럼에도 불구하고 동양주의는 친일파에 의해 옹호되었고 후에 한일합방의 근거로 이용되었다. 이것의 연장선에 있는 것이 「몽견제갈량」이다.

이 소설은 꿈의 구조를 통해 밀아자와 제갈량이 청의 패망과 조선의 현실을 알레고리로 보여주고 있다. 이 소설은 앞에서 논의한 두 소설에 비해 이상적 관념화의 범위가 확장되어 있다. 소설에서는 국권상실을 초래한 원인을 세계정세와 강대국의 제국주의적 야망 때문으로 논의하고 있지만 그 해결책을 또 다른 타자에게서 구한다는 점에서 이상적 관념화의 한계로 지적된다.

앞장에서 논의한 「몽배금태조」가 알레고리로써 현재의 위기를 영토의 확장과 제국주의의 논리로 국가를 형성하는 것으로 제시하고 있다면, 「몽견제갈량」에서는 국가의 형태가 아시아 연대의 초국가적인 형태로 제시된다. 국가의 형태에 있어서 전자가 과거의 역사를 근거로 하여 민족을 결집하고 있다면, 후자에서 민족의 문제는 거론되지 않는다. 현재의 위

기를 타계하기 위해서 '민족'보다는 '인종'이 우선시 된다. "하나의 영혼이
며, 정신의 원리"[31]인 민족의 개념은 전복되고 있는 것이고 대신 외형적
으로 드러나는 인종이 중요해지는 것이다. 민족은 제국주의에 의한 영토
적 전쟁에서 부적절한 개념으로 인식되었고, 이것을 대치하는 개념에서
좀 더 거시적인 연합의 필요에서 기인한 것이 인종주의였던 셈이다. 민
족국가는 인종의 결집에 의한 초국가의 형태로 변환되는 것이고, 이것은
이 소설에서 알레고리로 미래적 국가의 비전으로 제시되고 있다.

5: 대항과 전복의 알레고리 효과

근대 계몽기 소설이 내포하고 있는 알레고리는 당대의 세계관과 담론
의 상관관계 안에서만 이해된다. 소설은 개인적인 경험과 허구적 상상력
의 결합에 의해 탄생된 문학 장르이다. 소설은 경험의 공유와 감성의 동
일시의 효과에 의해 해석된다. 그리고 알레고리는 사회 · 역사 · 문화의
전방위적인 공감대에 의해 형성되기 때문에 집단적으로 접근 가능한 가
치들 또는 이미지들을 필요로 한다. 소설은 작가가 속한 당대의 일상적
경험들을 기반으로 하기 때문에 방식의 차별이 있을 뿐 역사적 · 시대적
현실을 반영하고 해석하는 것, 현재의 상황 그 자체를 객관화하는 것 등
은 공통적이다. 그래서 허구적 상상력에 의해 현실은 재구성되고 또한
작가의 이념은 직 · 간접적으로 소설에 드러나게 된다. 이때 허구적 상상
력이 개인적인 상상력의 범주에서 그치는 것이 아니라 공공의 상상력을

---

31) 에르네스트 르낭, 신행선 역, 『민족이란 무엇인가』, 책세상, 2002. p.80.

기반으로 할 때 소설은 다양한 의미를 내포할 수 있다.

특히 환상적 알레고리의 경우는 꿈과 환상을 통해 신화적 인물이 등장하고 유토피아적 공간을 배경으로 하고 있기 때문에 공공의 상상력이 요청된다. 게다가 환상적 알레고리의 소설이 신화적 세계를 근거로 하고 있다는 점에서 이것은 필연적이라 할 수 있다. 그리고 "세계 안의 질서를 이야기를 통해 표현하고자 하는 열망 속에서 보편적이고 체계화된 알레고리는 신화와의 명백한 유사성을 보여준다."[32] 과거를 통해 현재를 재해석하고자 하는 의도로써 신화는 현재를 변혁하고 새로운 체제의 수립을 모색하는 것 또한 신화와 알레고리의 공통점으로 지적된다. 근대계몽기에 이 둘의 소통은 역사적 인식을 같이 함으로써 성립될 수 있다. 신화가 단지 상상이나 허구의 산물이 아니라 역사적으로 존재했었다고 전제함으로써 이것은 역사의 현재적 가능태로 기능한다. 신화는 "공동체의 집단적 의식으로서 공동체의 의미와 가치의 기반이며 개인은 공동체의 공유된 신화로부터 자신의 지위와 역할, 정체성을 부여받게 된다."[33] 개인의 존재성에 대한 가치로 해석되고 있는 신화는 공공의 상상력에 의해 만들어짐으로써 공동체를 형성하게 하는 원동력으로 작용한다. 근대계몽기 소설에서 신화를 차용하고 있는 것도 이러한 연유 때문이다.

소설에서 신화적 세계는 꿈으로 전치되는 영속성의 세계를 형상화한다. 신화는 인과성을 전제하지 않기 때문에 시간과 공간은 초월적 개념으로 인식된다. 신화를 통해 "인간은 세속적이고 연대기적인 시간을 벗어나 이질적인 시간, 즉 원초적이고 무한히 회복 가능한 신성한 시간으

---

32) Gay Clifford, Ibid. p.66.
33) 김윤애, 「서양의 철학적 사유구조에 나타난 신화」, 『환상, 내러티브, 신화』, 월인, 2004. p.51.

로 들어갈 수 있게 된다."[34] 과거, 현재, 미래가 구분되지 않고 하나의
통합된 시간으로 존재함으로써 신화는 세계를 인식하는 원리가 되는 것
이다. 현재와 신화적 시간의 교섭을 통해 인간은 자기갱신의 의지를 확
인하게 되는 것이고, 이때 신화는 사건으로서 중요한 것이 아니라 반복
의 가능성을 염두에 두기 때문에 중요하다. 신화는 건국과 국가의 정체
성 확립을 위한 요소로 기능한다. 과거 봉건제도에서 신화는 새로운 왕
조의 건국과 이에 따른 왕권을 강화하기 위한 수단으로 이용되었다. 일
례로 단군신화는 『삼국유사』에서부터 『제왕운기』를 통해서 민족의 최고
군주로 인정되었고, 이민족의 침입에 대항하여 민족을 결집시키는 역할
을 담당하였다. 특히 조선왕조는 단군신화를 왕조의 정당성을 담보하기
위한 것으로 이용하면서 "신화를 인식의 차원뿐만 아니라 고조선의 건국
신화의 구조적 재편"[35]을 하게 되었다.

이것은 근대계몽기 신화를 전유하는 방식과 차별화된다. 신화가 이전
시대에 권력을 유지하기 위한 수단으로 실용적이고 합리적인 측면에서
수용되었다면, 근대계몽기에 신화는 현재의 위기에 대한 대안으로 전유
되고 있다. 「몽배금태조」와 「몽견제갈량」은 근대 국가건설을 위한 이론
적 토대를 제공하기 위해 신화를 차용하고 있다. 근대계몽기의 신화는
비역사적인 시간의식을 재현함으로써 현재의 고난을 위무하는 수단으로
또는 정치적 굴욕을 감내하는 방법으로 재현되고 있다. 근대계몽기에 환
상적 알레고리는 공동체가 처한 위기의 극복을 현실원칙에 의해 모색하
는 것이 아니라 신화의 구조가 내재하고 있는 과거적 진리에 의지하고
있다. 이 소설들은 현실이 현재의 차원에서 고찰되는 대신에 현실의 문

---

34) 미르세아 엘리아드, 이은봉 역, 『신화와 현실』, 성균관대학교 출판부, 1985. p.29.
35) 이정숙, 앞의 책. p.204.

제가 신화의 반영에 의해 드러나는 구조인 것이다.

근대계몽기 소설에서 신화는 근대적 국가 건설을 위한 이념적 수단으로 차용되고 있다. 그러나 소설에서 신화적 세계를 통해 제시되는 대안 세계는 희망적인 미래의 차원이 아니라 현실에서는 이루어질 수 없는 세계로 제시된다. 일차세계와 그 세계의 대안으로 제시되는 이차세계의 간극이 현실에서는 좁힐 수 없는 수준으로 설정됨으로써 허무적 관념론에 머무르게 되는 것이다. 이로써 환상적 알레고리는 현실과 유리된 대안이 제시되고 있기 때문에 성찰과 반성, 실천을 유도하지 않는다. 그래서 알레고리가 갖는 계몽을 위한 교술적 측면은 약화될 수밖에 없다. 이것은 환상성이 갖는 전복성과 관계되는데, 환상은 본질적으로 현실을 전복하려는 의도 하에 쓰여지는 것이다. 환상은 언제나 공인된 질서의 위반과 일상의 일탈을 목적으로 하기 때문에 실재적인 것과 충돌하고 그것을 부인한다. 불가능의 세계를 가능의 세계로 제시하는 것이 환상이기 때문에 환상적 알레고리는 관념적이고 이상적일 수밖에 없다.

환상적 알레고리에서 일차세계에 대한 알레고리로 제시되는 이차세계는 인물의 지향과 작가-서술자의 지향에 의해 관념적인 이상향으로 제시된다. 비유적 알레고리나 우화적 알레고리와 같이 현실을 알레고리 대상으로 하지 않고 이차세계를 대상으로 하기 때문에 관념적일 수밖에 없고, 또한 역사적 알레고리와 같이 실재했던 역사적 영웅이 아니라 신화적 인물을 끌어오기 때문에 피상적이다. 그리고 이를 통해 제시되는 현실의 난맥상은 구체적으로 비판되기 보다는 허무적으로 관조된다. 따라서 환상적 알레고리는 앞에서 살펴보았던 다른 우화소설에 비해 계몽성이나 실천성이 약화된다.

환상적 알레고리는 환상성이 서사 전체를 통어한다. 소설은 꿈의 틀을 빌린 환상공간이 아니라 서사 자체가 환상으로 비유되기 때문에 일차세계에 대한 이차세계의 욕망은 연속성을 띤다. 그러나 이러한 연속성은 실재세계와 유리되는 역기능으로 작용한다. 대안세계에 대한 욕망이 과도하기 때문에 현실의 난맥상은 피상적으로 제시된다. 「꿈하늘」의 경우에서 한놈이 '님나라'에 가지 못하고 지옥에 떨어진 것은 '애국심'이 없기 때문이었는데, '애국심'이라는 계몽의 기제로서 한놈이 님나라를 향해 간다는 것은 허무한 유토피아적 공식이 아닐 수 없다. 현실적인 '애국심'과 환상의 공간인 '님나라'를 연결하고 있는 것 자체가 실현가능성을 전제하지 않은 것이기 때문에 '애국심'은 여기에서 추상적인 것으로 전락한다. 「몽배금태조」에서 금태조가 무치생에게 제시하는 학교는 구체적이지만 학교의 교장이나 선생님이 그 분야의 탁월한 업적을 남긴 현실에는 존재하지 않는 과거적 인물이라는 것은 실현을 전제한 것이라고 보기 어렵다. 「몽견제갈량」에서 제시되는 중국의 관제에 대한 새로운 개편과 동아시아 연대론 등 또한 피상적으로 전달된다.

환상적 알레고리의 이러한 환상의 기제는 허구의 개입이라는 측면에서는 다른 우화소설과 비교된다. 물론 비유적 알레고리에서 현실을 알레고리로 대상화한다는 것 자체가 허구적인 발상이기는 하지만 환상의 허구성과는 구별된다고 할 수 있다. "일반적으로 많은 알레고리들의 '중대한 순간great monent'이라고 불리는 지점들은 무시간성과 반시간성의 감각을 창출"[36] 한다. 가시적인 세계를 모방하는 것과 존재하지 않는 세계를 가시화하여 재현한다는 것은 다른 차원이다. 불가시적 세계를 가시적 세계로 전환시키는 것이 환상이고, 이것은 허구적 개념의 치밀한 조합의 결과이다. 이러한 환상적 알레고리의 허구적 개념의 이입은 이후

---

36) Gay Clifford, Ibid, p.95.

문학사에서도 계속 존속하게 되는 결과를 가져온다. 1910년 한일합방 이후에 애국계몽운동이 자취를 감추었던 것과 같이 우화소설도 글쓰기의 효력과 목적의식을 상실하게 되어 더 이상 생산되지 않게 된다. 그러나 환상적 알레고리에서 시도되었던 환상의 허구성은 이후 시대에도 다른 장르를 통해 발현되는데, 이것은 근대소설의 환상성의 기원으로 볼 수 있는 여지를 남겨둔다. 그리고 환상적 알레고리는 환상을 통한 우화적 상상력이 허구적 차원에서 재현되고 있는 미학적 특징을 지닌다고 하겠다.

3 근대계몽기 문학장의 재구성

제 1 장
민족론의 출현과 단군신화 담론[1]

1: 근대계몽기 단군의 호명과 호출

근대계몽기는 새로운 담론의 창출과 기존 담론의 전면적인 변형이 시도 되었던 시기이며, 근대적 '국가', '역사', '영토', '민족'의 용어들이 신문과 학회지·교과서들을 통해 새롭게 등장함으로써 다양한 패러다임의 존속이 가능했던 시기이기도 하다. 그리고 이러한 시대적 특성과 결부되어 기존과는 다른 내용과 형식으로 글쓰기가 행해졌는데, 그것은 역사전기소설이나 몽유록계 소설, 신문의 논설란에 쓰여 졌던 논설적 서사들이다. 이 서사들은 글쓰기의 공공성이라는 개념을 차용하면서 등장하였고, 애국계몽운동을 추동하는 일련의 지식인들에 의해 생산됨으로써 국민을 통합하고 교육하는 역할을 담당했다.

특히 『대한매일신보』, 『황성신문』 등의 주요 필진이었던 신채호와 박은식, 장지연은 소설의 공공성에 주목하여 영웅전기와 몽유록 소설, 논설 등을 번역하거나 집필하였다. 신채호와 박은식이 현재의 국가상실의 위

---

1) 이 논문은 『한민족문화연구』28집(2009년 2월 28일)에 게재된 것을 수정하여 수록하는 바이다.

기와 그것에 대한 타계책으로 역사의 지평을 다시 설정하는 작업을 수행했다는 것은 주지의 사실이다. 이들은 국가의 자양을 역사 속에서 누적돼온 고유한 경험과 정신으로 인식하여 국가와 민족의 개념을 재구성하였고, 이전의 사대주의적인 역사서술을 지양하고 주체적인 역사 서술의 일면을 보여주었다. 이들에 의해 주장된 역사적 국가론은 민족국가가 세계 질서 속에서 하나의 독립국으로 인정되고 생존하는 근본적인 토대로 기능하면서 새로운 국가적 정체성을 형성하였다. 그리고 '민족'의 개념을 새롭게 정의하는 과정에서 이들에 의해 강조된 것은 다름 아닌 '단군'이었다. 박은식과 신채호는 고조선 건국에 기초를 닦은 인물로 '단군'을 설정함으로써 민족사의 기원과 확장을 시도하였고, 역사 서적과 논설, 소설 등을 집필하면서 단군을 다시 호명하게 된다.

신화는 현실 세계와 뚜렷이 구별되는 존재의 출현과 그들의 행적을 기술하고 있는 텍스트이며, 그러한 신화 텍스트를 신화의 전승자들은 진실한 것[2]으로 받아들이는 특징이 있다. 어떤 사물의 본질과 시원에 관련된 것이 신화라고 할 때, 근대계몽기 역사학자들에 의해 국가의 기원을 서술하는 과정에서의 발견된 신화는 근대계몽기 담론의 필연적인 산물이었다고 해도 과언이 아니다. 특히 단군신화는 건국신화 중 가장 고형(古型)이며, 대표적인 신화이다. 단군신화는 『삼국유사』(일연 고려 13세기)를 비롯하여 『帝王韻紀』(이승휴, 고려 13세기), 『世宗實錄』(맹사성 외. 1454년), 『應製詩註』(권람, 1462) 등 많은 문헌에 기록되어 있다. 14세기 이전 단군신화는 각 문헌에 자주 등장하면서 민족의 위기적 상황에서 통합과 결속을 위한 하나의 키워드로 작동하곤 하였다. 그리고 조선시대에 거론되지 않다가 다시 단군이 거론되기 시작한 시기는 근대계몽기이다.

---

2) 오세정, 『한국신화의 생성과 소통 원리』, 한국학술정보, 2005. p.12.

근대계몽기 『황성신문』에서는 '사천년 역사', '단군조상'이라는 상용어구를 자주 사용하면서 단기(檀箕)를 국가연호로 채택하여 사용하였다.[3] 그리고 『대한매일신보』에서도 단군을 표상하는 용어들을 자주 사용하는가 하면[4], 『서북학회월보』에서는 서북지역이 단군이 태초에 터를 잡은 곳이라는 자부심이 표현된 기사를 많이 게재하기도 했다.[5] 그러나 조선시대 침묵했던 단군신화가 갑자기 근대계몽기에 등장한 것에 대해 우리는 생각해 볼 필요가 있다. 단순히 민족의 시원을 상징하는 근원신화의 필요성 때문이었는지, 아니면 근대계몽기라는 특수한 국가적 위기 상황에서 어떤 역할의 필요성 때문이었는지 논의할 필요가 있다는 것이다.

신화는 어떤 사물의 본질에 관련된 서사이며, 시원과 관련된 서사이다. 이 신화에 대한 질문에는 내러티브가 존재하게 마련이고, 신화가 인간의 실존적 문제, 태초의 문제로 전화되는 것이 신화적 사유의 일대 특징[6]이기도 하다. 신에 관한 이야기, 즉 신성화된 이야기로 인식되는 신화는 인물과 사건, 그리고 이것들에 대한 전승의 과정을 수반한다. 신화가 전달해 주는 메시지와 전승자간의 소통은 이 전승을 가능하게 하는 요소이기 때문에 각 시대가 요구하는 신화의 체계는 차별화 될 수밖에 없다. 단군신화는 우리나라의 대표적인 신화로서 건국의 시조로 일컬어진다. 삼국시대나 고려시대의 문헌에 등장하던 단군이 조선시대의 유교

---

3) 『황성신문』, 〈논설〉, 1902년 8월 23일/ 1903년 11월 6일.
4) 『대한매일신보』, 〈논설〉, 1908년 1월 1일/ 1908년 6월 17일/ 1908년 7월 28일/ 1908년 9월 4일.
5) 허연자, 〈對童子論史〉, 『서북학회월보』1권제3호, 1908. 8. p.2.
「我東古事」, 「人物考」, 『서우』, 제1호, 1906. 12. pp.33-35.
〈西北諸道의 歷史論〉, 『서북학회월보』제4권 17호, 1908. pp.1-3.
6) 윤이흠 외, 「단군신화와 한민족의 역사」, 『단군 그 이해와 자료』, 서울대학교 출판부, 1994. p.7.

적 사관으로 인해 사라졌다가 다시 근대계몽기에 등장한 것은 단군신화 연구에 있어 중요한 부분이라 할 수 있다. 단군신화의 경우는 건국신화의 일종으로 일연이 저술한 『삼국유사』를 통해 처음 등장하는데, 여기에서는 천제의 아들 환웅이 인간세계로 내려와 나라를 세우고 인간으로 변한 웅녀와 결혼하여 단군을 얻고, 단군이 조선을 건국했다는 내용으로 서술되어 있다. 환웅의 서사와 웅녀의 서사, 그리고 단군의 서사가 결합하여 단군신화라는 단일한 신화를 구성하고 있는 것이다.

이러한 단군신화가 근대계몽기에 다시 등장하는 것은 단순히 국가의 기원을 찾는 것에서 뿐만 아니라 역사서술, 새로운 역사적 주체의 탄생이라는 측면에서 주목할 필요가 있다. 기존의 유교적 역사관의 문제점을 넘어서려는 시도들은 단군의 발견으로 시작되었고, '민족', '국가'의 자장 안에서 신채호와 박은식에 의해 검토되기 시작하였다. 특히 박은식은 다른 근대계몽기 작가와 사상가, 역사가들에 비해 단군에 대한 논설과 서사물들을 많이 저술했을 뿐만 아니라, 단군이 기록되어 있는 문헌을 정리한 『檀祖事攷』는 물론 허구적 서사체인 「몽배금태조」, 「천태소문전」, 「명림답부전」 등 단군을 재형상화하는 작업을 수행하면서 근대계몽기 단군을 재명명하였다.

2: 국가 정체성의 기원 탐색과 국조(國祖)의 발견

단군이라는 이름이 근대계몽기에 역사서술에서 처음 등장한 것은 아니다. 근대 이전에 단군은 단군신화 속의 단군이었고, 단군신화 속의 단군은 고조선이라는 고대국가를 표상하는 존재였으며 그 표상을 지지하는 일단의 이야기를 거느리고 있었지만 그것은 근대적 의미의 단군과는 다른 단군이다.[7] 여기에서 근대적 의미의 단군이라는 말은 무속적인 제의나 종교적인 주술의 의미가 삭제된 것을 의미한다. 비현실적인 측면이 사라지고 현실을 담보하는 인물, 역사의 서술에서 주체로서 등장한 단군을 의미한다는 것이다. 근대계몽기에 단군은 역사교과서에서부터 신문, 협회보 등을 통해 언급되기 시작했다. 1895년 편찬된 『조선역사』를 비롯한 역사교과서에는 근대국가의 정체성 부분의 언급에서 단군의 이름이 발견된다.[8] 그리고 1896년 설립된 〈독립협회〉와 관련된 『독립신문』, 『황성신문』 또한 단군을 개국에 공헌 한 개척자로 설정하고 기자를 문명의 전달자로 인정하여 단군과 기자를 결합하여 '단기(檀箕)'라고 칭하고 있다.[9] 『황성신문』에서는 "我東方에 檀君이 初降ᄒ뎌 (중략) 箕子 씌셔 八條를 設ᄒ샤 人民을 敎育ᄒ시니 可히 我東의 初出頭ᄒ 第一個聖人이라 謂홀지라"[10] 여기에서 개국의 창시자로 단군과 기자를 동시에 언급하고 있는 것, 그리고 〈독립협회〉에서 중국에 대한 독립을 선언하고 있음에도 불구하고 이러한 언급을 할 수 있다는 것은 아직도 유교적인 국가관이 유효했기 때문이다.[11] 근대에 들어 새롭게 확립된 근대국가로

---

7) 조현설, 『동아시아 건국 신화의 역사와 논리』, 문학과 지성사, 2003. p.23.
8) 교과서에 단군신화가 등장한 것은 '홍익인간'의 구현이라는 교육이념과 관계되어 학교 교육의 장에서 강조되었다. 단군을 신인(神人)계열로 본 교과서는 「조선역사」(1895), 「조선역대사략」(1895), 「동국역사」(1899), 「대동역사략」(1906)이며, 인(人)계열로 본 것은 「동국여대사략」(1899), 「역사집략」(1905), 「대동역사」(1905), 「동구사략」(1906), 「초등소학」(1906), 「초등본국역사」(1908), 「초등본국역사」(1909), 「초등본국사략」(1909), 「신찬초등역사」(1910) 등이다.
   조현설, 앞의 논문, p.14. 참조
9) 『황성신문』, 〈논설〉, 1902년 8월 23일/ 1903년 11월 6일.
10) 『황성신문』, 〈사설〉, 1898년 9월 5일.
11) 국사교과서의 기자조선에 대한 언급은 한국의 국통이 '기자-마한-신라'로 계승되었다고 보는 조선시대 근기학파의 마한정통론을 채용한 것이다. 여기에는 아직

서의 정체성이란 한마디로 "조선은 단군과 기자 이래 유구한 역사와 전통을 지닌 자주독립국"이라는 독립국가의식[12]이었다.

그러나 1905년 이후 기자의 이름은 단군과 동일한 층위에서 거론되지 않는다. 특히 신채호의 저술에서는 기자의 명칭이 사라지게 되고 단군만이 역사에 존속하게 된다. 신채호의 『독사신론』에서는 이것이 뚜렷하게 제시되고 있다. 그리고 1907년 장지연은 『大韓新地誌』(卷 一 第 一編 地文地理)에서 영토를 구획하는 과정에서 조선의 기원을 탐구하면서 단군과 기자를 언급하고 있지만, 좀 더 비중 있게 논의되고 있는 것은 단군이다. 이 책에서는 단군이 평양에 도읍을 정한 것은 4240년이고 기자는 그 이후 1212년에 등장하고 있다. 단군에 대한 서술이 먼저 등장하고 기자의 내용은 간단하게 축약되어 제시되고 있다. 여기에서는 기자보다는 단군이 건국의 시조로 인정되고 있다.

> 第 一章 名義 : 巨今 四千二百四十年前에 檀君이 始起ᄒ야 平壤에 定都ᄒ고 國號를 朝鮮이라ᄒ니 朝鮮의 名義ᄂ 或曰 潮水와 汕水가 有ᄒᆷ이라ᄒ고 或曰 國이 東表日出의 地에 在ᄒᆷ이라ᄒ고 或曰 朝日이 朝明ᄒᆷ이라ᄒ고 或曰 國이 鮮卑山東에 在ᄒᆷ으로 朝鮮이라ᄒ니 朝ᄂ 東方이라ᄒ니라. 後一千二百十二年에 箕子 ㅣ 東來ᄒ샤 亦平壤에 都ᄒ시고 國號를 朝鮮이라 仍稱ᄒ시다.[13]

위의 인용문은 『大韓新地誌』의 일부분이다. 여기에서 주목할 것은

도 중국 황제의 권위를 절대적인 것으로 생각하며 조선왕조가 신봉한 기자를 제외해서 단군만을 특별히 중시하는 의식은 아직 나타나지 않았다고 할 수 있다. 조동걸, 『현대한국사학사』, 나남출판, 1998. 참조.

12) 샷사 미츠아키, 「한말·일제시대 단군신앙운동의 전개 – 대종교, 단군교의 활동을 중심으로」, 서울대학교 박사논문, 2003. p.24.

13) 장지연, 「一卷 一 第 一編 地文地理」, 『大韓新地誌』, 1907.

근대적 지리서의 하나인 이 책에서는 단군이 건국의 시조로 등장한다는 점이다. 여기에서 단군은 지리학과 연관되어 영토성의 측면에서 설명된다. 즉, 장지연은 지명을 구체적으로 언급하고 국호를 지칭하는 가운데 시조로서 단군을 인정하고 있다. 역사서가 아닌 지리지에 단군이 등장하고 있는 것은 국토의 일부로서 역사를 규정하고자 하는 실증주의적인 관점이 반영된 것이라 할 수 있다. 이것은 근대계몽기 단군담론이 영토·국토와 연관하여 본질적으로 국가라는 공간성의 개념에서 맥락화되는 예라 하겠다. 네이션의 형태로 구획되는 국가의 영토주권의 문제가 공간, 지리의 지식으로 논의될 때 동시에 거론되는 것이 단군인 것이며, 단군은 여기에서 단순히 신화에 국한 된 것이 아니라 현실의 인간으로써 호출되고 있었던 것이다.

『대한매일신보』에서는 단군에 대한 내용을 좀 더 자주, 구체적으로 다룬다. 그리고 단군과 기자를 축약한 '檀箕'에서 단군만을 시조로 인정하는 '檀紀'라는 용어를 사용하는 빈도가 늘어난다. 여기에서는 단군을 신격화하는 요소들이 모두 제거되고, 본격적인 건국의 위인으로 단군이 등장한다. 1908년 1월 1일자 신문에서는 "오호 ㅣ 라 오늘이 단군의 나라를 세운지 수천이빅수십일년 일월 일일이로다. (중략) 그런즉 이후에 한국독립 수긔를 짓는 쟈 ㅣ 특별히 쓰기를 단군 수천이백수십일년 모월모일에 한국독립의 싹이 비로소 싱겻다 ᄒ며 세계 만국 수긔를 겨술ᄒᄂ 쟈 ㅣ 찬양ᄒ기를 셔력 일천 구빅 팔년 모월 모일에 한국의 독립 종주를 비로소 심엇다 ᄒ야 금년 일월 일일이 ᄒ 큰 긔념년의 긔념일이 될지며" 라고 언급하고 있다. 여기에서는 신화가 지식의 일부분으로서만 인정되는 것이 아니라 현실과 맥을 같이 하는 것으로 적용되고 있다. 기존의 왕조 연호와 서양의 서력을 대신하는 단기의 표시는 단군이 상징적인 인물이 아니라 현실과 교유하는 인물이며, 현실에 영향을 미치는 인물이라는 것을 가시화 한다. 당시 이 신문에서 자주 인용되던 '수천년 신성혼 역수'라는 상용구는 단군이 시조라는 기존의 관념을 그대로 차용하는 것으로 혈연 중심의 '민족'이라는 새로운 개념의 출현을 가능하게 했다.

근대계몽기 단군담론에서 더욱 주목되는 것은 역사와 관련하여 '민족'이라는 개념을 창출하였다는 점이다. 『대한매일신보』에서 정의하고 있는 민족은 "굿흔 조샹의 ᄌ손에 믹인 쟈ㅣ며 굿흔 디방에 사는 쟈ㅣ며 굿흔 력ᄉ를 가진 쟈ㅣ면 굿흔 종교를 밧드는 쟈ㅣ며 굿흔 말을 쓰는 쟈"이다. 여기에서 중요한 요소로 제일 처음 거론되는 것은 같은 조상이라는 개념이다. '조상의 자손'이라는 것은 공간성은 물론 시간성의 측면도 필연적인 조건으로 따라야 하며, 이것은 혈통에 의한 계보를 형성해야 한다는 것을 의미한다. 그리고 새로운 역사적 주체로서의 단군의 표상은 '가족' 중심의 '조상'을 초월하는 '국가'의 '조상', 즉 국가사상의 자장 안에 위치한다. 『대한매일신보』 1908년 9월 4일자 논설에서는 '전국의 조상 단군'을 강조한다.

> 그런고로 우리는 동포 ᄉ샹의 발달ᄒ기를 축원ᄒ고 가족ᄉ샹의 발달은 ᄇ라지 아니ᄒ는 바ㅣ로다. 굴ᄋ되 그디는 젼일에 가족 교육을 발긔ᄒ던 처음에 이를 찬셩ᄒ던 쟈ㅣ 아닌가 굴ᄋ되 아니라 가족교육을 찬셩ᄒᆷ이 아니라 다만 교육의 발달ᄒᆷ을 찬셩ᄒᆷ이오 쏘 믹양 권고ᄒ기를 적은 가족의 ᄉ샹을 ᄇ리고 큰 가족 국가의 ᄉ샹을 두며 흔 집의 조샹만 위ᄒ지말고 여러 집의 조샹되는 단군을 위ᄒ며 한집 ᄌ손만 ᄉ랑하지 말고 곳 젼국의 조상 단군의 ᄌ손 ᄭ지 ᄉ랑ᄒ며 흔집안 직산만 앗기지 말고 젼국 직산을 앗기라 흔 말을 어러번 본보에 긔치지 아니ᄒ엿는가.[14]

─────────────

14) 『대한매일신보』, 〈논설〉, 1908년 9월 4일.

위 인용문에서는 공동체의 범주를 가족에 한정하는 것이 아니라 가족
을 넘어선 범주의 국가관을 설파하고 있다. 이 논설에서 단군은 조상의
권위를 초월한 자이며, 정치적인 황제의 권력도 초월한 자로 인정되고
있다. 애국계몽 말기에 황제의 권위 추락과 연결하여 이것은 황제를 대
리하는 인물, 절대자로 단군의 존재가 상기되었다는 것을 말해준다. 여
기에서 중요한 것은 혈통의 계보를 강조하고 있다는 점이다. 또한 신채
호의 『독사신론』(1908.8)에서도 '敎主 或 國祖로 紀元하여'라며 '국조(國
祖)'15)라는 용어를 사용하고 있다.

  '국조'라고 할 경우 '국(나라)'이란 '국가'와 '국민'의 개념과 마찬가지로
전근대적인 봉건적인 '임금'중심의 개념이 아니라 주권을 소유하고 있는
근대국가를 의미한다. 즉, '국조' 라는 용어는 근대적인 정치개념이 부가
된 용어이고, 역사의 시간성이 내재된 용어이다. 신문의 논설과 신채호
의 역사서술에 등장하는 '국조'라는 개념은 여기에서 애국계몽운동의 일
환으로 민족을 하나로 규합하는 의미로 사용되고 있다.

  근대계몽기에 이러한 '국조'의 개념이 널리 통용되고 있는 것은 이것이
가족국가관의 확대로서 새로운 국민통합의 정신적 구심점 역할을 하고

---

15) 원래 '국조'라는 개념은 신채호가 처음 사용한 것은 아니다. 일본에서 국가주의 사
    상의 대두에 따라 19세기 말경부터 황실의 조상인 천조대신을 일본의 국조로 신
    봉하려는 운동이 대대적으로 일어났고, 1897년 5월 이노우에, 기무라, 유모토 등
    을 중심으로 설립된 대일본협회가 인본정신을 발휘하는 일본주의의 일환으로 '국
    조'를 숭배하고 선양하면서 이 용어가 사용되기도 했다. 일본에서 '국조'란 기본적
    으로 '天照大神'을 지칭한 것이었다. 대일본협회에서는 綱目 제 1항에 '국조를
    숭배함'을 내걸기도 했다. 그후 '국조숭배'의 이념은 대일본협회의 회원이고 또한
    당시 동양 제일의 규모를 자랑하던 잡지 『太陽』에서 문예란 주필을 맡았던 타카
    야마를 통해서 국민들 사이에 널리 계몽되었다. 타카야마는 일본주의의 근간으로
    서 국조숭배를 주장하였다. 당시 한국에서도 이러한 일본의 국조숭배에 관한 국
    민운동의 실태가 소개되고 있었다. (샷사 미츠아키, 위의 논문, pp.42-48 참조)

있기 때문이고, 이것은 '단군 자손 의식'이라는 혈연으로 맺어진 연속성
을 강조함으로써 계속적인 효력을 발휘할 수 있었다. 근대계몽기에 국조
를 중심으로 한 '민족'의 탄생은 단일한 핏줄로 표상되는 순수성의 관념,
과거의 위대한 역사를 다시 미래에 구현할 거대한 잠재력을 갖고 있는
존재라는 관념을 수반한다.16) 단군담론이 민족의 개념으로 확장되면서
단군은 단순히 기원에 머무는 것이 아니라 미래를 담보해야 하는 인물로
재탄생되고 있는 것이다. 과거의 영광을 재확인시켜주는 존재인 동시에
미래의 국가적 위업 성취를 가능하게 해주는 인물로 단군이 평가되고 있
는 것이다. 따라서 단군담론은 애국계몽의 측면과 구국활동에 있어 '민
족', '국가' 개념과 연관되어 '국조'의 개념으로 탈신화화 되면서 정치적으
로 해석되고 전유되었다고 할 수 있다.

3: 민족의 계보구성을 위한 탈신화화와 재신화화

근대계몽기에 '국조', '단군' 등의 용어는 앞에서도 살펴보았듯이 신문,
잡지, 교과서 등을 통해 일반인들에게 회자되었고, 이것은 역사담론과 국
가담론의 일부로서도 논의되었다. 이 시기 문학에서도 단군에 대한 내용
들을 서사화하기 시작했는데, 문명의 개화와 서양의 근대문물에 대한 수
용을 주장한 신소설계열의 작가들보다는 『황성신문』이나 『대한매일신보』
의 계열과 관련된 신채호와 박은식, 장지연에 의해 단군이 재현되기 시
작했다. 특히 박은식의 경우는 역사서는 물론 「몽배금태조」, 「천개소문

---

16) 박태호, 「『대한매일신보』에서 역사적 시간의 개념 — 근대적 역사개념의 탄생」, 『근
　　대계몽기 지식의 굴절과 현실적 심화』, 소명출판, 2007. p.151.

전」, 「명림답부」에서 단군을 서사화하고 있다. 신채호와 장지연의 서사
물에서 단군이 발견되지 않는 것은 아니나 서사를 추동하는 인물로까지
는 등장하고 있지 않다. 따라서 본고에서는 단군을 직·간접적으로 서술
하고 있는 박은식의 소설들을 중심으로 논의하고자 한다.

박은식은 성리학적 사유에서 출발하여 진보적·비판적 지식인의 길을
걸은 근대계몽기 대표적인 사상가[17]이다. 그는 영웅의 전기를 서사화하
여 역사전기 소설을 저술하는 한편, 꿈의 액자적 구조를 차용하여 몽유
록계 소설을 집필하기도 했다. 박은식은 역사 안에서 민족영웅을 찾음으
로써 천개소문과 을지문덕, 명림답부와 같은 인물들의 업적을 소설화하
였는데, 이 같은 저술의 근저에는 '이야기'로서의 인물을 형상화하는 서
사양식의 공공성에 대한 관심과 실천이 포함되어 있었다고 할 수 있다.
또한 이것은 영웅의 형상을 알레고리를 통해 의미를 전달하고자 하는 계
몽의 기획 중 일부였던 것으로 보여진다.

박은식의 단군에 대한 관심은 1911년에 저술된 『단조사고(檀祖事攷)』
를 통해 드러난다. 그는 이 책의 저술 이유를 다음과 같이 적고 있다.
"단조의 유사(遺事)는 여러 학자의 책에 번갈아 가며 나오는 것이 자못
많다. 그러나 모두 이지러지고 완전하지 못하여 돈사(惇史 : 역사가가 돈후
(惇厚)한 덕을 기록한 역사)가 없으니 한탄스럽도다! 이에 널리 고증하고 요
약하여 채록하였는데 허망하거나 간사한 말을 물리쳤고 사실이 혹 모순
되는 것은 분변하여 한권의 책을 만들어 이름을 『단조사고』라 하였으니
과거에 질정하여 징험함이 있다."[18] 이 책은 박은식이 한일합방 이후 국

---

17) 정선태, 「'국민정신'형성의 정치적 상상력」, 『심연을 탐사하는 고래의 눈』, 소명출
판, 2003. p.52.
18) 박은식, 『단조사고』, 박은식 전집 4권, 동방미디어, 2002. p.567.
　　이 책의 내편에는 단군이 현재 백두산인 태백산 단목 하에 내려온 상원갑자(1909

내외 고서를 집대성하여 단군과 고조선의 새로운 역사적 이해를 돕기 위해 기록한 것이다. 이 책의 내편(內篇)에서는 단군이 백두산에 내려와 고조선을 세우는 과정이 기록된 문헌들을 정리한 것이고, 외편(外篇)은 단군을 숭상하는 유속이 기록된 책을 인용하여 정리한 것이다. 수십 종의 고서들의 내용을 확인하고 그것을 그대로 인용하여 싣고 있는『단조사고』는 잊혀진 단군에 대한 박은식만의 재명명 작업이었다고 볼 수 있다.

박은식이『단조사고』를 통해 단군의 사실적 기록을 편집했다면,「천개소문」은 단군을 소설적으로 호출한 작품이라 할 수 있다.「천개소문」은 한일합방이 되고 나서 1911년 박은식이 만주로 망명하여 쓴 것이다. 이 소설에서 단군은 인물로서 등장하는 것이 아니라 영웅의 자질을 확인하는 과정에서 이름이 거론된다.

> 이처럼 오백년 동안 영웅의 씨를 말리고 베어 없애 민지(民智)를 굳혀 막아버리고 민기(民氣)를 속박한 결과가 마침내 어떠한가. 20세기 오늘에 이르러 단군 대황조(大皇祖)의 자손 4천만 민중은 광대한 천지간에 붙어 살 곳을 잃고 말았을 뿐이다. 부끄럽다. 나도 대황조 자손의 한 사람으로 사방을 바라보나 어디로 돌아갈 것인가. 압록강 서안에 대지팡이가 처량하여 요심(遼瀋) 대륙을 조망하니 이는 천수백년 전에 우리 선민(先民)이 용약하던 땅이 아니가. 우리나라 4천년 역사에 절대 영웅 천개소문의 고묘(古墓)가 산해관(山海關) 근처에 있다고 전한다.[19]

년 당시 4366년전)로부터 그가 御天하였다는 경자년 까지의 217년 동안의 사적을 19개 항목으로 고증 기술한 것이다. 외편은 그 서문에서 "역대의 역사에서 단조를 숭상하고 유속이 오래된 것을 모아 외편을 서술하였다."고 밝힌 바와 같이 역사적으로 역대왕조에 내려오면서 단군을 숭상한 사적과 단군과 관련된 유속을 고증 집대성한 것이다. (박은식 전집, 해설 참조) 이 책에 인용된 고서들은『여지승람』,『삼국유사』,『단군사가』,『안단군묘시』,『팔역지』,『약파만록』,『대동역사』,『강역고』,『후한서』등이다.

19) 박은식,「천개소문전」,『박은식전집』제 4권, 동방미디어, 2002. p.341.

위의 인용문은 「천개소문전」의 서론 중 일부분이다. 여기에서 단군은 '대황조'로 표현되어 있다. 이 부분에서 대황조의 자손은 압록강 서안에서 수백 년 전 우리 선민이 용약하던 땅을 바라보고 있다. 오백년 동안 이어져온 영웅에 대한 압박과 민지를 받아들이지 않는 결과가 국가를 잃은 원인으로 제시되고 있고, 그래서 서술자는 대황조의 자손으로서의 부끄러움과 서러움을 동시에 표현하고 있다. 소설은 '4천년 역사에 절대 영웅 천개소문'을 호출하고 있는데, 여기에는 단군의 자손이기 때문이라는 조건이 붙는다. 소설에서 천개소문의 위대함은 곧 대황조의 위대함을 더욱 가중시키는 중층 구조로 되어 있다. 천개소문의 능력은 단순히 한 개인의 자질보다는 대황조의 혈통을 전수했기 때문으로 귀결되는 것이다. 천개소문은 단군의 존재가 있기 때문에 가능한 것이라는 이 같은 논리는 단군의 절대성에 대한 표현이기도 하고 혈통을 중심으로 민족의 계보를 구성하려는 의도가 전제된 것이라 할 수 있다.

이 소설에서 단군은 신적인 인물의 면모보다는 혈연과 관련된 조상, 국조로서 등장한다. 기존에 신화로서 존재하던 단군이 여기에서는 탈신화화 되어 서술되고 있는 것이다. 소설에서 신격화된 단군의 신성함보다는 실재했던 인간의 면모, 국조로서의 위용을 강조하고 있는 것은 이 시기 박은식이 추구했던 애국계몽운동의 연장으로 볼 수 있다. 이 시기 박은식의 관심은 애국계몽운동과 국권회복의 실천으로, '국민'보다는 혈연으로 결연된 '민족'에 더 무게 중심을 둘 수밖에 없었고, 민족의 시조로서 그 기원에는 단군이 위치 할 수밖에 없었던 것이다.

「천개소문전」에서 단군이 탈신화화 되어 서술되었다면 「명림답부전」의 경우는 이와는 다르게 서술된다. 명림답부는 근대계몽기 역사전기소설에서 거론된 적이 없는 인물이다. 박은식은 고구려의 명장으로 신대왕

8년(서기 171년) 한나라의 대군을 물리친 구국영웅인 명림답부를 처음으로 서사화하였다. 고서인 『동국병람(東國兵覽)』[20]에는 명림답부가 '좌원(坐原)'에서 한나라를 상대로 대승을 거둔 명장으로 기록되어 있다. 그러나 「명림답부전」에서 명림답부는 현실적 인물이라기보다는 '단군대황조의 신교(神敎)'를 계승하고 있는 종교계 인물, 신격화된 인물로 그려진다.

명림답부는 녹나부의 농가의 아들이다. 그 가문은 졸본부여의 구족으로 단군대황조의 신교(神敎)를 세세로 경봉(敬奉)하여 직업을 근수하고 음덕을 많이 베풀었다. 답부가 나서 골격이 웅위(雄偉)하고 안광(眼光) 여전(如電)하니 부모가 기특하게 사알하고 향리 장노(長老)가 다 비상한 인물이 될 것으로 기대하였다. (중략) 답부의 사상은 이에 있지 않고 오직 종교계에 들어가 근본적 교화(敎化)로 인민의 정신을 단합하여 국가의 원기를 배양함에 있는 까닭으로 드디어 족나부(髎那部) 조의대선(皀衣大仙)의 직에 있은 것이다.[21]

---

20) 명림답부의 좌원대첩은 『동국병감』에 자세히 기록되어 있다.
"고구려 신대왕 8년(서기 171년)에 한나라는 대군으로 고구려에 진격하였다. 왕은 여러 신하들에게 싸우는 것과 지키는 것 중 어느 편이 유리하겠는가를 물었다. (중략) 국상(國相)명림답부(明臨答夫)는 말하기를 "그렇지 않다. 한은 나라가 크고 백성이 많다. 이제 강병으로써 멀리 와 싸우니 그 첨봉을 당하기 어렵다. 그 뿐만 아니라 '병사가 많은 편은 싸우는 것이 유리하고 적은 편은 지키는 것이 유리하다'함은 병가의 상도다. 한군은 천리 밖의 먼 곳에서 군량을 운수하니 오래 범하지 못할 것이다. 만일 우리가 성호(城濠)를 깊이 하고 전루(戰壘)를 높이 쌓고 들에는 아무것도 남기지 아니하고 기다린다면, 불과 순월(旬月)에 그들의 형편은 곤란해져서 퇴각하지 아니할 수 없으리니, 우리는 그때 강한 군사로 그들에 육박하면 반드시 성공할 것이다"라고 하였다. 왕은 이에 찬성하여 문을 굳게 닫고 지켰다. 한인들은 공격하다가 이기지 못하고 사졸은 기아에 빠져 퇴각하게 되었다. 답부는 기병 수천을 거느리고 이를 추격하여 좌원(坐原)에서 전투하였다. 한나라 군대는 대패하여 한 사람도 돌아가지 못하였다. 왕이 크게 기뻐하여 답부에게 좌원(坐原)과 질산(質山)을 식읍으로 하사하였다.
김석형 역주, 『동국병감』, 여강출판사, 2000. pp.64-65.
21) 박은식, 「명림답부전」, 『박은식 전집』 4, 동방미디어, 2002. pp.270-271.
이 소설에서나 명림답부는 미래를 예측하기도 하고 선계에 들어 바위에 앉아 경문을 암송하기도 한다. 그리고 도중 한 노인이 나타나 자신이 세상을 구할 책임

명림답부는 15세 때 "신선(神仙)의 도를 사모하는 생각이 발생"하여 출가 수도하여 흡기도인(吸氣導引)과 운두보정(運斗步眠)을 배우고 선교에 입문하는가 하면 신선이 나타나 그의 미래를 예견하기도 하고, 후에는 조의대선이 되어 나라의 길흉을 맡는 사무(師巫), 나라의 제사를 관장하는 일을 맡기도 한다. 보통의 인간과는 다른 신격화된 인물로 그는 점몽에 능통하고 미래를 예견하는 것으로 묘사된다. 전쟁영웅이라기 보다는 종교계의 영웅, 즉 정신계를 관장하는 사람으로 무속적인 인물, 인간의 현실계를 초월한 인물로 제시되는 것이다. 서사전반에 걸친 인물의 신성성은 기존의 역사전기소설에 등장하는 인물과는 다른 차원으로 서술된다. "道를 수양법에 득력(得力)이 심히 두텁고 적구(積久)"한 비인격화된 존재의 출현으로 인해 이 소설은 사실을 바탕으로 한 역사전기 소설이라기보다는 기이하거나 환상적인 사건들을 기록한 전기(傳奇)소설의 양식을 차용하고 있는 것이 아닌가라는 의문마저 들게 한다. 또한 이 소설 말미에 상무정신을 강조하고 있지만 이것은 종교의 선인(仙人)의 능력이 가미된 전쟁의 승리로 의미화 된다. 단군신앙을 계승한 제자의 측면이 강조되어 있는 『명림답부전』은 실질적으로는 명림답부가 주체로 되어 있지만, 이것은 뒤집어 말하면 단군의 신성함을 명림답부를 통해 확인하고자 하는 의도가 있었다고도 볼 수 있다.

을 진 사람이라는 말을 듣게 된다. 노인은 선가의 인연을 끊으라고 말하고 사라지자 명림답부는 그의 말을 따라 이후 출산(出山)하게 된다. 이후 그는 종교계에 들어가 교화와 국가의 원기를 배양하는 것을 소임으로 삼아 조의대선이라는 직책을 맡게 된다. 여기에서 조의대선은 나라의 길흉과 관련된 제사를 맡아서하는 사무(師巫)의 역할을 하는 사람으로 보통의 인간이 아닌 신격화된 존재이다. 이러한 신의 능력은 국가의 위기상황에서 신대왕을 왕으로 추대하여 나라를 안정화시키기도 하고 좌원전투에서 한나라 대군을 격퇴하는 성과를 내기도 한다. 그리고 그는 114살에 선계로 돌아가는 것으로 서사가 마무리된다.

역사에 실재했던 인물을 종교적 인물, 인간의 능력을 초월한 인물로
등장시키고 있는 이유는 이 시기에 박은식이 단군에 대한 관심을 종교와
연결시키고 있었기 때문이다. 박은식은 그의 저술활동을 통해 민족의 정
신적 측면을 강조하면서 종교의 문제를 중요하게 다룬다. 그는 유교 폐
단에 대한 개혁과 근대적인 종교로의 전환을 주장하고, 이에 기초한 근
대적 변혁을 구상22)하기도 했다. 박은식은 종교의 중요성을 「명림답부전」
의 서론에서 다음과 같이 논의한다. "우리 단군대황조의 자손된 자들이
여, 공등이 세계상 인류사회에서 종교사회가 제일 고등지위에 있는 까닭
을 알고 있는가. 산하가 변천될지라도 종교의 사상은 변천되지 아니하고
천지가 번복할지라도 종교의 사상은 번복하지 아니하는 까닭으로 세계가
최고등사회로 공인하는 것이다."23) 박은식은 여기에서 인류사회에서 종
교사회가 제일 고등의 지위를 차지하고 있다고 언급한다. 박은식이 근대
계몽기에 양명학으로 그리고 대종교로 관심을 이행하는 것은 독립의 문
제가 어쩌면 현실에서 해결할 수 있는 상황이 아니라는 절망감의 또 다
른 행보일 수도 있다. 박은식은 현실적으로 무장투쟁의 불가능성을 인식
하고 그 대안으로 독립투쟁의 새로운 돌파구를 정신운동에서 찾은 것이
다. 그리고 이러한 정신운동의 핵심이 종교였던 셈이다. 민족공동체의
윤리와 사상에 알맞은 종교를 전파하고 이것으로 인해 민족의 단결과 독
립운동을 위한 정신적 실천의 구심점을 종교에서 찾으려고 했다는 것이다.
박은식의 이러한 종교에 대한 관심은 이전의 대동교24)의 창건과도 관

---

22) 김도형, 「1910년대 박은식의 사상 변화와 역사인식」, 『동박학지』114호, 2001.
p.267.
23) 박은식, 「명림답부전」, 『박은식 전집』 4, 동방미디어, 2002. p.267.
24) 개신유학자로서 유교에 대한 해박한 지식과 믿음은 종교운동에서도 드러난다. 박
은식이 대종교에 귀의하는 것은 그가 역사를 보는 관점, 즉 조선의 정통을 『한국

계되는데, 그는 1909년 대동교 창립 당시 창립식에서 「공부자탄신기념회 강연」을 하기도 했다. 그러나 이 대동교는 한일합방이 되고 나서 해체되면서 박은식은 대종교에 관심을 갖게 된다. 1911년 서간도 망명을 한 후 박은식의 사적을 살펴보면 그의 관심은 단군을 신으로 인정하고 있는 대종교로 변화되고 있었다는 것을 알 수 있다. 1911년 서간도 망명 직후 박은식은 나중에 대종교25)의 3대 교주가 될 윤세복의 집에 머물면서 집필 활동을 하는 한편, 대종교에서 설립한 대동중학교에서 교편을 잡고 있었고, 자신이 저술한 것을 학교의 교과서로 쓰기도 했다. 당시 대종교는 1909년에 창립하여 1910년 일본의 종교적 탄압으로 북간도 화룡현에 지사를 설치하고 활동하고 있었다. 단군의 중광(重光)의 이념 하에 대종교는 국권회복운동을 적극적으로 전개하였고, 일제의 만행이나 폭압에 항거하면서 한민족의 정신적 지주로서 단군의 신앙을 계승하고 있었다. 대종교(단군교)는 강력한 외세 압력 하에서 민족의 정체성과 전통문화를

통사』에서처럼 단군과 기자를 동등하게 인식하고 있었다는 것으로도 알 수 있다. 근대계몽기 초기에 매체에서 드러났던 기자조선이 1905년 이후 단군 단일의 조선 계승론으로 인해 그 논의가 사라진 반면 박은식은 1910년 이후에도 여전히 기자를 유효하게 평가하고 있다. 이것은 박은식의 지식이 유교적 토대위에 있음을 증명하는 것이고, 대동교의 설립운동과 관련을 맺는 원인이라 하겠다.
김순석, 「박은식의 대동교 설립운동」, 『국학연구』제4집, 2004. 참조.
신용하, 『박은식의 사회사상연구』, 서울대 출판부, 1982. 참조.

25) 대종교는 단군사상의 종교적, 조직적 응결체로서 1909년 1월 15일 나철(나인영)의 주도하에 오기호(오혁), 김윤식 등 10여명이 모여 '단군채호아조신위'를 모셔 제를 올리고 〈단군교표명서〉를 공포함으로써 공식적으로 창립되었다. 대종교는 몽고침략 이후 700년간 단군교가 단절된 것을 회복하여 부흥한다는 의미로 중광(重光)이라는 용어를 상용했다. 창립1년후인 1910년 현대 교도수가 2만명에 달할 정도로 확장되었다. 1910년 7월 30일 단군교에서 대종교로 개칭하였고 1910년 20월 25일에 북간도 회룡현에 지사를 설치하였다. 1915년 10월 조선총독부령 83호에 의거 '종교통제안'을 공포하여 '대종교는 종교유이단체'로 규정하여 불법화하여 해체를 명령하기도 했다.
대종교총본사 편, 『大倧教重光六十年史』, 대종교총본사, 1971. 참조.

보존하기 위해 발생한 단군 고유전통의 '재활성화운동'이었다.[26] 이러한 대종교의 종교적 이념과 구국운동에 대한 방식이 동일화 되면서 박은식은 대종교와 교유할 수 있었다.

박은식의 소설 중에 좀 더 구체적으로 단군을 신격화하여 재신화화하고 있는 소설은 『몽배금태조』이다. 이 소설은 꿈에 금태조를 만나서 문답을 하는 것으로 구성되어있다. 소설은 꿈을 통해 현실에 대한 총체적인 문제를 점검하고 교육을 통한 실력양상과 독립의 쟁취를 염원한다.[27] 이 소설에서 단군은 여러 차례 언급되면서 금태조와 서술자의 사고를 지배하는 인물로 존재한다.

> 관자(管子)가 이르기를 생각에 생각을 거듭하면 귀신이 통한다고 하니 나도 깊은 생각에 잠기면 혹시 신명(神明)의 지도를 얻을 수 있을까 기대하였는데, 어느덧 가을이 지나고 겨울이 다가오니 음력 10월3일 우리 단군대황조(檀君大皇祖)께서 강림하신 기념일이라 일반 동지와 학생과 함께 기념식을 행한 후 객지에서 전전하며 대종교(大倧敎)의 신령한 이치를 고요히 생각하다가 홀연히 장자의 나비로 변하여 바람을 부리어 구름을 타고 백두산의 최고 정산에 내려(중략) 한 전각이 구름 속에 문득 나타나니 전각의 현판에 개천홍성제전(開天弘聖帝殿)이라고 쓰여 있었다.[28]

이 부분은 소설의 도입부분에 해당되는 것으로 여기에서 서술자는 우리 선조 시대의 영예를 회복할 수 있을 것인가, 문명의 나라로 어떻게 진보해 나갈 것인가를 고민하면서 그 방법을 구상하고 있다. 그러나 구

---

26) 샷사 미츠아키, 앞의 논문, 논문초록 ii쪽.
27) 홍순애, 「근대계몽기 소설에 나타난 우의성 연구」, 서강대학교 박사논문, 2005. p.164.
28) 박은식, 「몽배금태조」, 『박은식 전집』 4, 2002. pp.171-172.

체적이고 현실적인 방안보다는 귀신을 통한 신묘한 도를 얻어서 해결하
고자 하는 모습을 보인다. 그리고 단군이 강림한 기념일에 대종교의 신
령한 이치를 고요히 생각하는 것으로 묘사된다. 서술자는 그 후 꿈속으
로 빠져들게 되고, 꿈에서 금태조를 만나면서 문답은 시작된다. 여기에
서 10월 3일은 중요한 의미를 띤다. 이 날은 단군의 강림한 날이며, 강
림했다는 것은 신으로써 인간의 세상에 모습을 나타냈다는 것이다. 대종
교의 이전 명칭이었던 단군교에 의하면 이 날은 단군강림 축하일로 지정
되어 있었고, 창교 교조의 기원으로 사용하는 상징화된 날이다.[29] 또한
소설의 문면에 '대종교'라는 명칭이 그대로 등장하고, 이것을 공부하고
있다고 하는 것은 이 소설의 중심적인 사상이 대종교와 연관되어 있다는
것을 가시화 하는 것에 다름 아니다. 꿈을 매개로 하여 현실보다는 이상
세계가 중심이 되고 초현실적 관념론이 지배적으로 서술되면서 소설은
비일상적이고 비사실적인 일들이 자연스럽게 전개된다. 환상의 서사적
기법을 차용하면서 서술자가 단군을 거론하고 있는 것은 단군이 현실에
존재하는 인물이라기보다는 한 종교를 주관하는 신(神)적 대상이라는 것
을 강조한 의도라고 보여진다.

　신격화된 단군의 위상은 소설의 말미에 문답의 해결에 대한 대안으로
다시 한번 등장한다.

　단군대황조께서 세우신 학교의 위치는 백두산 아래에 있었는데, 서쪽으로
는 황해와 면하고, 북으로는 만주를 베개로 삼았으며, 동으로는 벽해를 끼고
남으로는 현해를 경계로 삼고 있었다. 단목(檀木) 아래에 한 가닥의 대로가
탄탄 평평하게 뻗어 있어 학교에 바로 이르고 있었으며 무궁화와 불로초가

---

29) 샷사 미츠아키, 앞의 논문. 참조.

풍만한 빛을 발하며 피어 있었고 주위 풍경도 수려하여 학도들이 생활하고 심신을 단련하는데도 극히 좋은 곳이었다. (중략) 그중에서 제일 저명한 대동중학교를 방문하였다. 학교 교문 앞에 학교를 건설한 역사를 금강석에 새겨 세워 놓았는데 개교일은 지금으로부터 4천 2백 50년 전 무진 10월 3일이었다.[30]

소설에서 금태조와 서술자는 국권을 상실한 조선의 총체적인 문제들을 논의한다. 박은식은 소설을 통해 하등사회에 대한 계몽의 중요성을 역설하면서 교육의 문제, 제국주의의 문제들을 거론하고 문명부강을 위한 구체적인 방법들과 상무정신의 배양을 제시한다. 그리고 최종적으로 해결책을 제시하는 것이 교육, 즉 학교이다. 위의 인용문은 서술자가 금태조에게 단군이 설립한 학교를 보여주는 부분인데, 여기에 제시된 학교는 무궁화와 불로초가 피어 있고 역대 각 부분의 영웅들이 총집합하여 학생들을 가르치는, 모든 것이 완벽하게 갖추어진 장소로 그려지고 있다. 학교는 여기에서 민족의 총체적인 문제를 해소시키는 공간이면서 민족의 미래의 상을 제시하는 표상으로 등장함으로써, 이것을 가능하게 한 단군의 신적인 위용은 더욱 강조된다.

「명림답부전」, 「몽배금태조」 등을 통해 박은식이 재현한 단군은 탈신화화된 '조상'의 모습이 아닌 신성한 존재, 신격화된 존재로 승격화되면서 재신화화되고 있다. 박은식이 단군에게 신성의 이미지를 덧씌우고 있는 것은 종교라는 외부의 힘을 빌려서라도 민족의식을 고취할 필요성이 제기되었기 때문이라 할 수 있다. 애국계몽운동만으로는 국가의 위기가 해소될 기미가 보이지 않음에 대한 박은식만의 대안으로 종교적인 해결

---

30) 박은식, 「몽배금태조」, 앞의 책. p.208.

책을 강구하고 있는 셈이다.

그러나 박은식이 소설을 통해 단군을 끊임없이 호출하고, 재신화하고 있지만, 전적으로 이러한 노력이 대종교의 전파를 위해, 대종교의 이념을 전수하기 위해서라고 보기는 어렵다. 왜냐하면 그가 이 시기 단군을 주제로 하여 저술활동을 했지만, 종교적으로 대종교에 귀의했다는 문헌이나 기록이 보이지 않기 때문이다. 위에서 논의한 저술에서만 단군을 재현하고 있고, 이후의 저작에서는 신격화된 단군이 보이지 않는다. 1912년 3월 이후 박은식은 서간도를 떠나 홍콩으로 가서 한중합작잡지『향강(香江)』의 주간이 되어 독립운동을 하기도 했고, 이후 1914년에서 1915년 사이에는 『한국통사』를 저술하였다. 그밖에도 이 시기에『안중근전』, 『이충무순신전』, 『성세소설(醒世小說) 영웅루』 등을 쓰면서 대종교와는 관계없는 저술활동을 하게 된다. 그가 단군을 정신의 재무장으로 종교적으로 명명했지만, 추상적인 신적인 존재로의 숭상은 독립운동에 있어 한계가 있었다는 것을 인식했을 것으로 보인다.

개신유학자로서 단군을 신격화한 대종교와 관련된 활동은 그의 저술에 있어 중요한 부분을 차지하지만, 정작 그것은 종교적 신념보다는 독립운동에 대한 투쟁과 열정의 일환으로 보아야 옳을 것이다. 이후 행보들에서도 그는 상해임시정부의 요직을 수행하고 계속적으로 독립운동을 전개하고 있는 것으로 보아 종교적 문제 역시 민족계몽과 독립을 위한 연장선이었다고 해야 할 것이다. 그럼에도 불구하고 1911년 망명 직후 박은식의 저작에서 단군담론이 중요하게 논의되는 것은 근대계몽기 민족공동체의 중추를 담당한 상징화된 인물로 단군이 요청되었기 때문이고, 또 다른 한편으로는 암울한 민족의 미래를 투영할 대상으로서 단군이 필요했던 때문이다. 실재하는 국조로서의 탈신화된 단군과 대종교의 신격화된 인물로서의 재신화된 단군은 박은식 문학에서 동시에 서술됨으로써 민족의 정체성을 구성하는 한편 민족의 잠재적인 능력을 실현할 대상으로 재현되었다고 할 수 있다. 근대계몽기의 신화담론은 단군이 혈통의 시조, 국조의 형상으로 또는 신의 아우라로 이 시기의 민족운동과 계몽운동의 자장 안에서 전유되고, 담론화되었다고 하겠다.

4: 국가 · 민족 · 역사 담론의 소비와 전유

본장에서는 근대계몽기 역사서와 소설의 서사체에서 재현되고 있는 단군담론의 양상을 고찰하였다. 당시의 『대한매일신보』와 『황성신문』, 『서우』, 『서북학회월보』 등을 통해 단군은 한민족의 조상으로서 인식되기 시작하였고, 이것은 당대의 근대계몽운동과 자강운동의 일환으로 '단기(檀紀)'의 연호를 사용하는 운동으로 확대되기도 했다. 서양의 연호보다는 민족의 구심점의 역할을 하는 단군의 연호는 민족의 정체성을 구성하는 요소로 작동됨으로써 민족의 결집된 힘은 가시화되었다.

이 시기 단군담론은 매체를 통해 민족의 기원으로서 논의되기 시작하여 신채호, 박은식의 역사서의 집필에서 '국조'의 이름으로 재명명되었고, 서사문학에서는 박은식의 역사전기소설인 「천개소문전」, 「명림답부전」과 몽유록계 소설인 「몽배금태조」를 통해 탈신화화되고 재신화화되는 과정으로 전개되었다고 할 수 있다. 단군신화가 탈신화되는 과정은 중국의 사대주의 사상인 기자 조선의 언급이 점차 줄어드는 것과 관련하여 단군신화가 유일의 건국신화로서의 연장으로 민족의 계보를 구성하는 '국조(國祖)', 즉 실재하는 인물로 구성된다. 이러한 과정에서 단군담론은 종교적 이념으로 변화되고 나철에 의한 대종교 창설에 까지 이르게 되면서, 이전의 현실적인 인물의 국조로서의 단군은 삭제되고 신격화된, 신성화된 단군이 재등장하였다. 단군이 이 시기에 재신화화 할 수 있었던 것은 대종교가 민족의 독립과 관련된 이념을 표방하고 있었기 때문이고, 김윤식을 비롯한 많은 개신유학자들이 종교를 통해 독립을 쟁취 할 수 있으리라는 것을 염두에 두었기 때문에 가능했다고 할 수 있다.

서사양식에서 단군의 재현은 박은식에 의해 구체적으로 재현된다. 그는 국가위기의 상황에서 민족의 정체성을 확립하려는 시대적 의식을 역사 기술과 소설을 통해 실현하였는데, 이 저작들의 근거가 되는 것은 단군사상이었다. 역사전기 소설인 「천개소문전」과 「명림답부전」, 꿈의 액자적 서사구조로 쓰여진 「몽배금태조」의 경우는 박은식의 단군에 대한 인식을 보여주고 있는데, 「천개소문전」의 경우는 천개소문의 영웅적인 업적을 담보하는 것으로 단군의 서사가 중첩되어 나타난다. 여기에서 단군은 천개소문의 조상으로서 '국조'의 의미로 형상화된다. 그리고 천개소문은 물론 단군은 현실적인 인물의 면모를 보여주면서 단군이 탈신화된 모습으로 재현된다. 그러나 같은 역사전기소설인 「명림답부전」에서는 신격의 인물로서의 명림답부가 등장하고 단군 또한 천군(天君)으로서 인간의 세계에 강림한 신성화된 존재로 묘사된다. 꿈의 알레고리 서사기법을 차용하고 있는 「몽배금태조」에서는 서술자에 의해 제시되는 단군의 위용이 서사 처음부터 결론에 이르기까지 환상을 기반으로 하고 있어 단군이 재신화화 되는 양상으로 전개된다. 서사의 말미에 제시되는 단군이 설립한 학교의 공간은 재신화화된 단군으로 인한 민족의 미래상을 투영하게 하는 장치로 서술되고 있다.

박은식이 역사서와 소설을 통해 계속해서 단군을 호명하는 것은 애국계몽과 독립, 민족국가의 정체성 형성과 관련된 민족국가의 표상으로 단군을 설정했기 때문에 가능한 것이었다고 하겠다. 그리고 단군을 재신화하는 과정에서의 민족종교의 기치를 내걸고 민족운동에 참여했던 대종교는 박은식 소설에서 민족적 교육의 중요성을 담보하는 요소로 차용되어 재해석되었다고 하겠다. 근대계몽기의 국권피탈의 위기감과 한일합방의 절망감은 단군담론으로 가시화 되고, 이것은 국가·민족·역사담론과 결부되어 이 시기의 역동성의 근간으로 또는 계몽의 이념에 조응하면서 소비되고 전유되었다고 하겠다.

제 2 장

지도·지리의 상상력과 시선의 발견[1]

1: 공간적 메타포와 집합적 표상으로서의 지도

근대계몽기 담론은 서양 근대 문물에 대한 새로운 진입과 국가상실의 위기와 관련된 당대인들의 시선이 종합적으로 반영되어있다. 문명개화에 대한 열망과 국권의 상실에 대한 현실적 난관을 적극적으로 돌파하려는 당대 지식인들의 의지는 매체 뿐 아니라 서사양식을 통해서도 재현되었다는 것은 주지의 사실이다. 이 장에서는 근대계몽기에 출간된 단행본이나 교과서 중에 지리에 관련된 서적이 많다는 것에 주목하고자 한다. 『한성순보』에서는 제1호에서부터 14호까지 지리학에 관한 기사를 싣고 있다.[2] 당시 역사서와 전기류에 못지않은 분량의 지리학 서적이 이 시기

---

1) 본 논문은 〈현대소설학회〉 2008년 11월. 정기학술대회에서 발표한 것을 수정하고 수록하는 바이다.
2) 『漢城旬報』에 기사화된 지리학 관련 내용은 다음과 같다. 제1호: 地球圖說-地球全圖(pp.13-14), 地球論(pp.14-15), 論洲洋(pp.15-17), 제2호: 論地球運轉(pp.15-17), 歐羅巴洲(pp.17-20), 제3호 : 亞米利加洲(pp.14-15), 제4호 : 亞非利駕洲(pp.13-15), 제5호 : 阿西阿尼亞洲(pp.22-24), 제6호 : 英國地略(pp.18-23), 제10호 : 地球園日圖鮮(pp.18-23), 제11호 : 俄國疆域記(p.24), 제12호 : 地球 園日, 成滅序圖說(pp.18-20) 美國誌略(pp.21-24), 제14호: 亞細亞洲總論(pp.11-12), 美國誌略續稿(pp.23-24)

신문과 잡지를 통해 광고·유통되었는데, 1895년 학부편집국에서 펴낸
『조선지지』, 『地璆略史』(1896), 『대한지지』(1899), 『我韓彊域攷』(1903),
『만국사기』(1905) 등의 지리학 단행본과 『ᄉ민필지』(1889), 『중등만국지
지』(1902), 『초등지리교과서』(1907) 등의 교과서들이 그 예들이다.3) 이 책
들에는 지구의 역사라든지, 세계지리와 조선 지리에 관련된 내용들을 위
주로 하여 다양한 세계전도라든지, 조선의 지형도를 함께 싣고 있다.

또한 최남선이 간행하던 『소년』4)지에서도 중점적으로 논의하고 있는

장보웅, 「개화기의 지리교육」, 『지리학』제5집, 대한지리학회, 1970. p.42.

3) 근대계몽기 지리학에 대한 단행본과 교과서 출판은 다음과 같다. (표의 내용은
박주원(「1900년도 초반 단행본과 교과서 텍스트에 나타난 사회 담론의 특성」, 『근
대계몽기 지식의 발견과 사유지평의 확대』, 소명출판, 2006년)논문과 근대계몽기
서적논문, 지리연구논문들을 참고하였다.)

저자	책제목	출판사	발간년도	기타
헐버트	『ᄉ민필지』	출판사 미상	1889	교과서
학부편집국 편	『조선지지』	학부편집국	1895	단행본
유길준	『西遊見聞』	일본 교순사	1895	〃
학부편집국	『地璆略史』	학부편집국	1896	〃
현채 역편	『대한지지』	광문사학부편집국	1899	〃
주율영창, 주영환·노재연 역	『중등만국지지』	학부편집국	1902	교과서
작가미상	『我韓彊域攷』	출판사 미상	1903	단행본
정약용	『대한강역고』	박문사	1905	〃
밀러 부인	『초학디지』	미상	1906	
민대식 현술	新撰地文學』	휘문관	1907	〃
장지연	『大韓新地誌』	출판사 미상	1907	〃
진희실	『신찬외국지지』	일신사	1907	〃
학부편집국 편	『만국지지』	학부편집국	1907	〃
황윤덕 역	『만국지리』	보성관	1907	교과서
김건중 역술	『新編大韓地理』	보성관	1907	〃
국민교육회 편	초등지리교과서	국민교육회	1907	〃
김홍경	『신정중등만국신지지』	김상만서포	1907	〃
송헌석	『新訂中等萬國地誌(全)』	미상	1910	

4) 1908년 최남선에 의해 창간된 『소년』은 지리학에 대한 내용을 많이 싣고 있다.

것이 '지도'였다. 이 잡지에서는 국민계몽의 수단으로 '지리'의 중요성을 강조하고 있으면서, 당시 한반도의 모양이 '토끼'가 아니라 '호랑이'로 이미지화 하고 있는 지도를 싣기도 했다. 미셸 푸코는 "'공간'이 어떻게 하여 '역사'의 일부를 이루고 있었는가를 이해하는 것이 중요한 일"이며. 또한 "어떤 공간적인 메타포가 지형학적인 동시에 전략적인 성격"을 가질 수 있다는 것을 언급한 바 있다.5) 이 말은 공간에 대한 논의를 좀 더 폭넓게 사유할 수 있는 가능성을 열어준다. 다시 말해 공간이 단지 타자를 상정하는 것뿐만 아니라 공간의 메타포, 즉 지도가 공간에 가해지는 권력의 힘을 상상할 수 있게 하는 매개가 된다는 것이다. 근대계몽기 서양 문물의 유입과 국토 상실의 위기적 상황에서 공간의 문제, 그리고 이것을 규정짓는 지리학에 대한 정보는 근대계몽기 지식인들의 관심의 대상의 되었다.

근대계몽기 지도에 대한 관심이 갑작스럽게 나타난 것은 아니다. 지도의 출현은 19세기 영토적 주권, 국경, 국가의 개념 변화와 연관되면서 근대계몽기 지리담론의 일부로 논의되기 시작하였다. 1857년 최한기는 중국의 지리 서적을 참고하여 편집한 세계지리지인 『지구전요』를 펴낸 바 있다. 최한기는 이 책을 통해 지리 지식뿐 아니라 세계를 보다 체계적으

제3년 4권에는 특집으로 책 한 권이 전부 '초등 대한지리고본'이라는 국토지리 교과서로 편집되었다. 또한 이 잡지는 세계지리에 대한 정보 이외에도 조선의 지정학적인 면을 부각시켜 '반도'라는 위치, 3면이 바다에 접해있다는 한반도의 특성을 다루고 있다.

5) 콜린고든, 홍성민 역, 「지형학에 대한 몇 가지 질문」, 『권력과 지식－미셸푸코와의 대담』, 나남출판, 1991. pp.93-109.
여기에서 푸코는 이데올로기와 전략적 차원의 공간문제를 지형학으로 심도있게 논의한다. 권력의 문제와 맞물려 있는 것은 지형학이며, 지형학적인 메타포는 지형territory, 영역domain, 토양soil, 지정학geopolitics으로 이것은 법적·정치적인 용어라고 언급한다.

로 엮어보려는 시도6)를 하였다. 또한 김정호는 전통적인 풍수지리학을 탈피한 조선의 전국지도인 목판본 지도 즉 인쇄본 지도 〈대동여지도〉를 1864년 완성하였는데, 이 시도는 국토에 대한 정보를 국가와 지배층이 독점하는 것에 대한 비판의식에서 출발하여 결과적으로 19세기 일반 평민층에서도 지리, 국토에 대한 정보를 접할 수 있는 기회가 되었다.7) 그러나 이러한 지도들은 지형에 따라 '기(氣)'를 강조하거나, '산(山)'과 '수(水)'의 지리를 특별히 강조하고 있어 전통 자연관인 풍수지리적 사유에서 벗어나지 못하고 있음을 짐작하게 한다.

지도, 지리학이 근대적 인식의 표상으로 등장한 것은 유길준에 의해서이다. 1895년 유길준에 의해 쓰여진 『서유견문』은 제 1편 '지구세계의 개론'을 시작으로 하여 '6대주의 구역', '나라의 구별', '세계의 산', 2편에는 '세계의 바다', '강' 등으로 구성되어 있고, 제 3편에 들어가 '나라의 권리', '국민의 교육'을 논의하고 있다. 이 책에는 앞부분에 많은 장을 할애하여 세계지리를 자세하게 소개하고 있는데, 이것은 기존의 중국 중심의 세계관을 벗어나고자 하는 집필자의 의도가 반영된 것으로 볼 수 있다. 풍문이나 소문으로만 서양을 접한 것이 아니라 구체적인 지식과 경험을 통해서 서양이 재현됨으로써 각국의 실체는 매우 현실적으로 제시되고

---

6) 노혜정, 「『地球典要』에 나타난 최한기의 지리관」, 『지리학론총』 제45호, 2005. p.493.
   최한기의 『지구전요』는 『地球圖說』, 『海國圖地』 등의 서적을 참고해 '氣化'와 '實用'의 기준으로 취사선택하여 편집한 세계지리지이다. 이 책은 지리와 氣學의 관련성, 즉 기철학과 서양의 과학지식을 통합하려는 학문적 시도 속에서 나온 체계적이고 실용적인 세계지리지라고 할 수 있다.

7) 〈대동여지도〉에는 산이 강하게 들어오는데 이것은 조선시대 사람들이 지녔던 산천에 대한 인식체계를 지도화 한 것으로 지도가 사상의 투영임을 보여주는 예이다. 양보경, 「김정호의 실학적 지리학」, 『공간이론의 사상가들』, 한울, 2001. pp.574-586.

있다. 유길준의 이러한 시도는 서양의 국가가 단지 상상속의 이미지에서 벗어나 현실적 대상이라는 것을 염두에 두었기 때문에 가능한 것이었다.

과학담론의 일환으로 인식되었던 지리학은 근대계몽기 교육의 일부분으로 정립되어 민족계몽을 고취하기 위한 교과목으로 채택되기도 했다. 지리담론은 일반인이 자연이나 토지, 풍경에 대해 품고 있는 관념이나, 그것을 상상하는 실감을 분명히 하는 것, 보다 구체적으로는 지리적 사상에 대한 의견이나 태도 등을 통해 구성되는 일군의 지(知)의 체계와 연관된다.[8] 1895년 공포된 소학교령에서 고등과의 경우 본국지리는 필수과목으로, 외국지리는 선택과정으로 지정되었고, 육영공원 교사인 헐버트는 순한글로 『ᄉᆞ민필지』를 저술하여 이후 이 책이 한역되면서 사립학교와 종교계 학교 등의 교과서로 활용되었다. 그 밖에도 원산학사, 배재학당 등에서도 '만국지지 특별과'를 설치하여 지리교육을 실시하였다.[9] 지리 교과목이 교과편제 속에 자리 잡게 된 것은 대중매체들이 근대문명에 기반 한 국가건설에 필요한 지식으로 지리학의 중요성을 역설했기 때문이다.

당시 『독립신문』(1896. 4. 7)에서는 이 책에 대해 "세계지리셔를 한문으로 번역흔 거신듸 사름마다 볼만흔 칙이니 학문샹에 유의ᄒᆞ는 이ᄂᆞᆫ 이 칙을 죵노 칙젼에서 사십 갑슨 여덜냥"이라는 광고를 하고 있다. 여기에서 '학문샹에 유의ᄒᆞ는 이'라는 구절은 지리학 서적이 당대 근대적 학문, 지식의 일종이었다는 것을 반증한다. 교육잡지였던 『장학월보』에서

---

8) 소영현, 「근대적 변혁론의 원천 : '지리-문화'론」, 『문학청년의 탄생』, 푸른역사, 2008. p.81.
9) 남상준, 「개화기 근대교육제도와 지리교육」, 『지리교육론집』 19, 1988. p.106. 1883년 원산학사에서는 문무 공통과목으로 산수, 격물(물리), 농업, 양잠, 채광 등을 강의했고, 이후 외국어, 법률, 지리, 만국공법 등을 가르쳤다.

는 유학생을 뽑기 위한 공고를 『대한매일신보』의 광고란을 통해 전달하고 있는데, 여기에서 요구하는 시험과목은 '논설', '작문', '역사', '산술', '지리' 등이었다.10) 지리과목이 시험과목으로 선정된 것은 당시 지식인이 갖추어야 할 기본적인 소양으로 지리학을 인정했기 때문에 가능한 일이 었다. 기존의 지리적 개념이 '관찰 된' 풍수사상의 일환으로 인식되어 온 점이 적지 않지만, 근대계몽기 지리학은 객관성을 담보한 과학의 한 분야, '보는 행위'에 중점을 둔 하나의 지식체계로 인정되었다고 할 수 있다.

이에 이르러 오늘날 우리들이 가장 급급히 강구해야 할 것으로 지리가 절실히 요구되는 데 있지 아니한가? 태서 학자들의 말에 "지리학이 일어나지 않으면 애국심이 생기지 않는다"고 하였다. 전에 법국이 보국에 패하여 2개의 주를 잃게 되자 지도사에 따로 한 색으로 표시하여 자기 나라 학생들에게 가르치니 발연히 부끄러운 마음이 일어나 보복할 생각을 갖게 되었다.(중략) 지금 우리나라에서 신학문을 이야기하는 사람들은 외국의 지형과 물정에 대해서는 끊임없이 논하면서도 유독 본국의 지지(知志)에 대해서는 연구가 거의 없다. 그래서 국토·지리에 대한 느낌이 매우 얕으니 이것이 우리들의 결점이다.

위의 인용문 『대한신지지(大韓新地誌)』는 장지연이 직접 저술한 지리 서적으로 당시 지리의 중요성과 지리를 공부해야 하는 목적을 '序'에 기록하고 있다. 근대계몽기 대표적 지식인 중의 한 명인 장지연은 정약용의 『대한강역고(大韓疆域考)』(1903)11)를 증보하기도 하고, 『신정중등만국

---

10) 『대한매일신보』 1월 31일자 광고란에는 〈장학월보 특별광고〉가 게재되어 있다. 제3회 문제로는 '論說 : 小說은 不爲顯題함', '詞藻: 勤學', '作文: 新學舊學의 關係', '歷史: 王仁의 事蹟', '地理: 五江의 水原과 支源을 詳學ᄒ라', '算術 : 年利 七分을 每年末에 元金의 加入ᄒ면 幾個年月日을 經ᄒ여야 二倍가 될가' 등이다.

신지지(新訂中等萬國新地誌)』(1907)[12]를 교열하여 펴내기도 했다. 인용문에서 보듯이 그는 세계의 변화와 그것에 대응하지 못하고 있는 조선의 문제에 대해 거론하고 있다. 지리학을 공부하지 않는 것은 자국의 '국토'와 '지리'에 무관심한 것이고, 이것이 문제라는 것이다. 그가 인식하고 있는 지리학은 국경의 의미를 아는 것이며, 국가를 개념화 할 수 있는 것인 동시에 '애국심'의 실체인 것이다. 지도가 예전처럼 단순히 지형, 즉 강토를 도시하는 것에 그치는 것이 아니라 국가의 영역, 국경을 규정할 수 있는 정치적인 성격이 있다는 것을 장지연은 인식하고 있었던 것이다. 장지연은 지리학 지식이 국가의 위기를 타계할 수 있는 방법이라는 것을 실감하고 있었던 것이라 하겠다.

영토의 모상을 단서로 하여 근대국가의 정치적인 식민지 지배[13]를 확대하고, 그것을 도상화하는 과정으로서 지도는 이 시기의 대한제국의 균열지점을 적나라하게 보여준다. 지도가 표현하는 세계는 세계 그 자체가 아니라 인간이 세계를 보고 읽고 해석한 '의미로서의 세계'이며, 한 사회가 세계를 보는 방법을 표현한 집합적인 표상이라 할 수 있다.[14] 도시된 지도에서 대한제국의 위치를 찾아내고 타국과의 거리와 면적을 비교하는 작업을 통해 근대계몽기 지식인들은 세계를 실감할 수 있었던 것이다. 대한제국의 정체성을 세계적 공간 안에서 구획하려는 기획은 근대계몽기

---

11) 정약용 述, 장지연 증보, 『大韓疆域考』, 황성신문사, 1903. (한문)
  이 책은 정약용 『아방강역고』를 장지연이 개편, 보완하여 펴낸 책으로 '인나고(任那考)', '백두산정계비고(白頭山定界碑考)'를 새로 써서 한일간의 역사적 쟁점과 국경에 대한 내용을 심도있게 논의하고 있다.
12) 김홍경 편집, 장지연 교열, 『新訂中等萬國新地誌』, 광학서포, 1907. (국한문)
  이 책은 중등교육을 위한 세계지리교과서이며 『영국백과전서』와 일본의 『신찬대지지』 등을 참고하여 편찬하였다.
13) 와키바야시 미키오, 전성태 역, 『지도의 상상력』, 산처럼, 2006. pp.32-33.
14) 앙드레 슈미드, 정여울 옮김, 『제국, 그 사이의 한국』, 휴머니스트, 2007. p.477.

지도의 새로운 발견으로 시작되었고, 따라서 지도의 중요성은 여러 매체를 통해 확대 재생산되었다. 특히 서사양식을 통한 지도, 지리에 대한 상상력은 『황성신문』, 『대한매일신보』계열의 지식인뿐만 아니라 신소설의 작가들에게도 적용되어 이 시기 문학작품의 공통분모로서 작용하게 되었다.

2: 국가의 리얼리티를 위한 영토의 도상화

근대계몽기에 번역된 소설들의 일면을 살펴보면, 『월남망국ᄉ』, 『애급근대사』, 『만국사기』 등 타국의 망국사를 비롯한 독립, 개혁사나 『나폴레온전』, 『피터대제전』, 『서사건국지』, 『애국부인전』 등의 구국·건국영웅에 관련된 전기들이 많다는 것을 발견할 수 있다. 『콜롬부스』, 『마젤란』, 『리빙스턴』 등 신대륙을 발견하거나 식민지를 개척하여 제국의 영토를 확장하는데 일조한 영웅전기도 근대계몽기에 출간되면서 당대인들의 관심 대상이 되었다. 이러한 역사서나 전기류 출판이 유행할 수 있었던 것은 국권과 영토를 지키고자 하는 당대인들의 열망과 관계가 있다.

『황성신문』, 『대한매일신보』[15]의 주요 필진들이었던 장지연, 박은식, 신채호 등은 정치적 실천 논리와 국민계몽의 의도로서 소설의 공공적 기

---

15) 박태호는 『독립신문』, 『황성신문』, 『대한매일신보』등의 신문을 중심으로 영토적 공간개념에 대해 논의하고 있는데, 특히 『대한매일신보』의 경우는 전통적인 영토 관념에서 벗어나 영토를 역사를 매개로 민족이나 국민 자체에 귀속시키는 근대적인 관념을 보여주고 있다고 언급한다.
박태호, 「근대계몽기 신문에서 영토적 공간 개념의 형성」, 『근대계몽기 지식의 발견과 사유 지평의 확대』, 소명출판, 2006. pp.145-185 참조.

능에 주목하여 역사전기 소설을 집필하였는데, 이 소설들에서는 영토를 둘러싼 전쟁의 서사를 주로 서술하고 있다. 전쟁의 서사는 국가의 영토를 누가 차지하느냐의 문제, 국경을 어떻게 더 넓힐 것인가에 대한 문제를 다룬다. 소설은 국가의 공간, 범위가 끊임없이 확인되고 변경되는 과정을 서술함으로써 국가 영토의 중요성을 강조한다. 여기에는 국가의 정체성을 일정 권역, 공간 안에 구성하고자 하는 집필자의 의도가 일정 정도 반영되어 있다고 볼 수 있다.

대한제국의 정치적 입장, 국가상실의 위기감을 전면에 노출시키고 있는 이 지도는 여기에서 권력에 의해 포착된 제국의 논리를 재현하는 상(image)으로 존재한다. 근대식 지도는 국가의 영토와 국제적으로 인가된 국경이 연속적으로 표시되어 상상된 국가의 주권적 영역을 구체적이고도 확실하게 보여준다. 지도가 과학적 지식의 체계를 보여주는 것에 그치는 것이 아니라 국가 권력의 추이를 현실적으로 도상화한 것으로, 또는 단순한 산과 강의 구분이라는 개념에서 국가와 국경이라는 면과 선의 접점으로 의미화 된 것이다. 근대계몽기 영토에 대한 관심과 지리학적 지식은 국가상실의 위기와 국가체계가 위협받는 상황에서 국가권력의 관계와 그것을 해석하려는 의도가 결부되어 대한제국의 '현실'을 투영하는 대리물로 위치하게 된다. 특히 경도와 위도 상으로 국가의 영토를 표시할 수 있는 근대적 지도의 등장은 국가의 영토를 상상하는 방식에 중요한 변화를 가져오게 되었다.16) 국가를 영토적으로 사유하는 근대적 관점의 지리학이 근대계몽기에 사유될 수 있었던 것은 지도의 공간적인 메타포를 인식했기 때문이다. 또한 지형학적인 동시에 전략적인 성격17)을 내재하고

---

16) 와카바야시 미키오, 정선태 역, 『지도의 상상력』, 산처럼, 2006. p.277.
17) 콜린고든, 홍성민 역, 앞의 책. p.99.

있는 것이 지도라는 것을 당대 지식인들이 간파하고 있었기 때문이다.

신채호의 지리에 대한 관심은 그의 역사전기소설을 통해서 구체적으로 재현된다. 영웅을 끌어와 현실을 알레고리적으로 보여주고 있는 이 소설들은 그가 역설하고자 하는 국가주의가 영토로 집약되는 것을 보여주면서, 그 일단에 지도에 대한 상상력이 내포되어 있음을 짐작하게 한다.

영토개척주의, 이 주의가 아니면 을지문덕이 10여 년 동안 군사를 양성하는데 주력했을 까닭이 없으며 이 주의가 아니면 적국이 노여워하고 재물을 소비하며 전쟁을 일으킬 이유가 없었다. 이 주의를 실행할 적절한 시기는 살수대첩 이후의 양 전투였다.[18]

무릇 고구려 원종 이후 1백 여 년은 우리나라의 주권이 어디 있었고 영토가 어디 있었는가? 겉으로는 전과 다름없이 고려왕조가 있고 3천리 영토가 있었으나, 실제로 보면 이른바 임금은 적의 나라가 멋대로 쫓아 버리는 것이었고 이른바 영토는 적의 나라가 멋대로 빼앗았으니 이때에는 나라가 망한 지 이미 오래된 것이었다.[19]

신채호의 「을지문덕」, 「최도통」에서는 영토가 국가를 형성하는 요소로 제시되고 있다.[20] 「을지문덕」에서는 살수대첩의 의미를 을지문덕의

---

18) 신채호, 「을지문덕」, 『을지문덕/이순신전/최도통전』, 독립기념관 한국독립운동사연구소, 1989. p.56.
19) 신채호, 「최도통전」, 『을지문덕/이순신전/최도통전』, 독립기념관 한국독립운동사연구소, 1989. pp.220-221.
20) 근대계몽기 당시 국가를 구성하는 요소로 논의되었던 것은, 첫째, 토지, 둘째, 권력, 셋째, 인민의 단체이다. 최석하는 1906년 8월 『태극학보』에서 「국가론」을 논의하면서 "國家에 三要素가 有흔데 第一은 土地니 幾千萬人이 共同ᄒ야 團體를 結合ᄒ더라도 一定흔 領土가 無ᄒ면 國家라 稱홀 슈 無흔지라. 故로 學者가 古代에 水草를 追隨ᄒ야 八方으로 漂流ᄒ던 蠻族의 團體를 國家로 不認ᄒᄂ니라. 然이ᄂ 土地의 大小에ᄂ 區別이 無ᄒ니 全世界에 第一 廣大흔

영토개척주의에 초점을 맞추어 설명한다. 소설은 국토를 확장'하여 '동방
대제국'을 건설하기 위해 수행되는 것, '대국의 위풍'을 지키기 위한 것이
전쟁의 목적으로 제시된다. 「최도통전」에서도 '나라가 망한' 것은 영토를
빼앗겼기 때문이고, 이후 영토를 되찾아 '우리나라' 즉 하나의 국가 체계
안에 살게 되었다고 설명한다. 국가를 형성할 수 있었던 것은 다시 전쟁
을 통해 영토를 획득할 수 있음으로 가능했고, 그것이 역사적 위인들에
의해 달성되었던 셈이다. 이 소설들이 영토성을 주목하고 있는 것은 국
가의 상실이 물리적인 영역인 땅으로 확인되기 때문이고, 이것은 국권에
대한 추상적인 개념이 아니라 '강산', '국토'의 시각을 지도로써 규격화했
기 때문이다. 신채호가 역사학자로서 과거에 존재했던 인물들을 영웅의
형상으로 계몽담론의 장에 위치시켰던 근거는 영토의 중요성과 그것을
가능하게 했던 지도와 지리에 대한 개념이었다고 해도 과언이 아니다.

> 원래 고구려 땅은 동북으로 대륙을 차지하고 서남으로 바다를 끼었으니
> 육로의 수비도 중요하거니와 만일 해안의 방어가 소홀하면 또한 나라를 지
> 키기 어려웠다. 고구려 역대의 국방이 어찌 땅을 편중하고 바다를 가벼이 했
> 겠으며, 개소문의 전략으로 적군에게 바닷길을 취할 계책이 있음을 알지 못
> 하겠는가. 이에 고구려군이 해안의 요새를 차지하여 당나라 병사가 도착하기
> 를 기다리다가 과연 수백 척의 군함이 해안에 정박하여 일제히 땅에 내리고
> 자 하거늘, 고구려군이 출병 돌격하여 대소 백여 차례 싸움 끝에 당병이 다
> 시 패하여 우진달 등이 배 한척에 올라타고 달아났다.[21]

박은식의 「천개소문전」에서 영토는 좀 더 거시적으로 조망된다. 「천

領土를 有훈 英國도 一國家오 彈丸黑子갓튼 摩洽哥도 一國家니라."라고 영
토의 중요성을 언급하고 있다.
21) 박은식, 「천개소문전」, 『백암 박은식 전집』제 IV권, 동방미디어, 2002. p.353.

개소문전」은 연개소문이 당나라의 침략에 대응하여 고구려의 영토를 넓
혀간 역사적 사실들을 서술하고 있다. 그러나 여기에서는 내륙의 땅 뿐
아니라 반도의 지형적 특성22)을 이용하여 전쟁에 승리하는 것을 묘사하
고 있다. 인용한 위의 소설에서는 신채호의 영토 개념을 확장하여 언급
하고 있을 뿐만 아니라 삼면이 바다인 반도의 지형과 그것의 전략적인
면을 부각시켜 서술하고 있다. 바다를 영토의 개념으로 끌어들임으로써
바다는 과거의 영광을 재현할 수 있는 또 하나의 매개가 된다. 이처럼
해상권에 대한 관심과 반도의 지형에 대한 논의가 가능 할 수 있었던 것
은 영토가 지도로서 평면상에 투영되어 국가의 경계가 전면으로 드러났
기 때문이다. 그리고 지도를 통해 드러난 영토는 상실된 국토의 회복 필
요성을 환기시키는 역할을 함으로써 영웅 전기는 서술되었다고 할 수
있다.

영웅들을 끌어와 영토 확보의 정당성을 보여주고 있는 위의 소설들에
는 당대의 역사담론과 국가담론, 영웅담론의 일단에 지리, 지도에 대한
상상력이 내재되어 있다는 것을 보여준다. '3천리의 영토'와 빼앗긴 땅에
대한 구체적인 언급, 그리고 해전에 승리하기 위해 한반도의 지형을 이
용하는 전략들에 대한 서술은 국가가 공간적으로 도시되는 과정을 보여
준다. 앤더슨은 근대적인 국가체제가 성립하기 위해서는 국가 전체를 하
나의 영토로서 가시화 하고, 그것에 작용할 수 있도록 하기 위한 것이
'지도'라고 언급한다. 그리고 연대기적으로 배열된 지도를 통해 영토에
대한 일종의 정치적 전기가 서술되기 시작한다23)고 말한다. 이것은 다시

---

22) 반도에 대한 지형적인 특수성은 최남선이 편집했던 『소년』에서 주로 논의되었는
데, 연재되었던 〈대한해상사〉에서는 '반도 책임론'을 들어 반도의 지정학적 성격
을 일종의 소명의식으로 논의하고 있다. 〈대한해상사(6~8), 『소년』2년 6호~8권
호, 1910. pp.7-8.

말해 국가의 영토, 국경의 변경이 지도를 통해 표시됨으로써 국가의 시간적 · 공간적 역사가 지도를 통해 증명된다는 것이다. 근대국가 성립에 지도의 역할이 그만큼 중요하다는 이 같은 언급은 근대계몽기 당대 지식인들의 지도에 대한 새로운 해석과 맥락을 같이 하는 것이라 하겠다.

국경을 규정짓는 지도의 역할은 근대계몽기 개화지식인들에 의해 정치적으로 서술되면서 국가담론의 논의를 한층 더 심도 있게 하였다. 이 시기 영토주권 개념의 출현으로 영토를 효과적으로 통제하는 능력이야말로 국가의 권능을 판단하는 기준[24]으로 인식되었고, 이것은 지도로 표상되었던 것이다. 국토를 정확한 경계를 가진 평면의 일부로서 구획하고, 그 영역을 통치하거나 정치적인 권력의 주체를 상정함으로써 국가의 개념은 상정될 수 있었던 것이다. 이로써 지도를 통해 호명된 국가는 권력의 주체가 누구인지, 영토의 범위는 어디까지인지 논의할 수 있음으로 해서 근대국가의 지위는 획득되었다. 즉 영토와 국민은 국가라는 공간영역의 틀 안에서 지리적인 지식을 기반으로 하여 논의될 때 '사실'로서 정의될 수 있는 것이다. 지도에 재현된 국가는 일종의 '현실'로서 근대계몽기 지식인들에게 인식되었고, 이것은 대한제국의 이름 위에 일본 제국의 이름을 지우는 방식, 부정하는 방식의 글쓰기를 하게 되면서 지도의 상상력은 역사전기소설에서 정치적으로 재현되었다고 하겠다.

---

23) 와키바야시 미키오, 정선태 역, 『지도의 상상력』, 산처럼, 2006, p.277.
24) 앙드레 슈미드, 정여울 옮김, 『제국, 그 사이의 한국』, 휴머니스트, 2007. p.490.

3: 전역적 지도를 통한 세계의 대상화

지도의 상상력이 역사전기소설에서 권력주체와 국경의 범위를 규정하
는 정치적인 개념으로 재현되었다면, 신소설에서는 이와는 다른 양상으
로 재현되었다고 볼 수 있다. 이인직, 이해조, 최찬식의 신소설 작가들은
문명개화가 갖는 신기함이나 외래문화의 수용과정에서 겪게 되는 인간들
의 변화된 삶을 주로 묘사했다. 이 외에도 전통의 플롯을 그대로 답습하
는 남녀 간의 혼사장애, 고부갈등, 처첩간의 갈등의 주제를 가지고 봉건
적인 제반 질서에 대한 개혁을 서술하기도 했다. 신소설의 현저한 특징
을 이루고 있는 것의 하나는 문화변용론과 새로운 준거에 대한 동화의
문제다.25) 신소설에서 주제로 하고 있는 새로 유입되는 문물과 제도에
대한 관심은 낡은 것을 지양하고, 보다 문명화된 것을 추구하는 경향으
로 나타난다. 이 때문에 신소설은 서구문명과의 비교나 대조의 방식을
자주 원용하였다. 신소설은 완고한 현실을 비판하고 문명화의 이상을 제
시하였는데, 문명의 표상으로 등장한 것이 외국의 지명과 공간이다. 서
양과 일본 문명의 차용하여 개화를 촉진시키려는 신소설 작가들의 의도
에서 시작된 이 같은 시도는 구체적으로 근대지식의 체계로서 지리학과
관련하여 서술되고 있다.

이인직의 「모란봉」, 이해조의 「은세계」는 지리에 대한 관심과 지리
지식이 얼개화꾼과 지식인을 구별할 수 있는 기준이 되는 것을 보여준다.

얼개화꾼은 김관일의 앞으로 모여 앉아서 개화한 체하느라고 각기 신지식

---

25) 이재선, 「개화기 소설의 문학사회학」, 『개화기 문학론』, 한국학술정보, 2002.
　　 p.37.

을 내어놓는다. 미국은 땅 밑에 있다 하는 사람, 미국은 해가 밤에 돋는다 하는 사람, 서양 사람은 양(洋)의 자손인 고로 눈이 누르다 하는 사람, 그런 고로 서양이라는 양자가 삼점변에 양 양(羊)자라고 더 자세히 아는 체하고, 남의 말 주 내는 사람, 독일 연방 이야기를 주워듣고 미국 합중국 역사로 이야기하는 사람.(중략) 뻔한 지식도 없는 사람의 귀에는 덕국이라하면 떡국으로 그릇 듣고 법국이라 하면 뻐꾸기로 그릇 들리는 무식한 자도 모였는데[26]

위 인용문 「모란봉」에서 얼개화꾼들은 '미국이 땅 밑에 있다', '미국은 해가 밤에 돋는다'라고 말한다. 심지어는 '덕국(독일)'을 '떡국'으로 국가명을 잘못 알아듣는 경우도 소설에서 묘사하고 있다. '얼개화'꾼들에 의해 언급되는 이러한 세계지리에 대한 사실은 지식으로서가 아니라 소문으로 전달되고 있다. 그리고 인물들은 지리지식의 무지 때문에 타자의 정체를 규정하지 못한다. 즉 타자를 규정하는 방법론적 틀이 되는 것이 공간을 위주로 한 지리, 지도의 지식인 것이다. 다시 말해 여기에서 지리 지식은 계몽의 유무에 관계되는 것에 그치는 것이 아니라 세계를 조감할 수 있는 능력과 관련되고 있다. 자신이 살고 있는 공간이 어떻게 형성되어 있는지에 대한 무관심, 타자의 존재조차 알지 못하는 상황은 지리 지식에 의해 좀 더 극명하게 드러나고 있는 것이다.

신소설에서 외국의 등장은 단지 역사전기 소설처럼 전쟁을 해야 하는 적국, 또는 정치적으로 대립되고 있는 대상이 아니라 끊임없이 모방해야 하는 우월한 타자의 발견과 관계된다. 다시 말해 타자를 인식했다는 것은 타자의 공간과 자아의 공간이 별도로 구획되어 존재한다는 사실을 알았다는 것이다. 이것은 확장된 공간으로 세계를 감지하고 실감했다는 것

---

26) 이인직, 『은세계, 모란봉, 빈선랑의 일미인』, 한국 신소설 선집 2, 서울대학교출판부, 2003.

을 말한다. 세계를 본다는 것은 인간이 결코 조망할 수 없는 세계의 공
간적인 존재방식에 관하여 그것을 가시화하고, 이해하며, 그곳에 자기와
다른 타자를 자리매김 하고자 하는 행위이다.[27] 이것은 지도의 상상력에
의해 자신의 육체를 넘어서 세계를 본다는 것이고, 세계를 구상하는 것,
그리고 세계를 투영하는 것과 관계된다. 신소설에서 문명개화를 위한 수
단으로 가장 많이 등장하고 있는 것은 외국여행과 외국유학이다. 여기에
서 제시되고 있는 타자의 공간으로의 이행은 지리적인 이동인 동시에 국
가의 경계를 넘나드는 시도이다.

이해조의 「빈상설」, 「원앙도」, 최찬식의 「안의성」, 「금강문」은 가정
불화나 혼사장애를 이유로 외국을 유람하는 스토리가 제시된다.

> 집을 떠난 후 먼저 개성으로 내려가 명승고적을 구경하고(중략) 계문연수
> 를 지나 북경에 들어가니, 가옥의 굉걸함과 물산의 풍부함이 평일에 듣던 바
> 에 지나므로 경탄함을 마지아니하고(중략) 그 길로 파리, 백림, 피득보 등의
> 장걸한 시가를 열력하고 서서의 세계명승지라 칭하는 빙하공원의 기관이며,
> 기타의 화란, 정말, 서반아, 이태리 등의 풍물을 곳곳이 구경하고, (중략) 동
> 경의 모든 풍물과 경도, 대판, 마관등지의 화려한 물색과 선미한 풍속을 관
> 광하고, 연락선으로부터 부산에 도착하였더라.(중략) 바로 급행차를 타고 경
> 성에 도착하니[28]

최찬식의 「안의 성」에서는 김상현이 외국을 유람한 후 다시 경성으로
귀향하는 과정을 서술하고 있다. 이 소설은 최찬식의 세계지리에 대한
관심과 지식의 일단을 보여준다. 개성을 떠나 중국, 러시아, 유럽, 아프

---

27) 와키바야시 미키오, 정선태 역, 『지도의 상상력』, 산처럼, 2006. p.66.
28) 최찬식, 「안의 성」, 『추월색, 안의성, 금강문』, 한국신소설 선집 7, 서울대학교 출
    판부, 2003. pp.179-182.

리카, 호주, 일본을 거쳐 부산에 도착하는 여정은 국가의 경계와 대륙의
인접된 상황을 모르고는 서술할 수 없다. 지도에 구획된 것을 기초로 하
여 각 나라들이 대륙별로 순서대로 연결되어 있기 때문이다. 그러나 여
기에서 세계지리에 대한 지식은 문명을 보고 찬탄하는 과정에서 사용될
뿐 이후 인물의 사고방식의 변화나 이야기의 구조에 영향을 미치고 있지
는 않다. 이 소설은 '쾌소년의 무전여행'의 형식을 빌어서 이국의 신비성
만 가중시키고 있을 뿐이다. 그래서 소설에서는 인물들이 외국 문명을
본 것에서 그치고 문명개화에 대한 나름대로의 사유를 하지 못한다. 이
것은 타자의 공간, 세계로서의 서양 공간에 아무런 가치를 부여하지 않
은 결과이다. 따라서 이 소설은 지도의 상상력을 바탕으로 하고 있지만,
여기에 등장하는 외국은 인간적으로 해석된 공간이 아닌 지리적인 지식
의 일차원적인 차원에서 벗어나지 못한 추상적인 대상으로 서술되고 있다.

신소설에서 지리에 대한 상상력이 보다 더 직설법적으로 서술되고 있
는 것은 최찬식의 「추월색」과 이해조의 「혈의누」이다. 여기에서는 외국
의 공간에 대한 관심이 더욱 증폭되어 표현되고 있다.

> 그러하오나 집에 있을 때에 지어주는 옷이나 입고 다 해 놓은 밥이나 먹
> 으며 사나이가 눈에 띄면 큰 변으로 알아 대문 밖을 구경치 못하옵다가, 이
> 곳에 와서 처음으로 문명국의 성황을 관찰하오매 시가의 화려함은 좁은 안
> 목에 모두 장관이옵고, 풍속의 우미함은 어둔 지식에 배울 것이 많사와 날마
> 다 풍속 시찰하기에 착심하고 있사오니, 본국 여자는 모두 집안에 칩복하여
> 능히 사람된 직책을 이행치 못하고 그 영향이 국가에까지 미치게 함이 마음
> 에 극히 한심하옵기, 속히 학교에 입학하여 신학문을 많이 공부하여 가지고
> 귀국하와 일반 여자계를 개량코자 하옵니이다.[29]

---

29) 최찬식, 「추월색」, 『추월색, 안의성, 금강문』, 한국신소설 선집7, 서울대학교출판

위의 인용문은 정임이 일본으로 유학하여 이시종 내외에게 편지를 쓴
글의 일부분이다. 조선에서는 여성이 집안에서만 생활하지만, 일본의 여
성들이 사람 된 직책을 이행하는 모습을 보고 정임은 공부하기를 결심한
다. 여기에서 정임은 일본을 문명국으로 인식하고 있다. 이 소설에서는
다른 신소설에서처럼 지명만을 나열하는 것이 아니라 일상의 생활적인
측면을 강조하고 있다. 소설은 정임이 공원을 산책하는 장면이라든지,
영찬이 영국에 도착할 당시의 거리의 풍경과 그것을 느끼는 영창의 감정
들을 세세하게 묘사하고 있다. 또한 「혈의 누」에서는 옥련이가 일본 대
판에서 근대적 교육을 받고 성장하는 것과, 구완서와 미국으로 건너가서
공부하는 장면들을 통해 인물들이 타자의 공간, 세계의 공간에 거주하고
있다는 것을 가시화 한다.

소설에서 이러한 공간의 구체적인 묘사는 서양의 상(image)에 대한 리
얼리티를 부여하는 역할을 한다. 외국은 여행자의 공간이 아닌 생활의
공간으로 제시되면서 유학생의 신분인 인물들은 그 나라의 문화를 체험
하고 신문명을 경험함으로써 타자의 공간을 사유할 수 있게 되는 것이
다. 이것은 세계나 사회를 전체의 틀, 즉 지도라는 타자의 공간을 변별할
수 있는 시선이 전제되었기 때문에 가능하다. 국경을 초월하여 타자와의
소통을 가능하게 하는 것은 타자의 정체를 인지하는 것이며, 이것은 세
계를 조망 할 수 있는 시선인 지리지식과 관련되고 있는 것이다. 따라서
이 시선은 지역적(local)인 것이 아니라 전역적(global)인 것이며, 이것은
지도의 상상력에 의해 구획된다고 하겠다.

지리학은 인간의 본성을 반영하고 드러내며 세계에 대한 우리의 경험
속에 있는 질서와 의미를 탐구한다는 점에서 인간을 위한 거울이다.30)

_____

부, 2003. pp.48-49.

여기에서 '인간을 위한 거울'이라는 말은 자아, 타자를 어떻게 인식할 것인가의 문제와 관련된다. 지리학은 다시 말해 타자의 존재를 인지하고, 타자를 공간적으로 경험하는 방식과 관계되는 것이다. 신소설에서 끊임없이 유학의 방식을 통해 지리적 도상화를 시도하고 있는 것은 추상적인 서양 인식이 아닌 구체화된 서양을 만나기 위한 시도라고 할 수 있다. 이것은 또한 당대인들이 비현실적으로 타자를 규정하는 방식에 대한 조롱이며, 외부를 사유 할 수 없는 상황에 대한 비판이라고도 할 수 있다. 또한 신소설에서 지리적 상상력을 동원하여 유학생의 발자취를 따라가고 있는 것은 문명국, 문명인에 대한 동일성의 환상을 만들어 내고 있다는 측면에서 주목된다. 유학생으로 하여금 신학문과 그 곳의 문명을 전수하게 함으로써 미래는 낙관적으로 전망되는 것이라 할 수 있다. 신소설작가들은 세계를 대상화하는 시선의 구조, 즉 지도의 상상력은 지리 지식을 문명개화와 문화로 연결시켜 놓았다고 할 수 있다.

4: '나'를 대상화 하는 사유의 가능성

지금까지 본 장에서는 지리, 지도의 상상력이 근대계몽기 문학에서 어떻게 재현되고 있는지 논의하였다. 본고에서 지도의 상상력에 대해 두 개의 장을 할애하여 논의한 것은 역사전기 소설과 신소설이 당대 문학에서 큰 부분을 차지하고 있었기 때문이다. 경험적 서사체[31]의 하나인 역

---

30) 에드워드 렐프, 김덕현·김현주·심승희 옮김, 『장소와 장소상실』, 논형, 2005. p.31.
31) 이재선, 『한국소설사』, 민음사, 2000. p.45.

사전기 소설의 경우 제국주의 침략 앞에서 당대 현실을 인식한 작가들이 역사와 민족을 끌어와 국가적 위기를 타계하려고 했다면, 허구적 서사양식의 하나인 신소설은 문명개화를 최대 과제로 인식하여 근대문물의 수용을 역설했다. 이러한 서로 다른 현실인식과 서사적 재현의 문제는 지도와 지리학의 부분에서도 다양한 시각의 차이를 갖으며 다른 양상으로 전개, 서술되었다고 볼 수 있다.

지리학적 지식과 지도에 대한 상상력은 신채호, 장지연, 박은식에 의해 국가적 차원에서 영웅의 전쟁서사를 중심으로 영토개척주의를 표방하며 정치적으로 재현되었다. 역사전기 소설은 국가의 형성과 국경의 구획에 의해 지도의 영향력이 행사되었다. 지도는 국가, 국민이라는 관념적인 개념을 사실적인 물적 개념으로 치환하는 역할을 함으로써 구체화된 국가 이미지를 설정하는 역할을 수행한다. 제국과 국가에 대한 힘의 논리가 어떤 식으로 확장, 축소되고 있는지를 표상하는 것으로서 지도는 이 시기 국가 개념을 보다 구체화 시켰다고 할 수 있다. 특히 근대계몽기 근대적인 국가체제가 성립하기 위해서는 국가 전체를 하나의 영토로서 가시화하고, 국가를 상상할 수 있게 하는 매개로서 지도의 상상력은 재현되었다고 할 수 있다.

신소설에서 지도의 상상력은 공간의 확장과 타자의 경험인 이국체험, 외국유람, 유학을 서사화 함으로써 문화적인 측면으로 확장되었다. 이것은 타자의 공간으로 이행하는, 안에서 밖으로 행동과 시선을 옮기는 원심적인 성격을 갖는다. 외국을 유람하는 단계의 서사와 구체적인 경험을 서술하는 유학의 서사의 경우는 지리지식의 사유에 따라 타자 인식의 정도가 차이난다고 할 수 있다. 이 차이는 지도가 갖고 있는 영토를 구분하고 타자를 조망하는 시선, 타자와의 소통 여부와 관계된다. 신소설에서 지리 지식은 세계를 직접적으로 경험하는 창구로서 제시되고 있고, 그것은 문화적 체험의 문제와 결부된다고 하겠다. 따라서 신소설에서 세계를 지역적(local)인 것이 아니라 전역적(global)으로 조망할 수 있었던 것은 지도의 상상력을 통해서였다고 볼 수 있다.

근대계몽기 외부와의 만남은 지리의 발견과 동일시된다. 그리고 지도는 인간이 세계와 연결되는 기본적인 방식과 관계된다. 와키바야시 미키오는 "사람이 '현실'을 인식하고 그러한 '현실'을 많은 사람들이 받아들이는 것 또한 지도라는 매체를 통해서다"라고 언급한다.[32] 근대계몽기 지도는 근대국가의 표상을 외면화하는 역할을 실행하면서 이 시기 세기적 전환의 '현실'을 적나라하게 보여주었다. 근대계몽기 지식인들에게 지리를 통한 타자의 발견은 문명개화를 위한 수용의 대상인 동시에 제국의 가려진 얼굴로 등장하였다. 또한 지리학적 사고는 공간역학에 기인함으로써 국토라는 지역적인 공간과 서양·외국이라는 전역적인 공간으로 의미화 되었고, 이것은 세계와 '나'를 대상화 할 수 있는 사유를 가능하게 했다고 할 수 있다.

---

32) 와키바야시 미키오, 전성태 역, 앞의 책. p.23.

제 3 장

문명의 기획으로서의 '법'과 '법 의식'[1)]

1: 매체를 통한 '법'의 인식과 사유

보통 소설은 시대를 반영하는 거울과 같다라고 말한다. 이때의 반영성은 사실적인 기록 뿐 아니라 허구적인 서사들에 함축된 개연성을 추적하는 작업 또한 중요하다는 것으로 해석될 수 있다. 특히 근대계몽기에 쓰여진 단형의 서사들은 이 시기만이 내재하고 있는 허구성의 폭 넓은 자장 안에서 국가와 민족, 그리고 개인의 문제에 천착하고 있었다는 점에서 주목을 요한다.[2)]

1883년 『한성순보』의 창간을 시작으로, 『독립신문』(1896년), 『제국신문』(1898년), 『황성신문』(1898년), 『대한매일신보』(1904년)의 창간과 서양의 선교사에 의해 발행된 『대한그리스도인회보』(1897년)와 『그리스도신문』(1897년), 『경향신문』(1906년) 등은 문명개화에 대한 지식과 미풍양속의 개

---

1) 본 논문은 『한민족문화연구』 23집(2007년 11월)에 게재된 것을 수정하여 수록하는 바이다.
2) 본고에서 논의되는 단형서사와 소설의 개념은 서양식 'novel'의 개념과는 별개로 사용될 것이다. 당대의 인식에서 소설은 짧은 이야기의 형태인 단형서사도 포함하고 있는 바, 본고에서는 이에 대한 구별 없이 사용할 것이다.

량에 관한 내용을 전달하면서 계몽의 역할들을 자임했었다. 또한 몇몇 신문들은 근대적 민족국가 내지는 민족의식의 형성에 기여를 하면서 국가적 정체성 형성에 대한 실제적 원리를 제공하기도 했다.

이러한 신문에 연재된 소설들은 문답과 토론, 우화와 재담, '서사적 논설', '논설적 서사'3) 의 다양한 형태로 게재되었다. 이 글들은 당시 지식인들에 의해 쓰여 졌는데, 이들은 민중을 어떤 식으로 계몽해야 하는지에 대한 고민을 글쓰기의 문제와 결부시켰고, 그 결과 소설은 근대계몽기의 전환기적인 시대상을 반영하면서 다양한 담론들을 수용하고 생산하는 역할을 수행하였다. 따라서 이들에 의해 쓰여진 소설들은 신문명에 대한 지식을 전달하고 국가적 위기에 대처하기 위한 국민적 합의와 자각을 유도할 수 있는 효율적인 글쓰기의 형태를 띨 수밖에 없었다.

이 소설들은 단순히 계몽을 위해 객관적 사실만을 전달했다고 보기 어렵다. 초기의 신문인 『독립신문』의 경우, 서사들은 대부분 문답의 형태로 되어 있어 지식 전달에 주력하고 있지만, 1900년대 신문에 게재된 서사들은 좀더 다양한 형태를 띠고 있는 것을 발견할 수 있다. 특히 1905년 을사조약을 계기로 일본의 간섭이 노골화되기 시작함으로써 직접적인 비판이 어려워지자 소설들은 동물을 의인화 하거나 꿈의 구조를 빌어 우회적으로 말하는 우화의 형식으로 서술되었다. 동물 우화의 경우는 동물을 의인화하여 인격성을 부여함으로써 인간은 비판의 대상이 된다. 표면의 서사는 동물의 이야기이지만, 인간의 세계를 모방함으로써 작가의 이데올로기는 우회적으로 표현되는 것이다.

『경향신문』의 경우는 이러한 알레고리적인 방식이 다른 신문에 비해 많은 분량을 차지하고 있고, 그것이 하나의 주제로 수렴되고 있는 특징

---

3) 김영민, 『한국근대소설사』, 솔, 1997.

을 지닌다. 1906년 발간된 이 신문은 전국에 있는 신부들에게 발송한 공문에서 신문의 목적을 "건전한 가르침의 전파자가 되어 올바른 생각을 일으켜주고, 진리의 원수들이 출판물을 통하여 퍼뜨리는 거짓 지식을 바로 잡아주며, 필요하다면 참된 가르침을 변호하는 것"[4]으로 설명하고, 이에 따라 '참개화'와 '거짓개화'에 대한 개념을 구분하고 있다. 이 신문은 천주교회에서 발간했음에도 불구하고 종교적 이념 보다는 애국계몽에 대한 내용들을 주로 게재하였고, 계몽의 대상을 '법'의 문제와 연결하고 있다는 점에서 주목을 끌고 있다. 일제에 비판적이었던 『황성신문』이나 신채호가 주필로 있던 『대한매일신보』에서도 법에 관련된 논설이 없는 것은 아니나,[5] 『경향신문』에서는 논설뿐만 아니라 소설을 통해서도 법에 대한 구체적인 사례들을 예시하고 있다.[6] 따라서 본고에서는 『경향신문』의 '쇼셜'란에 게재된 단형서사를 중심으로 법 의식을 논의하고자한다.

『경향신문』은 1906년 10월 19일 창간되어 3단 구성의 타블로이드판 4면과 국판 8면의 「보감(寶鑑)」을 포함하여 12면으로 발행되었다. 이 신

---

4) 『경향신문』, 영인본, 〈발간사〉
5) 『대한매일신보』에 게재된 법률관련 논설은 다음과 같다. 〈청국 립헌졍치 문뎨에 디ㅎ야 감동홀 의견〉(1908년 4월 15, 16일), 〈법령을 반드시 연구홀 일〉(1908년 11월 1일), 〈인민은 법률을 알어서 권리를 보호홀 일〉(1909년 3월 21일), 그리고 이 신문은 배설씨의 재판과정을 1908년 6월 20일부터 8월 7일까지 연재하여 싣고 있다.
6) 본고에서 사용할 '전통법'이라는 용어는 조선시대의 법적용에 해당하는 것으로 '애민'사상에 의거한 법을 말한다. 그리고 '근대법'이라는 용어는 서양문명의 일환으로 인식된 근대적 성문법을 가리킨다. 그러나 이 용어는 실체가 없는 추상화된 개념이라고도 할 수 있다. '식민지 법'은 1905년 이후에 일본에 의해 내지의 법을 그대로 번역하여 사용한 것을 말한다. 이러한 용어의 개념을 정의하고 논의를 시작하는 것은 근대법과 식민지 법의 혼용되어 인식될 수 있는 여지가 있기 때문이다. 따라서 본고에서는 근대법과 식민지 법을 구별하는 바이다.

문의 발행인 겸 주필은 프랑스인 안세화(Florian Demange)신부였는데, 이것은 외국인을 발행인으로 내세움으로써 치외법권에 의한 일제의 검열을 덜 받기 위한 조처였다. 이 신문은 한일합방이 후 1910년 12월30일 221호 까지 발행되었고, 이후에는 『경향잡지』로 제호를 바꾸어 월 2회 발행되었다. 1907년 당시 이 신문은 4,200명의 정기 구독자를 확보하고 있었을 정도로 많은 독자층을 형성하고 있었다.[7] 당시 『황성신문』과 『뎨국신문』이 각각 2,000 부에서 3,000부 정도 발행되었고, 『대한매일신보』의 경우 한글판 발행 당시 5,000부[8] 였던 것에 비할 때 『경향신문』의 정기 구독자의 수는 그리 적은 수는 아니었다고 할 수 있다.

『경향신문』발행 초기에는 1면에 〈론셜〉, 2면에서부터 4면까지는 〈관보대개〉, 〈국뉘잡보〉, 〈외국잡보〉, 〈각식문뎨〉, 〈쇼셜〉, 〈물품시가〉 등의 순서로 실렸고, 1907년 10월 18일 제 53호부터는 5단 구성으로 판형을 바꾸어 제작하면서 〈쇼셜〉란이 1면에 등장하였다. 소설란을 1면에 배치했다는 것은 당대 신문들과는 다른 편집형태라 할 수 있다. 그리고 『대한매일신보』나 『뎨국신문』의 경우 소설란과 잡보란을 따로 두어 구분하고 있으나[9], 『경향신문』에서는 구분하지 않고 소설란에 모두 게재

---

7) 빠리외방전교회에 소속된 해외의 선교사들이 그들의 표고사항보고를 요약해서 출판한 책인 『Compte Rendu』의 1907년 기록에 의하면 『경향신문』의 정기 구독자는 4,200명으로 되어 있다. 이 시기에는 공동체적 독서가 보편적인 현상이었기 때문에 이 신문의 잠재적 구독자는 더 많았을 것으로 보인다.

8) 정진석, 앞의 책. p.280.
   『대한매일신보』는 한글판 창간 이후 1년이 지난 1908년 5월 발행부수가 국한문판 8,143부, 한글판 4,650부, 영문판 463부로 합해서 13,256부가 발행되었다. 그리고 당시 친일신문이었던 『국민신보』와 『대한신문』이 1,000부에서 2,000부정도 발행되었다. (이현종, 앞의 책. 참조)

9) 『대한매일신보』의 경우는 「향긱담화」, 「소경과 안즘방이 문답」등이 〈잡보〉란에, 1906년 2월 20일부터 연재된 「車거夫부誤오解히」는 1회는 〈소설〉란에 실리고 나머지는 잡보란에 실렸다. 그리고 「디구성 미릭몽」(1909년 7월 15일 ~ 8월 10

하고 있다. 〈잡보〉란과 〈기담〉란에 실릴만한 이야기를 모두 〈쇼셜〉란에 게재한 것으로 보아 이 신문은 다른 신문에 비해 소설에 대한 확대된 개념을 가지고 있었다고 볼 수 있다. 그리고 이 시기가 서사와 논설, 사실과 허구의 개념이 분명하게 구별되어 있지 않은 상태였기 때문에 전통적 이야기의 형태가 혼재된 양상으로 신문의 소설란에 실렸다고도 볼 수 있다.

『경향신문』의 〈쇼셜〉란에 실린 소설은 1회나 5-6회로 연재가 끝나는 단형의 서사 56편과 각각 27회와 28회 연재된 「파션밀ᄉ」10)와 「희외고학」11)을 포함해 58편이다. 『경향신문』에 실린 단형의 서사들은 고담이나 우화와 야담, 설화 등의 형태로 제재되었고 법과 관련된 소설은 18편이 제재되었다. 「죠션은 량반이 묘하」, 「게우가 죽엇나 살앗나」, 「모로는 것이 곳 소경」, 「밋은 나무에 곰이 퓌다」, 「몽중형」, 「직간 만흔 도적놈」, 「군ᄉ련습 시에 살인린력」, 「용밍흔 장ᄉ 김장군」, 「뛰ᄂᆫ 즁에 ᄂᆞᄂᆫ 이도 잇다」, 「우ᄂᆞᆫ 눈물은 죄악을 씻는다」, 「의긔남ᄌᆞ」, 「상쾌흔 일」, 「악한 셔모」, 「님금의 ᄆᆞ음을 용케 돌님」, 「어려운 숑ᄉ를 결안흠」, 「법은 멀고 주먹은 갓갑지」, 「게와 원슝이」, 「졍소의 불긘」 등은 모두 법에 관련된 이야기이며, 이것이 『경향신문』에 실린 서사의 3분의 1을 차지한다는 점에 우리는 주목해볼 필요가 있다. 당시 『대한매일신보』의

일)에 와서 서사들이 〈쇼셜〉란에 실렸다. 이전까지만 해도 이 신문은 허구적 형식의 이야기들을 〈논설〉이나 〈시사평론〉, 〈잡보〉란에 주로 게재되었다. 이 시기의 『뎨국신문』의 경우도 『대한매일신보』와 같이 〈론셜〉, 〈俚語寄談〉란에 이야기 형태의 단형서사를 게재하였다.

10) 「파션밀ᄉ」는 파손된 배를 경매로 얻고, 그것 때문에 벌어지는 사건들이 중심이 되는 추리소설 형식의 미완소설이다. 이 소설은 내용으로 볼 때 번안이나 번역소설이 아닌가 추측된다.

11) 「희외고학」은 김관영이 어려운 환경을 이겨 내면서 일본에 유학 가서 공부하는 내용으로 근대적 형식의 미완 소설이다.

사설란에 법에 관련된 논설이 1년에 1~2편에 지나지 않은 점에 미루어 볼 때 『경향신문』의 법에 대한 관심은 무척 높았다고 하겠다.

『경향신문』은 애국계몽운동의 일환으로써의 법에 대한 관심을 신문의 창간사에서도 밝히고 있다. 창간호(제1호) 논설에는 이 신문의 창간 목적에 대해 다음같이 설명하고 있다.

> 경향신문 낼 연고가 네 가지 잇스니 대한과 타국 소문을 들어냄이 흐나히오, 관계앗는 소문의 대쇼를 판단홈이 둘히오, 요긴흔 지식을 나타냄이 세히오 모든 사름이 알아듯기 쉬운 신문을 믄돎이 네히라 (중략) 대뎌 빅셩이 되여 본 나라법을 모로면 엇더케 될고 그 법을 모로면 즈연히 악흔쟈의 속임을 당흘 거시오 또 악흔사름의 해를 밧고도 국법을 의지흐야 숑스 흘 줄도 모로면 엇더케 그 억울흔 거슬 펴히리오. 이런 즉 이 신문에 법률문답을 세워 대한형법대뎐 차례로 데목을 두고 풀님도 흐여줄거시오 또 만약 국법이 새로 나면 그 뜻과 직흴 모양 싱지 풀어 줄 거시오. 신문 보시는 이들 중에 누구던지 법률됴긴에 무러 볼 것이 잇거든 본 신문샤에 무러 보시오.
> — 〈논설 – 경향신문을 내는 본 뜻 이라〉, 1906년 10월 19일

이 논설에서는 신문 발행의 목적을 소문을 전달하는 것, 소문의 대소를 판단하는 것, 지식의 제공, 모든 사람이 볼 수 있는 것 등으로 언급하고 있다. 그리고 세 번째 '요긴한 지식'의 일부로써 법의 중요성에 대해 피력하면서, 한 나라의 백성이기 때문에 '나라법'을 알아야 하고, 그럼으로써 '억울한 것'을 피해야 한다고 말한다. 이 신문은 '문명'과 '야만'의 이분법적 대립과 그것에서 오는 차이를 '법'의 유·무로 연결하면서 '외교권'을 상실한 '대한제국'의 문제를 법의 차원에서 해석하고 있다. 또한 이 논설에서는 '나라법'이 개인의 권리를 세워줄 수 있는 하나의 대안으로 제시되면서 개인적 '권리'의 중요성을 언급하고 있다. 이것은 법으로써

개인을 조망하고자 하는 『경향신문』의 근대적 시선의 반영이라 볼 수 있다.

또한 『경향신문』은 격주로 발행되는 부록형태의 〈보감〉을 통해서도 이러한 법에 대한 계몽을 주력하는데, 〈보감〉은 〈법률문답〉란을 통해 『형법대전』의 내용을 대화의 형태로 수정하여 알기 쉽게 전달했다. 『경향신문』이 법에 관심을 가지게 된 데에는 일반 민중들이 법에 대해 무지했기 때문으로 사료된다. 민중들은 신문의 〈관보 대개〉와 〈국뇌 잡보〉란 등을 통해 당시 통용되던 법에 관련된 용어들을 접할 수 있었다. 그러나 신문에 게재된 소식들 중에 "군부대신 륙군보병의 잘못홈을 벌ᄒᆞᆫ 여러 가지 법률을 칙령으로마련홈이라", "농샹공부 각죵회샤의 인허와 효험과 밋 긔한에 샹관됨을 칙령으로 반포홈이라", "탁지부의 훈령 이왕 뎡ᄒᆞᆫ 돈 쓰는 법에 되ᄒᆞ야 새로난 보조은젼에ᄂᆞᆫ 심원 ᄭᅵ지 주고 밧을거시오 빅동젼에ᄂᆞᆫ 이원 ᄭᅵ지 주고 밧을 거시오."[12] 라는 기사에 쓰인 법률, 칙령, 훈령 등의 용어들에 대해 정확히 아는 민중들은 드물었고, 이에 대해 『경향신문』은 그 용어의 의미와 적용의 대상에 대해 알려주고 교육할 필요성을 절감한 것으로 보인다.

근대계몽기에 신분질서가 파괴되고 기독교에 의한 평등사상이 전파됨으로써 법은 이전과는 다른 차원으로 인식되었다. 전통의 도덕률에 의한 개인적 판단이 지배하던 사회에서 이제는 성문법에 의한 전문적인 법률인의 판결에 의해 죄의 '유', '무'가 결정되기 시작한 것이다. 이러한 법에 대한 인식은 1900년 이전부터 국제간의 '조약'과 '협약'으로 『만국공법』[13]

---

12) 『경향신문』, 〈관보대개〉, 〈국뇌잡보〉, 1906년 11월 2일.
13) 『만국공법(萬國公法)』은 미국의 국제법학자 헨리 휘이턴(Heney Wheaton)의 저서로 중국에 와서 활동하던 미국인 선교사 윌리엄 마틴(William A. P. Martin)이 1864년 한역한 책이다. 중국은 이 번역서를 통해 국제법 지식을 습득하여 적

에 대한 국제법의 지식과 인식에서 발아되었다고 보여 진다.[14] 이러한 법 인식은 국가적 차원에서 법률 제정으로 이어졌는데, 이에 대한 결과물로 1894년에는 〈법률기초위원회〉가 구성되었고, 〈재판소구성법〉이 제정되어 사법이 행정에서 분리되었다. 1895년에는 지방재판소, 개항장재판소, 순회재판소, 고등재판소, 특별법원의 5종의 재판소가 명문상으로 설치되었고, 1899년 5월 재판소 구성법의 개정에 따라 '평리원'[15]으로 개칭되었다. 그리고 같은 해에는 〈대한국 국제〉라는 헌법의 성격을 띤 법률이 제정되기에 이른다. 이러한 일련의 법제도의 정비는 근대적 국가를

절하게 이용하였고, 1868년 일본에도 전해져 중역되었다. 이 책은 동양의 근대적 법률 용어를 처음으로 기초해 놓았다는 점에서 법학사적인 의의가 있다.

14) *조선이 외국과 맺은 조약, 협약
1882년 朝米條約(조선:미국)/ 1883년 朝英守護條約(조선: 영국)/ 1883년 朝德修好條約(조선:독일)/ 1884년 朝義條約(조선:이탈리아)/ 1884년 朝俄條約(조선:러시아)/ 1885년 朝義修好條約續約(조선:이탈리아)/ 1885년 中朝電線條約(조선:중국)/ 1886년 朝法條約(조선:프랑스)/ 1888년 조선 - 러시아 육로통상장정체결(조선:러시아)/ 1890년 월미도 기지를 조차하는 조약/ 1892년 조선-오스트리아 修好通商條約/ 1899년 韓靑通商條約(한국: 청)/ 1901년 한-벨기에 修好通商條約/ 1902년 한국-덴마크 修好通商條約
*조선이 일본과 맺은 조약
1876년 守護條規/ 1881년 원산진 거류지 지조 약서/ 1882년 朝日江華條約, 朝日 修交條規續約/ 1885년 漢城條約/ 1894년 제물포條約/ 1894년 朝日暫定協同條款/ 1894년 朝日同盟條約/ 1904년 韓日議定書/ 1904년 제1차 韓日協定書/ 1905년 韓日約定書/ 1907년 정미7조약/ 1910년 韓日合拼條約
김재문, 「한국전통법의 정신과 법체계(71) - 조선왕조의 법 이론과 정신: 개화기의 조약과 일본의 강침」, 『사법행정』, 제 46권 제6호. pp.19-50. 참조.
15) 평리원은 각 지방재판소, 한성부재판소, 개항장재판소, 평양재판소를 총괄하는 상소심 재판소로 규정되었다. 평리원은 그 이외에도 국왕의 특명으로 부과된 사건과 칙임관과 주임관이 구금심판을 관장했다. 재판장, 판사, 검사, 주사, 정리를 두었으며, 판결은 법부대신의 결재를 받아야 효력이 발생했다. 1907년 1월 일제는 1명의 법무보좌관을 배치하여 재판소의 왕복서류나 일체의 작성서류 모두 보좌관의 검인을 받도록 하고, 검사의 기소장이나 판사의 판결서에도 동의 인을 날인하게 하는 등 사실 재판의 판결을 좌우했다. 평리원은 재판소 구성법의 개정에 따라 1907년 12월 23일자로 폐지되고, 대신 대심원(大瀋院)으로 개편되었다.

형성하기 위한 통치적 수단의 하나였고, 입헌군주제를 공고히 하기 위한
것이었다. 그러나 1905년 을사조약의 체결로 인해 법은 또 다른 차원으
로 인식되었다. 그것은 합리적인 판단을 위한 절차라기보다는 제국의 힘
의 논리에 의해 '법'의 공정성과 형평성이 무너지는 결과로 이것은 오히
려 법이 식민지 법으로 악용되는 역효과를 불러왔다. 그럼에도 불구하고
『경향신문』이 소설란과 논설란을 통해 끊임없이 법의 중요성을 강조하
고 있는 것은 개인의 권리라도 법으로 지켜져야 하는 당위성을 설파하기
위함으로 보여진다.

　법은 국가와 개인간의 '권리'의 문제와 연관된다는 점에서 문명의 기획
에서 핵심적인 요소이다. 근대적 개인의 권익 차원에서, 또는 기본질서
유지를 위한 국가적 차원에서 법은 당대의 사회적 현실에 대한 반사경이
나 다름없다. 근대계몽기의 사회적 변화와 인식의 전환이 시작되는 시점
에서 '자유', '권리', '의무' 등에 대한 개념은 분별없이 사용되었고, 이에
대한 혼란은 개인들에게 귀속되었던 것이 사실이다. 또한 "신문의 잡보
란을 통해 보도된 범죄나 폭력 등은 이전의 사회에서는 경험할 수 없는
새로운 국면"16)으로 제시되었고, 논설과 소설 등을 통해서도 구체적으로
불법과 합법의 예들을 보여주었다. 즉 매체를 통한 이러한 법의 제정과
법 적용의 다양한 양상들은 결국 국가장치의 제도화와 개인의 '권리' 옹
호를 위한 모색을 추인하는 원동력이 되었고, '법'과 '법률'에 의한 개인의
인권 개념과 평등 개념을 인지시키는 계기가 되었다고 할 수 있다.

---

16) 최현주, 「신소설의 범죄 서사 연구」, 서강대학교 박사학위 논문, 2003. p.22.

2: 도덕률에 의한 처벌과 전통법의 재평가

『경향신문』에 '소설'란에 게재된 법에 관련된 서사들은 옛 이야기 형식의 고담의 형식과 동물을 의인화한 우화의 형식으로 나눌 수 있는데, 전자의 경우는 죄의 유무가 사적으로 평가되는 양상을 보여주고 있고, 후자의 경우는 근대적인 법률 용어가 등장하며, 범죄 사건이 법률에 의해 처리되는 특징을 보인다.

이 절에서는 전자의 경우에 해당하는 서사들을 대상으로 논의하고자 한다. 고담의 형식으로 된 이 소설들은 개인 간의 분쟁과 다툼을 다루고 있고, '범죄'에 해당하는 범법의 행위들이 사건으로 등장한다. 그리고 이 사건으로 인해 개인이 피해를 보거나 죽음을 당기도 하는데, 그럼에도 불구하고 등장인물들은 이것에 대한 문제를 인식하지 못한다. 이 서사들은 '범죄'가 법률에 관계없이 도덕이나 윤리에 의해 평가되거나, 판단되어, '죄'에 대한 처벌이 사적인 복수와 응징으로 처리되는 특징을 보인다. 법은 "인간 공동사회의 질서 유지를 위한 강제규범의 총체"[17]임에도 불구하고 단지 죄의 유무가 도덕과 윤리에 의해 판단된다. 그리고 법은 강제성을 수반함으로써 명령과 금지의 언어로 규정된다. "도덕은 보다 가치 개념에 가깝고 윤리는 현실과 관련된 문화개념"[18]이기 때문에, 전통법의 인식적 기저를 이루고 있는 도덕과 윤리는 법보다는 강제성이 약하다. 이러한 도덕과 윤리는 인간의 양심에 호소함으로써 행위규범의 이상화된 체계로 존재할 수밖에 없다.

「모로는 것이 곳 소경」은 8회 연재되었는데, 단형이라고 하기에는 긴

---

17) 구모영, 『법과 인간— 법철학과 형법학의 근본문제』, 도서출판 전망, 1994. p.149.
18) 라드 브루흐, 최종고 역, 『법철학』, 삼영사, 1985. p.70.

서사로 풍헌직무를 맡고 있는 김한션과 소경인 이춘갑의 이야기이다. 김
한션은 법을 다스리는 직책에 있음에도 소경인 이춘갑을 속여서 닭을 몰
래 잡아먹거나 옷을 훔쳐 가고, 이에 이춘갑은 번번이 속아서 재산을 잃
거나 골탕을 먹게 된다.

> 사름이 눈이 어두우면 속을 밧게 업슴과 곳히 사름이 법에 어두우면 못
> 된 관리의게나 눔의게 속을 밧게 업스니 모든 사름은 희티와 됴치 못흔 셩
> 질을 속히 고치고 학교에 가 브즈런히 공부ᄒ야 문명흔 나라의 됴흔 본을
> 밧아 모든 일에 눈이 어둡지 말 것이로다.[19]

서사의 교훈을 요약제시하고 있는 이 구절은 법에 어두우면 속을 수밖
에 없고, 이러한 폐단을 고치기 위해 공부해야 하며, '문명'한 나라의 본
을 받아야 한다고 언급하고 있다. 풍자의 형식으로 서술된 이 서사는 법
을 집행하는 사람이 오히려 법을 기만하고 있는 상황과 무고한 일반 민
중이 이에 희생되는 것을 보여주고 있다. 이 서사에서는 법에 무지한 상
황에서 희생을 당할 수밖에 없는 개인을 문제 삼고 있는데, 여기에서 대
안으로 제시하고 있는 것은 법 지식의 습득이다. 교육의 대상으로 '법'을
설정하고 있는 이 서사는 '아는 것'만이 자신을 보호할 수 있는 장치이고,
이것은 또한 삶을 살아가는 방편으로 제시된다. 앎의 상태, 즉 '지'와 '무
지'의 상태를 변별함으로써 서사는 법에 의해 소외되는 민중을 계몽하고
있다.

여기에서 소경은 신체적인 불구의 의미보다는 법에 대한 무지를 표현
하는 알레고리이다. '무지'의 상태는 볼 수 없는 것과 같은 '소경'으로 인

---

19) 「모로ᄂᆞᆫ 것이 곳 소경」, 『경향신문』, 1910년 2월 25일.

식되고 있는 것이고, 이것은 신체적 불구로 전치되고 있다. 근대계몽기 소설에서 『대한매일신보』에 연재된 「소경과 안즘방이 문답」이나, 「향로 방문의싱이라」과 같이 장님과 앉은뱅이 또는 의생과 같은 사람들이 등장하는 것은 당대의 상황을 제시하기 위한 알레고리인 것처럼, 이 서사에서도 '소경'은 당대의 법률에 대해 무지한 것에 대한 상황을 우의적으로 전달하고 있다.

「모로는 것이 곳 소경」이 법률에 대해 무지하기 때문에 피해를 당할 수밖에 없는 상황을 이야기 하고 있다면, 「샹쾌흔 일」은 이러한 범죄가 처벌되는 과정을 보여준다. 이 서사에서 죄는 개인에 의해 사적으로 판단되어 처리된다. 홍제라는 인물은 과거를 보러 가는 길에, 부인을 겁탈하고 재물을 노략질하려는 중을 보게 된다. 이에 홍제는 부인을 구하고, 중을 죄의 대가로 죽이게 된다. 이 서사에서 어떤 법률의 판단 과정 없이 임으로 개인의 사적인 판단에 의해 죄가 처벌되고 있다는 것에 주목할 필요가 있다. 법이 사회질서를 통제하기 위해 제정되어 있음에도 불구하고 법의 기능이 제대로 수행되지 않고 있음을 이 서사는 시사한다. 물론 서사의 의도는 중을 응징하는 것에 초점이 맞추어져 있을 수도 있지만, 이것은 달리 생각하면 사적인 판단에 의한 단죄가 과연 정당한가를 비판적으로 보여주는 예라 하겠다. 이것은 법의 존재 유·무를 떠나서 약자를 보호하는 장치가 부재한 것에 대한 비판이라 할 수 있다.

이 두 서사에서는 '죄'에 대한 판결이 객관적인 법률에 의한 것이 아니라 개인의 자의적인 판단으로 행해지고 있다. 인과성에 의한 '법'의 논리적 판결이라는 근대적 법 해석이 아닌 개인의 윤리와 도덕관에 의한 '정감적 판단'이 여기에 적용되고 있는 것이다. 재판은 사적 분규를 공적장소에서 해결함으로써 새로운 권위를 획득하고 이에 평가된 가치는 '진실'

로 인식되는 것을 의도하는 제도이다. 그러나 위의 소설들에서는 개인에 의한 사적인 도덕성과 양심이 재판의 결과를 대신하는 전통 법의 구조를 보여주고 있다. 과거 전통 법은 개인의 권리나 이익보다는 국가의 체제를 유지하는 기능에 초점이 맞추어져 있었던 것이 사실이다. "막스 베버는 동양의 법이 교양 있는 문인 계급에 의해 지배되었기 때문에 법률가 계급이 생성하지 못하였고 독립 학문으로서의 법학이 거의 발전하지 못했다고 지적한다."20) 물론 이 언급은 오리엔탈리즘적인 사고에서 기인한 것으로 이것을 문자 그대로 적용할 수는 없다. 최종고는 과거 전통 법학은 하나의 기술학 또는 잡학으로 폄하되어 유교적 경학에 비해 열등한 위치를 있었고, 조선시대의『경국대전』은 행정법 성격을 띠고 있었기 때문에 유가적 정치 이념 안에서의 법은 백성들이 피부로 느끼기에는 너무 추상적인 것이었다고 언급한다. 그래서 법은 지배층의 질서를 정당화하고 합리화하는 수단과 신분질서를 공고화하기 위한 이념적 장치인 동시에 "일반 백성들에 대해 작위와 부작위를 명령하는 강제법규라는 성격"21)으로 존재해왔던 것이 사실이다. "사대부 계층의 계급적 지배체제, 신분적 지배질서의 새로운 편성에 우선적으로 응용"22) 되었던 것이 전통 법이었다고 할 수 있다. 조선시대 백성들에게 법은 너무나 먼 거리에 있었고, 자신들을 사회적 폭력으로부터 보호해 줄 있는 장치는 되지 못했던 것으로 판단된다.

성문화된 법률의 공정한 판단에 의해 개인이 보호되는 제도가 법이고, 이러한 측면에서 근대계몽기에 법은 관심의 대상이었고, 계몽 되어져야

---

20) 최종고, 앞의 책. p.9.
21) 김석근, 「조선시대의 법 규범과 제도에 관한 시론」, 『한국정치와 헌정사』, 한울 아카데미, 2001. p.45.
22) 최종고, 『한국법사상사』, 서울대학교 출판부, 1993. p.96.

할 항목이었다. 그러나 근대적 법의 공정한 적용이 시작되기 전에 을사
조약으로 식민지 법이 우선되는 시점에서 법은 긍정될 수만은 없었다고
보여진다. 식민지 법 아래에서 피식민지인은 더 이상 법의 실행주체가
아니라 법에 의해 통제되는 대상으로 전락했기 때문이다. "식민지인들은
입법과 사법권에서 본질적으로 소외된 채 일방적으로 요구되는 식민지
법을 현실적인 국가의 이성으로 수용하게 될 조건과 운명에 처해 있는
것이다."[23] 국가·개인의 차원에서 공정성을 상실한 법은 무위적 존재로
평가될 수밖에 없다. 이러한 시점에서 제기되는 것은 도덕과 윤리로 평
가되는 전통 법의 재평가이다.

「우는 눈물은 죄악을 씻는다」의 경우는 전통 법의 순기능적인 측면을
강조하고 있다. 이 소설은 죄가 법에 의해 처벌되는 것이 아니라 개인의
회개로 인해 죄가 용서되는 양상을 보여준다.

　　이제 살니심을 밧즈오면 비단 죽음에서 다시 살 뿐이 아니라 즘승으로셔
　사름이 됨이니 이제 브터는 쇼인의 온 집안이 다 스스도의 비복이 되여 덕
　틱을 보답ᄒ리니 스스도끠셔도 쇼인 등을 비복으로 아옵쇼셔 최슈스ㅣ 일
　병 방셕ᄒ고 쥬육을 예비ᄒ여 그놈의 부쳐 부즈를 먹이며 위로ᄒ니 온 읍닉
　사름들이 다 눈물을 흘니더라 최슈스가 그 후에 그 집에 가 본즉 여슷 부즈
　가 다 근 흔 사름이 되여 말 잘 못ᄒ는 사름ᄀᆺ고 이젼 버릇은 그림즈도 업
　서 극히 량션흔 빅셩이 되고 온 집안이 종신토록 비목의 ᄆ음으로 최슈스를
　셤기더라　　　　　　　　-「우는 눈물은 죄악을 씻는다」, 1909년 6월 11일

방어사의 벼슬을 하는 최가가 온갖 악행을 저지르는 육부자를 죽이려

---

23) 이경훈, 「염상섭 문학에 나타난 법의 문제」, 『어떤 백년, 즐거운 신생』, 하늘 연
　　못, 1999. p.272.

하지만 후처가 사정을 하여 죽이지 못하고, 그 후에 경상 우수사가 되어 육부자의 죄를 다시 묻게 된다. 그러나 육부자는 자신의 죄에 대해 회개할 기회를 달라고 하고 최가는 이들을 방면하게 된다. 이후에 육부자는 자신의 죄를 뉘우치면서 최가를 공경했다고 한다. 여기에서는 재판관의 현명함에 대한 교훈을 전달하면서 전근대적인 법이라고 비난했던 전통법을 긍정적으로 묘사하고 있다.

전통 법은 '애민사상(愛民思想)'에 근거해 있다고 볼 수 있는데, 정치와 입법의 좌우명이 '애민'이었다. 여기에서 '애민'은 "백성을 사랑함이며, 주로 하늘을 존경하고 백성들을 사랑하는 경천애인(敬天愛人)의 의미"로 많이 사용되었다. 이러한 관념은 근대계몽기에도 계속되어 철종의 비문에는 그의 업적을 명시하면서 "정사를 처리하거나 법령을 낼 때에는 언제나 백성을 사랑하고 백성을 보전하는 것을 주로 삼았으며, 백성을 편안히 하라는 말을 크게 써서 벽에 붙여 놓았다"[24]. 이렇듯 전통 법은 각 개인의 권리에 초점을 두는 대신에 국가의 통치를 위해 법이 적용되는 양상이었다. 즉 법은 임금이 백성을 어떻게 통치하느냐의 문제에 입각한 관념으로 제정된 것이다.

이 소설은 죄의 처벌보다는 개인의 양심에 의한 회개의 중요성을 보여주고 있다. 강제성을 동반하지 않은 도덕과 윤리, 그리고 처벌보다는 교정이나 회개가 우선 되는 전통법의 순기능이 여기에서 주목되고 있는 것이다. 이것은 근대적 법률이 전통의 법률보다 나을 것이 없다는 인식의 표현인 동시에 근대적 법률에 대한 맹목적인 추종이 결국은 식민지 법으로 귀결될 수밖에 없었던 것에 대한 반성과 회의를 고담을 통해 보여주고 있다.

---

24) 김재문, 「한국전통법의 정신과 법체계(52)」, 『사법행정』, 2003. p.27.

3: 근대적 법 의식과 개인의 '권리' 인식

근대계몽기는 새로운 문물의 도입과 기존의 전통적 인식에 대한 부정, 그리고 그것들이 어떠한 영향을 미칠 것인가에 대한 기대와 불안감 또한 공존했던 시기이다. 봉건적 신분제도의 붕괴로 인한 평등에 대한 새로운 가치의 생성과 서양 선교사들에 의해 전파된 '천부인권'의 사상은 삶에 있어서 옳은 것과 옳지 않은 것, 합법과 불법에 대한 가치의 역전과 이로 인한 개인간의 충돌에 대한 긴장감을 수반하였다. 그리고 '인권'에 대한 관심은 이것을 현실적으로 보장받기 위한 제도적 장치에 대한 관심으로 이어졌고, '법'은 일상 담론의 자장 안에 위치하게 된다. 법은 "인간의 행태를 단지 평가하지만 않고, 법에 적합한 인간의 행태를 유도하고, 그것에 반하는 인간의 행태를 저지"[25]하는 기능을 가진다. 그래서 법은 개인의 자유와 권리를 규범화함으로써 개인은 법의 테두리 안에서 보호받게 된다. 그리고 법 규범은 명령과 금지로 강제성을 수반하면서 불법에 한해 죄의 경중을 묻게 된다. 이러한 법의 강제적 절차로 인해 개인의 권리는 인정된다. 『경향신문』의 소설들에서 근대적 법의 양상은 개인의 '권리'에 대한 문제로 수렴되고 있다.

「게와 원숭이」는 법률위반에 대한 내용을 게와 원숭이의 우화를 통해 서술하고 있다. 게와 원숭이가 오랜만에 만나 떡을 만들어 먹으려고 하였으나 원숭이가 떡을 높은 나무위에 올라가서 혼자 먹으려고 하다가 나뭇가지가 부러져 떨어지게 된다. 그러자 게는 그 떡을 가지고 굴속에 들어가서 혼자 먹게 되고, 이에 대해 원숭이가 법률을 거론하게 된다. 원숭

---

25) 구모영, 『법과 인간─법철학과 형법학의 근본문제』, 도서출판 전망, 1994. pp.146-147.

이는 둘이 떡을 만들었으니 같이 나누어 먹는 것이 옳은 것이라고 게를
설득하지만, 게에게 무안만 당하게 된다.

> 여보게 게공 조곰만 닉보닉주게 자네 혼자 먹는 것이 불가ᄒ이 그 썩을
> ᄆᆫ들 쌔에 일을 싱각ᄒ여보게 자네와 나 l 가ᄌᆺ히 힘써 ᄆᆫ든 것이 아니며
> ᄯᅩᄒᆫ 그 ᄲᅮᆫ아니라 전후에 나 l 가 자네보다 힘을 만히 드렷스니 자네가 혼자
> 먹는 것은 법률이 허락지 아니흔 것일식 자네는 법률도 모로는가 하고 이
> ᄌᆺ히 으르기도 ᄒ며 달닉기도 ᄒ야 국회의원의 어법으로 게를 칙망ᄒ니 게
> 가 ᄭᅡᆯᄭᅡᆯ 우스면서 자네라 뉘가 몬져 계약을 위반ᄒ엿는가 자네가 나를 속인
> 후 썩을 가지고 나모 우혜 올나가서 혼자 먹으랴 ᄒ지 아니ᄒ엿는가 지금
> 와서 자네가 나ᄃᆯ려 법률 위반이라 ᄒ니 가히 우습도다 아이고 맛나 ᄒ며
> 먹으니 원숭이가 분흠을 이긔지 못ᄒ야
>
> —「게와 원숭이」, 1910년 12월 30일

여기에서 언급하고 있는 '계약위반'이라든지, '법률위반'은 근대 법률
용어이다. 이것은 개인이나 집단간에 어떤 것에 대한 이행의 책임이 이
루어지지 않았거나 어떤 행위가 불법으로 규정될 때 형평과 공정성에 입
각하여 법 주체의 권리를 법률적으로 보호하는 항목이다. "권리(right)는
개인의 이익과 합리성을 전제로 하는데, 그것은 개인이 중요하게 여기는
이익이 보호되어져야 하고 그 중요한 이익을 가진 개인이 합리적 존재라
는 사실을 바탕에 깔고 있다."[26] 즉, 권리의 개념에는 근대적인 개인의
합리성이 전제되어 있는 것이다. 이 서사는 권모술수를 써서 약속을 이
행하지 않은 것에 대해 경고하면서, 비도덕적인 행동을 감행한 타자에게
어떠한 댓가가 지불되는지를 보여준다. 즉 이 서사는 개인적 권리의 회

---

26) 최종고, 『법과 윤리』, 경세원, 1992. pp.39-40.

복을 촉구하고 있으면서, 국가와 국가간의 계약의 불이행, 불공정한 계약에 대한 비판을 우화를 통해 알레고리화 하고 있다. 『경향신문』이 폐간되기 전 최종호(221호)에 실린 이 소설은 단지 법률 이행의 중요성을 이야기하는 것 뿐 만아니라, 일제의 국권침탈에 대한 비난을 우회적으로 표현하고 있다.

여기에서 서술기법으로 사용하고 있는 알레고리는 직접적으로 현실을 비판하기 어려운 시대에 있어서 간접적으로 사회를 야유하거나 우회적으로 비판하고자 할 때 쓰인다. 여기에서 알레고리는 정치적·사회적 차원의 공공의 상상력으로 해석되는데, "공적인 발화에 숨겨져 있는 억압된 메시지를 해독하는 공동작업"27) 이 알레고리이고, 이때 알레고리의 해석은 개인의 사적인 인식과 집단의 공적 인식이 상이한 방향으로 유동하는 것이 아니라 공통적인 역사와 경험·기억으로 인해 동일한 해석적 결과를 공유하게 된다. 이 단형서사들이 알레고리를 쓰고 있는 것은 현 상황의 위기를 민중들에게 알리기 위한 조치이기도 하고, 이것을 통해 비판과 저항의 당위성을 얻기 위함이라고도 할 수 있다.

이러한 동물의 우화를 통해 법의 이행과 필요성에 대해 구제적인 거론하고 있는 소설은 「정소의 불긴」28)이다. 이 소설은 두 고양이가 두부 한 덩이를 가지고 재판소의 잔나비에게 재판을 받는 것을 내용으로 하고 있

---

27) 폴드만, 김욱동 역, 「대화와 대화주의」, 『바흐친과 대화주의』, 나남, 1990. p.98.
28) 「정소의 불긴」은 김필수의 「경세종」의 "2차 원숭이" 부분에 반복 인용되고 있다. 원숭이는 인간들의 공정하지 않은 재판을 말할 때 자신을 인용하면서 비판하는 것에 대해 반박한다. 그리고 자신은 고양이 것을 빼앗은 것이 아니고, 그들이 도적질 해 온 것을 취했을 뿐이라고 자신을 합리화한다. 원숭이는 자신이 공정한 재판을 했으며, 인간들이 도리어 공정한 재판을 하지 않는다고 비난한다. 이처럼 하나의 서사 형태로 소설란에 실리고, 단행본으로 발행된 소설에도 이러한 내용이 반복해서 나타나고 있는 것은 당시 이러한 이야기가 대중들 사이에 널리 유행했었다는 것을 알 수 있다.

다. 고양이 두 마리는 두부를 가지고 서로 다투다가 재판관인 잔나비에 게 공평하게 나누어 줄 것을 부탁한다. 그러나 잔나비는 두부를 나누면 서 두 쪽이 서로 같지 않다고 하면서 많은 쪽 두부를 베어 먹게 된다. 고양이는 잔나비의 속임수를 눈치 채지만, 잔나비는 남은 두부까지 빼앗 아간다. 두 고양이가 항의하자 잔나비는 이들을 쫓아내고, 이들은 억울 함을 참고 돌아가게 된다. 재판관의 탐욕과 횡포로 피재판인들이 희생당 하는 것을 보여주고 있는 이 소설은 공정성을 상실한 법의 문제를 거론 한다. 소설은 법이 "정의의 이념과 가치를 지향하는 것"[29] 임에도 불구 하고 권력에 의해 사적, 즉 재판관의 판단에 의해 모든 것이 좌우되는 재판의 구조를 보여준다. 일상의 삶에서 일어날 수 있는 사적인 분쟁이 법에 의해 중재되어야 하지만 그렇지 못한 상황을 보여줌으로써 소설은 정당한 법의 필요성을 역설하고 있는 것이다.

이 소설에서 주목해야 할 점은 여기에서 '만국공법'의 허상을 지적하고 있다는 것이다.

고양이 등이 알외디 그 두부가 그러케 ᄒ다가는 의등이 먹을 거시 남지 아닐 터히오니 그대로 내여 쥬시면 됴겟습ᄂ이다 흔디 지판관이 왈 못될 말 이다. 이일이 임의 공정에 밋 신즉 내가 집법지관이 되여 맛당이 **만국공법** 을 의지ᄒ야 공평케 ᄒ야 외국 사름의 비쇼ᄒᄂ 폐가 업게코져 ᄒᄂ디 너 희 그 무슴 말이냐 ᄒ고 ᄭ우지지며 쏘 져울질 홀 시 번번이 두부만 머혀 먹 으니 두 고양기가 알외디 의등이 당초에 두부를 더 먹기로 위ᄒ야 법관에 온 거시 아니오라 눔의 거슬 조곰이라도 더 먹으면 투도죄를 범ᄒ고 계 량 심을 속임이라 그런 연고로 지폰ᄒ려 ᄒ엿습더니 이 지판을 ᄆᆺ치고 보면 의 등이 본디 화목ᄒ야 잘 지내던 ᄆᆞ음이 샹ᄒ겟ᄉ오니 남은 두부를 내여주쇼

---

29) 최종고, 『한국법입문』, 박영사, 1994. p.19.

셔 의드의 화목ᄒᆞᄂ 모음을 보존케 ᄒᆞ시면 그런 덕틱이 업겟습나이다.
―「졍소의 불긴」, 1906년 11월 30일 ~ 12월 7일

위의 인용문에서 잔나비는 자신이 행한 재판이 '만국공법'에 의한 것임을 밝히며 공정하게 재판을 했다고 말하고 있다. 개항 초기 '만국공법'은 국제간의 천리와 인정에 따라 강대국에 의해 국권이 침탈되는 폐단을 막을 수 있는 것으로 인식되었으나, 이후 이에 대한 허구성이 드러남으로써 '만국공법'은 후쿠자와 유키치의 말대로 '대포 한방만도 못한' 것으로 평가되었다. "'만국공법'에서 식민지 영유가 정당화되었던 것은 어디까지나 '문명국'에 대해서였다."[30] 일본이 '만국공법'을 통해 1905년 을사조약을 맺고 대한제국을 지배하고 있는 상황에서 이것은 비판의 대상으로 설정되고 있다. '만국공법'에 의지하여 국가의 존립을 지키려고 했던 정부의 안일함과 일본이 자신들의 침략에 대한 합리화의 방편으로 '만국공법'이 이용되고 있음을 폭로하고 있는 것이다. 즉, 여기에서 '만국공법'은 제국주의 열강에 의해 법적 질서가 무시되고 있는 것에 대한 비판으로 볼 수 있다. 이것은 법 지식의 중요성을 역설하는 동시에 법에 대한 무지가 국가에 어떠한 결과를 가져왔는가에 대한 책임을 묻는 것이라 하겠다.

법은 사회질서를 유지하기 위한 체계의 상징이란 존재의미를 갖는다. "법은 일차적으로 지배에 관한 사유방식이고 또한 정서적으로는 중요한 사회적 상징의 보고"[31]이다. 개인의 사적인 범위를 넘어서 사회와 국가 차원의 질서를 위한 규범이 법이다. 그러나 이 소설들에서 법은 국가적 차원으로 구성되지 않는다. 이것은 1905년 이전 신문이나 잡지에서 보였

30) 고모리 요이치, 송태욱 옮김, 『포스트콜로니얼』, 삼인, 2002. p.32.
31) 로져 코터렐, 김광수 외 역, 『법사회학 입문』, 도서출판 터, 1992. p.135.

던 태도와는 다른 양상이다. 1905년 이전 『매일신보』의 경우는 "'법률'의 제도화를 통해 조선의 근대민족국가로의 전환과 백성의 국민으로서의 전환를 기도"[32]했고, 『독립신문』 또한 근대국가의 형성에서 법을 그 중심에 놓았다. 논설을 통해 "첫지 님군을 위ᄒ고 둘지 빅셩을 위ᄒᄂ 마음"[33]으로 재판에 임해야 한다고 언급하고, "ᄌ판 잘ᄒᄂ거시 나라 되ᄂ 근본"이며 "ᄌ판쇼에 ᄌ원ᄒ야 유무죄를 법률로 붉혀 달나 흐거슨 세계에 칭찬을 밧을 만 ᄒ 일이요 국가를 중흥ᄒ랴ᄂ 싱각"[34]이라고 직접적으로 법이 국가적 장치를 공고히 하는 수단임을 언급하고 있다.

그리고 1900년도 이후 국가 또한 약육강식의 논리에서 자유로울 수 없었기 때문에 법을 통해 국가는 정체성을 부여받을 수밖에 없었다. 그러나 '을사조약'에서[35] 이후 국가의 외교권을 상실하고, 일제에 의해 통감부와 이사청(理事廳)이 개설되는 시점에서 법은 식민화를 합리화하는 것으로 변질되었다.[36] 게다가 1907년에 체결된 정미 7조약에서는 법령

---

32) 최현식, 「근대계몽기 서사문학에서 민족국가의 상상력과 매체의 상관성」, 『한국 근대 서사양식의 발생 및 전개와 매체의 역할』, 소명출판, 2005. p.130.
33) 『독립신문』, 〈논설〉, 1896년 4월 16일.
34) 『독립신문』, 〈논설〉, 1896년 4월 18일.
35) 을사보호조약(고종42년, 1905년 11월 17일) 제 3조에는 법과 관련하여 이사관을 둘 것을 명시하고 있다.
  "제 3조. 일본국 정부는 또 한국의 각 개항장과 기타 일본국 정부가 필요하다고 인정하는 곳에 이사관을 둘 권리를 가지되, 이사관은 통감의 지휘 밑에 종래의 재한 일본영사에게 속하던 일체 직권을 행사하며 아울러 본 협약의 조항을 완전히 실행하는데 필요한 일체 사무를 맡아서 처리 할 것이다"
36) 1905년 12월에 을사조약이 체결되고 이듬해 2월 서울에 통감부, 지방에 이사청이 설치되었다. 차관정치를 실시하면서 재판소에는 일본인 법무보좌관들이 배치되었다. 法部에는 참여관 노자와, 참여관 촉탁에 마쯔데라, 평리원 법부보좌관 나가무라 등 한성재판소를 위시해 각도 지방재판소에 13명, 개항재판소에 12명이 배치되었다. 이들은 보조만 하는 것이 아니고, 감독, 지시까지 하였다. 최종고, 「한국근대법의 형성과정」, 『한국문화』15, 1994. pp.412-415. 참조)

의 제정과 행정상의 처분, 사법사무 등이 일본인에 의해 장악되었다.[37] 이에 따라 이 시기의 법은 궁극적으로 제국의 이데올로기에 대한 가치를 실제적으로 반영하면서 권력관계를 표상하고 형식화하는 방식으로 식민지 법이 작동되었다. 즉, 식민지 법의 적용은 국가의 주권을 침탈하기 위한 수단으로 전락하게 된 것이고, 단순히 제국의 침략을 합리화하기 위해 이용되었다고 볼 수 있다. 따라서 식민지 법은 '개인'의 권익과 권리보다는 '국가'가 우선시 되는 식민지 논리에 의해 지배되고, 인식되는 양상이었다고 볼 수 있다.

이 시기의 법은 식민지의 합리화를 공고히 하는 수단으로 기능함으로써 법은 오히려 민중들에게 위협의 대상으로 전락하게 된다. 이러한 문제를 해소할 수 있는 방식은 국가적 법의 강제성으로부터 보호받기 위해 '권리'에 대한 법 조항으로 대응하는 것이었다. 법의 폭력성을 법으로 무마하려는 시도들은 개인의 '권리'로 종속되는 셈이다. 이 소설들에서 '국가'의 형상이 삭제되고, '개인'의 권리문제만을 거론하고 있는 것도 이러한 연유 때문이라 할 수 있다. 즉, 이 소설들에서는 제국열강에 의해 식민지화가 될지도 모른다는 위기감과 그럼에도 불구하고 그들을 '문명'의 이름으로 모방해야 하는 자기 식민화의 양가적인 양상이 동시에 존재했었다고 할 수 있다. 따라서 구체제의 제도를 배척하는 것과 '문명'에 의

---

37) 정미7조약(1907년)의 경우에는 구체적으로 법령 제정도 통감의 승인을 받아야 함을 명시한다.
"제 2조. 한국정부의 법령의 제정 및 중요한 행정상의 처분은 예히 통감의 승인을 경할 사
제 3조. 한국의 사법사무는 보통 행정사무와 이를 구별할 사"
이 조약으로 인해 '재판소 구성법'이 새로 제정되었고, 일본 재판제도를 본 따 대심원, 항소원, 지방재판소, 구재판소의 4계급 3심제가 만들어졌다. 1909년에는 '사법사무의 위착'이 통과되었고, '통감부재판소령'에 의해 사법과 입법까지 일본인 고문에 의해 행사되었다. (최종고, 앞의 책. pp.412-415. 참조)

한 개화를 추종하는 것이 종국에는 자기 식민화를 내면화하는 것으로 작용함으로써 이러한 이중성의 문제는 법의 부분에서도 가시화되어 나타났다고 볼 수 있다.

따라서 『경향신문』의 법에 관련된 단형 서사들은 이러한 복잡한 양상으로 전개되는 전통 법과 근대 법, 그리고 식민지 법의 관계들과 그 속에 내재되어 있는 힘들 간의 긴장을 서사화 한 것으로 볼 수 있다. 『경향신문』은 전통법의 거부와 회귀, 근대법의 수용과 소외를 고담이나 우화를 통해 보여주고 있다. 그리고 직접적으로 또는 간접화의 알레고리적인 서술방식을 차용하면서 전통법과 식민지 법이라는 이중의 문제, 그리고 정당한 법 적용을 요구하면서도 이것이 식민지의 법에 의한 판단이라는 모순에 당면해 있는 현실을 재해석하고 있다.

국가 주도의 개혁의 일부로써 법은 근대계몽기에 다양한 개혁 법령과 제도의 재정비를 중심으로 제정되고 개정되었다. 1894년에서 1896년 사이, 660여개의 개혁문서가 공포되고 각종 명령이 시행되면서, 지방 관료들과 백성들은 엄청난 혼란에 빠졌고[38], 그 이후에도 이러한 현상을 지속되었다. 따라서 법에 대한 지식이 전무한 백성들에게 이에 대한 구체적인 지식을 전달하기 위해 『경향신문』은 그 역할을 자임했었고, '쇼셜'란과 '보감'을 통해 이야기와 구체적인 사례, 용례를 들어 설명함으로써 민중들이 보다 쉽게 '법'에 대해 이해할 수 있었다.

『경향신문』 '쇼셜'란에 수록된 법에 관련된 단형서사는 전통법에 대한 적용양상과 근대 법률인식과 이에 대한 사건이 주를 이루고 있다. 전자의 경우는 고담과 일화로 쓰여 졌으며, 범죄 사건이 죄의 유무와는 관계 없이 개인의 사적인 감정에 의해 처리되거나 판단, 응징되는 경향을 나

---

38) 앙드레 슈미드, 정여울 역, 앞의 책. p.15.

타내고 있다. 또는 회개를 우선하여 죄가 처벌되지 않는 양상으로 전개되기도 한다. 이것은 근대법이 적용되기 이전의 전통법의 양상을 보여주는 것으로 공정한 법 개정의 필요성과 근대법이 식민지 법으로 변모한 것에 대한 비판이라 할 수 있다. 후자의 경우는 동물우화로 근대적인 법률 인식과 이에 대한 법률 용어들이 쓰이는 서사이다. 이 서사들은 개인의 '권리'에 초점을 두어 '만국공법'의 허상을 지적하거나, 식민지법으로 변질된 근대법의 모순에 대해 지적하고 있다. 그리고 이 서사들은 비판의 수위를 높이기 위해 일화나 고담을 인용하거나 동물우화를 차용하는 등 알레고리의 간접화 방식을 택하고 있다.

'법'은 근대화를 이루기 위한 문명개화 핵심코드이기도 하다. 근대계몽기에 법개정과 법적용에 대한 양상과 비판이 동시에 이루어질 수밖에 없었던 국가, 사회적 상황에서 『경향신문』은 이것에 대한 문제점과 대응방식을 '쇼설'란을 통해 제시하고 있고, 전통법과 근대법, 그리고 식민지 법으로 이행하는 시대의 모순 또한 이것을 통해 구성하고 있다고 하겠다.

근대계몽기에 법에 대한 인식은 대중성을 기반으로 하고 있던 신소설에도 빈번하게 재현되고 있다. 신소설의 유형 중에 범죄소설의 경우, 신분제의 폐지로 인한 각종 개인의 권리의 문제, 그리고 살인 등에 관련된 범법의 문제들은 이 시기의 사회적 혼란을 가중시키는 요인으로 신소설의 모티프가 되고 있다. 그러나 신소설에서는 범죄에 대한 내용이 사건을 전개시키기 위한 요소로 설정되어 주제의 성격이 짙기 때문에 서술기법으로서의 알레고리와는 거리를 갖는다. 신소설에서 법의 문제는 단형 서사와는 다른 양상으로 전개 되었던 바, 이에 대한 연구는 다음으로 미루는 바이다.

제 4 장

근대계몽기 토론과
연설의 미디어적 소통과 담론의 재배치[1]

1: 소리 공동체의 출현과 청중의 탄생

새로운 문명과 제도의 습득을 용이하게 하는 것은 물론 인간의 감각과
의식을 확장한다[2]는 측면에서 미디어는 우리나라의 경우 근대계몽기의
시대적 상황과 관련하여 시사하는 바가 크다. 또한 이 시기에 저널리즘
을 중심으로 하는 '문자' 이외에 '소리'를 중심으로 하는 미디어가 존재하
고 있었다는 점에 우리는 주목할 필요가 있다. 기존의 연구에서는 라디
오 방송이 시작된 1927년을 미디어의 출현으로 보고 있지만, 그 이전,
근대계몽에 이미 '소리'를 매개로 하는 '연설'이라는 미디어가 존재했었다
고 볼 수 있다. '연설'은 윤치호에 의해 처음으로 도입된 이래 배재학당
을 중심으로 한 「협성회」와 「독립협회」 등을 통해 상시로 열렸고, 「만민
공동회」의 경우는 며칠에 걸쳐 대규모로 열리면서 일만 명에 가까운 청
중을 동원하기도 했다. 또한 안국선의 『연설법방』은 연설하는 방법에 대

---

1) 본 논문은 한국어문교육연구회 2007춘계 학술대회에서 발표한 원고를 수정하여
   수록하는 바이다.
2) 마셜 맥루언, 김성기·이한우 역, 『미디어의 이해』, 민음사, 2002. p.30.

한 지도서로 3쇄까지 인쇄되었고 당대에 보기 드문 판매고를 올리기도 했다. 이러한 단적인 사례는 연설이 당시에 얼마나 민중들의 관심 대상 이었는지를 짐작하게 한다. 이런 점으로 볼 때 연설은 근대의 풍경을 대표하는 키워드가 아닐 수 없다.

공공의 사회적 실천을 목적으로 또는 정치적, 제도적 틀 내부에서 청중을 결집시키고 상징적 가치들을 추구한다는 점에서 연설이 갖는 사회적 역할은 중요하다. '문자'가 아닌 '말'을 중심으로 하고 있는 연설이 이 시기에 성행함으로써 오감을 자극하는 볼거리로 또는 사회화를 경험하는 소통의 장으로 기능할 수 있었던 것은 이것이 갖는 미디어적 특성 때문이다. 미디어가 사회를 외부에서 보는 수단이 아니라 사회 그 자체의 일부이고 사회를 변화시키는 방법이기도 한 이상 미디어는 기술적인 발명의 소산이 아니라 그것이 발명되기까지의 사회적 욕구와 발명품을 둘러싼 권력, 자본 등의 사회적 관계, 사람들의 집단적 상상력[3]등에 의해 만들어지고 변용되는 것이다. 즉 미디어는 시대와 상관없이 존재하는 것이 아니라 시대의 상황 안에서 변모될 수밖에 없는 것이다. 따라서 본고에서는 연설이라는 미디어가 근대계몽기의 역사와 사회의 변화과정 속에서 어떻게 체험되고 수용되는지를 살펴보고자 한다.

근대계몽기에 연설을 처음 소개한 사람은 유길준이다. 그는 『서유견문』에는 "학자가 강연하려는 내용을 종이에 써서 강연대 위에 놓고, 그 강연대 뒤에 예복 차람으로 서서 높은 소리로 낭독하면, 청중들이 차례로 의자에 앉았다가 자기 마음에 드는 구절이 나올 때마다 손벽을 치며 부르짖는다"[4]라고 기술하고 있다. 그리고 당시 서양에서도 강연이 개화를 이

---

3) 요시미 슌야, 안미라 역, 『미디어 문화론』, 커뮤니케이션 북스, 2006. pp.19-20.
4) 유길준, 허경진 역, 『서유견문』, 서해문집, 2004. pp.475-476.

루는 일대 계기로 인식되고 있었음을 언급하고 있다. 유길준이 견학한 서양의 강연회는 근대계몽기의 연설회와는 여러 면에서 상당한 차이를 보이지만 그 본질, 즉 연설을 하는 목적과 그 효용 면에서는 공통점을 지닌다고 할 수 있다.

'연설'이라는 말을 처음 번역한 사람은 윤치호이다. 그는 일본 유학시절 동안 '스피치 speech'에 많은 관심을 가지고 있었는데, 당시 일본에서는 후쿠자와 유키치에 의해 연설이 대중화되던 때였고, 단순히 책을 읽을 뿐인 수신 중심적인 학문에서 이야기를 통하여 스스로 발언하는 '학문'으로의 전환, '연설'이라는 신체적인 언어행위를 오관에 호소하는 미디어로 새롭게 구축5)되던 시기였다. 일본에서 연설이 자유민권운동에서 의원으로 당선되기 위한 필수요건이 되면서 그 중요성은 더욱 강조되었다. 윤치호는 정치적 실천에 있어 필요한 미디어로서 연설 효과를 간파했고, 그것을 『독립협회』의 민중에 위한 정치운동에 적극적으로 접목시켰다.

근대계몽기에 연설회6)가 처음부터 전형화 된 형태로 시작된 것은 아니다. 협성회가 조직된 1896년 이후 서재필은 배재학당 학생들을 대상으

유길준은 이 책에서 강연회의 주제에 대해 소개하고 있고, 강연회의 강연료가 200-300냥하며, 만냥에 이르는 것도 있으며 입장권이 8-9냥 또는 30-40냥 되는 것도 있다고 언급한다. 그리고 국민의 의기를 격양시키기도 하고 끊임없는 용기를 불러일으키기도 하며 강연의 힘으로 정치법령을 변경하기도 한다고 기록하고 있다.

5) 코모리 요이치, 정선택 역, 『일본어의 근대: 근대 국민국가와 '국어'의 발견』, 소명출판, 2003. p.47.
  윤치호는 신사유람단의 일원으로 1881년 5월에서부터 1883년 4월까지 약 2년 동안 일본에 체류하였다. 일본에서 연설은 메이지 초엽에 발생하여 유행했고, 후쿠자와 유키치는 영어speech를 연설로 번역하여 1874년부터 4년 동안 게이오의숙의 맴버들과 집중적으로 연설 연습을 했다. 그는 계몽의 언설에 대한 자각과 그것에 대한 욕망을 연설로 표면화시켰고, 학문의 제일 요건으로 까지 인정하였다.
6) 18796년에서부터 1898년까지 『독립신문』에 실린 대규모 연설회 목록이다.

로 회의진행법을 가르치고, 매주 토요일에는 학생토론회를 열어 일반인
의 방청도 허락하였다. 그리고『만국의회통용규칙』[7]을 번역하여 토론회
에서 동의·재청·개의 등의 전문어를 썼고, 토론회의 방청인의 숫자도
기백명에 달할 만큼 성황을 이루게 되었다.『독립신문』은 또한 배재학당
학생들이 연설을 공부하는 상황을 자세히 기사화했다.

연설회 일시	장 소	연설자	청 중	기사일자
1896.11.21	독립공원 뒤	안경수, 이완용 외 2인	내외국민 오륙천명	1898.11.24.
1897. 3. 9	배재학당	윤치호	백재학당 학생	1897. 3.13
1897. 4.10	홍화문 밖 산위	쇼도, 가등, 이완용	내외인사, 인민, 학생	1897. 4.25
1897. 4.27	훈련원 안 마당	독립신문사 사장, 조천	학도, 교원 등 천명	1898. 4.29
(일전)	각 지방	김중환 (내부지방국장)	-	1897. 5.22
1897. 8.13	독립관	아펜젤라, 윤치호, 이채연	인민	1897. 8.17
1897.11.11	독립관	조병식, 윤치호, 유기환	협회위원, 내외국민	1897.11.13
1897.12.30	정동 새 예배당	제손, 여러 부인네외	청년회 회원들	1898. 1. 4
1898. 3.11	백목전 다락 위	-	인민들	1898. 3.12
1898. 3.14	한성사범 학교	정운경(교관)	학생들	1898. 3.26.
(일전)	독립관	-	전주 이치응외 인민	1898. 6.11
1898. 8.29	명동 장악원대청	스피여, 제손, 윤치호외	내외 교민	1898. 8.31
1898. 9. 1.	독립문	윤치호, 정교, 이상재	여러 만명	1898. 9. 2
1898.10.28	-	윤치호	-	1898.10.29

7) 이 책에 대해『독립신문』은 다음과 같이 광고하고 있다. "텬하 만국이 의회 ᄒᆞᄂᆞᆫ
통요 규칙을 미국 학ᄉᆞ 라베츠씨가 만들고 대한 전 협판 윤치호씨가 번역ᄒᆞ야
박혀 파오니 의회ᄒᆞᄂᆞᆫ 규칙을 비호고ᄌᆞ ᄒᆞᄂᆞᆫ 이들은 독립신문샤로 와서 사다가
보시오 갑은 민권에 동젼 오푼식이오."
『독립신문』, 광고, 1898년 6월 11일.

빈지 학당 학도들이 학원중에셔 협셩회를 모아 일쥬 간에 흔번식 모와 의회원 규칙을 공부 ᄒ고 각식 문제를 내여 학원들이 연셜 공부들을 혼다니 우리ᄂ 듯기에 넘으 즐겁고 이사ᄅ들이 의회원 규칙과 연셜ᄒᄂ 학문을 공 부ᄒᄋ야 죠션 후ᄉ들의게 션ᄉ들이 되야 만ᄉ를 규칙이 잇게 이론ᄒ며 즁의 를 좃차 일을 결쳐 ᄒᄂ 학문들을 퍼지게 ᄒ기를 ᄇ라노라.8)

위의 인용문에서 연설은 하나의 학문으로 인정되고 있다. 당시 연설은 학교에서 정식 교과목의 하나로 지정되어 교육되었는데, 1898년 11월 민 영환, 정교 등의 발기로 설립된 흥화학교의 교과목은 영어, 지지, 역사, 작문, 토론, 체조 등이었고, 비슷한 시기에 개교된 광흥학교의 경우는 일 어, 산술, 역사, 지지, 법률, 경제, 행정학, 연설, 작문, 체조 등의 과정을 교육하고 있었다. 당시의 토론과 연설은 학생이 갖추어야 할 필수적인 요건이었다.

윤치호와 서재필에 의해 처음 도입된 이후, 연설회는 동네잔치와 같은 볼거리의 성격이 짙었다.9) 1897년 여름, 배재학당의 학생들로 구성된 협 성회 회원들은 여름부터 광화문·종로 등에서 민중계몽을 위한 가두연 설회를 개최하기 시작했는데, 청중이라고는 흙장난으로 손발에 황토 흙 을 벌겋게 칠한 꼬마 하나와 나무지게를 받쳐 놓고 있는 나무장수 한 사 람 뿐이었다. 학생 4명이 2명씩 편을 갈라 고함과 욕설을 퍼부으며 싸움 을 벌였고, 이런 난투극을 연출해서 구경꾼을 모으고 나서야 연설을 시

---

8) 『독립신문』, 〈잡보〉, 1898년 12월 1일.
9) 모든 신문에서 연설을 긍정적으로 본 것은 아니다. 『매일신문』에서는 "연설이라 ᄒᄂ 거시 본릭 우리나라에 견븟허 잇던 거시 아닌 고로 처음보고 처음 듯ᄂ 이 들이 혹 비웃기도 ᄒ며 흉도 보아 ᄒᄂ 말이 모도 아희의 작란이오" 라고 부정적 으로 인식하고 있다.
『매일신문』, 〈론설〉, 1898년 5월 11일.

작할 수 있었다.10) 이때의 구경꾼은 시각적 볼거리에 관심을 갖는 거리
를 오가는 일상인들이었고, 시전거리는 이들이 체험할 수 있는 사회인
동시에 볼거리로 가득 찬 구경장소였다.

당대의 민중들의 현실적 감각이 그대로 표면화 되는 공간에서 연설회
가 시작되었다는 것은 다수의 민중을 연설의 청자로 설정했다는 것이며,
이것은 연설회가 어떤 계층을 막론하고 사회적 소통을 시도했다는 것을
의미한다. 거리는 무수한 소문과, 허상, 그리고 진실들이 모이고 흩어지
는 장이 되고 통로가 됨으로써 현실을 적나라하게 보여주는 공간이다.
이 공간에서 수집된 담론은 한 사람의 사적인 의견으로 결정되거나 전달
되는 것이 아니라 사회 공통의 인식을 종합적으로 반영하는 특징을 갖는
다. 관념적으로 세계를 보는 것이 아니라 현장에서 보고 들은 실제적인
것을 대상으로 하기 때문에 여기에서 소통되는 담론은 당대의 이데올로
기와 밀접한 관련을 맺을 수밖에 없다.

거리에서 시작된 연설은 공원과 학교 운동장, 독립협회에 의해 〈독립
관〉11)이라는 연설의 전용 공간이 생김으로써 근대적 공론 공간은 구체
화 된다. 한성의 도시개조사업의 일환으로 광장과 도심공원이 민의를 수
렴하는 장소로 채택되면서 독립협회는 이 장소를 연설회를 위한 새로운
공간으로 구획하게 되었다. 다수의 사람들이 일정한 목적을 위해 모일
수 있는 공공장소의 마련은 그곳에서 구성되는 스펙터클에 일정한 사회

---

10) 윤성렬, 『도포입고 ABC 갓 쓰고 맨손체조』, 학민사, 2004. p.159.
11) 〈독립관〉은 영은문 부근의 모화관을 패쇄 한 후 전면적으로 개수한 것이다. 2층
전통한옥 건물로 개수에도 2000원정도 소요되었고, 1897년 5월 23일 완공되었
다. 독립협회는 1898년 8월 8일 회의에서 매주 토론회를 개최하기로 결정했고,
1897년 8월 29일부터 토론회를 시작했다.
신용하, 『갑오개혁과 독립협회운동의 사회사』, 서울대학교출판부, 2001. pp.387
-389. 참조.

적 의미와 효과를 부여12)하게 됨으로써, 구경꾼은 단순히 볼거리를 찾아 기웃거리는 익명의 존재에서 벗어나게 된다. 익명의 구경꾼은 특별한 목적을 위해 일정한 공간을 찾는 행위를 통해 연설회의 '청자'로 설정되고, 이들은 '청중'이라는 새로운 이름을 부여받게 되는 것이다.

연설회를 통해 연사와 청중은 의사소통 관계에 놓이게 되는데, 이것에 대해 호블랜드는 "의사소통 행위를 한 사회인이 다른 사회인들을 대상으로 태도나 행위의 변화를 초래할 목적으로 메시지를 송출하는 사회적 과정"13)이라고 정의한다. 의사소통은 메시지 속에 존재하는 것이 아니라 청중, 즉 수용자가 어떻게 해석하고 받아들이느냐에 따라 그 의미가 생성되는 것이라 할 수 있다. 연설을 통해 청중은 개인의 환경에 산재한 무질서한 감각적 자극들을 일관성 있는 구조로 해석하고 자신의 상황을 인식하고 예측하며 현실에 질서를 부여하게 되는 과정을 경험하게 된다. 이러한 과정에서 청중은 '모름'에서 '앎'으로 전환되고 정치적인 견해를 갖고 사회적 실천을 추동하는 공동체로 변모하게 되는 것이다. '청중'은 근대계몽기에 새롭게 출연한 대규모 집단의 특별한 형태 중의 하나였으며, 이들은 연설회를 통해 묶여진 근대적 공동체였던 셈이다. 그리고 청중은 시공성을 초월하여 연설의 결과를 즉자적으로 표명하고, 정치적 실천을 수행하는 적극적인 공동체였다는 점에서 근대계몽기의 역동성의 근

---

12) 김기란, 「근대계몽기 스펙터클의 사회·문화적 기능 고찰」, 『현대문학의 연구』 23, 2004. p.339.
   1896년 9월 28일자 내부령 제 9호 「한성내 도로의 폭을 규정하는 건」을 중심으로 한성의 도시개조사업은 시작된다. 탑골공원을 계획하면서 고종은 사람들이 많이 모이던 장소에서 민의를 수렴하고자 했으며 독립협회는 이에 다수의 민중들이 모일 수 있는 공공장소의 마련을 위해 이 정책을 적극적으로 이용했다.
13) 지수호, 「수사적 의사소통」, 『텍스트 분석방법으로서의 수사학』, 유로서적, 2004. pp.94-95.

간이었다고 할 수 있다.

2: 감성의 공유와 신체의 확장

연설은 신체적인 언어행위인 '소리'로 전달되는 커뮤니케이션 중의 하나이다. 시각만으로 지각되는 '문자'가 아니라 '소리'를 매개로 하여 상대방에게 믿음을 불러일으키는 행위가 연설이다. 연사의 의도가 청중에게 전달되는 의사소통의 과정은 말의 내용을 담은 로고스와 말하는 사람의 인격과 태도인 에토스, 또는 이를 받아들이는 청중의 심리와 태도인 파토스의 결합에 의해 이루어진다. 연설의 경우는 로고스적인 측면보다는 에토스나 파토스가 중시된다.

직미잇고 즈미잇네　노빅년릭업던연셜　독립협회연셜이여　오늘이야 쳐음듯네
듯기 죠흔의리연셜　츄호일분ᄉ경업시　보기죠흔국긔셔젹　공평졍즉화답ᄒ고
일심합력위국인민　토론연셜쟝ᄒ셩명　즈쥬독립견고연셜　륙대쥬에 진동ᄒ네
우리대한신민들아　효뎨츙신반즈하고　독립협회입참ᄒ야　인의례지도비호셰
여민동락연셜가로　우리 셩샹만만셰라[14]

-『독립신문』, 1898년 6월 11일

위 인용문은 전주의 이치응이라는 사람이 연설을 감상한 후의 감흥을 시로 적어 『독립신문』에 투고한 내용이다. 그는 "연셜을 드러보니 흉격이 시원ᄒ여 더웁고 갈증 난듸 어름 물이로다 스스로 흥을 익이지 못ᄒ야 연셜 노릭를 좀 ᄒ엿스니 긔지 하여 주시오"라고 시를 보낸 연유에

---

14) 『독립신문』, 〈잡보〉, 1898년 6월 11일.

대해 설명하고 있다. 여기에서 청중으로 간주될 수 있는 이치웅은 연설을 '듯기 죠흔', '보기 죠흔' 광경으로, 그리고 '진동'으로 감지하고 있다. 시각과 청각, 촉각에 의한 복수의 감각으로 체험된 연설의 감흥은 '우리 대한신민들아'로 타자를 호명하기까지에 이른다. 그리고 '효뎨충신'이 되어 독립협회에 '입참'하고, '인의례지'도 배워야 함을 강조하며, '만만세'를 부르는 행위로 까지 나아간다.

단순히 연설이 그 공간에서 듣는 행위에서 끝나는 것이 아니라 현실의 범위까지 그 영향력을 확대하여 '만만세'하겠다고 하는 것은 이 연설이 이성뿐만 아니라 감성에도 영향을 미쳤다는 것을 단적으로 드러내는 것이다. 이것은 또한 특정한 시공간에서 행해진 연설, 그것으로부터 비롯된 계몽의 파토스가 시공간을 가로질러 전국으로 확장되는 과정[15]으로도 설명될 수 있다.

> 늬가 日前에 學校에 往ᄒᆞᆯ식 鐘路에 過ᄒᆞ다가 본즉 太極國旗ᄂᆞᆫ 日月 ᄀᆞᆺ치 놉피 달고 白雲遮日은 街路읍시 널리 ᄂᆞᄃᆡ 木으로 柵을 ᄒᆞ고 其中에 萬人이 會集ᄒᆞᅘᅨᆻᄂᆞᆫ지라. 내 人다려 問曰 여기서 무ᄉᆞᆷ 事를 ᄒᆞ려고 모혓소 하니싀 人이 答曰 政府大臣을 請ᄒᆞ야 問ᄒᆞᆯ 事가 有ᄒᆞ야 官民共同會를 設ᄒᆞᅘᅨᆻ노라 ᄒᆞ옵데다. 翌日에 ᄯᅩ 過ᄒᆞ다가 본 즉 官民이 昨日ᄀᆞᆺ치 會集ᄒᆞᅘᅨᆻᄂᆞᆫᄃᆡ 期中에 政府大臣도 參席ᄒᆞᅘᅨᆻ습더이다. 釋見 으로 무ᄉᆞᆷ 事件인 줄은 모르거니와 人民이 此日 가라 ᄒᆞᄂᆞᆫᄃᆡ 政府大臣도 一切로 名下에 可字를 着ᄒᆞ기에 自想ᄒᆞ되 아마 一國의 好事를 講義ᄒᆞᅘᅧᆻ나 보다 ᄒᆞ고 歸家ᄒᆞᅘᅧᆻ더니 今日에 此事가 何故로 出ᄒᆞᅘᅢᆻ소. 古語네 覺今是而昨非란 말은 有ᄒᆞ거니와 前日可而今日不可란 말을 듯지 못ᄒᆞᅘᅧᆻ소 此十餘囚의 捉囚 홈이 獨히 그 罪가 아니라 二千萬人口가 ᄀᆞᆺ치 當ᄒᆞᆯ 罪니 우리가 ᄀᆞᆺ

---

15) 이승원, 「'소리'의 메타포와 근대의 일상성 — 근대 초기 ~1930년대 서사양식을 중심으로」, 『한국근대문학』제 5권 제1호. p.201.

치 捉囚ㅎ야 同罰一體之人을 作흠이 2004. 可합니다.[16]

위의 인용문은 〈만민공동회〉가 열렸을 때 소학교 학도 장용남(11세)이라는 소년이 연설을 한 내용이다. 이 연설은 『대한계년사』, 『황성신문』, 『독립신문』, 『매일신보』 등에서 동시에 기록하고 있는 데, 당시에 소년의 행동은 많은 사람의 이목을 집중시킨 사건이었다. 소년은 연설을 참석하게 된 경위를 설명하고 나서 독립협회 회원 17명이 구금당한 것에 대한 부당함을 호소하고 '우리가' 독립협회 지도자들과 함께 체포되어야 함을 성토한다. 신문은 연설을 마치고 나니 통곡하여 울지 않은 이가 없었다고 전하고 있다. 그리고 뒤이어 이에 울분을 토하면서 여러 민중들이 연단에 올라 자진해서 연설을 했으며, 이를 듣는 민중은 일만에 가까웠다고 기록하고 있다.

이 연설은 "어떻게 신뢰를 줄 수 있는지"에 대한 논증이 우선시 되는 것이 아니라 "마음을 어떻게 움직일 수 있는 지"에 대한 문제와 관련된다는 점에서 주목할 만하다. 구술문화에서 배운다거나 안다는 것은, 알려지는 대상과 밀접하고도 감정 이입적이며 공유적인 일체화를 이룩한다는 것을 뜻한다.[17] 즉 구술은 직감에 의해 판단되기 때문에 합리적이고 이성적인 판단과는 거리를 갖기 때문에 신문과 잡지의 '문자'처럼 이성을 중심으로 독자와 객관적 거리를 유지하기 보다는 감정적이며 참여적인 성격을 띤다. 따라서 연설은 문자보다 정보나 감정적인 측면에서 공유적

---

16) 『황성신문』, 〈別報〉, 1898년 11월 7일.
  이 소년의 연설에 대한 내용은 다음의 매체에서도 주목하고 있다. 『독립신문』, 〈잡보-소동의긔〉, 1898년 11월 11일./ 『매일신보』, 〈별보〉, 1898년 11월 8일./ 정교, 『대한계년사』상, p.295.
17) 월터 옹, 이기우·임명진 역, 『구술문화와 문자문화』, 문예출판사, 1995. p.74.

이고 외면적이며 덜 내성적인 성격을 갖는다. 연설 행위는 음성적 또는 비음성적인 메시지로 표현된 느낌이나 생각을 주고받고 이해하는 의식적, 무의식적, 의도적, 우연적인 과정의 총체라고 할 수 있는 것이다.[18] 이 과정은 동적이며 지속적인 상호작용으로 가능하다.

위의 이치웅의 〈기서〉가 연설에 대한 개인의 반응을 다루고 있다면 장용남의 연설은 청중의 반응이 좀더 격렬해지는 양상과 집단적 힘의 차원이 확대된 예를 보여준다. 가라타니 고진은 감성·감정이 지적·도덕적 능력과 밀접하게 연결되어 있으며, 그리고 그것들을 매개하는 것이 상상력이라고 언급한다.[19] 소년의 연설을 듣고 많은 사람들이 '통곡'을 했다는 것은 상상력에 의한 감성의 전이와 관계된다. 이것은 연사와 청중이 같은 공간에서 같은 감성을 공유하면서 공동체로 존재했었다는 것을 말한다. 연설회에서 청중은 개별화된 개인의 성격보다는 공통의 시각과 청각, 근거리로 밀착된 촉각을 공유한 공동체로 인식되고, 이러한 조건으로 청중은 연사에게 몰입할 수 있게 되며, 공동의 감각에 대한 연대감을 갖게 된다. 그리고 연사와 청중의 감성의 분출은 연설회의 오감을 통한 접촉에 의해 더 용이하게 이루어졌다고 볼 수 있다.

연설의 언어는 궁극적으로는 미디어로서 문장을 초월하는 효과 중심의 현상과도 관련된다. 연설은 문자로 전달되는 것이 아니라 오감을 통해 수행되는 것이기 때문에 연사의 신체스타일에 따라 그 전달 효과가 달라질 수 있다. 연설은 공개된 장소에서 불특정 다수의 청중을 향해 발화하는 것이기 때문에 시선을 집중시킬 수 있는 신체의 움직임도 중요한 요소로 고려되었다. 시공간을 한정하면서 청중의 시선을 고정시키고 이

---

18) 지수호, 앞의 책. p.94.
19) 가라타니 고진, 조영일 역, 『근대문학의 종언』, 도서출판 b. 2006. p.50.

것을 재배치시키는 가상적인 무대공간이 연설회였던 것이고, 연사는 연행의 주 인물로서 등장했다고 할 수 있다. 안국선의 『연설법방』은 연설토론회의 경험에 의해 신체적 말하기 감각이 형성되고, 몇 개의 표준들로 규범화되었음을 확인할 수 있는 텍스트이다.[20]

> 연설할 시에 신(身)을 조금 용신(聳身)함이 가하니, 연탁에 부복하거나 두(頭)를 수(垂)함은 심히 보기 싫은 태도라. 연단에 입(立)하여 위의가 양양하게 신체를 용신하고 하이칼라적으로 지신(持身)하면 음성이 기려하고 구절이 묘연하여 청자로 하여금 애적사상(愛的思想)이 생케 하거니와, 만약 수두 부복(垂頭俯伏)하여 수(手)로 두(頭)를 소(搔)하며 안(眼)으로 지(地)를 망(望)하고 양수(兩手)를 마찰하여 약점을 현출하면 음성은 점점 담체(曇滯)하고 어조는 더욱 무미(無味)하여 청자로 하여금 염심(厭心)이 생케 하니라.[21]

이 책에서는 '연설자의 태도'를 따로 기록하고 있는데, 연설을 잘하더라도 몸 가지는 법이 적의치 못하면 연설이 재미가 없어지고, 청중이 떠날 수 있다고 언급한다. 연설자가 연단에 입하여 몸 가지는 법이나, 손짓, 발짓, 얼굴 가지는 법을 설명함으로써 안국선은 연설자의 신체스타일을 연설내용 못지않은 중요한 덕목으로 설정하고 있다. 연설의 내용이 해석과 분석을 요하는 부분이라면 연설자의 신체스타일은 관습과 경험에 의한 총체적인 '느낌sense'으로 감지되기 때문에 즉각적으로 판단되어지고 인지된다. 이것은 '어떻게 신뢰를 줄 수 있는지'에 대한 문제이기 때문에 같은 내용의 연설문일지라도 누가 연설을 했느냐에 따라 다른 효과가 나타날 수밖에 없다. 특히 목소리는 연사의 중요한 자질로 요청되었

---

20) 신지영, 「연설, 토론이라는 제도의 유입과 감각의 변화」, 『한국근대문학연구』 2005년 상반기, 2005. pp.30-31.
21) 안국선, 『연설법방』, 을유문화사, 1969. p.149.

다. 『독립신문』은 〈독립문 주쵸 돌 놋는 례식〉에서 행했던 한성판윤 이 채연의 연설에 대해 "리판윤은 말도 잘ᄒ거니와 목 쇼리도 놉고 묽아 모 도 흔 말을 사름마다 알아 듯는다"[22]라고 평하고 있다.

이처럼 연설자의 목소리는 내용을 효과적으로 전달하기 위한 매개체 로써 중요하게 인식되었다. 이러한 연설의 감성의 자극과 신체의 확장은 연설회의 형식을 규범화하고 전형화하기 위한 시도였으며, 보다 효율적 인 설득을 위한 방식이었다. 신체의 활용을 통해 청각적, 시각적 자극을 주고 이로 인해 청중과 비언어적인 의사소통을 했다는 것은 연설의 효과 를 높이기 위한 수단인 동시에 볼거리를 제공하는 미디어로써의 역할을 인식하고 있었다는 것이라 하겠다.

3: 공론형성과 정치적 주체의 현현

근대계몽기 초기에 발행되던 『독립신문』, 『뎨국신문』, 『황셩신문』 등 에는 당대의 연설회에 대한 기사들을 많이 싣고 있다. 이 신문들은 〈논 셜〉 란을 통해서 직접적으로 연설회의 식순이나 진행상황, 그리고 연사 로 나온 사람들의 연설내용 등을 자세히 기록했고, 개략적인 내용 전달 은 주로 〈잡보〉란에 게재하였다. 물론 여기에는 연설 텍스트가 연설자 자신이 작성한 문자로 된 연설원고에서 그리고 연설회라는 현장에서 음 성으로 발화되고, 다시 이것이 매체를 통해 문자로 변화되는 과정을 거 치게 된다. 사실 구어를 문장으로 옮기는 언어전사 기술은 엄청난 전도

---

22) 『독립신문』, 〈론셜〉, 1898년 11월 24일.

를 내포[23]하고 있다. 일본에서는 속기술[24]이 발달되어 현장의 연설을 필기하여 기록하거나 책으로 간행되었지만 대한제국에서 속기술이 쓰였는지에 대해서는 기록이 전혀 남아 있지 않다. 이런 점에서 연행된 연설에 대한 연구는 단지 기록된 자료에 의해 재구될 수밖에 없다.

1907년 발행된 잡지인 『대한자강회월보』 등에서는 연설의 원고, 즉 연설을 하기 위해 연설자가 준비한 초고를 회보에 싣고 있으나 이것이 현장의 연설 내용과 동일했다고 확신할 수는 없다. 음성이 문자의 현상으로 번역되는 과정에서 의미를 강조하기 위해 아니면 청중의 반응에 비추어 내용을 변화시킬 수 있는 변수가 존재했기 때문이다. 그렇다고 하더라도 이 과정에서 미디어로서의 연설의 특성이나 독립성이 상실되는 것은 아니다. 오히려 이러한 음성에서 문자로의 번역과정은 음성을 듣는 경험을 균질화하고, 연설회의 시공성이 제한되지 않았다는 것을 의미하는 것이기도 하다.

근대계몽기 '연설'은 동일한 시공간 내에서 대규모의 새로운 정치적인 주체를 생산하는 언설의 장치[25]였다. 근대계몽기의 연설회는 지식인뿐만 아니라, 일반 시민, 부인네, 유학생, 여학도, 백정, 보부상 등 누구나 연사가 될 수 있었고,[26] 신분과 나이, 지식의 유무와 관계없이 자신의 의

---

23) 요시미 슌야, 윤미라 역, 앞의 책. p.160.
24) 일본 속기술의 원조는 메이진 5년 (1872)카추사리 코우치가 영어속기법 피트먼식의 아류인 미국의 '그라함'식을 일본어에 응용, 개량하여 만든 것이다. 공식적으로 발표되었던 당시에는 '방청 필기법(1882년)이라 명했다.
25) 코모리 요이치, 정선태 역, 앞의 책. p.50.
26) 대규모의 연설회의 경우는 지식인이나 사회 지도층이 연설을 했다. 그러나 〈만민공동회〉의 경우는 누구나 연설을 할 수 있었다. 〈정동 새 예배당 청년회 연설〉(1897년 12월 30일)에서는 제손과 윤치호, 여러 부인네들이 연사였고, 『대한매일신보』의 〈긔셔〉에 실린 연설은 안주성내에 사는 13세의 여학도 배봉녀가 연사였다.(1907년 9월 8일 85호), 그리고 12세의 여학도 김학실(『대한매일신보』,

견을 적극적으로 개진하는 공론장[27]의 성격이 짙었다. 따라서 청중은 지식인의 언어와 일반 민중의 언어, 여성, 남성의 언어를 모두 청취할 수 있었다. 이러한 과정을 통해 연설회는 민중들의 공통의 관심사와 정치적인 문제를 자유롭고 개방적으로 논의함으로써 공론을 형성할 수 있었으며, 계층에 관계없이 의사소통을 함으로써 균질화 된 언어의 체계가 성립되는 계기가 되기도 했다.

근대계몽기 연설회는 성격에 따라 그 내용이 달라지기는 했지만 대개는 학생들과 청년회 회원들을 대상으로 연설을 할 경우에는 민족과 국가의 미래에 대한 책임감과 전망, 그리고 부국강병을 위한 교육의 필요성을 중심으로 언급하였다.[28] 그리고 일반 민중을 청중으로 하는 경우는 독립과 자주, 자강의 방법 등과 더불어 일상생활에 관련된 가족의 윤리나 미신타파, 위생문제 등을 거론했다.[29] 즉 연설은 청자의 지식수준과 이해도를 고려하여 전달하고자 하는 내용과 그 방법도 달라질 수밖에 없

〈긔셔〉, 1907년 9월 12일. 88호)과 21세의 석보패(『대한매일신보』 〈긔셔〉, 1907년 9월 13일. 89호), 16세 리효녜(『대한매일신보』, 〈긔셔〉, 1907년 9월 12일. 88호) 등도 여자교육의 필요성에 대해 연설하였다.

27) 여기에서 공론장은 하버마스가 정의하고 있는 모든 사람에게 공공적으로 접근이 허용된다는 의미의 공공성의 영역을 의미한다.
위르게 하버마스, 한승완 역, 『공론장의 구조변동』, 나남출판, 2001년. p.68.

28) 1896년 4월 27일에 훈련원 안 마당에서 행한 〈셔울 관공립 소학교 대운동회 연설〉에서 독립신문사 사장의 연설에서는 "학도들은 아무쪼록 속히 학문을 빈화 후일에 남을 굴으칠 사룸들이 되라"라고 당부하며 학문에 힘쓸 것과 운동회 연설의 성격답게 몸의 강건도 강조하고 있다.
『독립신문』, 〈론셜〉, 1897년 4월 29일.

29) 1897년 12월 30일 오후 3시에 정동 새 예배당에서 행한 연설에서는 청중이 여러 부인네들과 청년회 회원들이었고, 여기에서 독립신문사 사장 제손씨는 남편과 부인의 역할에 대해 이야기하고 임금을 충성으로 섬기고 부모에 효도하고 형제를 우애 있게 대접하고 일가간에 화목하게 하며 친구간의 신의 있게 하라고 언급한다. 『독립신문』, 〈론셜〉, 1898년 1월 4일.

었다. 대규모 청중을 대상으로 하는 연설의 경우는 내용을 효율적으로 전달하기 위해 고담이나 속담, 일상의 이야기를 차용하거나 비유와 상징을 사용했다. 청중들의 주의를 끌기 위한 신체언어와 그들과의 연대감을 강조하기 위해 인칭이나 대명사, 또는 강한 호소력을 명시하는 수행동사를 동원하는 한편, 반복을 통해 의미를 강조하기도 했다.

근대계몽기 민중들은 새로운 문명과 변화되는 삶에 대한 두려움, 이에 대한 소외의식을 가질 수밖에 없었고, 이러한 불안의식은 정보와 지식의 습득으로 만회할 수 있다고 믿었다. 이들은 시전거리를 배회하며 볼거리, 특히 연설회 등에 대해 관심을 표명하게 되었고, 여기에서 자기와 같은 처지의 사람들과 감정을 공유하는 공동체를 형성할 수 있었다. 공론은 사실이 재구성되어 우리가 그것들에 대해 찬반을 느낄 수 있을 때 비로소 형성[30]된다. 사적영역에서 거리라는 사회적 영역으로 그리고 가두연설회를 통해, 허상으로 떠돌던 소문이 타자의 구체적인 의견과 해석이 덧붙여짐으로써 진위가 판명되는 과정과 그것에 대한 사적인 찬반을 선택하는 경험을 함으로써 청중들은 자연스럽게 공론 형성에 참여할 수 있었다. 이것은 민중들이 시공간이 하나로 통합되는 연설회를 통해 현재의 상황과 미래에 대한 전망들을 자유롭게 논의함으로써 가능할 수 있었다. 공론을 형성하게 됨으로써 청중들은 운명공동체에 묶여 있다는 인식을 갖게 되고, 이것으로 말미암아 청중은 능동적으로 사고하고 행동하는 주체로 거듭나게 된다.

연설회를 통해 청중이 정치적 주체로 설정되는 과정을 잘 보여주는 예가 1896년 11월 독립공원 뒤에서 열린 〈독립문 주쵸 돌 놓는 예식〉이

---

30) 김대영, 「논쟁과 이견의 공론장으로서 독립신문」, 『역사와 사회』제3권, 2003. p.38.

다. 이 연설회에서는 독립협회의 회장이었던 안경수, 한성판윤 이채연, 외부대신 이완용, 그리고 외국인 의사 제손씨가 연사였고, 청중은 내외국인을 포함하여 오륙천명이었다. 이 연설회에서 주목할 것은 제손씨의 연설이다. 그의 연설은 전형적인 정치연설의 형태를 띤다.

> 나라히 독립을 ᄒ랴면 사름이 혼자 셔는 것과 ᄀᆞ하 다리가 튼튼 ᄒ여야 몸 묵에를 실고 능히 걸어 다니는 거시라 나라에 다리는 곳 빅셩이요 머리는 곳 졍부라 머리와 다리가 셔로 도와 주어야 그 몸이 튼튼ᄒ야 능히 셔고 안기를 임의로 홀터인듸 만일 머리가 다리를 샹ᄒ게 흔다던지 다리가 머리를 샹ᄒ게 ᄒ거드면 그 몸이 병이 들어 운동을 못홀터인즉 졍부와 빅셩이 들어 운동을 못홀터인즉 졍부와 빅셩이 셔로 위히 주어야 나라히 튼튼히 되야 독립이 도리터라 지금 새로 셰우는 독립문을 가지고 비유 홀진듸 독립문이 혼자 셧스되 그문 짓기는 돌몽이가 여러 빅기가 들어 셔로 회와 모릭에 합ᄒ야 셔로 튼튼히 뭇허 묵에를 셔로 밧치고 돌몽이마다 크고 잘고 다 힘을 써셔 졔 직무를 ᄒ여야 그문이 여러 쳔년이 되야도 문허지지 안코 혼자 셧지 만일 그 중에 돌몽이 ᄒ나라도 졔 직무를 못 ᄒ야 믈너 나온다던지 써러진다던지 ᄒ면 그 문이 혼자 셜슈가 업슨즉 나라도 대쇼 인민이 사름마다 졔 직무를 ᄒ여야 나라히 영구히 독립이 되리라.[31]

조선말로 진행된 제손씨의 이 연설은 청중의 수준을 고려하여 현재의 상황에 맞은 다양한 맥락을 동원하고 있다. 이 연설은 국가의 독립 필요성과 그것이 성취되기 위한 방법을 언급하면서 국가를 인간의 몸으로 전치시키고 있다. 백성과 국가가 상호 협동하는 것이 국가의 존속을 위한 전제조건이며, 각각의 위치에서 충실히 임무를 수행하는 것이 국가를 위한 백성의 의무로 간주되고 있다. 국가라는 추상적인 것을 가시적으로

---

31) 『독립신문』, 〈론셜〉, 1898년 11월 24일.

드러나는 신체에 대입함으로써 연설은 구체적인 내용을 전달하게 된다. 이러한 연설의 주제는 국가에 대한 애국심을 양성하려는 측면과 이를 기조로 한 국민의 형성이라는 실제적 원리와도 연결된다. 몸으로 묶여진 하나의 공동체라는 감각은 독립의 당위성과 국가의 지속을 염원하게 하며, 동시에 현재의 상황을 명확하게 인식할 수 있는 시각을 제공하게 되는 것이다. 따라서 연설을 통해 청중은 국가를 위한 실질적인 실천의 방식을 체득하고, 이를 통해 주체로서 국민통합이라는 명제를 인식하게 된다.

이러한 결과를 잘 보여주는 것이 1898년 10월 29일에 열린 〈만민공동회〉라고 할 수 있다. 〈만민공동회〉에서는 지식의 여부와 신분에 관계없이 누구나 자신의 의견을 피력할 수 있었다. 이때 청중은 시민과 신사, 노동자, 맹인, 승려, 독립협회 계열 모든 자매 단체, 황국협회 등 각계각층 인사 1만여 명이었다. 이날 연설은 윤치호(독립협회 회장)과 박정양(의정부 참정), 그리고 백정 박성춘이었다. 정교가 쓴 『대한계년사』에서는 박성춘의 연설을 주목하고 있는데, 이 연설은 청중이 정치적 주체가 되어 연사로 까지 나서게 되는 예를 보여준다.

> 나는 대한의 가장 천한 사람이고 무지몰각합니다. 그러나 충군애국의 뜻은 대강 알고 있습니다. 이에 나라에 이롭고 백성을 편케하는 길인즉 관과 민이 합심한 연후에 가능하다고 생각합니다. 저 차일(천막)에 비유하건대 한 개의 장대로 받친즉 역부족이나, 많은 장대를 합한즉 그 힘이 공고합니다. 원컨대 관민합심하여 우리 대황제의 성덕에 보답하고자 국조國祚로 하여금 만만세를 누리게 합시다.[32]

---

32) 정교, 『대한계년사』상, p.282.

위의 연설은 천막을 비유의 대상으로 설정하여 관과 민의 합심을 강조하고 있다. 연설은 일상에서 쓰이는 사물을 동원하여 국가와 백성의 관계를 표상함으로써 충군애국의 내용을 쉽게 전달하고 있다. 연설에서 일상적인 사물을 비유의 대상으로 설정하고 있는 것은 청중의 기존의 가치관이나 관습, 전통과 연설 내용이 부합할 때 새롭고 기괴한 얘기보다 훨씬 설득력을 확보하기[33]가 쉽기 때문이다. 여기에서는 연설의 내용보다는 연설의 주체가 누구인가가 더 중요한 문제가 된다. 먼저 연사는 자신의 의견을 피력하기 전에 자신이 어떤 사람인지에 대해 밝힌다. 연사가 먼저 자신이 백정인 것을 밝히는 것은 적어도 정서적으로, 또는 계층적으로 청중과 다르지 않음을 표명하기 위한 시도이다. 연사는 '나'와 청중 '너'가 다르지 않다는 것을 고지함으로써 '우리'라는 '동료의식'을 심어주고, 그럼으로써 선악에 대한 가치관이나 정치적 견해가 청중과 동일하다는 것을 밝히려고 하는 것이다.

이 연설은 정치적 결정을 앞둔 집회의 특성에 맞게 올바른 결정을 내리기 위해 연사의 의견을 적극적으로 개진하고 현 상황에 대한 청중의 비판을 유도하고 있다. 백정이 연사로 등장하게 된 이러한 배경에는 당시의 연설회가 계층에 관계없이 발언의 기회가 주어지는 열린 의사소통의 방식으로 진행되었고, 누구나 정치적 주체로 참여하고자 했던 당대의 민중들의 적극성과 역동성이 뒷받침 되어 있었기 때문에 가능한 것이었다.

연설이 사회적 실천을 추동하는 적극적인 의사소통의 방식이었다는 것은 비단 연사에게 만 한정된 것은 아니었다. 청중들은 연사의 의견에 공감한다는 표현을 적극적으로 표명했는데, 그것을 가능하게 했던 것이 '박수'였다. 윤치호가 처음 박수 치는 방식을 보급함으로써 이것은 연사

---

33) 박우수, 「수사와 윤리」, 『수사학과 문학』, 동인, 1999. p.44

와 청중의 의사소통방식으로 고정되었고, 이러한 신체의 언어적 확장은 연설회에서 적극 이용되었다. 즉 청중에게 단순히 수용자가 아니라 중요한 참여자의 역할을 부여한 것이 박수였던 것이다. 박수는 칭찬이나 위로뿐만 아니라 동의라는 표현으로 대변됨으로써 개인의 의사표현의 하나로 기표화 된다. 연설자에 대한 피드백의 하나로 상호 작용적인 자질을 지닌 것이 박수였던 것이다. 이것이 감성을 자극하는 수단으로 이용되면서 민중의 선동은 한층 격렬한 양상으로 진행될 수 있었다. 박수는 연사와 청중들이 협력관계를 맺고 있다는 것을 의미하는 것인 동시에 작가-독자간에 소통되는 문자텍스트와는 다른 정치적인 효과를 확인할 수 있는 미디어의 한 단면이라 할 수 있다.

근대계몽기에 연설회는 민중에 대한 대규모의 교육적 효과를 거둘 수 있는 공간이기도 했고, 민중의 감성이 열리는 장이기도 했다. 즉 연설회장은 감격과 감동, 그리고 카타르시스를 체험을 할 수 있는 정치적 공간이었던 셈이다. 따라서 이러한 '감성'은 연설회만이 갖는 미디어적 특성이 아닐 수 없고, 연설회는 소리를 공동체로 하여 공론을 형성했던 공적 공간이었으며, 정치적 주체로서의 청중의 탄생을 가능하게 한 공간이었다고 하겠다.

4: 근대계몽기라는 연설의 시대

근대계몽기는 '연설의 시대'였다. 장소와 공간에 구애됨이 없이 거리, 전용 연설장, 공원, 학교 운동장, 예배당, 사찰, 마당, 다락, 대청 등에서 빈번하게 연설회가 열렸었고, 이러한 연설회는 새로운 문명과 지식, 계몽의 담론을 전달하는 역할과 이로 인한 공적인 효과를 생산하는 미디어의 역할을 자임했다고 할 수 있다. 연설은 윤치호와 서재필에 의해 도입된 이래 학문의 일종으로, 또는 민중을 위한 정치운동의 일환으로 수용되었고, 연설회는 계층과 신분, 나이에 관계없이 당대의 담론을 논의하는 개방적인 공공적 의사소통의 장이었다. 연설회의 '청자'는 다수의 익명의 존재인 구경꾼에서 특별한 목적을 위해 일정한 공간을 찾는 '청중'으로 호명되었고, 이들은 공론 형성에 참여하는 적극적인 근대적 공통체였다. 또한 연설회를 통해 근대적 시공간이 구획되었고, 언어가 균질화 되는 계기가 되었다.

연설회는 청중의 감성의 분출이 이루어지는 파토스의 공간이었다. 연사는 청중을 설득하기 위해 신체적 언어, 즉 목소리나 태도 등을 규범화하여 연설의 효과를 증대시켰고, 청중은 박수를 침으로써 연사의 의견에 대해 동의하면서 단순한 수용자가 아니라 중요한 참여자의 역할을 수행하였다. 이것은 청중의 시선을 재배치시키고 가상의 무대공간을 연상시킨다는 점에서 연행의 일부라고도 할 수 있다. 따라서 연설회에서 청중들은 개별화된 개인이라기보다는 시각과 청각, 촉각을 공유한 감각 공동체였으며, 이것은 청중들 간의 동료의식과 연대감을 형성할 수 있는 근간이 되었다. 근대적 감성의 공유가 연설로 가능할 수 있었고, 그리고 동시에 이것은 연설의 효과를 염두에 둔 결과라 할 수 있다.

또한 민중에 대한 대규모의 교육적 효과와 청중의 결집된 힘이 가시화되는 공간이 연설회였다. 연설은 담론의 생산과 소비가 동시성과 일회성으로 규정되기 때문에 문자와는 다른 즉각적인 정치적 효과를 지닌다. 연설회가 근대적 형태의 공공의 의사소통 구조를 보여주는 정치적 공론의 장으로 기능함으로써, 청중은 국가를 위한 실질적인 실천 방식을 체득하는 정치적 주체로 변모할 수 있었다. 따라서 근대계몽기에 연설은 당대의 담론을 '소리'로서 전유하는 과정에서 이것이 계몽의 수단에 그치지 않고 새로운 정치적 담론과 주체를 생산하고, 이로 인한 효과를 극대화 하는 역할을 수행했다고 할 수 있다.

연설은 청중 개개인에게 새로운 사실에 대한 자각과 가치관의 변화를 수반하게 하며 '모름'에서 '앎'으로 전환시킨다는 측면에서 개인의 인식을 확장시키는 특성을 지닌다. 그리고 정치적 또는 제도적 틀 내부에서 인간들 간의 태도, 관계, 입장들의 역학적 관계를 전제로 한다는 점에서 사회적 성격이 두드러진다. 또한 연설은 인간집단을 결집시키고 상징적인 가치들을 중심으로 구성되었을 때만 가능해진다는 점에서 문화적 성격을 지닌다.[34] 연설이 갖는 이러한 개인적, 사회적, 문화적 특성은 근대계몽기에 시대의 상황과 민중의 욕구에 부흥하며 영향력을 발휘할 수 있었다. 따라서 연설은 근대계몽기가 갖는 시대적 징후이면서 이 시대를 추동하는 힘이며, 근간이었다고 할 수 있다.

근대계몽기에 신문들의 서술형식들이 구어적인 설명과 대화, 토론의 형식이 많이 등장한 것은 당대의 독자들이 쉽게 문명에 대한 지식을 습득하게 하기 위한 방편이기도 했지만, 이러한 담론의 형식은 당시 일상에서 접할 수 있었던 연설의 언술 형태가 민중들 사이에서 사용, 유통되고 있었다는 것을 말해주는 것이기도 하다. 「금수회의록」, 「경세종」, 「금수재판」 등의 우화소설, 이해조의 「구의산」, 「구마검」, 현공렴의 「고의성」 등에 나타난 연설의 장면, 서술, 수사는 연설회가 당시에 문학과 서로 영향관계 속에 있었다는 것을 증거하는 것이라 하겠고, 신문이나 잡지의 매체와 함께 근대문학을 형성하는 물적 토대가 된 것으로도 볼 수

---

34) 지수호, 앞의 책. p.94.

있다.

하나의 매체가 시대의 변화에 관계없이 그 특징을 유지할 수 있는 것은 아니다. 매체는 그 시대와 환경에 따라 매체의 역할이 축소되기도 하고 확장되기도 하면서 생성과 소멸과정을 거치게 된다. 연설의 경우도 시대의 상황에 따라 그 성격과 규모가 변화되었다. 근대계몽기에 연설회가 부국강병을 위한 하나의 수단으로 인식되어 성황을 이루었다면, 한일합방 이후 1910년대의 연설회는 이전처럼 활성화 되지는 않았다. 이때 연설회는 행사연설의 형태로 열리거나, 이광수나 현상윤, 안창호에 의해 간헐적으로 열렸다. 그리고 1920-30년대에는 사회주의 운동의 일환으로 연설의 능력을 운동가의 덕목으로 인정하기도 했다. 이어 1940년대에는 전시동원을 위한 선동의 도구로 활용되면서 다시 유행하게 되었다. 이렇게 연설은 사회와의 관계 속에서 다양하게 변용되었고, 그에 따라 연설의 목적과 대상, 연사의 사회적 위치, 지식수준 등 시대별로 많은 차이를 보인다. 근대문학에서 연설이 갖는 이러한 변화에 대한 연구는 앞으로 더 많은 논의가 필요할 것으로 보인다.

참고문헌

1. 기초자료

『경형신문』, 『공립신보』, 『기호흥학회월보』, 『대동학회월보』, 『대한매일신보』, 『대한민보』, 『대한자강회월보』, 『대한학회월보』, 『대한협회회보』, 『대한흥학보』, 『독립신문』, 『만세보』, 『서북학회월보』, 『서우』, 『소년』, 『장학보』, 『제국신문』, 『조선크리스도신문』, 『태극학보』, 『한성순보』, 『한성주보』, 『황성신문』, 『호남학보』
『한국 개화기 학술지 총서』, 영인본, 아세아 문화사, 1976.
한국개화기 문학총서, 『역사전기소설』, 아세아 문화사, 1979.
박은식, 『백암박은식전집』1-5권, 백암 박은식선생 전집 편찬위원회, 동방미디어, 2002.
신채호, 『단재 신채호 전집』상, 중, 하, 별집, 단재 신채호선생 기념 사업회, 형설출판사, 1976.
민족문학사연구소 편역, 『근대계몽기의 학술·문예사상』, 소명출판, 2000.
최덕교 편저, 『한국잡지백년』, 현암사, 2004.

2. 단행본

구모영, 『법과 인간- 법철학과 형법학의 근본문제』, 도서출판 전망, 1994.
권보드래, 『한국 근대소설의 기원』, 소명출판, 2000.
권영민, 『한국근대문학과 시대정신』, 문예출판사, 1983.
김광순, 『한국의인소설연구』, 새문사, 1987.
김교봉·설성경, 『근대 전환기소설연구』, 국학자료원, 1991.
김경수, 『공공의 상상력』, 랜덤하우스중앙, 2005.
김누리, 『알레고리와 역사』, 민음사, 2003.
김병민 편, 『신채호문학유고선집』, 연변대학출판부, 1994.
김상선, 『한국근대희곡론』, 집문당, 1985.
김석근, 『한국정치와 헌정사』, 한울아카데미, 2001.
김석형 역주, 『동국병감』, 여강출판사, 2000.
김열규, 『신화/설화』, 한국학술정보, 2001
김 영, 『망양록 연구』, 집문당, 2003.
김 영 외, 『동아시아 우언론과 한국의 우언문학』, 한국우언문학회, 집문당, 2004.
김영민, 『한국근대소설사』, 솔, 1997.
김영민 외 편, 『근대계몽기 단형 서사문학 자료전집』상, 하, 소명출판, 2003.

김영민 외, 『한국근대서사양식의 발생 및 전개와 매체의 역할』, 소명출판, 2005.

김용직, 『한국근대문학의 사적 이해』, 삼영사, 1977.

김윤식, 『한국근대문학양식논고』, 아세아문화사, 1980.

김윤애, 『환상, 네러티브, 신화』, 월인, 2004.

김윤재, 『한국 근대 초기 문학론과 소설창작의 관련 양상』, 보고사, 2002.

김원중, 『한국근대희곡문학연구』, 정음사, 1986.

김재환, 『우화소설의 세계』, 도서출판 박이정, 1999.

김준오, 『한국 현대 쟝르 비평론』, 문학과 지성사, 1990.

_____, 『문학사와 장르』, 문학과 지성사, 2000.

김진곤 편역, 『이야기 小說 Novel - 서양학자의 눈으로 본 중국소설』, 예문서원, 2001.

김태준, 『증보 조선소설사』, 한길사, 1990.(초판 1939)

김창룡, 『한국 가전문학』, 태학사, 1997.

김학동·조용훈, 『현대시론』, 개문사, 1997.

김학동 외, 『대한매일신보연구』, 서강대학교 인문과학연구소, 1986.

김현·김윤식, 『한국문학사』, 민음사, 1973.

김홍경 편집, 장지연 교열, 『신정 중등만국 신지지』, 광학서포, 1907.

노형석, 『한국 근대사의 풍경』, 생각의 나무, 2004.

대종교총본사 편, 『대종교 중광 60년사』, 1971.

민 찬, 『조선후기 우화소설 연구』, 태학사, 1995.

박우수, 『수사학과 문학』, 동인, 1999.

박지향, 『일그러진 근대』, 푸른역사, 2003.

박태호외, 『근대계몽기 지식의 발견과 사유 지평의 확대』, 소명출판, 2006.

박헌호, 『식민지 근대성과 소설의 양식』, 소명출판, 2004.

박희병, 『조선후기 전의 소설적 성향 연구』, 성균관대 출판부, 1993.

백 철, 『조선신문학사조사』, 수선사, 1947.

서경호, 『중국소설사』, 서울대학교출판부, 2004.

손정수, 『한국근대문학 양식의 형성과 전개』, 상허학회, 깊은샘, 2003.

소영현, 『문학청년의 탄생』, 푸른역사, 2008

신용하, 『독립협회 연구』, 일조각, 1976.

_____, 『박은식의 사회사상연구』, 서울대학교 출판부, 1982.

_____, 『신채호의 사회사상연구』, 한국사회연구총서 1, 한길사, 1984.

신용하, 『갑오개혁과 독립협회운동의 사회사』, 서울대학교출판부, 2001.

심진경, 『한국문학과 섹슈얼리티』, 소명출판, 2006.

안국선, 『연설법방』, 을유문화사, 1969.

양문규, 『한국근대소설과 현실인식의 역사』, 소명출판, 2002.

양보경, 『공간이론의 사상가들』, 한울, 2001.

양진오, 『한국 소설의 형성』, 국학자료원, 1998.

엽건곤, 『양계초와 구한말 문학』, 법전출판사, 1980.

오세정, 『한국신화의 생성과 소통 원리』, 한국학술정보, 2005.

오윤호, 『현대 소설의 서사 기법』, 예림기획, 2005.

원윤수, 『언어와 근대정신』, 서울대 출판부, 2000.

우림걸, 『한국개화기 문학과 양계초』, 박이정, 2002.

우찬제, 『텍스트의 수사학』, 서강대학교 출판부, 2005.

우한용, 『한국현대소설 구조연구』, 삼지원 1990.

_____, 『한국현대소설 담론연구』, 삼지원, 1996.

_____, 『신문의 언어문화와 미디어 교육』, 서울대 출판부, 2003.

유길준, 허경진 역, 『서유견문』, 서해문집, 2004.

윤성렬, 『도포입고 ABC 갓 쓰고 맨손체조』, 학민사, 2004.

윤이흠 외, 『단군 그 이해와 자료』, 서울대학교 출판부. 1994.

이경훈, 『어떤 백년, 즐거운 신생』, 하늘 연못, 1999.

이광린, 『개화파와 개화사상연구』, 일조각, 1989.

이규수 외, 『근대전환기 동아시아 속의 한국』, 성균관대학교출판부, 2004.

이선영, 『백암 박은식의 교육사상과 민족주의』, 지왕사, 1989.

이인직, 『혈의 누, 귀의 성, 치악산』, 한국 신소설 선집 1, 서울대학교출판부, 2003.

이재선, 『한국 개화기 소설연구』, 일조각, 1972.

_____, 『개화기의 우국문학』, 신구문화사, 1974.

_____, 『한국현대소설사』, 홍성사, 1979.

_____, 『개화기 문학론』, 한국학술정보, 2002.

이정숙, 『환상, 네러티브, 신화』, 월인, 2004.

이진경 외, 『탈주의 공간을 위하여』, 푸른숲, 1997.

이해조, 『빈상설, 홍도화, 원앙도』, 한국 신소설 선집 4, 서울대학교출판부, 2003.

임 화, 임규찬·한진일 편, 『신문학사』, 한길사, 1993.

윤명구, 『신문학과 시대의식』, 새문사, 1981.

윤승준, 「동물 우언의 전통과 우화소설」, 월인, 1999.

윤해옥, 『조선시대 우언·우화소설연구』, 박이정, 1997.

장지연, 『신쇼셜 이국부인젼』, 광학서포, 1907.

전미경, 『근대계몽기 가족론과 국민생산 프로젝트』, 소명출판, 2005.

전영우, 『한국 근대토론의 사적 연구』, 일지사, 1991.

정병헌·이유경 엮음, 『한국의 여성영웅소설』, 태학사, 2000.

정선태, 『개화기 신문 논설의 서사 수용 양상』, 소명출판, 1999.

_____, 『심연을 탐사하는 고래의 눈』, 소명출판, 2003.

_____, 『근대계몽기 지식 개념의 수용과 그 변용』, 소명출판. 2004.

정약용 술, 장지연 증보, 『대한강역고』, 황성신문사, 1903.

정영훈, 『한국개화기 소설연구』, 태학사, 2000.

정진석, 『『대한매일신보』와 배설-한국문제에 관한 영·일 외교』, 나남, 1987.

정철관, 박은식 역, 『서사건국지』, 1907.

조동걸, 『현대한국사학사』, 나남출판, 1998.

조동일, 『한국문학통사 4』, 지식산업사, 1986.

조수학, 『한국의 가전과 탁전』, 영남대 출판부, 1987.

조연현, 『한국현대문학사』, 인간사, 1961.

_____, 『한국신문학고』, 을지문화사, 1977.

조현설, 『동아시아 건국 신화의 역사와 논리』, 문학과 지성사, 2003.

_____, 「근대계몽기 단군 신화의 탈신화화와 재신화화」, 『민족문학사연구』32집, 2006.

진덕규, 『신채호』, 고려대학교 출판부. 1990.

채 백, 『대한매일신보 연구』, 한국언론사 연구회 엮음, 커뮤니케이션북스, 2003.

천정환, 『근대의 책읽기』, 푸른역사, 2003.

최원식, 『한국근대소설사론』, 창작사, 1986.

최원식·백영서, 『동아시아인의 '동양'인식 : 19-20세기』, 문학과지성사, 1997.

최종고, 『한국법사상사』, 서울대학교 출판부, 1993.

_____, 『한국법입문』, 박영사, 1994.

최찬식, 『추월색, 안의성, 금강문』, 한국 신소설 선집 7, 서울대학교 출판부, 2003.

최현무, 『바흐친과 대화주의』, 나남, 1990.

한기형, 『한국근대소설사의 시각』, 소명출판, 1999.

한기형 외, 『근대어·근대매체·근대문학』, 성균관대학교 대동문화 연구원, 2006.

3. 소논문

권영민, 「개화 계몽 시대 서사 양식의 장르 분화」, 『한국문화』 17, 1996.

김경수, 「근대 소설담론의 유입과 형성과정」, 『전환기의 서사담론』, 서강대학교 인문 과학연구원, 서강대학교 출판부, 1998.

김기란, 「근대계몽기 스펙터클의 사회·문화적 기능고찰」, 『현대문학의 연구』23, 2004.

김대영, 「논쟁과 이견의 공론장으로서 독립신문」, 『역사와 사회』제3권, 2003.

김도형, 「1910년대 박은식의 사상 변화와 역사인식」, 『동박학지』114호, 2001.

김명구, 「한말·일제강점 초기 신채호의 민족주의 사상」, 『인물과학논문집』, 35집, 2002.

김석근, 「조선시대의 법 규범과 제도에 관한 시론」, 『한국정치와 헌정사』, 한울아카데미, 2001.

김 영, 「한중우언의 욕망구현 양상」, 『한국한문학연구』31집, 2003.

_____, 「노장의 생태사상과 우언」, 『한국한문학연구』33집, 2004.

_____, 「우언문학 연구의 현황과 과제」, 『한국학 연구』13집, 2005.

김영민, 「안국선 문학연구」, 매지논총 제6집, 연세대학 매지 학술연구소, 1989.

김응숙, 「문화연구와 일상경험의 세계 : 발터 벤야민의 매체개념과 수용에 관한 논의」, 한국언론학보 제42-43호, 1998.

김재문, 「한국전통법의 정신과 법체계(71) - 조선왕조의 법 이론과 정신: 개화기의 조약과 일본의 강침」, 『사법행정』, 제 46권 제6호.

김태웅, 「2004년 되돌아보는 우리 역사의 갈림길(1876-1910)」, 『역사학보』187집, 2005.

김현주, 「20세기초 한국서사문학의 두 가지 양식」, 『상허학보』8집, 깊은샘, 2002.

김혜영, 「문학적 체험 형성의 수사적 조건 연구-알레고리를 중심으로」, 『국어교육연구』7집, 서울대학교 교육종합원 국어교육연구소, 2000.

남상준, 「개화기 근대교육제도와 지리교육」, 『지리교육론』19호, 1988.

노혜정, 「『地球典要』에 나타난 최한기의 지리관」, 『지리학론총』 제45호, 2005.

박미라, 「근대유교의 단군 국조론 연구」, 『한국사상과 문화』 28집, 한국사상문화학회, 2005.

박경현, 「개화기 화법교육의 편린」, 『기전어문학』8-9집. 수원대학교 국어국문학회. 1994.

박경현, 「개화기 연설법에 관한 고찰(1)」, 『경대 어문집』제15집, 1995.

박용규, 「구한말 일본의 침략적 언론활동- 〈한성신보〉(1895-1906)을 중심으로」, 『한국언론학보』, 43-1호, 1998.

박찬승, 「한말 일제시기 사회진화론의 성격과 영향」, 『역사비평』제32집, 1996.

신주백, 「한국근현대사에서 고구려와 발해에 관한 인식」, 『역사와 현실』55집, 한국역사연구회, 2005.

신지영, 「연설, 토론이라는 제도의 유입과 감각의 변화」, 『한국근대문학연구』2005.

안병설, 「우언의 문학적 수용에 대하여」, 『어문집』12. 국민대학교 한국학연구소, 1978.

_____, 「고려가전의 형성과 그 성격」, 『북악한문학』1. 국민대학교 한국학연구소, 1978.

_____, 「傳의 문학적 변용」, 『한국학 논총』, 국민대학교 한국학연구소, 1980.

양문규, 「1900년대 신문·잡지 미디어와 근대소설의 탄생」, 『현대문학의 연구』23, 한국문학연구학회, 2004.

이경원, 「문명과 야만의 이분법: 계몽주의의 양면성과 식민지 타자」, 『외국문학』, 1996(여름호).

이광린, 「『대한매일신보』간행에 대한 일고찰」, 『대한매일신보 연구』, 서강대학교 인문과학연구소, 1986.

이상원, 「개화기 동물우화소설고」, 『국어국문학』18, 19집, 부산대학교 국어국문학과, 1982.

이상욱, 「Brecht 작품에 나타난 우화에 관한 연구」, 『독일학 연구』13집, 동아대학교 독일학 연구소, 1997.

이승원, 「'소리'의 메타포와 근대의 일상성」, 『한국근대문학』제 5권 제1호, 2004.

이재선, 「개화기 문학의 두 유형」, 『국어국문학』68.69 합병호, 국어국문학회, 1975.

_____, 「개화기 서사문학의 세 유형」, 『한국어문논총』, 형설출판사, 1976.

_____, 「실러Schiller와 개화기의 저항적 역사전기문학」, 『한독문학비교연구 1』, 삼영사, 1976.

이종묵, 「부휴자담론과 우언의 양식적 특성」, 『고전문학연구』5, 한국고전문학연구회, 1990.

이현식, 「연암 박지원의 문장의 수사적 양상에 대한 고찰」, 『동방학지』87집, 연세대학교 국학 연구원, 1995.

이현종, 「구한말 정치 사회 학회 회사 언론 단체 조사 자료」, 『아세아학보』제2집, 1966.

인권환, 「'금수회의록'의 재래적 원천에 대하여」, 『어문논집』19·20 합집, 고려대학교 국문과, 1977.

임형택, 「근대계몽기 국한문체의 발전과 한문의 위상」, 『민족문학사연구』14, 1999.

이혜순, 「대한제국의 문학(1) - 영웅테마문학을 중심으로」, 이화여자대학교 한국학연구소, 1982.

유종국, 「우언의 양식」, 『국어국문학』26, 전북대학교, 1986.

윤승준, 「한·중 우언의 비교(1)」, 『국문학논집』16집, 단국대학교, 1999.

_____, 「중국우언의 수용과 재창조」, 『2004 한국고전문학회 우언문학 국제학술회의 논문집』, 인하대, 2004.

윤주필, 「우언소설의 양식사적 검토」, 『고소설연구』제5집, 한국고소설학회, 1998.

전광용, 「한국소설발달사」, 『한국문화사대계』제45권, 고려대학교 민족문화연구소, 1967.

정우봉, 「연설과 토론을 통해 본 근대계몽기의 수사학」, 『고전문학연구』제 30집, 2006.

정병헌·이유경 엮음, 「여성영웅소설의 이야기 전개방식」, 『한국의 여성영웅소설』, 태학사, 2000.

정정호, 「들뢰즈의 문학에 관한 사유」, 중앙대학교 인문과학 연구소, 『인문학연구』, 36집, 2003.

정출헌, 「조선후기 향촌사회 변동과 우화소설」, 『민족문학사 연구』, 민족문학사 연구소, 창작과 비평사, 1991.

정학성, 「우언 패러디 연행기 형식에 의한 고소설」, 『인하어문연구』1집, 인하대, 1994.

조현설, 「근대계몽기 단군 신화의 탈신화화와 재신화화」, 『민족문학사연구』32집, 2006.

진경환, 「영웅소설의 통속성 재론」, 『민족문학사연구 3』, 민족문학사연구회, 1993.

하정현, 「근대한국 신화학의 태동」, 『종교연구』349집, 한국종교학회, 2007.

함돈균, 「근대계몽기 우화 형식 단형서사 연구」, 『국제어문』 34집, 2005.

홍순애, 「개화기 우언서사 연구」, 『시학과 언어학』, 제 10호, 2005.

황재문, 「서간도 망명기 박은식 저작의 성격과 서술방식」, 『진단학보』98집, 진단 학회, 2004.

4. 학위논문

공임순, 「한국 근대 역사소설의 장르론적 연구」, 서강대학교 박사학위논문, 2000.

권용선, 「1910년대 '근대적 글쓰기'의 형성과정 연구」, 인하대대학원 박사논문. 2004.

김동식, 「한국의 근대적 문학 개념 형성과정 연구」, 서울대학교 박사학위논문. 1999.

김영일, 「한국무속서사의 서사구조 연구」, 서강대학교 박사학위 논문. 1986.

김영옥, 「벤야민의 문학이론과 알레고리 개념」, 서울대학교 석사학위논문, 1989.

김재국, 「애국계몽기 역사전기소설 연구-단재, 백암, 위암의 경우」, 청주대학교 석사논문, 1994.

김중신, 「서사텍스트의 심미적체험의 구조와 유형에 관한 연구」, 서울대학교 박사논문, 1993.

김현강, 「파괴와 구성으로서의 알레고리」, 연세대학교 석사학위논문, 1996.

류계무, 「윤치호 사회진화론 특징 연구」, 연세대학교 정치학과 석사학위논문, 2004.

민긍기, 「영웅소설의 의미체계 연구」, 연세대학교 박사학위논문, 1986.

문경연, 「한국 근대초기 공연문화의 취미 담론 연구」, 경희대학교 박사학위논문, 2008.

문정필, 「단재 신채호의 민족주의사상에 관한 연구」, 인천대학교 석사학위논문, 2003.

박수미, 「대한매일신보 소재 연재소설 연구」, 성균관대학교 석사학위논문, 1999.

박숙자, 「근대문학에 나타난 개인의 형성과정 연구」, 서강대학교 박사학위논문, 2004.

박정수, 「현대소설의 환상적 상상력 연구」, 서강대학교 박사학위논문, 2001.

박형서, 「알레고리 소설연구-이승우의 단편을 중심으로」, 고려대학교 석사학위논문, 2002.

방민호, 「전후소설에 나타난 알레고리 연구」, 서울대학교 석사학위논문, 1993.

신연재, 「동아시아 3국의 사회진화론 수용에 관한 연구」, 서울대학교 박사학위논문, 1991.

심보선, 「1905~1910년 소설의 담론적 구성과 그 성격에 대한 사회학적 연구」, 서울대학교 석사학위논문, 1997.

안병렬, 「한국가전문학연구」, 고려대학교 박사학위논문, 1986.

안병설, 『중국우언전기연구』, 대만정치대학 중문연구소 박사학위논문, 민국77년

양승민, 「우언의 서술방식과 소통적 의미」, 고려대학교 석사학위논문, 1996.

엄미옥, 「한국 근대 여학생 담론과 그 소설적 재현 연구」, 서강대학교 박사학위논문, 2006.

엽건곤, 「양계초와 구한말 문학」, 고려대학교 박사학위논문, 1979.

오선민, 「20세기 초 역사·전기 소설연구」, 이화여자대학교 석사학위논문, 2002.

오윤정, 「한국 현대 리얼리즘 시의 두 양상 연구」, 서강대학교 박사학위논문, 2002.

우수진 「근대연극과 센티멘탈리티의 형성: 초기 신파극을 중심으로」, 연세대학교 박사학위논문, 2006.

원자경, 「현대 소설의 대화 양상 연구」, 서강대학교 석사학위논문, 2001.

이소은, 「양계초로부터 신채호로 수용된 사회진화론 인식에 관한 연구」, 한국해양대학교 석사학위논문, 2003.

이숭원, 「근대전환기 기행문에 나타난 세계인식의 변화 연구」, 인하대학교 박사학위논문, 2006.

이윤성, 「폴 드만의 알레고리론 연구」, 경희대학교 영어영문학과 박사학위논문, 1998.

이헌미, 「한국의 영웅론 수용과 전개, 1895-1910」, 서울대학교 석사학위논문, 2001.

임상석, 「근대계몽기 신채호의 글쓰기 방식」, 고려대학교 석사학위논문, 2001.

임석원, 「발터 벤야민의 알레고리 개념 연구」, 서울대학교 석사학위논문, 2002.

정여울, 「20세기 초 몽유양식의 담론적 특성연구」, 서울대학교 석사학위논문, 2002.

정출헌, 「조선후기 우화소설의 사회적 성격」, 고려대학교 박사학위논문, 1992.

정호영, 「민족 정체성 형성에 관한 정치사회학적 연구」, 고려대 박사학위논문, 2001.

조광국, 「역사영웅소설연구－구활자본 구소설을 중심으로」, 서울대학교 석사학위논

　　　　문, 1988.
최옥산, 「문학자 단재 신채호론」, 인하대학교 박사학위논문, 2003.
최재봉, 「알레고리적 해석과 유토피아의 변증법」, 경희대학교 석사학위논문, 1987.
최종철, 「알레고리에 대한 미학적 고찰」, 홍익대학교 석사학위논문, 2004.
최현주, 「신소설의 범죄 서사 연구」, 서강대학교 국어국문학과 박사학위논문, 2003.
최희정, 「이해조의 재판소설 연구」, 서강대학교 석사학위논문, 2001.
한민주, 「장용학 소설의 알레고리적 특성 연구」, 서강대학교 석사학위논문, 1997.
샷사 미츠아키, 「한말·일제시대 단군신앙운동의 전개-대종교, 단군교의 활동을 중
　　　　심으로」, 서울대학교 박사논문, 2003.

5. 번역서 및 원서
徐師會, 『문체명변』, 오성사, 1984.
陳平原, 이종민 역 , 『중국소설서사학』, 살림, 1994.
柄谷行人, 박유하 역, 『일본근대문학의 기원』, 민음사, 1997.
三好行雄, 정선태 역, 『일본문학의 근대와 반근대』, 소명출판, 2002.
福澤諭吉, 정명환 역, 『문명론의 개략』, 홍성사, 1986.
山川長夫. 윤대석 역, 『국민이라는 괴물』, 소명출판, 2002.
李孝德, 박성관 역, 『표상공간의 근대』, 소명출판, 2002.
丸山眞男·加藤周一, 임성모 역, 『번역과 일본의 근대』, 이산, 2000.
鈴木貞美, 김채수 역, 『일본의 문학개념』, 보고사, 2001.
陳蒲淸, 오수형 역, 『중국우언문학사』, 소나무, 1994.
가야트리 스피박, 태혜숙, 박미선 역, 『포스트식민 이성비판』, 갈무리, 2005.
노드롭 프라이, 임철규 역, 『비평의 해부』, 한길사 , 1982.
로버트 숄즈·로버트 켈로그, 임병권 역, 『서사의 본질』, 예림기획, 2001.
로져 코터렐, 김광수 외 역, 『법사회학 입문』, 도서출판 터, 1992.
로즈메리 잭슨, 서강여성문학연구회 역, 『환상성-전복의 문학』, 문학동네, 2001.
루도밀 돌레젤, 최상규 역, 「서술자의 유형이론」, 『현대소설의 이론』, 예림기획, 1997.
루샤오핑, 조미원외 역, 『역사에서 허구로』, 길, 2001.
라드 브루흐, 최종고 역, 『법철학』, 삼영사, 1985.
리몬 케넌, 최상규 역, 『소설의 시학』, 문학과 지성사, 1985.
르네 윌렉·오스틴 웨렌, 이경수 역, 『문학의 이론』, 문예출판사, 1987.
마셜 맥루언, 김성기·이한우 역, 『미디어의 이해』, 민음사, 2002.
미르세아 엘리아드, 이은봉 역, 『신화와 현실』, 성균관대학교 출판부, 1985.
미셸푸코, 이정우 역, 『담론의 질서』, 서강대학교 출판부, 1998.

미켈 뒤프렌, 이채현 역, 『미적 체험의 현상학』(상, 중, 하), 이화여자대학교 출판부, 1991.
미하일 바흐찐, 전승희・서경희・박유미 역, 『장편소설과 민중언어』, 창작과비평사, 1988.
발터 벤야민, 반성완 역, 『벤야민의 문예이론』, 민음사, 1983.
베네딕트 앤더슨, 윤형숙 역, 『민족주의의 기원과 전파』, 사회비평사. 1991.
에네스트 르낭, 신행선 역, 『민족이란 무엇인가』, 책세상, 2002.
에릭 D. 허쉬, 김화자 역, 『문학의 해석론』, 이화여자대학교 출판부, 1988.
에르네스트 르낭, 신행선 역, 『민족이란 무엇인가』, 책세상, 2002.
요시미 슌야, 안미라 역, 『미디어 문화론』, 커뮤니케이션 북스, 2006.
월터 옹, 이기우・임명진 역, 『구술문화와 문자문화』, 문예출판사, 1995.
위르게 하버마스, 한승완 역, 『공론장의 구조변동』, 나남출판, 2001.
제라르 쥬네트, 김현 편, 「원 텍스트 서설」, 『장르의 이론』, 1987.
제레미 탬블링, 이호 역, 『서사학과 이데올로기』, 예림기획, 2000.
조르주 귀스도르프, 김점석 역, 『신화와 형이상학』, 문학동네, 2003.
죠셉 칠더스・게리 헨치, 황종연 역, 『현대문학・문화비평 용어사전』, 문학동네, 1999.
G. M. 프리들렌제르, 이항재 역, 『리얼리즘의 시학』, 열린책들, 1986.
쯔베탕 토도로프, 이기우 역, 『상징의 이론』, 한국문화사, 1996.
_____, 이기우 역, 『환상문학 서설』, 한국문화사, 1996.
_____, 최현무 역, 『바흐친 : 문학사회학과 대화이론』, 까치글방, 1986.
크레이그 오웬스, 이삼출 역, 『포스트모더니즘과 문화』, 문예출판사, 1991.
카아터 코웰, 이재호・이상섭 역, 『문학개론』, 을유문화사, 1992.
칸트, 이한구 역, 『칸트의 역사철학』, 서광사, 1992.
캐테 함브르거, 장영태 역, 『문학의 논리』, 홍익대학교 출판부, 2001.
토마스 카아라일, 구인환 역, 『영웅숭배론』, 대양서적, 1972.
폴드만, 김욱동 역, 「대화와 대화주의」, 『바흐친과 대화주의』, 나남, 1990.
폴 리쾨르, 양명수 역, 『해석의 갈등』, 아카넷, 2001.
폴 패튼, 백민정 역, 『들뢰즈와 정치』, 태학사, 2005.
폴 헤러나디, 김준오 역, 『장르론』, 문장, 1983.
프레드릭 제임슨, 여홍상・김영희, 『변증법적 문학이론의 전개』, 창작과 비평사, 1984.
프리센지트 두아라, 문명기, 손승희 역, 『민족으로부터 역사를 구출하기』, 삼인, 2004.
한스 게오르그 가다머, 이길우외 역, 『진리와 방법 1』, 문학동네, 2000.
A.H. Plaks, Archetype and Allegory in the Dream of the Red Chamber, Princeton U.P. 1976.

Angus Fletcher, Allegory : the Theory of Symbolic Mode, Ithaca , Cornell U.P,
    1974.

Bots-Stones, Metaphor, Allegory and the Classical Tradition, Oxford U.P, 2003.

C. Van Dyke, The Fiction of Truth : Structures of Meaning in Narrative and
    Dramatic Allegory, Cornell U.P, 1985.

David Der-wei Wang, Fin-de-siècle Splendor - Repressed Modernities of Late
    Qing Fiction, 1849-1911. Stanford University Press. 1997.

De Man, The rhetoric of Temporality, Blindness and Insight, Metheun & Co.
    Ltd, 1983.

Doleželova-Velingerova, M. ed., The Chinese Novel at the turn of the Century,
    Toronto U.P. 1980.

Dorrit Cohn, Breaking the Code of Fiction Biography, The Distinction Of
    Fiction, The Johns Hopkins U.P. 1999.

Fredric Jameson, The Political Unconscious, Ithaca N. Y. Cornell U.P, 1981.

Gay Clifford, The Transformation of Allegory, Routledge & Kegan Paul, 1974.

Gordon Teskey, Allegory and Violence, Cornell University Press, 1996.

James J. Paxson, The Poetics of Personification, Cambridge U.P. 1994.

Jenny Sharpe, Allegories of Empire, University of Minnesota Press. 1997.

J. Hillis, Miller, The Two Allegory, Allegory, Myth, and Symbol, Morton W.
    Bloomfield ed. Harvard University Press 1981,

_____, Fiction and Repetition, Basei Blackwell:Oxford, 1982.

L. Hunter, Modern Allegory and Fantasy, St. Martin's Press. 1989.

Martha C. Nussbaum, Poetic Justice- The Literary Imagination and Public Life,
    Bacon Press, Boston. 1995.

Roman Jokobson, Linguistics and Poetics, The Structuralist : from Marx to
    Levistrass, ed. R. and F. Degeorge, New York : Anchor Bool, 1972.

S. J. Greenblatt ed., Allegory and Representation, Johns Hopkins U.P. 1981.

Wendy Larson, Women and Writing in Modern China, Stanford U.P. 1998.

저자약력 **홍순애**

홍순애는 1970년 양평에서 태어나 동덕여자대학교 국어국문학과와 서강대
학교 대학원을 졸업하였다. 「한국 근대계몽기 소설의 우의성 연구」로 박
사학위를 받았다. 그리고 「염상섭소설에 나타난 타자성 연구」로 서강논문
상 우수상을 수상하였다. 현재 서울대학교 국어교육연구소에서 포닥과정
을 연수하고 있고, 동덕여대와 서강대에서 강의하고 있다. 저서로는 『공간
의 시학』(공저, 예림기획), 『전후문제시인연구』(공저, 예림기획)가 있고, 그
외 논문으로는 「김승옥 〈무진기행〉의 크로노토프 연구」, 「국민문학에 나
타난 파시즘 양상 연구」, 「개화기 우언서사연구」, 「최인훈 소설의 섹슈얼
리티와 에로티시즘 연구」, 「근대소설에 나타난 타자성 경험의 이중적 양
상」등이 있다.

한국 근대문학과 알레고리

초판인쇄 2009년 5월 21일
초판발행 2009년 5월 29일

저자 홍순애
발행 제이앤씨
등록번호 제7-220

주소 서울시 도봉구 창동 624-1 현대홈시티 102-1206
전화 (02) 992 / 3253
팩스 (02) 991 / 1285
홈페이지 http://www.jncbook.co.kr / 제이앤씨북
전자우편 jncbook@hanmail.net
책임편집 조성희

ⓒ 홍순애 2009 All rights reserved. Printed in KOREA

ISBN 978-89-5668-719-3 93810 **정가** 22,000원

* 이 책의 내용을 사전 허가 없이 전재하거나 복제할 경우 법적인 제재를 받게 됨을 알려드립니다.
** 잘못된 책은 구입하신 서점이나 본사에서 교환해 드립니다.